和歌文学大系
55

渡部泰明　監修

中古歌仙集

（二）

久保木寿子
佐藤　雅代
高重　久美　共著

明治書院

目次

解説

凡　例

一、本巻は中古に活躍した六人の歌人の家集、すなわち元良親王の『元良親王集』、藤原道信の『藤原道信朝臣集』、藤原実方の『実方中将集』、藤原高遠の『大弐高遠集』、道命の『道命阿闍梨集』、能因の『能因集』の六集を、この順に収載した。校注の分担は次のごとくである。

元良親王集・藤原道信朝臣集・実方中将集　久保木寿子

大弐高遠集・道命阿闍梨集　佐藤雅代

能因集　高重久美

二、各家集の底本とおもな校合本は次のごとくである。

元良親王集　底本は冷泉家時雨亭文庫蔵本、校合本は宮内庁書陵部蔵本（五〇一・二一〇）・同（五〇一・四三三）

藤原道信朝臣集　底本は榊原家本、校合本は冷泉家時雨亭文庫蔵色紙本・同文庫蔵「道信朝臣集」

実方中将集　底本は冷泉家時雨亭文庫蔵素寂本、校合本は宮内庁書陵部蔵本（一五〇・五六〇戊本）

大弐高遠集　底本は書陵部蔵御所本（五〇一・一九〇）、校合本は冷泉家時雨亭文庫蔵真観本

道命阿闍梨集　底本は書陵部蔵本（五〇一・一七六）、校合本は冷泉家時雨亭文庫蔵承空自筆本

能因集　冷泉家時雨亭文庫蔵弘安八年写玄覚本、校合本は宮内庁書陵部蔵本（五〇一・二〇五）・榊原家本

凡　例

三、本文の翻刻は左の方針によった。

1、字体は原則として通行の字を用いたが、若干の漢字は底本のままとした。ただし『実方中将集』は底本の片仮名を平仮名に改めた。

2、仮名遣いは歴史的仮名遣いに統一し、底本の仮名遣いが歴史的仮名遣いと異なる場合は底本の表記を振り仮名の形で示した。

3、仮名は適宜漢字を宛て、もとの仮名を振り仮名の形で示した。その場合はもとの仮名が歴史的仮名遣いと異なっていても底本の仮名遣いのままとした。

4、難読の漢字・宛字や現代では異なった読み方をする漢字、漢字で表記されている助詞・助動詞などには読み仮名を（　）に入れて示した。

5、校注者の見解により清濁を区別し、詞書・左注には適宜句読点、中黒を加え、引用符を用い、漢文表記の部分には返り点を付した。

6、底本の傍書・集付・合点などは翻刻しなかった。傍書を本文に採用した場合や底本の本文を他本によって改めたり、補ったりした場合は脚注に注記した。

7、底本の欠脱箇所を他本で補った場合は〔　〕で示した。

四、和歌に通し番号を付した。連句の場合は前句・付句を合わせて一首と見なし、番号の後に前句はａ、付句にはｂを付した。番号は、『新編国歌大観』と共通する歌番号を付した。

五。脚注は、勅撰集、その他主要歌集における当該歌の入集状況、和歌の通釈、解釈に参考となる和歌を記したのち、◯印を付して注すべき語句を掲げて注し、▽印を付して解釈や鑑賞の参考となる事項を示した。

六、脚注部分に収容しきれない注釈は「↓補注」として、巻末に掲げた。
七、解説はそれぞれの校注者が執筆した。
八、巻末に地名一覧・人名一覧・初句索引を付した。人名一覧は瀧山嵐が担当した。

元良親王集

久保木寿子校注

元良親王集

陽成院の一宮、元良《もとよし》のみこ、いみじき色好《いろごの》みにおはしましければ、世《よ》にある女のよしと聞《き》こゆるには、逢《あ》ふにも逢《あ》はぬにも、文やり歌よみつゝ、〔やり〕給《たま》ふ

監《げん》の命婦のもとより帰《かへ》り給《（たまひ）》て

1 来《く》や〳〵と待《ま》つ夕暮《ゆふぐれ》と今《いま》はとて帰《かへ》る朝《あした》といづれ勝《まさ》れり

とて出《い》で給《たま》へば、控《ひか》へて、女

2 今《いま》はとて別《わか》るゝよりも高砂《たかさご》のまつは勝《まさ》りて苦《くる》してふなり

いとをかしとおぼして、人々《ぐ》に、「この返しせよ」とのたまへば

3 夕暮《ゆふぐれ》は頼《たの》む心《こゝろ》に慰《なぐさ》めつ帰《かへ》る朝《あした》ぞ侘《わ》びしかるべき

○色好み―恋愛事を好む人。○よしと聞こゆる―美人の噂のある。→**補注**。

1 後撰・恋一。（宮）来るか来るかと恋人を待っている夕暮と、「では」といって恋人が帰っていく明け方と、一体どちらがより辛いのだろうね。○今は―帰り・別れの挨拶。▽他にも、複数の女性にこの歌を贈り、返歌を求めたとする。→**補注**。

2 （女）「では」と言ってお別れする朝よりも、高砂の松ではありませんが、お出でを待つ夕暮れ時の方が、一段と辛いということですわ。○女―監の命婦。○今は→一。○別るゝより―後朝の別れよりも。○高砂の―枕詞。「松」に係り「待つ」を導く。○てふなり―伝聞。

3 新後拾遺・恋三・本院侍従。（女）夕暮れは、来ると期待することで慰められましょう。別れて帰っていく朝の方が、必ずや侘びしいに違いありません。○この返し―二の歌への返歌。○侘びしかるべき―当然そのはずと確信を込める。→**補注**。

4 （女）「では」と言ってお別れする朝よりも、薄暗い夕暮れ時は不安な思いで待つことになりましょう。その方が辛うございます。○おぼつかなくて―はっきりしないこと。夕暮れ時の薄暗さと男の来訪への不安、の両義。▽初二句、二に同じ。左注の「をかし」は宮の評価。

5 （宮）毎年、夏になると「あふぎ」と耳にするものだから、昔のように逢う気がないか、尋ねたくなるのですよ。○あふぎ―扇。「逢ふ気」を掛ける。○ふるき事―以前逢っていた事。▽「扇」に掛け、「逢う気」を促そうとする。

6 a（女）皆が、種をばら播いたかのように、宮様との事を知っているものですから、b（宮）一斉に生え出た菜のように、皆、同じ菜、いや浮き名なのだと思うようになりました。○な―菜。「浮き名」を掛ける。○思ひなり―その考えになる。「生り」を掛ける。▽「播く」に、縁語「菜」「生り」で付ける。→**補注**。

又、かくも

4 今《いま》はとて別《わか》るゝよりも夕暮《ゆふぐれ》はおぼつかなくて待《ま》ちこそはせめ

これをなん、「をかし」とのたまひける

早《はや》く住《す》み給《たま》ひける女の扇《あふぎ》に、書《か》き給《(たまひ)》ける

5 年《とし》ごとに夏にあふぎと聞《き》くからにふるき事こそ問《と》はまほしけれ

一条の蔵人《くらむど》に住《す》み給《(たまふ)》ことを、内わたりの人の言《い》ひければ、

女、かく聞《き》こえ《ゑ》たりける

6a みな人《ひと》の播《ま》けるがごとく知《し》りぬれば

宮

6b 同《をな》じなとこそ思《おも》ひなりぬれ

うかれ女《め》たきゞに住《す》み給《(たまふ)》ことを、世《よ》の人言《い》ひさわぐを聞《き》き、

給《たま》〔ひ〕て、蔵人《くらむど》に言《い》ひつかはしける

7 ひとりのみ世《よ》にすみがまにくぶる木《き》の絶《た》えぬ思《(おもひ)》を知《し》る人のな

7 （宮）ひとり世に住み、炭釜にくべる薪のように、絶えないもの思いの火を燃やしていることを、知る人もいないことよ。〇すみがま―「住み」から「炭釜」を導く。〇くぶる木―薪。遊女の名を暗示。〇思―恋情。「火」を掛ける。▽「炭釜・くぶる・（おも）ひ」は、「き」（薪）の縁語。遊女の呼び名「たきゞ」に寄せる趣向。→補注。

8 （宮）厭いながらも辛い世に住み続けているが、炭釜の煙のように燻る浮き名を、消す手だてが欲しいものだ。〇世の中―現世。男女の仲。〇すみがま―炭釜。「住み」を掛ける。〇くゆる―くすぶる。〇よしもがな―「よし」は手段・方法。「もがな」は願望。▽「たきゞ」との浮名を燻る「薪」に寄せ、消したいと弁解する。

9 （女）帚木を切ってはまた炭釜にくべて燃やし…。絶えますまい、煙のように空に立ち上るあなたの浮き名は。〇は、きゞ―帚木。ホウキグサ。実体が無いことの喩。〇絶えじ―以下と倒置。〇そらに立つ―「空に」「虚に」の掛詞。煙が空に立ち上る、浮き名が立つ、の両意。▽実体が無いと言いつつ「樵りくべ」る男を揶揄。→補注。

10 （宮）この世には居るまい。辛い「世」をこれで終わりにしよう。恋心は抱えた身のままで。〇経じや世に―倒置。「や」は詠嘆。〇限憂き世―女との仲。〇これ―歌を贈る行為。〇限りてん―「て」は完了「つ」。「てん」で強い意志を表す。▽恋する想いの逆説的な訴え。→補注。

11 （宮）蟬の羽のように薄い情と言っているそうですが、ツクツクボウシのように「愛しいよ」と、先ずはないてしまうことです。「愛しいよ」と、〇蟬の羽の―「薄き」を導く比喩的枕詞。〇うつくし―可愛い、愛しい。蟬の一種「つくつくぼうし」、またその鳴く声。〇なかる、―自然と泣かれる。蟬の縁語「鳴く」を掛ける。▽蟬に寄せ、薄情ではない、愛おしい、と弁明。→補注。

12 続古今・恋二。（宮）大空に標縄を張り巡らして占有しようとするよりも空しいの

さ

また

8 いとへどもうき世《よ》の中《なか》にすみがまのくゆる煙《けぶり》を消《け》つよしもがな

御返《(かへし)》、女

9 はゝきゞをまたすみがまに樵《こ》りくべて絶《た》えじ煙《けぶり》のそらに立《た》つ名《な》は

壬生《みぶ》の御《ご》につかはしける

10 経《へ》じや世《よ》に憂《う》き世《よ》をこれに限《かぎ》りてん思《(おもふ)》こゝろはある身ながらに

親《をや》ある女に、ほどなく絶《た》え給《(たまひ)》にければ、親言《をやい》ふと聞《き》き給《(たまひ)》て

11 蟬《せみ》の羽《は》の薄《うす》き心《こゝろ》と言《い》ふなれどうつくしやとぞまづはなかるゝ

枇杷《びは》の左大臣殿に、いはや君《きみ》とて童《わらは》にてさぶらひけるを、男《をとこ》ありとも知《し》り給はで、御文遣《つか》はしければ

12 大空《おほぞら》にしめ結《ゆ》ふよりもはかなきはつれなき人《ひと》を頼《たの》むなりけり

は、つれない人に想いを懸けることなのでした。参考「ゆく水に数かくよりもはかなきは思はぬ人を思ふなりけり」（古今・恋一・読人不知）。○しめ結ふ—注連縄など、占有を示す標を結い付ける。○つれなき人—冷たい人。いはや君を諷す。▽歌内容からして宮の歌→**補注**。

13 （女）岩瀬山の呼子鳥は、夜鳴く声で求愛すると聞いていますので、もう聞き慣れてしまいました。○岩瀬山—大和国。斑鳩。「神奈備の伊波瀬の社の喚子鳥いたくな鳴きそ吾が恋ひ益さる」（万葉・巻八・鏡王女）。○呼子鳥—「呼ばふ」を導く枕詞。宮の喩。○呼ばふ—呼ぶように鳴く。「婚ふ」を含意。▽呼子鳥に寓して、宮の多情の噂を衝き拒絶する。→**補注**。

14 （宮）呼びかけられるのを待つしかない松山の山彦のような私は、どうして自分から人に声をかけたりしましょうか。○待つ—同音の「松山」を導く。○山びこ—呼ばれて応えるだけの存在。親王自身の喩。○いかゞは—反語。○おとづれ—音信を発する。「呼ばふ」こと。▽前歌「呼子鳥」に対し、自らを受け身の「山びこ」に擬えて反駁。

15 （女）夜は難波の浦のそちこちに立ち寄るそうで、潮の干る昼間はさぞかし恋しいことでしょうね。参考「満つ潮の流れひるまを逢ひがたみ見るめの浦によるをこそ待て」（古今・恋三・清原深養父）。○難波江—摂津国。○よる—立ち寄る。「夜」を掛ける。○ひるま—「干る間」から「昼間」を導く。▽「よる」「ひる」は「潮」の縁語。参考歌に趣向を借りた皮肉の歌。

16 （女）ちょっと我が身を倦んじて、海の波が浮き立つようにお前に立ち出て、それっきりになるのは口惜しく存じまして…。○いさゝめに—一時。仮初めに。○身をうみ—「倦み」に「海」を掛ける。○うき波の—白く浮き立つ波。「立ち」を導く。「憂き」を響かせる。○立ち出て—姿を見せて。▽期待に添えないと、命に背いてみせる。

女《をんな》

13 岩瀬山《いはせやま》よのひところゐに呼子鳥《よぶこどり》呼《よ》ばふときけば耳《みゝ》ぞ慣《な》れぬる

宮

14 とふことを待《ま》つ松山の山《やま》びこはいかゞはひとりお《を》とづれをせん

又、女《をんな》

15 難波江《なにはえ》のこなたかなたによるてへば潮《しほ》のひるまや恋《こひ》しかるらん

宮お《を》はしまして、「出《い》でよ」とのたまへば、女

16 いさゝめにわが身をうみとうき波《なみ》の立《た》ち出《い》でてやまむことは惜《を》しきを

返給《(かへりたまふ)》とても、「寝《ね》らるまじ」とのたまひければ、又、女

17 伏《ふ》さむから寝覚《ねざめ》をしては起《を》き返《(かへり)》またも来《こ》じとぞ君《きみ》は誓《ちか》はん

女の持《も》たる物をとりてお《を》はしにければ、つとめて、女

18 人恋《こ》ふる夜《よる》の衣にあらずとも返《かへ》して我に見《み》せなん

17 (女) 伏すとすぐ寝覚めては起き、寝覚めては起きして、「二度と行くまい」と、心に誓われるのでしょう。○起き返―「返す」は繰り返す意。▽「恋しくて眠れまい」と言う宮の言葉を、わざと曲解し拗ねてみせる。→補注。

18 (女) 持ち帰られた物が、裏返して寝る「夜の衣」でないにしても、それなら私に返して、貴方の夢を見させて下さい。○夜の衣―夜着。裏返して着て寝ると夢で恋人に会えるとする俗信に依る。「いとせめて恋しき時はむば玉の夜の衣を返してぞ着る」(古今・恋二・小野小町)。○返して―戻して。「裏返す」意を掛ける。「衣」の縁語。

19 (女) まあ思ってもみてください。吉野川の滝の早瀬のように、早くに言って下されば、こうはならなかったでしょうに。参考「吉野川よしや人こそつらからめはやく言ひてしことはわすれじ」(古今・恋五・凡河内躬恒)。○吉野川―大和国。「よし」に懸かる枕詞。○よし―放任・許容を示す。○かし―念押し。○滝つ瀬の―「はやく」に懸かる枕詞。○か、らましやは―反実仮想の反語表現。▽宮の所為として、「こと人にあ」った弁解にする。→補注。

20 (宮) 秋風に吹かれてはソヨソヨと靡く荻の葉のように、そうそう、そのように早くに言うべきだったよ。○秋風に吹れてなびく荻の葉の―他の男に靡く女を諷する喩的な序。「そよそよ」を導く。○そよそよ―葉擦れの擬音語ソヨソヨに、相づちの「そうだよ」の意を掛ける。▽女に同調する体の皮肉。→補注。

21 (女) あなたの思いが長月のようにずっと続くなら、頼りにしましょう。たとえ秋が果て飽き果てたとしても。○世とともに―世を経て、ずっと。○心し長月に―「し」は強意。「心長し」「長月」の掛詞。○あきは果つとも―逆接の仮定条件句。「秋果つ」「飽き果つ」の掛詞。▽あり得ない「秋が終わっても長月」を、信頼の条件とする。

かくてこの女、こと人にあひて、宮の恨《うら》み給《たま》〔ひ〕ければ

19 吉野川《よしのがは》よしお《を》も《む》へ《つ》かし滝《たき》つ瀬《せ》のはやく言《い》ひせばかゝらましやは

宮、「ことわり《は》」とて

20 秋風《あきかぜ》に吹《（ふか）》れてなびく荻《をぎ》の葉のそよ〳〵さこそ言《い》ふべかりけれ

又、女

21 世《よ》と《ゝ》もに君《きみ》が心し長月《ながつき》にあらば頼《たの》まむあきは果《は》つとも

女、「今《いま》は異《こと》ざまにや」と聞《き》こえたりければ、宮

22 〔松山にまつ波越《こ》えて往《い》にけれどいかゞ思《おも》はむあだし心《こゝろ》を

恨《（うらみ）》たまひける女

23 淀河のよにな恨《（うらみ）》そ白《しら》波のしらずや下に思《おも》ふ心《こゝろ》は

24 最上《もがみ》川上《のぼ》れば下《くだ》るいなぶねのはしまのひまにあらば乗《の》せてん

なほ《を》恨み給《たま》へば、女「さらばこれやめてん」と聞《き》こゆれ

22 （宮）待っていた波は、松山を越えて往ってしまったが、君をおいて他に心を移そうなどと、どうして思ったりしようか。参考「君をおきてあだし心をわがもたば末の松山浪もこえなむ」（古今・東歌）。○異ざま—他の女。○松山—末の松山。○波越えて—心変わりの喩。○あだし心—「あだ」な心。浮気心。▽浮気を認めつつ、修復を図る。→補注。

23 （女）決してお恨み下さいますな。ご存じないのですか、心密かにお慕いしていることを。○淀河の—同音「よ」を導く枕詞。○よにな恨そ—決して恨むな。○白波の—同音「知ら」を導く枕詞。○下に思ふ—秘かに恋い慕う。▽縁語関係を成す二つの枕詞で「景」を示しつつ、同音反復によるリズムを刻む。→補注。

24 （宮）最上川を上っては下る稲舟ではないけれど、橋から次の橋まで程の隙があったら、否とは言わず必ず乗せましょう。○最上川上れば下る—「いなぶねの」に懸かる序詞。「最上河のぼればくだる稲舟のいなにはあらずこの月ばかり」（古今・東歌）を踏む。○いなぶね—稲を運ぶ舟。「否」を掛ける。最上川は出羽の歌枕。○はしまのひまに—「橋間」か。橋から次の橋までの隙。「暇」を導く。○乗せてん—強い意志。「逢おう」の意。→補注。

25 （宮）「止めましょう」と言っても、山の井のように浅くいい加減なあなたの心は、当てにはならないね。○これ—この男との関係。○山の井—山中の水場。「やまむ」に懸かる枕詞。○やまむ—「止む」は自動詞。○浅き—「山の井」の縁語。→補注。

26 （女）あなたの田の稲穂として出ようとしても、後には人が刈り去ると聞いています（明らかな関係になっても、やがて離れて捨てられるので、否と申し上げましょう）。○君が田の—「穂」を導く序的枕詞。○ほにて—「穂」に「秀」（目立つ意）を掛ける。○見えむ—思いを見せよう。○かる—「刈る」「離る」の掛詞。○稲葉—「否」を折り込む。○てふなり—「世間の人

ば、宮〕

25 山の井のやまむといへどなほ《を》ざりの浅《あさ》き心《こゝろ》は頼《たの》まれぬかな

女《をんな》

26 君《きみ》が田《た》のほにて見《み》えむと思へども後《のち》は人《ひと》かる稲葉《いなば》てふなり

宮の、御服《ぶく》におは《を》しけるに

27 墨染《すみぞめ》の深《ふか》き心《こゝろ》のわれならばあはれと思はぬ人《ひと》やなからむ

こと女に、宮

28 さして猶頼《たの》まれずとも下紐《したひも》の心《こゝろ》とけたるよをのみぞ待《ま》つ

女《をんな》と、ちがへ遣戸《やりど》のもとにて、もののたま《〈タマ〉》〔ひ〕て後《のち》

29 見《み》し夢《ゆめ》ははかなくなりて止《や》みにけん違《ちが》へ遣戸《やりど》のもとに寝《ね》しかば

太秦《うづまさ》に詣《まう》で給《（たまひ）》て、由《よし》ある局《つぼね》に遣《つかは》しける

30a 立《た》ち寄《よ》れば塵《ちり》立《た》つばかり近《ちか》き間《ま》を

女

が言うようだ」（伝聞）、「自分（女）が言う」（断定）の両義。→補注。

27 （宮）深く悲しみに沈む私の心が、墨染の喪服の色のようであれば、「あはれ」と思わない人はいないでしょう。○墨染の―喪服の鈍色。「深き」（色が濃い意）を導く。○深き心の―悲しみに深く沈む意。○われならば―仮定条件。▽悲しみの深さを訴える。→補注。

28 （宮）大してまあ当てにはできないとしても、下紐のようにうち解けて過ごす夜を迎えることだけを待っています。○さして―副詞。打消しの「ず」と呼応。「（紐を）差す」を掛ける。○下紐の―比喩的枕詞。「とけたる」に懸る。「下紐」は下袴・下裳などの紐。○よ→八。▽「差す・解け」は、「下紐」の縁語。→補注。

29 （宮）あの時見た甘美な夢は、儚く消えてしまったのでしょう。「違え」るという遣戸のところで共寝をしたものだから。○ちがへ遣戸―敷居で入れ違えに開閉する戸。○見し夢―共寝を意味する。▽心違えが生じた理由を、機知的に言う。

30 a（宮）立ち寄ると塵ならぬ浮き名が立つほど近くにいますのに、b（女）どうして遠い唐土のような心地ばかりするのでしょう。○塵立つ―「浮き名が立つ」意を暗示。○唐土―中国。遠い地。「もろこしも夢に見しかば近かりき思はぬ仲ぞはるけかりける」（古今・恋五・兼芸）による。▽言い寄る宮に、いぶかしむ体で、遠く感じるのは「思はぬ仲」ゆえだとはぐらかす。→補注。

31 （宮）途絶えた手跡を辿るようにあなたを尋ねるのは、「後々までも」と契った言葉があるからですよ。○「流れて」―後々までも。「水の泡の消えでうき身といひながら流れて猶も頼まるるかな」（古今・恋五・紀友則）に依る。○水茎―筆跡。音信。○跡―事跡。「筆跡」の意を掛ける。○こと―「流れて」という言葉。▽「絶え」「流れ」は「水（茎）」の縁語。

30b など唐土《もろこし》の心ちのみする
又、女にあひ給《(たまひ)》て、「流《なが》れて」などのたま〔ひ〕て、程《ほど》へて遣《つかは》しける

31 水茎《みづぐき》の絶《た》えにし跡《あと》を尋《たづ》ぬるは流《なが》れて言《い》ひしことによりてぞ

御返《(かへし)》

32 流《なが》れてとはやく言《い》ひしは忘《わす》れねど飛鳥川《あすかゞは》なる世こそつらけれ

その宮の御をば、おひねの大納言北《きた》の方《かた》にてお《を》はしけるを、いとしのびてかよ〔ひ〕給《(たまひ)》けり、北《きた》の方《かた》

33 荒《あ》るゝ海《うみ》に堰《せ》かるゝ海士《あま》はたち出《い》でなん今日《けふ》は波間《なみま》に《モ》ありぬべき哉《(かな)》

この北《きた》の方《かた》、うせ給《(たまひ)》にければ、御四十九日のわざに、白銀《しろがね》を花籠《こ》につくり黄金《こがね》を入《い》れて、御誦《ず》経にせられけるに添《そ》へ給《(たまひ)》ける

32 (女)「流れて」と早くに言われたお言葉は忘れていませんが、飛鳥川の瀬のようにすぐに変わるあなたとの仲が辛いのです。○飛鳥川なる世—「世の中はなにか常なる飛鳥川きのふの淵ぞけふは瀬になる」(古今・雑下・読人不知)に依る。変転極まりない世、すぐに変わる男女の仲を表す。▽「流れ」「速く」は、「飛鳥川」の縁語。前歌引用の古今歌の「流れて」に対し、「飛鳥川」を対置、不実への不安を訴える。→補注。

33 (女) 荒れる海に阻まれている海人は、海に出て欲しい。今日はきっと波の静まるはずの日なので(夫がいないので、お出でください)。○荒るゝ海—夫、大納言を寓す。○海士—宮の喩。○たち出でなん—来て欲しい。「なん」は、誂え。「立ち」は「波」の縁語。○波間に—波の静まる時。夫の居ない間、の喩。→補注。

34 新千載・哀傷。(宮) あなたを再びこの世で見るだろうか。逢うことは難しく、この花筐の中には、漏れない黄金の「見つ」ならぬ「水」はあるのだが。参考「などてかくあふごかたみになりにけむ水漏らさじと結びしものを」(伊勢物語・二八段)。○かたみ—筐。花籠。「難み」を掛ける。○もらぬみづ—「こがね」を準える。「水」に「見つ」を掛ける。▽供物に寄せた哀悼。

35 (宮) この世にあって、あなたが亭子院に居られると聞きますと、菊の花を飲《す》くように、やはり好きになってしまいそうです(この世にある限りは、長寿をもたらすと聞く菊酒を、やはり飲まずにはいられない気持です)。○世にあれば—「聞く」に懸る。主体は宮。○きくの花—「聞く」「菊」の掛詞。京極御息所の喩。○すき—「飲《す》き」「好き」の掛詞。▽褒子への想いを重陽の菊酒に寄せる。→補注。

36 (きよ風) 麓までも熱かったことでした、富士の山は。峰に思いの火が燃え盛る時には(お逢いできずに宮は、私に伝わるほど燃え立つ思いでおられます)。○麓さへ—主に仕える自身の喩。○富士の山—宮の喩。○みね—「峰」に

34 君《きみ》を又うつゝに見《み》めやあふ事のかたみにもら《り》ぬみづはありとも

京極の御息《みやす》所を、まだ亭子院にお《を》はしける時《とき》、懸想《けさう》じ給《たま》ひて、九月九日に聞《き》こえ給《たま》〔ひ〕ける

35 世《よ》にあればありといふことをきくの花《はな》なほ《を》すきぬべき心ちこそすれ

夢《ゆめ》のごと逢《あ》ひ給《たま》〔ひ〕て後《のち》、帝《みかど》につゝみ給《(たまふ)》とてえ逢《あ》ひ給《たま》はぬを、宮《みや》にさぶらひけるきよ風《かぜ》が詠《よ》みける

36 麓《ふもと》さへ熱《あつ》くぞありける富士《ふじ》の山みねにおもひの燃《も》ゆる時には

閑《かん》院の大君に、もののたま〔ひ〕て、又、つとめて

37 唐錦《からにしき》たちてこし路《ぢ》の帰山《かへる》かへる〴〵も物憂《う》かりしか

宮《みや》、恨《うら》み給《たま》〔ひ〕ければ、女

38 世《よ》の中の憂《う》きもつらきもとりすべて知《し》らする君《きみ》や人を恨《うら》むる

程《ほど》なく離《か》れ給《たま》〔ひ〕ければ、女

「見ね」を掛ける。○おもひ—「火」（恋情の喩）を掛ける。▽従者から見る宮の恋。→補注。

37 （宮）あなたの元を発って帰る道は、越路の帰山ではないけれど、返す返すも辛いことでしたよ。○唐錦—枕詞。「裁ち」から、「発ち（て来）」を導く。○こし路の帰山—「来し」から「越路」を導く。「帰山」は越前国。「かへる」を導く。○かへる〳〵—副詞。「返す返す」に同じ。→補注。

38 （女）男女の仲の、嫌なことも辛いことも、すべてとり纏めて教えて下さるあなたが、私を恨んでおいでなのですか。○世の中→八。○とりすべて—取り総（統）ぶ。全てを纏める。○君や—意外の感を込める。▽宮への皮肉。→補注。

39 （女）白雪ならぬ私の身も、宮様に逢うのを待って、松の葉の裏陰で、今日を過ごすに違いありません。○まつ葉の裏—「待つ」から「松（葉の裏）」を導く。○経ぬべし—確信的に推定する。▽松の葉陰に消え残る雪に擬え、待つ身の辛さを訴える。

40 （宮）「待つ」と聞いたので、松山の松のように年を経ても色が変わらず心変わりもあるまいと、私も信じましょう。○まつとし聞けば—「松」「待つ」の掛詞。「立ち別れいなばの山の峰におふる松とし聞かば今かへりこむ」（古今・離別・在原行平）の「聞かば」を、確定条件に換えて引用。○年経とも—女の「今日は経」に対応。○色かはらじ—松の常緑と心変わりをしないことの両義。→補注。

41 （女）あなたのために物思いの限りを尽くしては、筑紫の博多津の鶴がはかなく鳴いて飛んでいくように、何の甲斐もなく泣き続けることです。○心つくし—心尽くし。「筑紫」を折り込む。○はかたづの—博多津。博多湾の入り江。同音「はか（なき）」を、また「鶴《たづ》」を導く。鶴のように。→補注。

42 （女）「辛くて涙が乾かない」と、どうして鶯のように声を張り上げて泣かないことが

39 白《しら》雪にあらぬわが身も逢《あ》ふ事をまつ葉の裏《うら》に今日《けふ》は経《へ》ぬべし

宮《みや》の御 返《(かへし)》

40 松《まつ》山のまつとし聞《き》けば年経《としふ》とも色《いろ》かはらじと我《われ》も頼《たの》まむ

又、女

41 君《きみ》により心《こゝろ》つくしのはかたづ《へ》のはかなき音《ね》をもなきわたるかな

42 うくひずといかでかなかぬ振《ふ》り立《た》てゝ花《はな》ごゝろなる君《きみ》を恋《こ》ふとて

かく恨《うら》み聞《き》こえけれど、はて〳〵は返事もし給《たま》はざりけり。

また、同《をな》じ閑院《かむ》の中の君《きみ》を懸想《けさう》じ給《(たまひ)》けるに、女

43 天雲《あま》をかりそめにとぶ鳥《とり》なればおほそら事といかゞ見《み》ざらむ

ありましょう。花のように移り気なあなたを恋い慕って。○うくひず—「憂く干ず」に、「鶯」を折り込む。「我のみや世をうくひすとなきわびん人の心の花と散りなば」（古今・恋五・読人不知）。○いかでかなかぬ—反語。「泣く」「鳴く」の掛詞。○振り立てて—声を張り上げて。羽を振り立てる意を掛ける。「夏山に恋しき人やいりにけむ声振り立ててなく郭公」（古今・夏・紀秋岑）。○花ごゝろ—浮気な心。「昔よりうちみる人につき草の花心とは君をこそみれ」（古今六帖・第六・作者名不記）。▽閑院の大君に関わる贈答は、左注に示す結果に終わる。

43 （女）空をちょっと飛ぶ鳥のように軽い気持ちで訪う方なので、どうして、そのお言葉を大いなる空言と思わずにいられましょう。○天雲—雲、ここは天空。○かりそめにとぶ—本気ではなく飛ぶ。「雁」「訪ふ」を掛ける。○鳥なれば—確定条件。宮を寓する。○おほそら事—「大空」から「大空言・大嘘」を導く。○いかゞ—反語。▽鳥に寄せ、宮の浮薄さを批難。→**補注**。

44 （宮）想うにしろ恋うにしろ、あなたがいくら下紐を結ぼうとしても、手に力が入らず解けるものと承知して下さい。参考「思ふとも恋ふとも逢はむ物なれや結ふ手もたゆく解くる下紐」（古今・恋一・読人不知）。○思ふとも恋ふとも—自分の思いの強さを示す。○下紐→二八。下紐が解けるのは恋人に逢える徴とする俗信による。▽恋い焦がれていることの強調。

45 （女）本当に私を想っておられるのであれば、結ぼうとする手にも力が入らず紐は解けるでしょうが…。一体何が、あなたの愛情の徴なのでしょうか。○結ふ手もたゆく—前歌参照。○思ひせば—反実仮想の条件句。○とけなまし—「せば」に呼応。現実には解けない。▽愛情の明徴がないと訴える。

46 （女）下紐を結う夕暮ごとに、私は物を思いながら解けない紐を眺めるでしょう。あなたのお心の内を拝見したいものです。○下紐の→二八。「ゆ（結）ふ」に懸かり、「夕暮」を導

逢《あ》ひ給《たま》ひて後《のち》、宮

44 思《おも》ふとも恋《こ》ふとも君《きみ》は下紐《したひも》の結《ゆ》ふ手《て》もたゆく解《と》けむとを知《し》れ

女《をんな》の聞《き》こえけることゞも

45 思《おも》ひせば結《ゆ》ふ手《て》もたゆくとけなましいづれか恋のしるしなりけ
る

46 下紐《したひも》のゆふ暮《ぐれ》ごとに眺《なが》む覧《(らん)》心《こゝろ》の内《うち》を見《み》るよしもがな

47 群鳥《むらどり》の群《む》れてのみこそありと聞《き》けひとり古巣《ふるす》になにか侘《わ》ぶらむ

48 憂《う》きふしの一《ひと》よも見《み》えば我《われ》ぞまづ露《つゆ》より先《さき》に消《き》えはかへらん

49 宿《やど》りゐる鳥《と》ぐらあまたに聞《き》こゆればいづれをわきて古巣《ふるす》とか言《い》

く。○見るよしもがな―見る手だてが欲しい。▽ここまで三首、俗信による贈答。→補注。

47 （女）群鳥のように群れてばかりいると聞いているのに、どうして古巣ならぬ自宅に独り侘しく籠もっていたりなさるものですか。○群鳥の―比喩的枕詞。「群れて」に懸かる。○古巣―「群鳥」の縁で、自分の家を喩的に言う。○なにか―反語。→補注。

48 （女）辛い独り寝の私の元に一夜でも見えたなら、嬉しさの余り、私が先ず露よりも先に消える思いをすることでしょう。○ふしの―「伏し」に「節」を掛け、「一節《よ》」を導く。「節《よ》」は、竹や蘆の節。また節と節の間のこと。○一よ―「一節」から「一夜」を導く。○消えはかへらん―すっかり消える意。「は」は強意。「露」の縁語。▽一夜の訪れを乞う一首。→補注。

49 （女）お泊まりになる〝鳥ぐら〟が何カ所もあると伺っていますので、いったい何処を特別にあなたの〝古巣〟と言ったものでしょうか。○鳥ぐら―鳥座。鳥のねぐら。宮の通い所の喩。○わきて―取り分け。○古巣→四七。▽宮を「鳥」に寓す。「鳥ぐら・古巣」はその縁語。

50 （女）縁があって同じ枝に生まれ育ったという宿もないのに、どうして鳥のように声を挙げて泣くはずがありましょうか。○同じえに―鳥と同じ枝で。「縁」を掛ける。○宿―鳥座→四九。○なに、か―反語。○なくべき―「鳴く」「泣く」の掛詞。▽閑院の中の君に関わる八首の結末に当たる。→補注。

51 （女）暗い稲荷の山に分け入って見かけた方は、どなたかもよく解らないものの、忘れられません。○ぬばたまの―枕詞。「や（夜）」に懸かり「山」を導く。○まじりて見し―「詣であひて」に対応。○おぼつかながら―「覚束なし」の語幹に助詞「ながら」が連接。▽左注で、結果を歌物語的に述べる。→補注。

52 （宮）埋もれ木のように、人知れず恋に悩んでいると名取川ならぬ浮き名を取って、川瀬に洗われて姿を顕すように、この恋はきっと

ふ

50 同《をな》じえにおひいづる宿《やど》もなきものをなにゝか鳥《とり》の音《ね》をばなくべき

又、閑院の三君に、稲荷《いなり》に詣《ま(う)》であひ給《(たまひ)》て、宮は知《し》り給《たま》はぬを、女は知《し》りて、まゐ《い》りて帰《かへ》りて聞《き》こえける

51 ぬばたまの山にまじりて見《み》し人のおぼつかなながら忘られぬかな

など聞《き》こえて、あひにけり。

さて、宮

52 埋《むも》れ木の下《した》に嘆《なげ》くと名取川《なとりがは》恋《こひ》しき瀬《せ》にはあらはれぬべし

女《をんな》

53 我《わ》が方《かた》に流《なが》れてか行《ゆ》く水茎《みづぐき》の寄《よ》る瀬《せ》あまたに聞《き》こゆれば憂《う》し

表に顕れてしまうでしょう。参考「名取河瀬々の埋れ木あらはれば如何にせむとかあひ見そめけむ」（古今・恋三・読人不知）。○埋れ木の―比喩的枕詞。「下」に懸かる。水中や土中の木。○下に嘆くと―密かな恋を言う。○名取川―陸奥の歌枕。「名を取る（噂になる）」意。○恋しき瀬には―恋の思いの川瀬には。○あらはれぬべし―「顕る」「洗はる」を掛ける。「ぬべし」→三九。

53 （女）その川は、私の方に流れて来るのでしょうか。川瀬の流れ寄る所ならぬ消息の当て所が多いと聞こえてきて、辛うございます。○水茎―筆跡、手紙。○寄る瀬―流れ寄る川瀬。寄り所となる人を寓す。▽「流れ」「瀬」は、「水茎」の縁語。→補注。

54 （女）川ならぬ時が流れても、信頼する気持が添わないのに、いつ頃、あなたは水影のように姿を見せるおつもりなのでしょう。参考「流れてと何頼むらん涙河影見ゆべくも思ほえなくに」（後撰・恋二・読人不知）。○頼む心―当てにする思い。「辛しとも思ひぞはてぬ涙河流れて人を頼む心は」（後撰・恋二・橘実利）に依る。○添はなくに―打消「ず」のク語法「なく」に、助詞「に」が接続。詠嘆を表す。○いつを程にか―何時を頃合いとして。○影―姿。水に映る影の意を響かせる。▽後撰の贈答歌二首を、一首にまとめた趣。「流れて」「影」は、言表されない「涙河」の縁語。→補注。

55 （女）木陰の下草のような私なので、峰の上に射す陽の光も結局は届かず、宮のお心も頼みにできないのです。○木隠れの下草―不遇な自身の喩。○光―日光。恩顧、愛情の喩。○頼まれなくに―ク語法。詠嘆。→補注。

56 （女）尽きない徒ら言であろうと思いつつも、「信じている」とのお言葉は嬉しゅうございました。参考「偽りのなき世なりせばいかばかり人のことのは嬉しからまし」（古今・恋四・読人不知）。○尽きもせぬ事の葉―実意のない言葉（→一六四）。○なゝり―「なるなり」の音便形「ん」の無表記。▽参考歌を受け、偽りの

54 流《なが》れても頼《たの》む心《こゝろ》の添《そ》はなくにいつを程《ほど》にか影《かげ》の添《そ》ふべき

55 木隠《こがく》れの下《した》草なれば峰《みね》の上《うへ》の光《ひかり》もつひに頼《たの》まれなくに

56 尽《つ》きもせぬ事《(こと)》の葉《は》なゝりと見《み》ながらも頼《たの》むといふは嬉《うれ》しかりけり

57 風吹《(ふけ)》ば身を越す波《なみ》の立《た》ちかへり憂《う》き世《よ》の中をうらみつるかな

58 むばたまの夜《よる》のみ人を見《み》る時《とき》は夢《ゆめ》に劣《をと》らぬこゝちこそすれ

59 涙川《がは》流《なが》れて岸《きし》を崩《くづ》してはこひやる方《かた》もあらじとぞ思《(おもふ)》

言葉を前に、揺れる思いを詠う。

57 (女) 風が吹くと、身の丈を越すような大波が立っては返るように繰り返し、辛いあなた様との仲を恨んでしまうことです。○風吹ば身を越す波の―「立ちかへり」を導く序詞。○立ちかへり―繰り返し。波が立っては返る意から、副詞「たちかへり」に転ずる。○うらみつる―「怨み」に「波」の縁語「浦(見)」を掛ける。→補注。

58 (女) 夜の闇の中でだけあなたにお逢いするのは、夢の中での逢瀬に劣らず、心許なく感じられます。参考「むばたまの闇のうつつはさだかなる夢にいくらもまさらざりけり」(古今・恋三・読人不知)。○むばたまの―「夜」にかかる枕詞。○夢に劣らぬ―参考歌の下二句の言い換え。▽夜にのみ見る宮への心許なさを、夢と対比し強調する。→補注。

59 (女) 泣き流す涙の川が、信頼という岸を崩したなら、鯉ならぬ「恋」を流して遣る手立てもあるまいと思うことです。○涙川―歌語。涙をひどく流すさまを川に見立てる。○岸を崩しては―仮定条件。「岸」は、信頼関係の喩。○こひ―「恋」「鯉」の掛詞。○やる方―晴らす術。流す方角。▽「涙川」に寄せた比喩により、切迫した思いを訴える。→補注。

60 新後拾遺・恋三。(宮) お逢いしてすぐに帰る朝の衣は、どうやって着たのやら、気持ちが乱れていて、帰って来た道の程も定かではありません。○程もなく―間もなく。衣の「身幅」の狭さの意を掛ける。○かへる朝―後朝。「帰る」「反る」の掛詞。○きつ覧―「来」「着」の掛詞。▽後朝の歌。「ほど」「反る」「着」は、「唐衣」の縁語。→補注。

61 (女) その唐衣は、すぐに色が褪せるのでしょう。深く染まらないというので(瞬く間に帰って行かれたのでしょう、私がお気に召さないので)。○かへりゆく―染色が褪せる。帰る意を掛ける。○唐衣―男の喩。○染まぬ―色が染まらない。気に染まぬ意を掛ける。▽「かへり・

かく、定《さだ》めなくあくがれ給《たま》〔ひ〕けれど、いと心《こゝろ》ありてをかしうお《を》はする宮《みや》と聞《き》き《、》給《（たまひ）》て、大夫の宮す所の御腹《はら》の女八宮に逢《あ》はせ奉《たてまつ》りて、朝《あした》に、男宮《をとこ》

60
程《ほど》もなくかへる朝《あした》の唐衣《からごろも》 心《こゝろ》まどひにいかできつ覧《（らん）》

返《（かへし）》

61
時《とき》のまにかへりゆくらん唐衣《からころも》 心《こゝろ》深《ふか》くや色《いろ》の染《そ》まぬと

母《はゝ》宮す所の〔御もとに〕、御衣《ぞ》のほころび縫《ぬ》ひに奉《たてまつ》れ給《たま》へりければ、宮す所

62
かへしける人《ひと》から衣《ころも》と思《（おもふ）》には常《つね》ならぬ香《か》ぞそひてめでたき

かくて住《す》み奉《たてまつ》り給《たま》〔ひ〕けれど、ほか歩《ある》きをし給《たま》〔ひ〕ければ、辛《つら》げなるけしきにお《を》はしけれど、見知《みし》らぬやうにて出《い》で給《（たまひ）》ければ、女宮

63
音《ね》に高《たか》くなきぞしぬべき空蟬《うつせみ》の我《わ》が身からなる憂《う》き世《よ》と思へば

深く・色・染ま」は、「(唐)衣」の縁語。男の後朝の歌の修辞に即し、不安な女心を詠い返す。

62 (御母) お帰しした宮様からの唐衣と思いますと、格別な香りが添い加わって素晴らしいことです。○かへしける―(娘の元から) 帰した。衣の縁語「反し」を掛ける。○人から衣―「人の元から」から「唐衣」を導く。▽香に寄せて娘婿を賞賛する。親心を示す歌。→**補注**。

63 玉葉・恋五・読人不知。(女宮) 声をあげて泣いてしまいそうです、蟬の抜け殻のような我が身が招いた、あなたとの辛い仲と思いますと。○音―泣く声。蟬の鳴く音を掛ける。○なきぞしぬべき―必ずやなくだろう。「泣く」「鳴く」の掛詞。○空蟬の―比喩的枕詞として「(現身の) 我が身」を導く。○からなる―起因する。「空」を掛ける。▽「音・鳴き・から」は「空蟬」の縁語。→**補注**。

64 (宮) 一層ひどく、私の衣は露に濡れています。逢坂の関路に迷って(新たな事情で)お逢いできず、益々涙にくれています)。参考「終夜濡れてわびつる唐衣相坂山に道まどひして」(後撰・恋二・読人不知)。○御中―御仲。○いとゞしく―女八宮との婚姻により、の意。○濡れ―木の下露に濡れる。涙を含意。○逢坂の関―近江国。男女が逢う意を含む。▽女八宮との関係を「道まどひ」として弁解する。→**補注**。

65 (女) 本当でしょうか、此方に来られたならば、「濡れたのですか」ともお尋ねして、唐衣を絞ってみましょうものを。参考「いつはりの涙なりせば唐衣しのびに袖はしぼらざらまし」(古今・恋二・藤原忠房)。○まことにや―強い疑念を示す。○きたらば―「来」に衣の縁語「着」を掛ける。▽宮の弁解を疑う。類同歌一六〇。→**補注**。

66 後撰・雑二。(女) 破り棄てるのは惜しい、破らないと人の目に触れるにちがいありません。泣く泣くでも、やはり、お返しするのが宜しいかと存じます。○返し奉り→六二。お返し申し上げる。御息所の行為。○破れば―破り捨

とのたまひければ、「あはれ〳〵」とて、とゞまり給《(たまひ)》にけり。

おなじ御《おほん》中《(なか)》に、まだしくお《を》はしけるとき、この宮にお《を》はしはじめて又の日、京極の御息所《みやす》の御許《おもと》に奉《たてまつ》り給《たま》ひける

64 いとゞしく濡《ぬ》れこそまされ唐衣《からころも》逢坂《あふさか》の関道《せきみち》まどひして

宮す所の御返《(かへし)》

65 まことにや濡《ぬ》れけりやとも唐衣《からころも》こゝにきたらばとひて絞《しぼ》らむ

さき〴〵かよはせ給《(たまひ)》ける御文ども、いまは返《かへ》し奉《たてまつ》り給《たま》ふとて、宮す所

66 破《や》れば惜《を》し破《や》らねば人《ひと》に見《み》えぬべし泣《な》く〳〵もなほ返《かへ》すまされり

北《きた》の方《かた》、宮《みや》に「むしこ」とてさぶらひける、召《め》しければ、勘事《かむし》に置《を》き給《たま》〔ひ〕てけるを、男宮《をとこみや》、狛野《こまの》ゝ院にお《を》はし

てる意。▽宮との決別を示す。→補注。

67 拾遺・恋四（女）人数にも入らないこの身は、お咎めを受け尋常にも思われないまま、どうするつもりで宮様への想いに耽ってしまうのでしょうか。○召しければ―宮が召し寄せたので（北の方が譴責した）。○勘事―譴責。咎め。○置き給〔ひ〕て―監視のため手許に置いた意。○たゞにだに―尋常にも。○いかにせよとか―我ながらどうしろというつもりで。○眺めらるらむ―「らる」は自発。▽禁じられても止まない宮への恋慕の情を詠う。→補注。

68 （宮）なすこともなく長雨を眺めて思いに沈んでいるとか聞く人よりも、この離れた所に降る時雨の物思わしさは、劣らないのだったよ。○ながむ―女の歌の「眺め」に、「長雨」の意を加える。○言ふなる人―言うとか聞く人。むしこを指す。○よその時雨―余所（狛野の院）に降る時雨。「長雨」に対置。▽自身の思いも同じ、と女を慰撫する。

69 （宮）泉川の岸辺で共に過してきたのに、今年は、袂を川に浸してしまったことだなあ。追慕の涙に濡れそぼって。○岸にこそ―袂の濡れない「岸」を強調。○泉川―山城国。木津川の古名。○袂を浸し―涙にくれる意の喩的表現。▽「狛野院」での女八宮追慕か。→補注。

70 （惟衡）この神無月、降り続く時雨は一体何なのでしょう。ご存命の頃を思い出しますと、涙の乾く間もないことです。○時雨は何ぞ―時雨の正体を自問する体。私の涙でしょうか、の意。○いにしへを―宮存命の時を。→補注。

71 （宮）亡き女宮追慕の思いの火に耐えられずに、私の着ている唐衣は、涙に濡れる間もなくすぐに乾いてしまうことだ。○思ひにあへぬ―「思ひ」に「火」を掛ける。○唐衣濡るゝ程なく→六〇。→補注。

72 （女）浮気な宮様を憂く辛いとばかり思っている宿には、雁も渡って来ないのに、秋が来て木の色が変わってしまいました。○うきのみわたる―「浮き」「憂き」の掛詞。「木」を折り

ましけるに、むしこが奉《たてまつ》りける

67 かずならぬ身はたゞにだに思《おも》ほえでいかにせよとか眺《なが》めらるらむ

宮の御返《（かへし）》

68 つれ〴〵とながむと言《い》ふなる人よりもよその時雨《しぐれ》は劣《をと》らざりけり

女《をんな》宮、失《う》せ給《（たまひ）》にければ、男宮《をとこみや》

69 岸《きし》にこそ世々《よゝ》をば経《へ》しか泉川《いづみがは》ことし袂《たもと》を浸《ひた》しつるかな

又の年《とし》の十月に、惟衡《これひら》の中将まゐ《い》りたる、御《おほん》御酒《みき》のついでに

70 神無月時雨《しぐれ》は何《なに》ぞいにしへを思《（おもひ）》いづれば乾《かは》く間《ま》もなし

宮

71 いにし〔へ〕を思《おも》ひにあへぬ唐衣《からころも》濡《ぬ》るゝ程《ほど》なく乾《かは》きこそすれ

込む。「わたる」は続く意。「雁」の縁語。○雁―秋に飛来する。宮を寓す。○色かはりけり―紅葉し秋ならぬ「飽き」が来た、の意。▽訪れないのは自分に飽きたのだろうと恨む。

73 （宮）多情なあなたに堪え切れずに、早くも木の葉が秋だと悟って移ろったのでしょうよ（あなたが飽きたのでしょう）。○定めなき―「浮き」に同じ。○秋を知る―秋（飽き）の到来を知る。▽「うきのみわたる」を女の事とすり替えて、攻守を入れ替える。

74 （女）年を経ても、着慣れた夏衣のようには、あなたに馴れ親しむまいと思います。参考「夏衣身には馴るとも我がために薄き心はかけずもあらなん」（後撰・恋六・読人不知）。○なれ―「慣れ」「萎れ」の掛詞。○夏衣―「薄し」に掛かる枕詞。○現れば―仮定条件。露見すれば。▽「なれ」「薄き」は「夏衣」の縁語。信頼しきれないことの訴え。

75 （女）（発つまいと言われますが）唐錦が切り断たれたように何も見えない闇夜には、一体誰を「あれは自分の妻」と見当を付けるのでしょう。○さらに発たじ―決して席を発つまい。「発つ」から「断つ」、その縁語「唐錦」を導く。○唐錦→三七。○絶えて―切り断たれる意と、関係が途絶える意を掛ける。○あやめ―「あ（彼）」は遠称の指示代名詞。「め」は妻。「綾目（模様）」を掛ける。▽「絶え」「あやめ」は「唐錦」の縁語。→補注。

76 （女）どうしてあなたは、私に想いをお寄せになったのでしょう。唐衣の一目《ひとめ》ならぬ一目でも私を御覧になったら、お訪いになるはずはないでしょうに。○なにに―どうして。○思かけ―懸想する。「（唐）衣」を「掛ける」に繋ぐ。○一目―縫い目の「一目」から、一目見る意に転じる。○見ては―仮定条件。見たならば。▽「かけ」「一目」は「唐衣」の縁語。前歌同様、女の卑下を示すもの。

ある女、この宮《みや》を恨《うら》み聞《き》こえて

72 世《よ》の中をうきのみわたる宿《やど》りには雁《かり》も来《こ》なくに色《いろ》かはりけり

宮《みや》

73 定《さだ》めなき君が心《こゝろ》に敢《あ》へでこそまだきこの葉の秋《あき》を知《し》るらめ

又、女

74 年経《としふ》ともなれじと思《(おもふ)》夏衣《なつごろも》薄《うす》き心《こゝろ》の現《あらは》れば憂《う》し

お《を》はしたりけるに、「はや帰《かへ》らせ給《たま》ひね」と聞《き》こえさせ給《たま》〔ひ〕ければ、「さらに発《た》たじ」とのたま〔ひ〕ければ、女

75 唐錦《からにしき》絶《た》えて見《み》ゆらん暗《くら》き夜《よ》は誰《たれ》をあやめと思《(おもひ)》なさまし

76 なににきみ思《(おもひ)》かけけん唐衣《からころも》一目《ひとめ》も見《み》ては訪《と》はじものゆゑ《へ》

77 あだ人の呼《よ》ばひし声《こゑ》に山彦《やまびこ》のこたへ初《そ》めにし身をぞ恨《うら》むる

77　(女) 浮気な方が呼びかけた声に、山彦のように応えた我が身の最初の迂闊さを悔やむことです。参考「打ちわびてよばはむ声に山びこのこたへぬ山はあらじとぞ思ふ」(古今・恋一・読人不知)。○あだ人―宮を指す。○呼ばひし声―求婚する声。○山彦の―比喩的枕詞。「こたへ」に懸かる。

78　(女) 濁り江のように澄みにくく住みにくいと、この都を厭うて深山に身を捨てようかしら。○濁り江の―水の濁った入り江。○すみうき―「澄み憂き」から「住み憂き」を導く。○いとふか山―「厭ふ」から「いと深山」を導く。○身をや投げまし―迷いを表す。▽「澄み・深」とともに、「濁り江」の縁語。→補注。

79　(女) このまま信頼申し上げれば、初心なことになりましょう。頂いたお言葉は、色褪せてしまったのですね、この桔梗の花のように。参考「あきちかう野はなりにけり白露のおける草葉も色かはりゆく」(古今・物名・紀友則)。○頼みせば―反実仮想。○桔梗の花―参考歌による。飽きる時が近づいたことの喩。

80　(女) 言の葉という葉は、恋人に飽きられた時には、秋の紅葉が空に舞い散るように、空しく散ると聞いています。○言の葉―契った言葉。木の葉に準える。○あき―「秋」「飽き」の掛詞。○空に―空に。「空しく」の意を掛ける。▽宮の「例の」浮気心への皮肉。→補注。

81　(宮) 宇治川の流れのように、私の想いがいつまでも深いものとも信じてくれたら、私もとことんあなたを信じるでしょうよ。○宇治川の―比喩的枕詞。○流れて深き心―深く続く想い。川の縁語「淀河のよどむと人は見るらめど流れて深き心あるものを」(古今・恋四・読人不知)。○たのみ果つべく―完全に果たす意。「あらむ」等の省略形。→補注。

82　(女) 頼みにおさせになっても宮のご本心は浅く、浅茅原が露に濡れると色が変わるように、必ずや心変わりをするとか聞いています。○頼むれ―下二段他動詞。当てにさせる。○

人の国《くに》へ行《い》くとて、女

78
濁《にご》り江《え》のすみうきものと都《みやこ》をばいとふか山に身をや投《な》げまし

こと女にものの《ゝ》給《(たまふ)》と聞《き》き《ゝ》て、桔梗《きちかふ》に付《つ》けて

79
頼《たの》みせば幼《をさな》からまし言《こと》の葉は《ゝ》変《か》はりにけりな桔梗《きちかふ》の花《はな》

又、こと女、例《れい》の御心《こゝろ》見《み》えければ

80
言《こと》の葉の我《わ》が身のあきにあふ時はもみぢて空《そら》に散《ち》るとこそ聞《き》け

宮《みや》

81
宇《う》治《ぢ》川《がは》の流《なが》れて深《ふか》き心《こゝろ》と〔もたのまばわ〕れもたのみ果《は》つべく

女

82
頼《たの》むれど下《した》の心《こゝろ》は浅《あさ》茅《ぢ》原《はら》露《つゆ》に濡《ぬ》るれば色《いろ》変《か》はるとか

九月ばかり、はや忘《わす》れ給《たま》へる女の聞《き》こえたるとか

83
五月雨《さみだれ》に我《わ》が手《て》添《そ》へつゝ植《う》ゑ《へ》初《そ》めし君《きみ》がたのみは今《いま》や果《は》つ覧《(らん)》

女、山里《ざと》に住《す》みける頃《ころ》

下の心―表に出ない本心。◯浅茅原―浅茅の生えた野。心浅さを含意。◯濡るれば―恒常条件。濡れるといつも。

83（女）五月雨の頃、私が繰り返し手を添えて植え初めた宮様の田の実、いえ宮様への信頼は、秋も終わる今、終わるのでしょうね。◯たのみ―田の実。稲（米）。「頼み」を掛ける。▽上三句は、「頼み」を導く序。→**補注**。

84（女）早くも秋風ならぬ飽き風が吹く山辺に住んでいるこの頃は、掛けて下さる言の葉も枯れ果ててしまったことです。◯秋風―「飽き」を掛ける。◯事の葉―「葉」の縁語「枯れ果て」を導く。▽音信の途絶えを嘆き訴える。

85（女）頼みになどできません。少しの間だって。秋の夜長のように長く愛して下さるお心づもりはあるまいと思いますので。◯秋の夜の―秋の夜長から「長き（心）」を導く。◯長き心―持続する愛情。「ひとり寝てあかぬ時にも秋の夜の長き心を知らぬものかは」（陽成院一宮姫君歌合）。→**補注**。

86（宮）信頼できないのもあなたの心からのこと。ならば、唐衣が萎れて撚れるように、馴れてあい寄るとは思われないのですか。◯心のから衣―「から」は原因を示す。「心から」に同じ。「唐（衣）」を掛ける→六〇。◯なれてよる―「衣」の縁語「萎れて撚る」から「馴れて寄る」意を導く。▽女の不信感に切り返しつつなだめる。→**補注**。

87 続千載・恋一（宮）雲の遥か彼方に見える峰よりも、更に高くあなたを思い初めてしまいました。◯天雲の―枕詞。「はる〴〵」に掛かる。◯高く―思いの丈を言う。「天雲」の縁語。▽極端に持ち上げた諧謔。→**補注**。

88（女）暗いとも感じずに家路を辿ったことでした。過ぎた昔を思い出しながら、陽が出た頃に帰ってきましたので。◯思出でてし―「思ひ出で」に「陽出で」を掛ける。「し」は強意。▽宮邸に参上した山の井の君の、帰途の詠。→**補注**。

84 秋風《あきかぜ》のはやき山べにすむ頃《ころ》は問《と》ふ事《（こと）》の葉も枯《か》れ果《は》てにけり

又、こと女に御文つかはしける、返《かへ》り事《ごと》に

85 頼《たの》まれずしばしの程《ほど》も秋の夜《よ》の長《なが》き心《こゝろ》はあらじと思《おも》へば

宮《みや》

86 頼《たの》まれぬことも心《こゝろ》のから衣なれてよるとやさらば思《おも》はじ

こと女に、宮《みや》

87 天雲《あまぐも》のはる〴〵見《み》ゆる峰《みね》よりも高《たか》くぞ君を思《（おもひ）》初《そ》めてし

山の井の君《きみ》に住《す》み給《たま》〔ひ〕て久《ひさ》しくありて、宮《みや》にまゐ《い》りて、夜更《よふ》けてまかりてければ、「暗《くら》くはいかゞ」とのたま〔ひ〕ければ、女

88 暗《くら》しとも辿《たど》られざりきいにしへを思《（おもひ）》出《い》でてし帰《かへ》り来《こ》しかば

お《を》くりの人《ひと》に付《つ》けて聞《き》こえたりけり

89 帰《かへ》り来《く》る袖も濡《ぬ》るゝはたまさかにあぶくま川《がは》の水《みづ》にやあるらん

89 (女) 帰ってくる私の袖も濡れるのは、偶に「逢う」という名の阿武隈川の水ゆえなのでしょうか。参考「人知れずぬれにし袖の乾かぬはあぶくま川の水にやあるらん」(古今六帖・第三・紀貫之)。○たまさかに―「逢ふ」に懸かり、「あぶくま川」を導く。○あぶくま川―阿武隈川。陸奥国。「逢ふ」を掛ける。○水―涙の喩。→補注。

90 (女) 久しく訪れのなかった宿では、待ちこがれた時鳥の一声のように、宮様のお手紙が格別に珍しく嬉しうございました。参考「忘られて年ふる里の郭公なにに一声鳴きてゆくらん」(後撰・恋六・読人不知)。○郭公―宮の喩。○鳴く一声―時鳥の一声。稀な音信の喩。▽時鳥に寄せた比喩歌。後撰歌をなぞる。

91 (女) 私も、山の端に入る月に遅れることなく、宮様にお逢いすることは「もう、よい」と思い諦めて、吉野の山に分け入ってしまいました。○よしの山―「ままよ」(放任の副詞「よし」)の意に、隠遁の場としての「吉野」を掛ける。

92 (女) もしこんな私の身に、こぼれ懸かる涙すらなかったら、嫌なことも辛いことも、一体誰に告げましょうか。参考「世の中の憂きも辛きも告げなくにまづ知るものは涙なりけり」(古今・雑下・読人不知)。○涙だに―身の辛苦を「まづ知る」という涙すら。○かゝる―「(涙が)懸かる」から、連体詞「かかる」を導く。○なかりせば―反実仮想。▽「涙」に訴えるしかない窮状を詠う。→補注。

93 (女) なまじ中途半端にお訪ね下さった日には、飛火の森の時鳥のように、私はあなたを恋うて、夜中にこそなくのですよ。○とぶひの森―「訪ふ日」から、「飛火の森」(大和国の歌枕)を導く。○郭公―自身の喩。○夜半にこそなけ―「さみだれの空もとどろに郭公何を憂しとか夜半になくらん」(古今六帖・第六・紀貫之)による。「鳴く」「泣く」の掛詞。▽夜を待たずに帰った宮への訴え。「飛ぶ」「鳴く」は「郭公」の

ただ暫《しば》しにて絶《た》え給《(たまひ)》にける人に、程《ほど》経《へ》て御文遣《つか》はしたりければ

90 訪《をとづ》れで程《ほど》経《ふ》る宿《やど》の郭公《ほとゝぎす》鳴《な》く一声《ひとこゑ》の珍《めづら》しきかな

宮《みや》、いかゞのたまへりけん、女

又

91 月影《つきかげ》に我も遅《をく》れず逢《あ》ふ事はよしのの《ゝ》山に思《(おもひ)》入《い》りにき

92 涙《なみだ》だ《ゝ》にかゝる我《わ》が身 に《の》なかりせば憂《う》きも辛《つら》きも誰《たれ》に言《い》はまし

からうじて訪《と》ひ給《たま》へりければ、女

93 なか〳〵にとぶひの森《もり》の郭公《ほとゝぎす》君恋《きみこ》ひなきは夜半《よは》にこそなけ

又

94 散《ち》りぬべき花《はな》ごゝろぞとかつみつゝ頼《たの》み初《そ》めけむ我《われ》や何《なに》なる

賀茂《かも》の祭《まつり》の日《ひ》、桂《かつら》の宮《みや》の御くるまに奉《たてまつ》り給《たま》ひける

95 知《し》らねども桂《かつら》わたりと聞《き》くからに賀茂《かも》の祭《まつり》のあふひとにせん

縁語。

94 (女) 必ず散る花のように移りやすいお心と知りながら、頼みにし初めた私は、一体何なのでしょう。○花ごゝろぞと→四二。○かつみつゝ—一方では見ながら。「(花)かつみ」を折り込む。「陸奥の安積の沼の花かつみかつ見る人に恋ひやわたらむ」(古今・恋四・読人不知)。○頼み初めけむ—「けむ」は過去推量。▽分かっていながら実らない恋にのめり込んだ我が行為を嘆く。→補注。

95 (宮) どなたか存じませんが、桂辺りのお方と耳にしたものですから、賀茂祭の桂と葵のご縁で、「逢う人」にさせていただきましょう。○桂わたり—山城、葛野郡桂郷の辺り。桂宮を掛ける。○あふひと—逢う人。恋人。「葵」を掛ける。▽賀茂祭に飾る桂・葵に寄せた、桂宮への挨拶の歌。→補注。

96 (宮) 世の中で嬉しいことといったら、この鳥辺山で、隠れていた人を確かに見たことでした。○みつろのしるりへ—本文不審。○鳥辺山—山城国。墓所。火葬場。○隠るゝ人—姿を隠している人。「鳥辺山」の縁で「亡き人」の意を響かせる。○見つる—「つる」は強意。▽隠れた人を生きたまま見た、とする諧謔。→補注。

97 (女) 海にあるものと聞いていましたが、清水寺の澄んだ水にも憂き目という布が浮かんでいたことです(ここで辛い目に遭おうとは思いもしませんでした)。○清水に—清水寺で。海水ではない清水、の意を掛ける。○うきめ—浮海布。「憂き目」を掛ける。▽二句で切れる。→補注。

98 (女) 狩のための仮の御宿とは承知していますが、恐れながら、ここに住みたいものと思います。○かり—「狩」「仮」の掛詞。○羚羊の—枕詞。「大《おほ》」に懸かる。羚羊《かもしか》の古名。大型の羊。▽宮の仮の宿であれ、ここでこの度のような再会を待ちたいと訴える。→補注。

99 (宮) この篠竹の節の数のように、目にする折節は多いのに、節《よ》ならぬ夜々に、あ

又、もののたまふ女、鳥辺寺《とりべでら》に詣《ま(う)》であひ給《たま(ひ)》て、みつろのしるりへに立《た》〔ち〕給《たま》〔ひ〕て、いとよく見給《みたま》〔ひ〕て、つかはしける

96
世《よ》の中に嬉《うれ》しきものは鳥辺《とりべ》山隠《かく》るゝ人を見《み》つるなりけり

忘《わす》れ給《(たまひ)》にける女、清水《きよみづ》に詣《まう》であひ奉《たてまつ》りて、宮《みや》は知《し》らぬ顔《かほ》にて出《い》で給《(たまふ)》に、聞《き》こえける

97
わたつみにありとぞ聞《き》ゝし清水《きよみづ》にすめる水《みづ》にもうきめありけり

志賀《しが》に狩《かり》し給《(たまふ)》時《とき》の宿《やど》に、ある女詣《まう》であひて、柱《はしら》に書《か》いつけける

98
かりに来《く》る宿《やど》とは見《み》れど羚羊《かまし》のおほけなくこそ住《す》ままほしけれ

同《をな》じ所《ところ》にて、常《つね》に見《み》給《(たまふ)》女に、篠竹《しのだけ》の節《ふし》しげきをつゝみて賜《たま》〔ひ〕ける

99
篠竹《しのだけ》の節《ふし》はあまたに見《み》ゆれどもよゝに疎《うと》くもなりまさるかな

なたは疎々しくなっていくことだねえ。○篠竹の━「節《ふし》」に掛かる枕詞。○節━竹の「節《よ》」から「(折)節」を掛ける。○よゝに━竹の「節」は、「夜々」を導く。→四八。▽「ふし」「よ」は、「(篠)竹」の縁語。贈った篠竹に寄せて、嘆きつつ言い寄る。→**補注**。

100 (宮)どうやって手繰り初めた所為で、あなたという糸は、いつも縒っているのに合う術がないのだろうね(言い寄っても逢えないとは)。○繰り━糸を手繰る。女を引き寄せる意を寓す。○糸━女の喩。○よれども━「(片糸を)縒る」「(言い)寄る」の掛詞。○あふ━「(片糸が縒り)合ふ」に、「逢ふ」を掛ける。▽「繰る」「よる」「あふ」は「糸」の縁語。女との関係を、縒り合わない糸に擬える。→**補注**。

101 (女)未だお側に近寄ることすらない縒らない白糸のような私ですから、糸が縒り合うようにお逢いするほどには、思われません。○よる━「縒る」「寄る」の掛詞。○白糸━女自身の喩。○あふばかりには━契る程には。副助詞「許り」に「斤(糸などの重量を表す単位)」を折り込む(「夏引きの　白糸　七はかりあり…」催馬楽・夏引)。▽「よる・あふ・はかり」は「糸」の縁語。糸に寄せ拒絶する。

102 (宮)あなたを尋ねて今初めて踏み込んだ山道ならぬ恋の路で、妻を求めて鳴く鹿のように、早く逢いたいと、先ずは声を挙げて泣いたことです。○山道━恋路の喩。○いつしか━早く。「鹿」を掛ける。○なかれ━「鳴く」「泣く」の掛詞。「れ」は自発。▽牝を呼ぶ鹿の鳴き声に寄せ、切迫した想いを訴える。→**補注**。

103 (女)男女の仲は「飽き」やすいもの、とばかり聞こえてきますので、「いつしか」というお言葉も、秋の山に鳴く鹿の声と同様、耳慣れてしまいました。○世の中→八。○あき山━「秋」「飽き」を掛ける。○いつしかの音━早く逢いたいという宮の言葉。「鹿の音」を掛ける。▽宮の言葉を引きながら、否定的に返す。

同《をな》じ人《ひと》に、宮《みや》

100 いかにして繰《く》り初《そ》めてける糸《いと》なれば常《つね》によれどもあふ由《よし》のなき

返《(かへし)》

101 近《ちか》くだによる事もまだ白糸《しらいと》のあふばかりには思《おも》ほえぬかな

やむ事《(ごと)》なき女のもとに

102 尋《たづ》ねつゝ今《いま》ふみ初《そ》むる山道《みち》にいつしかの音《ね》ぞまづなかれける

返《(かへし)》

103 世《よ》の中のあき山にのみ聞《き》こゆればいつしかの音《ね》も耳慣《みゝな》れにけり

又、同《をな》じ人に、宮《みや》

104 つれなさに強《しゐ》ひて頼《たの》めば水の上《うへ》に浮《う》きたる草《くさ》の心ちこそすれ

返《(かへし)》

105 草《くさ》の名に負《お》ほせ《と》しもせじ山川《がは》のはやくよりこそ浮きて聞《き》こゆれ

「忘《わす》れ給《たま》ふなよ」と、女の聞《き》こえければ

104 (宮) あなたがつれないので無理に頼みにしていると、水の上の浮き草のような心許ない思いがすることです。○浮きたる草の心ち—不安定で頼りない心地。「滝つ瀬に根ざしとどめぬ浮き草のうきたる恋も我はするかな」(古今・恋二・壬生忠岑)。

105 (女) 草の名の所為にはしますまい。早くから、浮いたお方と聞こえていますから。○草の名—浮き草を指す。○負ほせ—罪を着せる。○しも—強意。○山川の—「はやく」に懸かる枕詞。「速く」から「早く」に転じる。○浮きて—浮気だと。▽「はやく・浮き」は「川」の縁語。「浮き草」の比喩を不当とし、宮自身が浮薄なのだと皮肉る。→**補注**。

106 (宮) 谷深く生え続ける千年の松と月の桂の巨木に、根が切れて、花が咲くような世になったら、あなたを忘れるでしょうか。○谷の松—谷底の松。澗底松。○月の桂—月桂樹。中国の故事に言う月中の桂の大木。○根を絶えて—「絶え」は自動詞。「を」は強調。▽「隔絶した所の松桂」の「根が切れて花が咲く」という、あり得ない誓い言で返す。

107 拾遺・恋五・承香殿中納言。(女) すぐに恋人に飽くという芥川が流れる津の国の難波、なるほど名には違わず、私にお飽きになったことでした。○そ行殿—承香殿。○とく—疾く。早くに。○あくた川—「飽く」から歌枕「芥川」(摂津)を導く。○津の国の—摂津の。「難波」に懸かる枕詞。○なには違はぬ—「難波」から「名には」を導く。→**補注**。

108 後撰・恋四・承香殿中納言。(女) 来て下さらない人を待って、松の小枝に降りかかる雪のように、消え入ってしまいそうです、満たされない胸の思いの火に融けて。○まつの小枝—「待つ」から「松の小枝」に転じ、以下序詞的に「消え」を導く。○消えこそかへれ—すっかり消える。雪が「消え」る意を掛ける。○思に—「思ひ」に「火」を掛ける。▽待つ身の辛さを、消える雪の喩で訴える。→**補注**。

106 谷《たに》の松《まつ》月の桂《かつら》に根《ね》を絶《た》えて花咲《はなさ》かむ世《よ》や君《きみ》を忘《わす》れん

そ行殿の中納言君に、ほどなく離《か》れ給《たま》ひにければ、女《をんな》

107 人《ひと》をとくあくた川《がは》てふ津《つ》の国《くに》のなには違《たが》はぬものにざりける

かくてものも食《く》はで泣《な》く〳〵恋《こ》ひ聞《き》こえて、松《まつ》に雪の降《ふ》りかゝりたりけるにつけて聞《き》こえける

108 来《こ》ぬ人《ひと》をまつの小枝《さえだ》に降《ふ》る雪の消《き》えこそかへれあかぬ思《（おもひ）》に

昇《のぼる》の大納言のみむすめに住給《すみたま》〔ひ〕けるを、庇《ひさし》にお《を》まし敷きて大殿籠《おほとのごも》りて後《のち》、ひさしうお《を》はしまさで、「かの端《はし》に敷《し》かれたりし物《もの》はさながらありや、取《と》りやたて給《（たまひ）》てし」と、のたま〔ひ〕ければ、女

109 敷《し》きかへずありしながらに草枕塵《まくらちり》のみぞゐる払《はら》ふ人《ひと》なみ

と聞《き》こえたりければ、宮

110 草枕塵払《くさまくらちりはら》ひには唐《から》衣 袂豊《たもとゆた》かにたつを待《ま》てかし

109 （女）敷き換えずあの時のまま、あなたが仮寝をされた枕には塵だけが置いています。払う人がいないので。○草枕―旅寝の枕。仮寝の床。○塵のみぞゐる―空閨を表す。○払ふ人なみ―「み」は原因を示す接尾語。▽来訪を乞う一首。→補注。

110 （宮）枕の塵を払うために、唐衣の袂を大きく裁ってそちらに発つのを、待っていて下さい。○塵払ひには―「塵払い用に（衣を裁つ）」意と、「塵を払う目的で（発つ）」の両義。○唐衣―「裁つ」に懸かる枕詞。○袂豊かにたつ―「うれしきを何に包まむ唐衣袂豊かに裁てといはましを」（古今・雑上・読人不知）に依る。「裁つ」「発つ」の掛詞。▽「袂・裁つ」は、「唐衣」の縁語。古今歌を引きなだめ茶化す。→補注。

111 （女）唐衣を裁って発たれるのを待つ間の間遠さに、私の床の塵も積もったことです。○唐衣―前歌を受ける。○程→六〇。○敷妙―寝床に敷く布。寝床。▽「裁つ」「程」は「唐衣」の縁語。「待て」と期待させる宮への、不信を詠う。→補注。

112 （女）狩りをされるというくりこま山の鹿よりも、独り寝をする私の身の方がもっと侘びしい思いをすることです。▽「鹿」との対比により、我が身の辛さを訴える。→補注。

113 （宮）男女の仲を一体どうしたものか。春霞の立つ遠い「余所ながらでも逢うまい」と、恋しい人は言っているとか。○世の中→八。○春霞―遠くに立つことから「よそ」を導く。○人―一条の君を指す。○言ふなり―伝聞「なり」。▽第三者的な口ぶりで、素っ気ない恋人を責める。→補注。

114 （女）素敵だとは見ましても、やはり厭わしうございます。春霞の掛からない山がないように、宮様が関わらない女人はあるまいと思うものですから。参考「思へども猶うとまれぬ春霞かからぬ山もあらじとおもへば」（古今・雑体・読人不知）。○うとし―疎ましい。厭わしい。○春霞かからぬ山―「春霞」は宮、「山」は

又、女《をんな》

111 唐衣《からころも》たつを待つ間《まま》の程《ほど》こそは我《わ》が敷妙《しきたへ》の塵《ちり》も積《つ》もれ、

かくておはして後《のち》、「宇治《うぢ》へかりしになむ」とのたまへれば、女

112 み狩《かり》するくりこま山の鹿《しか》よりもひとり寝《ぬ》る身ぞ侘《わび》しかりける

一条の君に

113 世《よ》の中をいかゞはせまし春霞《はるかすみ》よそにも見《み》じと人は言《い》ふなり

御返《(かへし)》

114 あはれとは見《み》れどもうとし春霞《がすみ》かからぬ山はあらじと思《おも》へば

山の井の君《きみ》の家《いへ》の前《まへ》をおはすとて、楓《かへで》の紅葉《もみぢ》のいと濃《こ》きを入《い》れ給《たま》へりければ

115 思《(おもひ)》出《い》でて訪《と》ふにはあらじあきはつる色《いろ》の限《かぎ》りを見《み》するなりけり

他の女達の喩。「かかる」は「霞が懸かる」意に、宮が女に「関わる」意を掛ける。▽前歌と同じく古今・雑体から類似歌を引き、宮の浮薄さを攻め拒絶する。

115 後撰・秋下・読人不知、拾遺・雑恋・読人不知。（女）私を思い出してお訪ねなのではありますまい。秋の果てにこの紅葉のような、私に飽き果てた極めつけの色をお見せになるのですね。○あきはつる→二一。○色の限り―極限の色。▽通りすがりに紅葉の枝を差し入れた宮への抗議。→補注。

116 （女）山の井の私の所に宮様が通っていると噂は立ちましたが、澄んだ井戸の水には訪ねてくる人の影すらも映らないことです。参考「山の井の浅き心も思はぬに影ばかりのみ人の見ゆらむ」（古今・恋五・読人不知）。○山の井―地名。井戸の意から、縁語「澄む」「影」を導く。○すむ→五。「住む」「澄む」の掛詞。○人影も見えず―井の水に映る宮の姿。▽参考歌を踏まえ、影すら見せないと宮の無沙汰を強調し恨む。

117 新勅撰・恋二・修理。（女）高く伸びた呉竹のような高貴なお方でも、何の甲斐もないことです。竹の一節二節ならぬ一夜二夜ばかり、仮初めに伏して契りを交わしたところで。○高くとも―身分が高くても。竹の丈が高いことを含む。○呉竹の―「よ」「ふし」に掛かる枕詞。○ひと夜ふたよの―「夜」に「竹」の縁語「節《よ》」を掛ける→四八。○あだのふし―徒臥し。仮初めの契り。役に立たない竹の「節《ふし》」の意を掛ける。▽「よ」「ふし」は、「（呉）竹」の縁語。→補注。

118 （女）八重垣にもう一重多い九重のこの宮中に、垣を越えて、浮気なお方はわざわざ訪ねるはずもないでしょう。○八重垣―幾重にも巡らした垣。「八雲たつ出雲八重垣妻籠に八重垣つくるその八重垣を」（古事記・上）。警護が厳重である意。○九重―宮中。「八重」に対応する。○あだなる人―宮を指す→二二。→補注。

又、程《ほど》へて、「訪《と》ひたまはず」と恨《うら》みて

116 山の井にすむとわが名は立《た》ちしかど訪《と》ふ人影《ひとかげ》も見《み》えずもあるかな

修理《すり》のくそのおもとに、「おはせん」とのたまへりければ、女

117 〔高《たか》くとも何《なに》にかはせん呉竹のひと夜《（よ）》ふたよのあだのふしをば

内《うち》にて人を訪《たづ》ね給《たま》ひければ、女

118 八重垣《かき》に一重《ひとへ》まされる九重にあだなる人は訪《たづ》ねしもせじ

女のもとにおはして、「と寄《よ》りたまへ」とのたまへば、女〕

119 わたつみのそこの心《こゝろ》もしらなみの知《し》らではいかが寄《よ》るとぞや君《きみ》

こと出《い》できて後《のち》、宮す所に

120 侘《わ》びぬれば今《いま》はた同《をな》じ難波《なには》なるみをつくしても逢《あ》はんとぞ思《（おもふ）》

かねもちのむすめ兵衛のもとに、「今来《いまこ》む」とのたま

119 （女）（海の底ならぬ）あなたの本心も知らずに、どうして（白波のように）お側に寄るというのですか、あなた。○と寄り—「と」は接頭語。ちょっと寄る。○わたつみの—枕詞。海の。○そこの心—「底」「其処」の掛詞。宮の本心。○しらなみの—「知らな」から「白波」に転じた枕詞。「知らでは」に懸かる。○寄る—波が寄る、宮の側に寄る、の両義。▽「底・白波・寄る」は、「わたつみ」の縁語。宮のことばに反発する形を示す。→補注。

120 後撰・恋五、拾遺・恋二。（宮）こうして悲嘆にくれているのですから、もはや、この上どうなろうと同じこと、難波江の澪標ではないけれど、我が身を尽くしてもお逢いしようと思うのです。○侘びぬれば—辛く悲嘆にくれる意。「ぬ」は強調。○難波なるみをつくし—難波江（大阪湾）にある澪標（船の針路を示す杭）。「身を尽くし」を掛ける。▽「こと」は京極御息所との密通、露見を指す。命を掛けた恋の歌。百人一首所収。→補注。

121 後撰・恋六・兵衛。（女）密かにお越しを待って寝られないまま、夜が明けたのにも気づかずに待ち続けて、有明の月にまで欺かれてしまったことです。参考「今来むといひしばかりに長月の有明の月を待ちいでつるかな」（古今・恋四・素性）。○有明の月—下旬の月。夜明け頃まで空に残る。○月にさへこそ—宮には勿論、月にまでも。▽参考歌の「有明の月」を、欺かれた対象に加え、失意を強調する。→補注。

122 （女）お元気なのに来て下さらないとも言いますまい。ただ足斑の嘶く声を耳にしたのが嬉しゅうございました。○足斑—馬の呼び名。膝下の毛が白い馬。▽宮が馬で前渉りした折の詠。逆説的に来訪を請う。

123 後撰・恋二。（宮）「あけた、あけた」と、夜が明けたと思わせて、私を帰すとは、まるで嘘鳴きをした函谷関の鶏の声でしたよ（もっとそちらに居たかったのに…）。○天の門を—天界の通路の門。「開く」に懸かる。○あけぬ—他

〔ひ〕て、お《を》はせざりける、又の日のつとめて、女

121 人知《ひとし》れず待《ま》つにねられぬ有明《ありあけ》の月にさへこそあざむかれけれ

足斑《あしぶち》といふ馬《むま》に乗《の》り給《たま》へりけるころ、女のもとに久《ひさ》しくお《を》はせざりける頃《ころ》、女

122 ありながら来《こ》ぬをも言《い》はじ足斑《あしぶち》の駒《こま》の声《こゑ》こそ嬉《うれ》しかりけれ

これに驚《をどろ》きて女《をんな》のもとにお《を》はしたるに、「明《あ》けぬ、とく」と聞《き》こえければ、帰《かへ》り給《たま》〔ひ〕て、宮

123 天《あま》の門《と》をあけぬ〳〵と言《い》ひなして空鳴《そらな》きしつる鶏《とり》の声《こゑ》かな

返《（かへし）》

124 天《あま》の門《と》をあくとも我は言《い》はざりきよに深《ふかゝ》かりし鶏《とり》の音《ね》に飽《あ》かで

時々《とき〴〵》お《を》はしける所にお《を》はして、前栽《せんざい》の中にて立《た》ち聞《ぎゝ》き給《たま》へば、「宮《みや》のこよひ夢《ゆめ》に見《み》え給《たま》へるかな」とて、女

125 うつゝにも静心《しづごゝろ》なき君なれば夢《ゆめ》にもかりと見《み》えつるが憂《う》さ

動詞（天の門を）「開く」に、自動詞「（夜が）明く」を掛ける。〇言ひなして―わざと言う。〇空鳴きしつる鶏―嘘鳴きをした鶏。孟嘗君の故事による。▽夜明け前の帰宅を促す女への、故事による悠長な返し。→補注。

124 （女）天の門を「開ける」とも「夜が明ける」とも、私は申し上げませんでした。夜深く鳴いた世にも哀れ深い鶏の鳴き声、いえ宮様のお声に飽くこともなくて。〇あくとも―「開く」「明く」に「飽く」を掛ける。〇よに深かりし―「夜に」「世に」の掛詞。「深し」は、夜の入りにも明け方にも遠いこと。心に深く浸みる意を掛ける。〇鶏の音―宮の睦言の喩。▽前歌を受け、同じ故事に寄せて返す。

125 （女）現実でも落ち着かずに渡り歩かれる方だから、夢の中でも、飛び渡る雁ならぬ仮そめの渡りと見えたのが辛いこと。〇うつゝ―現実。「夢」と対比。〇静心なき―落ち着かない。通い所が多い意。雁の渡りを含意。〇かり―仮そめの渡り。「雁」を掛ける。▽独り言の体の訴嘆。→補注。

126 （宮）鶯が木伝う枝を辿るうちに、とうとう住み家にする花、いやあなたの住み家を見つけたことですよ。参考「鶯声誘引来花下、鶯のなきつるこゑに誘はれて花のもとにぞ我は来にける」（千里集）。〇たづぬとて―探すというので。〇花のすみか―花という鶯の住処。御匣殿の喩。〇はや―終助詞。感動を表す。▽参考歌の「花」を女性の喩に転換、恋歌とする。→補注。

127 （宮）しみじみと「終わる、終わる」と思った三月が過ぎたので、今は、夏が来ること、そう、あなたを私に懐かせ、昵懇の仲になることを待っているのですよ。〇つく〴〵と―副詞「つくづくと」に「尽く尽くと」を掛ける。〇思ひし月を―春の終わる三月を。〇夏くる―「夏来」に「懐く」（他動詞。馴染ませる意）を掛ける。▽季の移りに寄せ、女との関係を危惧から攻勢へと転じようとする。→補注。

御匣殿《みくしげどの》に、宮《みや》

126 鶯《うぐひす》のこづたふ枝《えだ》をたづぬとて花《はな》のすみかをゆきて見《み》しはや

127 つく〴〵と思《（おもひ）》し月《つき》を過《す》ぎぬれば今は夏くることをまつかな

128 つけそめし思《おも》ひを空《そら》にかすめてもおぼつかなさのなほ《を》まさるかな

返《（かへし）》

129 いつよりか人に思《おも》ひの馴《な》れにけん今《いま》よりほかに言《い》ふぞあやしき

監《げん》の命婦に、「方《かた》ふたがりたれば」とのたまへりければ、

女

130 あふことの方《かた》はさのみはふたがらむ一夜《ひとよ》めぐりの君《きみ》と見《み》つれば

と聞《き》こえたりければ、さしてお《を》はしたりけり。

128 （宮）初めて点じた火のような想いを、霞のように空に漂わせても、あなたの心を見通せない不安が一層募ることです。〇つけそめし思ひ―「思ひ」の「火」を「着け初め」る。「ほのに見し人に思ひをつけそめて心からこそ下に焦るれ」（寛平御時后宮歌合）。〇空にかすめても―他動詞「掠む」は、仄めかす意。「空に霞」のようにの意を含む。〇おぼつかなさ―はっきりしないこと。▽想いを仄めかしても、相手の心が読めない不安を詠う。

129 （女）一体いつから、思いの火を点じて、人に馴れ初めたのでしょう。今以外にそんな折があったと言うのは変ですこと。〇いつよりか―「つけそめし」への切り返し。何時そんなことがあったのかと訝る。〇今―「つけそめし」の歌を見た今。▽女の理詰めな拒絶。

130 （女）私に逢う方角は、そんなふうにばかりむやみに塞がるのですね。毎晩そちこちの女性に通われるあなたは、一夜巡りの神様のような方ですから。〇さのみは―そうむやみに。〇一夜めぐりの君―陰陽道の天一神。太白神。この神のいる方角が忌避され、通行不能になる（「方ふたがり」）。宮を寓す。▽この歌を見て、まっすぐにやって来た旨が語られる。→補注。

131 （女）大沢の池の水ならぬあなたからの水茎が絶えてしまおうとも、嵯峨におられるあなたの連れない「性」の辛さを、どうして恨んだりしましょうか。〇大沢の池―山城国嵯峨野。〇水茎―手紙。「池の水」に続く。〇絶え―音信の途絶え。「水」の途絶えとの両義。〇さがの辛さ―「嵯峨」を掛け、つれない宮の「性」を言う。〇なにか―反語。▽つれなさを相手の「性」として、今さら恨まないと恨む。→補注。

132 （宮）荻の葉がそよぐ度に恨んでいます。風に葉を裏返すように、追い返すあなたの辛いお心を。〇荻の葉の→一二〇。〇恨みつる―「裏見」を掛ける。〇風にかへして―風に葉を翻す意から、男を拒み帰す意を導く。詞書「心高し」に対応。▽「裏」「かへし」は、「荻の葉」の

又、久《ひさ》しくおはせで、「嵯峨《さが》の院に狩《かり》しにとてなむ」とのたまへりければ、女

131 大沢《おほさは》の池《いけ》の水茎《みづぐき》絶《た》え《へ》ぬともさがの辛《つら》さをなにか恨《うら》みむ

御返事もいかゞありけん、忘《わす》れにけり。

近江《あふみ》の介中興《すけなかき》がむすめども、形《かたち》よく、心高《こゝろたか》しと聞《き》き《ゝ》給《たま》〔ひ〕て、遣《つかは》しける

132 荻《をぎ》の葉《は》のそよぐごとにぞ恨《うら》みつる風《かぜ》にかへして辛《つら》き心《こゝろ》を

又

133 浅《あさ》くこそ人は見《み》るらめ関水《せきみづ》の絶《た》ゆる心《こゝろ》はあらじとぞ思《(おもふ)》

返《かへ》し、女

134 関川《せきかは》の石間《いしま》をくゞる水《みづ》を浅《あさ》み絶《た》えぬべくのみ見《み》ゆる心《こゝろ》を

月《つき》のあかき夜お《を》はしたるに、出《い》でて《ゝ》ものなど聞《き》こえて、とく入《い》りにければ、宮《みや》

縁語。→補注。

133 新勅撰・恋四。（宮）浅いと人は見るでしょうが、関の清水のように、あなたへの想いが絶えることはあるまいと思います。○浅くこそ―恋情の浅さを「関水」の浅さに寄せる。○関水の―比喩的枕詞。「絶ゆ」に係る。逢坂の関の清水。▽「浅く」「絶ゆる」は「清水」の縁語。→一三二補注。

134 新勅撰・恋四。（女）岩間を流れる関川の水は浅いので、必ずや途絶えるに違いないと見えます、あなたのお心と同様に。○関川―前歌「関水」に同じ。○水を浅み―「関川の」以下ここまで、「絶え」に懸かる序。○絶えぬべく―水の途絶えと宮の思いの途絶えを掛ける。「べく」は当然。○心を―前歌「絶ゆる心はあらじ」に対する切り返し。▽「絶え」は「水」の縁語。水の途絶えから宮との関係の途絶えに転じ、不信を言う。→一三二補注。

135 （宮）夜毎に出るものと思っていたのに、あっけなく入って姿を隠してしまって、まるで月のような方とでも言って、思い諦めることにしましょう。○出づ―部屋の端近な所に出る。月が出る意を掛ける。○はかなくて―これと言うこともなく。○月と言ひて―出入りを月に準える。▽「出づ」「入り」は、月の縁語。→一三二補注。

136 （女）せめて、忘れられたのは自分のせいだと思うことで、何とかあなたへの想いを断ち切ることにしましょう。○我から―自分が原因の。「割殻」。海草の間に住む甲殻類の虫）を掛ける。「海人の刈る藻に住む虫のわれからと音をこそなかめ世をば恨みじ」（古今・恋五・藤原直子）。○だにこそ―「だに」は最小限の条件を示す。→一三二補注。

137 （女）まあ、忌まわしいこと。どちらの女人にも厭われる人生なのですね。○人ごとにうとまれ―ことごとく人に嫌われる。○世―人生、特に男女関係。▽女手の歌内容を加味した皮肉の歌。→一三二補注。

135 夜《よ》な〳〵に出《い》づと見《み》しかどはかなくて入《い》りにし月と言《い》ひてやみなん

扇《あふぎ》を落《をと》してお《を》はしたるを見《み》れば、女の手《て》にて書《か》けり

136 忘《わす》らるゝ身は我《われ》からのあやまちになしてだにこそ思《（おもひ）》絶《た》えなめ

とある傍《かたはら》に、書《か》きつけて奉《たてまつ》る

137 ゆゝしくも思《おも》ほゆるかな人ごとにうとまれにける世《よ》にこそありけれ

狛野《こまの》の《ゝ》院にて秋《あき》のつとめて、人々《ぐ》の起《を》きたりけるに、

源　順《みなもとのしたがふ》がひとりごとに言《い》ひける

138 白露《しらつゆ》の消《き》えかへりつゝ夜《よ》もすがら見《み》れども飽《あ》かぬ君《きみ》が宿《やど》かな

と言《い》ふことを聞《き》こしめして

139 蓬生《よもぎふ》の草《くさ》の庵《いほり》と住《す》みしかどかくはた偲《しの》ぶ人もありけり

同《をな》じ院にて、泉川《いづみがは》といふことを詠《よ》ませ給《たま》ひける。人々《ぐ》、

138 （男）白露のように、感動に消える思いを繰り返しつつ、一晩中眺めていても興趣の尽きないお宿であることです。〇白露の—「消えかへり」を導く比喩的枕詞。〇消えかへりつゝ→四八。「つゝ」は反復。▽宿褒めの歌。主人を讃える。→補注。

139 （宮）自分はただ、雑草の生い茂る荒れた宿と思って住んでいたが、このようにも又、しみじみと思いを致す人もいたのだね。〇蓬生の—雑草が茂り荒れている。〇草の庵—草葺きの粗末な家。〇偲ぶ—しみじみと思う。賞美する。▽前歌の宿褒めを受ける。

140 （宮）泉川のように、心のままに湧く命ならば、どうして、千年も川瀬を渡って通わないことがあろうか。〇泉川→六九。〇心にかなふ命—「命だに心にかなふ物ならば何か別れの悲しからまし」（古今・離別・白女）。〇などか—反語。〇千とせ—千歳。長年月。「瀬」を掛ける。〇渡らざるべき—「渡る」は、川を渡る、狛野の院に来る、の両意。▽「瀬」「渡る」は「泉川」の縁語。長寿であれと予祝する「おはしませ」を、来院を促す意に解し、応じる。→補注。

141 （宮）泉川は水底が深そうなので、其処もとたちの、波の音ならぬ「人並みに」という深慮の声が聞こえてくることだ。〇深げなる—深そうな。「水深げ」から「思いの深さ」に転じる。〇そこ—「（水）底」「其処《もと》」の掛詞。〇人なみ〳〵の声—「人並みに」という声。昇進を願う声か。「波」を掛ける。▽「水・深げ・そこ・なみ」は「泉川」の縁語。皆の思いを受け止めたと応じる。→補注。

142 新勅撰・秋下・とし子。（女）狩のついでに来られるだけのあなたを待って声を振り絞っては泣く、鳴く鹿ならぬ志賀山は、飽きの名を持つ秋がことに悲しいことです。〇かりに—「狩」「仮」の掛詞。〇ふりでつゝ—「つゝ」は反復。〇しか山—「鳴く鹿」から「志賀山」を導く。▽「狩」「鳴く」「秋」は、「鹿」の縁語→九八。→補注。

「千歳《とせ》おはしませ」と祝《いは》ひ聞《き》こえければ、宮《みや》の御

140 泉川心《いづみがはこゝろ》にかなふ命《いのち》あらばなどか千《ち》とせも渡《わた》らざるべき

又

141 泉川水深《いづみがはみづふか》げなるそこなれば人なみ〳〵の声《こゑ》ぞ聞《き》こゆる

志賀《しが》の山越《ごえ》の道《みち》に、いもはらと言《い》ふ所持《(も)》〔ち〕給《たま》へりけり、そこにこがくれつゝ人見給《みたま》〔ひ〕けるを知《し》りて、としこが書《か》いつけける

142 かりにのみ来《く》る君待《きみま》つとふりでつゝなくしか山は秋《あき》ぞ悲《かな》しき

ある女、御文遣《ふみつか》はすに、隠《かく》れて、「待らず」と言《い》はすれば、宮

143 隠《かく》れぬと聞《き》くからにこそ深芹《ふかぜり》の生《お》ふるそこぞと思《(おもひ)》やらるれ

又、遣《つか》はす

144 鳴《な》き帰《かへ》るかりにもあらぬ玉梓《たまづさ》を雲居《くもゐ》にのみぞ待《ま》ちわたりける

143 （宮）「隠れぬ」と聞いたからこそ、深芹の生えている隠れ沼の底ならぬ、其処にあなたがいると見当が付きました。○隠れぬと―隠れているると。「隠れ沼（草などに覆われた沼）」を掛ける。○深芹―根が深く土中に伸びる芹。○そこ―「底」「其処」の掛詞。▽→**補注**。

144 続後拾遺・恋一。（宮）鳴きながら帰っていく雁ではないが、仮そめにも来ない手紙を、雲居ならぬ宮中で、ずっと待ち続けているばかりです。○帰るかり―帰雁。「仮」を導く。○玉梓―手紙。消息。○雲居―雲の彼方。宮中。▽「鳴く・かへる・雲居・わたり」は「雁」の縁語。→**補注**。

145 続後拾遺・恋三。（宮）今はもう移ろったらしい木の葉のために、関りのない群雲はどうして時雨を降らせるのでしょう（心変わりしたあなたゆえに、他人の私が訳もなく涙を流しています）。○移ろひにけん木の葉―心変わりした女の喩。○よその雲むら―他所の群雲。自身の喩。▽裏切られての自虐的な一首→**補注**。

146 （四宮）私も、身を以て思い知りました。火取りならぬ独り寝はどんなにか侘びしいことでしょう。○身をつみて―「つみ」は「抓る」意。○薫物の―香を混ぜた練り香。「火取り」（香炉）にかかる枕詞。○ひとり寝―「火取り」から「独り（寝）」を導く。▽ままならぬ男女関係への男同士の慰め合い。→**補注**。

147 （宮）本当に今は火取りならぬ独りなのです。炭窯の煙のように燻る思いを、消してくれる人がなくて。○ひとり―「独り」「火取り」の掛詞。○くゆる煙―燻る思いの喩。▽贈歌の「ひとり」から、「独り」の侘しさを「火取り」の縁語で仕立てて返す。

148 新千載・恋四。（女）吉野山から流れ落ちる滝の瀬が速いように、もっと早くであればお待ちもしたでしょうが（今となってはもう遅うございます）。○み吉野の→「み」は美称。一九・九一。○滝つ瀬の―ここまで、瀬の速いことから「早く」を導く序詞。○はやくなりせば―他

もののたまふ女、こと出《い》できにける十月許《（ばかり）》に遣《つか》はしける

145 今《いま》はは《ゝ》や移《うつ》ろひにけん木《こ》の葉ゆゑよ《へ》その雲《くも》むらなに時雨《しぐ》るらん

女宮《をんな》、怨《ゑ》じて寄《よ》せ奉《たてまつ》り給《たま》はざりけるころ、四宮より

146 身《み》をつみて思《（おもひ）》し知りにき薫物《たきもの》の《ゝ》ひとり寝《ね》いかに侘《わ》びしかるらん

御返《（かへし）》

147 心《こゝろ》から今《いま》はひとりぞ炭窯《すみがま》のくゆる煙《けぶり》を消《け》つ人《ひと》ぞなき

おぼしかけたる女《をんな》、男《をとこ》したるに、御文遣《つか》はしけるに

148 み吉野《よしの》の《ゝ》山より落《を》つる滝《たき》つ瀬《せ》のはやくなりせば待《ま》ちもしてまし

御返《（かへし）》

149 秋風《あきかぜ》にと寄《よ》りかく寄《よ》り花薄《はなすゝき》そよやさこそは言《い》ふべかりけれ

前渡《まへわた》りし給《たま（ひ）》けるに、女、「この月はいかゞ」と聞《き》こえたりければ

150 大空《おほぞら》の月だに宿はいるものを雲《くも》のよそにも過《す》ぐる君《きみ》かな

の男に会う前であれば、の意。→補注。

149 （宮）秋風に吹かれてあっちに寄りこっちに寄りして花薄はそよぐが、そうだ、お説の通りにもっと早く、あなたが他の男に靡く前に言うべきだったなあ。○と寄りかく寄り―あちこちに靡く。浮気の様を寓す。→一一九。○花薄―女の喩。○そよや―代名詞「そ」に間投助詞「よ」。風のそよぐ音を響かせる。○さこそは―そのように、もっと早くに。▽「寄り」「そよ」は「花薄」の縁語。女の言い訳に納得してみせる皮肉の歌。

150 （女）大空の月の光ですら家には射し込むのに、あなたは入りもせず、雲のかなたの余所ごととして、通り過ぎて行かれるのですね。○月だに―月ですら。宮と比較。○いる―「射る・入る」の掛詞。○雲のよそ→一四五。▽女からの誘いの歌で、詞書と整合しない。→補注。

151 （宮）想いを抱きながら言わずにいますが、いやなに強くないので、恋する心に負けるしかない私なのです（こうして言ってしまいました）。参考「心には下ゆく水のわきかへり言はで思ふぞ言ふに勝れる」（古今六帖・第五・作者名不記）。○思ひつ、言はね―「言はで思ふ」の状態。○なにか―反語。○まさらねば―想う「心」の強さと対比、口に出した「身」の弱さを言う。▽想いの強さの逆説的訴え。→補注。

152 （宮）繰り返し萌え出る草のように、幾度も燃えては恋い焦がれていた私も、くつろぎました。ただ宵の間に置いた冷たい露のようなあなたに癒されて。参考「夏草も夜の間は露にいこふらむつねに焦るる我ぞ悲しき」（寛平御時后宮歌合）。○もえかへり―「萌え」「燃え」の掛詞。幾度も燃え。「かへり」は反復を表す。○こがれし草―恋い焦がれる自身の喩。「焦がれ」は「燃え」の縁語。○露におかれて―「露」は女の喩。受け身表現。置いた露に冷やされて。▽参考歌の「夏草」から、恋に身を焼く自身を草に寓し、露との関係を詠う。→補注。

近衛《このえ》の帝《みかど》の君《きみ》と言《い》ひける人に

151 思《おも》ひつゝ言《い》はねどなにかまさらねば心《こゝろ》にのみも負《ま》くるわが身か

女にもののたま〔ひ〕て、あしたに

152 もえかへりこ《け》がれし草もいこひにきたゞ宵《よひ》の間《ま》の露《つゆ》にお《を》かれて

京極《ごく》の宮す所

153 吹《ふ》く風にあへでこそ散《ち》れ梅《むめ》の花《はな》あだに《る》にほへる我《わ》が身とな見《み》そ

兼茂《かねもち》の宰相のむすめに

154 染《そ》むれども濃《こ》さも増《ま》さらぬ唐衣《からころも》色《いろ》の限《かぎ》りをきて見《み》するかな

又

155 あまたには今《いま》も昔《むかし》もくらぶれどひと花筐《はなかたみ》そこぞ恋《こひ》しき

女、「忘《わす》れ給《たま》ひなんとこそ思《おも》へ」と聞《き》こゆれば、宮

(155の次)〔　　〕

いみじう恨《うら》み聞《き》こえける女に、宮

元良親王集

153 (女)吹く風に耐え切れないからこそ、梅の花は散ります。私も、世間の非難に耐えられないからお別れするのです。一時の浮薄な心で咲き匂った身とは、決してお思いにならないでください。○吹く風―世間の非難、風当たり。○あへで―敢えで。耐えきれずに。○あだに→二二。○にほへる―梅の匂いから視覚的な美しさに転じる。○な見そ―禁止。▽→一二〇。密通の露見による別れか。→**補注**。

154 (宮)染めてもこれ以上は濃くならない唐衣、その極みの色を着てお見せすることで(あなたへの想いの極みを、来てお見せします)。○色の限りを→一一五。想いを表す極限の色を。○きて―「唐衣」の縁語「着」に「来」を掛ける。▽想いの深さを染め色の濃さで表す。→**補注**。

155 (宮)今、昔と、多くの恋人に比べてみるけれど、可愛らしい花籠のようなそなた一人が恋しいのだよ。○あまた―大勢の恋人たち。「花がたみ目並ぶ人のあまたあれば忘られぬらむ数ならぬ身は」(古今・恋五・読人不知)による。○ひと花筐―一つの花籠。可愛い女性の喩。「あまた」と対応。○そこ―其処もと、そなた。「筐」の縁語「底」を掛ける。→一四一。

(155の次) 歌、脱落。→**補注**。

156 (宮)あなたは、私を恨んで嘆き、まるで木の立つ高い山なので、そこから吹き下ろす風のようにはやく、私のことなど忘れてしまいなさい。○嘆きの高き山―「嘆き」に「木」を掛ける。「山」は女の喩。○おろしの風の―吹き下ろす強風。速いことから「早く」を導く。○忘れね―完了「ぬ」の命令形。▽揶揄しつつ、軽くいなす。→**補注**。

157 後撰・恋一・読人不知、続千載・恋五。
(宮)早く会いたいと待っているのに、「今はもうこれまで」と末の松山を越えていると聞く、波ならぬあなたのせいで袖が濡れることです。参考「君をおきてあだし心をわが持たば末の

156 恨《うら》みつゝ嘆《なげ》きの高《たか》き山なればおろしの風《かぜ》のはやく忘《わす》れね

ものゝたまふ女、こと人に物いふと聞《き》こしめして、宮

157 いつしかと我《わ》がまつ山の今《いま》はとて越《こ》ゆなる波《なみ》に濡《ぬ》るゝ袖かな

返《(かへし)》

158 まつ山にうちはこすとも君《きみ》をおきて波《なみ》の立《た》つ名《な》はあらじとぞ思《(おもふ)》

又、宮

159 逢《あ》ふ事の涙にのみぞ濡《ぬ》れ添《そ》はる逢《あ》はぬよを惜し悲《かな》しと思へば

返《かへ》し

160 まことにや濡《ぬ》れつゝ渡《わた》るかり衣《ころも》近《ちか》くきたらばとひも絞《しぼ》らん

絶《た》えはて給《(たまひ)》ぬと見《み》て、山の井の君

161 山の井の絶《た》えはてぬとも見《み》ゆるかな浅《あさ》きをだにも思《(おもふ)と》こころに

宮、又、右近《うこ(ん)》といふ人《ひと》

松山浪も越えなむ」(古今・東歌)。○まつ山の―「待つ」から「松山」を導く。「波」に懸かる。歌枕「末の松山」を含意。○今は→一。○越ゆなる波―相手の心変わりを含意。「なる」は伝聞。▽参考歌の修辞に依り、女の「あだし心」を恨む。→補注。

158 (宮)例え末の松山を波が越すとしても、あなたがいるのに、波のように浮き名が立つことはあるまいと存じます。○まつ山に―前歌所引、古今歌による。○うちはこすとも―「うち」は接頭語。「は」は強意。○君をおきて―前歌所引、古今歌の初句。○波の立つ名―波が「立つ」から、浮き名が「立つ」意にずらす。▽同じ古今歌に依る弁解。→補注。

159 (宮)お逢いすることがなく、いよいよ波ならぬ涙に濡れてばかりいます。逢う夜のない仲を、「残念だ、悲しい」と思うものですから。○逢ふ事の涙―「無み」から「涙」を導く。○濡れ添はる―四段自動詞「添はる」は、自然に付け加わる意。○よ→八。→補注。

160 (女)本当でしょうか、濡れて渡っていく雁のように、涙に濡れながらお過ごしというのは。近くに来られたなら、飛び、いや問うて、衣を絞ってみましょう。参考「偽りの涙なりせば唐衣しのびに袖は絞らざらまし」(古今・恋二・藤原忠房)。○まことにや→六五。○渡る―時を過ごす。飛び渡る意を掛け「雁」を導く。○かり衣―「雁」から「狩衣」を導く。○きたらば―「来」「着」の掛詞。○とひも―「問ひ」「飛び」の掛詞。「も」は強意。▽「渡る」「飛び」は「雁」の縁語。六五と同一趣向。「雁」に寄せる修辞は独自。

161 (女)、山の井のように、私の所へのお通いは、途絶えたようですね。お心の浅さすら、思い悩んでいましたのに。参考「山の井の浅き心も思はぬに影ばかりのみ人の見ゆらむ」古今・恋五・読人不知)。○山の井の―「絶え」を導く序的枕詞。自身の呼び名を折り込む。○絶え―井戸が涸れる、縁が絶える、の両義。○浅きを

162 心《こゝろ》憂《う》き五月雨《さみだれ》なりし郭公《ほとゝぎす》いかで今年《ことし》の声《こゑ》を聞《き》かまし

御返《かへし》

163 めに近《ちか》く身には見《み》じとや郭公《ほとゝぎす》よそにて声《こゑ》を聞《き》かむてふらん

いと徒《あだ》にお《を》はすと聞《き》きて、女

164 尽《つ》きもせず憂《う》き事《こと》の葉の多《おほ》かるを早《はや》くあらしの風《かぜ》も吹《ふ》かなむ

宮の御返《かへし》

165 露《つゆ》にだに移《うつ》りゆくなる事《こと》のはのなどか嵐《あらし》の風《かぜ》を待《ま》つらん

京極御息所《やす》

166 思《おもふ》てふこと世《よ》に浅《あさ》くなりぬなり我《われ》浮《う》くばかり深《ふか》き事せじ

又、花柑子《はなかむし》奉《たてまつ》り給《たま》ふ時《とき》

167 うぐひすはなかむしづくに濡《ぬ》れねとや我《わ》が思《おも》ふ人《ひと》のまつのよそなる

三条の右大臣の御《おほん》むすめの、「経《へ》じや世《よ》に」と書《か》い給《たま》へる

だに―「山の井」の浅さに「心」の浅さを重ねる。▽「絶え・浅き」は「井」の縁語。「浅さ」どころか「途絶え」とは、と恨む。→**補注**。

162 (右近) 辛い五月雨でした。どうやって、時鳥の今年の声を聞いたものでしょう。時鳥が鳴かない辛さ。○心憂き―五月になったのに時鳥が鳴かない辛さ。あなたのお声を聞くこともない辛さならぬ、あなたのお声を聞かまし―「いかで」と呼応。○郭公―宮を寓す。○聞かまし―「いかで」と呼応。「聞く」は逢会を含意。▽時鳥に寄せ、五月になっても訪れない宮を恨む。重出一七〇。→**補注**。

163 (宮) 身近かではもう見るまいというのでしょうか、時鳥を。関わりないものとしてその声を聞こうというのでしょう。○よそにて―関係ないものとして。▽「声だけでも」という女の言葉を逆手にとり皮肉で返す。重出一七一。→**補注**。

164 後撰・雑三・読人不知。(女) 尽きることなく辛いうわさが多いので、早く「あらじ(そんなことはない)」という嵐の風が吹いて欲しいのです。○尽きもせず―「多かるを」にかかる。○憂き事の葉―宮の徒な噂。「事」から「言の葉」を導く。○あらし―「嵐」に、噂を打ち消す「あらじ」を掛ける。→**補注**。

165 (宮) 露にすら移ろうという言の葉が、どうして嵐の風を待つのでしょうか。そんな噂はすぐに消えますよ。○露にだに―「嵐」でなくとも、の意。○移りゆくなる―葉の色の移ろいに、噂が立ち消えることを重ねる。「なる」は伝聞推定。▽敢えて「あらじ」と否定するまでもないと、女の心配を一蹴。

166 (女) 「想う」という言葉は、世にも浅くなったようです。私が浮くほどにも想いの深い事はなさるまいと存じます。○こと―言葉。○浅く―実意のない軽い意味合いに。○我浮くばかり―浮き上がるほど。○深き事―愛情深い行為。○せじ―打消しの推量。宮はするまい。▽想いの深さを水量に喩え、「浅く・深き・浮く」の縁語で仕立てる。→**補注**。

を聞《き》きて

168 長《なが》き世《よ》を今《いま》は限《かぎ》りと思《（おもふ）》らん知《し》らねば人《ひと》の辛《つら》きなるらん

津《つ》の国《くに》に、玉坂《たまさか》といふ所《ところ》に、知《し》りお《を》き給《たま》へる女

169 豊島《てしま》なる名《な》を玉坂《たまさか》のたまさかに思《おも》ひ出《い》でてもあはれと言《い》はなん

右近といふ人《ひと》

170 心《こゝろ》さへ五月雨なりし郭公《ほとゝぎす》いかで今年《ことし》の声《こゑ》を聞《き》かばや

御返《（かへし）》

171 目《め》にちかく身には見《み》じとや郭公《ほとゝぎす》よそにて声《こゑ》を聞《き》かむてふらん

167 （女）「憂く、干ず」と鳴く鶯のように泣いて、涙の滴に濡れろというのでしょうか。私が想う人は、待っているのに知らぬ顔です。○うぐひすは―鶯は。自身の喩。「憂く、干ず」を掛ける。○花柑子―花の咲いている蜜柑。「心から花のしづくにそぼちつつ憂く干ずとのみ鳥のなくらむ」（古今・物名・藤原敏行）。○なかむしづくに―「鳴く」「泣く」の掛詞。鳴く涙の滴に。▽初二句に、物名「鶯（うく、ひす）」、同「花柑子《はなかむし》」を折り込む、物名歌。→補注。

168 （宮）何時までも続く仲なのに、もう終りとお思いなのですね。そんなこととは知らないから、恋人がつれないのでしょうよ。○長き世を―長く続く二人の仲。「を」は逆接。○今は限りと―もうこれまでと。詞書「経じや世に」を受ける。○人の辛き―「人」は宮自身。▽つれない原因を第三者的に解析してみせ、女を慰撫する。→補注。

169 （女）豊島の玉坂ではありませんが、偶にでも思い出して、「ああ愛しい」と言って頂きたいものです。○初二句―「豊島なる玉坂」は摂津国。「たまさかに」を導く序詞。○たまさかに―偶に。○あはれ―愛しい。懐かしい。→補注。

170 （女）心までも五月雨のように乱れました。何とかして、時鳥ならぬあなたの今年のお声を聞きたいものです。○五月雨―「さ乱れ」を掛ける。○聞かばや―願望。「いかで」に呼応。▽重出一六二。初句「心憂き」五句「声を聞かまし」。→補注。

171 （宮）▽重出一六三。

藤原道信朝臣集

久保木寿子校注

藤原道信朝臣集

ある女に、内より出《い》でばかならず告《つ》げよと契《ちぎ》りて侍《(はべり)》しに、知《し》らせで出《い》でにければ、またのあしたに

1 天《あま》の原《はら》はるかにわたる月だにも出《い》づるは人に知《し》らせこそすれ

ある女のもとに、「こゝにか」と言《い》へば、ありながら、「上《うへ》の御つぼねにこそ」と言《い》へば

2 絶《た》えなむと君《きみ》がしけるを知《し》らずして待《ま》たむかしとも思《おも》ひけるかな

同《おな》じ女のもとより帰《かへ》りて

3 明《あ》けぬれば帰《かへ》るものとは知《し》りながら猶うらめしき朝《あさ》ぼらけかな

女のもとより、雪《ゆき》のふりける朝に帰《かへ》りて

1 後拾遺・雑二。天空を遥か遠く渡っていく月ですら、出る時には人に知らせるものなのに、黙って退出してしまうとは。参考「思へ君ちぎらぬ宵の月だにも人に知られでいづるものかは」(実方集)。○天の原―天空。○月だにも―「遥かな月」と「身近な女」の対比。○出づる―月の出と宮中からの退出の両意。▽退出をつげなかった女を、月に寄せて恨む。参考歌と同じ趣向。→**補注**。

2 玉葉・恋四。あなたが「絶えよう」としたのに気づかず、留守と信じてお待ちしようと思ったことでした。○上の御つぼねに―「上局に出仕中」と留守を装った。○絶えなむと―関係を断とうと。女の心中を推測。○待たむかし―「む」は意思、「かし」は強調。▽裏切られた思いを自嘲気味に示す。→**補注**。

3 後拾遺・恋二。夜が明ければ帰るものと分かってはいても、それでも恨めしいのは、この朝ぼらけなのでした。○知りながら―理についての行かない感情の強調。○朝ぼらけ―夜がほのぼのと明ける頃。▽「朝ぼらけ」を恨む趣向で女への想いを示す。→**補注**。

4 帰《かへ》るさの道《みち》やはかはるかはらねどとくるにまどふけさの淡雪《あはゆき》

ある女のもとに、はじめて雪《ゆき》のふりけるあしたに

5 初雪《はつゆき》の消《き》ゆるか消《き》えぬ世《よ》の中にふるやなにぞの心《こゝろ》なるらん

春日の使にて、内大殿より

6 おぼつかな三笠《みかさ》の山の春《はる》がすみいかゞ立《た》ちてし見《み》ても告《つ》げなん

返し

7 いはねども三笠《みかさ》の山《やま》の春がすみたなびく方《かた》は心《こゝろ》あるらし

町尻殿《まちじり》の宣旨《せんじ》が、上《うゑ》ゆるされてまゐ《い》る日

返し

8 憂《う》きことの過《す》ぎにし方《かた》とうれしさの今日《けふ》の心《こゝろ》といづれまされり

9 うれしさの今日の心《こゝろ》は知《し》らねども憂《う》きことだにもなからましか
ば

一条殿の《どのゝ》服《ぶく》なる秋ごろ

4 後拾遺・恋二。お別れして帰る道は、来た時と同じ道なのに、今朝の淡雪が溶けて途惑いました。○道やはかはる—反語。「かはらね」が帰結。○とくる—女が「うち解ける」と、雪が「溶ける」の両義。○まどふ—雪道に途惑う。女への途惑いを重ねる。○けさの淡雪—女の喩。▽思いがけず打ち解けた女への途惑いを淡雪に寄せる。→**補注**。

5 初雪のように消えるか、いや消えずに降り続け、生き続けているのは、一体、どういうつもりの私なのでしょう。○初雪の—比喩的枕詞。「消ゆ」を導く。○消ゆるか消えぬ—「か」は反語。○ふるや—「経る」「降る」の掛詞。「や」は疑問。○なにぞの—「ぞ」は強調。口語的表現。○心なるらん—我ながら訝しむ体。▽「消ゆ」「降る」は「雪」の縁語。初雪に寄せ、思いに堪えぬ心を自虐的に訴える。→**補注**。

6 気になるのだよ。三笠山の春霞は一体どんな風情で立ったのか、見て知らせてくれ。○おぼつかな—はっきりせず気になる。○三笠の山—大和国の春日山。近衛の将官の異名。中将道信の喩。○春がすみ—道信を寓す。○いかゞ立ちてし—霞が「立つ」と、使に「立つ」の両意。▽霞に寄せて道信の首尾への心配を表す。→**補注**。

7 口には出しませんが、三笠山の春霞は、棚引く方角は心得ているようです。○いはねども—霞は何も言わないが。黙って役目を果たす自らの喩。○たなびく方—棚引く方角。春日の使としての然るべき任務・作法を言う。○心あるらし—霞の心を推測する形で、第三者的に状況を伝える。▽養父の心配に対し、大丈夫と応じたもの→**補注**。

8 これまでの苦労が終わったという思いと、今日の感激と、どちらがより嬉しかったのでしょうね。○上ゆるされて—御前への伺候を許されて。○憂きことの過ぎにし方—辛かった過去。▽優劣を問いかける形で祝意を表す。→**補注**。

10 この秋《あき》は虫《むし》よりほかの声《こゑ》ならでまたとふ人もなくてこそ経《ふ》れ

右近中将宣方

11 我《わ》が宿《やど》の露《つゆ》の上《うへ》にもしのぶらん世《よ》の常《つね》ならぬ秋の野風《のかぜ》に

お前《まへ》の菊を見給《たま》ひて

12 濃紫《こむらさきの》これる菊《きく》は白露《しらつゆ》の秋《あき》のかたみに置《お》けるなりけり

実方の君《きみ》の、宿直所《とのゐ》にもろともに伏《ふ》して、あか月に出《い》で給《たま》ふとて、随身して

13 いもと寝《ね》ておく《を》る朝《あした》の露《つゆ》よりもなか〳〵ものの思《おも》ほゆるかな

小弁がもとにおはしたりけるに、また人あるけしきなれば、帰《かへ》りて

14 たまさかにゆきあふさかの関守《せきもり》は夜をとほさぬぞわびしかりける

人を恨《うら》みて

9　今日の嬉しさの程はよく分かりませんが、辛いことだけでも無ければと思われます。○今日の心―伺候を許された今日の感激の程。○なからましかば―反実仮想。「嬉しからまし」に続く形。▽今日の嬉しさ以上の、今後への不安を言う。

10　この秋は、虫の鳴く声の他には訪ねてくる人もなく過ぎていくことです。○この秋―殿（父）を失ったこの秋。中陰の法事終了の頃に当たる。○声ならで―声でなくては。▽虫の音が、中陰後の寂寥を際立たせる。→**補注**。

11　我が家の露も亡き殿を偲んでいるのでしょう、尋常ではない秋の野分の風に吹き散らされて。○露の上にも―露も。「露」は、涙に暮れる宣方自身の喩。○しのぶらん―露が乱れ散る様を、涙にくれる様に見立てる。○世の常ならぬ―服喪に、異常な風を重ねる。○野風―野分の風。▽「露」に寄せて、道信の悲嘆に寄り添おうとする。→**補注**。

12　風雅・冬。濃紫の残菊は、白露が秋の形見として遺しておいたものなのでした。○濃紫―濃い紫色。移ろった白菊の色を言う。○白露の―露が花の色を変えるという発想。○置ける―露が置く、残し置くの両義。▽露の擬人化、濃紫と白の色彩の対比が趣向。→**補注**。

13　千載・雑上。妻と共寝をして起きて帰る朝の露よりも、君と別れて帰るのは、かえって悩ましいことだなあ。○おくる朝の露―後朝の帰りの途次の草露。「涙」の喩。「起く」に「露」の縁語「置く」を掛ける。○なか〳〵―後朝以上に。▽男女の後朝の別れと比べて戯れた歌。→**補注**。

14　後拾遺・恋二。たまに行き遭うというのに逢坂の関の関守が関を閉ざして通さないように、夜を通して一緒にいられないのが辛いことです。○たまさかに―偶然に。「玉坂」（摂津国）を掛け、「逢坂」と列挙したか。○ゆきあふさかの関守―「行き逢ふ」から歌枕「逢坂の関」を導く。○夜をとほさぬ―夜間、関を閉めて通さな

15 世《よ》の中に経《へ》じと思ふも君《きみ》により君《きみ》によりこそまたも背《そむ》かね

ある所《ところ》に、うらやましきことを聞《き》き《ゝ》て聞《き》こゆる

16 嬉《うれ》しきはいかばかりかは思ふらん憂《う》きは身にしむものにぞ有ける

人のもとへやる

17 あふみにかありといふなるみくり繰《く》る人苦《ひとくる》しめの筑摩《つくま》江《ひ》の沼《ぬま》

殿上にてこれかれ世《よ》のはかなきことをいひて、槿花《あさかほ》の花みるといふところを

18 槿花《あさかほ》をなにはかなしと思ひけん人をも花《はな》はさこそ見るらめ

粟《あは》田《た》殿に、十二月つごもりがたにまゐ《い》りたるに、かはらけとりて

19 春《はる》たゝば花さく山《やま》にとほ《を》からぬ君《きみ》が宿《やど》にをまづは来《き》て見《み》ん

今年《ことし》いまだ会《あ》はぬ女に、七月七日に

い。夜通し一緒にいられない意。→**補注**。

15 もう生き続けるまいと思うのも、あなたの所為。で、そのあなたの所為で、またしても世を背かずにいるのです。○経じ―生きていくまい。出家の決意を言う。○君により―君ゆえのこと。○君によりこそ―（にも関わらず）その君ゆえに。▽「君により」の反復で、女に振り回される身を表す。

16 詞花・恋上。そちらのお慶びはいかばかりでしょうか。こちらの「憂き」は泥水のように身に浸むものなのでした。○嬉しき―相手の喜び。下句の「憂き」に対応。○憂きは身にしむ―失意を言う。「憂き」に「泥」を掛ける。「浸む」は「泥」の縁語。○ものにぞ有ける―気づき慨嘆する定型的表現。▽花山院女御を藤原実資が北の方とした折の詠か。→**補注**。

17 後拾遺・恋一。近江とかに在ると言うらしい御厨ならぬ三稜草を繰るように、逢わずに私を苦しめるあなたは、まるで筑摩江の沼ですね。○あふみ―近江に「逢ふ身」を掛ける。○みくり―御厨。朝廷に魚・未醬等を供給する。近江の筑摩にあった。地下茎を繰り採り筵や簾に編む「三稜草」を掛ける。○人苦しめの―「繰る」から「苦しめ」を導く。○筑摩江の沼―三稜草の産地。▽筑摩江の三稜草に寄せつつ、逢えぬ苦衷を訴える。→**補注**。

18 拾遺・哀傷。朝顔の花をどうして儚いと思ったのだろう。人間をも花はそう見ているだろうに。○槿花―牽牛子《けにごし》。朝顔。儚いものとされる。○なにはかなしと―反語。○思ひけん―過去推量。○人をも花は―逆に花は人を。○さこそ―儚しと。▽主客を逆転させ、花の視点から人間の儚さを強調する。兼家の薨去時の詠か。→**補注**。

19 春になったならば、花の咲く山にさほど遠くないあなたのこの宿に、真っ先に来てみましょう。○花さく―栄達の時を迎える意の予祝。○君が宿にを―この粟田殿に。「を」は間投助詞。感動を示す。○まづは来て見ん―栄達に肖

20 年《とし》の内《うち》に会《あ》はぬためしの名《な》を立《た》てて我《わ》が七夕《たなばた》に忌《い》まるべきかな

服《ぶく》にてある女のもとに、月のあかき夜《よ》いきて、又のつとめて

21 ほしもあへぬ衣《ころも》の色《いろ》にくらされて月《つき》ともいはずまどひぬるかな

雪の消《き》えのこりたるあしたに

22 消《き》えのこる雪《ゆき》のはかなさ見《み》るをりはわが身《み》それとも思《おも》ほゆるかな

お《を》なじ人に

23 いつまでとわが世《よ》の中《なか》を知《し》らなくにかねてもものを思《おも》ふころかな

霧《きり》いみじく立《た》ちたる朝に、人のもとへ

24 いとゞしくもの思ふ宿《やど》を霧《きり》こめて眺《なが》むる空《そら》も見えぬ今朝かな

帝《みかど》失《う》せさせ給《たま》ひたるころ、お《を》もしろき桜《さくら》につけて、実方

ろうの意を込める。▽春近い宴席での花に寄せた主褒めの一首。→補注。

20 後拾遺・恋三。一年に一度も恋人に逢わない例として評判になり、愛しい織り姫に忌み嫌われてしまいそうです。○我が七夕―女を織姫に寓した。○忌まる―忌み嫌われる。○べきかな―確信ある推定。詠嘆的に結ぶ。▽長く逢っていない女への、七夕に寄せた弁解。→補注。

21 新古今・哀傷。涙に濡れたままのあなたの喪服の色に、目を曇らされて、月夜なのに途惑ってしまいました。○ほしもあへぬ―（涙に濡れて）乾ききらない。○衣の色―喪服の墨染色。○くらされて―暗くされて。涙で見えない意。○まどひぬる―喪に服す女に対する戸惑い。(月夜なのに）道に迷った意を掛ける。▽女の服喪として解した。→補注。

22 消え残っている雪が、儚く溶けていくのを見る時には、自分の身がまさにそれだと思われることです。○雪のはかなさ―残雪がすぐに溶けることへの感懐。○わが身それとも―「それ」は「消え残る雪」。▽残雪と我が身を「儚さ」において同定する。→補注。

23 私の命もあなたとの仲も、いつまで続くとも分からないのに、もう、終わることを思って悩んでいるこの頃です。○わが世の中―自分の人生。恋人との仲を含意。○かねても―前もって。終わりを予測して。▽生への不安感と、恋人との今後の関係の心許なさを訴える。

24 新勅撰・秋上。ただでさえひどく物思いに沈む我が宿を、霧が覆い込めて、眺めやる空も見えない今朝です。○霧こめて―鬱屈した気分を表す。▽霧の深さに物思いの晴らしようのなさを重ねる。

中将に

25 墨染《すみぞめ》のころもうきよの花《はな》ざかり折忘《をりわす》れても折《を》りてけるかな

返し

26 あかざりし花をや春《はる》も恋《こ》ひつらんありし昔《むかし》を思ひやりつゝ

祭見《まつりみ》るに、かはほり持《も》ちたる車《くるま》に

27 いともげに鳥なき島《しま》にあらねどもかはほりにこそ思《おも》ひつきぬれ

かへし

28 島《しま》ならで聞《き》くべきほどのほとゝぎすとりたがへたる心ちこそすれ

又の日、人やりたれば、物忌《いみ》とてかへしたれば

29 人めもるそら物忌《ものいみ》はかたくともあふぎの風《かぜ》は吹《ふ》きも上《あ》げなん

実方《さねかた》の中将の、宿直所《とのゐ》に枕箱忘《まくらばこわす》れたりける、お《を》こすとて

30 あくまでも見るべけれども玉《たま》くしげ浦嶋《うらしま》の子《こ》やいかゞ思はん

25 新古今・哀傷・藤原実方。墨染の喪服に身を包んで諒闇の悲しみに沈んでいる世の中も、花盛りの頃になって、悲しい折だということも忘れて、まあ、手折ってしまったことです。◯墨染のころも—喪服。「衣」に「頃も」を掛ける。◯うきよの—諒闇の「憂き世」から、花盛りの「浮き世」を導く。◯折忘れても—諒闇という「折」を忘れて。▽掛詞「折」による趣向。悲しみの中の桜の美を詠う。詠者に存擬。→補注。

26 新古今・哀傷・藤原道信。見飽きることのなかった花を、春もまた恋い慕っているのでしょうか、院ご存命の頃に思いを馳せながら。◯あかざりし花—故院の栄耀を讃える喩。◯春も—我々のみならず春も。▽桜のみごとさを、「春」による院存命時への哀惜と見なす。→補注。

27 本当にまあ、ここは鳥がいない島ではありませんが、お持ちの「蝙蝠」に惹かれてしまったことです。◯祭—賀茂祭。陰暦四月、中の酉の日に行う。葵祭。◯かはほり—「蝙蝠扇」の略。蝙蝠型の扇子。扇を持つ女を寓する。◯車—女車。◯いともげに—副詞を重ねた大仰な口調。◯鳥なき島—女性がいない場所、の喩。◯かはほりにこそ—鳥ではない蝙蝠に。蝙蝠扇の持ち主のあなたにこそ、の意。▽「あふひ」の祭の場の雰囲気に乗り、蝙蝠扇の持ち主の女に戯れ懸かる。→補注。

28 ここは鳥のいない島ではないので、今日に相応しい「時鳥」の声を聞くべきでしょうに。どうも「鳥」を取り違えておいでのようですね(相手をお間違えでしょう)。◯聞くべきほどのほとゝぎす—鳴き声を聞くのに相応しい時節に適った鳥。他の女性を暗示。◯とりたがへたる—(懸想する相手を)取り違えた。「鳥」を掛ける。

29 人目をはばかる物忌みを口実に、逢って下さらないとしても、扇の風が忌み札を下げた御簾を吹きあげて、逢ってほしいものですね。◯人めもる—「物忌み」の説明。◯そら物忌—嘘の物忌み。拒絶する口実。◯かたくとも—忌みの厳重さに拒絶の固さを重ねる。◯あふぎの風—

かへし

31 玉《たま》くしげなにいにしへの浦嶋《うらしま》に我《われ》ならひつゝお《を》そく開《あ》けけむ

臨時祭の舞人《まひ》にてもろともにありしを、ふたりながら四位になりて、祭《まつり》の日、実方中将

32 いにしへの山井の水にかげ見えて猶そのかみの袂《たもと》こひしも

返《かへ》し

33 いにしへの衣の色《いろ》のなかりせば忘《わす》らるゝ身となりやしなまし

いかでと思《おも》ふ人のもとに

34 世《よ》に経《ふ》ればわが身のみこそ憂《う》かりけれ人のつらきも誰《たれ》によりぞは

あるやむごとなき人の家の前《まへ》をわたるに、「過《す》ぐる月日」と過《す》ごしたるを

35 人はみな過《す》ぐる月日を嘆《なげ》くとかもの思《おも》ふ身にはえ知《し》らざりけり

「扇」に「逢ふ気」を掛ける。「風」は「そら(空)」の縁語。○吹きも上げなん―(忌札を下げた簾を)吹き上げて逢わせて欲しい。▽「物忌み」という女の口実を、「扇」に絡めて茶化したもの。

30 開くまで飽きるほど見守るべきでしょうが、この玉手箱、返さずに時が過ぎたら、持ち主の浦島の子はどう思うでしょう。参考「水の江の浦嶋の子が玉櫛笥開けずありせばまたも逢はましを」(丹後国風土記逸文)。○あくまでも―「飽く」に「開く」を掛ける。○玉くしげ―玉櫛笥。枕箱を指す。玉手箱を重ねる。○浦嶋の子―浦嶋伝説の主人公。箱の持ち主道信を寓す。▽浦嶋伝説に依り、「開く」事への期待と躊躇を、持ち主の道信に問う形をとる。→補注。

31 どうして自ら昔の浦島に倣って、さっさと玉手箱を開けなかったのでしょう。開けてみれば良かったのに。参考「常世辺に住むべきものを剣太刀己《な》が心からおそや是の君」(万葉・巻九・「詠水江浦嶋子一首 并短歌」)。○玉くしげ→三〇。○なに―反語。○浦嶋―「浦嶋の子」に同じ→三〇。○我ならひつゝ―参考歌の「己が心から」に対応する。○おそく―なかなか〜しない意。「おそ」(愚かの意)を掛ける。→補注。

32 新古今・雑下・藤原実方。祭の今日、昔と同じ石清水の井の水に、二人の四位の姿が映るにつけ、やはり共に舞ったあの時の山藍の袂が、懐かしく思い出されます。○臨時祭―石清水八幡宮の臨時祭。三月の中の午の日に行う。○もろともにありし―かつて共に務めた。○山井―山の水場。石清水を指す。山藍を掛ける。○かげ見えて―姿を映して。○そのかみの―昔の。「神」を掛ける。○袂―舞人は、藍染めの竹文青摺りの袍を着ける。その袖。▽山藍の袂の「水影」を回想の形で示す。二重の幻影を演出するもの。→補注。

33 新古今・雑下・藤原道信。昔の山藍の衣のことがなかったら、思い出してもらえなかったのではないかしら。○衣の色―山藍の衣の

ある女のもとに月のあかき夜行《い》きたるに、ありながら会《あ》はねば、夜一夜《よひとよ》立《た》ち明《あ》かして

36 もの思ふに月見《つきみ》ることは絶《た》えねども眺《なが》めてのみもあかしつるかな

ある所に、はじめて

37 いかにしていかにうち出《い》でむかかりとはなべてのことになりぬべきかな

三月ばかり、ある人に

38 つれ〲と思《おも》へば長《なが》き春《はる》の日に頼《たの》むこととは眺《なが》めをぞする

故《こ》殿の御物忌《いみ》にてまだえ出《い》でぬに、花山院、御使にて仰《おほ》せ給《たま》へる

39 おほかたに鳴《な》く虫《むし》の音《ね》もこの秋《あき》は心《こゝろ》ありても思《おも》ほゆるかな

御返

色。諸共に舞ったことの徴。○なりやしなまし―上句「せば」を受けた反実仮想。▽拗ねた形で親愛の情を表す。→補注。

34 生きながらえていると、我が身のみが辛く感じられます。あなたがつれないのも、誰ゆえでもなく私の所為なのですね。参考「身のうきを人のつらきと思ふこそ我ともいはじわりなかりけれ」(拾遺・恋五・読人不知)。○人のつらき―あなたの冷淡な辛い態度。○誰によりぞは―終助詞「ぞは」は、「誰により」の疑問を強調する。一体、誰故だろうか。▽冷淡な相手に自虐の形で哀訴する。

35 世間の人々は皆、「過ぐる月日」を惜しみ嘆くとか…。物思いに沈む私は、月日の過ぎゆくことさえ知りえずにいました。参考「物思ふと過ぐる月日も知らぬまに今年はけふに果てぬとかきく」(後撰・冬・藤原敦忠)。○過ぐる月日―時の経過の速さ。▽参考歌の歌句を取り込みつつ、物思いの深刻さを強調する。

36 新勅撰・恋五。いつも思い悩んで月を見るのですが、昨夜はひたすら眺めるばかりで明かしてしまいました。参考「世にふるに物思ふとしもなけれども月にいくたび眺めしつらん」(拾遺・雑上・具平親王)。○もの思ふに月見ることは―月を見るのは、物思う時の行為とする。○眺めてのみも―詞書「夜一夜立ち明かして」に対応。▽拒絶する女への思いを、月に寄せた悲哀として自嘲気味に詠じたもの。

37 新後拾遺・恋一。一体、どうやってどう口に出そうかしら、こんなにも想っていると。きっと何の変哲もない言葉になってしまうに違いありません。○いかにしていかに―畳語による強調表現。○かかり―かくあり。恋していることを指す。初二句との倒置。○なべてのこと―凡庸な普通の言葉。○べきかな→二〇。「うち出でば」に相当する仮定句の省略。→補注。

38 後拾遺・恋四。する事もなく物思いに沈んでいると、何とも長い春の一日。お逢いする当てもなく、ただぼうっと外を眺めているばか

40 秋《あき》ばかり鳴《な》く虫の音《ね》もあるものを限《かぎ》らぬ声《こゑ》は聞《き》こゆらんやぞ

かくて寺より帰《かへ》りて、世《よ》の中心ぼそく眺《なが》めらる、虫《むし》の音《ね》もさま〴〵聞《き》こゆる夕暮《ゆふぐれ》に、権少将のもとへ

41 声《こゑ》そふる虫《むし》よりほかにこの秋《あき》は又とふ人もなくてこそ経《ふ》れ

屏風の絵《ゑ》に、はるかに見《み》ゆる海士《あま》の釣《つ》り舟を

42 いづ方《かた》をさしてゆくらんおぼつかなはるかに見ゆる海士《あま》の釣《つ》り舟《ぶね》

もの思《（おもふ）》ころ、絵《ゑ》に、頬杖《つらづゑ》つきたる男ある所

43 ゑみながら袖《そで》こそ濡《ぬ》るれ限《かぎ》りなくしのびあまれるかたと思《おも》へば

人持《も》たる女《め》を、しのびてもの言《い》ふが、あづまの方へゆくに

44 別《わか》れ路《ぢ》を思ひやるかなこゝながら君《きみ》がせきにも敢《あ》へぬ涙《なみだ》に

小弁がもとに人あるけしきなれば、かへりて萩《はぎ》の下葉《したば》につけて

りです。○頼むこととは―当てにすることとしては。▽逢う当てもなく鬱々とする思いを、無聊な春日に寄せて示す。→補注。

39 何ということもなく鳴く虫の音も、この秋は、悲しみが分かって鳴いているように、しみじみと感じられます。○故殿の御物忌―父為光の服喪→一〇。○まだえ出でぬに―寺に籠って出られない頃に。○おほかたに―ごく普通に。○この秋―喪に服する特別な秋。○心ありても―悲しみが分かるかのように。▽虫の鳴く音に寄せて弔意を表す。→補注。

40 秋にだけ鳴く虫の音もありますのに…。限りなく泣き続ける私の声は、今、お耳に届いていますでしょうか。○秋ばかり鳴く―秋に限って鳴く。「限らぬ声」に対置。○限らぬ声―秋に限らずと、際限もなくの両意。○聞こゆらんやぞ―聞こえているだろうか。「らん」は現在推量。「やぞ」は強い疑問。▽見舞いの二句を踏襲しつつ、虫の音どころではない悲しみの深さを訴える。

41 私の泣く声に音を添えて鳴く虫以外には、この秋は、他に訪れる人もなく過ごしていることです。○声そふる―泣く声に鳴く音を添える。▽孤独感を訴え来訪を求める。一〇歌と酷似。→補注。

42 どこを目指して行くのだろうか、覚束ないことだ。遥か遠くに見える海士の釣り船は。○ゆくらん―画中の舟に対する疑問。○おぼつかな―舟のあてどなさへの不安を示す。○はるかに見ゆる―図柄を示す。○海士の釣り舟―漁をする小舟。▽屏風に描かれた小さな釣り舟のあてどなさを詠う。→補注。

43 絵に笑いを誘われながら、流れる涙に限りなく袖が濡れることだ。私と同様、忍ぶ思いに耐えられなくなった男の姿を描いた絵だと思うものだから。○ゑみながら―「笑み」「絵見」の掛詞。○限りなく―倒置。○しのびあまれる―思いに耐えきれなくなった。○かた―姿形。▽物思う男の絵に、恋する自らの姿を見ての泣き笑い。

45 露にだに心《こゝろ》おかるな夏萩《なつはぎ》の下葉《したば》の色《いろ》よそれならずとも

月あかき夜、空《そら》すみていとあはれなるに

46 このよにはすむべきほどやつきぬらん世《よ》の常《つね》ならずものの《ゝ》悲《かな》しき

源式部為相《ためすけ》、降《を》るべきほど過《す》ぎて

47a 雲《くも》の上《うへ》のつるばみ衣《ごろも》脱《ぬ》ぎすてて《ゝ》

と憂《うれ》ふるに

47b さはに年《とし》へむことのわびしさ

いかでと思《おも》ふ人に、逢坂《あふさか》にて

48 逢坂《あふさか》の関《せき》のせき風《かぜ》身《み》にしみて関《せき》の名立《なた》てにねをぞ泣《な》きぬる

左大臣殿のむこになりてのつとめて

49 天《あま》の原《はら》あくるにくるゝ世《よ》なりせばなかく〳〵さらに嘆《なげ》かざらまし

ひさしく京にものし給《（たまは）》で、あすなん帰《かへ》るべきと聞《き》こえ給へ

44 遠く別れて行く道の程を、ここに居ながら思いやることです。あなたが通る「関」でも堰き止められないほどの涙にくれながら。○人持たる女―下向する夫のいる女。○こゝながら―「関」のこちらを含意。○君がせきにも―「関」に「堰き」を掛ける。▽夫と共に東国に下る女の行為を、関係を堰くもの（関）と見なし、堰きあえぬ涙に繋ぐ。

45 風雅・恋五。露にだけは想いを掛けられないように。夏萩の下葉の色は、移ろうつもりではないとしても。○露にだに―露は葉を移ろわせる、とする。他の男の喩。○心おかるな―「懸想されるな」と女を牽制する。「心おく」は「執着する」意。「おく」は「露」の縁語。○夏萩の下葉の色―移ろいやすい女の心の喩。▽浮気な女への、萩の葉によせた皮肉の歌。→補注。

46 千載・雑中。この世に住むはずの時が尽きたのだろうか、尋常ではなくもの悲しいことよ。○すむべきほど―（仏の定めた）寿命。「澄む」を掛ける。○つきぬらん―「尽き」「月」の掛詞。▽「世」「住む」「尽き」に、「夜」「澄む」「月」を掛ける。月が呼び覚ます漠然とした悲哀感を、月の縁語で仕立てる。

47 新勅撰・雑二。a雲上の鶴ならぬ私は、青白橡《つるばみ》色の六位の衣を脱いで、b多くの年月を過ごすことになり侘びしいことです。○雲の上の―「鶴」に懸かる序的枕詞。「鶴」から「橡《つるばみ》衣」を導く。○脱ぎすてて―殿上を降り、五位の衣に変わる意。○さはに―「多」に、鶴の居る「沢」を掛ける。▽aは、地下になる身を鶴に寄せ嘆いた喩歌。bは、aの喩を受け、今後の侘しさを沢に住む鶴に寄せて示す。→補注。

48 逢坂の関に吹く関風が、逢瀬を堰かれる身に染みて、関の名折れになるのに声をあげて泣いてしまいました。○いかでと思ふ人→三四。○逢坂の関→一四。○せき風―関に吹く風。「（仲を）堰く」を掛ける。○関の名立て―「逢ふ」という「関」の名折れ、悪評判。○ねをぞ泣きぬる―「名立て」の原因。→補注。

る霜《しも》月に

50 紫《むらさき》のね見ぬものゆゑ《へ》武蔵野《むさしの》をたづねしほどに末葉《すゑば》朽《く》ちにき

絵《ゑ》に、霧《きり》たち隠《かく》したる所に、人の見る

51 朝《あさ》ぼらけ紅葉《もみぢ》ば隠《かく》す秋霧《あきゞり》の立《た》た《ゝ》ぬさきにぞ見るべかりける

為憲の朝臣《あそむ》、遠江《とほたふみ》になりて下《くだ》るに、扇《あふぎ》つかはすとて

52 別《わか》れてのよとせの春《はる》の春ごとに花《はな》の都《みやこ》を思《（おもひ）を》 おこせよ

人の、遠《とを》きゐ中に下《くだ》るに

53 たれが世《よ》もわが世《よ》も知《し》らぬ世《よ》の中《なか》に待《ま》つほどいかにあらんとすらん

相如《すけゆき》の朝臣、出雲《いづも》になりて下《くだ》るに、権少将などもあり

54 飽《あ》かずしてかく別《わか》るゝにたよりあらばいかにとだにも問《と》ひにお《を》こせよ

屏風の絵《ゑ》に、花咲《はなさ》きたる山里《ざと》のかすかなるに、女たゞひと

49 空が明けてすぐに暮れる世であれば、なまじ夜を待って嘆くことも決してないでしょうに。〇天の原―天空。〇あくるにくるゝ―明けると暮れて、逢う夜になる。〇世なりせば―世であれば。反実仮想の条件句。〇なか〳〵―却って。〇さらに―決して。結句の打ち消しと呼応。〇嘆かざらまし―反実仮想。「せば」を受ける。▽後朝の歌。今宵を待つ苦しさの強調。→**補注**。

50 紫草の根を見ないものだから、武蔵野を捜し歩いている間に、その末葉は朽ちてしまいました（留守にしている間に、疎遠になってしまいました）。〇霜月―陰暦十一月。〇紫のね見ぬ―紫草の根が見つからない意に「寝みぬ」を掛ける。〇武蔵野―紫草が詠われる。〇末葉朽ちにき―女との関係の枯渇を含意。▽参考歌に寄せて無沙汰の言い訳をする。→**補注**。

51 朝ぼらけのなか、紅葉の葉を隠す秋霧が、立ちこめる前に見るべきだったなあ。〇朝ぼらけ―明け方。ほのかに明るくなる頃。〇紅葉ば隠す―秋霧の行為と見做す擬人化。〇見るべかりける―（紅葉を）見るべきだったなあ。▽画中人物の感懐として詠んだもの。→**補注**。

52 後拾遺・別。別れている四年の間の春ごとに、花の咲き誇る美しいこの都を思い出してください。〇扇―同音「会ふ」の意を託し、餞別に贈る。〇よとせ―任期の四年。〇花の都を―花の咲き誇る京の町、そこに居る自分を、の意。〇思いおこせよ―思いをこちらに寄越せ、思い出せ、の意。命令の形で愛惜の思いを強調する。▽→**補注**。

53 後拾遺・別。どうなるとも分からない無常のこの世で、あなたの帰りを待つ間、私はどうすれば良いのでしょう。〇世―運命。生涯。▽再会を待つ身の不安を訴えて別れを惜しむ。→**補注**。

54 名残が尽きないままこうして別れるのだから、伝があったら、「どうしているか」とだけでも、尋ねてよこしてください。〇別るゝに―「に」は接続助詞。理由を示す。別れるので。

りあり

55 見《み》る人もなき山里《やまざと》の花の色《いろ》はなか〳〵風《かぜ》ぞ惜《お》しむべらなる

十月つごもりの夜、内大臣の宣旨《せんじ》のもとに

56 時雨《しぐれ》する今宵《こよひ》ばかりぞ神無《な》月空《そら》にも限《かぎ》る日数《ひかず》なるべき

ある人に

57 あだなりと思ひしかども君《きみ》よりはもの忘《わす》れせぬ袖《そで》のうへの露

〔円融〕の帝《みかど》うせ給ひての年《とし》、法住寺につれ〴〵にこもりゐたるに、権少将のもとより

58 常《つね》ならぬ衣の色《いろ》にいかでかは花《はな》のかたみも染《そ》むべかるらむ

返《かへ》し、花を文《ふみ》の中にいれて、旋頭歌《せんどう》

59 これが色《いろ》に衣《ころも》も染《そ》めずなりぬれば花の香《か》は世《よ》の常《つね》ならぬ形見《かたみ》とも見よ

雪《ゆき》のいたう降《ふ》るに

○たより―便宜、伝って。○おこせよ→五二。▽参考歌とは逆に、都に残る立場から、音信を求める。→**補注**。

55 見離す人もいない山里で咲いている桜の美しさは、かえって風が惜しんで、吹き散らさずにいるのだろう。参考「見る人もなき山里の桜花ほかの散りなむ後ぞ咲かまし」（古今・春上・伊勢）。○山里の花―持て囃される「都の花」の対。○なか〳〵風ぞ―却って（花を散らすはずの）風こそが。○惜しむべらなる―惜しむにちがいない。助動詞「べらなり」は、漢文訓読用語。▽「風」を擬人化し、花を惜しむ風の心を忖度する。

56 続拾遺・羇旅。十月も時雨の降る今宵で終わり。空も、今日が最後と日数を限って降らせているのでしょう。○神無月―陰暦十月。時雨の時節。○日数なるべき―断定「なり」に推定「べし」で強い推定。日数に違いない。そのはずだ、の意。▽神無月の晦を強調、逢うのは今宵しかないと迫る。→**補注**。

57 新古今・恋五。露は消えやすく当てにならないと思っていましたが、あなたよりは誠実に忘れることなく、悲しいときにはちゃんと袖の上に置きますよ。参考「露をなどあだなるものと思ひけむわが身も草におかぬばかりを」（古今・哀傷・藤原惟幹）。○あだなり―すぐ消える。不実だ。○もの忘れせぬ―移り気ではない。誠実な。「あだなり」に対置。○袖のうへの露―涙の喩。▽露に対比して女の移り気を責める。→**補注**。

58 常とは異なる喪服の色に、どうして、花の形見の桜色も染めることができましょうか。参考「桜色に衣はふかく染めて着む花の散りなむのちのかたみに」（古今・春上・紀有朋）。○常ならぬ―普通ではない。諒闇を踏まえる。○いかでかは―反語。どうして。○花のかたみも―散る花が残す桜色も。○染むべかるらむ―染めることができようか。▽喪服の色に花の形見の桜色を重ねる余地もないと、亡き院を惜しむ。→**補注**。

60 跡絶《あとた》えてふるともなにか山深《やまふか》くゆきゐて待《ま》たむ旅寝《たびね》とふやと

たち返《かへ》り、少将

61 まだ知《し》らぬ道《みち》だにいかゞ君《きみ》がためゆきふりにたる道《みち》はたづねむ

三条左大臣殿にて、春夜、雨のうちに梅の花を見る、といふことを

62 にほふなる花のしづくにそぼつとも露《つゆ》なれにたる袖《そで》にうつさむ

故殿《ことの》の御服《ぶく》ぬぎし日《ひ》、大僧都のもとに

63 限《かぎ》りあれば今日《けふ》ぬぎすてつ藤衣《ふぢごろも》はてなきものは涙《なみだ》なりけり

九月ばかり、女のもとに、ありながら親《をや》の隠《かく》せば

64 よそなれどうつろふ色《いろ》にきくの花《はな》なに隔《へだ》つらん夜半《よは》の秋霧《あきぎり》

故殿《ことの》うせ給《たま》へる又の年《とし》の春、つれ〴〵なるに

65 大荒木《おほあらき》の野べの若草《わかくさ》生《を》ひ添《そ》はる雨《あめ》はやまずもふりまさるかな

残《のこ》りの花

藤原道信朝臣集

59 衣も、桜の色に染めずじまいになったので、せめてこの花の香を、諒闇の春の形見とも思って下さい。〇これが色―文に入れた桜の色。〇花の香は―花の香の方を。「色」に代わる「香」を強調。〇世の常ならぬ形見―通常とは異なる春の形見。▽贈歌と同じ古今歌による。五七五五七五の歌体。詞書に「旋頭歌」と記す。注記の混入か→**補注**。

60 人跡も絶えるほど雪が降ろうと、何だろうか。山深く積もる雪を分け入って、君を待とう。旅寝をする私を訪ねてくれるかと。〇ふる―雪が降る、時を経るの両意。〇とも―としても。逆接の仮定条件。〇なにか―反語。〇山深く―「深く」は「雪」の縁語。〇ゆきゐて―行ってそこに留まって。「行き」に「雪」を掛ける。▽「雪」を契機に、鬱屈する思いへの共感を求める。

61 未だ知らない道だって何だろう。君に会いに、君が行った雪の降り積もっている道を訪ねて行こう。〇少将―不明。〇いかゞ―何でもない。前歌に揃え、二句末に反語を置く。〇ゆきふりにたる道―前歌と同様、四句の句頭に「雪」を置き「行き」を掛け、「降る」に「経る」を掛ける。▽誠意を試すかに送られた歌に、調べを揃えて返す。

62 良い香がするという梅の花のしづくに濡れそぼつとしても、涙の露に濡れなじんだ袖に、その香りを移しましょう。〇雨のうちに梅の花を見る―句題。〇花のしづくにそぼつ―「雨の中の花」の題意を表す。「心から花のしづくにそぼちつつうくひずとのみ鳥のなくらむ」(古今・物名・藤原敏行)によるが、ここは梅の花。〇露―「涙」の喩。▽梅の花の滴の香を涙の袖に移そうという、美的な趣向歌。→**補注**。

63 拾遺・哀傷。服喪の期間には限りがあるので、今日、喪服を脱いでしまいました。限りがないのは、父を偲んで泣き流す涙でした。〇限りあれば―父の服喪は一年(喪葬令)。〇今日―服喪の終わる今日。〇藤衣―喪服。〇はてなき―限りのない。尽きない。▽服喪期間の「果て」

66 散《ち》り残《のこ》る花《はな》もありけるこの春《はる》をわれひとりとも思ひけるかな

帰《かへ》る雁《かり》

67 ゆきかへり旅《たび》に年経《としふ》る雁《かり》がねはいくその春《はる》をそらに見《み》るらん

山ぶき

68 かはづなきなけば咲《さ》きぬる山吹《やまぶき》のくちなし色にいかで見《み》ゆらん

恋《こひ》

69 よをなべて恋《こひ》てふことは慣《な》れぬれどいかに泣《な》かましくりかへしつゝ

故殿《ことの》のつねに見給《たま》ひし鏡《かゞみ》を見《み》て

70 年《とし》をへて君が見慣《みな》れしますます鏡《かゞみ》むかしの影《かげ》はとまらざりけり

ある女のもとに、二夜三夜ばかりまかりてのつとめて

71 日をつまば身やいかならんと思《おも》ふかな昨日はものも思はざりけり

に対し、涙には「果て」が無いと悲しみを強調する。→補注。

64 余所ながら、咲き移ろう美しい色と聞く菊の花を、どうして夜半に立つ秋霧が隠すのでしょう（隔てられて、お目に掛かれません）。○よそなれど―「聞く」に懸かり「菊」を導く。○うつろふ色に―女の美貌を花の色に寄せて言う。○きくの花―「聞く」「菊」の掛詞。菊は女の喩。○なに隔つらん―どうして隔てるのか。強い疑問。○夜半の秋霧―視界を遮る妨害物。女の親の喩。▽女を菊の花に、霧を親に見立てて非難、逢いたい思いを表す。→補注。

65 大荒木の野辺の若草が一段と伸びる、そんな雨が小止みなくいよいよ強く降ることだなあ。○大荒木―死者を仮に埋葬する「殯《あら》き」。地名とも。○生ひ添はる―生長が一段と増す。○雨―春の雨。涙の喩。○ふりまさる―一層強く降り、悲しみが一層募る意。▽「春雨」題詞の欠落か。以下六九まで一連の題詠歌。→補注。

66 散らずに残っている花もあったこの春なのに、自分一人だけが生き残っていると思っていたことだなあ。○ありける―あったのだという気づきと感懐。○この春―父亡き春。○思ひけるかな―思いがけなさの詠嘆的表現。→二。▽散り残った花に、父の死後に取り残された自身を重ねる。→七五。

67 後拾遺・春上。北との往来に年を重ねる雁は、一体どれほどの春を空の上で見ているのだろう。○雁がね―雁。○いくその春を―どれほど多くの春を。→補注。

68 蛙が鳴いて、鳴くとすぐに咲き開いてしまう山吹の花は、どうして梔子色に見えるのだろうか。口無しとも思われないが。○咲きぬる―「咲く」は「開《さ》く」に同じ。○くちなし色―梔子の実の色。黄色。「口無し」を掛ける。「山吹の花色衣ぬしやたれ問へど答へずくちなしにして」（古今・誹諧歌・素性）に依る。▽「咲く」「開く」、「梔子」「口無し」の掛詞を組合せ、名辞の矛盾を疑問の形で機知的に扱う。→補注。

ある所《ところ》に、たび〳〵聞《き》こゆる返《(かへり)》事もせざりければ

72 あやしきはいとゞ思《おも》ひのまさるかなおぼつかなきもしるべならぬに

ある女のもとにいきたるに、かれが心にもあらで、かたへに引《ひ》かれてかへるとて

73 心《こころ》にもあらぬわが身のゆきかへり道《みち》のそらにて消《き》えぬべきかな

ある所に大破籠《おほわりご》して奉《たてまつ》るに、子日《(ねのひ)》したる所《ところ》に書《か》きつく

74 君が経《へ》む世々《よゝ》の子《ね》の日《び》をかぞふれば絵《ゑ》にかく松の生《を》ひかはるまで

三月つごもりの日、小一条の中将のもとより

75 散《ち》りのこる花《はな》もやあるとうち群《む》れてみ山《やま》がくれを尋《たづ》ねてしがな

かへし

76 散《ち》り残《のこ》る花は尋《たづ》ねばたづねみんあなかましばし風に知《し》らすな

69 大概、恋と言う事には慣れたのだが、どう泣けばいいのか、繰り返しつつ。◯よをなべて―総じて。◯いかに泣かまし―亡き父を恋うて泣くことの途惑い。▽不如意の恋に寄せ、父哀悼の深さを言う。対応できない程の恋しさに泣く図。→**補注**。

70 千載・哀傷。何年もの間、亡き父君が姿を映しては見慣れた真澄の鏡。その鏡は残っても、在りし日の君のお姿は映らないことだ。◯ます鏡―真澄の鏡。はっきり映る鏡。◯むかしの影―生前の父の姿。「影」は「鏡」の縁語。◯とまらざりけり―留まらないのだった。▽改めて父の非在を確認し、慨嘆する。→**補注**。

71 逢わずに日数を重ねたら、我が身は一体どうなるのだろうと思うことだ。逢っていた昨日は、何も悩まなかったのだが。◯身やいかならん―我が身はどうなることか。恋慕の強調。◯昨日はものも思はざりけり―相逢った昨日の幸せに比べ、逢えない今日を慨嘆する。→**補注**。

72 なぜかますます想いが募ります。あなたの気持がはっきりしないことが、そうさせている訳でもないでしょうに。◯あやしきは―自身の心境を訝しむ。◯おぼつかなき―不明確なこと。◯しるべ―導き、手引き。▽相手の反応がないことが、想いを増幅させるのかと訝しむ。→**補注**。

73 新古今・恋三。不本意にも帰る道すがら、中空で消えてしまう雪のように、辛さのあまり、我が身もきっと消えてしまうに違いない。◯かたへ―同伴の者。◯心にもあらぬわが身―不本意にも帰る自分。◯ゆきかへり―恋路の往き帰り。「雪」を掛ける。◯道のそら―道の途中。「空」を掛ける。◯消えぬべき―確信的な推定。▽「そら」「消え」は「雪」の縁語。未練を残しての帰宅の様を、雪に寄せて詠う。→**補注**。

74 新千載・慶賀。あなたが経験される代々の子の日の数を数えますと、この絵の中の松が生え替わるまでも、幾久しく続くことと存じます。◯絵にかく松―大破籠の図柄の松。▽永遠に

ある女の、男《おとこ》に忘《わす》られたるに

77 世《よ》にふれば人のつらきも思《おも》ふらん我《われ》にないたく嘆《なげ》かせそ君《きみ》

いとあだなる女の、ある公達《きむだち》を頼《たの》みて、お《を》のが心をば知《し》らで誓言たつと聞《き》き《ゝ》て

78 いにしへの心弱《こゝろよは》さを思《おも》ひ出《い》でば誓言《ちかごと》せじと誓《ちか》ひやはせぬ

人を恨《うら》みて

79 年《とし》をへてもの思ふ人の唐衣袖《からごろもそで》や涙のとまりなるらん

ある所の歌合に、人にかはりて

80 小夜更《さよふ》けて寝覚《ねざ》めてきけばほとゝぎす鳴《な》くなる声《こゑ》やいづこなるらん

夜深《よふか》くして花の色見《み》せず、といふ心を

81 小夜更《さよふ》けて風やふくらむ梅の花《はな》にほふ心地《こゝち》の空《そら》にするかな

ある女ばらのもとに、山にのぼりて日ごろへて、いとわり

到来しない「画中の松の生ひ替はり」により、相手の長寿を予祝する。→補注。

75 新古今・春下。もしや散らずに残っている花もあるかと、連れだって深い山蔭のそちこちを尋ねたいものです。○散りのこる花→六六。○もやあると―あるかどうか。「も」「や」は係助詞。○うち群れて―「おもふどち春の山辺にうち群れてそこともいはぬ旅寝してしか」(古今・春上・素性)に依る。○み山がくれ―「吹く風と谷の水としなかりせば深山がくれの花を見ましや」(古今・春下・紀貫之)に依る。▽古今歌二首による趣向。「尋残花」の風流への誘い。→補注。

76 後拾遺・俳諧・藤原実方。散り残っている花を尋ねるのなら行ってみよう。「しっ、静かに」。ちょっとの間、風にこのことを知らせないように。○花は―「花もや」に対し「花を特に」と強調。○尋ねば―仮定条件。○あなかま―会話を制することば。○風に知らすな―風が知ると散らすから、と言う理屈。「あしひきの山がくれなる桜花散り残れりと風に知らるな」(拾遺・春・少弐命婦)。▽七五に初句を揃え、会話体・擬人化により、浮き立つ気分を表す。→補注。

77 生きていると、人のつれない辛さもお解りでしょう。ならば、私に冷たくしてひどく嘆かせたりしないで下さい、あなた。○人のつらき―思う相手に冷たくされる辛さ。○ないたく嘆かせそ―禁止の構文。「せ」は使役。▽「我」に「君」を対置、「嘆かせるな」と強く訴える。→補注。

78 昔の自分の浮薄さを思い出すならば、「もう誓い言はしません」と、どうして誓わなかったのかね。○心弱さ―男との誓いを破った事を指す。○誓言せじと―「もう誓うまい」と。○誓ひやはせぬ―「やは」は反語。▽浮気な性分を棚に上げて神仏に誓を立てた、性懲りもない女への皮肉。→補注。

なくおぼえければ

82 眺《なが》めする都《みやこ》の方はくもりせで思《おも》ふ心《こゝろ》を知《し》らせてしかな

春立《はるた》つころ、人に聞《き》こゆる

83 春立《た》てどなほ鶯《うぐひす》の待《ま》たれぬは我《われ》がなくねに面馴《おもな》れにけり

五月六日、ある人のもとにもの言《い》ひつゝ、人に

84 わびぬれば昨日ならねどあやめ草《ぐさ》けふも袂《たもと》にねをぞかけつる

冬夜《(ふゆのよる)》、鶴《つる》のなくを聞《き》きて

85 小夜更《さよふ》けて声《こゑ》さへ寒《さむ》き蘆鶴《あしたづ》は幾重《いくへ》の霜《しも》か置《を》きまさるらん

女院、初瀬《はつせ》にまうで給《(たまひ)》て、まだ夜の深《ふか》ければ出《い》で給《たま》はぬほどに、月いと明《あ》かくすみたれば、ながむるに

86 そむけどもなほよろづよをありあけの月の光ぞはるけかりける

十月ばかり、ある人のもとに行《い》きたれば、「こよひは便《びむ》なくて」とあれば思《(おもひ)》わびて、

79 新勅撰・恋二。何年も恋に悩んでいる人の唐衣の袖は、流れる涙の泊なのでしょう。○唐衣―「袖」に懸かる枕詞。○とまり―止まるところ。泊。終着点。▽袖を涙の泊と見立てる趣向歌。→**補注**。

80 新拾遺・夏。夜更けに、寝覚めて聞く時鳥の声は、どこから聞こえてくるのだろう。参考「さよふけて寝覚めざりせば時鳥人づてにこそ聞くべかりけれ」(天徳四年内裏歌合、拾遺・夏・壬生忠見)。○小夜更けて―「さ」は接頭語。夜が更けて。○鳴くなる声―「なる」は伝聞。今、聞こえていることを示す。○いづこなるらん―鳴いている(聞こえてくる)場所の詮索。▽参考歌の「ざりせば」に対し、寝覚めて今聞く時鳥の声を扱う。→**補注**。

81 千載・春上。夜が更けて風が吹いているのだろうか。何となく梅の香が空に漂っているような気がすることだなあ。参考「春の夜のやみはあやなし梅花色こそ見えねかやはかくるる」(古今・春上・凡河内躬恒)。○小夜更けて→八〇。○風やふくらむ―現在推量。○空に―「空」に、形容動詞「そらに」を掛ける。「空」は「風」の縁語。▽題意を、梅花の香から風の動きを推測する形で捉える。→**補注**。

82 物思いに耽って眺めやる都の方は曇らずに、この辛い思いを知らせたいものです。○くもりせで―「せ」は自動詞「す」。曇らずに。○知らせてしかな―「しか」で自己の願望を表す。▽比叡山に籠もっての詠か。理無き思いを伝えるべく都の方を曇らすなと願う。→**補注**。

83 立春になったのに、それでも鶯の鳴く音を待つ気にならないのは、自分の泣く音に慣れてしまったからなのです。○鶯の待たれぬは―立春と共に待たれるはずなのに、の意。以下「待たれぬ」理由を示す。「れ」は自発。○我がなくねに―鶯の鳴く音ならぬ自分の泣き声に。○面馴れ―慣れて平気になる。▽父為光の喪中の春か。→六五。→**補注**。

有明《ありあけ》の月をながめて

87 ながめつゝいとゞ時雨《しぐれ》にあらねども曇《くも》りがちなる有明《ありあけ》の月

ある人のもとより絵《ゑ》を、「これ御覧ぜよ」とて、山ざとの心ぼそげなるに、もの思《おも》ひたる男《(を)とこ》ゐたる所に書《か》きつく

88 流《なが》れこん水に影《かげ》見《み》む人知《し》れずもの思《おも》ふ人は顔《かほ》や変《か》はると

ある人のもとに留《と》まりたれど、昼《ひる》はさらに便《びん》あしとて出《い》で給はねば、思《(おもひ)》わびて

89 ちかの浦に波かけまさるこゝちしてひるまなくても濡《ぬ》るゝ袖《そで》かな

ある人のもとに聞《き》こゆる

90 須磨《すま》の海士《あま》の波《なみ》かけ衣《ごろも》よそにのみ見しは我《わ》が身になりぬべきかな

道《みち》にて鹿《しか》の鳴《(なく)》を聞《き》きて、

84 続古今・恋四。辛いので、五月五日の昨日ならぬ六日の今日も、袂に菖蒲の根をかけて、音に泣いていることです。〇昨日―陰暦五月五日。端午の節の日。〇あやめ草―五日には、菖蒲の根を軒や袂などに差し掛け邪気を払う。〇袂にねをぞかけつる―菖蒲の「根」を「袂」に掛ける意と、泣く「音」を「袂」で抑える意。↓**補注**。

85 新古今・冬。夜が更けてその鳴き声までも寒々と聞える蘆鶴には、幾重に霜が降り積もっているのだろうか。〇小夜更けて↓八〇・八一。〇声さへ寒き―冬の夜の寒さに、鳴く声の哀切さを寒さとして重ねる。〇蘆鶴―鶴。〇置きまさる―置く霜が幾重にも増えている様を言う。▽鶴の声を「寒き」と皮膚感覚で捉え、外の霜の景を想像する。↓**補注**。

86 出家されても、なお、万世を照らして、女院の御威光は有明の月の光のように限りないことです。〇よろづよを―万世。「世」に「夜」を掛ける。〇ありあけの月の光―「(世を)在り」から「有明の月」に転じる。永続する女院の威光の喩。▽折柄の月の光に寄せ、女院の威徳を讃える。↓**補注**。

87 長雨が続く中、物思いをしつつ、「一層烈しく降る時雨」という程ではないにしても、曇りがちだった有明の月でしたよ。〇ながめつゝ―「眺め」に「長雨」を掛ける。〇いとゞ時雨―一層降りまさる時雨。「ことのはのうつろふだにもあるものをいとど時雨のふりまさるらむ」(伊勢集)の第四句を引く。〇曇りがちなる―降りそうな空模様に、涙に曇りがちの意を重ねる。▽拒絶された辛さを、大仰な「いとど時雨」に比べて、訴える。

88 流れてくる水に映る影を見よう、秘かに恋の思いに悩んでいる人の顔かたちは、変わるものかどうか。〇もの思ひたる男―恋に悩む男。画題の一つ↓四三。〇流れこん水―画中の川の水。〇影―水に映る自分の姿。〇もの思ふ人↓七九。画中人物自身。▽恋に悩む画中人物になっ

91a 秋ばかりもの思《をも》はしき頃《ころ》はなし

と言《い》へば

91b 鹿《しか》なく声《こゑ》を聞《き》くにつけても

蘆《あし》のかぎりしてつくりたる宿《やど》にて

92 鶴《たづ》のすむ蘆《あし》の中《なか》なる宿《やど》にゐて千代《ちよ》のふしをも込《こ》めむとぞ思ふ

いたうわづらひ給《（たまひ）》ければ、ほかに渡《わた》し奉《たてまつ》りけるに、限《かぎ》りに思《おぼ》しければ、北《きた》の方の御もとへ山ぶきの衣《きぬ》 奉《たてまつ》り 給《（たまふ）》とて

93 くちなしの色にや深《ふか》く染《そ》みにけん思ふ事をも言《い》はでやみにし

また、なにの折《をり》にか

94 宿《やど》ごとに有明《ありあけ》の月をながめしに君と見し夜《よ》の影《かげ》のせざりき

人のもとにお《を》はしての朝に

95 露《つゆ》よりもはかなかりける心《こゝろ》かなけさ我なに《し》にお《を》きて来《き》つらん

実方中将、網代《あじろ》に誘《さそ》へど「道心似《に》給へど、殺生このみ給《（たまふ）》な

藤原道信朝臣集

て、その思いを書き付けたもの。

89 後拾遺・恋二。ちかの浦ではありませんが、あなたの近くに留まっていると、思いの波ならぬ涙が余計に流れるような気がして、昼は逢えずに、干る間もなく私の袖は濡れそぼつことです。○ちかの浦―陸奥国か。「近」を含意。○波かけまさる―「波」は涙の喩。○ひるまなく―涙の干る間がない。「昼間は逢えない」意を掛ける。▽「浦・波・干る」は縁語。近くにいるゆえに募る思いを、歌枕に寄せた技巧でやや大仰に伝えようとする。→補注。

90 新古今・恋一。須磨の海人の波に濡れている衣を、よそ事とばかり見ていたのが、我が身が涙の波に濡れることになりそうです。参考「須磨の海士の塩焼き衣をさを粗みまどほにあれや君が来まさぬ」（古今・恋五・読人不知）。○須磨―摂津国。海士・その濡れ衣が詠まれる。波かけ衣―「塩焼き衣」の言い換え。波が掛かって濡れている衣。○我が身に―わが身の上の事に。▽古今歌の「間遠」な関係を背景に詠じたもの。→補注。

91 a秋ほどもの思わしい時節はない、b鹿の鳴く声を聞くにつけても。参考「奥山に紅葉踏み分け鳴く鹿の声聞く時ぞ秋は悲しき」（古今・秋上・読人不知）。▽aは「秋思」の読みぶりだが、鹿の声に触発されての詠。牡鹿は妻を求めて鳴くとされることから、bは「秋」の寂寥感に人恋しい思いを重ねる。→補注。

92 鶴が住む蘆の中ならぬ蘆葺きの宿にいて、鶴に肖って永遠の命をも蘆の節に祈り込めようと思うことだ。○鶴―「蘆鶴」（万葉・巻三）とも。○蘆の中なる宿―蘆葺き宿を、鶴の住む蘆の中に見立てる。○千代のふしをも―永遠の不死をも。「不死」に、「蘆」の縁語「節」を掛ける。○込めむとぞ―中に入れようと。「ひと節に千代を込めたる杖なれば突くとも尽きじ君が齢は」（頼基集）。▽「蘆」の縁で「鶴」の長命に肖ろうとする。

んあやしき」といひて、実方、

96 宇治川《うぢかは》の網代《あじろ》の氷魚《ひを》もこのごろは阿弥陀《あみだ》仏《ほとけ》によるとこそ聞《き》け

返《かへ》し

97 氷魚《ひを》のよる宇治《うぢ》にはあらで西川のあみだにあらば魚《いを》もすくはむ

ふた月、雨降《あめふ》りくらして、八月十五夜、つねよりも月明《あ》かければ

98 いつとなくながめはすれど秋《あき》の夜《よ》のこのあか月は殊《こと》にもあるかな

同《おな》じ所にて、月

99 秋はつる小夜更《さよふ》けがたの月みれば袖ものこさず露ぞお《を》きける

同《おな》じ頃《ころ》、狩《かり》に出《い》でて、夜《よ》さり、やがて野にとまらむと思《（おもふ）》に、雨いたう降《ふ》るに、帰《（かへり）》見る也

100 狩衣《かりごろも》急《いそ》ぎきつれどかひもなくことは野《の》にこそぬるべかりけれ

93 千載・哀傷。この衣のように、梔子の色に深く染まってしまったのでしょうか、あなたへの深い思いも口にせずに終わってしまいました。◯くちなし—山吹の花。梔色であることから「口無し」を掛ける。「山吹の花色衣ぬしやたれ問へど答へずくちなしにして」(古今・誹諧歌・素性)→六八。◯色にや深く染みにけん—言葉を尽くせない意。▽命終の時と感じて、残る思いを伝えようとする。→**補注**。

94 旅寝の宿ごとに、起き明かしては有明の月を眺めたのですが、あなたと共に見た夜の月の光ほどの美しさではありませんでした。◯宿ごとに—旅寝の宿。他の女の元に宿る場合も含んでのこと。◯有明の月→八七。◯影のせざりき—美しい月光は射さなかった。▽女への弁解。→**補注**。

95 続後撰・恋三。置いた朝露よりも儚く消え入りそうな心地でした。今朝、私はなぜ、起きて帰ってきてしまったのでしょう。◯はかなかりける心—後朝の別れの消え入るような心許なさ。◯おきて—「起く」に「露」の縁語「置く」を掛ける。▽後朝の心許なさを、縁語による趣向で示す。→**補注**。

96 (私はもちろん)宇治川の網代に寄る氷魚も、この頃は網ならぬ阿弥陀仏に依ると聞いています。◯道心似給へど—仏の教えに沿い慈悲の心を大事にする風なのに。◯宇治川—山城の歌枕。網代・氷魚等が詠まれる。◯網代の氷魚も—網代(魚を捕る梁)に掛かる鮎の稚魚。「も」により、自分は勿論の意を表す。◯阿弥陀仏—「網」から「阿弥陀仏」を導く。◯よる—仏に帰依する。魚が網代に「寄る」を掛ける。▽実方が、殺生するのかと皮肉られて、奇抜な「氷魚」の帰依を持ち出し、抗弁したもの。→**補注**。

97 氷魚の寄ってくる宇治川ではなく、西川でも網さえあれば、阿弥陀様が(人間は勿論)魚も掬いとって救って下さるでしょうが。◯氷魚のよる宇治—宇治川。◯西川—京都西郊の大堰川。西方浄土を含意。◯あみだにあらば—「網

返《かへ》し

101 今日《けふ》はたゞかりにくるとは知《し》らぬかはいかでか野辺《のべ》に夜《よ》をばつくさむ

花山院、思《（おもひ）》出《い》で聞《き》こえて

102 花《はな》の木に袖《そで》を露けみ小野山《をのやま》の雲の上《うへ》こそ思《おも》ひやらるれ

涼《すゞ》みにきたるに、「今《いま》なん」とも言《い》はで往《い》にければ

103 水《み》無《な》月のあふぎの風《かぜ》の手《て》もたゆくちぎりし河の瀬々《せゞ》は涼《すゞ》しや

返《かへ》し、実方《さねかた》にや

104 川棹《かはざを》をさしての事は知《し》らねどもなみの心《こゝろ》の隔《へだ》つべしやは

玉《たま》の井にて

105 我《われ》ならぬ人に汲《く》ますなゆきずりに結《むす》びお《を》きつる玉《たま》の井の水

何《なに》の折《をり》にか

106 思《おも》へども絶《た》えねとありし山川《がは》の浅《あさ》ましきこそ忘《わす》れがたけれ

だに」に「阿弥陀に」を掛ける。○すくはむ―「掬う」「救う」の掛詞。▽「宇治川では無理」と、誘いを拒絶。→**補注**。

98 新勅・秋下。いつだって眺めはするのだけれど、長雨が続いた後の秋の夜のこの明月は、格別なことだ。○ながめ―「眺め」に「長雨」を掛ける。○あか月―明るい月。▽長雨後の中秋、十五夜の月を賞美する。

99 新古今・秋下。秋の果て、夜も更けた時分の月を見ると、この袖も漏らすことなく、至るところに白露が置いていることだ。○秋はつる―秋の尽日「飽き果つ」を掛ける。○袖ものこさず―他は勿論、袖も置き漏らさず。○露―「涙」の喩。▽晩秋の月光が照らす景を、露が置いたと見做し、飽き果てた男女の関係を思わせる涙にぬれた袖を配する。→**補注**。

100 狩衣を急いで着て来たのに、その甲斐もなく雨に降られて、どうせ濡れるなら野で寝るべきだったよ。○狩衣―枕詞。「き」に懸かる。○きつれど―「着」「来」の掛詞。○ことは―同じ事なら。○ぬる―「濡る」「寝る」の掛詞。▽雨によりやむなく狩りを諦めて帰った無念を、掛詞の駆使により伝えようとしたもの。

101 今日はただちょっと仮に、いや狩りに来たのだと、分かっていたよ。どうして君が野辺で夜を明かしたりするものか。○たゞかりに―ほんの序でに。「仮」「狩」の掛詞。○知らぬかは―知らないはずがあろうか、反語。○夜をばつくさむ―夜を明かそうか。反語「いかでか」を受ける。▽雨の所為にしているが、最初から野宿のつもりはなかったのだろう、お見通しだよと、反語を重ねからかったもの。

102 花の咲く木の露に袖が濡れたので、涙ながらに、小野山の雲の上においでの院のことを思い遣ってしまいました。○袖を露けみ―袖が露がちなので。涙に濡れる意。○小野山―比叡山西麓の山。○雲の上こそ―雲上。遥かな花山院の居所の喩。▽花の木に触発され、出家後の花山院に思いを馳せる。→**補注**。

107 忌《い》むとかや人の言《い》ふなるものなれどあふぎてふ名《な》に惑《まど》はるゝかな

本云合点者三位入道本歌也

入撰集不見当集歌

としのぶが流《なが》されける時、流《なが》さるゝ人は重服を着《き》てまかると聞《き》きて、母がもとより、衣《きぬ》にむすび付《(つけ)》て侍《(はべり)》ける

108 人なしゝ胸《むね》の乳房《ちぶさ》を炎《ほむら》にて焼《や》くすみ染《ぞめ》の衣《ころも》着《き》よ君《きみ》

飾《かざ》りおろしたりける人を見て

109 見るからにまづ先立《さきだ》ちて落《を》つる哉《(かな)》涙《なみだ》や法《のり》のしるべなるらむ

前大納言公任、書置たる歌《うた》を「形見《かたみ》にせん」とちぎりてのち、「かく斗《(ばかり)》経《ふ》ることかたき世中にかたみに見するあとの

103 六月の暑さに、扇で風を送る腕のようにだるくなるほど繰り返し、一緒に涼みに行こうと約束した川のせせらぎは、さぞや涼しいことだろうね。○水無月の―陰暦六月の。○手もたゆく―手がだるくなるほど。「ちぎりし」に懸かる。上二句は、この句を導く序。○涼しや―問いかけ。▽約束していたのに、川辺に涼みに往ってしまった相手への皮肉。

104 棹を差して川に漕ぎ出しても、さして涼しいかどうか分からないが、波のようにいつもと同じで、隔て心など持っていませんよ。○実方にや―後人注記か。○川棹をさして―棹を差す意から、「格別に」の意の副詞「さして」を導く。○なみの心―いつもの気持ち。「並み」は「さして」の対義。「波」を掛ける。○隔つべしやは―反語。▽川瀬の「波」に寄せて、隔意はないとなだめる。→補注。

105 風雅・雑中。私以外の人には汲ませないように。通りすがりに私が手を掬んで飲んで、占めを結んでおいた玉の井の水よ。参考「山城の井手の玉水手に結び頼みしかひもなき世なりけり」(伊勢物語・一二二段)。○玉の井―井出の玉水。山城国。○我ならぬ人―自分以外の男。○汲ますな―関わりを持つな、の意。○結びおきつる―水を「掬ぶ」、占めを「結ぶ」の掛詞。▽女性を清冽な清水に擬え、独占するべく言い置く形を取る。→補注。

106 玉葉・恋一。「お慕いしていますが関係を絶って下さい」とあった、あなたの意外なお心の浅さは、実に忘れがたいことでした。○思へども絶えね―女の台詞。「ね」は完了「ぬ」の命令形。○山川の―山を流れる川。「浅まし」を導く。女の喩。○浅ましき―思いがけなく嘆かわしい。女の想いの浅さを響かせる。▽「絶え」「浅まし」は「山川」の縁語。→補注。

107 扇は、忌み嫌うものとか聞いているけれど、「あふき」と言う名には、「逢う」ことを期待して、心が乱れてしまうことだ。参考「名にし負はば頼みぬべきをなぞもかく扇ゆゆしと名

はかなさ」と申《（もうし）》つかはしたりける、返《（かへり）》事に

110 経《ふ》る事はかたくなるともかたみなるあとは今来《いまこ》む世にも忘《わす》れじ

又こと人に物言《い》ふと聞《き》きて、言《い》ひたえたる女のもとにつかはしける

111 恋《こひ》しさに惑《まど》ふ心《こゝろ》と言《い》ひながらうきを知《し》らずと人や見るらむ

太政大臣為光公恒徳公三男

藤原道信朝臣

寛和二年十月廿一日於疑花舎元服

為伯父兼家公子用七男

備後越前丹波等守

右中将従四位上　歌人

母贈従一位威子　武蔵守藤経邦女

正暦五年　月　日卒

藤原道信朝臣集

づけ初めけむ」（古今六帖・第五・作者名不記）。○忌むとかや―扇が秋冷の頃には棄てられることから言う。班婕妤「怨歌行」の秋扇の故事による。○言ふなる―「なる」は伝聞。○あふぎてふ名―「逢ふ気」という音を含む「扇」という名辞。▽詠歌事情は不明。不吉な「扇」が同音「逢ふ気」を含む矛盾を趣向とする。→**補注**。

入撰集不見当集歌

108 拾遺・哀傷・（としのぶ母）。あなたを育てあげたこの胸の乳房を炎と燃やして焼く炭、いや炭ならぬ墨染めの衣を着なさい、我が子よ。○すみ染の―「炭」から「墨（染め）」を導く。▽拾遺集からの誤入。→**補注**。

109 続古今・釈教歌・道信。落飾した人を見ると、まず真っ先に零れ落ちるこの感涙が、仏法への道しるべなのであろうか。○法のしるべ―仏の教えに導く道標。▽道信詠の補入。→**補注**。

110 続拾遺・雑上・道信。この世に生きながえる事は難しくなっても、あなたの形見として残る歌の跡は、来世にも忘れることがありません。○かくばかり…―道信詠。「こんなにも生きがたいこの世に、形見として書き残す歌の何という儚さでしょう」の意。○申つかはし―（道信が公任に）お伝え申される。▽公任詠の誤入。→**補注**。

111 玉葉・恋五・道信。恋しさに思い惑うと言いながら、（こうして歌を贈るのは）辛さを知らないことだと、あなたの目には映るでしょうね。▽道信詠の補入。→**補注**。

実方中将集

久保木寿子校注

実方中将集

宇佐《うさ》の使《つかひ》の餞《せ(ん)》し給《たま》ふ日《ひ》、先《さき》のを思《おも》ひ出《い》でて、

1 昔《むかし》見《み》し心ばかりをしるべにて思《おも》ひぞお《を》くる生《いき》の松原《まつばら》

岩清水《いはしみづ》の臨時《りうじ》の祭《まつり》の使《つかひ》に、為雅《ためまさ》の朝臣のありける年《とし》、舞《まひ》人にて、還《かへ》りての又の日、かざしの花《はな》に挿《さ》して

2 桂川《かつらがは》かざしの花《はな》のかげ見《み》えし昨日のふちぞ今日《けふ》は恋《こひ》しき

白河殿《しらかはどの》にて、岩《いは》の上《うへ》の松《まつ》を

3 いにしへの種《たね》としみれば岩《いは》の上《うへ》の子の日《び》の松《まつ》もおひにけるかな

四月つごもりに、殿上（てんじやうの）人人、山里《やまざと》にほとゝぎす尋《たづ》ねに

4 みやこ人待《ま》つほどしるくほとゝぎす月《つき》のこなたに今日《けふ》は鳴《な》かなむ

1 千載・離別。昔、宇佐の使として見た時の思いだけを道しるべに、生の松原に向かうあなたを見送ることです。参考「昔見し生の松原事とはばわすれぬ人も有りとこたへよ」（拾遺・別・橘倚平）。○宇佐の使―国家の重大事の折、宇佐八幡宮に奉幣を奉る勅使。○餞―餞別。○しるべ―道標。縁。○生の松原―筑前国。▽使いを務めた往時の感懐を、新たな使への餞とする。→補注。

2 続後撰・雑上。あなたの挿頭の藤の花が映って見えた昨日の桂川の淵瀬が、今日は恋しく思われます。○桂川―山城国。大堰川の一部。○かざしの花―祭の使が挿頭にする藤の花。○昨日のふちぞ今日は―「世の中はなにかつねなる飛鳥川昨日の淵ぞ今日は瀬になる」（古今・雑下・読人不知）の下句による。「淵」に「藤」を掛ける。→補注。

3 昔の種がこうなったと思うと、岩の上に生えた子の日の小松も生長したものだなあ。○いにしへの種―小一条家の先人の事績の喩。○子の日の松―正月初子の日に無病息災を祈り引く小松。小一条家への言祝ぎ。→補注。

4 郭公よ、都人が待っている間にはっきりと、五月になる前の四月晦日の今日の内に鳴いておくれ。○みやこ人―「殿上の人々」を指す。○月のこなたに―月を越す前に。四月の内に。「五月来ば鳴きもふりなむ郭公まだしき程の声を聞かばや」（古今・夏・伊勢）。▽古今集的な美的観念に基づく。

白河殿《しらかはどの》の結縁《けちえ》の八講《はかう》に

5 今日《けふ》よりは露《つゆ》の命《いのち》も惜《を》しからず蓮《はちす》に浮《う》かぶ玉《たま》とちぎれば

山里《さと》にて、蜩《ひぐらし》の声《こゑ》を聞《き》き侍《(はべり)》て

6 葉《は》を繁《しげ》み深山《やま》の陰《かげ》やまがふらむ明《あ》くるも知《し》らぬ蜩《ひぐらし》の声《こゑ》

敷津《しきつ》といふところにて、舟《ふね》にて日暮《ひく》れにければ

7 舟《ふね》ながらこよひばかりは旅寝《たびね》せむ敷津《しきつ》の波《なみ》に夢《ゆめ》はさむとも

五月五日、小一条殿《どの》の庚申《かうし》に

8 宿《やど》の上《うへの》に山ほとゝぎす来鳴《きな》くなり今日《けふ》は菖蒲《あやめ》のねのみと思《おも》ふに

大将殿、怨《え》じ聞《き》こえ給《(たまふ)》事やありけむ、しばし見《み》え給はぬ、白河殿《しらかはどの》へわたり給《(たまふ)》とて、いざなひ給《(たまひ)》けるに

9 白河《しらかは》に誘《さそ》ふ水だになかりせば心もゆかず思《おも》はましやは

堀河《ほりかは》の院にて、御屏風《びやう》のうしろに小馬《こま》の命婦のゐたるに、上《かみ》から山吹《やまぶき》の花をなげとらせ給へるに、上《うへ》のおはしま

5 拾遺・哀傷。今日からは、露のような儚い命も惜しくはない。蓮の上の玉となって極楽往生する縁を結んだので。○今日よりは―結縁八講を行った今日からは。○蓮に浮かぶ玉―蓮台の上の玉。▽露・玉は、蓮の縁語。蓮台への転生、極楽往生を意味する。→補注。

6 新勅撰・夏。葉が茂っているので、深山の暗さを夜とまちがえたのだろう。夜が明けたのにも気づかずに鳴く蜩の声が聞える。○まがふらむ―蜩が鳴く理由の推測。○蜩―蟬の一種。「日暮らし」を含意。▽一八〇に重出。→補注。

7 新古今・羇旅。舟に乗ったままで今宵一夜は旅寝をしよう。敷津の浦に頻りに寄せる波のせいで、夢がしばしば醒めるとしても。○敷津の波―摂津国の歌枕「敷津」に、「頻き」を掛ける。頻波。▽敷津の頻波が旅寝の舟を揺らしその夢を揺らす。

8 宿の上に山郭公が来て鳴いている音《ね》が聞こえる、今日は菖蒲の根《ね》だけだと思っていたのに。○菖蒲―端午の節日には軒に葺くなどして邪気を払う。▽小一条殿の庚申の夜の一コマ。菖蒲の「根」と郭公の鳴く「音」の重なりへの関心。→補注。

9 白河殿へお誘い頂くことすらなかったら、満たされない思いのままだったことでしょうが。○白河―藤原済時の白河殿。○誘ふ水―同行を促す好意。「水」は「白河」の縁語。○心もゆかず―満足しない。○思はましやは―反語「やは」で仮想を強く否定。▽「河」「水」「ゆく」は縁語。誘われたことへの謝意を伝えたもの。→補注。

10 新古今・雑上・馬命婦。八重に咲いたまま色褪せてもいない山吹なのに、なぜ九重に咲かなくなったのでしょう（宮中に居られないとは）。○色もかはらぬ―色褪せず美しいままの。○山吹―小馬の命婦の喩。○九重―花弁の八重に

すと心得《こゝろえ》て

10 八重《やへ》ながら色《いろ》もかはらぬ山吹《やまぶき》の九重《こゝのへ》になど咲《さ》かずなりにし

御返《かへ》し

11 九重《こゝのへ》にあらで八重《やへ》さく山吹《やまぶき》の言《い》はぬ色《いろ》をば知《し》る人もなし

また、御返《かへ》り

12 衛士《ゑじ》がゐしひたきに見《み》ゆる花な《はなゝ》れば心《こゝろ》のうちに言《い》はで思《おも》ふかも

上《うへ》の御

13 御垣《みかき》よりほかのひたきの花な《はなゝ》れば心《こゝろ》とゞめて折《お》る人もなし

一品の宮《みや》の大盤所《ばどころ》に、桜お《さくらを》もしろきを、ある人に心よせて、結《むす》びつけたり

14 植《う》ゑて見《み》る人の心《こゝろ》にくらぶれば遅《おそ》くうつろふ花《はな》の色《いろ》かな

返《かへ》し、結《むす》びつけたり

15 蔭《かげ》にだに立《た》ち寄《よ》りがたき花《はな》の色《いろ》をならし顔《がほ》にも比《くら》べけるかな

対する。宮中。▽花に寄せ、出仕しなくなった訳を訊ねる。→**補注**。

11 新古今・雑上・円融院。九重（宮中）の外で、八重に咲く山吹の、梔子《くちなし》色の美しさは口に出さないから誰も知らない。○九重にあらで八重咲く山吹—堀河院に退出したままの小馬の命婦を指す。○言はぬ色—梔子色を「口無し色」とした。「山吹の花色衣ぬしやたれ問へどこたへずくちなしにして」（古今・誹諧歌・素性）。▽円融院在位中の詠か退位後か、説が分かれる。→**補注**。

12 衛士がいた火焚屋ならぬ直黄《ひたき》に咲く梔子の花だから、口には出さず心の中で深く思っているのです。参考「御垣守る衛士の焚く火にあらねども我も心のうちにこそ思へ」（和漢朗詠集・雑・禁中）。○衛士がゐし—内裏警護の兵士が居た。「火焚き」を導く序。○ひたき—火焚屋。衛士が火を焚き警護に当たる番小屋。「直黄《ひたき》」（山吹色）を導く。○心のうちに—「内」「内裏」の掛詞。○言はで思ふ—「梔子」ゆえ口に出さずに想う、とする。→**補注**。

13 内裏の外の直黄の山吹の花なので、気づいて手折る人も居ないのですよ。○上—円融院。○御垣よりほかの—衛士が守る御垣の外にある。禁中を離れた、の意。○ひたきの花—直黄の花。前歌参照。小馬の命婦の喩。○折る—花を手折る。小馬に言い寄る意。▽山吹の花に寄せた掛詞による戯れ。→**補注**。

14 桜の木を植えて眺めている人の心に比べれば、なかなか色褪せない花の色ですね。○植ゑて見る人—一品の宮の「ある人」を指す。▽桜を引き合いに、変わりやすいのは女心と相手をからかう。→**補注**。

15 蔭にすら立ち寄りがたい美しい花の色なのに、さも馴れた風に私と比べたことですね。○蔭にだに—花本体は勿論、その陰にすら、の意。○ならし顔に—馴れ馴れしげに。○比べけるかな—別格の花を私と比べた。▽一品の宮の台盤所に入り込んだことを咎めたもの。

又、返《かへ》し

16 立《た》ち寄《よ》らむ事やはかたき春霞《はるがすみ》ならしの岡《をか》の花《はな》ならずとも

清涼殿《(せいりやうでんの)》御前の薄《すゝき》を結《むす》びたるを、誰《たれ》ならむと言《い》ひて、内《ない》膳《せ》の命婦の結《むす》びつけさせける

17 吹《ふ》く風《かぜ》の心《こゝろ》も知《し》らで花薄《はなすゝき》そらに結《むす》べる人や誰《たれ》ぞも

殿上《(てんじやうの)》人々、返《かへ》しせむなど定《さだ》むるほどに、まゐ《い》りあひて

18 風のまに誰結《たれむす》びけむ花薄《はなすゝき》上葉《うはゞ》の露《つゆ》も心《こゝろ》置《お》くらし

朝日山《あさひやま》の麓《ふもと》に、神《かみ》まつりたるところ

19 朝日山《あさひやま》麓《ふもと》をかけて木綿襷《ゆふだすき》あけくれ神《かみ》を祈《いの》るべきかな

秋、桜井《さくらゐ》の里《さと》といふところにて、紅葉《もみぢ》を見《み》て

20 秋風の吹《ふ》くに散《ち》りかふ紅葉《もみぢ》ばを花《はな》とやおもふ桜井《さくらゐ》の里《さと》

天河にて

21 あまのがはかよふ浮《う》き木《ぎ》に言問《ことゝ》はむ紅葉《もみぢ》の橋《はし》は散《ち》るや散《ち》らずや

16 春霞のように、花のもとに立ち寄るのは難しくなどないですよ。「ならしの岡」の花でなくても。○立ち寄らむ―花のもとに立ち寄る。「立つ」は「霞」の縁語。○事やはかたき―反語。難しいことはない。○春霞―自身の喩。○ならしの岡―未詳。奈良思岡。立ち寄り慣れている意から同音の地名に転じる。▽馴染みの所の花でなくても春霞は立ち寄ると抗弁したもの。→**補注**。

17 新勅撰・雑一・読人不知。花薄をなびかせようと吹く風の思いも知らず、意味もなく薄の穂を結んだのはどなたでしょうか。○風―男性に見立てる。○花薄―穂の出た薄。女性に見立てる。○そらに―空しく。「空」を掛ける。○結べる人―新勅撰集詞書では実方。▽風と花薄に男女の契りを暗示。→**補注**。

18 新勅撰・雑一。風の止み間に、一体誰が花薄を結んだのでしょう。薄の上葉に置く露だって、結ぶのを躊躇っているようなのに。○風のまに―風が止んでいる隙に。○誰結びけむ―女性と契る意を響かせる。○心置くらし―遠慮しているようだ。「置く」は「露」の縁語。▽結ぶ事を躊躇する「上葉の露」は、実方自身。

19 朝日山の麓一帯に木綿襷を掛けて、朝晩に神を祀るべきなのだなあ。○朝日山―歌枕。山城の宇治。○麓をかけて―麓にかけて。「かけて」の縁で「木綿襷」を導く。○木綿襷―木綿（楮の皮の繊維で作った糸）の襷。神事に使う。「夕」を折り込む。○あけくれ―朝晩に。「朝日山（朝）」「木綿（夕）」に対応。▽朝日山に木綿（夕）を掛けるのだから、朝晩祈るのが当然とする。→**補注**。

20 秋風が吹くと乱れ散る紅葉の葉を、桜の花だと思うのではなかろうか、この桜井の里では。○桜井の里―歌枕。山城・摂津・伊予とも。▽地名から類推し、秋の紅葉を春の花に見立てる。

21 新古今・雑中。天野川を行き来する小舟に尋ねよう。散り落ちた紅葉が天の河に架け

宇治《うぢ》にこれかれゆくに、景斉《かげまさ》の朝臣、檜破籠《ひわりご》のふたに書《か》きておこせたり

22 橋姫《はしひめ》に夜半《よは》の寒《さむ》さもとふべきに誘《さそ》はで過《す》ぐるかり人や誰《たれ》

返し

23 橋姫《はしひめ》に袖片敷《かたし》かむほどもなしかりにとまらむ人に類《たぐ》ひて

花山院おりさせ給《(たまひ)》けるを、嘆《なげ》きて

24 言《い》ひてなぞ甲斐《かひ》あるべくもあらなくに常《つね》なき世《よ》をも常《つね》に嘆《なげ》かじ

堀河《ほりかは》の院の、御葬送《さうそう》の夜

25 紫《むらさき》の雲《くも》のかけても思《おも》ひきや春の霞《かすみ》にならむものとは

同《おな》じころ、道信の中将、花につけて

26 墨染《すみぞめ》のころもうき世《よ》の花《はな》ざかりをり忘《わす》れても折《お》りてけるかな

返し

27 あかざりし花《はな》をや春《はる》の恋《こ》ひつらむありし昔《むかし》を思《おも》ひ出《い》でつゝ

るという橋は、もうできたかどうか。参考「天の川紅葉を橋に渡せばやたなばたつめの秋をしも待つ」(古今・秋上・読人不知)。◯あまのがは―河内の「天野川」に「天の川」を掛ける。◯浮き木―小舟。◯紅葉の橋―川に散り落ちた紅葉を橋に見立てる。◯散るや散らずや―紅葉は散ったかどうか。▽「天野川」の地名に、古今歌の「紅葉の橋」を繋ぐ。→補注。

22 宇治の橋姫に夜半の寒さの程も尋ねるべきだったろうに、誘わずに通り過ぎる心ない狩人は誰だろう。◯橋姫―宇治橋を守るとされる女神。◯かり人―狩人。宇治は鹿の狩り場。「仮人」(仮初め人)を掛ける。▽自分を誘わなかったことへの皮肉。→補注。

23 橋姫に袖を敷いてやる余裕もなかったよ。仮初に泊まろうとする狩人ならぬ君と同じで。参考「狭筵に衣かたしき今宵もや我をまつらむ宇治の橋姫」(古今・恋四・読人不知)。◯袖片敷かむ―自分の衣を敷いてやる。◯ほどもなし―場所の狭さと時間の無さの両意。◯かりに―「狩り」「仮」の掛詞。◯人―景斉。▽誘わなかった事への弁解と切返し。→補注。

24 残念だと口にしても、何の甲斐もあるはずがないのに―。変転する世を何時までも嘆くまい。◯なぞ―なにぞ。疑問・反語。◯あらなくに―「ず」のク語法。「に」は逆接。▽花山院の退位を無理にでも納得しようとする。→補注。

25 後拾遺・哀傷・藤原朝光。ほんの僅かでも予想しただろうか、棚引く紫雲が春霞になって立ち昇ろうとは。◯紫の雲―紫雲。天女・仏などが乗る極楽の雲。◯かけても―副詞。雲が「懸かる」意を含む。◯春の霞―火葬の煙の喩。▽以下二八まで円融院諒闇時の歌。詞書は円融妃の崩御時の詠とするが、季が合わない。→補注。

26 新古今・哀傷・実方。世が諒闇の悲しみに沈むこの頃、真っ盛りの花に折を忘れて、手折ってしまったことです。◯道信の中将―藤原道信。◯墨染のころも―喪服。「衣」「頃も」の掛詞。◯うき世―諒闇の「憂き世」に、花盛りの

同《をな》じころ、粟《あは》田《た》殿《どの》にて

28 この春《はる》はいざ山里《やまざと》に過《す》ぐしてむ花《はな》の都《みやこ》はを《お》るに露《つゆ》けし

道信中将と、花山の御時を思《おも》ひ出《い》でて《ゝ》

29 花《はな》の香《か》に袖《そで》を露《つゆ》けみ小《を》野《の》山《やま》の山《やま》の上《うへ》こそ思《おも》ひやらるれ

同《おな》じ中将、宿直所《とのゐどころ》にて、枕箱忘《まくらばこわす》れたる、返《かへ》すとて

30 あくまでも見《み》るべきものを玉《たま》くしげ浦嶋《うらしま》の子《こ》やいかに思《おも》はむ

返し

31 玉《たま》くしげなにいにしへの浦嶋《うらしま》にわれならひつゝ遅《おそ》くあけけ《ゝ》む

たち返《（かへり）》やる

32 遅《おそ》く《て》ともあくこそ憂《う》けれ玉《たま》くしげあな恨《うら》めしの浦嶋《うらしま》の子《こ》や

経房中将のもとに、宿直《とのゐ》物ある、〔とりに〕やるとて

33 返《かへ》さむと思《おも》ひも掛《か》けじ唐衣《からごろも》われだに恋《こ》ふるを《お》りしなければ

秋《あき》、道綱《みちつな》の中将の君《きみ》を、網代《あじろ》に誘《さそ》ひければ、道心《だうしむ》がり給《（たまふ）》ほ

「浮き世」を掛ける。○をり―諒闇という折。結句「折り」（手折る）を導く。▽悲しみの中での美への耽溺を、「折」の掛詞で機知的に示す。詠者に異説→補注。

27 新古今・哀傷・藤原道信。見飽きる事のなかった花を、春が恋い慕っているのでしょうか。咲き誇っていた往事を思い出しながら。○あかざりし花―故院の栄耀の喩。○春―実方を寓す。○ありし昔―院存命の頃。▽贈歌の花への耽溺の深層に、故院の栄耀への追慕があることを見抜いて返す。詠者に異説。→補注。

28 院の居られないこの春は、さあ山里で過ごそう。賑わう花の都にいると涙がちになるから。○山里―粟田殿（藤原道兼の粟田の山荘）を指す。「花の都」の対。○をるに―「居る」「折る」の掛詞。▽「をる」「露」は「花」の縁語。花山院往時の華やかさを思い出させる辛いものとして、花の都が忌避される。→補注。

29 花の香に花山院の往時を思い涙に袖が濡れて、受戒された小野山の院を思い遣ることです。○花の香―院を呼び起こす契機。○小野山―比叡山西麓、西坂本の山。○山の上―院が受戒した山の上。院を指す。▽院の境涯の変転への思い。→補注。

30 いつまでも開けずに見守るべきなのだが、玉手箱を返さなかったら、浦嶋の子はどう思うだろう。参考「水の江の浦嶋の子が玉櫛笥開けずありせばまたも逢はましを」（丹後国風土記逸文）。○あくまでも―「飽く」「開く」の掛詞。○玉くしげ―枕箱を玉手箱に見做す。○浦嶋の子―道信の喩。▽枕箱の返却に添えた浦島伝説に依る一首。→補注。

31 どうして、昔の浦島子の事を気にして、玉手箱をなかなか開けなかったのかね。さっさと開けてみれば良かったのに。参考「常世辺に住むべきものを釼刀《つるぎたち》己が心からおそやこの君」（万葉・巻九「詠水江浦島子」の反歌）。○われならひつゝ―自分から見倣って。○遅く―「遅く」に「鈍し」を掛ける。→補注。

どよりは、殺生《せさう》好《この》み給《(たまふ)》こそとありければ

34 宇治川《うぢかは》の網代《あじろ》の氷魚《ひを》もこの秋は阿弥陀《あみだ》仏《ほとけ》に寄《よ》るとこそ聞《き》け

返し

35 波《なみ》の寄《よ》る宇治ならずとも西川《にしかは》のあみだにあらば魚《いを》もすくはむ

仁和寺《にわじ》の僧《そう》正、東宮に御菓《くだ》物まゐ《い》らせ給へり、樏子《らいし》のかへさ《た》に書《か》きつく

36 思《おも》ふことなりもやするとうちむきてそなたざまにぞ礼《らい》したてまつる

返し

37 我《(わが)》ために無礼《むらい》し給《たま》ふことなくは思《おも》ふ心《こゝろ》の成《な》らざらめやは

春日《かすが》にてよめる

38 枝《えだ》わかぬ春日《かすが》の野《ゝ》辺《べ》の姫小松《ひめこまつ》祈《いの》る心《こゝろ》は神《かみ》ぞ知《し》るらむ

睦月《むつき》の一日《ついたち》に橘《たちばな》の木に雪《ゆき》の降《ふ》りかゝれるを

32 遅いと言われても「開く」のが嫌なのだよ、玉手箱は。ああ、恨めしい浦嶋の子だこと。○あくこそ憂けれ—開くのは辛い。浦島伝説（開けると再会が叶わなくなる、常世に住めなくなる）に依る。○浦嶋の子—道信の喩。▽箱を「開ける」意味を理解していないと恨む体。

33 宿直の夜衣を返そう、いや裏返して私に逢おうとは、思わなかっただろうね、私が求めなかったら。参考「いとせめて恋しきときはむば玉の夜の衣を返してぞ着る」（古今・恋二・小野小町）。○宿直物—宿直用の衣服・夜具。○返さむ—「返却する」「裏返す（恋人に会うための呪的行為）」の両意。○唐衣—夜着。○恋ふる—恋い求める。「請ふ」を掛ける。○をり—折。機会。「織る」を掛ける。▽「返す」「掛け」「おり」は「衣」の縁語。恋歌仕立てで返す。→補注。

34 （私はもちろん）宇治川の網代に寄る氷魚も、この秋は網ならぬ阿弥陀仏に依ると聞いていますよ。○道心がり—信心深そうにする。○宇治川—山城国。○網代—竹・柴などによる魚を捕る仕掛け。○氷魚—鮎の稚魚。○阿弥陀仏に寄る—「網」から「あみだ仏」を導く。氷魚が網代に「寄る」に、仏に「依る（帰依する）」を掛ける。▽道心より殺生かと、皮肉られての言い訳。→補注。

35 波が寄せる宇治川でなくとも、西川だって網さえあれば阿弥陀が魚も救うでしょう。○西川—京西郊の大堰川。西方浄土を含意。○あみだに—「網だに」に「阿弥陀に」を掛ける。○すくはむ—「救ふ」「掬ふ」の掛詞。▽西方の川であれば阿弥陀が魚をも救済すると、なお宇治行に抵抗。→補注。

36 思う事が成就するかと、僧正様の方を向いて拝礼申し上げることです。○樏子—果物などを盛る高坏状の器。○かへさ—返す時。○なりもやする—成就するかと。「成り」に「生り」を掛ける。○うちむきて—向かって。「剝く」を掛ける。○そなたざまにぞ—そちらの方に。○礼し—拝礼する。「樏子」を掛ける。▽「生る」「剝

39 時《とき》は春花《ゝるはな》は五月《さつき》の花が香《ゝ》を鳥《とり》の声《こゑ》にや今朝《けさ》はわくらむ

返し、道綱《つな》の中将道信とも

40 ほとゝぎす鳴《な》くべき枝《えだ》と見《み》ゆれども待《ま》たるゝものは鶯《うぐひす》の声《こゑ》

花山帝《みかど》、東宮《ゝう》と聞《き》こえし時《とき》に、九月庚申《かうし》に

41 紅葉《もみぢ》ばの彩《いろど》る露《つゆ》は九重《こゝのへ》にうつる月日《ひ》や近《ちかう》くなるらむ

殿上に、これかれ、文字《もじ》一《ひと》つを探韻《たむゐ》のやうに探《さぐ》り取《と》りて、

「跡《あと》」とい《ゝ》ふ文字《もじ》を

42 秋《あき》の野《ゝ》にしめ結《ゆ》ふ萩《はぎ》の露繁《つゆしげ》みたづねぞわぶる小牡鹿《さおじか》の跡《あと》

絵《ゑ》に、人の、親《おや》の寝《ね》たる間《ま》に、尼《あま》になれるところ

43 常《つね》ならぬ世《よ》を見《み》るだにも悲《かな》しきに夢醒《ゆめさ》めてのち思《おも》ひやるかな

こそ君《ぎみ》といふ子《こ》なくなりて、七月八日あさぼらけに

44 七夕《たなばた》の今朝《けさ》の別《わか》れに比《くら》ぶればなほ子《をこ》はまさる心地《こゝち》こそすれ

同《おな》じころ、このなき人を、泣《な》き寝《ね》の夢《ゆめ》に見《み》て

く」は、「果物」の縁語。東宮の代作。→**補注**。

37 私に対して礼をお欠きにならなければ、思う事が成就しないことがありましょうか。〇我がために―私（僧正）に対して。〇無礼―礼を欠くこと。「無礼し」に「榅子」を読み込む。〇成らざらめやは―反語。「成り」に「生り」を掛ける。▽「私」を通じて、東宮の「仏」への変わらぬ帰依を求めたもの。

38 新勅撰・賀。未だ分枝もしていない春日野の小松、その生い先を祈る心は神がご存じであろう。参考「春日野に若菜摘みつつよろづよを祈る心は神ぞ知るらむ」（古今六帖・第四・素性）。〇春日の野辺―大和国。春日野。〇姫小松―正月、初子の日に引く小松。▽「万世を祈る」歌。→**補注**。

39 時は春、花は五月の橘の香に薫らんばかりだが、枝に来て鳴く鳥の声で、今朝は、時節が解るだろう。〇五月の花―橘の花。木についた雪の見立て。〇わく―時節を識別する。▽春の雪を夏の橘の花に見立て、来る鳥が鶯か郭公かで季節を判別しようという機知的な一首。

40 郭公が来て鳴くはずの枝と見えるけれど、心待たれるのは鶯の声だよ。〇待たるゝものは鶯の声―「あらたまの年立帰る朝よりまたるる物はうぐひすのこゑ」（拾遺・春上・素性）に依る。▽―夏の郭公に適う橘の枝。〇鳴くべき枝春に適う鶯の声が待たれると応じる。→**補注**。

41 紅葉が美しく彩る露は、幾重にも照り映えて、東宮様が九重の内にお移りになる時が近づいているのでしょう。〇紅葉ばの彩る露―東宮（師貞親王）を寓す。〇九重にうつる―幾重にも照り映える。宮中に移御する意を掛ける。→**補注**。

42 秋の野に占めを結うかのような萩の露が多いので、踏み入って探し出すことができない、牡鹿の通った跡を。〇探韻―引き当てた漢字一字を句末の韻とする漢詩の作法。〇しめ結ふ萩―乱れた萩を注連に見立てる。▽探韻に倣い、「跡」の文字を句末に置く。

45 うたゝ寝《ね》のこのよの夢《ゆめ》のはかなきにさめぬやがての現《うつゝ》ともがな

程経《ほどへ》て、難波《なには》へゆく道にて、長柄《ながら》の橋《はし》にて

46 親《おや》も子《こ》も常《つね》の別《わか》れの悲《かな》しきはながらへゆけど忘《わす》れやはする

右少弁もろともに、ものへゆくに、柴積《しばつ》み車《ぐるま》の行《ゆ》きわぶるを

47 春樵《はるく》りの柴積《しばつ》み車《ぐるま》牛弱《うしよは》みたが古里《ふるさと》の垣根《かきね》占《し》めしぞ

十月ついたちに、信方の中将に女にとも

48 いつとなく時雨《しぐれ》ふりぬる袂《たもと》にはめづらしげなき神無月かな

対《たい》の御かたの少納言聞《き》きて

49 大空《おほぞら》のしぐるゝだにも悲《かな》しきにいかにながめてふる袂《たもと》ぞは

この人、内《うち》にさぶらふとて

50 出《い》でたちて友待《ともま》つほどの久《ひさ》しきは柾木《まさき》の葛《かづら》散《ち》りやしぬらむ

返し

43 変転極まりない世を見るだけでも哀しいのに、まして夢から醒めた後の親の悲嘆の程が思いやられることだ。○常ならぬ世を―無常のこの世を。○夢醒めてのち―目覚めて親が見る娘の出家という現実。▽物語絵を見ての歌。「見る」「夢」は縁語。

44 七夕の明けた今朝の二星の別れに比べても、我が子との死別の方が一層悲しみが勝る気がすることだ。○こそ君―実方の男子か。○今朝の別れ―詞書「七月八日」に対応。織姫・牽牛の二星の別れ。○子はまさる―子との死別の方が悲しみが勝る。▽七夕の別れと二度と会えない死別の対比。

45 後拾遺・哀傷。亡き子を見た仮寝のこの夜の夢があまりに儚くて、これを覚めないままの現実にしたいと願うことだ。参考「うたたねに恋しき人を見てしより夢てふ物は頼みそめてき」（古今・恋二・小野小町）、「思ひつつ寝ればや人の見えつらむ夢としりせば覚めざらましを」（同）。○うたゝ寝の―仮寝の。「夢」に掛かる。○このよ―「夜」「世」の掛詞。○やがての―そのままの。○現ともがな―「もがな」は願望。▽小町の恋歌二首を、亡き子哀傷の一首に昇華。不可能ゆえの哀切さが強調される。

46 親であれ子であれ、世の常の死別の悲しさは、生き長らえても、忘れるだろうか、忘れはしない。○常の別れ―死別。○ながらへゆけど―摂津の歌枕「長柄」を折り込む。○忘れやはする―「やは」は反語。▽忘れえぬ悲しみを詠う。→**補注**。

47 春に樵った柴を積んだ車は、牛の力が弱いものだからちっとも進まず、一体、誰の田舎の柴垣になって収まったのだろうか。○行きわぶる―進めずにいる。○春樵りの―春に伐り採った。○垣根占めしぞ―垣根を占領したのか。▽なかなか動かない柴積み車を柴垣に見なしたもの。→**補注**。

48 いつということもなく降る時雨ならぬ涙に、古びた袖を濡らして過ごしている身に

51 急《いそ》がずは散《ち》りもこそすれ紅葉《もみぢ》する柾木《まさき》の葛《かづら》遅《おそ》くくるとて

道信《みちのぶ》の中将、臨時《りむじ》の祭《まつり》の舞人《まひ》にふたりありしを、もろともに四位《しゐ》になりて後《のち》の祭《まつり》の日《ひ》

52 いにしへの山《やま》井の水《みづ》に影見《かげみ》えてなほその《を》かみの袂恋《たもとこひ》しも

返し

53 いにしへの衣《ころも》の色《いろ》のなかりせば忘《わす》らるゝ身《み》となりやしなまし

為任《ためたう》の弁、永頼《ながより》が家《いへ》に絶《た》え初《そ》めし時《とき》に、年《とし》かはりて、宮咩《のべ》の料《れう》に、上《うへ》の御衣《ぞ》の端《はし》と乞《こ》ひたりければ、弁あはれに思《おも》ひたりけるけしきを聞《き》きて

54 天《あめ》にます笠間《かさま》の神《かみ》のなかりせば古《ふ》りにし仲《なか》をなに頼《たの》ままし

宇佐《うさ》より返《（かへり）》て、紙《かみ》など人に心ざすとて

55 いさやまだ千々《ちゞ》の社《やしろ》も知《し》らねどもこやそなるらむ少御神《すくなみのかみ》

返し

は、何にも興の湧かない神無月ですよ。○いつとなく―十月に限らず。○時雨ふりぬる袂―「時雨降り」から「古りぬる袂」を導く。涙に暮れている意。「袂」は自身の喩。▽沈鬱な一首。子を亡くした冬の詠か。→補注。

49 大空が曇り時雨が降るだけでも悲しいのに、あなたはどんなに思い悩んで長雨に袖を濡らしておられるのでしょう。○ながめてふる―「眺めて経る」に「長雨―降る」を掛ける。→補注。

50 出仕をして、後から参内する友を待つ間が長く、柾木の葛も散ってしまうのではないかしら。○友―実方を指す。○久しきは―時間が掛かることには。○柾木の葛―定家葛。▽男性同士のやり取り。詞書「この人」は前歌の「少納言」を指すのではない。→補注。

51 確かに急がないと散ってしまうかも知れないな、紅葉した柾木の葛は。葛を繰る、いや来るのが遅いというので。○散りもこそすれ―散ったら困る、の意。○遅くくる―「来る」に「葛」の縁語「繰る」を掛ける。→一四・三一。▽二六〇に重出。

52 新古今・雑下。祭の今日、昔のあの石清水に姿が映るにつけ、やはり共に舞ったあの時の山藍の袂が懐かしく思われます。○いにしへの―共に臨時の祭の舞人を務めた永延元年(九八七)か。○山井の水―石清水を指す。山藍(青摺りの模様を染める植物)を掛ける。○袂―舞人が着る青摺りの袍の袂。○恋しも―「も」は詠嘆。▽山藍の衣の色とその水影に、昔と今の時間を重ね、二人の共有する記憶に訴える。→補注。

53 新古今・雑下・藤原道信。あの時の山藍の衣の色のことがなかったら、きっと私は忘れられたのではないかしら。○なりやしなまし―「せば」を受けた反実仮想。▽初句を揃えた返歌で、記憶の共有を確認する。→補注。

54 尊い笠間の神がもし坐しまさなかったら、終わった仲なのに、どうして頼みにしたりするでしょうか。○宮咩―宮咩の祭。正月・十二

56 広前《ひろまへ》に坐《ま》さぬ心のほどよりは大直毘《おほなほみ》なる神《かみ》とこそ見《み》れ

宇治《うぢ》にて、水に浮《う》きたる橋《はし》にうたゝねに寝《ね》たるに、夜《よ》ぶかき月に声《こゑ》をかしくて、信方中将

57a 宇治川《うぢがは》の波《なみ》の枕《まくら》に夢《ゆめ》さめて

といへば

57b よる橋姫《はしひめ》や寝《い》もねざるらむ

新嘗会《ざうゑ》の夜《よ》、赤紐《あかひも》の乱《みだ》れたると、信方中将の憂《うれ》ふれば

58a いかなる紐《ひも》の夜半《よは》に解《と》くらむ

信方中将

58b あしひきの山《やま》井の水は冴《さ》えながら

雪降《ゆきふ》れるあした、弘徽《こき》殿の北面《きたおもて》に、左《さ》京の大夫道長《なが》の君《きみ》

59a 足《あし》の上膝《かみひざ》よりしもの冴《さ》ゆるかな

とあれば

月の初午の日に、宮咩五神・笠間の神の六神を祀る。○料―供え物。○上―為任の北の方。○御衣の端―弁の着物の端布。宮咩命の人形の衣装用。○笠間の神―常陸、笠間神社の祭神。○なに―反問の副詞。○頼まし―反実仮想。▽「天」「古り」に、笠の縁語「雨」「降り」を掛ける。祭を機にした復縁を、神威に寄せて促したもの。→補注。

55 さあ、まだ沢山の神社も存じませんが、これはその「神」、宇佐の少御神でしょうか。(少ない紙ですが、どうぞ)。参考「いさやまだ恋てふ事も知らなくにこやそなるらんいこそ寝られね」(拾遺・恋四・読人不知)。○宇佐―宇佐八幡の地。→一。○少御神―少名毘古那神の略称。「少な」い「紙」の意を掛ける。▽参考歌の初三四句を借り、二五句を機知的に置く。→補注。

56 神前に神が居られず紙がなかったと侘びられますが、少御神というよりは大直毘神、いや多くの紙と見ましたよ。○広前―神前。○坐さぬ―神がおられない。紙が無い意。○心のほどよりは―謙遜するがそれよりは。○大直毘なる神―「大―多」「神―紙」を掛ける。沢山の紙の意。▽「少御神」に「大直毘神」を対置。「紙」の量が多かったとする返礼の歌。→補注。

57 a宇治川の波を枕にして結んだ夢から、波音で寝覚めて。b夜、橋姫は、眠ることもできないのではなかろうか。○浮きたる橋―筏や舟を連ねた仮橋。舟橋。○宇治川→三四。○波の枕―水辺での旅寝。○よる橋姫→二二。「夜」「寄る」の掛詞。▽「波・寄る」「橋」は「川」の縁語。宇治の舟橋での月夜の風流。橋姫伝説に寄せた上下句の掛け合い。→補注。

58 解けているのだろう。後拾遺・雑五。a一体どんな紐が、夜半に解けているのだろう。b山の井の水は冷たく凍っているのに。○新嘗会―陰暦十一月中卯の日、新穀を神に供え天皇が食する節会。五節舞が舞われる。○赤紐―五節の舞姫の小忌衣に垂らす紐。○解く―解ける。男女の逢会を含意。○山井

59b こしの辺《わた》りに雪《ゆき》や降《ふ》るらむ

弓《ゆみ》の結《けち》に、斑幕《まだらまく》に雪《ゆき》の降《ふ》りたりける、入道中納言

60a 前《まつ》かたの斑幕《まだらまく》なる雪見《ゆきみ》れば

とあるに

60b 後《しりゑ》への山《やま》ぞ思《おも》ひやらるゝ

殿上にて、ほとゝぎす待《ま》つころ

61a かき曇《くも》りなどか音《をと》せぬほとゝぎす

為相《ためすけ》、聞《き》きて

61b かまくら山《やま》に道《みち》やまどへる

為相《ためすけ》、かうぶり得《う》べき前《まへ》の年《とし》、八月、月《つき》あかき夜、物語《ものがたり》して

62a 数《かぞ》ふれば今五《いまい》つ月《き》になりにけり

為相《ためすけ》

→五二。○冴えながら―aの「解く」を「溶く」と解して矛盾を衝く。▽山藍の衣と赤紐を、山井の水に寄せながら、舞姫が紐を解く姿として仕立てる。→**補注**。

59 a足の上、膝より下が霜で凍えることだ。b越の辺りに雪が降っているので腰が冷えるのでしょう。○膝よりしもの―膝より下。「霜」を掛ける。○こし―「越」「腰」の掛詞。▽体の部位を折り込み霜の冷たさを詠じたaを、「腰」「越」の掛詞により「雪」に結んで受けた諧謔の歌。→**補注**。

60 a前方の斑幕に降りかかる斑雪を見ると、b後方の安土の山が心配になります。○弓の結―左右に射手を番い弓を射る競技。○斑幕―白黒の縦縞の幕。弓場を区切る。○前かた―前方。先攻側。○後への山―的を掛ける砂山。安土(垜)。後攻側。▽雪模様の中での賭弓の勝負の心許なさを、前方・後方に寄せて詠い交わす。→**補注**。

61 a空が暗くなり鳴いてもいい時分なのに、どうして鳴かないのか、郭公よ。b暗い鎌鞍山で道に迷っているのか。○音せぬ―鳴く音が聞こえない。○かまくら山―比叡山東塔の蒲鞍山。「暗」を掛ける。▽鳴かない理由を郭公に問うaを受け、bはその理由を推測する。→**補注**。

62 a暦を数えると、叙爵まであと五カ月ですね。b六カ月後の睦月になれば、安否を問う人もいないでしょう。○む月にならば―「六月」「睦月」の掛詞。「睦月」は春の叙爵の時期。従五位下になれば殿上を降りる。▽叙爵を祝うつもりのaに対し、b殿上を下りた後の寂寥を予想し訴える。→**補注**。

62b
む月《つき》にならばとふ人もあらじ
御溝《みかは》水の面《つら》に、ある蔵人《くら》のながむるを、物思《ものおも》ひ顔《がほ》にてもゐたるかなと言《い》へば、蔵人《くら》

63a
恋《こひ》せまほしき影《かげ》や見《み》ゆらむ
とあるに

63b
八橋《やつはし》にあらぬみかはの遠《おち》にゐて
六月つごもり、御祓《はらへ》の日、あるやかきの前《まへ》をわたれば

64a
小牡鹿《さをしか》の耳《みゝ》ふりたて《ゝ》神も聞《き》け
と言《い》ふ人あり

64b
おも《む》とをかせる罪《つみ》はあらじな
五節所にて、まかでなむと言《い》ひありけば、六条の少納言

65a
雲《くも》の上《うへ》を月より先《さき》に出《い》でつるは
とあれば

63　a人恋しい風情の人影が映っているのでしょうか。bあの八橋のある三河ならぬ遠い御溝にいて。○御溝水―内裏の殿舎の周りの溝を流れる水。○恋せまほしき―「影」を修飾。詞書「物思ひ顔」に対応。○八橋にあらぬみかは―(伊勢物語に言う)あの「八橋」のある三河ではない御溝。▽「御溝」「三河」の掛詞により、「御溝」を敢えて遠方と見做した諧謔。

64　a小牡鹿のように耳をそばだてて、(申し上げる諸々の罪を)神様もお聞きください。bあなたに対して犯した罪はあるまいよ。○やかき―不明。○耳ふりたてて―祝詞「六月晦大祓」の詞章による。○神―実方を寓する。○言ふ人―声を掛けてきた女性。○おもと―御許。女性への対称。○をかせる罪―祝詞の「国つ罪」に倣う。▽六月祓の日の祝詞に絡めた、男女の遊戯的な掛け合い。→補注。

65　a雲の上の宮中を、まあ、月の出る前に退出したとは。b伏見の里で恋人が待っているかと思いまして。○五節所―常寧殿に置く五節の舞姫の控所。○雲の上―宮中。○出でつるは―「は」は、詠嘆。退出を月の出に掛ける。○伏見の里―山城国の「伏見」に「臥し見」を掛ける。○人や待つ―恋人が自分を待つ意に、月の出を「待つ」意を併せる。▽「月」に纏わる縁語を駆使した掛け合い。→補注。

65b 伏見《ふしみ》の里《さと》に人や待《ま》つとて

小《こ》一条殿《どの》の人々、謎《なぞ》々がたりに

66a 勝《か》たず負《ま》けずの花《はな》の上《うへ》の露《つゆ》

と言《い》ひけるに

66b すまひ草《ぐさ》合《あ》はする人のなければや

内《うち》わたりの女房、扇《あふぎ》を取《と》りて返《かへ》さざりければ

67a 誰《た》がために惜《を》しき扇《あふぎ》のつまならむ

女《をむな》

67b 取《と》れかし虎《とら》の伏《ふ》せる野辺《のべ》かは

八月ばかり、月あかき夜、花山院ひが歌よまむとおほせら
て

68a 秋の夜に山《やま》ほとゝぎす鳴《な》かませば

とおほせらるゝに

66 a勝ちも負けもしない花の上に置いている露、bすまひ草は、判定する行司がいないからか。〇謎々がたり―謎解きの付け合い。〇勝たず負けずの花―「謎かけ」の文句。〇すまひ草―相撲草（イネ科の雄日芝か）。謎への答。〇合はする人のなければや―「すまひ草」と解いた理由。▽前句は、謎かけの言葉。付け句は、その謎への答。→**補注**。

67 a一体、誰ゆえに返すのが惜しい扇なのかなあ。bしっかり取り返しなさいよ、虎が臥す危険な野辺ではないのだから。〇誰がために惜しき―返さない訳を「恋人故か」とからかう。〇扇のつま―扇の端。扇。「怨歌行」（古楽府、班婕妤）の「合歓扇」に依るか。〇虎の伏せる野辺―捨身餓虎の故事による。▽古詩・故事による遊戯的な応酬。→**補注**。

68 a秋の夜に山郭公が鳴いたならば、b垣根を照らす秋の月は卯の花と見えることでしょう。〇ひが歌―道理に合わない歌。〇山ほとゝぎす―夏の鳥。〇花―夏の卯の花。▽典型的な夏の景物を秋に配する仮想。→**補注**。

68b 垣根《かきね》の月や花《はな》と見えまし

二条殿《どの》の《ゝ》施《せ》行の日《ひ》、櫃《ゝつ》どもの多《おほ》く見《み》ゆれば、為相《ためすけ》

69a かの櫃《ひつ》は何《なに》ぞの櫃《ひつ》ぞおぼつかな

と言《い》へば

69b 乞食《かたひ》の前《まへ》のほかゐ《ひ》なりけり

為任《ためたう》の弁、忍《しの》びたるところより〔きたる〕、あしたに

70 誰《た》が里《さと》にいかに忍《しの》ぶぞほとゝぎすおの《を》が垣根《かきね》は花《はな》や散《ち》りにし

道信《みちのぶ》の中将と世《よ》のはかなき事を言《い》ひて、又の日、雉《きじ》を遣《や》る

とて

71 立《た》つ雉《きじ》の上《うは》の空《そら》なる心地《こゝち》にも逃《のが》れがたきは世《よ》にこそありけれ

円融院《ゑむいう》の御子日《（ねのひ）》に

72 紫《むらさき》の雲《くも》のたなびく松《まつ》なれば緑《みどり》の色《いろ》もことに見《み》えけり

為任《ためたう》の弁、三条にはじめて子産《こう》ませたりけるに、雉《きじ》やると

69 aあれは何の箱だろう、はっきりしないなあ。b乞食の前に置かれたほかひ（乞食）、いやほかゐ（外居）なのだよ。○施行の日―食物などの施しを行う日。○櫃―蓋付きの大型の箱。○おぼつかな―はっきりせず気になる。○乞食―かたゐ。ほかひ。○ほかゐ―外居。食物を入れて運ぶ蓋・脚付きの器。祝言を言って物を乞う「ほかひ」を掛ける。▽前句の謎かけに、「乞食《かたゐ》の前の乞食《ほかひ》ならぬ外居《ほかゐ》」と類似音による語句を連ねて答えたもの。→補注。

70 一体、誰の所でどんな風に忍び音を漏らしているのか、郭公よ、お前の家の垣根の卯の花は散ってしまったのかね。○誰が里に―「忍びたる所」を指す。○忍ぶぞ―忍び音に鳴く意に、密かに通う意を掛ける。○ほとゝぎす―為任の喩。○花―卯の花。為任の妻の喩。▽隠れて女の元に通う為任を郭公に見立て皮肉る。→補注。

71 飛び立った雉のいる上空ならぬ浮薄な上の空の心地にも、逃れがたいのは無常の世なのだなあ。○立つ雉の―「上の空」を導く序。○上の空なる―「上空」の意に「うわの空」を掛ける。○世―無常のこの世。▽贈る「雉」に寄せて、過日、話題とした世の無常を詠ったもの。高光集歌と酷似。→補注。

72 めでたい紫雲が棚引く紫野の松なので、緑の色も格別に見えることです。○紫の雲―紫雲。瑞雲。「紫野」に寄せる。○たなびく―「棚引く」に「小松引き」の「引く」を掛け、子の日に寄せる。▽「紫」「緑」の色を重ね、子の日の行事を言祝ぐ。→補注。

て

73 雉《きゝす》住む小塩《おしほ》の原《はら》の小松原《こまつはら》とりはじめたる千代《ちよ》の数《かず》かも

返し

74 小塩山《おしほやま》知《し》らざりつるを住《す》む鳥《とり》のとふにつけてぞ驚《おどろ》かれぬる

花山院の歌合に

75 のどかにも頼《たの》まるゝかなちりたゝぬ花《はな》の都《みやこ》の桜《さくら》と思《おも》へば

同《おな》じ歌合に、月を

76 月影《かげ》を宿《やど》にし留《と》むるものならば思《おも》はぬ山《やま》は思《おも》はざらまし

道信《のぶ》の中将、花《はな》も〔ろ〕ともに見《み》むと八月ばかりに契《ちぎ》りけるを、かの中将なくなりにける秋

77 見《み》むと言《い》ひし人ははかなく消《き》えにしをひとり露《つゆ》けき秋の花《はな》かな

白川殿《どの》にて、鹿《しか》の音《ね》を聞《き》きて

78 憂《う》きよには山のあなたのゆかしきに鹿《しか》のねならぬいやは寝《ね》ら

73 千代の長命を祈って、雉が住む小塩の原に生えた小松の数を数え始めたことですよ。参考「大原や小塩の山のこ松原はやこだかかれ千代の影みむ」(後撰・慶賀・紀貫之)。○小塩の原―西京、大原野。○小松原―小松の生えている野原。「小松」は生まれた子の喩。○とりはじめたる―数(年齢)を「取る」意に、「雉」の縁語「鳥」を詠み込む。○千代の数―千代にも及ぶ齢の数。▽参考歌の奉祝性を踏まえ、新たに「雉」を機知的に組み込む。→**補注**。

74 小塩山に住む鳥が飛ぶとは知りませんでした。雉を贈って頂き驚きました。○知らざりつるを―住む鳥(雉)が飛ぶ(訪う)とは知らなかった、の意。○住む鳥の―雉が。「飛ぶ(訪ふ)」に掛かる。▽思いがけず贈られた雉に寄せる。「とふ」の掛詞で返したお礼の歌。

75 のんびりと当てにしてしまうことだなあ。塵も立たず散りもしない花の都の桜だと思うと。○頼まるゝ―自然に頼みにしてしまう。○ちりたゝぬ―「塵」「散り」の掛詞。○花の都→二八。▽「ちり」の掛詞に興ずる趣向。→**補注**。

76 月を我が宿に留められるのであれば、自分も世を捨てて物思いのない山に入ろうなどとは思わないだろうに。○宿にし留むる―山の端に入れずに、の意。○思はぬ山―出家を含意。○思はざらまし―反実仮想。▽山の端に入る月に、出家への思いを触発されると嘆く。→**補注**。

77 共に花を見ようと約束した人は儚く消えてしまったのに、秋の花だけが露を置いて残っていることだ。○言ひし人―道信。○はかなく消え―亡くなって。「消え」は「露」の縁語。▽独り残され涙にくれる自身の喩。→**補注**。

78 この世を辛いと思う夜には、山のかなたに心引かれて、鹿の鳴く音ではないが、寝ようにも寝られはしない。○憂きよ―憂き世。「夜」を掛ける。○山のあなた―身を隠す所。出家を暗示。○鹿のね―鹿の鳴く「音」から「(寝

る、

十月、ある女に、実方《さねかた》の兵衛の佐《すけ》と名乗《なの》りて、こと人の来《き》たりけるを聞《き》きて、女に

79 誰《たれ》ならむいかで野守《のもり》に言問《こと》はむ標縄《しめ》の外《ほか》にてわかなかりけむ

時雨《しぐれ》

80 秋はててかみの時雨《しぐれ》もふりぬらむわが片岡《たおか》も紅葉《もみぢ》しにけり

小侍従のまだしのびけるに、けしき見《み》たりける人の言《い》ひ散《ち》らしければ、命婦のもとなるたつやといふ下《しも》づかひして

81 あだ浪《なみ》のたつや遅《おそ》きと騒《さは》ぐなり三島《みしま》の神《かみ》はいかゞこたへむ

同《おな》じ女にやる文《ふみ》を、小馬《こま》の命婦に見《み》せて、さりながらなき事を人々言《い》ふと聞《き》きて

82 こまにやはまづ知《し》らすべき真菰草《まこもぐさ》まことと思《おも》ふ人もこそあれ

小一条にて、ある人の女《むすめ》を忍《しの》びてかたらふに、女の親《をや》聞《き》き

を）寝」を導く。〇いやは寝らる、―「い」は「寝」。「やは」は反語。▽鹿の鳴く「音」から、「寝」「夜」「世」と展開、出離への思いに至る。→補注。

79 一体、誰なのか。どうやって野守に問い質そうか。標縄の外で私の名を借りて、若菜を刈り取った男は。〇こと人―言い寄る別の男。〇野守―標野（薬草園などの占有地）の番人。〇標縄の外にて―占有の印の縄の外で。〇わかなかりけむ―「我が名を借る（騙る）」に「若菜（女の喩）を刈る」を掛ける。▽自分の名を騙り、逢った男は誰か、と女を責める。→補注。

80 秋が終り、山上の方では時雨が降ったのだろう。私のいる片岡も木々が紅葉したことだ。〇秋はてて―時雨の時節の到来を示す。〇かみ―地形の高い方。上賀茂神社北の神山辺りを指し「神」を響かせるか。〇片岡―上賀茂神社近くの岡。「（我が）方」を掛ける。▽眼前の紅葉から、山の上方の時雨を想起する趣向。→補注。

81 噂の波が、待っていたとばかりに立っているようです。三島の神様はどう対応されるのでしょう。〇あだ浪―いたずらに立ち騒ぐ浪。恋愛沙汰の噂。〇たつや―立つや否や。「たつや」の名を折り込む。〇三島の神―不明。摂津、三島の神か。「見」を掛け、「けしき見たりける人」を寓す。〇いかゞこたへむ―どう波を鎮めるのだろう。▽噂を立てた人に抗議する体の、「たつや」の名を折り込んだ遊戯歌。→補注。

82 「小馬」の名を持つ君に、真っ先に手紙を見せるべきではなかったなあ。駒が食い散らす真菰草ならぬ私の手紙について、あらぬ噂を本当の事と思う人がいると困るのだが。〇こま―「小馬」に「駒」を掛ける。〇真菰草―稲科の植物。馬の餌。同音「まこ（と）」を導く。「女にやる文」の喩。▽あらぬ噂を撒き散らす小馬を、真菰を食い散らす駒に準えて皮肉る。「ま」音を多用。→補注。

つけて、いみじう腹《はら》だちて、女《むすめ》をあさましう抓《つ》むなど聞《き》くに、三月三日夕《ゆふ》つ方《かた》、北《きた》の方《かた》の餅《もちゐ》まゐ《い》れとて出《い》だし給へるに

83 三日《みか》の夜《よ》の餅《もちゐ》は食《く》はじわづらはし聞《き》けばよどのに母子《はゝこ》つむなり

同《おな》じところの少将のおもと、五節の舞姫《まひゝめ》して返《(かへり)》たるに

84 神《かみ》舞《ま》ひ《ゐ》し乙女《をとめ》に《は》いかで榊葉《さかきば》のかはらぬ色《いろ》と知《し》らせてしがな

その人《ひと》と、中《なか》の対《たい》のあらはなるに居《ゐ》あかして、あさぼらけに妻戸《つまど》を押し開《あ》けたるに、空《そら》のけしきもを《お》かしうて、人のかたちもを《お》かしう見《み》えければ

85 天《あま》の戸《と》を我《(わが)》ためにとは鎖《さ》さねどもあやしくあかぬ心地《こゝち》のみして

同《おな》じ人の里《さと》なるに行《い》きたるに、なきよしを言《い》ひて逢《あ》はざりければ、内《うち》へまゐ《い》りにけり、女まだつとめて言《い》ひお《を》こせたり

83　後拾遺・雑六・誹諧。三日の夜の餅は頂きますまい。煩わしいので。聞くところでは、夜、寝室で母親が子を抓るとか。〇三日の夜の餅―新婚三日目の夜、婚儀成立を祝う餅。〇わづらはし―婿扱いは面倒だ、の意。〇よどの―夜殿。「淀野」（山城国）を掛ける。〇母子つむ―母が子を抓って折檻する。草餅に入れる母子草（御形《ごぎやう》）を「摘む」を掛ける。▽三月三日の夕に出された餅を、新婚三日夜の餅に見立て、「食はじ」と戯れた歌。→補注。

84　五節の舞を舞った乙女に、何とかして、持っていた榊葉のように変わらぬ私の想いを知らせたいものです。〇五節の舞姫―新（大）嘗祭の前後・豊明節会で舞う。〇乙女―少将のおもと。〇榊葉―舞姫が持って舞う。〇かはらぬ色―榊葉の常緑を、変わらない想いの喩とする。〇知らせてしがな―詠嘆的な願望。→補注。

85　天の岩屋戸ならぬ妻戸を、自分が隠れるために鎖す訳ではないけれど、不思議にも開かない、いや飽かない気分でいっぱいで。〇天の戸―「妻戸」を「天の岩屋戸」（古事記）に準える。〇鎖さねど―天照大神の所業に対比。〇あかぬ―「開かぬ」「飽かぬ」の掛詞。▽女への執着の訴え。→補注。

86　格別に私にご執心であれば、戸を開けるのも待たず夜も明けない内に帰ったりするでしょうか。〇天の戸―八五を受ける。〇さして―「鎖して」「指して」の掛詞。〇思ひせば―反実仮想。〇帰らましやは―反語による強調表現。→補注。

86 天《あま》の戸《と》をさしてこゝにと思《おも》ひせばあくるも待《ま》たず帰《かへ》らましやは

返《かへ》し

87 天《あま》の戸《と》をあくといふ〔こ〕とを忌《い》みし間《ま》にとばかり待《ま》たぬ罪《つみ》は罪《つみ》かは

同《おな》じ人、わろき心地《こゝち》病《や》みて、薬師《くすし》のいかにとかやしたるを聞《き》きて

88 いかなれば我《(わが)》しめし野と思《おも》へども春《はる》の原《はら》をば人の焼《や》くらむ

ある女、いかなる事かありけむ、さらに訪《と》はじなど誓《ちか》ひて帰《かへ》りて程《ほど》ふるほどに、いかゞおぼえけむ、行《い》かまほしかりければ

89 なにせむに命《いのち》をかけて誓《ちか》ひけむいかばやと思《おも》ふを《お》りもありけり

人に初《はじ》めて

90 いかでかは思《おも》ひありとは知《し》らすべき室《むろ》の八島《やしま》の煙《けぶり》ならでは

87 天の戸を「開く」、いや「飽く」ことを避けて、ちょっとの間、夜が明けて戸が開くのを待たなかったのは、それほどの罪ですかね。○あく―「開く」から「飽く」を導く。○とばかり―ちょっとの間。「戸」を折り込む。▽「飽く」ことを避けたと更に切り返す。→**補注**。

88 どういう訳で私が占めたはずの春の野原を、他人が野焼きするのだろう（恋人の腹にお灸を据え艾《もぐさ》を焼くなんて）。○我しめし野→七九。恋人を寓す。○原―「腹」を掛ける。○焼く―野焼き。艾を焚く意。▽薬師の、艾による恋人への治療を怒ってみせる。→**補注**。

89 「もう絶対、行かない」などと、どうして命を懸けて誓ったのでしょう。「行きたい、生きたい」と思う時もあるのでした。▽「行かばや」「生かばや」の掛詞による趣向。

90 後拾遺・雑六・誹諧。どうやって想いの火を燃やしているとお伝えできましょうか。室の八島の煙ならぬ身では。参考「下野や室の八島に立つ煙おもひ有りとも今こそは知れ」（古今六帖・第三・作者名不記）。○思ひあり―想っている。「火」を掛ける。○室の八島―下野国。野に立ち上る水蒸気を「煙」と見なして言う。▽「室の八島」に寄せ、逆説的に恋心を訴える。→**補注**。

この歌《うた》を、右少弁為任《ためたう》のとりて、詠《よ》うたりければ

91 このごろは室《むろ》の八島《やしま》も盗《ぬす》まれて思《おも》ひありともえこそ知《し》らせね

宰相の内侍に

92 七夕《たなばた》にちぎるその夜《よ》は遠《とを》くともふみ見きと言《い》へかさゝぎの橋《はし》

返し

93 たゞ路《ぢ》には誰《たれ》かふみ見む天《あま》の川《がは》浮《う》き木に乗《の》れる世《よ》は変《かは》るとも

小一条殿《どの》の修理《すり》に、文《ふみ》やり給へりける、返事をばせで、「因幡《いなば》の森《もり》の」と言《い》へるに

94 むすぶてふ山《やま》井の水《みづ》もあるものを何《なに》にいなばの峰《みね》をかくらむ

同《おな》じ殿《との》に、宮の内侍といふ人、男《おとこ》に髪《かみ》切《き》られたりと聞《き》きて

95 よそにかく消《き》えみ消《き》えずみ淡雪《あはゆき》のふるの社《やしろ》の《も》神をしぞ思《おも》ふ

同《おな》じ所《ところ》にさぶらひける人、承《そ》香殿にまゐ《い》りにけるに、見《み》し人とおぼえ《し》たらぬ事と言《い》ひたりければ

91 このごろは室の八島を詠んだ歌も盗み取られてしまって、想いの火が燃えているとも知らせようがないことだ。○室の八島―九〇の自詠を指す。○盗まれて―歌を勝手に使われて。▽前歌と同様、「思ひ」を伝えられない嘆きの歌だが、「歌枕を盗まれた」とする機知が主眼となる。→補注。

92 続後拾遺・恋一。七夕にかけて必ず逢おうと約束するその夜は遥か先でも、せめて二星が鵲の橋を踏み相見るように、「文を見た」とでもお返事を下さい。○ふみ見き―「踏みみき」「文見き」の掛詞。○かさゝぎの橋―鵲橋。七夕の夜、天の川に鵲が羽を並べて二星を逢わせるという故事。▽せめてもの願いを、鵲橋の故事に依り訴える。→補注。

93 誰が近道を行き、すぐに鵲の橋を踏んだりしましょうか。天の川を浮き木に乗って遡った時代ではないとは言え（すぐに文を見たりするものですか）。○たゞ路―直道。最短の道。○誰かふみ見む―「踏み」「文」の掛詞。反語。○浮き木に乗れる世―張騫の故事説話による。○変るとも―今はそんな悠長な時代ではないにしても。▽前歌の「鵲の橋」に対し「張騫」の故事を引き、当面の拒絶を表す。→補注。

94 「結ぶ」という山の井の水もあるのに、どうして、「否」という因幡の峰のことを口にするのでしょうね。○因幡の森―因幡山か。「否」を含意。○むすぶてふ山井の水―「むすぶ手のしづくに濁る山の井のあかでも人に別れぬるかな」（古今・離別・紀貫之）の上句による。「掬ぶ」「（契りを）結ぶ」を掛ける。○いなばの峰―「因幡の森」に同じ。▽古今集の歌句により、機知的に仕立てる。→補注。

95 余所ながらこうして、消えたり消えなかったりして淡雪が「降る」、いや「布留」の社の「神」、いや、あなたの切られたという「髪」のことを心配しています。○淡雪の―「ふる」（降る・布留）」に懸かる枕詞。○ふるの社―大和国布留の石上神社。○神―「髪」を掛ける。

96 わりなしや身は九重《こゝのへ》にありながらとへとは人の恨《うら》むべしやは

又、こがやうに恨《うら》むる人に

97 我《われ》ながら我《われ》ならずこそ言《い》ひなさめ人にもあらぬ人《ひと》に問《と》はれば

三月ばかり、大原《おほはら》に小鷹狩《こだかゞり》に行《い》きたるに、道に桜《さくら》のおもしろき所《ところ》に泊《とま》りて、またの日権少将のもとに

98 雉《きゞす》鳴く大原山《おほはらやま》の桜花《さくらばな》かりにはあらでしばし見《み》しかな

返し、道綱《みちつな》の君《きみ》

99 かりならで我《われ》やゆかまし大原《おほはら》の山《やま》の桜《さくら》に鳥《とり》もこそ立《た》て

女《おむな》に

100 物《もの》をだにいはまの水《みづ》のつぶ〳〵と言《い》はばやゆかむおもふ心《こゝろ》の

また

101 おぼつかな我(わが)ことづけしほとゝぎすはやみの里《さと》をいかに《て》鳴《な》くらむ

▽見舞いを装うが、「神」を持ち出した揶揄の歌。→補注。

96 それはないでしょう。あなた自身は九重（宮中）の内に居ながら、「訪え（十重）」と言って、私を恨んでいいものですかね。○見し人―かつて情を交わした人。○わりなしや―道理に合わないことだ。○九重―宮中。承香殿（花山女御諟子）のもと。○とへ―「訪へ」「十重」の掛詞。「九重」の縁語。▽「訪え」と恨む女に、「九重」にいる方が悪いと抗弁する。→補注。

97 自分も、かつての自分ではないと敢えて言いましょう、かつて「見た」人でもない人に問われれば。○こがやうに―これと同じように。前歌詞書「見し人とおぼえたらぬ」を受ける。○人にもあらぬ人―契った人でもない人。相手の女性。「我ながら我ならず」の対。

98 雉の鳴く大原山の桜の花があまりに綺麗で、狩どころか仮ならぬ本気で暫く見とれてしまいました。○雉鳴く―枕詞。「原」に懸かる。○大原山―山城国。大原野の小塩山一帯。○かり―「狩」「仮」の両義。▽→補注。

99 仮にではなく本気で、私が狩に行こうかしら、大原山の見事な桜に、鳥も飛び立つかもしれないから。○かりならで―前歌を受ける。○鳥もこそ立て―「もこそ」は将来への予測を示す。▽桜に感じて鳥が飛び立てば、狩ができようという機知。→補注。

100 岩間の水滴の粒々ではないが、つぶさに言ったならば、水が流れるようにすっきりするでしょう、この思いの丈を。○いはま―「言は」から「岩間」を導く。○つぶ〳〵と―水滴の粒々に、「つぶさに」の意を掛ける。○ゆかむ―「（心）ゆく」に「（水が流れて）ゆく」を掛ける。▽鬱屈する恋心を晴らしたいと、岩間の水に寄せて女に訴えかける。

101 どうしたのだろう。私が「早く見たい」と伝えた郭公は。はやみの里を何と鳴いて飛んでいるのだろう。○おぼつかな→六九。○ほとゝぎす―相手の女性の喩。○はやみの里―筑前

三河《みかは》の守《かみ》、冬、糸得《いとゑ》させむといひたりしが、春《はる》になりてお《を》こせたりしかば、返事

102 去《い》にし冬《ふゆ》いとしもなにに待《ま》たれけむ春《はる》くるものと思《おも》はましかば

七月七日、庚申《かうし》にあたりたるに、殿上（てんじやう）〔の〕人々歌《ぐうた》よむに

103 七夕《たなばた》の緒《を》に貫《ぬ》く玉《たま》も我《わが》ごとや夜半《よは》におきゐて衣《ころも》かすらむ

上達部《かんだちめ》などして川尻《かはじり》にいきたるに、権大納言、ことあらといふ遊女《あそびよ》呼びて、歌《うた》などうたはするに、ゆめおもふといふ題あるに

104 行《ゆ》きやらで日《ひ》も暮《く》れぬべし舟《ふね》のうちにかき離《はな》れぬる人を恋《こ》ふとて

十月、紙《かみ》、人のもとに乞《こ》ひにやるとて

105 何《なに》をして豊岡《とよをか》姫を祈《いの》らまし木綿垂《ゆふし》でがたき神無月かな

童《わらは》より見《み》ける人を、心かけて

の歌枕か。言伝の内容「早く見たい（逢いたい）」意を掛ける。▽前歌に続き、思いが届かないもどかしさを詠う。

102 昨冬には、どうしてあんなに糸が待ち遠しかったのでしょう。春になれば届くものと思っていればよかったのに。○去にし冬―「糸得させむ」と約束した昨冬。○いとしも―副詞「いと」の強調形。大層に。「糸」を掛ける。○くる―届けてくる。糸の縁語「繰る」を掛ける。▽軽い冗談を込めた返礼。昨冬。→補注。

103 七夕に供す糸に連なる玉の露も、夜半に起きている私のように、夜半に置き、衣を濡らすのだろうか。○七月七日―七夕。○庚申→八。○緒に貫く玉―糸で連ねた白玉。露の比喩。○我がごとや―「庚申」の夜、寝ずにいることを踏む。○おきゐて―「起き」「置き」の掛詞。○衣かす―「供す」「浸す」の掛詞。▽一六二に重出。小大君の詠。→補注。

104 進まずにいるうちに、舟に乗ったまま、日が暮れてしまうにちがいない。水を搔いて離れて行った人を恋うというので。○かき離れぬる―小端舟を搔いて離れていった。○人―遊女「ことあら」を指す。○恋ふとて―「ゆめおもふ」題意を満たす。▽川逍遥の一場面。→補注。

105 どうやって豊岡姫をお祀りしたものか。神無月ですよ。いや紙が無くて木綿を垂らすのも難しい神無月です。○豊岡姫―豊受大神。食物・穀物神。○木綿―玉串や注連縄に付け幣とする。紙で代用することもある。→一九。○神無月―「神無」に「紙無」を掛ける。▽神無月に紙を請うことを、豊岡姫に絡めて機知的に詠う。→補注。

106 双葉の頃から見ていた三島の松ならぬ、あなたと結ばれたいと思いつつ、波のようにはうち出せずにいることです。○みしま―「見し間」から「三島」を導く。摂津、淀川河口。「三島江」。○松を結ばむ―「松」は相手の喩。願いを込める風習による。▽水辺の松の景に寄せた初めの恋の歌。→補注。

106 双葉《ふたば》よりみしまの松《まつ》を結《むす》ばむと波《なみ》うち出《い》でてえこそいはれね

忘《わす》れにし人のもとに、思《おも》ひいでて行《い》きたるに、さすがにふともえ入《い》らで

107 我《わ》がごとや久米路《くめぢ》の橋《はし》もなか絶《た》えて渡《わた》しわぶらむ葛城《かづらき》の神《かみ》

同《をな》じさまなる女のもとより、

108 今《いま》はとて古巣《ふるす》を出《い》づる鶯《うぐひす》のあと見《み》るからに音《ね》ぞなかれける

返し

109 鶯《うぐひす》の古巣《ふるす》といはば雁金《かりがね》の帰《かへ》る列《つら》にや思《おも》ひなさまし

つゝむ事ありて、逢《あ》ひがたかりける女に

110 大方《おほかた》はたが名《な》か惜《お》しき袖凍《そでし》みてゆきもとけずと人に語《かた》らむ

枇杷殿《びはどの》にゆき、侍従君《ぎみ》に

111 おぼつかな夢路《ゆめぢ》の斧《をの》のたよりにやなほ《を》ざりなりし宵《よひ》の稲妻《いなづま》

返《かへ》し

107 私と同様に、久米路の橋も中途で絶えて渡せずに困っているのでしょう、葛城の神は。○久米路の橋―役行者が一言主神に架けさせようとして中絶したとする岩橋。○なか絶えて―橋の中絶に、女との仲を擬える。○渡しわぶ―関係をつけられず困惑する。○葛城の神―一言主神。▽一言主神の伝説に寄せて、途絶えた仲の復活を図る。→**補注**。

108 これでというので古巣を出た鶯のように、あなたが立ち去った跡を見るや、声を挙げて泣いてしまうことです。○同じさま―「忘れにし」状態を指す。○今は―これまで。別れの言葉。○古巣―鶯が飛び去った後の巣。女の家を寓す。○鶯―実方を寓す。○見るからに―見るとすぐに。○音ぞなかれける―「音をなく」を強調。「鶯」の縁語「音」「鳴く」を掛ける。「れ」は自発。▽上句は「あと」を導く比喩的序。→**補注**。

109 鶯の古巣と言うのであれば、むしろ連なって帰る雁と同列に思ってくだされば良いのに。○鶯の古巣―前歌を受ける。○雁金の帰る列―帰雁の「列」。「同列に」の意を導く。○思ひなさまし―敢えてそう思う。反実仮想。▽連なって帰る雁に喩えを換え、弁解する。→**補注**。

110 一体、誰が名の惜しいことがありましょうか。会えずに流した涙に濡れた袖が凍り、雪も溶けず行くに行けないのだ、と人には語りましょう。参考「おほかたはなぞや我が名の惜しからん昔のつまと人にかたらむ」(後撰・恋二・貞元親王)。○つゝむ事―慎む事。差し障りのあること。○たが名か惜しき―反語。名が惜しいものか。○ゆきもとけず―「雪も溶けず」に「行きも解けず」を掛ける。▽参考歌の枠組みに乗せ、独白の体で事情があり通って行けないと訴える。

111 お会いしたのかどうか、王質の「夢路の斧」のような瞬時の機会だったのか。瞬く間に消えてしまって、宵の稲妻のようなあなたでした。○おぼつかな→六九。○夢路の斧―一局の囲碁を見ている間に斧の柄が朽ちていたという王質の爛柯の故事(述異記)に拠る。○たより―つ

112 山里の小野《をの》のたよりと思《おも》ふとも伐《こ》りしもせじな峰《みね》のつま木《ぎ》を
内《うち》わたりの人に、尾花《おばな》にさして

113 これを見《み》よ契《ちぎ》らぬ野辺《のべ》の尾花《おばな》だにことこそいはね靡《なび》くものをば《な》
また、ある女《をむな》に

114 小忌衣《をみごろも》 珍《めづら》しげなき春雨《はるさめ》に山《やま》井の水《みづ》も水際《みぎは》まさりて
ものいひける女《おむな》に、絶《た》えて後《のち》

115 さゝがにの蜘蛛《くも》のいがきの絶《た》えしより来《く》べき宵《よひ》とも君《きみ》は知《し》らじな
あるところより、夜《よ》ふけて帰《かへ》りて

116 竹《たけ》の葉《は》に玉《たま》ぬく露《つゆ》にあらねどもまだ夜《よ》をこめておきにけるかな
同《おな》じところに、十月一日《ついたち》の夜《よ》行《い》きたれば、道綱の中将、夜《よ》べよりありける、夏直衣《なをし》きたりけるを見《み》てなるべし

117 身に近《ちか》き名《な》を頼《たの》むとも夏衣《なつごろも》きのふ着《き》がへて来《き》たらましかば

いで、機会。○なほざりなりし―心残りの多い意。○宵の稲妻―瞬間に消えるもの侍従の喩。▽王質の故事と稲妻の喩により、逢瀬の短さを強調。→**補注**。

112 山里の小野に出かけたついでのこととしても、斧で峰の爪木を伐りもせず、妻を求める訳でもないのですね。○小野→二九。○伐りしもせじな―「伐る」に「(妻を)求める」意を含む。○つま木―薪用の小枝。「妻」を掛ける。▽王質の故事の「斧」を地名「小野」に切り替え、「つま木」に寄せて本気度を疑う。

113 これをご覧なさい。契りを交わすわけでもない野辺の尾花ですら、黙って素直に靡くものなのですよ。○尾花―穂の出た薄。○こと―言。ことば。○ものをば―逆接的な詠嘆。ものになあ。▽「尾花」に対比、意のままにならない相手を口説く。→**補注**。

114 豊の明かりの小忌衣のようには珍しくもない春雨が降って、山藍ならぬ山井も水が増すように、止めどなくあなたへの想いが増すことです。参考「我が背子が衣春雨降るごとに野辺の緑ぞ色まさりける」(古今・春上・紀貫之)。○小忌衣―神事に着用する。白地に山藍で青摺りの模様を付ける。「珍し」に係る。○春雨―「衣」の縁語「張る」を掛ける。○山井―山中の水場。「山藍」を掛ける。○水際まさりて―水際の水位が上がって。想いが増す意。▽参考歌に趣向を借り、女性への恋歌にしたもの。

115 蜘蛛の巣掻きが絶えてからは、やって来るはずの今宵とも、あなたは思いもしないのだね。参考「わが背子が来べき宵なりささがにの蜘蛛のふるまひかねてしるしも」(允恭紀、古今仮名序・衣通姫)。○さゝがにの―「蜘蛛」に懸かる枕詞。細蟹は蜘蛛の異称。○いがき―網掻き。巣掻き。○絶え―通いの途絶えを暗示。▽蜘蛛の巣掻きで待ち人の来否を占う俗信に依る古歌を踏み、女歌から男歌に転換する。→**補注**。

116 詞花・恋下、千載・恋四。竹の葉の上に玉を連ねたように置く露ではないけれど、ま

同《おな》じ女の、障子《さうじ》を隔《へだ》ててもの言《い》ふに、これ開《あ》け給へと言《い》へば、女、鎖《さ》さぬものをと言《い》ふ、いらへに

118 島《しま》の子《こ》に心《こゝろ》許《ゆる》さぬあまの戸《と》はあくれどあけぬものにぞありける

同《おな》じ女、またたび〳〵文《ふみ》やるに、返事のなかりければ

119 瑞垣《みづがき》のかきのみ絶《た》ゆる玉梓《たまづさ》は美濃《みの》の小山《をやま》のかみやいさむる

美濃《みの》の守《かみ》の女《むすめ》なりし時《とき》、まだ守《かみ》みるほどにて、返事なし

120 おぼつかなかゝらぬたびもなきものを手向《たむ》けのかみの心尽《こゝろづ》くしに

人にはじめて聞《き》こえける

121 かくとだにえやはいぶきのさしも草《ぐさ》さしも知《し》らじな燃《も》ゆるおもひを

格子《かうし》の列《つら》に寄《よ》り、ゐあかしたる朝《あした》に、同《おな》じ人〔に〕

だ夜も深いうちに起きて帰ったことです。○おきにける―「置く」「起く」の掛詞。▽「夜」に竹の縁語「節ょ」を、「起き」に「(露が)置き」を掛ける。→補注。

117 肌身に近い「夏衣」の名を当てにしたのだろうが、昨日、冬の衣に着替えて来ればよかったのに。○身に近き―単衣で薄く肌身に近い。○頼むとも―女に近づくことを期待するにしても。○きのふ―衣替えの前日。○来たらましかば―反実仮想。「着」を掛ける。▽衣替をし損なったのは「女ゆえ」と、からかったもの。→補注。

118 浦島子に心を開かない海女ならぬあなたは、夜が明けても障子を開けてくれないのですね。○鎖さぬ―閉ざしていない。○島の子―浦嶋子。実方自身を寓す。○あまの戸―「海女」は女の喩。「島の子」に対応。「戸」は隔ての障子。「天の戸」を掛ける。○あくれどあけぬ―夜が明けても、開けない。▽浦嶋子伝説に寄せ、戸を開けるよう迫る。→補注。

119 手紙を書くことも絶えてしまったのは、美濃の小山の神、いや美濃の守が諫めるのでしょうか。○瑞垣の―枕詞。「書き」に懸かる。○玉梓―手紙。○美濃の小山―南宮山(岐阜県不破郡)か。○かみ―「神」に「守」を掛ける。▽父の美濃の守の妨害を疑う。次歌参照。→補注。

120 どうしたものか、毎度、このように返事を貰えないとは。手向けの神ならぬ父親の守が、娘を守っているので。○おぼつかな→六九。○かゝらぬたび―この度のようではない時。「旅」を掛ける。○手向けのかみ―旅中の安全を祈り幣を手向ける神。「守」を掛ける。○心尽くし―心を砕く。▽前歌と同一事情。→補注。

121 後拾遺・恋一。「こうだ」とだけでも言えようか、言えはしない。「そうだ」とも知らないでしょう、さしも草のように燃える私の想いの火を。○かくとだに―下句「さしも」に対応。○いぶきの―「言ふ」から地名「伊吹」を導く。艾《もぐさ》の産地。○さしも草―艾(指艾《さしもぐさ》)。

122 あけがたきふたみの浦《うら》に寄《よ》る波《なみ》の袖《そで》のみ濡《ぬ》れし沖《おき》つ島《しま》人

殿上人の、ほとゝぎす待《ま》つとてありけるに、あか月になるまで鳴《な》かざりければ

123 待《ま》たずこそあるべかりけれほとゝぎすねに寝《ね》られでも明《あ》かしつるかな

題《だい》しらず

124 七夕《たなばた》の心地《こゝち》こそすれ菖蒲草《あやめぐさ》年《とし》に一度《ひとたび》つまと見《み》ゆれば

同《おな》じ格子《かうし》を、例《れい》の少《すこ》しならすに、女、さななりとは聞《き》きながら、心知《し》らぬ人して粗《あら》う問《と》はせたりければ、あしたに、女

125 あけぬ夜《よ》の心地《こゝち》ながらにあけにしは朝倉《あさくら》とひし人に聞《き》こゆや

返《かへ》し

126 ひとりのみ木《き》の丸殿《まろどの》にあらませば名告《なの》らでやみにかへらましや

「さしも」を導く。○燃ゆるおもひ―「想ひ」に「火」を掛ける。「さしも草」の縁語。▽「かく」「さ」で、自己と相手の想いの差を示す。→補注。

122 新古今・恋三。開けにくい蓋と身のようになかなか夜が明けない二見浦に寄せる波に、袖が濡れるばかりの、沖の島人のような私でした。○あけがたき―夜が明けにくい。「開けにくい蓋」から「二見」を導く。○ふたみの浦―伊勢国。女の喩。○沖つ島人―自身の喩。▽格子戸を開けない女を恨む体の喩歌。→補注。

123 待ってなどいなければ良かったなあ。郭公の鳴く音を待って、寝るにも寝られず夜を明かしてしまったことだ。○ね―「寝」「音」を掛ける。▽夜深く鳴く郭公への期待を、「待たずこそ」と逆説的に表す。

124 まるで織女星のようだなあ、菖蒲草は。一年に一度、軒の端《つま》に葺かれ、妻と見えるので。○七夕―織女星。○菖蒲草―八。○つま―「妻」に「（軒の）端」を掛ける。▽重陽の五月五日の菖蒲と七月七日の七夕を、「つま」（端・妻）の語で結ぶ、機知的な趣向歌。→補注。

125 後拾遺・雑四。夜明けを待つ独り寝の心地のままに戸を開けたのですが、私が「どなた」と訊ねた方には聞えたでしょうか。○さななり―「実方だろう」の意。○あけにしは―「明け」「開け」は掛詞。○朝倉とひし人―「誰」と訊ねた人。神楽歌・朝倉「名告りをしつつ行くは誰」による。▽戸を開けたとする女の弁解。→補注。

126 後拾遺・雑四。本当にあなたが独りだけで居たのであれば、私が名告らずに闇夜に帰ったりしたでしょうか。○木の丸殿―粗末な丸太造りの御殿。神楽歌・朝倉による。女の家の喩。○あらませば―反実仮想。○名告らで―同じく朝倉による。○やみに―闇夜に。「止み」を掛ける。▽同じ「朝倉」により、女の弁解に切り返す。→補注。

は

四月ばかりに、この女のあたりに、夜深《よぶか》く立《た》ち聞《き》きするに、まだ寝《ね》ぬけはひなれば

127 まどろまぬ人もありける夏《なつ》の夜《よ》に物思《ものおも》ふことは我《われ》ならねども

久《ひさ》しく訪《おとづ》れで、さるは睦《むつ》まじくなりにけり

128 風吹《ふ》かぬ恨《うら》みやすらむうしろめたのどかに思《おも》ふ荻《おぎ》の葉《は》の音《おと》

いとつゝむ事しげきころ、思《おも》ふ事、心やすくもあらぬに

129 もろともに起《お》き伏《ふ》し物《もの》を思《おも》ふともいざ常夏《とこなつ》の露《つゆ》となりなむ

ある女に、ゆくすゑまでの事をちぎりて、後《のち》に、いかゞありけむ

130 誓《ちか》ひてし事ぞともなく忘《わす》れなば人の上《うへ》さへ嘆《なげ》くべきかな

親《おや》の制《せい》しける人のもとに忍《しの》びてゆくに、便《び》なげに思《おも》ひければ

127 眠らずにいる人もいたのですね。夏の夜に。思い悩んでいるのは、私以外にも。○まどろまぬ人―「この女」を指す。○ありける―「ける」は詠嘆。▽女の気配を捉え、物思うことは同じと、切れ切れの言葉続きで共感的に誘いかける。

128 風が吹かず葉擦れの音ならぬ訪れがないと恨んでいるだろう。気になるなあ。自分には長閑に感じられる荻の葉音なのだが。○風吹かぬ―訪れがない意。「秋風の吹くにつけてもとはぬかな荻の葉ならば音はしてまし」(後撰・恋四・中務)に拠る。▽穏やかな「荻の葉音」から、後撰歌を媒介に相手の不安を思いやったもの。→補注。

129 一緒に朝夕の起き伏しにつけ思い悩むとしても、さあ床に伏し、常夏の花に置く露となって結ばれよう。○起き伏し―始終。「起き」に、「置き」を掛ける。○常夏―撫子の花。「床」を掛ける。○露となりなむ―露のように結ばれよう。▽苦境を乗り越え結ばれようと、「常夏」の縁語・掛詞を駆使して誘う。

130 玉葉・恋四。神かけて誓った事だともなく忘れてしまったなら、忘れられた私だけでなく、忘れたあなたのことまで嘆くことになるでしょう。参考「忘らるる身をば思はず誓ひてし人の命のをしくもあるかな」(拾遺・恋四・右近)。▽参考歌と同一趣向だが、相手の心変わりを牽制する思いを強く示す。→補注。

131 言《い》はば言《い》へ親《おや》のかふこも年《とし》を経《へ》てくる人あれどいとふものかは

返《かへ》し

132 繭《まゆ》ごもり親《おや》のかふこのいと弱《よは》みくるも苦《くる》しきものと知《し》らずや

はやうもの言《い》ひし人に、枯《か》れたる葵《あふひ》に挿《さ》して

133 いにしへの葵《あふひ》と人はとがむともなほそのかみのことぞ忘《わす》れぬ

返《かへ》し

134 枯《か》れにける葵《あふひ》のみこそ悲《かな》しけれあはれとも見《み》ず賀茂《かも》の瑞垣《みづがき》

殿上のこれかれ、山里《やまざと》に郭公《ほとゝぎす》の声《こゑ》聞《き》きに行《い》きたる所《ところ》にて、公任《きんたう》の少将、あるわたりを思《おも》ひかけ聞《き》こえて、その心《こゝろ》ばへ仄《ほの》めかして、帰《（かへり）》て、またのつとめて

135 山里《やまざと》にほのかたらひしほとゝぎす鳴《な》く音《ね》聞《き》きつと伝《つた》へざらめや

宇佐《うさ》の使《つかひ》にて下《くだ》りけるに、二条の左大弁、かたき物忌《ものい》みとて逢《あ》はねば

131 言うなら言わせておきなさい。親が育てる「蚕」ならぬ「子」も、妙齢になり通ってくる男がいても、厭うものでもないでしょう。参考「たらちねの親の飼ふ蚕の繭ごもりいぶせくもあるか妹に逢はずして」（拾遺・恋四・柿本人麿、万葉・巻十二）。○かふこ―飼ふ蚕。女の喩。▽「飼ふ・繰る・糸」は、「蚕」の縁語。親の制止を気にする女を、繭から糸を繰るまでになった蚕に喩えて、逢瀬を促す。

132 親に庇護されてきた私は、繭に籠る蚕の糸のようにとても弱いので、あなたが通って来るのも苦しいのだと解って下さい。○繭ごもり―蚕が繭の中に籠ること。親に庇護されていることの喩。○こ―蚕。「子」を掛ける。▽男の通いに困惑する女の歌。「蚕」に寄せる。「繭ごもり・飼ふ・糸・繰る」は「蚕」の縁語。

133 新古今・恋四。この枯れた葵を、昔、逢った日の葵だと咎めるとしても、なおその昔のことは忘れられません。お会いしたい。○いにしへの葵―以前、葵祭に逢った時の葵。「逢ふ日」を掛ける。○そのかみ―その昔。「上」に「神」を掛ける。▽「葵」「神」は、賀茂祭に纏わる縁語。枯れた葵に寄せ、再度の祭の日の逢瀬を迫る。

134 新古今・恋四。枯れてしまった葵（昔、逢った日）のことばかりが悲しいのです。賀茂の社の瑞垣も素晴らしいとも思われません。○枯れにける葵―過去の祭の日の逢瀬を示す。「枯れ」に「離れ」、「葵」に「逢う日」を掛ける。○賀茂の瑞垣―賀茂社の瑞々しい垣。新たな祭の日の逢瀬を示す。▽「枯れた葵」と「瑞垣」で、過去と今を対比。拒絶の思いを伝える。

135 山里で仄かに語った郭公の声を、確かに耳にしたと伝えてくれるよね。○思ひかけ聞こえ―「あるわたり」への謙譲表現。○仄めかして―（公任が実方に）それとなく話して。○ほとゝぎす―公任自身の喩。○鳴く音―郭公の鳴き声。漏らした想い。○伝へざらめや―反語。伝えずにはいないよな。▽公任の詠。→**補注**。

136 心うさのみやこながらもありけるをあは《か》で別《わか》るゝたびと思《おも》へば

返《かへ》し

137 別《わか》るとも別《わか》れもはてじ人ごゝろうさはしばしの事にやはあらぬ

宇佐《うさ》より帰《かへ》りたるに、内《うち》わたりの人の、櫛乞《くしこ》ひたりければ

138 来《こ》し道《みち》にけづるともなき旅人《たびゞと》の手向《たむ》けの神《かみ》につくし果《は》てて《ゝ》き

返《かへ》し

139 かくしこそ隠《かく》しお《を》きけれ旅人《たびゞと》の露払《つゆはら》ひける黄楊《つげ》の小櫛《をくし》を

思《おも》ひかけたりける女の、内裏《うち》よりまかでけるに、宿直所《とのゐ》の前《まへ》に前栽《せむざい》に露《つゆ》の置《を》きたりけるを、「など見給《たま》はずなりにし」と言《い》ひたりければ

140 おきてみば袖《そで》のみ濡《ぬ》れていたづらに《の》草葉《くさば》の玉《たま》の数《かず》やまさらむ

七月七日、引《ひ》きたる糸《いと》に、蜘蛛《くも》の網《い》かきたるを見《み》て、小大君

136 心憂い身でも都の内に居ましたのに、宇佐の宮へと、お目に掛からないままお別れするこの度の旅と思いますと…。○宇佐の使→一。○心うさのみやこ—「心憂さの身」から「都」を導く。「宇佐の宮」を折り込む。○たびと思へば—「この度」「旅」の掛詞。▽言いさしの形に残念さを滲ませた出立の挨拶。→**補注**。

137 別れても別れきれないのが人の心。辛く感じるのも、宇佐への旅の一寸の間だけのことではありませんか。○人ごゝろ—「憂さ」に懸かる。○別れもはてじ—それっきりになるまい。○うさ—憂さ。「宇佐」を掛ける。→**補注**。

138 筑紫から帰る道中、髪を梳くともない旅人の私は、手向けの神に、櫛はすべて手向け尽くしてしまいました。○宇佐→一。○櫛—名産の筑紫櫛。○来し道—復路。○けづる—髪を梳く。○手向けの神→一二〇。「神」に「髪」を掛ける。○つくし果ててき—「尽くし」に「筑紫」を折り込む。▽土産の櫛をねだられての弁解。

139 このように櫛を隠しておいたのですね。旅人が草葉の露を払った黄楊の小櫛を。○かくしこそ—斯く。「し」「こそ」は強意。「隠し」を導く。○隠しおき—無いと言いつつ贈った事を指す。▽初句・二句・結句に「櫛」を詠み込む。→**補注**。

140 新古今・恋三。起きて前栽に置いた朝露を目にしたら、袖が濡れるばかりで、むやみに草葉の露の数が増すことでしょう。○まかでける—動作主は、実方。○宿直所→三〇。○おきてみば—顔を合わせたら。「起き」に、「露」の縁語「置き」を掛ける。○草葉の玉—葉に置く露。○数やまさらむ—涙が露に添え加わる意。▽早朝、顔を見せずに退出したことを咎めた女への弁解。

141 七夕《たなばた》のもろてに急《いそ》ぐさゝがにのくもの衣《ころも》は風やたつらむ

といふ返《かへ》し

142 彦星《ひこぼし》の来《く》べき宵《よひ》とやさゝがにの蜘蛛《くも》の網《い》がきもしるく見《み》ゆらむ

蓮《はす》の葉《は》に蟬《せみ》を包《つゝ》みて、女

143 いづれをかのどけき方《かた》に頼《たの》ままし蓮《はちす》の露と空蟬《うつせみ》の世《よ》と

返し

144 蓮葉《はちすば》に浮《う》かぶ露《つゆ》こそ頼《たの》まるれなに空蟬《うつせみ》の世《よ》を嘆《なげ》くらむ

ある女に文《ふみ》やる、返事はせで、総角《あげまき》を結《むす》びておこせたれば

145 尋《ひろ》ばかり離《さか》りてまろと丸寝《まろね》せむその総角《あげまき》のしるしありやと

人のもとに枕《まくら》を置きて、来《こ》ずなりにければ、返《かへ》すとて

146 おきてみるかひもあらまし忘《わす》るゝをこれだにつげの枕《まくら》なりせば

返《かへ》し

147 かくなむとつげの枕《まくら》にあらずとも知《し》らざらめやは恋《こひ》の数《かず》をも

141 織女星のように、両手を忙しく動かして織った蜘蛛の網の衣は、風が裁つ、いえ、断つのでしょうか。○もろて—両手。○引きたる糸—七夕に供えた糸。○さゝがにの—枕詞。「蜘蛛」に懸かる。○くもの衣—蜘蛛の巣を七夕の雲の衣に見たてる。○風やたつらむ—衣の縁語「裁つ」「断つ」の掛詞。→補注。

142 彦星の通ってくる宵というので、蜘蛛の巣掻きも目立つのでしょうか。参考「わが背子が来べき宵なりささがにの蜘蛛のふるまひかねてしるしも」(古今・仮名序、允恭紀、衣通姫)。○来べき→一一五。○蜘蛛の網がきも—蜘蛛が糸を張る動きも。▽参考歌の俗信を踏まえた推測。→補注。

143 どちらを永く続くものとして信頼すれば良いのでしょう。蓮の葉に置く露と、空蟬のように空しいこの世とでは。○のどけき方—長命である側のもの。○蓮の露と空蟬の世—儚さを代表する景物。→補注。

144 極楽の蓮の葉に浮かぶ露の方こそ頼みになるのに、どうしてこの儚い空蟬の世を嘆くのでしょう。○蓮葉に浮かぶ露—極楽浄土の蓮台に変生することの喩。→五。▽贈歌が儚い例に挙げた「蓮の露」を、浄土の蓮台の露と見做し答としたもの。→補注。

145 一尋ほど離れて、まろと丸寝をしようよ。あなたの寄越した総角の効き目が現れて、睦み合うことができるかどうか。○総角を結びて—紐を総角結びにして。○尋—両手を広げた長さ。○まろ—自称代名詞。「丸寝」(着衣のまま寝ること)を導く。▽寄越した総角に寄せ、催馬楽「総角」のように行くか試そうと、冗談交じりに誘う。→補注。

146 こちらに置いたままみる甲斐もあるでしょうが、あなたがお忘れでも。これが「今も忘れず」と告げる黄楊の枕であれば。参考「ひとりぬる心は今も忘れずとつげの枕は君に知らせよ」(古今六帖・第五・作者名不記)。○忘るゝを—逆接。忘れるにもかかわらず。○つげ—「告

ある女に、これはこと

148 大堰川《おほゐがは》ゐせきのつゝむ水《みづ》なれや今日《けふ》くれがたき嘆《なげ》きをぞする

また人のむすめにしのびて通《かよ》ふほどに、女《おむな》亡《ゝ》くなりにければ、いとあかず思《おも》ひ出《い》でゝ、女の母《はゝ》に

149 契《ちぎ》りありてまたはこの世《よ》に生《うま》るとも面《おも》がはりして見《み》もや忘《わす》れむ

三条の中将の君《きみ》に、五月五日

150 水鳥《（みづとり）》の騒《さわ》がぬ沼《ゝま》のけしきにもいつかとのみぞなほ《を》待《ま》たれける

ある女の、杉《すぎ》の実《み》を包《つゝ》みておこせたりければ

151 たれぞこの三輪《みわ》の山《やま》もと知《し》らなくに心のすきの我《われ》を訪《たづ》ぬる

思《おも》ひ懸《か》けたる人、寝《ね》たるを見て

152 憂《う》き事に夢《ゆめ》のみさむるよの中にうらやましくも寝《ね》られたるかな

ある女、つらき人のおこせたりける昔《むかし》の文《ふみ》ども、破《や》り捨《す》つるを見《み》て

げ」「黄楊」の掛詞。

147 こうだと告げる黄楊の枕でなくても、枕が知らないはずがあるでしょうか、あなたとの恋の数々を。参考「わがこひを人しるらめや敷妙の枕のみこそしらばしるらめ」（古今・恋一・読人不知）。▽古今歌「敷妙の枕」によりながら、慰撫するべく返したもの。

148 新勅撰・恋三。あなたは大堰川の堰に囲われた水なのでしょうか、私は遮られて流れにくい榑《くれ》のように、暮れにくい今日を嘆いています。○大堰川—山城。○ゐせき—井堰。女の親の喩。○つゝむ水—女の喩。○くれがたき—「暮」に「榑《くれ》（筏にして下す材木）」を掛ける。▽親の制止を受けている女に、近寄りがたさを嘆く。→補注。

149 後拾遺・哀傷。宿縁により、亡き人が再びこの世に生まれても、私の顔つきが変わって、見ても誰か判らないのではないでしょうか。○契り—宿縁。○面がはり—面相が変わること。▽亡き女の親に悲しみを伝える。→補注。

150 水鳥が騒ぐでもない沼のような様子ですが、五日の今日は「いつか」とばかり、やはり逢う時が待たれます。○騒がぬ沼—静かな沼。反応のない女の喩。○いつか—いつ会えるか。「五日」を掛ける。▽五月の節日に因む一首。→補注。

151 新古今・恋一。誰だろう、この杉の実を寄越したのは。分らないが、杉ならぬ好き心が私を訪ねてきたことだ。参考「わが庵は三輪の山もと恋ひしくは訪ひきませ杉たてるかど」（古今・雑下・読人不知）。○杉の実—「過ぎのみ（行く）」の意か。○この三輪の山もと—「この実」から「三輪」を導く。○心のすき—（相手の）好き心。「杉」を掛ける。▽杉の実に「訪ひきませ」の意を読み取り、女の「好き心」を揶揄。

152 辛い思いに夢が覚めるばかりの世の中なのに、うらやましいことによく寝ていられることだなあ。▽眠れない男の独言。

153 留《と》めてだにいまは見《み》じとて嘆《なげ》きつゝ誰《た》が玉梓《たまつさ》をいづちやるらむ

女《おむな》、離《か》れゆく男《おとこ》を恨《うら》みてこと人かたらふ、と聞《きゝ》きて

154 ほとゝぎす花《はな》たちばなの香《か》をうとみことかたらふと聞《き》くはまことか

四月ばかり、ものいふ人の、五月まで忍《しの》びければ

155 忍《しの》び音《ね》のころは過《す》ぎにきほとゝぎす何《なにゝ》につけてか音《ね》をばなかまし

忍《しの》びたりけるところの門《かど》を叩《たゝ》きけれど、開《あ》けざりければ、返《(かへり)》て、翌朝《つとめて》

156 おぼつかなまだあけぬ夜《よ》の月を見《み》てあまのとばかり眺《なが》められしか

小弁、こと人にもの言《い》ふと聞《きゝ》きて

157 浦《うら》風になびきにけりな里《さと》の海人《あま》の焚《た》く藻《も》の煙《けぶり》心《こゝろ》弱《よは》さは

153 いまはもう、手元に留めて見ることさえするまいと、嘆きながら、誰からの手紙を破いてどこに遣るつもりでしょう。○つらき人―連れない恋人。○見て―実方が見て。○誰が玉梓を―誰からの恋文を。○やるらむ―「破る」に「遣る」を掛ける。▽掛詞「破る」「遣る」の意味が相矛盾することを衝く。

154 郭公ならぬあなたは、花橘の香、いや、もはや昔の人となった男を嫌って、他の男と懇意になったと耳にしましたが、本当ですか。参考「さつきまつ花橘の香をかげば昔の人の袖の香ぞする」（古今・夏・読人不知）。○ほとゝぎす―女の喩。○花たちばなの香―「昔の人」となった男の喩。○ことかたらふ―言い交わす。「言」「異（人）」を掛ける。▽参考歌を逆転させた諧謔。→補注。

155 続拾遺・恋四。郭公が忍び音に鳴く四月は過ぎてしまいました。五月の今、何に託けなけばいいのでしょう。○忍び音のころ―郭公が忍び音に鳴く時期。密かに語らった四月、の意。○ほとゝぎす―男自身の喩。○音をばなかまし―▽五月になっても煮え切らない女に、何を理由に泣けというのかと迫る。

156 どうしたことでしょう。まだ明ける前の月を見て、天の戸ならぬあなたの家の開かない戸ばかりを、暫しの間、眺めてしまったのは。○おぼつかな―六九。○あけぬ―「明けぬ」「開けぬ」の掛詞。○あまのとばかり―「天の戸（→八五）ばかり」から副詞「とばかり」を導く。○眺められしか―「られ」は自発。「しか」は初句と呼応した詠嘆表現。

157 後拾遺・恋二。里の海人が藻を焼く煙が浦風に靡くように、他の男に靡いてしまったのですね。心弱いことに。参考「須磨のあまの塩焼く煙風をいたみ思はぬ方にたなびきにけり」（伊勢物語・一一二段）。○浦風―「こと人」の喩。○心弱さは―「は」は詠嘆の終助詞。▽参考

中宮宰相君《きみ》、上《うへ》にのみさぶらふを聞《き》きて、恨《うら》みて

158 風《かぜ》はやみ嵐《あらし》の山《やま》の紅葉《もみぢ》ばも下《しも》にはとまるものとこそ聞《き》け

五節所にて、女の、扇《あふぎ》をとりかへて、臨時《りむじ》の祭《まつり》の日返《ひかへ》すと
て

159 木綿《ゆふ》かけて扇《あふぎ》もいまは返《かへ》してむまばゆく見《み》えし日《ひ》かげと思《おも》へば

返《かへ》し

160 もろともに起《を》くる朝《あした》もまだ見ぬに何《なに》の日《ひ》かげのまばゆかるらん

また、女《おむな》の

161 山人《やまひと》の斧《おの》の柄《え》はみな朽《く》ちにしをいかなる人のつま木樵《ぎこ》るらむ

七月七日、春宮の左近《さこ》の君《きみ》に

162 七夕《たなばた》の緒《を》にぬく玉《たま》もわがごとや夜半《よは》におきゐて衣《ころも》かすらん

ある女、通《かよ》ふ人ありと聞《き》くに、忍《しの》ぶけしきなるに、この男《おとこ》、扇《あふぎ》に松島《まつしま》など描《か》きたる所に

歌に趣向を借りながら、女の「心弱さ」を衝く。→補注。

158 風が速いので吹き散らされた嵐山の紅葉だって、山の下には留まると聞いていますが（あなたは上にのみ留まっているのですね）。○上—中宮の御側。○嵐の山—洛西の「嵐山」に「あらじ」を掛ける。▽紅葉と対比して女を皮肉る。→補注。

159 祭の「木綿」を掛けて、あの交換した「扇」も、今はもうお返ししましょう。五節の折には、日蔭の蔓を眩しい陽光と思って交換したのでしたが。○木綿かけて—臨時祭の神事に因む。「夕」を掛ける。→一九。○日かげ—日蔭の蔓（五節の冠に掛ける飾りの組み糸）。「日影（陽光）」を掛ける。▽五節の「蔓」を、数日後の臨時祭の「木綿」へ、「日かげ」を「夕」へと転換させる。→補注。

160 未だ一緒に朝を迎えたこともないのに、何の「日かげ」が眩しいのでしょう。○何の日かげ—「朝の日影」ではあり得ない意。▽扇を交わした意味を、「朝」に寄せて問い質す男の歌。

161 木樵の斧の柄はすっかり朽ち果ててしまったのに、いったいどんな人が爪木を樵るのでしょう（間遠にも程があろうに、妻を求めるなんて）。○山人→一二一。○斧の柄は—王質の故事による→一一一。○つま木—爪木。薪。「妻」を掛ける。○樵る—伐採する。（妻を）求める意を寓す。▽男の訪れが間遠であることへの皮肉。

162 一〇三の重出。→補注。

163 松《まつ》にこそ思《おも》ひかゝると聞《き》きし間《ま》にねにあらはれて見《み》ゆる藤波《ふぢなみ》

つゝ君《ぎみ》の生《う》まれ給《たま》ひけるに、七夜の夜《よ》聞《き》きつけて、夜中《よなか》に言《い》ひお《を》こせける、中将道綱《つな》

164 知《し》らずして七日《なぬか》ゆくまでなりにける数《かず》まさるなる浜《はま》の真砂《まさご》を

返《かへ》し

165 これやこの海人《あま》の住《す》むてふ浜《はま》びさし七日《なぬか》ゆく間《ま》のなにこそありけれ

花山院、熊野《くまの》にまゐ《い》り給《たま》ふに、送《をく》りに津《つ》の国《くに》まで〔まゐりて〕、夕暮《ゆふぐれ》に海女《あま》の渚《なぎさ》におほかるを見《み》て

166 夕凪《ゆふなぎ》にいそな《へ》かりに《こ》と急《いそ》ぎつる海女《あま》のあまたも見《み》ゆる浦《うら》かな

世中の人の家《いゑ》、いとおほく焼《や》けたりし春、野老《ところ》を人のおこせたりけるに

167 この春《はる》は珍《めづら》しげなき焼《や》けところ連《つ》れなき人はいかゞ見《み》るらむ

163 藤の花は、松の木に這い懸かると聞いていたのに、波に洗われて根が露わになったのですね（懸想していると聞いていたのが、共寝が露わになったようですね）。○松―「通う人」の喩。○松島―陸奥国。○思ひかゝる―松に藤が咲き掛かる。懸想する意。「うつろはぬ色に似るともなきものを松が枝にのみかかる藤波」（貫之集）。○ねにあらはれて―根方が波に洗われ露出して。「寝」が露見して。「根」「寝」、「洗はれ」「顕れ」の掛詞。「風ふけば浪打つ岸の松なれやねにあらはれてなきぬべらなり」（古今・恋三・読人不知）。○藤波―藤の花。女の喩。▽「かかる」「洗はれ」は「波」の縁語。隠しても無駄と、扇の絵柄に寄せて興じる。

164 気づかずに「七日」にもなってしまいました。数が増えたと聞く真砂の浜を行く間に（遅ればせながら、お子の誕生を知りました）。○七日ゆくまで―七日かかる程の距離。時間に転換。「七夜」を含意。○数―真砂の数と子どもの数の両義。▽次の返歌からして、祝いの肴に添えて贈られた歌。州浜の形か。→補注。

165 これが例の、海士が住むという浜の小屋「浜びさし」、七日行く程の「久しさ」を表す名、産養の「肴《な》」だったのですね。○海人の住むてふ―「わたつみのわが身こす浪立返り海人の住むてふうらみつるかな」（古今・恋五・読人不知）。○浜びさし―浜辺の小屋。「久し」を掛ける。「浪間より見ゆる小島の浜びさし久しくなりぬ君にあひ見で」（伊勢物語・一一六段）。○七日ゆく間の―遅ればせに知った七夜の。○な―名。「肴」を掛ける。→補注。

166 夕凪の間に磯菜を刈りにと浜へ急ぐ海女が、あまた見える浦だなあ。○夕凪に―夕方、風の凪ぐ間に。○いそな―海草。「こよろぎの磯たちならし磯菜つむめざし濡らすな沖にをれ浪」（古今・東歌）。○海女のあまたも―「海女」から同音「数多」を導く。▽「ゆふな」「いそな」「いそぎ」、「あま」「あまた」と、同音で繋ぐ。→補注。

返《かへ》し、焼《や》けたる女のもとに、からをつかはす

168 煙《けぶり》立《た》つひのもとながらゆゝしさにこは唐土《もろこし》のところとぞみる

主殿《とのもり》の頭《かみ》に、紫《むらさき》乞《こ》ひたれば、遣《おこ》すとて

169 かこつべき人もなき世《よ》に武蔵野《むさしの》の《、》若紫《わかむらさき》を何《なに》に《、》め《み》すらむ

御返《かへ》し

170 下《した》にのみ嘆《なげ》くを知《し》らで紫《むらさき》の根摺《ねず》りの衣睦《ころもむつ》ましきゆゑ《え》

また人に、何《なに》の折《をり》にか

171 紫《むらさき》の色《いろ》に出《い》でける花《はな》を見《み》て人は忍《しの》ぶと露《つゆ》ぞ告《つ》げけ《、》る

返し

172 白露《しらつゆ》の結《むす》ぶばかりの花《はな》を見《み》てこは誰《た》が《、》かこつ紫《むらさき》のゆゑ《え》

五節《せち》の舞姫《まひゝめ》にたまへりし歌ならん、其人《そのひと》のたまへりし

返《かへ》し

173 おぼつかないかに我《われ》せむすべらぎの豊《とよ》の明《あか》りのいづこともなく

実方中将集

167 この春は、火事で焼けた所が多く、珍しくもない野老ですが、素知らぬ顔のあなたは、どう御覧でしょうか。○野老―山芋。○焼けところ―罹災した所。「野老」を掛ける。○連れなき人―見舞いもしない人。▽焼けた「野老」に添え、見舞わぬことを皮肉る。→補注。

168 煙が立つ日の本、いや火元とはいいながら、そのひどさに、これはもう唐土の野老と思ったことです。○煙立つひのもと―四方平穏の日本。「火の元」を掛ける。○ゆゝしさ―火事と野老の形状のひどさを重ねる。▽「珍しげなき」に対し、「異国の野老」と意外性を強調し、詫びる。→補注。

169 この草にかこつけて嘆くような人もいないのに、どうして紫草を所望されるのでしょう。○紫―紫草。染料。○かこつ―託ける。「知らねども武蔵野といへば託たれぬよしやそこそは紫のゆゑ」(古今六帖・第五・作者名不記)による。○武蔵野の若紫―紫草。恋人の喩。▽古今歌に寄せて、「恋人もいないのに」と揶揄したもの。→補注。

170 秘かに思い嘆くべきものとも知らず、ただ紫根染めの衣を慕わしいと思ったから、お願いしたのですよ。参考「恋しくは下にを思へ紫の根摺りの衣色に出づなゆめ」(古今・恋三・読人不知)。○知らで―古歌にあるのに、の意。○紫の根摺りの衣―紫根染めの衣。○睦ましき―「武蔵野におふとしきけば紫のその色ならぬ草も睦まし」(小町集)。▽表立って紫草を乞うた理由を、同じく古今歌により返す。

171 紫色に咲いた花を見て、そこに置いた露が、あなたの涙がちの密かな恋を知らせてくれたことでした。○紫の色に出でける花―恋心が表に出た女。→一七〇参考歌。○人は忍ぶと―露が告げた言葉の内容。○露―涙の喩。▽女の「色に出づる恋」に、男の「忍ぶ恋」を対置。

172 白露が置いているだけの花を見て、一体誰が紫の色に託けた恋を邪推するのでしょう。○白露の結ぶばかりの花―身の潔白を言う。

174 日《ひ》かげさす豊《とよ》の明《あか》りに見《み》しかども神代《かみよ》のことははや忘《わす》れにき

宣耀殿の宰《さい》相の君《きみ》、梨《なし》を差《さ》し出《い》でたれば

175 隠《かく》れなき身とは知《し》る〳〵山《やま》なしの麻《お》生《ふ》の浦《うら》まで思《おも》ひやるかな

同《おな》じ御方《をほむかた》に、せき・こゝのへといふ童《わらは》の、こなたかなたの戸口《とぐち》にゐて、人ともの言《い》ふを見《み》て

176 九重《こゝのへ》は関《せき》のこなたにあるものを関《せき》のあなたの九重《こゝのへ》やなぞ

白河《しらかは》の院にて、通任の中将、せきと伏《ふ》したるによりて

177 いかでかは人の通《かよ》はむかくばかり水《みづ》も漏らさぬ白河《しらかは》の関《せき》

同《おな》じ中将と伏《ふ》して、「さうざうしうもあるかな、女房の起《お》きたるところやあると見《み》よ」とて、人をやりたれば、帰《かへ》りて、「「あな腹痛《はらいた》」との給《(たまふ)》人の多《おほ》く、声《こゑ》のみなむしつる」と言《い》へば

178 そのはらやいかにやましく思《おも》ふぞも伏《ふ》せやと言《い》はむところやは

「花」は女の喩。○かこつ紫のゆゑ―紫の所為にする。→一六九。▽「紫」による男の疑念に、「白」で潔白を主張する。

173 はっきりしない。どうしようか。豊の明りの節会の薄明かりに見た人は、どこに居るとも分からず。○五節の舞姫→八四。○おぼつかな→六九。節会の薄明かりの不明さに、今の女との関係の曖昧さを重ねる。○すべらぎの―天皇が祀る。○豊の明り―新嘗祭の翌日の節会。▽節会の状況に重ね、疎遠になった今の想いを伝える。詞書「たまへりし」以下、後の編者による書き加えか。→補注。

174 日蔭の鬘を付けた豊の節会の明かりの中でお見かけしましたが、神代の昔のことはもう忘れてしまいました。○日かげさす―日の光が差す。日蔭の鬘を付ける意。→一五九。○神代のこと―はるか昔のこと。五節の折を指す。▽贈歌「すべらき」に「神代」で対応、記憶の外の事といなす。

175 隠れようもない山梨の実のような我が身とは知りながら、麻生の浦まで思いやることだ（実が成るかどうか寝て語ろう）。参考「をふの浦に片枝さしおほひなる梨のなりもならずも寝て語らはむ」（古今・東歌）。○麻生の浦―伊勢の歌枕。「生ふ」を掛ける。▽「梨」に因む東歌の下句を踏み、共寝を誘う戯れ歌。→補注。

176 九重（内裏）は逢坂の関のこちら側にあるのに、「せき」の向こう側に「ここのへ」がいるのは、一体どういうことなのか。○せき・こゝのへ―女童の呼び名。「関」「九重」を掛ける。▽二人の童の名と位置が、実際の「九重」と「関」の位置関係と異なるとする、言葉遊びの一首。

177 どうして他の男が通おうか、これほど親密で水も漏らさぬ白河の関ならぬ「せき」との仲では。○白河の院―白河殿→三補注。○せき→一七六。○白河の関―陸奥国。「せき」を掛ける。▽「水」「漏る」「堰」は「（白）河」の縁語。→補注。

なき

山里《ざと》にて、あけぼのに蜩《ひぐらし》の声《こゑ》を聞《き》きて

179 ほの〴〵に蜩《ひぐらし》のねぞ聞《き》こゆなるこやまつ虫《むし》の声《こゑ》にはあるらむ

同《をな》じ心を

180 葉《は》を繁《しげ》み外山《とやま》の陰《かげ》やまがふらむ明《あ》くるも知《し》らぬ蜩《ひぐらし》の声《こゑ》

元輔《もとすけ》が女《むすめ》の中宮にさぶらふを、おほかたにていと懐《なつ》かしう語《かた》らひて、人には知《し》らせず絶《た》えぬ仲《なか》にてあるを、いかなるにか、久《ひさ》しう訪《をとづ》れぬを、おほぞうにてものなど言《い》ふに、女さしよりて「忘《わす》れ給《(たまひ)》にけるよ」と言《い》ふ、いらへはせで立《た》ちにけり、すなはち

181 忘《わす》れずよまた忘《わす》れずよ瓦屋《かはらや》の下《したゝ》たく煙《けぶり》下《した》むせびつゝ

返し、清《せい》少納言

182 蘆《あし》の屋《や》の下《したゝ》たく煙《けぶり》つれなくて絶《た》えざりけるも何《なにゝ》によりてぞ

実方中将集

その腹は、どんなに不快だったのかね。「伏せや」と言葉を掛けるような所が無かった訳でもなかろうに。参考「園原や伏屋におふる帚木のありとてゆけど逢はぬ君かな」（古今六帖・第五）。○そのはら―「その腹」に「園原」（信濃国）を掛ける。○やましく―「病む」の形容詞形。○思ふぞも―強意の係助詞「ぞ」「も」を重ねる。「いかに」に呼応。○伏せや―伏しなさいよ。「伏屋」（信濃国）を掛ける。▽女房の断りの口実を、参考歌に絡めて非難する体の戯れ歌。→**補注**。

179 曙に蜩の声が聞こえる。これは日暮を待つ松虫の声ではなかろうか。参考「あさぼらけひぐらしのこゑきこゆなりこやあけぐれと人のいふらん」（拾遺・雑上・済時）。○蜩―蟬の一種。「日暮らし」と同音。○まつ虫―松虫。「（夕暮を）待つ」を掛ける。▽「曙」に鳴く「蜩（日暮らし）」という言語矛盾を、「（日暮を待つ）松虫の声」と見做す機知歌。→**補注**。

180 新勅撰・夏。葉が茂っているので、外山の陰が夜と紛らわしいのだろう。夜が明けるのにも気づかずに鳴く蜩の声が聞える。○外山―人里に近い山。深山の対。▽六の重出。→**補注**。

181 後拾遺・恋二。忘れない、忘れないよ。瓦を焼く窯の火の下で燻る煙に咽ぶように、秘かに咽び泣きつつ。○瓦屋―瓦を焼く小屋。○下たく煙―窯の火の下で燻る煙。「わが心かはらんものか瓦屋の下たく煙わきかへりつつ」（長能集）。○下むせび―秘かにむせび泣く。「咽ぶ」は「煙」の縁語。▽大仰な初二句から、三・四句の比喩的な序詞が導く「下むせび」まで、同語反復によるリズミカルな構成。→**補注**。

182 蘆葺きの小屋で燻り続ける煙のように、何ということもなく途絶えもしないのは、どうしてでしょうか。○蘆の屋の―蘆葺きの粗末な小屋。○つれなくて絶えざりける―表に現れず中で燻り続ける。素知らぬ風で途絶えない二人の関係を含意。▽初二句は比喩的序詞。前歌の「瓦

宣耀殿の宰《さい》相の君《きみ》の里《さと》に出《い》でたるに、人《ひと》ある気色《けしき》なれば帰《かへ》るとて、中河《なかゞは》に芹洗《せりあら》ひける女して

183 中河《なかゞは》にすゝぐ田芹《たぜり》のねたき事あらはれてこそあるべかりけれ

女院の小侍従の君《きみ》に

184 絶《た》えねとやいかにせよとぞさゝがにのいとかくまでは思《おも》はざりしを

国《くに》へ下《くだ》るとて、まかり申しに女院にまゐ《か》りたるに、ものかづくるまゝに、侍従の典侍

185a 陸奥《みちのく》に衣《ころも》の関《せき》はたちぬれど

と言《い》ひも果《は》てぬに

185b また逢坂《あふさか》は頼《たの》もしきかな

ある所《ところ》にまゐ《い》りて、御簾《みす》のうちに若《わか》き人々《ぐ》もの言《い》ふを聞き《きゝ》て

屋」を「蘆の屋」に切り替え、燻る男の態度を責める。→**補注**。

183 中河で濯ぐ田芹の根ならぬ妬ましい出来事は、洗われて、いや表れてしかるべきことだったのでした。○田芹の—「根」から「ねたき」を導く。○ねたき事—他の男との関係を指す。○あらはれて—表れて。「芹」の縁語「洗はれ」を掛ける。▽歌を託した「中河に芹洗ひける女」に寄せて、恨みを伝えたもの。→**補注**。

184 絶えてしまえというのか、どうしろというのか。ささがにが掻く糸ではないが、これ程まで苦しむとは思わなかったのに。○さゝがにの—「いと」に懸かる枕詞。→一一五。○いとかくまでは—「糸掻く」から「いと斯く」を導く。▽予想外の恋の辛さを、「ささがに」の縁語、「絶え」「糸」「掻く」で仕立て難詰する。→**補注**。

185 a陸奥に衣の関は立っていますが(陸奥に赴任するあなたの旅衣は裁ち終わっていますが)、b断ってもまた逢うという逢坂の関は頼もしいことです。○衣の関—陸奥国。○たちぬれど—「立つ」に、「衣」の縁語「裁つ」を掛ける。○また逢坂—「また逢ふ」から「逢坂(の関)」を導き「衣の関」を対置する。▽aの「たつ」が含む「断絶」の意味の不吉さを払うべく、bはすぐさま「また逢坂」と付ける。→**補注**。

186a すのうちにつゝめく雛《ひな》の声《こゑ》すなり

といへど、いらふる人もなければ

186b かへすほどこそ久《ひさ》しかりけれ

宣方中将と碁打《ごう》ちて勝《か》ちたりけるに、負《ま》け物、かの中将の
お《を》こせざりければ、請《こ》ひにやるとて

187 数《かず》々に碁《ご》の負《ま》け物《もの》を得《え》てしがなこふにはあらず手《て》うち習《なら》はむ

紙《かみ》を賭《か》けたりけるにや

ある人に、はじめて、翌朝《つとめて》

188 君《きみ》が宿《やど》播磨潟《はりまがた》にもあらなくに明《あ》かしも果《は》てで帰《かへ》りぬるかな

東宮にさぶらひける。御扇《おほむあふぎ》に、倉橋山《くらはしやま》を描《か》けりけるに、郭公《ほとゝぎす》
の飛《と》びわたりたる形《かた》あるところに、人々《ぐ》、みな歌つかうま
つりけるに

189 五月闇《さつきやみ》倉橋山《くらはしやま》のほとゝぎすおぼつかなくも鳴《な》きわたるかな

実方中将集

186 a巣の中で囀る雛鳥の声がする（御簾の内でおしゃべりする声が聞こえます）。b孵すのに随分時間が掛かることだ（下句を返すのに時間がかかりますね）。○すのうちに―巣の中で。「簾の内」を掛ける。○つゝめく―つぶやく。囀る。▽若い人々を「雛」に擬え、付句が遅いことを「雛」の縁語「孵す」で揶揄したもの。

187 沢山、碁の負け物を頂きたいものです。請う訳ではなく、文字を習いたいと思いまして。○数々に―沢山の。「数（勝ち数の目印）」を掛ける。○負け物―賭けた物。○こふ―「請ふ」に「劫（一目の碁石の手間）」を掛ける。○手―文字。碁の「差し手」を掛ける。▽「数」「こふ」「手」「うち」は、「碁」の縁語。左注は、結句からの推測。→**補注**。

188 あなたの家は播磨潟の明石にある訳でもないのに、夜が明けきらないうちに帰ってきてしまったことです。参考「わが宿は播磨潟にもあらなくに明かしもはてで人のゆくらん」拾遺・恋四・読人不知）。○播磨潟―播磨国。明石市以西の海。○君が宿―参考歌の言い換え。▽参考歌の初句・結句を言い換え、男の側からの詠とした。

189 拾遺・夏。五月闇の中を倉橋山の郭公が、はっきりしない声で鳴きながら何処へともなく飛んでいくなあ。○倉橋山―大和国（桜井市）。「暗」を掛ける。○おぼつかなくも―鳴き声の不明瞭、渡る方角の曖昧さを言う。→六九。○わたる―飛んでいく。「橋」の縁語。▽扇の絵柄を題とする類型的一首。→**補注**。

陸奥国《みちのくに》になりたるに、大殿より

190 この春《はる》はいかで睦《むつ》れむ年《とし》を経《へ》てあひ見《み》で恋《こ》ひむほどの形見《かたみ》に

御返《おほむかへ》し

191 何《なに》にかは君《きみ》に睦《むつ》れて年《とし》を経《へ》ば衣《ころも》の関《せき》を思《おも》ひたゝまし

陸奥国《みちのくに》に出《い》でたつに、頼光の朝臣来《き》て扇落《あふぎおと》したる、やるとて

192 目《め》の前《まへ》にまづも忘《わす》るゝ扇《あふぎ》かな別《わか》れはここぞうしろめたけれ

返《かへ》し

193 身のならむかたも知《し》られぬ別《わか》れにはまして扇《あふぎ》のゆくへまでには

小一条衛門に

194 目《め》の前《まへ》にたえせず見《み》ゆるつらさかな憂《う》きを昔《むかし》と思《おも》ふべき世《よ》に

扇《あふぎ》を返《かへ》すとて、秋ごろ同《おな》じ女に

195 秋はてぬいまは扇《あふぎ》もかへしてむなほ頼《たの》むかと人もこそ見《み》れ

190 (陸奥赴任を控えた)この春は、どうやって楽しく過ごそうか。この先何年も会えずに、君を懐かしむ間の思い出となるように。○睦れむ—睦み合おう。「睦る」に「陸奥」を掛ける。→補注。

191 あなた様に親しんで年を経たら、どうして衣の関へ行こうと思い立ちましょうか。○何にかは—反語。結句「思ひたゝまし」に懸かる。○衣の関→一八五。陸奥への下向を意味する。○思ひたゝまし—「何にかは」に呼応。「衣」の縁語「裁つ」を掛ける。▽陸奥下向への悲しみを含意。

192 私の目の前で、早くも扇を忘れるとは。別れはこの「逢う気を忘れる」ことこそが、気になるのです。○扇—「会ふ気」を掛ける。○うしろめたけれ—気がかりだ。初句「目の前」の対。→補注。

193 あなたの身がどうなるか行く末も分からない別れには、とても扇の行方ならぬ再会のことにまで、思い至りませんでした。○扇のゆくへ—扇の行方。「会う気」がどうなるか、の意を重ねる。▽再会の事どころではないと、陸奥赴任を心配する形をとる。

194 続古今・恋五。目の前に絶えずあなたの姿が見えるのが辛いのです。憂く辛いことは過去の世のことと思うはずの現世に在って。○憂きを昔と—憂き事を過去世のことと。→補注。

195 秋が終わり、飽き果てました。今はもう交わした扇も返しましょう。まだ気があるのかと人に思われても困るので。○秋はてぬ—「秋果て」に「飽き果て」を掛ける。○扇もかへしてむ→一五九。決別を表す。「かへす」は扇の縁語。○なほ頼む—依然として当てにする。

返し

196 秋はてて扇《あふぎ》かへすは憂《う》けれどもさすがに忌《い》むと見《み》るぞうれしき

同《をな》じ少将のもとに行《い》きたるに、逢《あ》はで帰《かへ》しければ

197 命《いのち》だにあらば頼《たの》まむ逢《あ》ふことのいといきがたき心地《こゝち》こそすれ

宇治殿《うぢどの》にて、ある女に

198 橋姫《はしひめ》の《に》片敷《かたし》く袖《そで》も片敷《かたし》かで思《おも》はざりつるものをこそ思《おも》へ

七月六日、女に逢《あ》ひはじめたる、翌朝《つとめて》

199 七夕《たなばた》は今日《けふ》をや昨日《きのふ》待《ま》ち侘《わ》びし我《われ》は昨日《きのふ》ぞ今日《けふ》は恋《こ》ふらし

返《かへ》し

200 彦星《ひこぼし》の心も知《し》らぬ七夕《たなばた》は昨日《きのふ》も今日《けふ》もものぞ悔《くや》しき

さねまさの朝臣、播磨《はりま》へいくとて狩衣《かりぎぬ》こふ、遣《や》るとて

201 あまたたびたちなれにける狩衣手向《たむ》けの神《かみ》も心はづかし

196 秋が終わり、飽き果てられた扇を返されるのは辛いのですが、さすがに捨てることは避けられたと思うと、嬉しく存じます。○忌む―（捨てる事を）嫌う。○うれしき―もう捨てられることがないと喜ぶ。▽斑婕妤「怨歌行」の「常恐秋節至、涼風奪炎熱。棄捐篋笥中、恩情中道絶」（「古詩源」他）による。

197 命だけでもあれば逢うことを期待しましょう。逢いに行きがたく、とても生きがたい気分ではありますが。参考「死ねとてやとりもあへずは遣らはるるいといきがたき心地こそすれ」（大和物語・六五段）。○いきがたき―行きにくい。「生きがたき」を掛ける。▽参考歌と同一の情況設定で、下二句の表現は完全に一致。→**補注**。

198 橋姫は独り袖を敷いて待ったのに、袖を片敷いて私を待つ人もなく、思いがけない物思いをすることです。参考「さむしろに衣片敷き今宵もや我を待つらむ宇治の橋姫」（古今・恋四・読人不知）。○橋姫→二二一・二二三・五七。○片敷かで―待っていない意。▽「宇治」であれば橋姫のように待つものと期待していたのにと、独り寝を恨む。→**補注**。

199 織女星は、昨日、七日の今日の逢瀬を待ちわびていたのでしょうか。私は、七日の今日、あなたに逢った昨日を懐かしんでいます。○七夕―織女星。女を寓す。○今日をや―七日の今日を。○昨日ぞ―「恋ふ」の目的語。▽二星が逢う前日に逢ったことの感懐を伝える。→**補注**。

200 彦星の思いの程も解らない織女星のような私は、昨日も今日も、何とはなしに後悔していることです。○彦星―男（実方）を寓す。○七夕―自らの喩。○昨日も今日も―逢った昨日も明けた今日も。▽逢った男に対する不安を、二星に寄せて訴える。

201 旅慣れたあなたに、何度も裁ちなおして褻れた狩衣を餞別にするのも、手向けの神に対し気が引けることです。○狩衣―狩や旅用の男性の衣服。○あまたたび―何度も。「旅」を掛け

ある女の局《つぼね》に、大将入《い》り給《たま》へりしが、まからで二日《ふつか》ばかりありて

202 憂《う》きにかく恋《こひ》しきこともありけるをいざ辛《つら》からむいかゞ思《おも》ふと

大将、わづらひ給《(たまふ)》ころ、ある女に

203 みづからは思《おも》ひわづらふともなきに逢《あ》はぬばかりや苦《くる》しかるらむ

又、人に

204 添《そ》へてまたあはぬめをさへなげくかなもの思《おも》ふ時《とき》はまことなりけり

同《おな》じころ、大将うせ給へるに

205 人知れず濡《ぬ》れし袂《たもと》は墨染《すみぞ》めに染《そ》めても添《そ》へてものをこそ思《おも》へ

小一条の衛門に離《か》れがたなるころ、あきまろといふ牛飼《うしかひ》、音《をと》して車《くるま》の行《い》きければ、女《をんな》、里《さと》にて

る。〇たちなれにける—衣を「裁ち褻れ」に、旅に「発ち慣れ」を掛ける。「褻れ」は着慣れた」の意。〇手向けの神→一二〇・一三八。▽請われた狩衣を、謙遜しつつ餞別として贈る。→補注。

202 玉葉・恋四。辛いのに、こんなに恋しい思いが募るのだから、さあ、自分も辛く当たってみよう、あなたがどう思うかと。参考「辛からば同じ心に辛からんつれなき人を恋ひんともせず」（後撰・恋一・読人不知）。〇大将—叔父で養父の小一条済時→八・九。〇まからで—（実方が）通っていかず。〇憂きに—辛いのに。大将との関係を指す。▽後撰歌に発想を借り、養父を通わせる女に訴える。→補注。

203 （大将と違い）私自身は想いわずらっている訳ではないのに、あなたに逢わないだけで、こんなにも苦しいのでしょうか。〇大将→二〇二。〇ある女—前歌と同一人物か。▽異伝歌→三三九。

204 逢えない上に、瞼までも合わず眠れないことを嘆いています。「もの思ふ時」というのは本当にこうなるのですね。〇あはぬめ—「（目が）合はぬ」に「逢はぬ」を掛ける。〇もの思ふ時—「人しれず物思ふ時は難波潟葦のそらねもせられやはする」（貫之集）に依るか。▽三〇二に重出。

205 秘かに濡らした袂は、喪服の色に染めても、なお一層暗く物思いに沈むことです。〇大将うせ給へる—済時。長徳元年（九九五）逝去。〇墨染め—墨染色。喪服の色。〇添へて—済時の死の悲しみに添えて、の意。▽前歌に続く、女への深い想い。→補注。

206 空を鳴き渡る雁は、秋にやって来た道を思い出したのでしょうか（私に飽きて、宮中で女性たちに声を掛けまわっていると聞く貴方は、かつての通い路を思い出したでしょうか）。〇雲井—天空。宮中。〇鳴き渡るなる—「なる」は伝聞。男の噂と雁の鳴き声に対する。〇雁がね—実方の喩。〇秋こし—秋に渡ってきた。「飽

206 雲井《くも》にて鳴《な》き渡《わた》るなる雁金《かりがね》は秋こし道《みち》や思《おも》ひ出《い》づらむ

返《かへ》し

207 帰《かへ》る雁《かり》いづちかゆかむ住《す》みなれし君《きみ》がとこよの国《くに》ならずして

をば北《ほきた》の方《かた》の御服《をほむぶく》にて、四月一日《ついたち》ころに、宣方《のぶかた》の中将に

208 薄《うす》しとや人の見《み》るとて墨染《すみぞめ》の衣《ころも》は夏《なつ》も知《し》られざりけり

女《むすめ》うせたる人、孫《むまご》かなしげにてあるを見《み》て、祖父《をほぢ》に

209 いにしへの形見《かたみ》にこれや山賤《がつ》の撫《な》でて《ヽ》お《を》ほせる常夏《とこなつ》の花《はな》

陸奥国《みちのくに》へ下《くだ》るに、公任《きむたう》の衛門の督《かみ》、下鞍《したくら》たてまつり給《（たまふ）》とて

210 東路《あづまぢ》の木《こ》の下暗《したくら》くなりゆかば都《みやこ》の月を恋《こ》ひざらめやは

返《かへ》し

211 言《こと》づてむ都《みやこ》の方《かた》へゆく人にこのしたくらにいとゞ惑《まど》ふと

隆家《たかいゑ》の中納言

212 分《わ》かれ路《ぢ》はいつもなげき《わかれ》の尽《つ》きせぬにいとゞ侘《わ》びしき秋《あき》の夕ぐ

き」を掛け「あき（まろ）」を折り込む。▽鳴き渡る雁に重ね、実方の浮薄な動きを皮肉る。→補注。

207 帰る雁は何処に行くというのでしょうか。住み馴れた、常世の国ならぬあなたの床のもと以外に。〇帰る雁―春に北方に渡る雁。自身の喩。〇君がとこよの国―「君が床」から「常世の国（理想の仙境）」を導く。雁は常世の鳥とされる。→補注。

208 薄い夏衣に着替えたら薄情だと人が見ると思い、喪服のままでいると、夏が来たとも思われないことです。〇薄しと―衣が薄い、薄情だと。「年経ともなれじと思ふ夏衣うすき心のあらはれば憂し」（元良親王集）。〇墨染の衣→二六。▽更衣もしない服喪の非日常性を伝える。→補注。

209 亡き娘さんの忘れ形見、これが撫で育てたお子なのですね。参考「あな恋し今も見てしか山がつの垣ほに咲ける山となでしこ」（古今・恋四・読人不知）。〇山賤の―参考歌によ る。撫子を導く。〇撫でておほせる―撫でて「生ほ」した。「撫子」を含意。〇常夏の花―撫子の花。孫の喩。▽母亡き孫を愛おしむ祖父を、古歌に寄せて慰める。

210 東国への道が、木々に覆われその下が暗くなっていけば、逆に、皓々たる都の月を恋わずにいられましょうか。〇木の下暗く―「此の下鞍（鞍の下に敷く馬具）」を折り込む。〇都の月―「東路」に対する「都」。「月」は、「暗」に対する「明」で、鄙に対する雅の象徴。▽離京の辛さを、「都の月」への思いに凝縮して示す。→補注。

211 新千載・離別。都の方にいく人に言伝てましょう、私は木の下の暗さに戸惑い、頂いたこの下鞍を見て涙にくれ、一層戸惑っていると。〇言づてむ―結句に来るべき語の倒置。〇このしたくら―前歌を受ける。▽餞別の「下鞍」に寄せ、別れの悲しみを強調する。→補注。

れ

返《かへ》し、九月つごもりなるべし

213 白雲《しらくも》のたなびく方《かた》はこ《く》ゆれども別《わか》れの空《そら》にまどふ頃《ころ》かな

宣耀《よう》殿の御方《をほむかた》より、旅《たび》の衣《ころも》に

214 見《み》ぬほどの形見《かたみ》に添《そ》ふる心《こゝろ》あるをあくなとぞ思《をも》ふ筥潟《はこがた》の磯《いそ》

御返《（かへし）》、御方《をほむかた》へもたゝぬに、かくものせさせ給へるにな

むとて

215 心にもあらぬ別《わか》れを筥潟《はこがた》のいそぐをかつはうらみつるかな

門出《かどで》したる所に、春宮より右近蔵人《くら》して、書《か》か《ゝ》せてたまは

せたる

216 別《わか》れ路《ぢ》の涙《なみだ》に袖《そで》も誘《さそ》はれていかなる道《みち》にとまらざるらむ

下《くだ》るに、みとし川《がは》といふ面《つら》に宿《やど》りたるに、月の川《かは》に宿《やど》りた

るに

212 新古今・離別。別れの路はいつだって嘆きが尽きないものですが、一層侘しさの募る秋の夕暮です。○いとゞ―より一層。別れに秋の夕暮の侘びしさが加わって、の意。→補注。

213 白雲の棚引く遥かな山は越えましたが、別れの悲しさに、心も空ろに惑っています。参考「遅れゐて我が恋ひをれば白雲のたなびく山を今日や越ゆらん」（拾遺・別・読人不知）。○白雲のたなびく方―旅程の遥けさを示す。参考歌から「山」。○空に―空ろに。「空」。「白雲」の縁語。▽実方の陸奥下向の晩秋の詠だが、前歌に対応しない。→補注。

214 会えない間の私の形見にと思って届ける衣なのに、この衣装箱を「開けないで」と思うことです。再会したいので。○形見―思い出す縁。片身。「身」は「箱」の縁語。○あくなとぞ―浦嶋子伝説による。→三〇。○筥潟の磯―伊予国。衣の「箱」を掛ける。→補注。

215 気の進まない別れですのに、餞別の衣の箱を早々に戴き、感謝する一方、恨めしく思ったことです。○心にもあらぬ―不本意な。○いそぐを―早過ぎるのを。「磯」から「急ぐ」を導く。○かつはうらみつる―感謝の一方で恨む。「浦見」を掛ける。「磯」の縁語。▽餞別に感謝しつつ、早々の別れの挨拶を恨んでみせる。→補注。

216 別れを惜しむ涙に袖が誘われ出て、どんな道を、止めどもなく流れていることか。涙を抑えることができません。○とまらざるらむ―止まらずにいるのか。止めどもない涙を含意。▽やや奇抜な発想。→補注。

217 月も自分と同様、旅の途中にあると思うのだろうか、みとし川の川底に宿っているこ

217 月かげも旅《たび》の空《そら》とや思《をも》ふらむみとしの川《かは》の底《そこ》に宿《やど》れる

陸奥国《みちのくに》より、宣方《のぶかた》の中将〔の〕もとに

218 やすらはず思《をも》ひたちにし東路《あづまぢ》にありけるものをはゞかりの関《せき》

式部大夫匡衡《まさひら》が、陸奥国《みちのくに、》にお《を》こせたる

219 都《みやこ》には誰《たれ》をか君《きみ》は思《をも》ふらむ都《みやこ》にはみな君《きみ》を恋《こ》ふめり

返し

220 忘《わす》られぬ人のうちには忘《わす》れぬを恋《こ》ふらむ人のうちに待《ま》つやは

陸奥国《みちのくに、》にて、北《きた》の方《かた》うせ給《（たまひ）》てのち、つゝ君《きみ》に袴着《はかまき》せ給《（たまふ）》とて

221 いにしへを今日《けふ》にあはするものならばひとりは千代《ちよ》を祈《いの》らざらまし

春立《た》つつ《ゝ》とめて、白河殿《しらかはどの》にて

222 吹《ふ》く風《かぜ》に波《なみ》の心やかよふらむ春立《はるた》つ今日《けふ》の白河《しらかは》の水《みづ》

杉《すぎ》むらの森《もり》にて、ほとゝぎすを聞《き、》きて

とだ。○みとし川―不明。○面―川辺。○旅の空と―旅の途中と。「空」は「月」の縁語。▽川面に映る月を、同じ「旅の宿り」にあると見なす。

218 躊躇なく決心して下った東国の道に、はばかりの関があったとは。○思ひたちにし―思い切って出立した。「常陸」を折り込む。○はゞかりの関―陸奥国。宮城県柴田郡か。「憚る」意を掛ける。▽「やすらはず」という決意に背く、「はばかり」の関の名に拘わる。二七六に重出。→補注。

219 後拾遺・雑五・大江匡衡。都に残した誰をあなたは思っているのでしょう。都では皆、あなたを恋しく思っているようですが。▽上下句を同一歌句「都には」で始め、「君」の思いを問う形で「みな」の思いを伝える。→補注。

220 後拾遺・雑五。あなたを、忘れられない人数の中に入れて、私は忘れないけれど、あなたは、恋しく思う人数の内に私を入れて、再会を待ってくれるでしょうか。▽上下句に「人のうち」を置き、「相手を忘れない」と伝え、「自分を恋うて欲しい」と訴える。贈歌に倣った構成。→補注。

221 妻が生きていた時を、我が子の袴着の今日の日に重ね合わせられるなら、私一人で子の行く末を祈ることはないのだが。○つゝ君→一六四。○袴着せ―着袴の儀を行う。男児三才ぐらいの行事。○いにしへ―妻存命の昔。○祈らざらまし―反実仮想。▽子の成長につけ、亡き妻を偲ぶ。→補注。

222 吹く風に波の心が添うているのだろう、おだやかな立春の今日の白河の水だよ。○春立つつとめて―立春の日の早朝。○白河殿→三。○波の心―風の吹くままに立つ波を擬人化。○白河の水―「白河殿」に「川」の意を掛ける。▽「波・立つ・水」は「河」の縁語。

223 羽《は》ぶきつゝ今《いま》や都《みやこ》へほとゝぎす過《す》ぎがてに鳴《な》く杉《すぎ》むらの森《もり》

ある人、花見《はなみ》て又日《またのひ》、言《い》ひおこせたりし

224 留《と》まるやと惜《を》しみし花《はな》を君《きみ》かとて名残《なごり》をのみぞ今日《けふ》は眺《なが》むる

返《かへ》し

225 むべしこそかへりし空《そら》も霞《かす》みつゝ花《はな》のあたりは立《た》ち憂《う》かりしか

女《をんな》にもの言《い》ひて、又日《またのひ》、常夏《とこなつ》に挿《さ》して、いかゞありけむ

226 風をいたみ本《もと》あらの萩《はぎ》の露《つゆ》だにもあはれいかなる人を待《ま》つらむ

227 常夏《とこなつ》の花《はな》の露《つゆ》には睦《むつ》れねどぬるともなくて濡《ぬ》れし袖《そで》かな

宇《う》佐《さ》へ下《くだ》るに、入道殿の侍従、白がねの水角《みづゝの》に書《か》きてあり

し返《かへり》事に

228 結《むす》ぶ手《て》の別《わか》れと思《をも》ふにいとゞしくこの水角《みづゝの》に袖《そで》ぞ濡《ぬ》れける

月のあかく侍《はべり》しに、人ともの言《い》ひ侍《はべり》しに、千鳥《ちどり》の鳴《な》きしか

223 羽ばたきながら今や都へと向かう郭公が、通り過ぎにくそうに鳴く杉むらの森だよ。
○羽ぶき—羽を振る。○過ぎがてに—過ぎかねるように。○杉むらの森—杉が群がり生えている森。「過ぎ」を掛ける。▽「杉むらの森」なのに「過ぎがて」とは、と言語矛盾を衝く。→補注。

224 昨日、散らずに留まるかと共に惜しんだ花を、今日は君と見なして、その名残だけをながめています。○留まる—「桜」に「君」が留まる意を重ねる。▽留まらずに帰った無念を、花に寄せて訴える。

225 なるほど、君が惜しんで留めようとしたからだったのだね。帰る時の空も霞んで、花の辺りから立ち去りがたかったのは。○むべしこそ—「むべし」の強調。結句に懸かる。○立ち憂かりしか—「発つ」に「霞」の縁語「立つ」を掛ける。▽「立ち憂かりし」原因を、前歌によって合点する。

226 風がひどいので、根元の疎らな萩に置いた露ですら、こぼれ落ちるのを待っている、ましてあなたは、ああ、誰を待っているのだろう。参考「宮城野のもとあらの小萩露を重み風を待つごと君をこそ待て」(古今・恋四・読人不知)。○本あらの萩—根本がまばらな萩。▽古今歌の萩の比喩を、誰かを待つ相手に用い、危惧を強調する。

227 常夏の花の露と睦み合った訳でもないのに、濡れるともなく袖が濡れたことです。(共寝をすることもなくて、露ならぬ涙に袖を濡らしています)。○初二句—「常夏の花」は「女」の喩。「床」を掛ける。「露」は「涙」の喩。→一二九。○睦れねど→一九〇。○ぬる—「濡る」「寝る」の掛詞。「床」の縁語。→補注。

228 名残の尽きない別れなのに、この水入れを戴いて、一層ひどく袖が濡れたことです。○宇佐→一。○白がねの水角—銀製の角型容器。餞別の品。○結ぶ手の別れ—「むすぶ手の滴ににごる山の井のあかでも人に別れぬるかな」(古

ば

229a 浜千鳥《はまちどり》いづこに鳴《な》くぞ月待《つきま》つと

と言《い》ひしかば

229b 明石《あかし》の浦《うら》と思《をも》ふなるべし

内裏《うち》に侍《(はべり)》し人をけさうじ侍《(はべり)》しに、みづからなど言《い》ひて、消息《せうそこ》もせで出《い》でにければ

230 思《をも》へ君《きみ》ちぎらぬ宵《よひ》の月《つき》だにも人に知《し》られで出《い》づるものかは

同《をな》じ女、今日《けふ》〳〵とのみ頼《たの》めしに

231 今日《けふ》〳〵と人を頼《たの》めぬ山《やま》の端《は》もかくや月日《ひ》を過《す》ぐしきぬらむ

同《をな》じ人に文《ふみ》やりて侍《(はべり)》しに、返《(かへり)》事もせざりしかば

232 こはさらに入《い》る山水《みづ》の鴛鴦《をしどり》の《に》惜《を》しとや跡《あと》を見《み》せずなりぬる

同《をな》じ女に大将すみて、さらにあはせざりしを、からうじてものなど言《い》ひて、翌朝《つとめて》

今・離別・紀貫之）により、「飽かぬ別れ」を含意。▽宇佐の使の折の詠歌。→補注。

229 a浜千鳥よ、おまえは何処で鳴いているのか。月を待って、b夜を明かす、明石の浦と思っているのに違いない。○明石の浦—播磨国→一八八。○なるべし—強い推定。▽月を待って夜を「明かす」意から、「明石の浦」を導く。

230 玉葉・恋二。思ってもみてくださいよ。何の約束もしていない宵の月ですら、人に知られずに出るものでしょうか。まして約束していたのに、私に知らせず退出するなんて。○みづから—自分の方から知らせる。○出づる—月の出に、女の退出を掛ける。○ものかは—反語。女への非難。→補注。

231 今日は、今日はと、人に期待をもたせる訳ではない山の端も、私と同じように、こうして月と日を送ってきたのでしょうか。○今日〳〵と—今日逢おう、と繰り返して。○月日—「月」と「陽」を掛ける。▽空約束を繰り返す女への当てこすり。月日をやり過ごす点で、山の端を自分と同定する。→補注。

232 返事をくれないのは、それでは、書くのも惜しいというので、鴛鴦の水跡ならぬ筆の跡も見せなくなったのでしょうか。○さらに—副詞。「入る」に係る。また、「いやでも」の意で、「見せず」に係る。○入る山水の鴛鴦の—「惜し」を導く序。○跡—手跡、手紙。鳥の水跡を掛ける。

233 石上《いそのかみ》ふるき道《みち》とは知《し》りながら惑《まど》ふばかりぞ今日《けふ》は恋《こ》ひしき

平内侍《ないし》に文《ふみ》つかはしし、返《(かへり)》事もせざりしかば

234 かきくらし降《ふ》る淡雪《あはゆき》の袖深《ふか》みけふくものあとの見《み》えじとすらむ

初瀬《はつせ》にまうでて、お《を》ぼつかなかりし事など言《い》ひて、女に

235 石上布留《いそのかみふる》の瀬川《せがは》の水《みづ》たえて妹《いも》に逢《あ》はずて程《ほど》ぞ経《へ》にける

ある人のあはれに書《か》きたる文《ふみ》どもを、絶《た》えて後見《のちみ》つけて、裏《うら》に

236 いかなりし時《とき》の水茎《みづぐき》か丶りけむと見《み》ればたえてものぞ悲《かな》しき

この女に、「夜更《よふ》けてなむまかり出《い》づべき」とて

237 秋風《あきかぜ》の小夜《さよ》ふけがたに音《をと》のせば必《かなら》ず問《と》へよ我《われ》とこたへ《え》む

平内侍《へいないし》、返《(かへり)》事もせざりしかば、お《を》ほやけ事につけて、人のもとに侍《(はべり)》し文《ふみ》をとりて文字《もじ》を切《き》り出《い》でてつかはしし

238 伊勢《いせ》をのやあまと我《(わが)》身はなりぬらむ袖《そで》のうらなる涙《なみだ》かこてば《へ》

233 石上の布留の古い道のような旧知の仲とは解っているのに、その道に迷うほどに、恋しさに今日は心を惑わせています。参考「石上布留の中道なかなかに見ずは恋ひしと思はましやは」(古今・恋四・紀貫之)。○石上―大和国布留。「ふる」に懸かる枕詞→九五。○ふるき道―古来の道。旧来の仲の喩。○惑ふ―道に迷う意に、心惑う意を重ねる。▽大将に妨げられた旧来の女との関係を、布留の道に寄せて嘆く。→補注。

234 歌意不明。→補注。

235 石上の布留の浅い川の水のように絶えて、全くあなたに逢うことなく時が経ってしまいました。○石上布留→二三三。○たえて―「水絶えて」から副詞「たえて(～ず)」を導く。○妹―万葉語。妻・恋人。○経にける―「布留(経る)」に寄せ、時の経過を強調。

236 一体どういう時の手紙がこうして残っていたのか」と思って見ると、関係の途絶えた今、本当に悲しくなることだ。○水茎―手紙。○か丶りけむ―かくありけむ。○たえて―副詞。まことに。「絶えて」を掛ける。▽「懸かり」「絶え」は「水(茎)」の縁語。

237 夜の更ける頃に秋風が吹く音がしたら、必ず「誰か」と問いなさい。「僕だよ」と応えるから。参考「秋風の吹くにつけてもとはぬかな荻の葉ならば音はしてまし」(後撰・恋四・中務)。○小夜ふけがた―夜の更ける頃。「更け」「吹け」の掛詞。▽参考歌の反実仮想を、「必ず問へよ」と現実のものにしようとする。

238 私は、いつも潮に濡れている伊勢の海人になったのだろうか。袖の浦ならぬ袖の裏の涙を嘆いているものだから。参考「鈴鹿山伊勢をの海人の捨て衣しほなれたりと人や見るらん」(後撰・恋三・藤原伊尹)。○伊勢をのや―伊勢の。「を」は強め。「や」は疑問。○袖のうら―出羽国の歌枕「袖の浦」。袖の裏を掛ける。○かこてば→一六九。▽「伊勢」に「袖の浦」を切り合

女のもとにまかりたりしに、こと男《をとこ》のまうできたりしを帰《かへ》して、琴《こと》をかき鳴《な》らし侍《(はべり)》しかば

239 人知《し》れずかへれることを聞《き》くからに人《ひと》の上《うへ》とも思《をも》ほえぬかな

卯月《うづき》の一日《ついたち》に、女《をむな》につかはしし

240 夏衣《なつごろも》うすき頼《たの》みに頼《たの》ませてあつき衣《ころも》を替《か》へやしてまし

内裏《うち》に、もの言《い》ひ侍《(はべり)》し人の局《つぼね》たゝき侍《(はべり)》しかば、女

241a たそやこの鳴《な》るとのもとに音《をと》するは

といひたりしかば

241b とまり求《もと》むる海人《あま》の釣《つ》り舟《ぶね》

又、女《をむな》

242 狭衣《さごろも》に片敷《かたし》く袖《そで》の露《つゆ》けきをいかにしてかは君《きみ》にかすべき

初雪《はつゆき》の降《ふ》り侍《(はべり)》し日、人につかはしし

243 あひ思《をも》はぬ人の心を淡雪《あはゆき》のとけてしのぶる我《われ》やなになり

実方中将集

わせたか。→補注。

239 秘かに他の男を帰して、調子が返った琴の音を聞いていると、とても他人事とも思われませんね。○かへれること―他の男が帰った事。「返れる琴」を掛ける。「返る」は、琴の呂律の変調。「琴」の縁語。▽いつ「変調」が我が身に及ぶかと、「琴」に寄せて相手を皮肉る。

240 夏衣が薄く肌身に近いことに期待して、隔ての厚い冬衣を脱ぎ替えようかしら。参考「夏衣薄きながらぞ頼まるる単衣なるしも身に近ければ」（拾遺・恋三・読人不知）。○夏衣―単衣。「薄し」を導く。○うすき頼み―隔てが薄いことを頼みに。→一一七。○頼ませて―頼みにして。○あつき衣―袷。冬衣。▽更衣を機に接近を計ろうかと戯れる。

241 a（女）どなたですか、この鳴る戸の所で音を立てているのは。b港を求めている海士の釣舟ですよ。参考「ものいふ女の、戸を立てて入るを見はべりて／音にきく鳴門の浦にかづくてふあまや侘びしききみを見るかな」（忠見集）。○たそや―誰なのか。○鳴ると―開閉に音が立つ戸。地名「鳴門」を掛ける。○とまり―泊。港。宿所。○海人の釣り舟―自身の喩。「鳴門」に寄せる。▽「たそや」に答えつつ、泊めて欲しい旨を伝える。→補注。

242 独り敷いて寝る狭衣の袖は涙に濡れていますのに、どうしてあなたにお貸しできましょうか。○狭衣―身幅の狭い衣。夜着にする。○片敷く袖→一九八。○露けき―露がち、湿っぽい。涙に濡れて、の意。○かすべき→一〇三。

243 思ってもくれないあなたの心なのに、淡雪が溶けるように身も消えるほど恋い慕う私は、一体どうしたことでしょう。○淡雪の―「溶け」を導く比喩的枕詞。▽初二句に「あなたは打ち解けないのに」の意を含む。

同《をな》じ女、こと人にもの言《い》ふと聞《き》きて

244 結《むす》ぶ手《て》のしづくに濁《にご》る君《きみ》よりもあかずもきゝし君《きみ》が声《こゑ》かな

返事に、紙《かみ》を結《むす》びておこせたりしかば

245 年《とし》を経《へ》て祈《いの》るしるしはちはやぶる神《かみ》もあはれと聞《き》かざらめやは

返事に、いかにぞや侍《(はべり)》しかば、又

246 あはれてふ言《こと》の葉《は》いかで見てしがな詫《わ》び果《は》つる身の慰《なぐさ》めにせむ

正月一日

247 今日《けふ》よりはひとへに頼《たの》む吾妹子《わぎもこ》が身《み》を睦《むつ》ましみ衣《ころも》たつとて

遣戸《やりど》を細《ほそ》めに開《あ》けてもの言《い》ひ侍《(はべり)》し、衣《きぬ》の裾《すそ》に結《むす》びつく

248 いにしへも契《ちぎ》る心《こゝろ》に結《むす》びけむ衣《ころも》の褄《つま》は解《と》くや解《と》けずや

産屋《うぶや》にこもりて侍《(はべり)》しに、こと人文《ふみ》お《を》こすと聞《き》き侍りて、つかはしし

249 うしろめた一言主《ひとことぬし》やいかならむ絶《た》え《へ》間《ま》にわぶる久米《くめ》の岩橋《いはゝし》

244 掬いあげた水の滴に濁る浮気なあなたの水影よりも、飽きずに聴いていたのはあなたのお声でした。参考「結ぶ手のしづくに濁る山の井のあかでも人に別れぬるかな」(古今・離別・紀貫之)。○しづくに濁る―女の心変わりを寓する。▽その表情以上に耳に残る相手の声を取り上げる。参考歌のパロディ。→九四。

245 恋の成就を長年祈ってきた効験に、神も「(紙とは)気の毒に」と、お聞きにならないはずがありません。○紙を結びて―白紙の結び文は拒絶の印。○祈るしるしは―祈りの効験は。○ちはやぶる―「神」に懸かる枕詞。○神―「紙」を掛ける。▽ひどい仕打ちだと、「神」を持ち出し恨む。→**補注**。

246 玉葉・恋五。「あはれ」の一言を何とかして目にしたいものです。辛い恋に憔悴しきった身の慰めにしたいので。○いかにぞや―どういうことだったか。○あはれてふ言の葉―「可哀相に」という一言。「あはれともいふべき人はおもほえで身のいたづらに成りぬべきかな」(拾遺・恋五・藤原伊尹)。○見てしがな→八四。▽せめてもの慰めを憐憫の一言に求める。切迫した形の趣向。

247 正月一日の今日からは、一途に頼みにしよう。妻が私の身を愛しんで単衣を仕立てる頃になったので。○ひとへに―ひたすら。「単衣」を掛ける。○吾妹子―万葉語。愛する妻。○衣たつ―「衣を裁つ」に「頃も立つ」を掛ける。▽「単衣・身・裁つ」は、「衣」の縁語。夫の夏の単衣を、正月一日を期して準備し始めた妻への謝意。

248 昔の男女も、変わらぬ愛を込めて衣の褄を結んだのでしょう。あなたの衣の褄は、解けるか、解けないか。○契る心に―契る思いで。○衣の褄―衣の左右の下前。裾。褄を結び魂を身に留めるという俗信による。○解くや解けずや―「解く」は自動詞。解ける意。▽「衣」の縁語「結び・褄・解く」による仕立て。自分にうち解け契ることを迫る。

少輔《せう》の内侍《ないし》にもの言《い》ひはじめて侍《はべり》しを、いみじう忍《しの》ぶと聞《き》き侍《はべり》しかば

250 忍《しの》び音《ね》も苦《くる》しきものをほと丶ぎすいざ卯《う》の花《はな》の陰《かげ》に隠《かく》れむ

女のまかり出《い》づるに、もの言《い》はむと言《い》はせて侍《はべり》しかどえ逢《あ》はで、里《さと》へ翌朝《つとめて》つかはしし

251 風をいたみ船出《ふなで》しのだの海人《あま》よりもしづ心なきめをも見《み》るかな

女わづらひて、久《ひさ》しくわづらひて、まゐ《い》らざりしかば、はしをみよとて

252 恋《こひ》しともえやはいぶきのさしも草《ぐさ》よそに燃《も》ゆれどかひなかりけり

もとつ人ありて、もの言《い》ひがたく侍《はべり》しかば

253 暮《くれ》にもといふべきものを大堰川《おほゐがは》井堰《せき》の水《みづ》は漏《も》るや漏《も》らずや

同《おな》じ女にえ逢《あ》はで、又

249 気になります。懸け橋を渡すはずの一言主は、どうしたのでしょう。久米の岩橋の「絶え間」ならぬあなたとの「絶え間」に困惑しています ○産屋にこもりて―妻がお産で籠って。主体は妻。○こと人―他の男。○うしろめた→一九二。○一言主→一〇七。○いかならむ―橋を作るはずなのに、の意。○絶え間―懸けきれず途絶えている橋の「絶え間」。産屋の妻との「絶え間」を含意。○久米の岩橋→一〇七。▽他の男の噂に、絶え間を放置する一言主神の怠慢に寄せ、妻に会えない不安を詠う。

250 忍んで鳴く初音も苦しいものですね。郭公さん、さあ、一緒に卯の花の陰に隠れましょう。○忍び音→一五五。○ほと丶ぎす―少輔の内侍を寓す。○いざ―共寝の誘いかけ。○卯の花の陰―郭公が忍び音に鳴く所。「卯の花の影に隠れて今日までぞ山郭公声はをしまむ」(元真集)。→補注。

251 風が激しいので、船出をした野田の漁師よりも、もっと不安な目に遭うことです。○風をいたみ→二二六。▽里下がりした女に、逢えない不安を海人に寄せ訴える。

252 恋しいとも言えない伊吹の艾《さもぐ》のような私ですから、よそながらあなたへの想いの火に燃えても甲斐のないことです。○はし―手紙の端か。○えやはいぶきのさしも草→一二一。自歌の引用。「さしも草」は自身の喩。○かひなかりけり―「甲斐無し」に「火無し」を掛ける。▽「燃ゆ」「火」は「艾」の縁語。一二一と同一の趣向。→補注。

253 暮れにも逢おうと誘いたいけれど。元からの男に大堰川の井堰の水のように堰き止められているあなたは、そこから抜け出る気があるのか、どうか。○暮―「大堰川」の縁語「榑」を掛ける。○大堰川→一四八。○井堰の水―「井堰」は元の男、「水」は女の喩。○漏る―元の男の縛りから抜け出る意。▽「榑」「水」「井堰」「漏る」は「大堰川」の縁語。一四八と同一の趣向。

254 ながむるを頼《たの》むものにて明《あ》かしてきたゞ傾《かたぶ》きし月の影《かげ》見《み》て

逢《あ》ふ事のなほ《を》難《かた》く侍《(はべり)》しかば、七日に

255 逢《あ》ふことを人に供《か》すとも思《おも》はぬに空《そら》に聞《き》こゆるいづれなるらむ

粉河《こかは》へまうで侍《(はべり)》しに、女の親《をや》だつ人の、紀伊守《きのかみ》なるを思《(おもひ)》て

256 風はやみ吹上《ふきあげ》の浜《はま》のかたさらに思《(おもふ)》心《こゝろ》に比《くら》べても見《み》む

女、初瀬《はせ》にまうでて、返侍《(かへりはべる)》ところに、人を遣《つか》はしたりしに言《い》ひ持《も》たせて侍《(はべり)》し、その程《ほど》に、持《も》て会《あ》ひにけり

257 こゝながら袖《そで》ぞ露《つゆ》けき草枕《くさまくら》十市《とをち》の里《さと》の旅寝《たびね》と思《おも》へば

二日《ふつか》ばかり逢《あ》ひ侍らで、五日《いつか》の日《ひ》

258 逢《あ》はぬまの水際《みぎは》に生《お》ふる菖蒲草《あやめぐさ》ねのみなかるゝ昨日今日《きのふけふ》かな

もの言《い》はむと言《い》はせて侍《(はべり)》しに、今《いま》といふ程《ほど》に明《あ》け侍《(はべり)》にしかば、翌朝《つとめて》

259 露払《つゆはら》ふ人しなければ冬《ふゆ》の夜《よ》におき明《あ》かしつる程《ほど》を知《し》らなむ

254 あなたも眺めていることと、それを頼みに夜を明かしました。ただひたすら、西に傾いた月の光を見ながら。○傾きし月―時間の経過を示す。▽同じ月を眺めて心を通わせようとしたが、時が過ぎただけ、と悔やむ。

255 (七夕の今宵) 琴ならぬ逢うことを、他の男に提供したつもりもないのに、空に音が聞こえる。牽牛か、誰だろう。参考「七夕に供しつと思ひし会ふことをその夜なき名のたちにけるかな」(小大君集)。○逢ふこと―会う機会。「琴」を折り込み、縁語「聞こゆる」を導く。○供す―提供する。▽参考歌を否定の形で用いつつ、牽牛星ならぬ他の男との関係を疑う。

256 風が速いので一方に吹き寄せられる吹上の浜の波を、ひたすら慕る私の恋心に比べてもみようか。○吹上の浜―紀伊国。○かたさらに―片寄る意。▽紀伊の歌枕に寄せ自らの思いの強さを強調する。→補注。

257 都に居ながら、袖が草露に濡れたように湿っています。あなたが遠い十市の里に旅寝をしていると思うと。○こゝ―都。○露けき―涙に濡れる意。「露」は「草(枕)」の縁語。○十市の里―大和国。「十」に「遠(し)」を掛ける。▽歌の内容に合うように、十市の里に持たせてやったとする。→補注。

258 あなたに逢わぬ間は、沼の水辺に生えている菖蒲草の根ではないけれど、音に泣くばかりの昨日今日です。○五日の日―五月の節日。○逢はぬま―「ま」は「間」。「沼」を掛ける。○菖蒲草→八。「根」から菖蒲の縁語「音」を導く序。

259 露を払って招き入れてくれる人もなく、冬の夜に起きたまま明かした辛さの程、置いた露の程を判ってください。○露払ふ人―「事しげししばしは立てれ宵のまにおけらん露は出でて払はん」(後撰・雑一・嵯峨后)による。○おき―「起き」に、「露」の縁語「置き」を掛ける。→補注。

寺巡《てらめぐ》りし侍《はべり》し日《ひ》、衛門の督《かみ》に

260 急《いそ》がなむ散《ち》りもこそすれ紅葉《もみぢ》する柾木《まさき》のかづら遅《おそ》くくるとて

中宮の兵衛にもの言《い》ひ侍《はべり》しに、いと疾く入《い》り侍《はべり》にしかば、

翌朝《つとめて》

261 久かたの天《あま》のとながら見《み》し月《つき》の飽《あ》かで入《い》りにし空《そら》ぞ恋《こ》ひしき

もの言《い》ひ侍《はべり》し女の、ひさしうまからで、つかはしし

262 大船《おほぶね》ののぼりの綱のつなゆゑに絶《へ》ゆとはなくてたゞに止《や》みにし

人のもとに言《い》ひつかはしし、内裏《うち》に候《さぶらひ》し夜《よ》

263 うちかへし思《おも》へばあやし小夜衣《さよごろも》九重《こゝのへ》きつゝ誰を恋ふらむ

もの言《い》ひ侍《はべり》し人の、まからずとて恨《うら》み侍《はべり》て、河竹《かはたけ》を包《つゝ》みて

おこせて侍《はべり》しに

264 かしがまし一夜《ひとよ》ばかりの伏しによりなにかは人の猛《たけ》く恨《うら》むる

宇佐《うさ》の使《つかひ》にまかりしに、女のもとにやりし

実方中将集

260 急いでくれ。散ってしまうと困るから、紅葉した柾木の葛が。葛を繰る、いや君が来るのが遅いというので。〇急がなむ―「なむ」は誂え。▽五一の重出。初句「急がずは」。→補注。

261 もっと見ていたかったのに入ってしまい、外にいるまま見た月が、入った空が慕わしく思われることです。参考「さ夜ふけて天の門わたる月かげに飽かずも君をあひ見つるかな」(古今・恋三・読人不知)。〇久かたの―枕詞。「天」に懸かり、「(天の)門」を導く。〇と―「門」に「外」を掛ける。〇月―兵衛の喩。〇入りにし―「月の入り」に、女が奥に入ったことを重ねる。▽簀子での場面。月に寄せて相手への名残り惜しさを訴える。→補注。

262 大船を曳いて川を上る綱は太く、それ故切れないように、あなたとの縁が切れた訳ではなく、何となくご無沙汰してしまいました。〇のぼりの綱―川上に曳航する為の太い綱。〇つなゆゑに―「絶ゆとはなく」を喩的に導く。〇絶ゆ―綱から、関係の途絶えに転じる。▽「綱」で信頼関係の強さを示し、関係の修復を図る。

263 繰り返し思うに、奇妙なことに、九重(宮中)に来て夜具を幾重にも引き被って、私は一体、誰を恋うているのでしょう。〇うちかへし―繰り返し。〇小夜衣―着物の形の大形の夜具。〇九重―幾重にも。「宮中」の意を掛ける。〇きつゝ―「着」「来」の掛詞。▽「うち」「かへし」「九重」「着」は「(小夜)衣」の縁語。

264 うるさいね。たかが一夜の共寝のことで、どうしてそんなにひどく恨むのですか。〇河竹―節と節の間(節《よ》)が遠いことから、「伏し」が間遠だと責める。「わが宿の千代の河竹ふし遠みさも長きよの遥かなるかな」(元輔集)。〇一夜ばかりの伏し―一晩だけの共寝。「一節《よ》の節《ふし》」を掛ける。「竹」の縁語。〇なにかは人の猛く―反語。「人」は相手の女。「かは―河」「猛―竹」を詠み込む。▽女は元輔集の歌により、「河竹」を送ったか。

265 いかにせむ宇佐《うさ》の使《つかひ》は許《ゆる》されず恋《こひ》しき人は井手《いで》の玉水《たまみづ》
清水《きよみづ》にまうでて、滝殿《たきどの》に書《か》き付《つ》けし

266 たきみれど煙《けぶり》も立《た》たず水《みづ》しあればいかなる熾《おき》に水かかるらむ
臨時《りむじ》の祭《まつり》の舞《まひ》人にて侍《（はべり）》しに、斎院の人の物《もの》見《み》車《ぐるま》の前《まへ》を渡《わた》り侍《（はべり）》しほどに、ふと言《い》ひかけ侍《（はべり）》し

267a 行《ゆ》きずりに見《み》つる山藍《ゐ》の衣手《ころもで》を
と言《い》ひ侍《（はべり）》しかば

267b 珍《めづら》しとこそ神は見《み》るらし
ある女、こと人に睦《むつ》まじくなむあると語《かた》り侍《（はべり）》しかば、蓮《す》の実《み》を葉《は》に入《い》れて、いかにぞや侍《（はべり）》しかば

268 はぢずのみ思《をも》ふをいとゞうき葉《は》には露《つゆ》にてもなほ心《を》おく《を》べし
中将に侍《（はべり）》し時、臨時《りむじ》の祭《まつり》の使《つかひ》に出《い》でて、侍《（はべり）》しに、見《み》はじめて侍《（はべり）》し女の言《い》ひて侍《（はべり）》し

265 どうしよう。宇佐の使は辞退できず、恋しいあなたは、「井手の玉水」のように、頼みにできなくて。〇宇佐の使→一。〇井手の玉水―「山城の井手の玉水手に結びたのみしかひもなき世なりけり」（伊勢物語・一二二段）を踏む。▽留守中の女に対する牽制。→補注。

266 火を焚いてみても煙も立たないことだ。なにせ滝の水があるから。一体どんな火種に、水が掛かっているのだろう。〇たきみれど―焚いてみても。「滝見れど」を掛ける。〇熾―熾火。火種。▽煙が立たない「焚き」（滝）の、火種を詮索してみせる。→補注。

267 a（女）通りすがりに見かけた舞人の山藍の摺り衣の袖を、b（実方）珍しいものと神様はご覧のようですね。〇臨時の祭―賀茂の臨時祭。→一五九。〇舞人→二・五二。〇行きずりに―「山藍の衣」の縁語「摺り」を掛ける。〇山藍の衣手→五二。〇珍し―「他所事」を含意。「昔着てなれしを摺れる衣手をあな珍しとよそに見しかな」（大和物語・一一三段）。〇神は―「臨時の祭」の縁で、女を「神」に準える。▽女との「昔」の関係を匂わせた戯れ歌で返す。→補注。

268 浮気を「恥ぢずのみ」思うなんて、一層私には憂く辛いことです。蓮の浮き葉の上の露だってもうちょっと遠慮するでしょうよ。〇蓮の実を葉に入れて―身の潔白を示す行為。〇いかにぞや侍しかば→二四六。（女が）何とか弁解してきたので。〇はぢずのみ―「蓮の実」を折り込む。〇うき葉には―「憂き」から蓮の「浮き葉」に転じる。▽「うき葉」「露」「置く」は、「蓮」の縁語。女の弁解への反駁。→補注。

269 a（女）これがまあ噂に聞く皇宮の衛士の方、b（実方）警護の火を焚く衛士とは言え、さほど、夜、恋の火に身が燃えるわけでもありませんが。〇御垣守―皇宮警護の衛士。近衛中将の実方を指す。〇いとしも→一〇二。〇恋に―

269a 音《をと》に聞《き》くこやすべらぎの御《み》垣守《かきもり》
と言《い》ひて侍《（はべり）》しかば

269b いとしも恋《こひ》に夜《よる》は燃《も》えねど
右大将のもとに侍《（はべり）》し女に、しのびて物言《ものい》ひ侍《（はべり）》しを、孕《はら》み侍《（はべり）》にけるを隠《かく》し侍《（はべり）》しかば

270 津《つ》の国《くに》の誰《たれ》と伏《ふ》し屋《や》の伏《ふ》しかへりそのはらさへは高《たか》くなりしぞ
同《をな》じ大将の女御、内にさぶらひしに、弁の君《きみ》といふ人に、
月のあかゝりし夜《よ》

271 よそにてもほしとぞ君《きみ》は思《おも》ふらむなにお《を》ほ空《そら》の月によそへて
同《をな》じ人に

272 影《かげ》はさぞお《を》ぼろけにては見《み》えざらむ寝《ね》ぬ夜《よ》の月は雲隠《くもがく》れつゝ

273 若《わか》き子《こ》が袴《はかま》の股《また》の絶《た》えしよりそのひざかたの見《み》えぬ日《ひ》ぞなき

「火」を掛ける。○夜は燃えねど—「御垣守衛士の焚く火の夜は燃え昼は消えつつものをこそ思へ」（詞花・恋上・大中臣能宣）による。▽詞書と対応しない。→補注。

270 津の国の誰と共寝を繰り返して、その腹まで大きくなったのかね。参考「園原や伏屋に生ふる箒木のありとていけどあはぬ君かな」（古今六帖・第五・作者名不記）。○津の国—摂津国。○伏し屋—屋根の低い粗末な小屋。○伏しかへり—繰り返し伏して。○そのはら—その腹。「園原」を掛ける。▽「薗原」「伏屋」は信濃の歌枕（能因歌枕・八雲御抄）。→補注。

271 内裏にいても、「自分は星」と思っているのでしょう。名高い大空の「月」ならぬ女御様に肖って。（私に会いたいとお思いでしょうね）。○よそ—内裏。○ほし—「星」に、「あはまほし」の意を掛ける。○なにおほ空の月—「名に負ふ」から「おほ空」を導く。「月」は女御娍子の喩。→補注。

272 影は確かに並の想いではよく見えないのでしょうね。眠れずに眺める夜の朧月のように、あなたは見え隠れして。○影—月影。女の姿を重ねる。○おぼろけにては—並大抵の想いでは。○寝ぬ夜の月—女の喩。▽なかなか逢おうとしない女を、朧な月の見えがたさに寄せる。

273 少女が着る緋色の袴の股の糸が切れてから、その膝の辺りが覗けない日はないことだ。○若き子—少女。○袴の股—脚を入れる股の部分。○ひざかたの—「膝方」に、「日」にかかる枕詞「久方の」を掛ける。○日ぞなき—「日」に、袴の色「緋」を掛ける。▽珍奇な題材を特異な掛詞により一首とした戯笑歌。

又

274 夜《よる》もゆるあまのはらをも見《み》てしかばたゞ有明《ありあ》けの心ちこそすれ

275 誰《たれ》か言《い》はむ誰《たれ》かとがめむあふ事を人よりほかに止《と》まるものかは

276 ひたすらに思《をも》ひたちにし東路《ぢ》にありけるものかはゞかりの関《せき》

かよひ侍《はべり》ける女のもとに、さねかたと名《な》のりて、人のまかりたりけるを聞《き》ゝて

277 あやしくもわが濡《ぬ》れ衣《ぎぬ》を着《き》たるかな三笠《みかさ》の山を人に借《か》られて

神無月に、石山《いし》に、長能《ながたう》の中将とまゐ《い》りてかへるに、あさぼらけに見渡《みわた》せば空《そら》も海《うみ》も霧《き》りあひて心すごきに、千鳥《ちどり》の鳴《な》き侍《はべり》しかば

278 冬寒《ふゆさむ》み立《た》つ川霧《かはぎり》もあるものをなく〳〵来《き》ゐる千鳥《ちどり》哀《かな》しな

274 夜に燃えている尼の腹を見たものだから、いや艾《もぐさ》が燃えている天の原を見たものだから、ただもう有明けのような気分がしたことです。○もゆる—艾が燃える。お灸。○あまのはら—「天の原」「尼」の腹を掛ける。○有明けの心ち—月の残る夜明け方の気分。▽八八と同様のお灸に因む戯れ歌。

275 誰が言うでしょうか、誰が咎めるでしょうか、あなたに逢うことを。あなた以外の誰かによって止まるものですか。○人—あなた。▽逢う気のない相手を、反語の「か」「かは」を重ね、難詰する体。→補注。

276 一途に決意して出立した東国への道に、憚りの関があるなんて。○ひたすらに—一途に。○ありけるものか—意外な事への反問。▽二一八の重出。→補注。

277 拾遺・雑賀・藤原義孝。怪しからんことに、私は濡れ衣を着せられ濡れてしまった。三笠山の笠ならぬ近衛将官の名を勝手に人に使われて。○三笠の山—大和国。春日山の西峰。「御笠」は近衛府の異称。○人に借られて—笠ならぬ名をかたられて。「濡れ衣」「笠」は、縁語。▽濡れ衣を、三笠山に寄せて理屈づけたもの。義孝詠の混入か。→補注。

278 冬、寒さが厳しいので湖面から立ち昇る霧もあるのに、鳴きながら飛んで来て水面に留まっている千鳥が哀れだなあ。○海—近江の海。琵琶湖。○来ゐる—来てそこに留まっている。「立つ」に対する「ゐる」。▽義孝詠の誤入か［竹鼻］→補注。

陸奥国《みちのくに》に《、》なり給《（たまふ）》ころ、殿上にて出《い》でむとし給《（たまふ）》に、松《まつ》のおそ《を》かりければ、実方の中将

279a 松待《ま》つほどぞ久しかりける

小大君

279b 陸奥国《みちのくに》ほどと《、》ほ《を》ければ武隈《たけくま》の

他本

東宮の殿上にて、年《とし》の始《はじ》めの庚申《かむし》に、「闇《やみ》はあやなし」といふ事を題《だい》にて

280 にほひさへにほはざりせば梅《むめ》の花《はな》折《を》るにもいかにもの憂《う》からまし

人のもとに、芹《せり》の根《ね》を摘《つ》みて

281 水深《みづふか》みみなかくせりと思《をも》ふらむあらはれやすき芹《せり》にぞありける

279 a松明を待つ間の随分長いこと、b武隈の松のある陸奥国は遠いものですから。○松—松明。○久し—時間が掛かる。長久の象徴である「松」の縁語。○武隈の—陸奥国。「松」が詠まれる。▽「松明」の来る時間の間遠さを、任国陸奥への距離の遠さ故と、武隈の松に寄せて付ける。→**補注**。

○他本—以下、他本による増補であることを示す。

280 色が見えないばかりか香りまでなかったら、闇の中の梅の花は、折るにしてもどんなに億劫になることか。参考「春の夜の闇はあやなし梅の花色こそ見えね香やは隠るる」(古今・春上・凡河内躬恒)。○庚申→八。○闇はあやなし—闇は道理に合わない。○もの憂からまし—面倒だろう。反実仮想。▽古今歌による「梅の香」称揚。→**補注**。

281 水が深いからすべて水面下に隠した、と思っているでしょう。が、これは、洗われやすい芹で、簡単に水面に表れるのですよ。○かくせり—隠した。「り」は完了の助動詞。「芹」を折り込む。○あらはれやすき—表れやすい。「洗われ」を掛ける。○男との関係を隠そうとした女への皮肉。→**補注**。

中宮の小弁がもとに、讃岐介《さぬきのすけ》時明《ときあきら》が来《こ》ざりけるを聞《き》きて

282 葛城《かづらき》や一言主《ひとことぬし》もたけからず久米《くめ》の岩橋渡《いはゞしわた》し果《は》てねば

小一条殿の女御、一宮生《むま》れ給《たま》うて、三日の夜、五月五日に
なむありける

283 岩《いは》の上《うへ》の菖蒲《あやめ》や千代《ちよ》を重《かさ》ぬらむ今日《けふ》も五月《さつき》の五日《いつか》と思《をも》へば

返し、大将

284 祝《いは》ふなる岩《いは》の菖蒲《あやめ》も今日《けふ》よりは千代《ちよ》の始《はじ》めに引《ひ》きはじむべき

五月五日に、庚申《かむし》にあたりたりける、大将

285 夜《よ》のほどのつまとのみなる菖蒲《あやめ》をもまだ見《み》ぬほどはいつかとぞ思《をも》ふ

とある御返し

286 菖蒲草《あやめぐさ》ねぬよの空《そら》のほとゝぎす待《ま》つあけぼのの声《こゑ》を聞《き》かばや

「あか月の霜白《しもしろ》し」といふ題《だい》にて

282 葛城の一言主の神もだらしがないなあ。約束した久米の岩橋を架け終えず途絶えるなんて。○一言主も→一〇七。時明を寓す。○渡し果てねば―男が通って来なかったことの喩。▽「岩橋の夜の契りも絶えぬべし明くる佗しき葛城の神」(拾遺・雑賀)により中途半端な男を非難し、女に同情を寄せる。→**補注**。

283 盤石な岩の上に生えた菖蒲は、千年の長寿を重ねることでしょう。今日は丁度、五月五日、きっといつかと思うものですから。○岩の上の菖蒲―済時を後見とする一宮を寓す。○五月の五日→八。「いつか」を掛ける。▽盤石な将来を予祝。→**補注**。

284 端午の節句を祝うという岩の菖蒲も、今日からは、千年の長寿の始めの例として、引くのが良いだろう。○引きはじむべき―例に引くのが適当だ、の意。「引き」は「菖蒲」の縁語。▽今日からは、五日に菖蒲を引く意味を変えるべきだと、祝意を強調する。

285 五月五日の夜だけ軒の端にある菖蒲も、未だ見ないうちは、何時か早く見たいと思うことだ。妻であるかのように。○つま―「端《つま》」に「妻」を掛ける。○いつか―何時か。早く。「五日」を掛ける。○菖蒲→八。▽軒の端に差す菖蒲を、同音の「妻」に見立てる→**補注**。

286 菖蒲の節の庚申の日、寝ずにいる夜の空を飛んでいく郭公よ。独り待つ曙の一声を聞きたいものだなあ。○菖蒲草―菖蒲の「根」から「寝」を導く。○ねぬよ―庚申待ちの夜。独り寝の夜を含意。○待つ―夜明け、郭公を待つ。▽菖蒲の節と庚申を重ね、さらに独り待つ曙の郭公を組み込んだもの。

287 霜《しも》かとてお《を》きて見《み》つれば月影《かげ》に見《み》てまがはせる朝《あさ》ぼらけかな

鵜船《うぶね》を見《み》て

288 鵜船《うぶね》さす宇治《うぢ》の川長数々《かず〱》に我《われ》の身嘆《みなげ》く波《なみ》の上《うへ》かな

289 なか〱に物思《ものをも》ひそめて寝《ね》ぬる夜《よ》ははかなき夢《ゆめ》もえやは見《み》えける

ある人の局《つぼね》の前《まへ》に、汗《あせ》はじきを懸《か》けてありけるを見《み》て、輔尹《すけたゞ》が詠《よ》みける

290 むつまじき夏《なつ》の衣《ころも》を脱《ぬ》ぎ捨《す》てゝいとされがたき汗《あせ》はじきかな

返し

291 いにしへの海人《あま》の手児《てこ》らが織《を》り布《ぬの》も晒《さら》せばさるゝものにやはあらぬ

あるやむごとなき人に、鬘《かつら》たてまつり給《(たまひ)》けるに

実方中将集

287 霜かと思って起きて見たら、月の光に見間違える白々とした朝ぼらけだなあ。○おきて―「起く」に、霜の縁語「置く」を掛ける。○見てまがはせる―見間違えさせる。○朝ぼらけ―ほのぼの明け。▽「月光」と見給う趣向で題意を満たす。→補注。

288 次々と棹を差し鵜飼い舟を繰る宇治川の船頭が、あれこれと我が身を嘆いている波の上だなあ。○川長―船頭。○数々に―棹を差す数の多さから、身の嘆きの多さに転じる。○我の身嘆く―鵜舟の上で暮らす身を嘆く。「鵜舟差し波の上にてよを過ぐす身はなに物と知らぬなるべし」(輔親集)。▽川長の生業に、身の嘆きを読み取る。→補注。

289 新古今・恋三。なまじ人を想い初めて寝た夜は、すぐに醒める夢も、見ることなどできはしない。参考「東路の小夜の中山なか〱になにしか人をおもひ初めけむ」(友則集)。○なか〱に―中途半端に。○えやは→一二一。▽詠歌事情は不明。参考歌を、寝覚めの形に展開する。→補注。

290 着馴れた夏の衣を脱ぎ捨てて、どうにも色っぽいとは言い難い汗はじきが掛けてあるなあ。○汗はじき―汗取り用の下着。○むつまじき―着馴れた。○されがたき―「戯る」は、洒落る、色めく意。戯れにくい。→補注。

291 「戯れがたい」と言うが、昔の海人乙女たちが織った布も、晒せば晒れて味が出るものではないかね。○手児ら―「手児」は上代東国方言。少女たち。○晒せばさるゝ―「晒す」は、布を日光や水・風に当て白くする意。自動詞「晒る」から「戯る」を導く。▽晒せば戯れた物になると切り返す、言語遊戯。

292 君がため八百代《やをよ》の神《かみ》を掛《か》けつゝもなほ筋《すぢ》ことに祈らるゝかな

293 春風《はるかぜ》に夜《よ》の更《ふ》けゆけば桜花《さくらばな》散《ち》りもやすると後《うしろ》めたさに

仁和寺の梅《むめ》の花《はな》御覧《らむ》じて、殿上人などに歌《うた》た《ゝ》てまつらせ給《(たまふ)》に

294 散《ち》らず待《ま》つ花《はな》の心も見《み》えぬらし今日《けふ》より後《のち》は吹《ふ》かば吹《ふ》け風

295 契《ちぎ》りてし言《こと》のたがふぞ頼《たの》もしき辛《つら》さもかくや変《か》はると思《をも》へば

ある女と契《ちぎ》りたりける後《のち》、「空言《そらごと》」など言《い》ひければ、男《をとこ》

返し

296 おぼつかな黒戸《くろど》に見ゆる菊《きく》の花《はな》あけての後《ゝち》ぞ悔《くや》しかりける

297 恋《こ》ひしさのさむるよもなき仲《なか》なれば夢《ゆめ》とぞ思《をも》ふ現《うつゝ》ならねば

292　あなた様のために、八百代の神に掛けて祈りながらも、なお格別な一筋をと、御鬘を献上しつつ祈ることです。○鬘―かつら。かもじ。○八百代の神―何代にもわたる神。永く抜けない「髪」を掛ける。○掛け―願を掛ける。○筋ことに―格別に。髪の「一筋」の意を掛ける。○筋鬘奉上の挨拶。「掛け」「筋」「髪」は、「蔓」の縁語。

293　春風が吹いて夜が更けていくと、桜の花が散るのではないかと気になって。参考「朝まだき起きてぞ見つる梅の花夜の間の風のうしろめたさに」（拾遺・春・元良親王）。○散りもやする―「や」で懸念を表す。▽詠歌事情は不明。

294　散らずに御覧を待つ花の心も解ったらしい、今日から後はもう吹くなら吹け、花を散らす風よ。○仁和寺→三六。円融院の御願寺。○御覧じ―主体は円融天皇か。○待つ―御覧を待つ。主体は「花」。○見えぬらし―（風が）理解したようだ。▽花を散らす風に寄せて、自らの安堵を示す。→**補注**。

295　千載・恋三。約束した言葉が違ってしまうのは、頼もしいことだ。あなたの辛い態度も、このように変わるかと思うと。○かくや―言葉と同様に。▽裏切った相手への皮肉。→**補注**。

296　どうしたことなのか。暗い黒戸に咲いて見えた白菊の花は。夜が明け、戸を開けた後の移ろいが悔まれます。参考「植ゑて見るところの名にも似ぬものは黒戸に咲ける白菊の花」（高遠集七六）。○「空言」など―「なかったこと」などと。○おぼつかな→六九。○黒戸―清涼殿の北東側の部屋。○菊の花―女の喩。白菊か。○あけての後―夜が明けた後。「戸」の縁語「開け」を掛ける。▽参考歌に依る設定。女の態度の豹変を、夜と昼、黒と白の対比で示す。→**補注**。

297　玉葉・恋三。恋心が褪める時もないあなたとの仲なので、夢だと思うのです。現実のことではないので。○よもなき―「世」に「夜」を掛ける。○現ならねば―「夢」と思う理由を示す。▽前歌と言葉の対応がなく、契ったことを

298 ゆきずりの鈴《すゞ》の音《をと》にや群鳥《むらどり》のよをうづらとてなき隠《かく》れなむ

物言《ものい》ひける人の、ほど経《へ》てありけるに、四月ばかりにかく言《い》ひける

299 卯《う》の花《はな》の垣根隠《かきねがく》れのほと、ぎすわがしのびねといづれほどへぬ

返し

建長元年己酉三月以法性寺少将雅平本、誂人書写了

300 人知《し》れぬ垣根隠《かきねがく》れのほと、ぎすことかたらはでなかぬ夜《よ》ぞなき

301 遠《をち》へゆくこちこせ川《がは》をたれしかも色《いろ》さりがたきみどりそめけむ

302 そへて我《わ》があはぬめをさへ嘆《なげ》くかな物思《ものをも》ふときはまことなりけり

人のもとに行《い》きて、また言《い》ひやりける

303 妹《いも》と寝《ね》ば岩戸《いはと》の空《そら》もさし曇《くも》りその夜《よ》ばかりはあけずもあらなむ

「空言」と言ったことへの弁解。→補注。

298 通りすがりに鷹狩の鈴の音を聞いて、鳥たちは、この世を憂く辛いと泣いて隠れてしまうでしょう。○鈴―鷹狩りの鷹に付ける。○群鳥―多くの女性たち、の喩。○よをうづらとて―世を「憂」「辛」といって。「鶉」を詠み込む。▽→補注。

299 新千載・恋四。卯の花の垣根に隠れている郭公の忍び音と、私の忍び泣く音とどちらが長く続いたのでしょう。○垣根隠れのほと、ぎす―四月、忍び音の頃の郭公。○しのびね→一五五。○ほどへぬ―訪れが途絶えて時間が経つ、意。詞書「ほど経て」に対応。→補注。

300 新千載・恋四。人に知られず垣根の蔭に隠れている郭公のように、私は、想いを口にも出さず、夜ごと忍び泣いています。○ほと、ぎす―自身の喩。○ことかたらはで―想いを口にせず。郭公の忍び音に寄せる。○なかぬ―「泣かぬ」「鳴かぬ」の掛詞。▽詞書「返し」には当らない。→補注。

301 こっちへ来てと言うのに、遠くへ流れて行くこちこせ川を、一体誰が、色の褪めにくい緑色に染めたのだろうか。○遠へゆく―「遠」に対する「近（こち）」を導く。○こちこせ川―未詳。「此方来、背」で、男への訴え。○色さりがたき―「さる」→二九〇。○みどりそめけむ―「緑」は川の水の色。「身取り初め」を掛ける。▽離れていく男への執着から抜けきれない意。→補注。

302 二〇四の重出。

303 愛しい君と共寝をしたら、天の岩戸は閉ざし空も曇って、その夜だけは明けないで欲しいものだ。○妹→二三五。○寝ば―仮定条件。○岩戸―天の岩戸→八五。戸を「鎖す」から「さし曇り」を導く。○あけず―「明け」に「戸」の縁語「開け」を掛ける。→補注。

304 秋《あき》の夜《よ》の夜風《よかぜ》を寒《さむ》み吾妹子《わぎもこ》が衣《ころも》を打《う》つに目《め》を覚《さ》ましつゝ

七月七日、中将の君《きみ》に

305 返《かへ》さずはほどもこそ経《ふ》れあふ事をいかに供《か》すべき今日《けふ》の暮《くれ》をば

返し

306 彦星《ひこぼし》の心も知《し》らずうちとけてそのあふことを上《うは》の空《そら》にな

花山院、代《かは》らせ給《たま(ひ)》て後《のち》、御仏名の削《けづ》り花《ばな》のありけるを、権中将のもとへ遣《や》るとて

307 いにしへの色《いろ》しかはらぬものならば花《はな》ぞ昔《むかし》のかたみならまし

大将殿の、月あかき夜《よ》、御琴《こと》弾《ひ》きて遊《あそ》び給《(たまふ)》ほどに

308 琴《こと》の音《ね》にあやなく今宵《こよひ》ひかされて月見《み》で明《あ》かす嘆《なげ》きをやせむ

逢《あ》はで過《す》ぐしける人に

309 神《かみ》の森《もり》斎《い》垣《がき》の杣《そま》にあらねどもいたづらになるくれをいかにせむ

304 秋の夜の夜風が寒いので、妻が衣を打つ音に、何度も目を覚ましていることだ。○吾妹子—→二四七。○衣を打つ—擣衣。砧に置いた布を槌で打ち柔らかにし艶を出す。▽秋の夜風の冷気と擣衣の侘しい音が寝覚めをもたらす。→補注。

305 もし彦星が、提供した一晩の「逢瀬」を返さなかったら、ずっとあなたに逢えなくなる。どうしたものか、今日の暮を。○七月七日—→一〇三。○中将の君→一五〇。○もこそ—危惧を示す。○あふ事—逢瀬。初句「返さずは」の目的語。○供すべき→二五五。「べき」は適当。▽七夕伝説に因む。二星への逢瀬の提供を躊躇する設定。

306 彦星の心の内も知らないまま気を許して、軽い気持で「逢瀬」を貸したりされますな。○彦星の心→二〇〇。○上の空にな—「空の二星に対して」「軽々に」の意を掛ける(→七一)。「な」は禁止。「供《か》しそ」などの省略形。▽一夜を提供するなと、男への思いを強調する体。

307 この削り花のように、昔のままの色ならば、これこそ華やかだった花山院往時の形見であろうに。○御仏名—仏の名号を唱えて懺悔する年末の法会。○削り花—造花。○花ぞ昔の—削り花こそが往時の。「人はいさ心もしらずふるさとは花ぞ昔の香ににほひける」(古今・春上・貫之)。→補注。

308 琴の音色に無性に今宵は惹きつけられて、折角の月を見ずに夜を明かし、嘆くことになるのではないかなあ。○あやなく—訳もなくむやみに。○ひかされ—「惹かさる」に、「琴」の縁語「弾く」を掛ける。▽済時の琴弾奏に寄せた和やかな一コマ。→補注。

309 神の坐す森、神垣の杣木ではないにしても、無駄になる榑、いや会えずに過ぎるこの暮を、どうしたものでしょうか。○神の森—神の坐す森、神奈備か。○斎垣—神社に巡らした聖なる垣根。○杣—杣木。杣山から切り出された用

「秋《あき》、山を染《そ》む」といふことを、歌《うた》のはてに、「そ」「こ」二《ふた》つの文字《もじ》すゑて、殿上にて詠《よ》める

310 紅葉《もみぢ》ばの色《いろ》を訪《たづ》ねて入《い》る人《ひと》も思《をも》はぬ山《やま》を思《おも》ふらむやぞ

311 紅葉《もみぢ》見《み》て山辺《やまべ》に今日《けふ》はくらしてむあはれあそこ妹《いも》と寝《ぬ》る床《とこ》

菊《きく》の上《うへ》の露《つゆ》

312 お《を》ぼつかな籬《まがき》の菊《きく》やいかならむ露《つゆ》にお《を》かせて物《もの》をこそ思へ

井での月待《ま》つころ詠《よ》みけるを、後《のち》に

313 もろともに待《ま》つべき月を待《ま》たずしてひとりも空《そら》を眺《なが》めけるかな

四月一日《ついたち》ころ、悩《なや》ましうしけるを知《し》らで、人の、音《をと》せぬやうに言《い》ひたりければ

314 夏引《なつび》きのいとにはあらず一日《(ひとひ)》よりくるしかるとも知《し》らぬなるべし

木。○くれ―「榑」(切り出したままの材木)に「暮」を掛ける。▽自身を「榑」に擬え、「暮」の逢瀬を訴える。→補注。

310 色鮮やかな紅葉を求めて山に入る人も、物思いのない山に踏み入ろうとは、まさか思わないでしょう。参考「紅葉見に君におくれてひねもすに思はぬ山を思ひつるかな」(古今六帖・第二・作者名不記)。○思はぬ山―物思いのない山、入山出家を含意。○やぞ―強い反語。▽句末「そ」文字で終わる。→補注。

311 紅葉を見て山辺で今日は暮らそう。ああ、其処は私が妻と共寝をする床だ。○山辺に―風流の形。「花見つつ春の山辺に暮らしてん霞に家路見えずとならば」(好忠集)。○あそこ―不明。○妹と寝る床―「塵をだに据へじとぞ思ふ咲きしより妹とわが寝るとこ夏の花」(古今・夏・大河内躬恒)に依る。▽句末「こ」文字で終わる。→補注。

312 心配だなあ。垣根の菊はどうしたのだろう。露を置かせて、物思いの涙に濡れていることだ。○おぼつかな→六九。○いかならむ―菊を擬人化。その心を推し量る。○物をこそ思へ―菊の擬人化。

313 続千載・秋上。皆と一緒に出を待つはずの月を待つこともなく、ひとりでまあ、空を眺めたことだ。○井で―不明。「出で」の誤写か。○ひとりも―「も」は詠嘆。▽同席しなかった疎外感と孤独感を詠う。→補注。

314 大層ひどくではないけれど、この一日頃から具合が悪く苦しんでいたとも、きっと知らなかったでしょうね。○夏引きの―「いと」に懸かる枕詞。○いと―「糸」に副詞「いと」を掛ける。○一日―先日。「(四月)一日」を込める。○くるしかる―「苦し」に「繰る」を掛ける。▽「よ(縒)り」「く(繰)る」は、「糸」の縁語。

返《かへ》し

315 繭《まゆ》ごもり臥《ふ》しわづらはば《ゞ》夏引《なつび》きの〔手引《てび》きの〕いとは絶《た》えずぞあらまし

「春の闇の花《はな》を思《（おもふ）》」といふ題《だい》を、詠《よ》みける

316 春《はる》の夜《よ》の闇《やみ》に心のまどへども残《のこ》れる花《はな》をいかゞ思《をも》はぬ

東宮の〔くら〕と言《い》ふ人に

317 百敷《もゝしき》の御垣《みかき》の内《うち》に春《はる》とめて幾千代《いくちよ》までの花《はな》を見《み》てしが

忍《しの》びてもの言《い》ひける人に、枕借《まくらか》りければ、包《つゝ》みてお《を》こせたる紙《かみ》にかく

318 箱鳥《はこどり》のあけての後《のち》は嘆《なげ》くとも寝《ね》ぐらながらの声《こゑ》を聞《き》かばや

忍《しの》びてもの言《い》ひける人に、月の明《あか》かりける夜《よ》、まゐ《い》りける

319 知《し》るらむと包《つゝ》む枕《まくら》の程《ほど》見《み》ればいかに言《い》ひてか塵払《ちりはら》ふらむ

315 繭のように籠って臥し患っていたのであれば、逢う手引きをする糸は絶えなかったでしょうに。参考「夏引きの手引きの糸をくりかへし事しげくとも絶えむと思ふな」（古今・恋四・読人不知）。○繭ごもり→一三二。○〔手引きの〕いと―手で紡いだ糸。逢う算段。○絶えずぞあらまし―反実仮想。「絶え」は「糸」の縁語。▽「糸」の修辞を逆手に取り、何の算段もしなかったと返す。→補注。

316 春の夜の闇に花も見えず心が乱れるけれど、散り残っている花をどうして想わないことがあろうか。参考「春の夜の闇はあやなし梅の花色こそ見えね香やはかくるる」（古今・春上・凡河内躬恒）。○春の夜の闇―参考歌による→二八〇。○いかゞ思はぬ―反語。闇の中に漂う花の香があるではないか、の意。▽漂う「香」を想起させ、題意を満たす。

317 内裏を囲む御垣の中に春を留めおいて、いついつまでも咲き続ける栄華の花を見たいものです。○百敷―内裏。○幾千代までの―「百（敷）」に対応する「千（代）」。○見てしが―「しか」は願望。▽詠歌事情は不明。予祝の歌。

318 夜が明けた後に嘆くことになろうとも、寝ぐらに居るままの箱鳥ならぬくらの声を聞きたいものだなあ。○箱鳥の―容《かほ》鳥。郭公の一名とも。「開け・明け」を導く。○寝ぐらながらの―「郭公寝ぐらながらの声きけば草の枕ぞ露けかりける」（拾遺・別・伊勢）。鳥の「塒」に「寝屋」の意を掛け、「くら」の名を折り込む。▽鳥に寄せ逢瀬を迫る。→補注。

319 二人の秘め事を知っているだろうと思い、隠そうとして包んだ枕を見たら、あなたは何と言い訳して、その積もった塵を払うのでしょうね。参考「知るといへば枕だにせで寝しものを塵ならぬ名の空に立つらむ」（古今・恋三・伊勢）。○包む―枕を包む。情交を隠す意。○枕の程―枕に積もった塵の厚さ。男の途絶えの長さを示す。▽間遠な通いを責める女の詠。→補注。

を見《み》て、かくなむ

320 出《い》づと入《い》ると天《あま》つ空《そら》なる心地《こゝち》してもの思《をも》はする秋《あき》の夜《よ》の月

階《はし》に人のあからさまに伏《ふ》したりけるを見て、権少将

321a うたゝ寝の橋《はし》ともこよひ見《み》ゆるかな

と言《い》へば

321b 夢路《ゆめぢ》に渡《わた》す名《な》にこそありけれ

乳母《めのと》の、弓《ゆみ》の袋《ふくろ》を取《と》り出《い》でて、果物《くだもの》を取《と》り入《い》れておこせたりければ

322 押《を》し張《は》りて弓《ゆみ》の袋《ふくろ》と知《し》る〳〵や思《おも》はぬ山《やま》のものをいるらむ

323 聞《き》く人やいかゞ思《をも》はむ君《きみ》によりたゞ今日《けふ》ばかり過《す》ぐすと思《をも》へど

324 雲《くも》かゝる峰《みね》だに遠《とを》きものならば入《い》る夜《よ》の月はのどけからまし

320 出たり入ったりと、天空に居る心地がして、手の届きにくさに悶々とさせられる秋の夜の月のようなあなたですね。○まゐりける―参内した。○出づと入ると―月の出入りに、女の宮中への出入りを重ねる。○天つ空―天空。「宮中」を準える。○秋の夜の月―女の喩。→**補注**。

321 aこの階は、「転寝の橋」も、今宵は見えますね。b夢路に架け渡す橋の名だったのですね。○階―庭から家の内に上る階段。○うたゝ寝の橋―「うたたねの橋、旅人ゆく、橋の名を猶うたたねときく人のきくは夢路かうつつながらに」（恵慶集）。○夢路に渡す―夢の中で掛け渡す。▽「階」を「橋」と見なしての諧謔。→**補注**。

322 弓の袋と知りながらだろうか、はち切れるほど押し込んで、獲物ならぬ思いがけない山の幸を入れてくれたらしい。○押し張りて―パンパンに膨らませて。○山のもの―山の幸。果物（木の実）。○いる―「入る」に「射る」を掛ける。▽「押し」「張る」「射る」は、「弓」の縁語。送られた「山の幸」を喜ぶ。→**補注**。

323 聞く人はどう思うでしょう。私は、あなたを頼みにただ今日一日だけをかろうじて生きるのだと思っているのですが。○聞く―何を聞くか不明。「出家」に絡むことか。○君により―「世の中に経じと思ふも君により君によりこそまたも背かね」（道信集）。▽詠歌事情は不明。

324 続千載・秋下。せめて雲の懸かる高い峰だけでも遠くにあるのであれば、山の端に沈む月は急ぐこともないだろうに。▽早くに高峰に遮られることを嘆く月を見る側の思い。

七月七日、浮き木《ぎ》に

325 天《あま》の川《がは》通《かよ》ふ浮《う》き木《ぎ》の年《とし》を経《へ》ていくそかへりの秋《あき》を知《し》るらむ

326 人知《ひとし》れぬ仲《なか》は現《うつゝ》ぞなからまし夢覚《ゆめさ》めて後《のち》わびしかりけり

返し

327 夢《ゆめ》ならばあはする人もありなましなになか〳〵の現《うつゝ》なるらむ

因幡《いなば》の守忠貞《かみたゞさだ》が、因幡《いなば》へ下《くだ》るに

328 別《わか》れても立《た》ちかへるべき仲《なか》なれどいなば恋《こひ》しと思《をも》ふべきかな

329 来《こ》まほしと思《をも》ふ心《こゝろ》はありながら勿来《なこそ》の関《せき》をつゝまるゝかな

330 お《を》ぼつかな世《よ》を背《そむ》きにし山伏《やまぶし》もいかゞ見《み》るらむ秋《あき》の月をば

忍《しの》びてもの言《い》ひたりける人の、「袖《そで》の冴《さ》ゆるは」と言《い》ひた

325 天の川を行き帰りする小舟は、幾年もの時を経て、どれほど多くの秋を経験しているのだろう。○浮き木—牽牛星が乗る小舟。○いくそかへり—幾返り。何回。「浮き木」の縁語、「行く」「帰り」を掛ける。→補注。

326 人目を忍ぶ仲には、現実ということがなければいいのに。夢のような逢瀬から現実に戻った後が侘しいのだ。○なからまし—反実仮想。○現—現実。夢に対する。○夢覚めて後—逢瀬が終わった後。→四三。

327 続古今・恋三・小野小町。夢であれば夢解きならずとも、二人を会わせてくれる人もいるでしょうに、どうして現実は、そうはいかないのでしょう。参考「夢ならばまた見る宵も有りなましなに中中のうつつなりけん」(小町集)。○夢ならば—反実仮想。○あはする人—二人を会わせる人。夢説きを掛ける。○なに—反問の副詞。○なかくの—中途半端な。▽→補注。

328 別れても必ず帰って来て元に戻るはずの親しい仲だけれど、因幡へ往ってしまったら、恋しいと思うに違いないなあ。参考「たち別れいなばの山の峰に生ふるまつとし聞かば今かへりこむ」(古今・離別・在原行平)。○因幡→九四。○立ちかへるべき—必ず帰る、元に戻るはずの、の両意。○いなば—「往ぬ」の仮定形。「因幡」を折り込む。→補注。

329 伺って馬を得たいと思うのですが、勿来の関を据え、来るなと拒んでいるのではないかと躊躇してしまいます。○来まほしと—行きたいと。「駒欲し」を掛ける。○勿来の関—陸奥国。「な来そ」を掛ける。▽永仁本詞書では陸奥守藤原国用への依頼の歌か。→補注。

330 よく分からないなあ。世を捨てた山伏も、どう思って眺めているのだろう、この美しい秋の月を。○おぼつかな—六九。○山伏—山籠もりの僧。▽「美」への執着は断てるものなのか、訝しむ体。→補注。

331 袖がこおることより、あなたとの逢瀬がとどこおることが辛いのです。凍りついた袂

りければ

331 逢《あ》ふ事のとゞこほるこそ侘《わび》しけれ冴《さ》ゆる袂《たもと》はとけばとけなむ

人の許《もと》に行《い》きたるに、その夜《よ》なかりければ

332 払《はら》ふべき友《とも》まどはせる鴛鴦《をしどり》も夜半《よは》にや嘆《なげ》く今朝《けさ》の朝霜《あさじも》

右大臣、「空行《そらゆ》く月の」とあれば

333 契《ちぎ》りあらば旅《たび》の空《そら》なる程《ほど》ばかり過《す》ぐる月日も心あらなむ

五節《せち》のころ、雪降《ゆきふ》りてとく消《き》えにければ

334 淡雪《あはゆき》の降《ふ》るほどもなく消《き》えぬるは明日《あす》の日《ひ》かげやかねてさすらむ

335 いかにせむ久米路《くめぢ》の橋《はし》の中空《なかぞら》に渡《わた》しも果《は》てぬ身とやなりなむ

336 別《わか》るとも衣《ころも》の関《せき》のなかりせば袖濡《そでぬ》れましや都《みやこ》ながらも

八月一日、花山院の御弓《ゆみ》たまはりて後《のち》に、下《くだ》るべき日の延

は、溶ける時には溶けるでしょうが。○とゞこほるこそ―「滞る」に「凍る」を折り込む。▽逢いたい思いの強調。「こほる・冴ゆ・溶く」は縁語。「冴ゆ」に「凍る」を対置。→補注。

332 羽に置いた霜を払ってくれるはずの友を見失った鴛鴦も、夜中に鳴いて嘆いたでしょうか、今朝のこの霜の激しいこと。参考「夜を寒み寝覚めて聞けば鴛鴦ぞ鳴く払ひもあへず霜や置くらん」（後撰〈拾遺〉・冬・読人不知）。○友まどはせる―「夕されば佐保の河原の川霧に友まどはせる千鳥なくなり」（拾遺・冬・紀友則）による。○鴛鴦も―雌雄の番が羽の霜を払い合うとされる。▽昨夜の失望を、番のいない鴛鴦に寄せて訴える。

333 宿縁があるのなら、せめて都を離れている間だけは、過ぎていく月も日も、私に思いをかけて欲しいものです。○空行く月の―「忘るなよ程は雲井になりぬとも空行く月のめぐりあふまで」（拾遺・雑上・橘忠幹、伊勢物語・一一段）を引く、餞別の言葉。○過ぐる月日―経過する月日。空を巡る月と日を掛ける。▽「程は雲井」に対し、任地にある間だけと「程」を限り、配慮を懇願する。実方の陸奥下向時（→一八五）の歌か。→補注。

334 淡雪が降るそばから消えてしまうのは、日蔭の蔓を飾る明日の節会を前に、日の光がもう射しているのだろうか。○五節→六五。○日かげ→一五九。○さす―陽光が射す。「日かげ」の縁語。▽五節への期待を示す。

335 新古今・恋一。どうしよう。久米路の橋のように中途半端なまま、恋の渉りも着けられない身になりそうだ。参考「葛木や久米ぢの橋にあらばこそ思ふ心を中空にせめ」（後撰・恋三・読人不知）。○久米路の橋→一〇七。○中空に―中途半端に。○渡しも果てぬ―思いを遂げられない意。「渡し」は「橋」の縁語。▽久米路の橋を、恋路の途絶えの不安に結ぶ。

336 別れても、旅路の先に衣の関がなかったならば、袖が濡れたりするでしょうか。まだ

びければ、「まことにはいつばかり」とおほせ《を》られて、院のおほせ《を》られし

337a 言《い》へばあり言《い》はねば苦《くる》し別《わか》れ路《ぢ》を

とあれば

337b その程《ほど》とだにいかで聞《き》こえじ

と嘆《なげ》きける

五節《ごせち》のまゐ《い》りける夜《よ》、あらはなりければ、袖《そで》をも〔て〕隠《かく》したるを、女下《を》りて後《のち》、かく言《い》ふ

338a 日《ひ》かげ隠《かく》しし袖《そで》ぞ忘《わす》れぬ

とあれば

338b 大空《をほぞら》の雲《くも》のうきたる身なれども

障《さは》る事ありて、もの言《い》ひける人に久《ひさ》しう逢《あ》はざりければ、「悩《なや》むか」と言《い》ひたりければ

都にいるというのに。○衣の関↓一八五。○なりせば―反実仮想。▽陸奥下向を前に別れを悲しむ。↓**補注**。

337　a言えばそれを聞いて納得もしよう。言わないから苦しいのだ。別れは何時なのかを。bその頃とすら、何とかお耳に入れずにいたいのです。○御弓―餞別に下賜された弓。○言へばあり―（実方が）言えばそれでいい。○別れ路―陸奥下向の道。▽院・実方の別れ難い思いを示す。↓**補注**。

338　a灯の光を遮るように、日蔭の蔓を着けた私の姿を隠して下さったお袖のことが忘れられません。b日の光を遮る大空の雲のように、浮いた身ではありますが。○五節のまゐりける―舞姫参内。○あらは―舞姫の姿が衆目に晒されることを指す。○日かげ↓一五九。「日影（灯影）」を掛ける。○うきたる身―浮薄な身。袖で隠した行為を指す。▽相手の謝意を、軽く自虐的に受け流す。↓**補注**。

339　おやまあ、私は何も思い煩うことなどないですよ。逢わないことだけが苦しいかもしれませんが。○障る事―養父済時が通う事を指すか↓二〇二。○あやな―「彩なし」の語幹。どうしたことか。▽異伝歌↓二〇三。↓**補注**。

340　春が来たけれど、その春にも気付かれない埋もれ木のような私は、花見を楽しむ人を他人事として聞くことです。○春来れど―一月、

339 あやなわが思《をも》ひわづらふこともなし逢《あ》はぬばかりや苦《くる》しかるらむ

340 春来《はるく》れど春に知《し》られぬ埋《む》もれ木は花見《はなみ》る人をよそにこそ聞《き》け

国《くに》より、五月ばかり、東宮に聞《き》こえさせける

341 遥《はる》かなる深山隠《みやまがく》れのほとゝぎす聞《き》く人なしに音《ね》をやなくらむ

衛門督《ゑもむのかみ》、「数《かず》ならぬ身は心だに」とあるを

342 辛《つら》きにし人の命《いのち》のながらへば恨《うら》みられても世《よ》をやつくさむ

陸奥国《みちのくに》にて、ほとゝぎすの聞《き》こえざりければ、五月ばかりに人に聞《き》こえし

343 都《みやこ》には聞《き》きふりぬらむほとゝぎす関《せき》のこなたの身こそつらけれ

返し

344 ほとゝぎす勿来《なこそ》の関《せき》のなかりせば君《きみ》が寝覚《ねざめ》にまづぞ聞《き》かまし

春の除目の時期の到来を含意。〇春に知られぬ―春の除目に外れたことを言う。〇埋もれ木―土中に埋もれた木。自身の喩。〇よそ―他人事。→補注。

341 拾遺・雑春。遥か遠い深山に隠れている郭公は、聞く人もないのに鳴いているのでしょうか（都では私の泣く音も聞こえないのでしょうね）。参考「数ならぬ深山隠れの郭公人しれぬねをなきつつぞふる」（後撰・恋一・春道列樹）。〇国より―陸奥国から。〇遥かなる深山隠れ―都から遠く離れた陸奥国に逼塞する意。〇ほとゝぎす―自身の喩。〇聞く人なしに―都人の耳に届かないことを言う。▽郭公に寄せた不遇の愁訴。→補注。

342 辛くされることで、その人の心を見極めようとして命が伸びるのだから、恨みながらでもそれで一生を通そうよ。〇数ならぬ身は心だに―引き歌。三句以下「なからなむ思ひ知らずは恨みざるべく」（拾遺・恋五・読人不知）。〇ながらへば―「ながらへば人の心も見るべきに露の命ぞ悲しかりける」（後撰・恋五・読人不知）による。〇恨みられても―「らる」は自発。引き歌の結句「恨みざるべく」に対置。〇世をやつくさむ―生涯を終えよう。▽辛さの〝効用〟を説き励ます体の、冗談交じりの返歌。→補注。

343 続後撰・夏・実方。都ではもう聞き古しているでしょうね、郭公の鳴く声は。関に堰かれたこちらで聞かずにいる我が身が辛いことです。〇関―「堰き」を掛ける。〇こなた―こちら側。赴任地の陸奥。▽都から隔絶された身の不遇を嘆く。→補注。

344 続後撰・夏・読人不知。「来るな」と拒む勿来の関がなければ、郭公の鳴く声は、夜半に目覚めているあなたが真っ先に聞くでしょうに。〇勿来の関→三二九。〇なかりせば―反実仮想。〇君が寝覚にまづ―「さ夜更けて寝覚めざりせば郭公人づてにこそ聞くべかりけり」（拾遺・夏・壬生忠見）による。▽寝覚めている実方を想起し、その不遇感に寄り添う。

345 君来《きみこ》ずは死出《しで》の山にぞほとゝぎすしばし勿来《なこそ》の関《せき》を据《す》ゑ《え》まし

七月七日、七夕《たなばた》の別《わか》るゝ心

346 別《わか》るれど待《ま》てばたのもし七夕《たなばた》のこのよに逢《あ》はぬ仲《なか》をいかにせむ

347 吾妹子《わぎもこ》がかづけし綿《わた》をとらぬかと見《み》るまで照らす菊《きく》の上《うへ》の露《つゆ》

348 君恋《きみこ》ふる涙《なみだ》や霧《き》りて隠《かく》しけむひとり寝《ぬ》る夜《よ》の月なかりしは

345 あなたが帰京しないのなら、しばしの間、郭公が冥土からやって来ないように、死出の山にこそ勿来の関を据えたいのですが。○死出の山―冥土にある山。○ほとゝぎす―冥土から来る鳥とされる。「死出の田長」。「死出の山越えて来つらん郭公恋しき人の上語らなん」(拾遺・哀傷・伊勢)。▽共に初音を聞きたいと思いやる。

346 七夕の二星は別れても、来年の再会に期待も持てようが、七夕の今夜、この世で逢えない仲をどうしたものか。○このよ―「夜」に「世」(現実の世界)を掛ける。▽「七夕の別るゝ心」は七月八日の詠に多いが、これは「七月七日」。

347 妻が被せた着せ綿を「取らずにいたか」と見るくらい、白々と月が照らす菊の花の上の露だなあ。○吾妹子→二四七。○かづけし綿―被せた菊の着せ綿。九月九日、前夜菊に被せた綿の露で身を拭い不老長寿を祈る。○照らす―月が露を照らす。▽着せ綿を取り去った後の菊の露を賛美。→**補注**。

348 あなたを想って泣く涙が霧になって隠したのでしょうか、独り寝の夜に月が見えなかったのは(心もとない夜でした)。○月なかりしは―「月無し」に「付き無し」を掛ける。▽夜の独り寝の侘しさを訴える。→**補注**。

大弐高遠集

佐藤雅代校注

大弐高遠集

潤三月、花山院の、桜《さくら》の花の散《ち》りたる枝に付《つ》けて給《たま》へる

1 桜《さくら》花春くはゝれる年《とし》しもぞつねよりも猶《なほ》散《ち》りまさりける

御返事

2 君《きみ》が代の千歳《ちとせ》の春しくはゝれば花《はな》ものどかに思《おも》ふらんやぞ

小野《をの》ゝ宮の大殿、御子日《(ねのひ)》に

3 野べに出《い》でゝ千代《ちよ》を祈《いの》覧《(らん)》ためしには君《きみ》をぞ松《まつ》は引《ひ》くべかりける

駒迎《こまむか》へに行《い》きて

4 逢坂《あふさか》の関《せき》の岩角《いはかど》ふみならし山立《やまた》ち出づる桐原《きりはら》の駒《こま》

忍《しの》びたる女のもとに行《い》きて、又の日

1　桜の花は閏年で春がひと月加わった今年は例年よりもさらに盛んに散ったよ。参考「桜花春加はれる年だにも人の心に飽かれやはせぬ」（古今・春上・伊勢）。〇花山院―花山天皇。安和元年（九六八）～寛弘五年（一〇〇八）、四一歳。冷泉天皇の第一皇子、母は一条摂政伊尹女懐子。即位したものの、寵妃弘徽殿女御忯子の死後に、藤原氏の策略に遭って出家、帝位を降りる。→補注。

2　わが君の御寿命の千年もの春が加わったので、花ものどかに思っているのでございましょう。参考「かつ見つつ千歳の春を過ぐすともいつかは花の色に飽くべき」（拾遺・賀・読人不知）。〇千歳の春―千歳も続くであろう春。〇のどかに―穏やかに。桜花の「散りまさ」る慌しさとの対比。

3　野辺に出て、千代を祈るしるしとして、まずは小松ならぬ小野宮の松を引くべきであったことよ。〇小野宮の大殿―藤原実頼。清慎公。昌泰三年（九〇〇）～天禄元年（九七〇）、七一歳。高遠の祖父にあたる。〇子日―正月の最初の子の日に、人々が野外に出て、小松を引いたり若菜を摘んだりして遊ぶ行事。〇ためし―証拠。しるし。〇松は―「まづ」を掛けるか。「めづらしき千代の始めの子の日にはまづ今日をこそ引くべかりけれ」（拾遺・賀・藤原惟賢）。

4　拾遺・秋。玄玉集。逢坂の関の岩角を踏みならしながら、霧の立つさなか、都をめざす桐原の駒よ。〇駒迎へ―陰暦八月、甲斐・信濃などから朝廷に貢進する馬を、左馬寮の役人が逢坂の関まで迎えに出ること。〇逢坂の関―近江国。〇ふみならし―踏みしめながら。底本「ふみなられ」の「れ」に朱で「し」の校異。校異に従う。冷泉本「ふみならし」。〇桐原―信濃国松本東部、平安時代に桐原牧が置かれ、同国の望月牧と共に駒の名所。▽「拾遺」の集付あり。

5 生《い》ける身の生《い》きたるかひはありながら暮《く》れぬもの思《おも》ふ身とぞなりぬる

返《(かへし)》

6 夢《ゆめ》とのみおぼめかれても忘《わす》れなむ憂世《うきよ》のことはうつゝとも見ず

故《ゆへ》ありし女の、琴《こと》などをかしう弾《ひ》きて、させる男《をとこ》もなくて、大炊《おほゐ》の御門《みかど》わたりにありしを、とき〴〵物いひにいきてたび〴〵帰《かへ》りしをもの憂《う》く思《おも》ひしかど、こゝちにをかしと思《(おもひ)》し人なりしかば、この度《たび》ばかりとていきたりしかば、例《れい》の夜一夜《よひとよ》、琴《こと》など弾《ひ》きて、例《れい》の居明《ゐあか》して帰《かへ》りつべかりしかば、恨《うら》みたるさまにて出《い》でて、月の明《あか》かりしに、笛《ふえ》を吹《ふ》きていけば、袙袴《あこめばかま》着《き》たる女の、走《はし》りて来《こ》しかば、狐《きつね》にやあらむとて、生《なま》むつかしくてやう〳〵いけば、ありつる家《いゑ》の人なりけり、これはなじに来《く》るぞと問《と》へば、御笛《ふえ》の恋《こひ》し

5 生きている身にはこれまで生きてきた甲斐があるのに、日が暮れないうちから恋の物思いをする身となってしまったよ。◯生ける身の―底本「いける身に」の「に」に朱で「の」校異。校異に従う。冷泉本「いける身に」。「恋ひ死なむ後は何せん生ける日のためこそ人の見まくほしけれ」(拾遺・恋一・大伴百世)。▽今の恋には不満はないが、永遠に終わりの来ない恋を思う。

6 夢かもとよく分からないが忘れてしまうのでしょう、浮世のことは現実として見ることもできない。参考「寝るがうちに見るをのみやは夢と言はむはかなき世をもうつつとは見ず」(古今・哀傷・壬生忠岑)。◯おぼめかれても―実体がはっきりせず、よく分からないと思われても。◯五句―底本「うつゝとも見よ」の「よ」に「す」傍記。冷泉本も同じ。

7 早く暮れたならば嬉しい今日はとくに、それまで千年も過ごすような気持ちですよ。参考「暮るる間の千歳を過ぐす心地して待つはまことに久しかりけり」(後拾遺・恋二・藤原隆方)。◯故―趣。風情。◯大炊の御門わたり―平安京大炊御門大路付近。◯帰りしを―底本「たび〳〵」の後に補入。◯思ひしかど―底本「おもふしかと」の「ひ」に朱で「ひ」の校異。これに従う。◯こゝちにをかし―気持ちが優れている。◯例の夜一夜―いつものように一晩中。◯居明して―起きたままで夜を明かして。◯帰りつ―底本「かりつ」に朱で「へ歟」の傍書。これに従う。冷泉本傍書ナシ。◯袙袴―婦人や童女が肌近くに着た下着。◯狐にやあらむ―狐であろうか。「あらむ」は、底本「あらぬ」。◯生むつかしく―何となく煩わしく。「生」は形容詞・形容動詞に接して、何となくその状態を呈する接頭辞。◯なじに―「なにしに」の略。どうして。◯ものいひがほ―何か言いたげな様子で。◯とく暮れば―早く日が暮れれば。「ば」は仮定条件を表す。恋人に逢えるのは夜だから、日暮れが待ち遠しい。◯嬉しかるべき―きっと嬉しいことだろう。◯千歳をすぐす―千年も過ごしたような。→**補注**。

く聞《きこ》え侍《へ（はべり）》つればまゐ《い》りつるなりといふけしきの、ものいひがほなりしかば、帰《かへ》りいきて、琴《こと》の音《ね》のおくぶかなりしを聞《き》きて、近《ちか》う手《て》をうけたまはらむとて、入《い》り臥《ふ》して、あか月に出《い》でて、いとくいひやれりし

7 とく暮れば嬉《うれ》しかるべき今日《けふ》しもぞ千歳《ちとせ》をすぐすこゝちなりける

返《かへ》し

8 かくながらやがて暮《く》れても過《す》ぎななむ人の心《こゝろ》のはても知《し》られじ

よも心《こゝろ》見がてらに、般若寺といふ所に一年ばかり過《す》ぐししほどに、法師になりぬるなめりと言《い》ひければ、ある女の言《い》ひお《を》こせたりし

9 白《しら》雲の掛《か》かれる山を見わたせばかれや入《い》りにし君《きみ》がすみかと

返《かへ》し

8 このままですぐ日が暮れてしまってほしいです。あなたのお心がこれからどうなるのかわかりませんでしょう。○過ぎななむ―「な」は完了の助動詞「ぬ」の未然形。「なむ」は希望・あつらえを表す終助詞。○心のはて―心の行き着く最後。○人の心―「人」はここでは第三者ではなく、相手をさす。○知られじ―「知られず」と言い切るよりはおとなしい言い方。

9 白雲の掛かる山を見渡すと、あそこがあなたが仏道に入ってしまわれたお寺かと思われます。○心見がてらに―ためしにやってみながらと。○般若寺―奈良市般若寺町に現存する真言律宗の寺。○ほどに―底本「ほど」の後に朱で「に」の校異。○なめり―～であるようだ。○かれや―あれが。底本「それ」の「そ」に朱で「か」の校異。冷泉本「かれや」。○入りにし―仏道に入ってしまった。「身を捨てて山に入りにし我なれば熊のくらはむこともおぼえず」（拾遺・物名・読人不知）。

10 君《きみ》がとふ心《こゝろ》づかひのしるしにてへだつる雲《くも》もおもはれにける

小野《をの》の宮の、月輪寺におはしまして、桜の花をもてあそばせ給《（たまひ）》しに

11 山風《かぜ》に散《ち》らで待《ま》ちける桜花《さくらばな》今日《けふ》ぞこぼれてにほふべらなる

内《うち》にて、山吹《ぶき》を、女房の持《も》たりけるを取《と》りて

12 八重《やへ》とのみ思《おも》ひけるかな山吹《やまぶき》をこは九重《こゝのへ》の花《はな》にぞありける

村上《むらかみ》の御時に、四月の御灌仏に、承香殿の女御の御《おほむ》布施《ふせ》は、松《まつ》の作《つく》り枝につけ、藤壺《ふぢつぼ》の女御のは、藤《ふぢ》の作《つく》り枝《えだ》につけて、もてまゐ《い》れるなかに、藤壺《ふぢつぼ》の童《わらは》の、いと清《きよ》げなりしかば、かくなむいひにやりし

13 松《まつ》ならで思《おも》ひぞかくる藤《ふぢ》の花《はな》めでたき色《いろ》の折《を》らまほしさに

返《かへ》し

14 松《まつ》にこそ思《おも》ひはかけめ藤《ふぢ》の花心高《はなこゝろたか》さも誰《たれ》に及《をよ》ばむ

10 あなたが私の有様を尋ねて気遣ってくださる証拠として、あなたと私を隔てる雲も晴れたような気がします。○心づかひのしるし―気配りの目じるし。証拠。○雲も―底本「の」に「も」傍記。冷泉本も同じ。○おもはれにける―「おもはれ」の「はれ」は雲が「晴れ」の意。「思はれ」を掛けると考える。底本「る」に「り」傍記。冷泉本も同じ。

11 山風にも散ることなく、今日も桜は咲き匂っているよ。○小野の宮―藤原実頼。↓三。○月輪寺―山城国の愛宕山東麓にある寺。○こぼれて―（花が）。散りこぼれて。○にほふべらなる―咲き匂っているようであるよ。「旧里を別れて咲ける菊の花旅ながらこそ匂ふべらなれ」（後撰・秋下・読人不知）。

12 八重とばかり思っていた山吹は、今日は九重の花となっているよ。参考「八重ながら色もかはらぬ山吹のなど九重に咲かずなりにし」（新古今・雑上・藤原実方）。○内―内裏。宮中。○こは―これは何と。○九重―宮中。「八重」に対する語呂合わせ。

13 松ではなく、思いを掛けた藤花を手折りたくなりましたよ。○村上の御時―第六二代村上天皇の在位期間（天慶九年～康保四年）。○御灌仏―灌仏会。釈迦の誕生日の四月八日に、誕生の姿の仏像に香水を注いで祭る仏事。○承香殿の女御―徽子《きし》女王。「斎宮女御」とも。父は三品式部卿重明親王、母は太政大臣忠平女寛子。延長七年（九二九）～寛和元年（九八五）、五七歳。○藤壺の女御のは、藤の作り枝につけて―底本「松の作り枝に付け」の後に補入。○童―元服前の子供。男・女ともに言い、十歳前後の者をさす。○清げ―清潔で美しい。○松ならで―松でなくては。水辺の松に咲き掛かる藤の花は、大和絵の類型的な画題で、和歌にもよく詠まれる。また、「松」は承香殿女御の御布施を響かせる。○藤の花―「藤壺の童」の比喩。○折らまほしさに―手折りたい思って。「折る」は花などを折り取ることだが、童を我が物にする意を籠める。

この童《わらは》に、時々《ときぐ》物など言《い》ひてあり経《へ》しに、四月過《す》ぐして、罷《まか》らで帰《かへ》り参《まい》れりけるをも知《し》らざりしに、かくなん言《い》ひたりし

15 問《と》ふ人のなき奥山《おくやま》の山彦《やまびこ》はいらふるかたぞ知《し》られざりける

返《(かへし)》

16 今《いま》ぞとも言《い》はぬぞつらき山彦《やまびこ》の答《こた》へばいかに嬉《うれ》しからまし

滝口《たきぐち》の陣《ぢむ》の前《まへ》に、山吹《やまぶき》のいとおもしろきを見《み》て、女房ども、花《はな》の色《いろ》なる衣《きぬ》どもを着《き》て立《た》てりしにいひやる

17 いづかたに分《わ》きて折《を》らまし山吹《やまぶき》の同《をな》じ色《いろ》なる人の見《み》ゆれば

返《かへ》し

18 これぞともいらふる人はよにもあらじくちなし色に花《はな》し咲《さ》ければ

堀川の中宮に、中納言の君《きみ》といひて、清《きよ》げなる人さむらひ

14　松に掛かる藤花に思いを掛け、その心高さは他の誰に及ぶのでしょうか。○思ひはかけめ―思いを掛けることにしよう。○誰に及ばむ―他の誰に及ぶことがありましょうか。▽作者の誘いを柔らかく謝絶する。

15　訪ねる人がいない奥山での山彦は答えることも知らないことでしょう。○罷らで―退出せず。○問ふ人の―底本「とふ人も」の「も」に朱で「の」の校異。○山彦―木霊《こだま》。「よもやまの山の山彦なければや我が呼ぶ声に答へだにせぬ」（古今六帖・第二・作者名不記）。

16　今とさえもお答えしないで恨めしい、山彦の答えがあればどんなに嬉しいことでしょう。○つらき―恨めしい。○嬉しからまし―嬉しいことでありましょう。

17　どちらを判断して手折れば良いのでしょうか、同じ色をした人を見やることで。○滝口の陣―清涼殿の東北にある「御溝水《みかはみづ》」の落ち口近くにある、宮中守護の武士の詰め所。○いづかたに―どちらに。○分きて折らまし―判断して折ればよいのかしら。「見ゆれば」を承けて、反実仮想。

18　私はここですよと答える人は決してあるまいよ、山吹の花は梔《くちなし》色に咲いているだけに口無しで答えることは出来ない。○これぞとも―ここですよと。○よにもあらじ―決してあるまい。○くちなし色―「口無し」に掛ける。「山吹の花色衣ぬしやたれ問へど答へぬくちなしにして」（古今・雑体・誹諧歌・素性）。○花し咲ければ―底本「はなしさければ」の「し」に朱で「の」の校異。

しを、物など言《い》ひしほどに、道隆《みちたか》の少将に住《す》まれて、いくばくもなくて、訪《と》はれずなりにしを聞《き》きて、女郎花《をみなへし》の枯《か》れたる枝に付《つ》けてやる

19 女郎花《をみなへし》あきの野風《かぜ》にしを《ほ》られて今《いま》は枯《か》れぬと聞《き》くはまことか

返《(かへし)》

20 風吹《かぜふ》けばなびく尾花《をばな》にあらばこそ心《こゝろ》やすくも先《ま》づはしを《ほ》れめ

めゆきみといひて、色好《いろこの》み法師《ほうし》のむすめども、三人《みたり》ありて、みな清《きよ》げにありあへりて、承香殿の女御の御方にさぶらひて、人々《〱》にいどまれしほどに、中納言といひしは、公季《きむすゑ》の中将住《す》み、宰相の君《きみ》といひしは、さだすけの頭《とうの》中将など住《す》みてありしを、この女たち出《い》でにけりと聞《き》きて、里《さと》にお《を》の〱忍《しの》びていきたりけるを、一度《ひとたび》にいきあひて、かくもあへで笑《わら》ひて出《い》であひて、板敷《いたじき》の端《はし》に尻《しり》をかけてありし

19　女郎花は吹く秋風に生気を失われて、今は枯れてしまったと聞くが本当ですか。○堀川の中宮―堀川太政大臣兼通女媓子《こうし》。母は能子女王。円融天皇中宮。○中納言の君―女房名。未詳。○道隆の少将―底本「みちたふ」の「ふ」に「か」傍記。関白兼家の長子。後に関白。天暦七年(九五三)～長徳元年(九九五)、四三歳。○住まれて―「住む」は男が夫として女のもとに泊まること。○訪はれず―男が通うことを止めること。○女郎花―「女」の比喩。○あきの風―底本「あきのかせ」の「き」に「らきの」傍記。「飽き」を掛ける。○しをられて―生気を失われて。

20　秋風集・恋上。風に靡く尾花は気軽に萎れるのでしょうね、もし私があの人に簡単に魅せられたのでしたら萎れているでしょうが。○なびく―風などに押されて横に傾く。男に心を寄せる意を籠める。▽「秋風」の集付あり。○尾花―薄の穂。秋の七草の一。○あらばこそ―～であったなら。○心やすくも―気軽に。簡単に。▽尾花ではないので、心安く萎れはしませんという。

21　月を見るたびに夜半の秋風に涙が流れて、袖が濡れることだ。○めゆきみ―「めゆきみ」不詳。○承香殿の―底本「女御」の前に補入記号。→一三。○いどまれしほど―精勤のうちに。○中納言―女房名。未詳。公季中将が泊まっていたとある。→一九。○宰相の君―女房名。未詳。さだすけ頭中将が泊まっていたとある。○かくもぁへで―底本「かくれあひて」の「れ」に「も」、「ひ」に見せ消ちで「へ」の校異。このように我慢できずに。○中将といひしむすめ―女房名。未詳。○よしなしごと―取るに足らない事。○出し―底本「いひ」の後に補入記号。○秋風―「飽き」を掛ける。「秋風に山の木の葉の移ろへば人の心もいかがとぞ思ふ」(古今・恋四・素性)。○吹きうつし―底本「ふきうつし」の「し」に「そ」傍記。○濡れ―「露」だけでなく「涙」でも。「濡れ」「露」は「袖」の縁語。

ほどに、こゝにも中将といひしむすめにものいはんとて、いきたりしかど、かくあらはれて言《い》ひ笑《わら》ひしかば、おなじ所に集《あつま》りて、よしなしごとなど言《い》ひしほどに、夜《よ》も更《ふ》けにければ、帰《かへ》りなむとて、まかり申せしに、かくなむ言《い》ひ出《いだ》したりし

21 月見《み》るとながむるよはの秋風《あきかぜ》に露《つゆ》吹《ふ》きうつし袖《そで》ぞ濡《ぬ》れける

と言《い》ひかけたりしを、返《かへ》しせよと、これゆづりにいひしほど、久《ひさ》しうなりしかば、かくなむ

22 かひなくて有明《ありあけ》の月《つき》に帰《かへ》りなば濡《ぬ》れてや行《ゆ》かむ道芝《みちしば》の露《つゆ》

もの言《い》ひし女の家《いゑ》のかたはらに、忍《しの》びてもの言ふ女またありしに、門《かど》の前《まへ》より忍《しの》びて渡《わた》りしを、いかでか聞《き》きけむ、かくなむ言《い》へりし

23 すぎてゆく月をも何《なに》か恨《うら》むべき待《ま》つわが身こそあはれなりけれ

22 女を尋ねた甲斐もなく、有明の月を見ながら帰ってきたので、路傍の露に濡れてしまうだろう。○これゆづりに―人に任せて。人伝ての意。○かひなくて―女のもとに出掛けた甲斐もなく。○道芝の露―路傍の草に置いた露。「消え返りあるかなきかの我が身かな恨みて帰る道芝の露」（小大君集）。

23 後拾遺・恋二。過ぎてゆく月をどうして恨むことが出来ようか、あなたの来ることを待っている我が身の方があわれですよ。○門の前より―「より」は経過を表す。他の女に通うために、前からの女の家を簾通りする「前渡り」をしたが、その女に気取られてしまったという。○すぎてゆく月―「あなた」の比喩。▽「後」の集付あり。

返《かへ》し

24 杉《すぎ》立《た》てる門《かど》ならませば訪《と》ひてまし心《こゝろ》のまつはいかゞ知《し》るべき

とて、鼻《はな》吹《ふ》く、

他本　右大臣道長《みちなが》の卿の御《み》女《むすめ》、内《うち》に参《まい》り給《(たまふ)》とて、屏風調《てう》ぜらるゝに、歌どもさるべき人選《えら》びて詠《よ》ませ給《たま》ふ、内《うち》に奉《たてまつ》りし歌、春《はる》のはじめに、松《まつ》の木のかたはらに梅花さける所に

25 折《お》りてくる梅《むめ》の初枝《はつえ》の花《はな》ならで松《まつ》のあたりに春《はる》を見ましや

柳ある所

26 うちなびき春《はる》立《た》ちにけり青柳《あをやぎ》のかげふむ道《みち》に人《ひと》のやすらふ

笛吹《ふ》く所

27 笛《ふえ》の音《ね》は澄《す》みぬなれども吹《ふ》く風《かぜ》になべても霞《かす》む春《はる》の空かな

網引《あみひ》く所

24　後拾遺・恋二。杉を門に掲げていれば尋ねることとですよ、あなたに待つ心があることをどのように知ることが出来るというのでしょう。○杉立てる門―苧環伝説の「我が庵は三輪の山本恋しくはとぶらひ来ませ杉立てる門」（古今・雑下・読人不知）に拠る。○心のまつ―「杉」の縁で言い、「待つ」を掛ける。「杉立てる宿をぞ人は尋ねける心の松は甲斐なかりけり」（拾遺・恋四・読人不知）。▽「後」の集付あり。

25　手折る梅の初枝であれば、松のあたりに春を見ることとだろうに。○鼻吹く―くしゃみする。「はなひる」とも。○調ぜらる―調達されたところ。○内に参り―宮中に参ること。○花ならで―花ではなくて。「花ならで折らまほしきは難波江の蘆の若葉に降れる白雪」（後拾遺・春上・藤原範永）。▽屏風歌らしく「松（皇室）」を言祝ぐ。→補注。

26　春が立ち靡く青柳の陰を踏みながら、人が休むのだろうか。参考「橘の影踏む道のやちまたに物をぞ思ふ妹に逢はずして」（万葉・巻二・三方沙弥）。○うちなびき―「春」に掛かる枕詞だが、青柳の靡く様を想起させる。「青柳」と縁語。○やすらふ―底本「やすらん」の「らん」に「らむ」傍記。足を止めて新緑の青柳を鑑賞する態。

27　笛の音は澄んでいるが、総じて空吹く風に霞んでいる春の空よ。○澄みぬなれども―澄みきっているけれども。○なべても―おしなべて。総じて。

28 水底《みなそこ》に沈《しづ》める網《あみ》もあるものを影《かげ》も留《とゞ》めず帰《かへ》る雁《かり》がね
海《うみ》づらなる家に人の来《き》たる

29 わが門《ゝど》に立《た》ち寄《よ》る人は浦清《きよ》み波《なみ》こそ道《みち》のしるべなりけれ
渚《なぎさ》のつらに家《か》作《つく》りて、翁《おきな》女住《す》む所

30 もろともに年《とし》をふる身の浦《うら》なれて渚《なぎさ》の宿《やど》に老《お》いにけるかな
浜《はま》づらに立《た》てる松《まつ》の下《した》に、落《お》ちつもれる松葉《まつば》掻《か》き取《と》る人あり

31 かきつむる浜《はま》の松葉《まつば》は《、》年《とし》をへて木高《こだか》くはらふ風《かぜ》をこそ待《ま》て
島《しま》のほとりに舟《ふね》さし出《い》づ

32 幾《いく》雲ゐ過《す》ぎてゆくらん吹《ふ》く風《かぜ》に遠《をち》の島根《しまね》を伝《つた》ふ浮《うき》舟
山の桜《さくら》を見《み》る人あり

33 いかでとくわが思《おも》ふ人に告《つ》げやらん今日《けふ》と山辺《やまべ》の花《はな》のさかりを
野《の》に雉《きじ》あるを見ていく人あり

28 水底に沈む網もあるのに、影を留めることなく帰ってゆく雁だよ。○あるものを―あるのだけれども。あるのに。○影も留めず―全く影も留めることもなく。「夏の夜は水増さればや天の川流るる月の影も留めぬ」（続後撰・夏・読人不知）。○帰る雁がね―春になると越路に帰ってゆく雁。

29 私の家に立ち寄る人は浦が青いので、波こそが道しるべとなることだ。○海づら―海辺。○浦清み―浦が清いので。

30 諸共に年老いてゆく浦に住み慣れて、渚近くで老いてしまったよ。○つら―ある物に面したり、近接する所。○浦なれて―浦に住み慣れて。

31 松葉を掻き集めることに年月が経ち、今の松は木高く吹き払う風を待つよ。○浜づら―浜に面していること。○松葉は―底本「まつは、」の「、」に朱で「ら」の校異。ただし、底本本文を採用。○木高く―木が高く茂っているさま。「音羽山木高く鳴きて郭公君が別を惜しむべらなり」（古今・離別　紀貫之）。○風をこそ―底本「かせにこそ」の「に」に「を」傍記。

32 （舟は）どれほど雲を通り過ぎて行くのだろう、遠くには島に沿って浮かぶ舟が見えるよ。○幾雲ゐ―幾重もの雲で隔てられているさま。「いかばかり空を仰ぎて歎くらん幾雲居とも知らぬ別れを」（後拾遺・別・読人不知）。○島根―島。「ね」は接尾語。○伝ふ―ある物に沿って移って行く。

33 どうにかして早く私の思いを告げたいと思う、今日の外山に咲く花の盛りを。○いかでとく―どうにかして早く。○と山辺―人里に近い里あたり。「深山辺」の対。自分の思いの比喩。

34 御狩《みかり》にもわれはゆかねば春霞《はるがすみ》立《た》つ野《の》の、鳥《とり》をよそにこそ見《み》れ

蘆《あし》の中《なか》に綱手《つなで》引く人あり

35 蘆繁《あししげ》き浦《うら》にたゆたふ綱手縄《つなでなは》なが〱し日《ひ》をくらす舟《ふな》人

桜花さかりなる山辺をゆく人あり

36 たとへても何《なに》かは人に語《かた》るべき折《お》りてやゆかむ深山辺《みやまべ》の花

水のほとりの山吹《やまぶき》

37 山吹《やまぶき》のかげを汀《みぎは》にたゝみつゝ波《なみ》の底《そこ》にや幾重《いくへ》なるらむ

岸《きし》にかゝれる藤《ふぢ》の花《はな》

38 風吹《かぜふ》けば岸《きし》に波《なみ》よる藤《ふぢ》の花深《はなふか》くも見ゆる春《はる》のかげかな

春《はる》、旅ゆく人

39 春《はる》の野にたびの心《こゝろ》はなぐさめつ待《ま》つらん妹《いも》が宿《やど》を《お》しぞ思《おも》ふ

人の家の、主《あるじ》ばかりのあるに、花のいとおもしろく咲《さ》きたるを見て

34 御狩りに行かないので、春霞の立つように飛び立つ鳥に近づくことは出来ない。○春霞―(春霞が立つというところから)「立つ」と同音の地名「竜田」などに掛かる。「立つ」や「花の散ることや侘びしき春霞竜田の山の鶯の声」(古今・春下・藤原後蔭)。

35 葦が茂る浦に綱で繋がれている小舟のように、長い日を送る舟人よ。○綱手―船につないで引く綱。「綱手縄」とも。○たゆたふ―底本「たゆてふ」を修訂。定まる所なく揺れ動く。「琴の音に引き止めらるる綱手縄たゆたふ心君知るらめや」(源氏物語・須磨・五節)。○なが〱し―底本「なが〱しき」の「き」に見せ消ち。

36 何に喩えてもどうして語ることが出来よう、深山に咲く花を手折りながら行こう。○山辺―底本「山をへたて」の「を」に「へ」の校異、「へたて」に見せ消ち。○たとへても―何物に喩えても。○何かは〜語るべき―どうして語ることが出来ようか。「はちす葉の濁りにしまぬ心もて何かは露を玉とあざむく」(古今・夏・遍昭)。

37 山吹の映る影を汀に見つめながら、波の底に幾重にもどうして重なって見えるのだろうかと思う。○幾重なるらむ―どうして幾重も重なって見えるのだろうか。▽山吹が波の底に幾重にも見えることを訝しむ。

38 風が吹くと岸に寄る波に見える藤花を、春の模様が深くなったと感じることだ。○岸に波よる―藤花の風に靡くさま。○春のかげ―春の日の光。春の模様。

39 春の野に旅人の心は慰められたが、私を待っている人の宿を思う。○待つらん妹―私を待っているであろう恋人。

40 何の甲斐もなく咲いた花なのだろうか、都人が通うことのないこの宿のあたりは。○いたづらに―何の甲斐もなく役に立たないさま。○都人―都を離れて旅中にあっての慣用的表現。「都人いかがと問はば山高み晴れぬ雲居にわぶと答へよ」(古今・雑下・小野貞樹)。

40 いたづらに咲《さ》きつる花《はな》か都《みやこ》人かよふともなき宿のあたりに

山川にて月見《み》る人あり

41 見る人《ひと》の心《こゝろ》もゆきぬ山川《やまがは》の影《かげ》をやどせる春《はる》の夜《よ》の月

賀茂《かも》に詣《まう》でて、下《しも》の御社《みやしろ》にて

42 神山《かみやま》の柞《はゝそ》のもみぢいちしるくわが思《おも》ふことを照《て》らすなるべし

上《かみ》の御社《みやしろ》にて

43 いさぎよき御手洗川《みたらしがは》の底深《そこふか》く心《こゝろ》を汲《く》みて神《かみ》は知《し》らなむ

北野《きたの》に詣《まう》でて

44 祈《いの》り請《こ》ふことのしるしと北野《きたの》なる上《うへ》の垣根《かきね》の松《まつ》ぞ見えける

菊《きく》の霜枯《しもが》れたるを見《み》て

45 百草《もゝくさ》の花《はな》の中《なか》には久《ひさ》しきをかくしも枯《か》れん本《もと》とやは見《み》し

山里《ざと》に、松《まつ》の小枝《さえだ》の氷《こほ》りたるを見《み》て

46 宵《よひ》さえし松《まつ》の小枝《さえだ》を見わたせばよその鏡《かゞみ》と朝氷《あさごほり》見《み》ゆ

41 見る人の心も晴れることだ、山川に影を映す春夜の月を見て。○心もゆきぬ―心が晴れる。○山川―山中を流れる川。

42 神山のブナの色づきがはっきりとし、私が祈ることを照らすに違いない。参考「佐保山の柞の紅葉散りぬべみ夜さへ見よと照らす月影」（古今・秋下・読人不知）。○賀茂―上賀茂と下鴨の総称。○下の御社―鴨御祖社（下鴨）。祭神は賀茂建角身命《かもたけつぬみのみこと》・玉依媛命《たまよりひめのみこと》。○神山―山城国。上賀茂神社の北にある山。○柞―ブナ科の落葉高木、楢や櫟などの総称。○いちしるく―明白に。はっきりと。

43 清らかな御手洗川の底に、神も祈る人々の心を知ってほしいことだ。○上の御社―賀茂別雷社（上賀茂）。祭神は賀茂別雷命《かもわけいかずちのみこと》。○御手洗川―本来は神社の傍らを流れ、参拝者が手を清め口を濯ぐ川。特に賀茂の御手洗川は歌枕。○知らなむ―神も知ってほしいことだ。

44 人々の祈り願うことの徴と、北野の上の垣根の松が見えることだ。○北野―山城国。北野天満宮。祭神は菅原道真。○祈り請ふ―神に祈り願う。○しるし―証拠となるもの。

45 百草の中では菊は長く咲いているが、このように霜で枯れてしまうことを想像しただろうか。○百草―いろいろな花。○しも枯れん―「しも」は「霜」と掛詞。霜で枯れてしまうであろう。「霜枯れに見えこし梅は咲きにけり春には我が身逢はむとはすや」（拾遺・雑秋・紀貫之）。○本―起源。

46 冷たくなった宵に松の凍った小枝を見ると、自分とは関係のない鏡と見ることが出来る。○よそ―自分とは関係ないこと。○鏡―「氷」の比喩。「谷川の淀みに結ぶ氷こそ見る人もなき鏡なりけり」（金葉・冬・源有仁）。○見ゆ―「見る」の未然形に自発・可能・受身の意の助動詞「ゆ」。見ることができる。

世中《(よのなか)》はかなきことを思《おも》ひて

47 時《とき》にあふわが身の春《はる》にあらねども風待《かぜま》つ花《はな》の心地《こゝち》こそすれ

花の散《ち》るを見て

48 立《た》ち隠《かく》す霞《かすみ》の間《ま》より散《ち》る花《はな》は風《かぜ》の心《こゝろ》をつゝむなるべし

忍《しの》びたりし女の、まだうちとけぬもとに言《い》ひやりし

49 冬ごもり結《むす》びし水のなごりにてえもうちとけぬ春《はる》にもあるかな

花の散《ち》るを見《み》て

50 散《ち》る桜《さくら》あだにも見《み》えず人《ひと》の世《よ》もわが身も花《はな》に咲《さ》かぬばかりぞ

ある人の家に、橘の栄《さかへ》えたるを見《み》て

51 橘《たちばな》の立《た》ち栄《さかへ》えたる台《うてな》より身のなりいづる時《とき》にあへるか

山田《だ》といひし所に、ある人住《す》みしに

52 君《きみ》が住《す》む山田の里《さと》は憂《う》かりけり峰《みね》の白雲《しらくも》隠《かく》すと思《おも》へば

桜《さくら》の花のおもしろきにつけて、ある女のもとに

47　時勢に合っている我が身の春ではないけれど、風を待つ花の気持ちをはかなくも感じることだ。○時にあふ―時勢に合う。○風待つ花―「花」の擬人化で、自分を散らせる風を待つという不安な気持ち。▽「わが身の春」とこの「花の心地」は対をなす。

48　全てを包み隠す霞の間から散る花は、風の心を包んでいると感じることだ。○霞の間―「散る」「洩る」などの零れる霞の隙間。「山桜霞の間よりほのかにも見てし人こそ恋ひしかりけれ」（古今・恋一・紀貫之）。○つゝむ―包み隠す。

49　冬籠もりで凍った氷の名残と、全く打ち解けることのない春のように感じるよ。○たりし―底本「たりし」の「りし」に見せ消ちで「る」の校異。○もと―底本「もと」に見せ消ち。○冬ごもり―「打ち解けない女」の比喩。○えも〜ぬ―どうも〜できない。▽「春」は「打ちとけぬ女」の比喩で、「冬籠もり」と同義。

50　散る花をはかないことだと感じることはないが、人の世も我が身も何も花のように咲かないだけだ。○あだにも見えず―はかないものと見えない。○花に咲かぬ―花のように咲かない。▽「人の世」も「わが身」も咲くことがないので、「散る花」は逆にはかないと思えない。

51　橘の咲き乱れる台を得たが、わが身の成功を収める時を想像できただろうか。○台―見晴らしのきく高い建物。○より―よりも。比較する規準を示す。○なりいづる―成功を収める。○あへるか―底本「いへなる」の「い」に「あ」の傍記。思いを凝らす。▽橘は懐旧の意を示すことから、「成り出づる」時を引き合いに出す。

52　君が住んでいる山田の里はもの憂く感じられる、峰の白雲が隠すと思うと。○山田―普通名詞。山を切り開いて作った田。○峰の白雲―「花」の比喩。「山桜咲きぬる時は常よりも峰の白雲立ちまさりけり」（後撰・春下・読人不知）。▽山田は荒涼たる様子を示す。

53 へだてたる霞《かすみ》の間《ま》より散《ち》る花《はな》は忍《しの》ぶにあまる心《こゝろ》とを見よ

前《まへ》の常夏《とこなつ》を見《み》て

54 朝《あさ》な〳〵わがしめゆひし撫子《なでしこ》の生《お》ふるにつけてものぞ悲《かな》しき

人のもとより、梔子《くちなし》を請《こ》ひにお《を》こせたりしかば

55 いらふべき方《かた》こそなけれともかくもいかに答《こた》へむくちなしにして

人の家の竹《たけ》の枯《か》れたるを見《み》て

56 ときはなる竹《たけ》の緑《みどり》も限《かぎ》りあればわが身《み》の果《は》てはいつぞとのみぞ

ある人の、紅葉《もみぢ》見にとのたまへりし後《のち》、久《ひさ》しう音《をと》もなかりしかば

57 頼《たの》めずはゆきて見《み》るべきもみぢ葉《ば》を世《よ》にもあらしに残《のこ》りしもせじ

返《かへし》

53 私を隔てる霞の間より散る花は、恋心を包み隠してもまだ溢れることだ。○霞の間―「散る」「洩る」などの零れる霞の隙間。「山桜霞の間よりほのかにも見てし人こそ恋ひしかりけれ」（古今・恋一・紀貫之）。○忍ぶにあまる―恋心を包み隠してもまだ溢れる。

54 朝ごとに私が占有する撫子は生長するにつれ、子を思い出させ悲しく感じる。○常夏―撫子の古名。○朝な〳〵―朝毎に。○しめゆひし―「標め結ふ」は縄を張り巡らすなどして、占有であることを主張すること。○撫子―秋の七草の一つ。初秋の山野に淡紅色の花を開く。「愛しい子」の意を響かせる。

55 答える方法が無い、とにかく梔は口無しなので答えることが出来ない。○梔子―アカネ科の常緑低木。夏、白色の花を開き、芳香がある。○方―手段。○ともかくも―とにかく。○くちなし―「梔子」を掛ける。「山吹の花色衣ぬしや誰問へど答へず口無しにして」（古今・雑体・素性）。

56 常緑の竹の緑にも限りがあるので、たけを見るに付けて我が身の果てはいつであろうかと思う。○竹の緑―色の変わらないことの喩え。「白雪は降り隠せども千代までに竹の緑は変らざりけり」（拾遺・雑賀・紀貫之）。○限り―果て。▽通常一年性で、開花までに数十年を要するが花咲きて後に、一連の地下茎連なる桿は全て枯死する。

57 私があてにさせなかったら紅葉を見に行こうと思うが、世には生きていたくないと嵐なのか残ってしまうことがない。○頼めずは―私があてにさせなかったら。○世にもあらし―どんなことがあっても生きていたくない。「あらじ」に葉を散らせる「嵐」を掛ける。○残りしもせじ―残ってしまうこともするまい。

58 限《かぎ》りある秋《あき》の紅葉《もみぢ》は散《ち》りぬとも君《きみ》が千歳《ちとせ》の松《まつ》をこそ見め

初《はじ》めて人のもとへ遣《や》る

59 水隠《みごも》りの沼《ぬま》の岩垣《いはかき》つゝめどもいかなるひまに濡《ぬ》るゝ袂《たもと》ぞ

五月の内《うち》の御格子《かうし》ありしに、物などいひて、まだ親《した》しくもあらざりし女房の、声《こゑ》を聞《き》きて、御格子《みかうし》を開《あ》けて出《い》でしに、言《い》ひやりし、そのほど時鳥《ほとゝぎす》鳴《な》く

60 いづちとか鳴《な》きわたるらん時鳥《ほとゝぎす》御垣《みかき》の原《はら》もまだ明《あ》けぬ夜《よ》を

返（かへし）

61 天《あま》の戸《と》をあけてぞ出《い》づる時鳥《ほとゝぎす》言語《ことかたら》はむ人しなければ

清涼殿御前の梅花の、いとおもしろく散《ち》りし折《をり》に、殿上人を召《め》して、花の下《した》にて御遊《おほむあそ》びあり、歌など詠《よ》ませ給《たまふ》うしに

62 笛《ふえ》の音《ね》に落《を》つるを見《み》れば梅《むめ》の花春《はなはる》の調《しら》べと思《おも》ふなるべし

58 限りのある秋の紅葉は散ってしまったとしても、君の変わらない千歳の松をみたいものだ。○散りぬとも―散ってしまったとしても。○千歳の松―千年も続く不変の松。「君」の変わらぬ恋心の比喩。

59 新古今・恋一。水中に隠れた沼の岩垣は包み隠しても、どのような隙間に袂の涙に濡れるのだろうか。○水隠り―水中に隠れること。○石垣―垣根のように沼を取り囲んでいる岩。○ひま―物と物との隙間。○濡る、袂―あなたを思って流す涙の比喩。

60 時鳥はどうしてずっと鳴いているのだろうか、外の築垣も明けないのに。○格子―底本「かうし」に「とのゐに」の傍記。○声を聞きて―底本「こゑして」の「し」に見せ消ちで「をきゝ」の傍記。○鳴きわたるらん―どうしてずっと鳴いているのだろうか。○時鳥―女房の比喩。○御垣の原―吉野離宮に属する原。転じて、皇居の外郭をなす築垣付近の原。「九重の御垣が原の小松原千代をばほかのものとやは見る」（金葉三・春・源経信）。

61 時鳥は自ら内裏の戸を開けて出たのだろうか、親しく語る人もないので。○天の戸―天上の渡り道。転じて内裏の戸。○言語はむ―男女が親しく語り合う。

62 笛の音が梅の花上に落ち来るのを見聞きすると、正に春の調べと感じさせる。○御遊び―底本「おほむあそびに」の「に」に見せ消ちで「あり」の校異。「御遊び」は管絃などの楽しみのこと。○春の調べ―春の風趣にふさわしい雅楽の調子。「双調」のこと。

新嘗会に、小忌《おみ》にあたりて、五節の所にありて、ある女いみじくも見え《へ》ぬるかなといへりしかば、日陰《ひかげ》に付《つ》けて、言《い》ひやりたりし

63 日影《かげ》さしをとめの姿《すがた》見《み》てしより上《うは》の空《そら》なるものをこそ思《おも》へ

女、返《(かへし)》

64 天照《あまて》らす日影《かげ》なりとも九重《こゝのへ》のうちつけなりや人の心《こゝろ》よ

堀川の中宮の、内《うち》にさぶらひ給《(たまひ)》しに、上《うへ》の御局《つぼね》の、黒戸《くろど》の前《まへ》の遣《やり》水のほとりに、九月九日菊《きく》をうゑ《へ》て、女房たちの花《はな》もてあそびける折《をり》に、前《まへ》を渡《わた》れば呼《よ》び寄《よ》せて、近《ちか》く寄《よ》れもの言《い》はんといへば、何心《なにごゝろ》なく寄《よ》りたれば、直衣《なをし》の褄《つま》をとらへて、女房の衣《きぬ》の裾《すそ》に結《むす》び合《あは》せて、歌を十首くちぐ〳〵によみかけしかば、ねぢけず返《かへ》しはてて、いまは許《ゆる》し給へといひしほどに、宮をかしがらせ給《(たまひ)》て、東面《おもて》の戸口《とぐち》に召《め》

63 日の光が差す中で「ひかげのかづら」をかざす五節の乙女姿を見てから、内裏ではないが上の空に物思いをすることだ。〇新嘗会―「にひなめのまつり」に同じ。陰暦十一月の中の卯の日、その年に採れた新穀を皇祖はじめ神々に供え、天皇自らも召し上がる儀礼。〇小忌―新嘗会などの時、官人が斎戒をして「小忌衣」を着て神事に奉仕すること。新嘗会の小忌。〇五節―新嘗会などに際して、陰暦十一月の中の丑の日から「豊の明かりの節会」のある辰の日までの行事。底本「新大嘗会」の「大」に見せ消ち。不審。〇をとめの姿―「五節の舞」を舞う舞姫。〇上の空なる―心がある事に奪われて落ち着かないこと。

64 天照らす日の光のような「ひかげのかづら」であっても、宮中では突然すぎますよ、あなたの御心は。〇天照らす―天で照っておられる。〇うちつけなり―前触れなく、ふと突然に起こるさま。「内裏」を掛ける。「郭公人まつ山に鳴くなれば我うちつけに恋ひまさりけり」（古今・夏・紀貫之）。

65 咲いてみると、自分とは関係のなく見える菊の花よ、あなたが交わす十首を聞くと誠に風流人と思うことだ。〇堀川の中宮→一九。〇黒戸―清涼殿の萩の戸の北廂から、弘徽殿に至る北廊の細長い部屋の名。〇衣の裾に結び―底本「きぬにつなかひ」に「のすそにむすひ」の傍記。〇十首―底本「歌を」の後に補入記号。〇ねぢけず―筋を違えず。〇かしがらせ―「憔悴《かし》ぐ」は痩せ衰えて、生気がなくなる。〇さきぬれば―底本「ひらくれば」の「ひらく」に見せ消ちで「さきぬ」の校異。〇下句―底本「すきものとけふそしりぬる」に「あまつくもゐのほしにまかへて」傍記。ただし、返歌「花により好くとや人の」とあるから、底本本文が妥当か。〇すきもの―風流人。

して、笛《ふえ》など吹《ふ》かせさせ給《たまひ》て、かくなむ仰《おほ》せ事《ごと》ありし

65 さきぬればよそにこそ見《み》れ菊《きく》の花《はな》げにすきものと今日《けふ》ぞ知《し》りぬる

御返《おほんかへし》

66 花《はな》により好《す》くとや人の思《おも》ふらん心長《こゝろなが》さは君《きみ》のみぞ見む

十《とを》の歌《うた》

67 植《う》ゑて見るにほひことなる菊《きく》の花折《はなお》る人《ひと》からの色《いろ》とこそ見《み》れ

返《かへし》

68 昔《むかし》より齢《よはひ》を延《の》ぶときくの花久《はなひさ》しき色《いろ》は君《きみ》こそは見《み》め

女

69 この秋《あき》は九重《こゝのへ》に咲《さ》く菊《きく》なれば枯《か》れしもせじと思《おも》ほゆるかな

返《かへし》

70 きくならで訪《と》へとも君《きみ》は思《おも》ふらんかくなつかしく折《お》るにつけて

66 花によって風流にふけると他人は思うことだろうが、私の心長さは君だけが知っているよ。○心長さ―心に持ち続ける根気の長さ。「君を思ふ心長さは秋の夜にいづれ勝ると空に知らなん」(後撰・恋四・源是茂)。

67 菊の花を植えてみると、それぞれ魅力が違うと手折る人によって風情が見えるよ。○十の歌―詞書の異文「歌十首」に拠る。○にほひことなる―匂いが違っている。「紫の匂ひことなる菊の花初霜よりも分きて置きけん」(上東門院菊合・一番右・伊与中納言)。○折る人からの―花を折る人によっての。

68 昔から齢を延べるという菊の花、長く咲く魅力を君だけは見ることだ。○きくの花―齢を延ぶと「聞く」に掛ける。「折る人は齢を延ぶと聞くなへに散ること知らぬ菊の花かな」(道済集)。

69 この秋は宮中に咲く不変の菊なので、枯れることは決してあるまいと思う。○九重に咲く―宮中に咲くことから、永久不変を連想する。○枯れしもせじ―枯れることなど決してあるまい。

70 菊の花ではないが聞くだけでなく、懐かしく手折ることを思うことだろう。○きくならで―「菊」に「聞く」を掛ける。「聞くにだに露けかるらん人の世を目に見し袖を思ひやらなん」(後撰・哀傷　藤原清正)。

も

女

71 薫《かほ》るかや君《きみ》が袂《たもと》に染《そ》みぬらん心《こゝろ》お《を》くべき人もこそあれ

返《かへし》

72 菊《きく》の花香《はなか》をむつましみおほかたはとがむばかりの身《み》にも染《し》まなむ

女

73 君《きみ》が折《お》る花《はな》は色《いろ》にも見《み》ゆるかな露《つゆ》に心《こゝろ》やお《を》かるべらなる

返《かへし》

74 花《はな》の色《いろ》をお《を》きにほはせば露《つゆ》ばかり人に心《こゝろ》を何《なに》かお《を》かなむ

女

75 雪《ゆき》かともあやまたれぬる色《いろ》なればかばかりにこそまかせざりけれ

71　花の香が君の袂に沁みこんでしまったと思うが、心に隔てをおく人も居るであろう。

○薫るかや—薫ることがあろうか。○心おくべき—心に隔てをおくであろう。「今ははや打ち解けぬべき白露の心置くまで夜をや経にける」（後撰・秋中・大輔）。

72　菊の花は香を馴れ親しむので、大体は非難するほどに咎めるだけの身に沁んでほしい。○むつましみ—形容詞語幹に「み」がつくミ語法。「〜を〜み」の形で、「〜が〜なので」の意。「秋の野に宿りはすまし女郎花名を睦ましみ旅ならなくに」（古今・秋上・藤原敏行）。○とがむばかり—非難するほどに。「梅花よそながら見む我妹子が咎むばかりの香にもこそ染め」（後撰・春上・読人不知）。

73　君が手折る花は華やかな情趣を感じさせる、あなたは露に心が置かれているようだ。○色—華やかな情趣。○おかるべらなる—置かれているようだ。「べらなる」は推量の意。

74　花の情趣を醸し出すので、わづかばかりどうにか心を置きたいと思う。○にほはせば—底本「にほはさば」の「さ」に「せ」の傍記。○露ばかり—わずかばかり。○おかなむ—底本「をかなむ」の「な」に「れ」傍記。

75　雪と間違われる情趣なので、香だけでもその情趣に任せることはないことだ。参考「心あてに折らばや折らむ初霜の置き惑はせる白菊の花」（古今・秋下・凡河内躬恒）。○雪—底本「ゆき」に「しも」傍記。○色なれば—底本「いろなれは」の「は」に「と」傍記。○まかせざりけれ—底本「まかせさりけれ」の「せ」に「は」傍記。

返《（かへし）》

76 植《う》ゑ《へ》てみるところの名にも似《に》ぬものは黒戸《くろど》に咲《さ》ける白菊《しらぎく》の花《はな》

女

77 水《みづ》の面《をも》に影《かげ》ぞうつれる菊《きく》の花《はな》色《いろ》の深《ふか》さを見《み》するなるべし

返《（かへし）》

78 水底《みなそこ》に影《かげ》をうつせば菊《きく》の花《はな》しのび〳〵に波《なみ》や折《を》るらむ

女

79 うつろはむ色をば君《きみ》にまづ見《み》せん花心《はなごころ》なるけしきなるべし

返《（かへし）》

80 おぼつかないかにうつろふ心《こゝろ》ぞはこれは久《ひさ》しき花《はな》とこそ見《み》れ

女

81 銀《しろかね》と黄金《こがね》の色《いろ》にさしまがふ玉《たま》のうてなの花《はな》にぞ有《（あり）》ける

返《（かへし）》

76 植えてみるに何も似るところはない、黒戸に咲いている白菊の花だから。○黒戸→六五。▽霜の白さに紛うという贈歌に対して、黒戸に咲く白菊は何も似ることがないと答える。「黒」と「白」の対比で言葉遊び。▽「万代」の集付あり。

77 水の面に映る菊の花は色の濃さと水深を見せるに違いない。参考「水底の色さへ深き松が枝に千歳をかねて咲ける藤浪」（後撰・夏・読人不知）。○色の深さ―色の濃さと水深を兼ねる。○見するなるべし―見させることであろう。

78 菊花は水の底に形を映すので、ひそかに隠れて波が手折っているのだろうか。○しのび〳〵に―ひそかに隠れて。○波や折るらむ―波が折っているのだろうか。

79 移ろってゆく色を君にまづ見せよう、変わりやすい心にちがいないから。○花心―変わりやすい心。移り気。「昔よりうち見る人に月草の花心とは君をこそ見れ」（古今六帖・第六・作者名不記）。○けしきなるべし―底本「なるべし」の「へ」に「ら」傍記。

80 はっきり摑めないことに、どんなに移ろう心なのか、それは長い間咲く花なのだから。○花とこそ見れ―底本「こそみれ」の「みれ」に「きけ」傍記。

81 銀と黄金の色にもよく似て間違われる、華美を尽くした花なのだよ。○銀と黄金―雅なるものの素材。「銀も黄金も玉も何せむに優れる宝子にしかめやも」（万葉・巻五・山上憶良）。○さしまがふ―よく似ていて間違える。○玉のうてな―「玉台」の訓読。華美を尽くした殿舎。

82 菊の花は色も香もどうして宝なので、それを夜ごと露が隠し置いたのだろうか。○色

82 色も香《か》も宝《たから》なればや菊《きく》の花《はな》よな〳〵露の隠《かく》しおくらん《を》

女

83 誰《たれ》ごとに植《うへ》ゑてけるかな百敷《もゝしき》の大宮《おほみや》に咲《さ》く千代《ちよ》のきく花《はな》

返《かへし》

84 九日《こゝぬか》の九重《こゝのへ》に咲《さ》く花《はなゝ》なれば久《ひさ》しき時《とき》のためしにを見《み》よ

女

85 岩代《いはしろ》の野中《なか》の松《まつ》にたがへてや花《はな》の袂《たもと》に結《むす》びとめけむ

返《かへし》

86 白妙《しろたへ》の花《はな》のたもとの露《つゆ》ならでいかに結《むす》べば心解《こゝろと》けぬぞ

清涼殿の御前《まへ》の桜《さくら》の、いみじくおもしろく散《ち》りたるを、殿上より、宿直《とのゐ》していと疾《ゝ》くまかづるに、承香殿女房の下《お》りて、人見《み》ぬ間《ま》にとて、散《ち》りつもれる花を袖《そで》につゝみて入《い》るを見《み》て、いひやる

大弐高遠集

も香も―花の特長である色と香り。「色も香も同じ昔に咲くらめど年経る人ぞ改まりける」（古今・春上・紀友則）。〇ばや―（活用語の已然形に付いて）。～なのだろうか。

83 誰彼ごとに植えたというのだろうか、大宮に咲く千代まで続くと聞く、菊の花を。〇百敷の―「大宮」に掛かる枕詞。〇大宮―皇居の尊称。〇千代のきく花―底本「ちよのきくはな」の「の」に「と」傍記。「きく」は千代と「聞く」と「菊」の掛詞。千代まで続くと聞く、菊の花。

84 重陽の節句に宮中で咲く花は、千代という長い時間の例として見てごらんなさい。〇九日―九日の節句、つまり陰暦九月九日の重陽の節句のこと。「長月の九日ごとに摘む菊の花も甲斐なく老いにけるかな」（拾遺・秋・凡河内躬恒）。〇九重―宮中。〇久しき時―長い時間。贈歌の「千代」のこと。

85 岩代の野中に生えている松と間違えて、花の袂に涙として結び留めたのだろうか。〇岩代の野中の松―「岩代」は紀伊国。心が鬱々とすることの比喩。「磐代の浜松が枝を引き結びま幸くあらばまた帰り見む」（万葉・巻二・有間皇子）。〇花の袂―恋歌などに詠まれる「袖の涙」を擬人化し、菊に転用した。

86 真白い花の袂に置く露ではないので、どのように結べば心打ち解けないのだろうか。〇白妙の―「袂」に掛かる枕詞。〇露ならで―露ではなくて。露以外に。〇心解けぬ―心が打ち解けないのだろうか。

87 桜花は鶯の心を知らないで、今朝移り気な人の袖に親しくなったことだ。〇清涼殿―天皇の常にお住まいになった殿舎。〇承香殿―平安京内裏の後宮七殿の一つ。内宴や御遊が行われた。〇あだ人―移り気な人。「植ゑてみる我は忘れであだ人にまづ忘らるる花にぞ有りける」（後撰・恋一・大輔御）。〇むつる、―打ち解けて親しくする。

87 うぐひすの心《こゝろ》もしらで桜花《さくらばな》今朝《けさ》あだ人《ひと》の袖《そで》にむつるゝ

返《（かへし）》

88 鶯《うぐひす》のとがむばかりも思《おも》ほえず踏《ふ》み散《ち》らしてし花と見《み》しかば

色好《いろこの》みし人のもとにいきたりしかば、ものなど言《い》ひて、帰《かへ》りなむと言《い》へば、せめてとゞめしかば、とゞまりてありしほどに、例聞《れいき》ける人の、門《かど》を叩《たゝ》きて来《こ》しかば、ことかたより出《い》でて行《ゆ》くほどに、矢《や》の鳴《な》る音《をと》のせしかば、おそろしく思《おも》ひて、またの日いとゝく、梅《むめ》の花《はな》の散《ち》りたる枝につけて、言《い》ひやりし

89 おほかたに散《ち》ると見《み》しだに惜《お》しけくに矢風《やかぜ》にさへも花《はな》の散《ち》るかな

返《（かへし）》

90 春《はる》の夜《よ》の風《かぜ》はのどかに吹《ふ》くものをあやなく花《はな》のまだき散《ち》るらむ

88 鶯が咎めるとは思わないが、思い掛けなく踏み散らした花と見ましたので。参考「桜花疾く散りぬとも思ほへず人の心ぞ諷も吹きあへぬ」（古今・春下・紀貫之）。○思ほえず—思いがけなく。○花と見しかば—花と見たので。

89 概して散るとばかりに見ることすら惜しいことなのに、矢が飛んでゆく時に起こる風にも花が散ることだなあ。○せめて—頻りに。○例聞ける人—いつも噂に聞いていた人。○ことかた—別の方。○矢の鳴る音—矢を射る音。○惜しけくに—惜しいことに。○矢風にさへも—底本「たにも」に「さへも」傍記。矢風は射放した矢が飛んで行く時に起こる風。○花の散るかな—底本「らん」に「かな」傍記。

90 春夜の風はのどかに吹くものだが、花はどうして訳も分からず早くも散るのだろうか。○吹くものを—吹くのだけれども。○あやなく—訳も分からず。○まだき—早くも。

堀川の中宮に、馬《むま》こそといふ人さぶらひけり、故《ゆへ》ありて、琴《こと》をかしう弾《ひ》き、声《こゑ》いとおもしろくて、歌などもうたひ、人に心《こゝろ》にく丶、おぼえ《へ》たりし人なり、秋《あき》の月いと明《あか》きに、夜《よ》深《ぶか》く笛《ふえ》を吹《ふ》きて、麗景殿《れいけい》の細殿《ほそどの》の前《まへ》を渡《わた》れば、琴弾《ことひ》きて、馬《むま》こそが居《ゐ》たりけるに、知《し》らずがほにていけば、かく言《い》ひかく

91 今《いま》やとて月見《み》る顔《かほ》に待《ま》つわれをこゝにこちくの声《こゑ》ぞうれしき

返《（かへし）》

92 笛《ふえ》の音《ね》も秋《あき》の夜《よ》ふけて聞《き》く人はまづ琴《こと》の音《ね》にあはせやはせぬ

御生《みあれ》といひし人は、世《よ》にゆゑ《へ》ありて聞《きこ》えし人《ひと》なれば、東宮の宣旨《せじ》になりてさぶらひしほどに、ものなど言《い》ひわたりて、さるべき隙《ひま》のありしに入《い》りて臥《ふ》したりしに、いふかひなしとや思《おも》ひけむ、いと懐《なつ》かしくありて、今宵《こよひ》は過《す》ぐせざ

91 今か今かと月を見る顔で待つ私には「こちらにやって来い」という笛の声は嬉しいものだ。○堀川の中宮→一九参照。○馬こそ—小馬命婦のことか。円融天皇皇后媓子に仕え、元良親王・清原元輔・大中臣能宣らと親交があった。○さぶらひけり—底本「さふらひけき」の「き」に「けり」傍記。○歌などもうたひ—底本「うたなとゝし」の「し」に見せ消ちで「も」朱書の校異。その後に「うたひ」補入。○人に—底本「人に」の後に左「は」朱書の校異。○細殿—殿区をつなぐ廊下。○麗景殿—平安京内裏の後宮七殿の一つ。○こちく—「胡竹」と「此処来《こちく》」を掛ける。▽「知らずがほ」に対する皮肉。→補注。

92 笛の音も秋の夜深く聞く人にとって、まず琴の音に合わせようとするのではないか。○笛の音—自分の比喩。○まづ琴の音—相手の弾く琴の音。▽「琴の音」に事寄せて皮肉に応酬する。

93 人が尋ねたらどう答えようか、はかないことに「それでは」などと答えるのだろうか。○御生—「御生」は賀茂の別雷神の生まれた日を祝う祭事。この祭は斎院が司るので、斎院の宣旨を「御生の宣旨」という。ここでは村上帝から一条帝頃までの歌人で、源相職の女。○ゆゑ—由緒。○東宮の宣旨—底本「せし」の間に「ん」朱書の補入。東宮の家の女房。○いふかひなし—どうすることもできない。身分不相応だ。○いざとばかりの—さあ、それではなどと。○いらへをやせむ—返事をするだろうか。

るやうありと言《い》ひしかば、何《なに》かはと思《おも》ひて、夜《よ》も明《あ》かさで出《い》でて、またの日《ひ》かくなむ

93 人問《と》はばいかに答《こた》へ《え》んはかなくていざとばかりのいらへをやせむ

返《（かへし）》

94 無《な》き名《な》をば問《と》ふ人もあらじ忘《わす》れなでいかに答《こた》へむと思《おも》ひけるかな

はらめる女のもとに、棗《なつめ》をやるとて

95 君《きみ》が児《こ》をなつうめとこそ思《おも》ひしか秋《あき》までなるぞ心《こゝろ》もとなき

家にある女の、他《ほか》の人に物言《ものい》ひけるを、門《かど》をとく鎖《さ》してければ、帰《かへ》りにけりと聞《き》きて、また朝《あした》に、女にかく言《い》ひやれとて

96 逢《あ》ひ見てはくやしからまし天《あま》の戸《と》もまだあけぬには帰《かへ》るものか

94 根拠のない噂を尋ねる人もあるまい、忘れてしまわないでどう答えたのだろうか。○無き名―根拠のない噂。「人はいさ我は無き名の惜しければ昔も今も知らずとを言はむ」（古今・恋三・在原元方）。○忘れなで―忘れてしまわないで。

95 君の子を棗ならぬ「夏産め」かと思っていたのに、秋になってしまい待ち遠しいことだ。○棗―底本「しつめ」の「し」に朱で「な」の校異。棗はクロウメモドキ科の落葉高木。夏に黄白色の花が咲き、楕円形の実を結ぶ。○なつうめ―「棗」を掛ける。○心もとなき―待ち遠しい。

96 あなたと情を交わすことが出来たならば、悔しく思うことでしょうに。天の門ならぬ女の戸がまだ明けないのに帰るのだろうか。○門をとく鎖してければ帰りにけりと―底本「き、て」の前に補入。○逢ひ見ては―あなたに逢うことが出来たならば。反実仮想。○天の戸―天上の渡り道の意の「天の門」を掛ける。○帰るものかは―帰るだろうか。反語。

は

返《（かへし）》

97 秋の夜《よ》も今《いま》は明《あ》けしと天《あま》の戸《と》を言《い》ひしぞ帰《かへ》る空《そら》もなかりし

雪の降《ふ》りて、日影《ひかげ》の寄《よ》らぬ所ばかり消《き》え残《のこ》りたるを

98 今朝《けさ》降《ふ》りて日陰《ひかげ》に残《のこ》る淡雪《あはゆき》のいつまで消《き》えぬ身とか頼《たの》まむ

ある女の見て返《かへ》す

99 世《よ》の中《なか》にはかなくて経《ふ》る身をおきて日陰《ひかげ》の雪を何《なに》かしのばむ

人《ひと》の家の梅花咲《さ》きたるを見《み》て

100 人の家《いゑ》はみな咲《さ》きにけり梅《むめ》の花春《はなはる》に知《し》られぬ身こそつらけれ

ある女、返《かへ》し

101 人の家《いゑ》の垣越《かきご》しに見《み》る梅《むめ》が枝《え》の花《はな》のさかりは君《きみ》のみぞ見《み》む

二月庚申《（かうしん）》に、女房ども起《お》き居《ゐ》て明《あ》かすに、言《い》ひやる

102 花《はな》ならば折《お》り明《あ》かしてもありなましおぼろに見ゆる春《はる》の夜《よ》の月

97 秋の夜も今は明けたと言ったのに、帰る空もなかったよ。〇今は明けし―「明けし」と「開けし」を掛ける。〇天の戸―贈歌に同じ。

98 今朝降った雪が日陰に残る、その淡雪はいつまで消えないようにわが身を頼みにするのだろうか。〇淡雪―淡々しく消えやすい雪。はかない身の比喩。「かつ消えて空に乱るる淡雪は物思ふ人の心なりけり」（後撰・冬・藤原蔭基）。

99 世の中には心細くも世を過ごしている身をさしおいて、日陰の雪をどうして恋い慕うのだろうか。〇はかなくて経る身―心細くも世を過ごしている身。自分（女）のこと。〇何かしのばむ―どうして偲ぶのだろうか。

100 よその家では梅の花が皆咲いてしまったなあ。春とは縁のない私の身はつらいことだ。〇人―他の人。〇春に知られぬ―春とは縁がない。「年経れど春に知られぬ埋もれ木は花の都に住む甲斐ぞなき」（金葉・雑上・藤原顕仲）。

101 他人の家との垣根越しに見る梅の花を、あなたが見ることが羨ましい。〇垣越し―垣根の向こう。〇花のさかり―羨ましく見るものの比喩。

102 花ならば手折って夜明かしもあり得るけれども、ぼんやりと霞んでいる春夜の月ではね。〇庚申―庚申の日に、青面金剛、または猿田彦を祭って、一晩中眠らないで夜を明かす。〇折り明かしても―花を折りながら夜を明かすことも。花は「女」の比喩。〇おぼろ―ぼんやりと霞んでいるさま。

返し

103 行末《ゆくすゑ》をながめやりつゝ君《きみ》がみぞはるかに見ゆる春の夜《よ》の月

七月の晦《つごもり》がたに、内《うち》より、木工《もく》の蔵人《くら(うど)》の、扇請《あふぎこ》ひにおこ《を》せたりしに

104 秋《あき》なれば涼《すゞ》しくのみぞなりまさる扇《あふぎ》の風《かぜ》は求《もと》めざらなむ

返《(かへし)》

105 身に近《ちか》くなれし扇《あふぎ》の風《かぜ》なれば秋《あき》は来《き》ぬともいかゞ忘《わす》れむ

初《はつ》雪の降《ふ》りたりしを見て

106 花《はな》かとぞ春《はる》ならねども見え《へ》まがふ庭《には》もはだらに降《ふ》れる初雪《はつゆき》

粉河《こかは》に詣《まう》でて、妹背《いもせ》山を見て

107 白《しら》雲の立《た》ち隠《かく》せどもうとからぬ妹背《いもせ》の山はへだてざりけり

うつろへる菊《きく》を植《う》ゑ《へ》て、女房にかくなん

108 うつろひて花《はな》のにほひのことなるを所《ところ》がらとや人は見《み》るらん

103 行く末を眺めながら、春夜の月は君の身を遠く離れて見せるよ。○君がみぞ—底本「み」に朱で「よ」の校異。○はるかに—遠く離れて。あまり関係を持たずにの意を含ませる。

104 秋なのでますます涼しくなっていく。扇の風は求めないで欲しいことだ。○木工—木工寮。令制で、宮内省に属する官司の一つ。○求めざらなむ—求めないで欲しい。

105 夏には身近く馴れた扇の風なので、たとえ秋がやって来たとしても、どうして忘れることが出来ようか。○秋は来ぬとも—たとえ秋がやって来たとしても。○忘れむ—底本「わたらむ」の「たら」に「すれ」傍記。

106 春ではないけれども花と似ていて見間違えるが、庭に薄く積もる初雪を見る。○花—「雪」の比喩。○見えまがふ—よく似ていて見間違える。○はだら—雪が薄く積もったようす。

107 白雲が隠したとしても、それとは無関係の妹背の仲が隔てられないように、妹背の山を見ることだ。○粉河—紀伊国。那賀郡粉河町にある粉河観音宗の施音寺の別称。補陀落信仰の中心地として多くの人が参詣した。○妹背山—紀伊国。伊都郡かつらぎ町を流れる紀ノ川を挟んで相対する山。○立ち隠せども—隠したとしても。○へだてざりけり—（妹背の仲は）。隔てられないことだ。

108 容色が衰え花の情趣が異なるのを、その場所の性質や特色に拠ると人は見ることだろう。○ことなるを—底本「ことなるは」の「は」に「を」傍記。○所がら—底本「こゝろ」に「ところ」傍記。その場所の性質や特色。▽花の匂いの違いは場所に拠るという。

雪山を作《つく》りて、梅の作《つく》り枝を植《うへ》ゑて、人々の、歌など詠《よ》むに

109 深山木《みやまぎ》にかゝれる雪《ゆき》は花《はな》なれや梅《むめ》とは香《か》にぞ分《わ》くべかりける

陸奥守実方《さねかた》が子《こ》の大徳《(だい)とこ》の、袈裟《けさ》扇《あふぎ》請《こ》ひたりしを、まだ遣《や》らざりし催《もよを》しに、お《を》こせたりし返事《かへりごと》に

110 朝《あさ》ぼらけ今朝《けさ》も嵐《あらし》の涼《すゞ》しさに扇《あふぎ》の風《かぜ》も忘《わす》られにけり

八月十四日、月のいと明《あ》かゝりしに、女房の許《(もと)》に、たかのりが言《い》ひにお《を》こせたりし

111 こゝながら光《ひかり》さやけき月なれどよそに見るこそかひなかりけれ

女房に代《かは》りて

112 今《いま》よりはおなじ心《こゝろ》に月は見《み》む雲井のよそに思はざるべく

東宮の閑院に御座《おは》しましゝに、秋《あき》の月をもてあそばせ給《(たまひ)》しに

109 深山木に掛かっている雪は花なのか、梅では香によって区別することが出来るのに。○雪―花の見立て。○分くべかりける―区別するべきでだったのだなあ。

110 夜がほのぼのと明ける頃に今朝は嵐が涼しく感じるので、扇がもたらす風も忘れられてしまった。○陸奥守実方が子の―底本「の」の前に「かこ」補入。「実方」は父は左大臣師尹の孫貞時。母は左大臣源雅信女。叔父小一条済時の養子となる。○大徳―高徳の僧。「子」は不明。○催し―催促。○朝ぼらけ―夜がほのぼのと明ける頃。○今朝も嵐―「袈裟も有らじ」を掛ける。○扇の風―「嵐」に対して、扇によってもたらされる風。「添へてやる扇の風し心あらば我が思ふ人の手をな離れそ」(後撰・離別・読人不知)。

111 ここでも月の光が冴えているが、遠く離れた所で見るので甲斐が無いことだ。○八月十四日―「四」に「八」傍記。歌の配列などから「八月」が妥当か。○たかのり―未詳。○よそに見るこそ―底本「にそ」の「に」に「こ」傍記。遠く離れて見ること。○かひなかりけれ―底本「ける」の「る」に「れ」傍記。→補注。

112 今からはあなたと同じ心で見ることにしよう、雲居とは無関係で遠く離れて私を思うことのないように。○おなじ心―相手と同じく月を関係ないものとする心。○雲井のよそ―雲居の遠く離れた所。○思はざるべく―思はないように。

113 後拾遺・秋上。秋夜の月を見るために外に出て、夜は更けてしまった。私も有明の月が入らない時まで外で明かすことにしよう。○東宮―花山院のこと。安和二年(九六九)、生後十ヶ月から永観二年(九八四)即位までの間。○閑院―もとは藤原冬嗣の邸宅。里内裏として使用された。○有明の入らで―「有明の」は「入る」を導く枕詞

113 秋《あき》の夜《よ》の月見《み》に出《い》でて夜《よ》は更《ふ》けぬわれも有明《ありあけ》の入《い》らで明《あ》かさむ

或《ある》女の、近《ちか》き所に忍《しの》びたる男《をとこ》に、もの言《い》はむとて行《い》きたりけるを、あか月に帰《かへ》りけるを見て、たかのり

114 露《つゆ》とお《を》きて今朝《けさ》こそ見《み》つれ水鳥の人に追《お》はれて江を渡《わた》る影《かげ》

女に代《かは》りて

115 すだちする村君《むらぎみ》だにも見《み》えぬ夜《よ》は汀《みぎは》の鳥《とり》を追《お》ふ人もあらじ

或《ある》女のもとに、小《ちひ》さき瓜《うり》に書《か》きて

116 思《おも》はずにつらくもあるかな瓜作《うりつく》りいかになるよの人の心《こゝろ》ぞ

返《かへし》

117 おぼつかな思《おも》ひもよらず瓜作《うりつく》りつらくなるべきことしなければ

屋《や》の端《つま》に、つく〳〵法師《ほうし》の鳴《な》くを聞《き》きて

118 我《わが》宿のつまはね良《よ》くや思《おも》ふらん美《うつく》しといふ虫《むし》ぞ鳴《な》くなる

ある所に若菜《わかな》やるとて

的用法。「入る」は有明の月が「入る」意と人が「入る」意を重ねる。▽「後」の集付あり。

114 露の置く時刻に起きて見たことだ、水鳥が人に追われて江を渡る様子を。○たかのり↓一一一。○露とおきて—(露と同じく)。暁に降りて。「夏の夜の露と置きゐて明かしてはあやにく我や濡れ衣を着む」(本院侍従集)。○水鳥—暁に帰る人の比喩。○人に追はれて—朝早く帰る様の比喩。女が男に相手にされず帰ることの比喩。

115 漁師の長さえ見ない夜は水際の鳥を追う人もありますまい。○すだちする—朝帰りの様の比喩。○村君—漁師の長。暁早く出掛けることに拠る比喩。

116 思ってもみなかったことに辛いことだ、瓜作りはともかく二人の仲はこれからどうなってゆくのか。参考「音に聞くこまの渡りの瓜作りとなりかくなる心かな」(拾遺・雑下・読人不知)。○瓜作り—「山城の　狛の渡りの　瓜作り—我を欲しと言ふ　いかにせむ—なりやしなまし—瓜立つまでに」(催馬楽・山城)に拠る表現。「なる」に掛かる。○人の心—あなたの心。

117 瓜作りははっきりしないで辛いことだが、しかし私との仲はそうはならない。○おぼつかな—はっきりしないことだ。○瓜作り—瓜が「生る」ことから「(つらく)。なる」に掛かる。「山城の駒の渡りを見てしかな瓜作りけん人の垣根を」(兼盛集)。

118 わが家の妻は寝心地が良いと思っているのだろうか、愛しいという名のツクツクボウシが鳴いている。○屋の端—軒先。軒端。○つく〳〵法師—セミ科の昆虫。「つくつくおーし」と繰り返し鳴く。○つま—「端」に「妻」を掛ける。○美し—「つくつくほうし」の鳴き声。

119 自分の占有する野で若菜を摘むが、いつの間にかそれが良き記念として年を経てしまった。○標めし野—占有のしるしを付けた野。「明日よりは春菜摘まむとしめし野に昨日も今日も雪は降りつつ」(万葉・巻八・山部赤人、新古

119 標《し》め野《の》に生《お》ふる若菜《わかな》のいつしかとかたみに今日《けふ》は年《とし》やつむらん

返《（かへし）》

120 君《きみ》とわれかたみに千代《ちよ》の春《はる》ごとに若菜《わかな》も年《とし》もつまむとぞ思ふ

三月晦《つごもり》に詠《よ》む

121 花《はな》も散《ち》り春《はる》もかぎりに暮《く》れぬるはわが世《よ》のいとゞ更《ふ》くるなりけり

ある人の聞《き》きて返《かへ》す

122 かぎりある春《はる》は半《なか》ばになりぬれどまだ君《きみ》が世《よ》はのどけかるらむ

ある人のもとより、絵《ゑ》お《を》こせたりしに、詠《よ》みて付《つ》けし、男《おとこ》

女の物言《ものい》ひて、親《した》しうなる所《ところ》、男《おとこ》

123 つらかりし心《こゝろ》のほどは忘《わす》れねど見《み》るにつけてはまづぞなぐさむ

返《かへ》し

今・春上）。○若菜—年「摘む」との対比。○いつしかと—いつの間にか。知らぬ間に。▽相手の女性がいつの間にか年を経てしまったという戯れ。

120 あなたと私の二人は若菜を摘み千世を経たが、その記念として年々若菜を摘みましょう。○かたみに千代の—底本「かたみにもよの」の「も」に「ち」傍記。○春ごとに—年々。▽相手の戯れに対して、「君と我」共に年を積むと機知で返す。

121 春も花の散る今日を最後に暮れるのは、私の寿命も更けるということなのだなあ。○かぎりに—最後と。○暮れぬるは—底本「くれぬる」に「わかれぬる」傍記。○わが世—私の寿命。

122 限りのある春は半ばを過ぎてしまったが、まだあなたの人生はのどかに続くことでしょう。○半ばになりぬれど—（限りある春は）。中間点に至ったけれど。○君が世—あなたの寿命。

123 薄情なあなたの心は忘れられないほどで、しかし一方であなたと逢うと心が慰められるよ。○つらかりし心—薄情な心。▽相手のつれなかった心を恨みながら、逢うことを喜ぶ。

124 あなたがつれなさ故にお忘れになったなら、却って憂き世を歎くことはしないでしょうに。○なか〳〵に—却って。○忘れなば〜まし—つれなかったことを忘れないのなら。反実仮想。

125 武者の妻に人目を忍んで情を通わせていたが、ひたすら逢うことに引き換える命であったならと思う。○妻と—底本「めの」の「の」に「と」傍記。○忍びてもの言ひける—人目を忍んで情を通わせていた。○わりなくて—止むをえず。○ひたぶるに—一途に。○思ひなしてむ—きっと思い込んでいるに違いない。○逢ふにしかふる命—逢うことの引き替えとなる命。武者の妻と寝たことの代償。「命やはなにぞは露のあだ物を逢ふにしかへば惜しからなくに」（古今・

124 なか〳〵につらきにつけて忘《わす》れなば誰《たれ》も憂世《うきよ》を歎《なげ》かざらまし

武者《むさ》の妻《め》と寝《ね》たる所に、忍《しの》びてもの言《い》ひける、男《をとこ》の来《き》たるに、わりなくて、逢《あ》へる男《をとこ》の詠《よ》める

125 ひたぶるに思《おも》ひなしてむ君《きみ》により逢《あ》ふにしかふる命《いのち》とならば

返《（かへし）》

126 うちとけて世《よ》の常《つね》ならぬ逢《あ》ふことを夢《ゆめ》にも人に見えもこそすれ

女《をむな》の加持《かぢ》する法師《ほうし》の、心合《こゝろあは》せて逢《あ》ふところ、法師《ほうし》

127 滝《たき》つ瀬《せ》の落《お》つる流《なが》れは濁《にご》るとも君《きみ》とはいかですまむとぞ思ふ

返《（かへし）》

128 谷川《たにがは》の下《した》の心《こゝろ》し濁《にご》れれ《ゝ》ば人をこひぢにすまずとぞ聞《き》く

ある男《をとこ》の知《し》りたりける女のもとに、檀《まゆみ》の紅葉《もみぢ》に付《つ》けて

129 色深《ふか》き檀《まゆみ》はことに思《おぼ》ほ《ゝ》えて心《こゝろ》にふるもかひなかりけり

女に代《かは》りて、返《かへ》す

恋二・紀友則)。

126 世の常ではないあなたとの逢瀬だが、夢の中でもあの人に逢えたのでしょう。○夢にも人に―夢の中でもあの人に逢えたのでしょう。「うつつにも夢にも人に夜し逢へば暮れゆくばかりうれしきはなし」(拾遺・恋二・読人不知)。▽男の問い掛けに対する誤魔化し。

127 滾つ瀬の流れは濁ったとしても、あなたとは水が澄むようにお逢いしたいと思う。○加持する法師―女の願いが叶うよう、仏に祈る法を行っている法師。○滝つ瀬―水が激しく流れる瀬。○濁るとも―もし濁るとしても。比喩表現。○君とは―底本「には」に朱で「とは」の校異。○すまむ―「住む」を掛ける。「澄む」は「濁る」の対。

128 谷川の水面下の心は濁るので、あなたが小泥ならぬ恋路に澄むことはない。○心し濁れれば―心が濁るので。「し」は強調の副助詞。○こひぢ―どろ。「恋路」に掛ける。○すまず―「住まず」を掛ける。「澄む」は「濁る」の対。

129 色深い檀は格別に思われて、心で感じることはないことだよ。○女のもとに―底本「女のもとに」の後に「ある女のもとに」と重複して補入。○檀―ニシキギ科の落葉低木。○ことに―格別に。○心にふる―心で感じる。男女が馴れ親しむ意を掛ける。

130 いたずらに散るあなたの不実の言葉は、檀が色づくのなら紅葉のことを思わなくなるに違いない。○あだに―はかなく。誠実さもなく。○思はずならむ―思はなくなるに違いない。▽浮ついた言葉ばかりでは信用できないこと。

131 焚き物の目をすり抜ける煙が無かったなら、天上にまで登ったことだろうに。○右近―底本「右」に「左」傍記。「左近」「右近」は共に人名。○内の蔵人―内蔵寮の官人。御座所近き倉庫を司る役所。○札―底本「ふむた」の「む」に見せ消ち。「ふだ」とは日給簡《ひだまひのふだ》のこと。宮中の諸官司などに置かれた、在籍者の官位・氏名を一枚の札に記したもの。出仕した時

130 あだに散《ち》る言《こと》の葉《は》ば《ゞ》かり色《いろ》づかば檀《まゆみ》の紅葉《もみぢ》思《おも》はずならむ

右近とてこゝにある人の、内《うち》の蔵《くら》人《(うど)》になりて、札《ふだ》に付《つ》くと聞《き》き《、》し日、薫物《たきもの》を遣《や》るとて

131 薫物《たきもの》の《、》籠《こ》の目《め》の煙《けぶり》なかりせば雲《くも》の上《うへ》まで昇《のぼ》らましやは

返《(かへし)》

132 薫《たき》物のかばかりにても雲《くも》の上《うへ》に昇《のぼ》れるかひもある煙《けぶり》かな

和《わ》歌《か》の題十を本に書《か》きて詠《よ》ませし、夕暮《ゆふぐれ》の風《かぜ》

133 夏衣《なつごろも》薄《うす》きながらの秋風《かぜ》にひとり伏見《ふしみ》の里《さと》ぞものうき

朝霧《あさぎり》

134 朝《あさ》戸開《あ》けば花の紐《ひも》とく出《い》でて《、》見む立《た》ちな隠《かく》しそ野辺《のべ》の朝霧《あさぎり》

薄紅葉《うすもみぢ》

135 時雨《しぐれ》待《ま》つ外山《とやま》の紅葉薄《もみぢうす》からしとく降《ふ》りそめよ色《いろ》の濃《こ》さ見《み》ん

深《ふか》き夜《よ》の月《つき》

に、これに付された放紙《はなちがみ》に月日を記して、出勤を確認するのに用いた。○薫物―種々の香木を鉄臼で挽いて粉にしたものを、蜜などで練り合わせたもの。○雲の上―宮中の比喩。

132 これくらいの焚き物の香でも煙を天上に登らせる甲斐があったということでうね。○かばかり―これくらい。○昇れるかひ―煙が上ることができる価値。▽贈り物の御礼を籠める。

133 薄い夏衣のままに吹く秋風に、伏見ではないが独りで寝るのは辛いもの。○和歌の題十を―底本「和歌の」の後に「題十」を補入(「本ニ大歟」注記)。○夏衣―「薄き」に掛かる。○薄きながらの―淡いままの。○秋風に―底本「赤い風の」の「の」に「に」傍記。○ひとり伏見―「伏見」は山城国。独り「伏す」を掛ける。

134 万代集・秋上。朝戸を開けたら花が紐解いたようにほころび、すぐに外に出てみよう。野辺の朝霧よかくしてくれるな。○朝戸明けば―朝と明けたので。万代集では「朝と明けて」。○紐とく―蕾が綻びる。「とく」に「疾く」を掛ける。「百草の花の紐解く秋の野を思ひたはれむ人な咎めそ」(古今・秋上・読人不知)。▽「万代」の集付(「代のみ朱)あり。

135 時雨の降るのを待っている外山の紅葉は色が薄いらしい。時雨は早く降り始めて染めよ。色の濃さを見よう。○時雨―木々の色を濃くするもの。「時雨の雨間なくし降れば槙の葉もあらそひかねて色付きにけり」(万葉・巻十・作者未詳)。○降りそめよ―「初め」に「染め」を掛ける。「染め」は「色」の縁語。

136 深夜に月を見る人の心は、自分の思うままの状態で似通っているのであろうか。○わが思ふさまに―「月」の擬人化。自分の思うままの状態で。○やは―文末に用いられ、反語の意。

137 鹿が鳴くので寝覚めて思うには、鳴き声を聞くにちなんで妻を恋しく思うよ。○鹿鳴くに―「に」は原因・理由を示す格助詞。○聞くにつけてぞ―「聞く」にちなんで。「世の中はい

136 深《ふか》き夜《よ》の月見《み》る人の心《こゝろ》をばわが思《おも》ふさまに通《かよ》ふらんやは

鹿《しか》を聞《き》く

137 鹿鳴《しかな》くに寝覚《ねざ》めてものを思ふ身は聞《き》くにつけてぞ妻《つま》も恋《こひ》しき

雁《かり》を待《ま》つ

138 畝傍山《うねびやま》峯の木末《(こ)ずゑ》も色づきて待《ま》てど音《をと》せぬ雁《かり》がねの声《こゑ》

花薄《すゝき》

139 野辺《べ》ならば旅寝《たびね》してまし花薄《すゝき》招《まね》く袂《たもと》に心《こゝろ》とまりて

萩《はぎ》の露

140 はかなくて消《き》ゆとこそ見《み》れ色深《ふか》くお《を》きにほはせる萩の上《うへ》の露

女郎花《をみなへし》

141 霧立《きりた》ちてにほはばにほへ女郎花《をみなへし》心《こゝろ》かけたる人もこそ見《み》れ

虫《むし》の音《ね》

142 ひとり住《す》む草むらならば虫の音《ね》も心苦《こゝろぐる》しく夜《よ》はに聞《き》かまし

かにやいかに風の音を聞くにつけてもものや悲しき」（伊勢集）。

138 畝傍山は梢も色付いて、待っても一向に訪れもしない雁がねの声だ。○畝傍山―大和国。○待てど音せぬ―待っても一向に訪れもない。「虫ならぬ人も音せぬわが宿に秋の野辺とて君は来ませり」（拾遺・雑秋・曾禰好忠）。

139 もし野辺ならば、ここで旅での昼寝をしたでありましょうに、花薄が招く袂に心留まって。○旅寝してまし―旅寝をしたでありましょうに。「秋風の吹くにつけてもとはぬかな荻の葉ならば音はしてまし」（後撰・恋四・中務）。○招く袂―薄の穂が風に靡いている様の比喩。「秋の野の草の袂か花薄穂に出でて招く袖と見ゆらむ」（古今・秋上・在原棟梁）。

140 はかなくて消えるものと見えるが、露は萩の上に置いて色深く匂い立てることだ。○消ゆとこそ見れ―「と見る」は見立ての表現。「み吉野の吉野の滝に浮かび出づる泡をか玉の消ゆと見つらむ」（古今・物名　紀友則）。

141 霧が立って隠れているものの、女郎花に心を寄せている人が見るよ。○女郎花―「女」に見立てて詠む。「名にめでて折れるばかりぞ女郎花我堕ちにきと人に語るな」（古今・秋上・遍昭）。○心かけたる―心を対象に向けた。

142 独りで住んでいる草むらならば、虫の音も苦しく悲しいように、夜半に聞くであろうが。○虫の音―秋の悲しみを掻き立てるもの。「我がために来る秋にしもあらなくに虫の音聞けばまづぞ悲しき」（古今・秋上・読人不知）。

143 七夕の彦星を失った君主と思いなせれば、今日は嬉しい秋であるでしょうに。○一条院―円融天皇の第一皇子（九八〇～一〇一一）。母は藤原兼家女の女御詮子。寛弘八年六月に譲位後崩御、三二歳。○御忌―服喪。○思ひせば～まし―思いなすとすれば～であろうに。反実仮想の表現。「冬枯れの野辺とわが身を思ひせばもえても春を待たましものを」（古今・恋五・伊勢）。

一条院の御忌《いみ》に籠《こも》りさぶらふ女房のもとに、七月七日に遣《や》る

143 たなばたを過《す》ぎにし君《きみ》と思ひせば今日《けふ》はうれしき秋にぞあらまし

返《（かへし）》

144 わびつゝもありつるものをたなばたもたゞ思《おも》ひやれ逢《あ》ふをいかにせむ

同《（おなじ）》日、ある女のもとに

145 川《かは》と見て渡《わた》らまほしき行合《ゆきあ》ひに思《おも》ふ心《こゝろ》を言《い》ひて知《し》らばや

返《（かへし）》

146 渡《わた》るとも行合《ゆきあ》ひの星《ほし》の心《こゝろ》をば天《あま》つ空にはいかゞ頼《たの》まぬ

同《をな》じ夜《よ》

147 七夕《たなばた》の天《あま》の羽衣《はごろも》うち重《かさ》ね寝《ぬ》る夜涼《よすゞ》しき秋風ぞ吹《ふ》く

144 辛く思いながらも、ただ七夕にも少し思いを巡らし、どのようにあなたと逢うことが出来ようか。〇わびつゝも―つらく思いながらも。〇ものを―逆接の確定条件を表す。～だけれども。〇逢ふ―底本「あふ」の「ふ」に「す」傍記。「明日」は七夕の翌日の意だが、異文「逢ふ」は「七夕」の縁語。

145 「天の河」として逢いたいと思う、あなたを思う心を知ることができたらなあ。〇行合ひ―七夕の夜、牽牛織女の二星が相会うこと。〇知らばや―知ることができたらなあ。

146 渡るとしても「天の河」の心からみれば、天つ空にどうして頼みに出来ようか。〇天つ空―天空。落ち着かないさま。〇いかゞ頼まぬ―どうして頼みにできようか。

147 新古今・秋上。七夕では天人の着る衣服を重ねて寝ることが年一度なので、そこに涼しい秋風が吹くことだよ。〇天の羽衣―天人の着る衣服。〇寝る夜涼しき―底本「すくなき」の「すくな」に「す、し」傍記。冷泉本「すくなき」の「くな」に「すし」傍記。

148 水上では紅葉が散っているに違いない。風が激しいので、紅の波が高く立っていることだ。〇戸無瀬―山城国。大堰川の渡月橋少し上流の南岸。〇紅葉の流るゝを―底本「もみち」の後に「のなかるゝを」を補入。〇散るらし―散っているに違いない。〇風をいたみ―風がひどいので。「み」は原因・理由を表す接尾語。〇からくれなゐ―鮮やかな紅の色。「紅葉」が川に流れ落ちたさま。

149 夕日がさして峰の木の葉と見えたのは、紅葉の色が照り映えているからであったことだ。〇入日―落ちてゆく日。夕日。〇照る―照り映える。〇にざりける―「にぞありける」の縮約形。

150 紅葉の葉が水面に鮮やかな色に浮かんでいるよりも、水底に沈んでいる紅葉の影の方が情趣深い。〇遣水―庭園に造る小さい流れ。〇沈める影―自然と底に沈んで見える影。

大井の戸無瀬《となせ》に紅葉《もみぢ》の流るゝを見て

148 水上《みなかみ》に紅葉《もみぢ》散るらし風《かぜ》をいたみからくれなゐの波高《たか》く見《み》ゆ

又、大井にて

149 入日《（いりひ）》さす峰《みね》の木《（こ）》の葉《は》と見え《へ》つるは紅葉《もみぢ》の色の照《て》るにざりける

ある山里に行《い》きたれば、遣《やり》水に紅葉の流《なが》るゝを見《み》て

150 もみぢ葉《ば》の浮《う》きて流《なが》るゝ色《いろ》よりも沈《しづ》める影《かげ》ぞあはれなりける

筑紫《つくし》に下《くだ》りしに、右大臣殿、装束給ふとて

151 行《ゆ》きめぐりあひ見まほしき別《わか》れには命《いのち》もともに惜《お》しまるゝかな

返《（かへし）》

152 君《きみ》が代《よ》のはるかに見《み》ゆる旅《たび》なれば祈《いの》りてぞ行《ゆ》く生《いき》の松原《まつばら》

民部大輔方理朝臣、装束してお《を》くりたりし、直衣《なをし》の紐《ひも》に結《むす》び付《つ》けたりし

153 夏衣《なつごろも》ひとへに惜《お》しき別《わか》れゆゑ《へ》薄《うす》き方《かた》にや見《み》え《へ》むとすらん

151 万代集・雑四。九州をぐるりと一周し、あなたに都で再び顔を見合いたいという別れでは、命も共に惜しまれる。○筑紫―筑前・筑後をさす。○右大臣殿―底本「右大殿」の「大」に「大臣」傍記。○行きめぐり―ぐるりと一周する。「身一つにあらぬばかりをおしなべて行き廻りてもなどか見ざらん」（後撰・離別羇旅・宇多天皇）。○あひ見まほしき―再び顔を見合いたい。▽「万」の集付（朱）あり。

152 あなた様の寿命も行先も遥かに思われる旅なので、生きていることを祈りながら生の松原へ行きます。○君が代の―遥かに続く意を導く語。○生の松原―筑前国。贈歌詞書の「筑紫」の地名を読み込むと共に、「生き」を掛ける。

153 夏衣の単衣ではないがひたすら惜しく思われる別れなので、情愛が乏しいように見えることだ。○民部大輔方理朝臣―「民部大輔」は民部省の二等官。藤原方理（方正）。南家武智麿流、藤原棟利の男、母は加賀権守源中明女。正四位下河内守。○ひとへ―裏の付いていない衣。ひたすらの意の「偏に」を掛ける。○薄き方―夏衣・単衣の縁語「薄き」に、情愛が乏しい意を掛ける。

154 恋しい時はあなたの形見として見よう、この夏衣は着てみると心慰めを感じるよ。○恋しくは―「恋しく」は連用形。「は」は順接仮定の表現。恋しい時は。「恋しくは見ても偲ばむ紅葉葉を吹きな散らしそ山おろしの風」（古今・秋下・読人不知）。○着てみるほどの心―贈歌「薄き」の情愛が乏しい意の心。「着る」は「衣」の縁語。

155 波が掛かるという波掛の浦で寝覚めると、より一層はげしく物思いを添える雁の鳴き声だ。○府―太宰府。○波掛―海岸の波の掛かる所。普通名詞が固有名詞化したものか。○いとゞしく―より一層はげしく。

156 片時の油断もなく旅の宿で物思いをしているが、その一方でどんな隙間から月が洩れてくるのか。○隙もなく―片時の油断もなく。

返《（かへし）》

154 恋《こひ》しくは形見《かたみ》にも見《み》ん夏《なつ》衣着《き》てみるほどの心《こゝろ》なぐさめ

府《ふ》より下《くだ》りて、博多《はかた》に波掛《なみかけ》といふ所《ところ》にて、舟《ふね》に乗《の》り始《はじ》めし夜《よ》、雁《かり》の声《こゑ》を聞《き》きて

155 波掛《なみかけ》の浦《うら》の寝覚《ねざ》めにいとゞしくもの思《おも》ひ添《そ》ふる雁《かり》がねの声《こゑ》

月のいと面白《（おもしろく）》射《さ》し入《い》りたるを見て

156 隙《ひま》もなくもの思《おも》ふ時《とき》の旅宿《たびやど》りいかなる間《ま》にか月のもるらん

筑紫《つくし》に下《くだ》りついし年《とし》の九月に、菊の花《はな》を見《み》て

157 なつかしく袖にも触《ふ》れん花の香《か》をいつまでよそにをらんとす覧《（らん）》

三月 晦《つごもり》に、和歌七首せしに

158 鶯《うぐひす》の鳴《な》く音《ね》に老《お》いをくらぶれはまだ初声《はつこゑ》の心地《こゝち》こそすれ

「隙もなく物思ひつめる宿なれどするわざなしに夏ぞ涼しき」（好忠集）。○いかなる間―どのような隙間。○もる―「間」「隙」は「洩る」の縁語。

157 懐かしく袖に触れる菊花の香をかぐわせ、ふと筑紫に居ることになるのかと手折ることだ。○下りついし―「下りつきし」の音便化。○おらんとす覧―「おらん」とするのだろうか。花の縁語「折る」に筑紫に居るの意の「居り」を懸けるか。

158 鶯の鳴き音に我が老いを比べてみると、鶯はまだ「初声」を上げているよ。○鳴く音に老い―我が身の「老い」を鶯の「鳴く音」と比較という発想。○まだ初声―自分と比べるとまだ「初声」で鳴く鶯は若いのではとの主張。

159 散り掛かる花と頭の雪、どちらが花かと見間違えるのか、老いた頭の白髪の雪に花が見分けが付かない。○頭の雪―白髪の比喩。「春の日の光にあたる我なれど頭の雪となるぞわびしき」（古今・春上・文屋康秀）。

160 千歳を経た松のような年齢ではないけれど、私は峰の松のように老いてゆくだけだ。○わが身も峰においぬ―「我が身」を「松」に喩えた表現。「おいぬ」は「老い」に（松が）「生ひ」を響かせると見る。

161 無駄に散る花に関して思うことだ、春は憂き世とは無関係に暮れてほしいことだ。○あだに―はかなく、もろく。○憂き世のほかに―つらい現世とは別に。来世の極楽浄土をさす。「慰めに自ら行きて語らはん憂き世の外に知る人もがな」（和泉式部続集）。

162 水面に花の錦が浮かんでいるのは寄せる波が織るからで、春も立って行くのだろう。○花の錦―錦のような花。「花の蔭たたまく惜しき今宵かな錦をさらす庭と見えつつ」（後拾遺・春下・清原元輔）。○をる―「花」の縁語。○立らん―「立（つ）」は「裁つ」と掛詞で、「裁つ」は「花」の縁語。

163 風が吹くと花が四方に散り乱れている、山の霞はどうして花を包まないのだろうか。

159 散《ち》りかゝるいづれか花《はな》と見え《へ》まがふ頭《かしら》の雪に色ぞまがへる

160 千歳《ちとせ》ふる松の齢《よはひ》にあらねどもわが身も峰《みね》におい ぬばかりぞ

161 あだに散《ち》る花につけてぞ思《おも》ほゆる春《はる》は憂《う》き世《よ》のほかに暮《く》れなむ

162 水の面《おも》に花の錦《にしき》の浮《うか》べるは波《なみ》のを《お》るにや春《はる》も立《（たつ）》らん

163 風《かぜ》吹《ふ》けば四《よ》方《も》にぞ花も散《ち》りまがふ山《やま》の霞や包《つゝ》まざるらむ

164 白《しら》雲のかゝれる山と見え《へ》つるはこぼれて花のにほふなりけり

南枝暖待レ鶯

165 風《かぜ》ぬるみ梅《むめ》の初花《はつはな》咲《さ》きぬればいづらは宿の鶯《うぐひす》の声《こゑ》

○散りまがふ―「紛ふ」は乱れの意と、紛れ迷いの意を掛ける。道が紛れるほど花が散り紛れ、さらに、作者がそれで紛れる。「桜花散りかひ曇れ老いらくの来むといふなる道紛ふがに」(古今・賀・在原業平)。

164 白雲が掛かる山とみえたのは、花が散り零れ美しく照り輝いていたのだろうか。○白雲―「花」の比喩。「み吉野の吉野の山の桜花白雲とのみ見えまがひつつ」(後撰・春下・読人不知)。○見え―底本「見へ」の「へ」に「え」傍記。

165 風がなま温かくなったので、梅の初花が咲いたのだから、次は鶯がどこかに宿って声を立てるのだろうか。○南枝―南に伸びた枝。多く梅の枝についていう。「胡馬依北風、越鳥巣南枝」(古詩十九首)。○風ぬるみ―底本「かぜ」の「せ」に朱で「け」の校異。○いづらは―どこかを。→補注。

166 手折る美人に紛れている花の情景を、誰がに華やかに薫ると言うのだろうか。○まぎる、―底本「まきる、」の「きる、」に「かへる」傍記。「紛る」は乱れの意と、紛れ迷いの意を掛ける。道が紛れるほど花が散り乱れ、さらに、作者がそれで紛れる。「桜花散りかひ曇れ老いらくの来むといふなる道紛ふがに」(古今・賀・在原業平)。→補注。

167 山川は春の薄氷も溶けたことだ、その川で心のどかに人が釣をしているよ。○うすらひ―薄く張った氷。「佐保川に氷り渡れるうすらひの薄き心をわが思はなくに」(古今六帖・第三・作者名不記)。→補注。

168 遠く離れていながら花を見ることに飽きることなく、花の周辺で暮らしていくことにしよう。○よそながら―遠く離れていながら。○見るには飽かず―見ることに飽きることなく。「春風は花のあたりをよきて吹け心づからや移ろふと見む」(古今・春下・藤原好風)。→補注。

169 春がやって来たと思わんほどの証拠として、心静かに暮らしていることだ。○しる

花開似二美人一

166 折《お》る人にまぎるゝ花の気色《けしき》をば誰《たれ》かにほひの薫《かほ》るとかいはむ

日暖人閑釣

167 山川《やまがは》は春《はる》のうすらひとけにけり心《こゝろ》のどかに人の釣《つり》する

花下移二座居一

168 よそながら見るには飽《あ》かず春《はる》ばかりをり暮《く》らしてん花のあたりを

春生人意中

169 春来《はるき》ぬと思《おも》ふばかりのしるしには心《こゝろ》のうちぞのどけかりける

桜《さくら》の花《はな》のいみじう散《ち》るを見《み》て

170 花散《はなち》ると夢《ゆめ》ばかりにも見てしかなうつゝに惜《を》しむかひなかりけり

秋《あき》を惜《お》しむ

大弐高遠集

し―証拠となるもの。○のどけかりける―心静かである。「久方の光のどけき春の日にしづ心なく花の散るらむ」(古今・春下・紀友則)。▽風雅・雑上に、五句「のどかなりける」、作者「左京大夫顕輔」として入る。→補注。

170 花が散ると夢の中だけで見てほしいことだ、現実に惜しむ甲斐もないのだから。○夢ばかり―夢の中だけで。「うたたねの夢ばかりなる逢ふ事を秋の夜すがら思ひつるかな」(後撰・恋五・読人不知)。○うつゝ―「夢」の対。

171 菊の花が褪せている情趣に見えたのは、秋が過ぎゆく徴ということだろう。○うつろふ―花などの色が褪せてゆく。「神無月時雨もいまだ降らなくにかねて移ろふ神奈備の森」(古今・秋下・読人不知)。○見えつる―底本「見へつる」の「へ」に「え」傍記。○しるし―証拠となるもの。

172 世間一般に秋という訳ではないけれど、私の宿に花が咲き乱れていることだ。○ならねども―逆接の確定条件を表す。~ではないが。「住吉の秋ならねども久しくも君と寝ぬ夜のなりにけるかな」(拾遺・恋二・源清蔭)。▽「月見ればちゞにものこそ悲しけれ我が身一つの秋にはあらねど」(古今・秋上・大江千里)。などを響かせるか。→補注。

173 空の模様も惜しく思われる、入相の鐘の響きに春の季節が残っているよ。○入相の声―夕暮れに突く鐘の意の「入相の鐘」のこと。「山寺の入相の鐘の声ごとに今日も暮れぬと聞くぞ悲しき」(拾遺・哀傷・読人不知)。○春の残れる―春がまだ残っている。「青柳の糸もみなこそ絶えにけれ春の残りは今日ばかりとて」(続拾遺・雑春・和泉式部)。→補注。

174 奥山にも鶯の古巣を守る人がいるのだろうか。楊梅の枝に主の鶯は里を出たのに、その古巣がそのまま残っているよ。○奥山も守る―物名《もののな》の技法で「やまもも(楊梅)」を詠み入れる。楊梅(山桃)はヤマモモ科の常緑高木。雌雄異種。紫紅色の初夏熟す集合果は食用となる。○

171 菊《きく》の花《はな》うつろふ色に見えつるは秋の過《す》ぎゆくしるしなりけり

風景一家秋

172 おほかたの秋ならねどもわが宿《やど》に咲《さ》き乱《みだ》れたる花とこそ見《み》れ

三月尽日唯残㆓半日春㆒

173 惜《を》しむとや空のけしきも思《おも》ふらん入相《いりあひ》の声《こゑ》に春の残《のこ》れる

楊梅《やまもゝ》の枝に鶯《うぐひす》の古巣《ふるす》のあるを見《み》て

174 奥山も守《も》る人やある鶯《うぐひす》の古巣《ふるす》ながらの枝《えだ》の残《のこ》れる

三月三日、安楽寺花宴日、僧都元真のもとに言《い》ひ遣《や》りし

175 三千歳《みちとせ》に花咲《はなさ》く桃《もゝ》の今日《けふ》ごとに逢《あ》ひ来《く》る君《きみ》をためしにぞ見《み》る

返《かへし》

176 こゝの空今日《けふ》や限《かぎ》りと思《おも》ふ身を君《きみ》が祈《いの》りにおなじくや経《へ》む

菊綻暮流芳

177 香《か》を求《と》めて折《お》るべきものを菊《きく》の花折《はなお》りくる波《なみ》や折《を》り尽《つ》くすらん

古巣ながらの枝の残れる―底本「ふるすながらのえたの」の「のえたの」に「にはるの」傍記。「枝の残れる」は枝がまだ山に残っている。▽前歌が春の名残を歌うのに対して、この歌は山間に残っている枝を扱っている。

175 三千年に一度花咲くという桃の日の今日三月三日ごとに逢うために下向した折に、長寿の例として見ることだ。○三月三日―五節句の一つの「桃の節句」のこと。○安楽寺―筑紫郡太宰府町にあった寺院で、菅原道真の廟所。○花宴―梅・桜・藤などの花を見ながら、詩を賦したり、歌舞を演じたりして宴を催すこと。○僧都元真―筑紫僧都。もと東大寺僧で長徳二年(九九六)。鎮西下向、寛弘五年(一〇〇八)「於安楽寺死了」(僧歴綜覧)。○三千歳―仙界に桃の木があって、三千年に一度花を開き実を結ぶという西王母の仙桃伝説に拠る。「三千歳になるてふ桃の今年より花咲く春に逢ひにけるかな」(拾遺・賀・凡河内躬恒)。

176 ここの空の下、今日が最後だと思う身だが、あなたの祈りで同じく生きて行こう。○今日や限りと―今日が最後だと。「わびつつも昨日ばかりは過ぐしてき今日や我が身の限りなるらむ」(拾遺・恋一・読人不知)。▽元真はほぼ九十歳。→補注。

177 花の香を求めて手折るはずのものだけれども、菊の花は波などが折り重なるように砕けているのだろう。○香を求めて―花の香を尋ね求めて。「香をとめて誰折らざらん梅の花あやなし霞立ちな隠しそ」(拾遺・春・凡河内躬恒)。○ものを―逆接の確定条件を表す。～だけれども。○折りくる―波などが折り重なるように砕ける。→補注。

178 都を出て思い掛けず明け暮れ日を暮らす、心尽くしの筑紫に五年任期の太宰大弐となったが、九つの国と壱岐対馬の二つの国島の世を治めるという、畏れ多い詔勅を拝命したけれども、天下の諸人の中でも愚かな私の指図によって、誰が一体風に靡く草のように徴収する貢ぎ物

筑紫《つくし》に下《くだ》るとて詠《よ》める長歌

178 都出《みやこい》でて　思《おも》ひのほかに　明《あ》け暮《く》らす　心《こゝろ》づくしに　五年《いつとせ》の
守《かみ》と定《さだ》めて　九《こゝの》つの　国島二《くにしまふた》つ　まつりごつ　かしこき君《み》の
みことのり　うけたまはれる　身《み》なれども　天《あめ》の下なる　諸人《もろびと》
の　中《なか》にしもかく　愚《をろ》かなる　わが掟《をき》てには　誰《たれ》しかも　風《かぜ》に
なびかむ　草《くさ》のごと　催《もよを》す国《くに》の　貢《みつ》ぎ物《もの》　いかにしてかは　つ
とむべきと　思《おも》ふ心《こゝろ》は　ちはやぶる　神の中《なか》にも　箱崎《はこざき》の　二《ふた》
心《ごゝろ》なく　助《たす》けあらば　そしりなき身と　津《つ》の国《くに》の　永《なが》らへて世《よ》
に　残《のこ》しおきて　何《なに》の誉《ほま》れか　荒磯海《ありそうみ》の　浦吹《ふ》く風に　告《つ》げ
つゝも　かひなき身とは　竈門山《かまどやま》　くゆれど今《いま》は　かひもなし
心《こゝろ》をだにも　春霞《はるがすみ》　たなびく山の　花を見《み》て　なぐさむこ
とは　大島《おほしま》の　なるともなしに　天《あま》の原《はら》　めぐる月日《つきひ》は　暇過《ひます》
ぐる　駒《こま》よりも疾《と》き　われが世《よ》の　積《つも》れる年《とし》を　数《かぞ》ふれば　六《む》

を、どのように務めるのかと思う心は、神の中にも筥崎《はこざき》。ではないがふた心なく助けがあれば謗りの無い身と、摂津の長柄《ながら》。ではないが長く世に続けてこの代に残し置き、どのような誉れがあるのか有磯海に吹く風に告げながら、貝無しならぬ甲斐なき身とは、竈門山が燻るように悔ゆるけれど今はどう仕様もない。心だけでも春霞棚引く山の花を慰めることとは大島の鳴門ならぬ「成る」こともなく、天の原にめぐる月日は隙を勝れた駒よりも疾く、私の一生に積もる年月を数えてみると六年に満つと、四至の境も知らず忍び忍ぶことは谷川の下に流れるように過ごす折々に忍び音を立てる山郭公を夜半に聞くにつけても、石上布留ならぬ古里は浅茅原となって垣根に花が咲いていることだろう、その古里を偲ぶ心遣いはその甲斐もない。生の松原ではないが生きていたら頭の雪のような白髪が消えない内に、どうにかして垂乳根の親が諫めたことに対しては人並みに思い砕くけれど、宿命の続くかぎり投げ木ならぬ歎くばかり。奥山の谷の埋もれ木のように隠れて暮らし、私の占有する野の撫子ではないが愛しい子の盛りを見捨てて心も空しく空の月が西に隠れるように、往生する時を待つのだろうか。○心づくしに―「筑紫」を掛ける。「渡りてはあだになるてふ染河の心づくしになるもこそすれ」（後撰・恋六・読人不知）。○守と定めて―高遠は寛弘元年（一〇〇四）。十二月太宰大弐に任ぜられた。○九つの国島―九州のこと。○国島二つ―島そのものが国である壱岐対馬の二島。○まつりごつ―世を治める。○かしこき君のみことのり―天皇の詔勅。○掟て―指図。○風になびかむ草―一般の民。○貢ぎ物―租税の総称。○思ふ心は―底本「ころ」の間に朱「こ」補入。冷泉本「おもふこゝろは」。○ちはやぶる―「神」に掛かる枕詞。○箱崎―福岡市東区箱崎にある筥崎八幡宮のこと。○二心なく助けあらば―底本「ふたこゝろ」の後に「ナク」、「た」を「すけ」に続ける意の「夕歟」傍記。「二心」は不忠実な心。裏切りの心。○そしり―非難。○津の国―摂津国の古

年《とせ》に満《み》つと　しくもあれ　知《し》らぬさかひに　さそらひて　しのび〳〵は　谷川《たにがは》の　下《した》に流《なが》るゝ　をり〳〵は　山郭公《（ほととぎす）》　夜半《よは》の
に聞《き》く　声《こゑ》につけても　石《いそ》の上《かみ》　わが古里《ふるさと》の　浅茅原《あさぢはら》　垣根《かきね》の
花《はな》や　咲《さ》きぬらん　しのぶにつけて　思《おも》ひやる　心《こゝろ》づかひは
かひもなし　生《いき》の松原　生《い》きたらば　頭《かしら》の雪の　消《き》えぬ間《ま》に
いかにしてかは　垂乳根《たらちね》の　親《をや》のいさめし　ことはなほ《を》　人な
み〳〵に　思《おも》へども　宿世《すくせ》の限《かぎ》り　ありければ　歎《なげ》きぞしける
奥《おく》山の　谷《たに》の埋《む》もれ木《（ぎ）》　身を隠《かく》し　四方《よも》にも知《し》らぬ　ものな
らば　わが標《し》めし野《の》の《、》　撫子《なでしこ》の　花《はな》の盛《さか》りを　見捨《みす》て《、》や　心《こ、ろ》
も空に　行《ゆ》く月の　西《にし》に隠《かく》るゝ　時《とき》を待《ま》つべき

津《つ》の国《くに》の須磨《すま》の駅家《むまや》にて

179 浦風《うらかぜ》にもの思《おも》ふとしもなけれども波《なみ》のよるにぞ寝《ね》られざりける

人の家の垣根《かきね》の卯花を

名。長柄は「ながら」の枕詞。「あふことを長柄の橋のながらへて恋ひわたるまに年ぞへにける」（古今・恋五・坂上是則）。○荒磯海―荒磯になっている海岸。「荒」に誉れが「有（り）」を掛ける。○かひなき身―「貝なし」を掛ける。「貝」は「海」「浦」の縁語。○竈門山―筑前国。太宰府市周辺にまたがる宝満山。太宰府政庁の鬼門（東北）に位置する。「世の中を歎きにくゆる竈門山晴れぬ思ひを何しそめけん」（古今六帖・第二・作者名不記）。○くゆれど―「竈」の縁語。○たなびく―霞・雲などが中空に帯状になって靡いている。○大島―周防国。「大島の鳴門」。「なる」の掛詞。○天の原―広々とした大空。○めぐる月日は―冷泉本「めくるへきひは」の「へ」に見せ消ち「つ」の校異。○しく―土地や所領などの四方の境界。「境」を導く。○山郭公―林間を飛び回り、夜間にも鳴く。「深山出でて夜半にや来つる郭公暁かけて声の聞こゆる」（拾遺・夏・平兼盛）。○石の上―「布留（ふる）」に掛かる枕詞。○浅茅原―丈の低い茅萱が生い茂っている野原。転じて荒れ果てた野原。多く古里の荒廃を歎く。「古里は浅茅が原と荒れ果てて夜すがら虫の音をのみぞ鳴く」（後拾遺・秋上・道命）。○生の松原―筑前国。福岡市西区、今津湾沿いの海岸に延びる松原。「生き」を掛ける。○頭の雪―白髪の比喩。○垂乳根の―「母」「親」に掛かる枕詞。○宿世―前世からの因縁。○谷の埋もれ木―世間に知られず、見捨てられた身の上。詠者の境涯のこと。「山おろしの風は吹けどもことの葉も今は散り来ぬ谷の埋もれ木」（義孝集）。○標めし野―自分のものと独占を出張した野。○撫子―「愛しい子」の比喩。○心も空に―分別を失い、上の空になる意。○西に隠るゝ―往生すること。→補注。

179　浦吹く風に物思いをするわけではないが、夜に寄せる波のせいで寝られないよ。○須磨―摂津国。神戸市須磨区の一部、特に海岸に近いあたり。○駅家―街道の要所に、馬や人を揃えて、旅人の用に供した施設。宿駅。○もの思ふと

180 白妙《しろたへ》の妹《いも》が袂《たもと》と見え《へ》つるは世《よ》をうの花《はな》の盛《さか》りなりけり

路《みち》にて、松《まつ》の陰《かげ》に休《やす》むとて

181 松陰《かげ》に今日《けふ》は暮《く》らしつ明日《あす》よりは行《ゆ》く末遠《すゑとを》き心地《こゝち》こそすれ

府に入《い》る日《ひ》、水城《みづき》の関《せき》に、少弐・府官など、迎《むか》へに集《あつま》り来《き》たり

182 岩垣《いはがき》の水城《みづき》の関《せき》に群《む》れ向《む》かふ内《うち》の心《こゝろ》も知《し》らぬ諸《もろ》人

住吉といふ神、筑紫《つくし》にもありけり、そこに詣《まう》でゝ

183 住《す》みよしと思ふにはあらでちはやぶる神の心《こゝろ》をまつるなりけり

山川を渡《わた》るとて

184 村雨《むらさめ》にあへりと思《おも》へど山河《やま(かは)》の声《こゑ》にはぬれぬものにぞ有《(あり)》ける

安芸《あき》の国《くに》のいはで山を越《こ》ゆとて

185 塵《ちり》のみや積《つ》もりてなると思《おも》ひしをいさごもいはぬ山となりけり

染川《そめかは》

しは―底本「ものおもふとしも」の「も」に「は」傍記。○波のよる―波が「寄る」に「夜」を掛ける。

180 愛しい妹の白い袂と見えたのは、同じく白い卯の花だった。その「卯」ではないが辛い「憂」の世の中が溢れている。○白妙の―「袂」に掛かる枕詞。○うの花―「卯」に世を「憂（し）」を掛ける。「我が庵は都の巽しかぞ住む世をうぢ山と人は言ふなり」（古今・雑下・喜撰）。

181 今日は松の陰で休んでしまったが、明日からは行く末が遥けく感じられる。○今日は暮らしつ―「今日」と「明日」を対比させる。「恋ひつつは今日は暮らしつ霞立つ明日の春日をいかで暮らさん」（拾遺・恋一・柿本人麿）。○行く末遠き―将来が遼遠である。

182 石造り水城に群れ私を迎える、全く心の底が分からない諸人だ。○府―太宰府。○水城―太宰府を外敵から守るために土塁を積み上げて造った水濠。○関―水路を堰き止めるもの。○少弐―太宰府の大弐に次ぐ三等官。高遠は大弐であった。○内の心―心の内面。

183 住み良いという名を持つ神であったが、その神を心からお祀りしたことだ。○住吉と…筑紫―筑前国那珂郡、今の福岡市博多区にある筑前一宮。○住みよし―住吉明神。「住み良し」を掛ける。○ちはやぶる―「神」に掛かる枕詞。

184 村雨に遭遇したとは思わないけれど、本当は村雨ではない山川の音には濡れることがない。○村雨―秋から冬にかけて、急に強く降っては止み止んでは降る雨。○山河の声―雨・颪などの自然現象。▽自然現象で濡れるのではなく、旅の寂寥感で涙すること。

185 塵が積もって山になると思っていたが、砂までも物言わぬ岩出山となることだ。○いはで山―安芸の「岩出山」は未詳。○塵のみや積もりてなる―「微塵積もりて山と成る」（大智度論）に拠る。○いはぬ山―「岩出山」に掛ける。

186 恋《こひ》しさは色に出《い》でぬと染川《(そめ)かは》の心《こゝろ》を汲《く》みて人は知《し》らなむ
木丸殿《きのまろどの》といふ屋《や》は、筑紫《つくし》にぞありける

187 昔《むかし》より木丸殿《きのまろどの》と聞《きこ》え《へ》しは住《す》み着《つ》く人の無《な》き名《な》なりけり
きじ橋《はし》

188 いかにぞやきじ橋《はし》しるく思《おも》へども頼《たの》めしことぞおぼめかれける
速見《はやみ》の里《さと》

189 何事《なにごと》のゆかしければか路遠《みちとを》み速見《はやみ》の里《さと》に急《いそ》ぎ来つらん
ふところ

190 ひとり寝《ね》に夜数《よかず》つもれる冬《ふゆ》の夜《よ》は妹《いも》がふところ恋《こひ》しかりけり
あまりべ

191 思《おも》ひあまりへしや何《なに》ぞもかくばかり憂《う》き身ひとつの歎《なげ》かしきかな
青木《あをき》

186 恋しさは外に溢れてしまう、染川の水を汲むように私の恋心を汲んで知ってほしいことだ。〇染川―筑前国。太宰府市の天満宮近くを流れる藍染川。〇色に出でぬ―「染め」の縁で「色」を詠む。「染河を渡らん人のいかでかは色になるてふ事のなからん」（拾遺・雑恋・在原業平）。〇知らなむ―知ってほしい。

187 昔から木の丸殿と聞こえていたのは、住み着く人が見当たらないということなのだった。参考「朝倉や木の丸殿に我が居れば名乗りをしつつ行くは誰が子ぞ」（新古今・雑中・天智天皇）。〇筑紫にぞ―底本「つくしに」に朱で「そ」補入。冷泉本「つくしにそ」。〇木丸殿―筑前国。朝倉郡朝倉町。斉明天皇が百済を救済する折に建てた行宮。〇五句―「名（乗り）」を掛ける。

188 どういうことなのか雉橋ではないが著く思うのだけれど、私の頼みとする恋心ははっきりとせず不審に思われる。参考「春の野にあさる雉子の妻ごひにおのがあたりを人に知れつつ」（万葉・巻八・大伴家持）。〇きじ橋―不明。「著し」を導く。〇しるく―はっきりと。〇おぼめかれける―不審に思われる。

189 一体何がということではないが路が遠いので速見の里に急いで来たのであろうか。〇速見の里―所在未詳。「遠み」と「早み」を対比させる。〇ゆかしければか―興味を引かれるからというのだろうか。「か」は疑問の係助詞。〇路遠み―路が遠いので。→補注。

190 独り寝で所在なく積もった冬の夜は、特に妻の胸元が恋しく感じられる。〇ふところ―太宰府庁。「懐」を掛ける。〇つもれる―（夜の数が）。積み重なって量が増える。〇妹がふところ―愛しい人の胸元。

191 余部で思いが余る所で時を経たが、どうしてこのように憂き身が嘆かわしいのだろうか。〇あまりべ―底本「あまわり」を歌本文「あまりべ」により修訂。筑前国御笠郡余部。〇思ひあまり―堪えがたいほど思い悩む。〇へしや―そ

192 木枯《こか》らしの風《かぜ》は吹《ふ》けども散《ち》らずしてまだ青《あを》き木や常磐《ときは》なるらむ
日暮石《ひぐれいし》

193 日暮石《ひぐれいし》の占問《うらと》ふ神《かみ》に祈《いの》りみむわが思《おも》ふことなるやならずや
幸《さいはひ》の橋《はし》

194 頼《たの》もしき名《な》にもあるかな道行《みちゆ》かばまづ幸《さいはひ》の橋《はし》を渡《わた》らむ
垂玉《たるたま》の橋《はし》

195 島伝《しまづた》ひ門《と》渡《わた》る舟の楫間《かぢま》より落《お》つるしづくや垂玉《たるたま》の橋《はし》
浜の小田《をだ》

196 にこ浜《はま》のを絶《た》えて波《なみ》の寄《よ》せぬ間《ま》は海人《あま》の漁《あさ》りぞのどけかりける
風早《かざはや》

197 うぐひすの縫《ぬ》ふといふなる花笠《はながさ》は柳《やなぎ》の糸《いと》を風《かぜ》や縒《よ》るらん
長浜《ながはま》

198 泊《とま》りつゝ駅家《むまや》〳〵と思《おも》ふ間《ま》に行《ゆ》けど尽《つ》きせぬ道の長浜《ながはま》

うであるだろうと。○何ぞも―どうして。

192 木枯らしは吹くけれど葉はまだ散らず、いまだに青い木は常磐といえるのか。○青木―筑前国怡土《いと》郡青木。高祖《たかす》。山の北東麓に位置し、北は博多湾に面する。○青き木―底本「あを木ゝや」。冷泉本「あをきゝ」による。○常磐―色を変えない様子。

193 日暮石で占を尋ねる神に祈ってみよう、私の思うことが叶うのかどうかを。○日暮石―九州の地名だろうが、未詳。○占問ふ神―浦を探し求める神。「占を問う」に掛ける。○祈りみむ―祈ってみよう。○なるやならずや―叶うのか、それとも叶わないのか。

194 頼りに思われる名であることだ、その道を辿るのなら「幸ひ橋」を渡ることにしよう。○幸の橋―未詳。○頼もしき名―頼りに思われる名前。「幸ひ橋」に拠る。

195 島伝いに進んでゆく舟の楫間から落ちる雫は、まさに垂れる玉ならぬ垂玉の橋だ。○垂玉の橋―未詳。○島伝ひ―島から島へと伝って移動してゆくこと。○門―岸と岸とが迫って門のようになっている地形。○楫間―櫓を漕ぐ音が絶える間のわづかの間。○垂玉―雫の見立て。

196 ただでさえ穏やかな浜で波が寄せない間は、海士の漁りはのどけく感じる。○浜の小田―底本「たま」の「た」に「は歟」傍記。異文「浜の小田」は筑後国下妻郡水田郷小田か。筑肥山地の一部をなす清水連山から流れ出る矢部川下流。○にこ浜―砂の柔らかい浜。○漁り―漁をすること。

197 鶯が縫うという梅の花笠は、柳の糸を風が縒っているのか。参考「青柳を片糸に縒りて鶯の縫ふてふ笠は梅の花笠」（古今・神遊びの歌）。○風早―壱岐国壱岐郡風早郷。○風や縒るらん―風が吹くから青柳の糸を縒るのであろう。→**補注**。

198 泊まり継ぎながら宿駅から宿駅へと駅家を進んでゆくが、長浜は名前通り長々しい。○長浜―企救の長浜。豊前国企救郡の小倉湾に臨

橘《たちばな》の坂《さか》

199 あはれなる昔《むかし》の袖《そで》も薫《かほ》るとや花《はな》たちばなの坂《さか》や行《ゆ》かまし

いかの江

200 風《かぜ》いたみ長居《ながゐ》しつべきいかの江にゆめ漕《こ》ぎ寄《よ》すな磯菜《いそな》刈《か》り舟《ふね》

今《いま》はとて、博多《はかた》に下《くだ》る日《ひ》、館《たち》の菊《きく》の、おもしろかりしを見て

201 とりわきて我《（わが）》身に露《つゆ》やお《を》きつらん花《はな》より先《さき》にまづぞうつろふ

返《かへ》し、監明範朝臣

202 今《いま》はとてうつろふ君《きみ》をしのべばや花《はな》の袂《たもと》も露けかるらん

生《いき》の松原《まつばら》を過《す》ぐとて

203 音《をと》に聞《き》く生《いき》の松原見つるより物思《ものおも》ひもなき心地《こゝち》こそすれ

みのぶ浜《はま》といふ、貝多《かひおほ》かる浜《はま》にて

204 みのぶ浜何《はまなに》かは波《なみ》のよるを待《ま》つ昼《ひる》こそ貝《かひ》の色《いろ》も見え《へ》けれ

んだ海浜。○駅家―街道の要所に、馬や人を揃えて、旅人の用に供した施設。宿駅。

199 情趣深い昔の袖も薫るかと、花橘の坂を行くのだろう。○橘の坂―筑前国粕屋郡。立花山の北東麓に位置する。○あはれなる―底本「る」に朱で「り」の校異。○昔の袖―橘は懐旧の意を表す。「五月待つ花橘の香をかげば昔の人の袖の香ぞする」(古今・夏・読人不知)。

200 風が激しく吹くのできっと長居してしまう「飯香の江」に決して漕ぎ寄せてはいけない、磯菜刈る舟よ。○いかの江―未詳。「五十日」を掛けて長居を掛ける。○風いたみ―風が甚だしいので。○長居しつべき―底本「つ」に朱で「ぬ」の校異。○磯菜刈舟―磯が無いも同然に浮かぶ舟。

201 後拾遺・雑五。特に私の身体に露が置いたのであろうか、菊の花より先に移ろうことだ。○博多に下る日―寛弘元年(一〇〇四)。十二月大宰大弐に任ぜられたが、同六年八月筑後守菅野文信の訴状により、職を解かれ上洛した。○露―菊の花の色を変えるものとされる。○うつろふ―菊について色が変わると同時に、自分については職(大宰大弐)を辞任する意を籠める。▽「後」の集付あり。

202 今はもうお別れということで任を辞任するあなたを偲ぶからなのか、菊の花の袂も涙で露まみれなのだろうか。○監明範朝臣―未詳。「監」は太宰府の三等官。○うつろふ君―辞任してゆく高遠のこと。○しのべばや―偲べというからか。○花の袂―花を衣の袖に見立てたもの。「かりにのみ人の見ゆればをみなへし花の袂ぞ露けかりける」(拾遺・秋・紀貫之)。

203 評判の高い生の松原を見てから思い悩むことがない心地がすることだ。○生の松原―筑前国。「生き」を掛ける。○音に聞く―噂を聞いている。○物思ひもなき心地―掛詞「生き」を承け、思い悩むことがない気持ち。

204 みのぶならぬ命が延ぶと言うが、どうして波の寄る夜を待つのか。昼には貝の色も

雪の降《ふ》りしかば、留《とゞ》まりて

205 浜辺《はまべ》にて降《ふ》り交《か》ふ雪を見《み》わたせば春咲《はるさ》く花の波《なみ》かとぞ見《み》る

監種材朝臣［　　］

山づらにて、頭白《かしらしろ》くてありしを見《み》て

206 神《かみ》さびて山辺《やまべ》に見《み》ゆる翁《をきな》草いとゞ雪積《ゆきつ》む春《はる》ぞかひなき

返《(かへし)》

207 行《ゆ》きて見《み》よ千代《ちよ》の春日《はるひ》にはる〳〵と翁草《おきなくさ》も花《はな》や咲《さ》かぬと

内浦浜《うつらはま》を行《ゆ》くとて

208 かりにとは思《おも》はぬ旅《たび》をいかなれや内浦浜《うつらはま》をば行《ゆ》き暮《く》らすらん

貝《かひ》をかしかりし浜《はま》に降《お》り居《ゐ》て、女房のを《お》かしき貝《かひ》を合《あは》すとて、右方《かた》に詠《よ》めと言《い》ひしかば

209 海人《あま》の住《す》むうらやましくも思《おも》ふ覧《(らん)》かひある今日《けふ》の磯《いそ》の漁《あさり》を

くっきり見えるのに。〇みのぶ浜―筑前国宗像郡養生。〇何か…―どうして（…なのか）。〇よる―波の「寄る」に「夜」を掛ける。

205 浜辺で降り乱れる雪を見渡すと、これは春咲く花の波ではないかと見えるよ。〇降り交ふ―交差するように降る。〇花の波―底本「花のなみ」に「なみのはな歟、本ノマ、」傍記。「雪」を「花」（波の花・花の波）に喩える。

206 神々しい山辺の翁草を見ると、一層雪が降り積もる春は甲斐がない。それと同じく、白髪が増えた頭は春には甲斐がないよ。〇監種材朝臣―底本「朝臣」の下に「、、、、、」と、欠脱等を示す記号あり。冷泉本も同じ。「種材」は未詳。→二〇二。〇山づら―山の斜面。〇神さびて―荒れて寂しい感じになる。〇翁草―キンポウゲ科の多年生草本。山野に自生。全体が白く長い毛で覆われるので、この名がある。ここでは種材朝臣の白髪頭を暗示するか。〇いとゞ雪積む―翁草の白さの上に種材朝臣の髪の白さが加わること。→**補注**。

207 都に行かれて見ていてください。千代の春日にはるばると翁草にも花が咲かないかどうかと。〇千代の春日―千年後の春の日。「池水の底さへにほふ花桜見るとも飽かじ千代の春まで」（金葉・賀・堀河院）。

208 仮の旅とは思わないのに、内浦浜ではどうして鶉を狩りにと行き暮らすのだろうか。〇内浦浜―筑前国遠賀郡内浦。湯川山東麓に位置する。「鶉」を掛ける。〇かりに―「仮に」を掛ける。「野とならば鶉と鳴きて年は経むかりにだにやは君が来ざらむ」（古今・雑下・読人不知）。▽伊勢物語・一二三段の発想を借り、「鶉」ならぬ「内浦浜」で旅の途中に日が暮れる。

209 海士の住む浜では羨ましく思うことであろう、漁り甲斐がある貝の多い今日の内浦浜では。〇浜に―底本「はまに」の「に」に朱で「ち」の校異。〇貝を合す―物合わせの一種「貝合」。左右に分かれて、貝を出して合わせ、その優劣を競う遊び。〇うらやましくも―海人の住む

210 帰《かへ》る日《ひ》を拾《ひろ》ひて行《ゆ》けば旅《たび》びとのおなじ泊《とま》りに行《ゆ》きもやられず

211 かひなしと見ゆるかたには白浪《しらなみ》の寄《よ》るべなげにも見え《へ》わたるかな

入《いり》江を《お》かしかりし所に、松のありしを見て

212 みさごゐる入江の松《まつ》も波馴《なみな》れて幾代《いくよ》を染《そ》める緑《みどり》なるらん

よそに桜《さくら》の花《はな》を見《み》て

213 このたびは思《おも》はぬ山の桜花《さくらばな》散《ち》るも散《ち》らぬもよそにこそ見《み》れ

大島《おほしま》の門《と》を渡《わた》るとて

214 大島《おほしま》や門《と》渡《わた》る舟の楫間《かぢま》より落《お》つる雫《しづく》に濡《ぬ》れつ、ぞ行《ゆ》く

遠《とほ》つの神《かみ》に、荷前《のさき》たてまつるとて

215 行《ゆ》く道《みち》をとほるの里《さと》に禊《みそぎ》して今《いま》ぞ島根《しまね》を出《い》ではじめける

花の中《なか》に鶯の鳴《な》く

「浦」を掛ける。○かひある―「甲斐ある」を掛ける。「貝」は「海人」「浦」「磯」などの縁語。

210 帰途貝を拾いながら進んで行くので旅人は同じ宿で行き過ぎることも出来ない。○拾ひて―一つ一つ指折り数えて。○旅人―底本「たひこと」の「こ」に「ひ、本マ、」傍記。○行きもやられず―行き過ぎることもできない。

211 貝(甲斐)がないと見える潟(方角)には、白波が寄る辺なげに頼りとするところがなさそうにも見えることだ。○かひなし―「甲斐」と「貝」の掛詞。○かた―「方《かた》」に「潟」を掛ける。○寄るべ―「寄る」は「浪」や「貝」の縁語。頼りとする所がなさそうにも。

212 鶚の居る入江の松も波に親しんで、どれほどの代をかけて染まった緑なのだろうか。○みさご―鶚。鷲鷹類の一種。背は褐色、腹は白い。水辺に棲息し魚を捉えて食う。○波馴れて―波に親しんで。

213 今回は都に帰る旅なので、思いも掛けない山の桜が散るのも散らないのも自分とは関わりのないことと見るよ。○このたび―「たび」に「度」と「旅」の二重の意味を持たせる。

214 大島の門では、その海峡を渡る楫の合間から落ちる雫に濡れながら進むことだ。○大島の門―周防国大島郡大島と玖珂郡大畠との間の海峡。「門」は岸と岸とが迫って門のようになっている地形。○門渡る―底本「とはたる」を修訂。○楫間より―底本「かちまくら」の「くら」に見せ消ちで「より」の校異。「楫間」は櫓を漕ぐ音が絶える間のわづかの間。

215 都への道を通る「とほる」の道で禊ぎして、朝廷に献上する荷前は今島根を出たところだよ。○遠つの神―未詳。底本「とほつ」の「つ」に「る歟、本マ、」傍記。○荷前―年末に諸国から初穂として奉られる貢物。○とほるの里―地名に行く道を「とほる」の意を掛ける。○禊―川や海の水などで、身の罪やけがれを洗い清めること。○島根―島。「ね」は接尾語。→補注。

216 うぐひすの声《こゑ》聞《き》く時《とき》はいとゞしく花《はな》の都《みやこ》ぞ恋《こひ》しかりける

島《しま》なる桜《さくら》を見《み》て

217 老《おい》の波《なみ》世《よ》をうみ渡《わた》る旅《たび》なれど心《こゝろ》をぞやるみちしまの花

舟酔《ふなゑ》ひをせしかば、甕《もたひ》といふ泊《とま》りに留《とゞ》まりて

218 ころ舟《ぶね》に酔《ゑ》ふ人ありと聞《き》き《ゝ》つるは甕《もたひ》に泊《とま》るけにやあるらん

八《や》尋《ひろ》浜といふ所にて

219 春《はる》の日《ひ》のはるかに道《みち》の見えつるはやひろの浜《はま》をゆけばなりけり

福浦《ふくら》といふ所《ところ》の花《はな》を見て

220 春風《はるかぜ》のふくらに咲《さ》ける桜花《さくらばな》咲《さ》くほどもなく散《ち》りはてぬらん

播磨潟《はりまがた》を過《す》ぐとて

221 播磨潟《はりまがた》行《ゆ》きかふ舟《ゝね》のほに上《あ》げてお《を》のが思《おも》ひのまに〳〵ぞ行《ゆ》く

夢前川《ゆめさきがは》を渡《わた》るとて

222 春《はる》の夜《よ》の夢前川《ゆめさきがは》を漕《こ》ぎ渡《わた》り恋《こひ》しき人に逢《あ》ふがまさしさ

216 花の中で鶯の鳴く声を聞く時は、より一層花の都が恋しく感じられる。〇いとゞしく―そうでなくても恋しいのに、一段と恋しい。〇花の都―都の美称。華洛。

217 夫木抄・巻二三。寄る年波でこの世にうんざりとして海を渡る旅ではあるが、通り道にある島に咲く花に心を弾ませる。〇老いの波―老齢を重ねることを、波に喩えた語。「水隠れて吹飯の浦にありし石は老いの波にぞあらはれにける」(躬恒集)。〇世をうみ渡る―世の中にうんざりしてずっと嫌になる。〇みちしまの花―通り道にある島に咲いている花。→補注。

218 ころ舟で酔った人があると聞いたのは、まるで酒を醸造する「甕」に泊まったせいであるからか。〇甕―未詳。地名に「甕」を掛ける。「甕」は酒などを醸成し保存する土器で、「もたひの浦」は備中国浅口郡。玉島港か。〇ころ舟―ちょうど良い時期に出る舟。〇酔ふ―船酔いと酒酔いを掛け、酒に「酔ふ」は「甕」の縁語。→補注。

219 夫木抄・巻二五。春の日のように遥かに道が見えたのは、長大である「八尋浜」を通るからなのだろうか。〇八尋浜―所在未詳。「八尋」は長大であることの意を表す。〇はるかに―「春の日の」の縁で「遥か」を導く。→補注。

220 春風が吹くという名をもつ「福浦」に咲く花は咲いている時間のなく風に散り果てるのだろう。〇福浦―播磨国赤穂郡福浦。備前国和気郡日生を含む海岸。地名に春風の「吹く」に掛ける。〇咲くほどもなく―咲いている時間のなく。春風が吹くことに拠って、花が散るという。

221 播磨潟では行き交う舟が帆を上げたように、自分の思いに任せて進んで行く。〇播磨潟―播磨国。明石から西の海岸の総称。〇ほに上げて―帆を上げたように、他にはっきりそれとわかるようにして。〇まに〳〵ぞ―底本「まふ〳〵」の「ふ」に「に」傍記。おのが思いに任せての意。

二見《ふたみ》の浦にて

223 玉櫛笥《たまくしげ》あけて見《み》つれど朝《あさ》ぼらけ二見《ふたみ》の浦は猶《(なほ)》波《なみ》ぞ寄《よ》る

明石《あかし》にて

224 都《みやこ》へ《え》と思《おも》ひあかしの浜風《はまかぜ》に心《こゝろ》を人はほにや上《あ》ぐらん

住吉《すみよし》にて

225 都《みやこ》をばなほ《を》住《す》みよしと思《おも》ひつゝ祈《いの》りてぞ行《ゆ》く神の心《こゝろ》を

須磨《すま》にて

226 なごりなき須磨《すま》の浦風《うらかぜ》朝《あさ》なぎに出《い》で離《はな》れゆくあとの白《しら》波

ゆふ崎《ざき》

227 神のます浦《うら》〳〵ごとに漕《こ》ぎ過《す》ぎてかけてぞ祈《いの》るゆふ崎《ざき》の松

鳴尾《なるを》

228 思《おも》ふことなるをに泊《とま》る舟《ふな》人は人なみ〳〵にあらざらめやも

上《のぼ》る道の長《なが》歌

222 春の夜に見る夢という名をもつ「夢前川」を漕ぎ渡り、夢の中で恋しい人に逢うことが現実となって行く。参考「うつつにはさらにも言はず播磨なる夢前川の流れても逢はん」(古今六帖・第三・作者名不記)。○夢前川―播磨国。中国山地の夢彦山に発し、飾磨郡夢前町・姫路を経て、播磨灘に注ぐ川。○春の夜の夢前川―「春の夜の夢」を掛ける。春の夜に見る夢。○まさし―夢の通りに予見が当たること。

223 玉櫛笥の朝が明けた朝ぼらけ、蓋ならぬ「二見の浦」いやはり波が寄せている。○二見の浦―播磨国。伊勢でなく、ここでは明石市二見町の海岸。○玉櫛笥―「開《け》」に掛かると共に、「ふた」と同音を含む「二見」に掛かる枕詞。「玉匣明けまく惜しきあたら夜を衣手かれて一人かも寝む」(万葉・巻九・作者未詳)、「夕月夜おぼつかなきを玉匣二見の浦は明けてこそ見め」(古今・羇旅・藤原兼輔)。

224 都のことを思い明かすではないが明石の浜では、帆を上げて恋心を募らせる。○明石―播磨国。明石付近の海岸。○思ひあかし―地名に思い「明かす」を掛ける。「長き夜を思ひあかして朝霧の起きてし暮れば袖ぞひちぬる」(貫之集)。○ほにや上ぐ―表面に現れる意に、帆を上げるを掛ける。→補注。

225 都をやはり住み良いと思いながら、住吉大社に祈りを念じて進んで行くよ。○住吉―摂津国。海の守護神である住吉明神を祀る住吉大社がある。○なほ住みよしと―地名に「住み良し」を掛ける。「住みよしと海人は告ぐとも長居すな人忘れ草生ふといふなり」(古今・雑上・壬生忠岑)。

226 余波の無い穏やかな須磨の浦を離れて行く、朝凪の中を進む跡には白波が立っているよ。○須磨→一七九。○なごりなき―海の荒れが収まり、その後に立っている波も静かなこと。太宰府に行く時に感じた感傷のない意の「名残なき」を掛ける。○朝なぎ―朝、海上に波風が立たなくて、穏やかなこと。○あとの白波―船の通っ

229 思《おも》ひきや　身のうき舟に　乗《の》りしより　多《おほ》くの月日　こがれつゝ　いつしか花《はな》の　都《みやこ》にて　心《こゝろ》〔の〕ほかに　ありへしも　世《よ》の常《つね》ならぬ　ことはなほ　問《と》ふ人あらば　答《こた》へんと　思《おも》ふほどしも　過《す》ぎゆきて　幾《いく》雲井とか　玉鉾《たまほこ》の　道《みち》は千重《ちへ》なる　海山《うみやま》に　過《す》ぐる日数《かず》は　うちつもり　思《おも》ひのほかに　さすらひて　いつとなぎさに　寄《よ》る波《なみ》に　旅《たび》の衣を　濡《ぬ》らしつゝ　もの思《おも》ふ身に　いつしかも　空にたなびく　霞《かすみ》とも　ならぬ歎《なげ》きをこりつみて　やゝ思《おも》へども　かひもなし　かくてわが身を歎《なげ》く間《ま》に　ありし昔《むかし》の　人ははや　海人《あま》の焚《た》く火《ひ》の　うちなびき　燻《くゆ》る煙《けぶり》と　なりにけり　あはれ幾代《いくよ》か　荒磯海《ありそうみ》の　浦吹《ふ》く風《かぜ》の　便《たよ》りありて　心《こゝろ》をほには　上《あ》げしかど　かゝるみるめをかづきつゝ　世《よ》に潮《しほ》たるゝ　水屑《みくづ》にて　あはれに生《いき》の　松原《まつばら》の　久《ひさ》しくなれる　わが身には　草葉《くさば》に掛か《かゝ》る　露《つゆ》のごと　は

た跡に立つ白波。「世の中を何にたとへむ朝ぼらけ漕ぎ行く舟の跡の白波」（拾遺・哀傷・満誓）。

227 夫木抄・巻二六。神がいらっしゃる浦を次々と漕ぎ過ぎて行くが、木綿を掛けて祈る勇崎の松よ。○ゆふ崎―備中国浅口郡勇崎。夫木抄は播磨とする。○神のます―神がいらっしゃる。○かけてぞ祈る―地名「勇崎」に神に手向ける「木綿《ゆふ》」を掛ける。木綿を掛けて祈るの意。「石の上布留の社の木綿襷掛けてのみやは恋ひむと思ひし」（拾遺・恋四・読人不知）。

228 思うことが成るという鳴尾に泊まる舟人は、波と同じく世間の人と同様にあるというのだろうか。○鳴尾―摂津国。西宮市の武庫川河口西岸付近の名。近くに和歌神である広田社がある。「成る」を掛ける。「君が代はなるをの浦に波立てる松の千歳ぞ数に集めん」（増基法師集）。○人なみ〴〵に―世間の人と同様に。「並み」に「波」は掛詞。「波」は「舟」の縁語。

229 かつて思ったであろうか、この憂き身が舟に乗って多くの月日を都に焦がれながら早くも花の都にと、心ここにあらず過ごしてきたが、世の常ではないことについて尋ねる人があれば答えようと思っている内に時が過ぎ、遠く離れた所からその道は千重の海山に過ごす日数は積もり思い掛けずに流離って、いつと無き渚に寄せる波に旅衣を涙で濡らしながら、物思う身にいつしか空に棚引く霞とはならぬ歎きを樵り積み少し思っても甲斐がなし。このようにして自分の身を歎いている内に、あの昔の人は早くも海士の焚く火が打ち靡く煙となってしまった。あはれにも幾代かあると有磯海の浦吹く風に便りもあって、帆を上げるようにこのような海松布を潜り取りながら、非常に涙で袖を濡らしながら水屑のようにはかない我が身には生の松原のように生きている我が身は草葉に掛かる露ではないが笹蟹のように生きる甲斐なく思うけれども、どうにかして岩代の松の年齢を結んだのか。あってもないような魂もさすがに花の身のように散るに付けて慰むだろうと眺めるが、花が散るに付けても世の中が一層

やまきえなく　さゝがにの　生《い》きてかひなく　思へども　いかにしてかは　岩代《いはしろ》の　松《まつ》の齢《よはひ》も　むしけむ　あるにもあらぬ魂《たなしひ》も　さすがに花《はな》の　目《め》に見え《へ》て　慰《なぐさ》むやとて　ながむれど　散《ち》るにぞいとゞ　世《よ》の中《なか》の　はかなきことは　覚《おぼ》え《へ》けるか　くて憂《う》き身は　津《つ》の国《くに》の　ながらふべくも　あらねども　今《いま》一度《ひとたび》も　九重《こゝのへ》の　内《うち》しのびてや　かけまくも　かしこき君の御前《をまへ》にて　袖《そで》の雫《しづく》の　つくぐ〵と　涙《なみだ》の掛《かゝ》る　愁《うれ》へをもげにといさめむ　言《こと》の葉《は》を　聞《きゝ》きての後《のち》は　音無《をとなし》の　滝《たき》にや身をも　投《な》げてまし　思《おも》ふは山の　笹《さゝ》の葉《は》の　そよとだに言《い》ふ　人なくて　慰《なぐさ》まれずは　さても失《う》せなむ

230
海人《あま》の浦《うら》にかき集《あつ》めたる藻塩草《もしほぐさ》くゆる煙《けぶり》は行《ゆ》く方《かた》もなし
　近江《あふみ》なる山里《ざと》に行《い》くとて、関越《せきこ》ゆとて

はかないものと思っていた。そしてこの憂き身は摂津国の長柄の橋のように永らえるとは思われず、今一度と九重の宮中に忍んで参上し、かけまくも畏れ多い君の御前にて袖の涙がしみじみとかかる愁えを申し上げ、まことにと鎮めるような御言葉を戴いた後で音無しの滝に身を投げてみたらどんなにか良いだろうと、そのように思うのは笹の葉がそよとばかりに言う人も無くて慰めないのならそういう状態で死んでしまおうかと思うことだ。○心のほかに―底本「こゝろほかに」。冷泉本「こゝろほかに」。冷泉本による。○思ひきや―思ったであろうか。○花の都―都の美称。華洛。○幾雲井―遠く離れた所。○玉鉾の―「道」に掛かる枕詞。○いつとなぎさに―「渚」にいつと「なき」を掛ける。○濡らしつゝ―旅の寂寥で流す涙と寄る波の両方による。○こりつみて―「歎き」という「木」に見立てて、縁語「樵る」に続く。○海人の焚く火―藻塩を得たり、魚を集めるために燃やす火。○荒磯海―荒磯になっている海岸。「荒」に幾夜か「有(り)」を掛ける。○ほには上げ―帆を上げたように、他にはっきりと分かるようにする。○みるめ―憂き目を「見る」に掛ける。○世に―非常に。○潮垂るゝ―涙で袖が濡れること。潮水に濡れてしづくが垂れることを掛ける。○水屑―はかない身の上の比喩。○生の松原―筑前国。贈歌詞書の「筑紫」の地名を読み込むと共に、「生き」を掛ける。○はやま―未詳。○さゝがにの―ここでは「生き」に掛かる枕詞。○岩代―紀伊国。日高郡南部町岩代。「岩代の野中に立てる結び松心も溶けず古へ思ほゆ」(万葉・巻二・長忌寸意吉麻呂)。○むしけむ―底本「本マ、」の校異。○九重―宮中。またその都。○かけまくも―心に掛けて思うこと。○津の国の―「ながらふ」に掛かる枕詞。○音無の滝―所在未詳。音沙汰の無いことに掛ける。○そよ―風によって発する音の形容。ここでは「笹の葉の」を承ける。↓**補注**。

230　海士が浦で掻き集めた藻塩草を燃やし燻る煙は、どちらにも行く方向もないことだ。

231 忘《わす》れずや昔《むかし》の影《かげ》や見ゆるとて関《せき》の清水《しみづ》に心《こゝろ》をぞ汲《く》む

伴《とも》なりし女房の返《かへ》し

232 逢坂《あふさか》の関《せき》の清《し》水の水鏡《みづかゞみ》君《きみ》が千歳《ちとせ》の影《かげ》はかはらず

返《(かへし)》

233 面影《おもかげ》は関《せき》の清水《しみづ》に浮《うか》ぶれど身を沈《しづ》めたる水底《みなそこ》ぞ憂《う》き

また、女の返《かへ》し

234 今《いま》や馬《ま》も浮《うか》ぶる関《せき》の水《みづ》なれば沈《しづ》める影《かげ》はあらじとぞ思《おも》ふ

瀬田《せた》の橋本《はしもと》の家にて、歌《うた》の題六を出《いだ》して、人々《〱》詠《よ》ませしに、逢坂《あふさか》の関越《こ》ゆ

235 逢坂《あふさか》の関越《せきこ》えねども干《ひ》ざりしをいとゞ清水《しみづ》に袖《そで》の濡《ぬ》るらん

瀬田《せた》の橋渡《はしわた》る

236 人知《し》れず思《おも》ひしことは都《みやこ》出《い》でて《ゝ》歎《なげ》き知《し》りたる瀬田《せた》の長橋《ながはし》

打出《うちで》の浜《はま》の朝霧《あさぎり》

○藻塩草―掻き集めた藻を焼くことから、思い出の文を焼却する意を含む。ここでは「煙」に掛かる。○行く方もなし―行く方向もない。「我が恋は空しき空に満ちぬらし思ひやれども行く方もなし」（古今・恋一・読人不知）。

231 忘れないよ昔の姿が見えるというので、逢坂の関の清水で心を汲みことだ。参考「逢坂の関の清水に影見えて今や引くらむ望月の駒」（拾遺・秋・紀貫之）。○関―近江国「逢坂の関」をさす。許されない男女が一線を越えて結ばれることに掛ける。○関の清水―逢坂の関にある清水。多く和歌に詠まれた。

232 逢坂の関の清水の鏡のような水に映る、君の千歳の影は変わることがないことだ。○逢坂の関―近江国。○関の清水→二三〇。○水鏡―静かな水面に鏡のように、物の影が映って見えること。○千歳の影―全く変わらない姿。▽贈歌に籠められた求愛の意に対して、軽くいなす。

233 関の清水に映る私の容姿が浮かぶけれども、それに対する私の沈淪の立場は辛く思われる。参考「水底に生ふる玉藻のうちなびき心を寄せて恋ふるこの頃」（拾遺・恋一・柿本人麿）。○面影―あなたの容姿。○身を沈めたる水底―対する私の立場。▽女の返歌を恨めしく、さらに応酬する。

234 今や馬までも映す関の清水に浮かんで見えるので、沈んでいる影はあるまいと思う。▽男の勝手な言い回しに対して、否定する。→補注。

235 逢坂の関はまだ越えないけれど、涙を乾かすことがなかったので、関の清水で袖が濡れるのだろう。○瀬田の橋本―近江国。琵琶湖から南流する瀬田川に掛かる橋の周辺の地域。○逢坂の関→二三二。○干ざりし―涙が乾かす間がなかった。○いとゞ―関の清水で濡れるだけでなく、悲しみの涙で一層濡れる。→補注。

236 人知れずに思ったことは瀬田の長橋ではないが長い歎きを都を出て知ったことだ。○瀬田の橋→二三五。○人知れず―人に知られず

237 白浪《しらなみ》の打出《うちで》の浜《はま》の秋霧《ぎり》に晴《は》れずもの思《おも》ふ鳰鳥《にほどり》ぞ鳴《な》く

238 紅葉《もみぢ》する山と見《み》れどもよそなれば時《とき》の間《ま》もなく心《こゝろ》をぞやる

前《まへ》に、海《うみ》に魚《いを》採《と》る舟《ふね》あり

239 波《なみ》の寄《よ》る漁《いさ》り小舟《をぶね》の見え《へ》つるはいを寝《ね》られねば見ゆるなりけり

沢辺《さわべ》の田刈《たか》る

240 をちこちに沢田《さわだ》刈《か》りつむ海人《あま》なれば去《い》ねとも人の名《な》にはいとはむ

田所山庄にありしに、九月九日、垣根《かきね》の菊《きく》を折《お》りにやるとて

241 古里《ふるさと》の籬《まがき》に咲《さ》ける花《はな》な《ゝ》らで思《おも》ひのほかに折《お》りてけるかな

四条大納言のもとにいひにやりし

242 山里は恋《こひ》しきことぞ忘《わす》れける問《と》はぬ心《こゝろ》を恨《うら》みつるまに

に。〇歎き知りたる―「長橋」の「長(き)」に続き、歎きの長いことを示す。

237 白浪が打出の浜に打ちつけ、秋霧によって見通しが悪く、心が晴れ晴れとしない。そんな鳰鳥が鳴いている。〇打出の浜―近江国。膳所の琵琶湖岸にある浜。波が「打ち」を掛ける。〇晴れず―霧によって見通しが良くないように、心が晴れ晴れとしない。〇鳰鳥―水鳥の一種。鸊鷉《かいつぶり》。池沼にすみ、巧みに水に潜り魚を取る。

238 余所ながら紅葉する山と見えるけれど、少しの合間もなく心を遣ることだ。〇よそなれば―余所ごとなので。「光なき谷には春もよそなれば咲きてとく散る物思ひなし」(古今・雑下・清原深養父)。〇時の間もなく―少しの合間もなく。

239 波が寄せる漁り小舟と見えたのは、ぐっすり寝られなかったからだ。〇漁り小舟―魚を捕るための小舟。〇いを寝られねば―ぐっすりと眠る意の「いを」に「魚《いを》」を掛ける。「時鳥一声鳴きていぬる夜はいかでか人のいを安く寝る」(家持集)。

240 あちこちで沢田の稲を刈り積み込む海士なので、あっちへ行けと人がその名ゆえにいとうのだろうか。〇田刈る―集まる。〇をちこち―底本「をこちし」に「ヲチコチ歟、本マ、」の校異。〇沢田刈りつむ―沢に集まり積み込む。〇去ねとも―沢田「刈りつむ」の縁で「稲」に掛ける。〇名には―底本「なにか」の「か」に朱で「は」の校異。

241 故郷の都の籬に咲く菊ではなくて、思い掛けずこの田所山庄の菊を手折ってしまったことだ。〇田所山庄―近江にある荘園。〇九月九日―五節句の一つ。重陽の節句。菊を愛でる。〇折り―底本「ほり」の「ほ」に朱で「お」の校異。〇ならで―ではなくて。「君ならで誰にか見せむ梅花色をも香をも知る人ぞ知る」(古今・春上・紀友則)。→補注。

242 山里というものは人を恋しく思うことを忘れるようだ。あなたが私を訪れないことで

返《(かへし)》

243 今《いま》とだに告《つ》げで山辺《やまべ》に入《い》る人《ひと》は恋《こひ》しきこともあらじとぞ思《(おもふ)》

又、大納言のもとより

244 秋《あき》の月西《にし》に巡《めぐ》りて東路《あづまぢ》の山辺《べ》をさへや遅《おそ》く出《い》づらん

返《(かへし)》

245 月の入《い》る西《にし》は憂《う》き世《よ》の方《かた》なれば思《おも》はぬ山を越《こ》えや出《い》づらん

五条の家の梅花を見て

246 古里《ふるさと》は住《す》みし人こそなけれども花《はな》は昔《むかし》の花《はな》にざりける

亡《な》くなりにける人の思ひにて、舟の中にて

247 浮《う》き舟に乗《の》りてこがるゝわが身には胸《むね》の煙《けぶり》ぞ雲《くも》となりける

248 恋《こひ》しきに寝《ぬ》る夜《よ》なけれど世《よ》の中のはかなき時《とき》は夢《ゆめ》とこそ見れ

つれなく恨む内に。〇四条大納言―藤原公任。康保三年（九六六）～長久二年（一〇四一）、七六歳。父は関白太政大臣康義公頼忠、母は中務卿代明親王女厳子。〇問はぬ心―あなたが訪ねて来ない気持ち。

243 今行きますとさえ告げずに、山辺に入ってゆくようなあなたは、もともと人を恋しいなどということもあるまいと思いますが。参考「ちはやふる三輪の山もと経にければ恋ひしき人もあらじとぞ思ふ」（中務集）。〇入る―「梓弓はるの山辺に入る時はかざしにのみぞ花はちりける」（後拾遺・春上・道命）。

244 秋の月は西に巡って東路の山辺さえも遅く出ているのよ。〇秋の月―相手の高遠を寓するか。〇さへ―重いものを予定して軽いものを示す表現。

245 月が入る西はつらい世の方向にあるので、思いを掛けない山をどうして越えて出るのだろうか。〇憂き世の方―つらい世の方向。〇越えや出づらん―越えて出るのだろうか。▽本来、西は極楽浄土であるが、都から西にあたる太宰府は「憂き世」であった。→補注。

246 古里はかつてそこに住んだ人こそいないけれども、この梅の花は昔と同じ花なのであった。参考「人はいさ心も知らず古里は花ぞ昔の香に匂ひける」（古今・春上・紀貫之）。〇にざりける→一四九。

247 波の浮舟に乗って、亡き人に焦がれる憂き我が身には、胸を焦がす煙が雲となって立つよ。〇浮き―「浮き」に「憂き」を掛ける。〇こがるゝ―底本「うかるゝ」の「う」に朱で「こ」の校異。「浮かる」は浮いてただよう意。「焦がる」は思うようにならず、いらだつ意。〇胸の煙―胸を焦がす煙。「焦がる」は「煙」の縁語。

248 後拾遺・哀傷。亡くなったあの人が恋しいので寝ることは出来ないが、世の中がこんなに儚い時は覚めている現実を夢だと思うことだ。〇寝る夜なけれど―寝ることはできないが。

249 藤衣《ふぢごろも》いかなる旅《たび》に着《き》たればか波《なみ》さへ掛《かゝ》るものを思《(おもふ)》らん

250 海渡《うみわた》る心《こゝろ》づくしにありつゝは涙《なみだ》の河《かは》に流《なが》れてぞゆく

251 思《おも》へどもかひなき浦《うら》に浜千鳥《はまちどり》人なみ〳〵に濡《ぬ》れつゝぞゆく

去寛弘元年十二月七日夜夢想、見歳四十許女人捧二青色紙文一。称二賀茂上御社使一来言、此文可レ奉レ殿者。取レ之開見、有二和歌一首一。其詞云

252 木綿《ゆふ》襷《だすき》かくる袂《たもと》はわづらはし解《と》けば豊《ゆた》かにならむとを知《し》れ

筑紫《つくし》に下《くだ》りし道《みち》に、塩焼《しほや》くを見て

253 風《かぜ》吹《ふ》けば藻塩《もしほ》の煙《けぶり》うちなびきわれも思《おも》はぬ方《かた》へこそ行《ゆ》け

所《ところ》を、梅《むめ》の枝《えだ》に付《つ》けて、人のお《を》こせたりしに

254 梅《むめ》の花《はな》世《よ》の常《つね》ならず見ゆるかなところがらにや匂《にほ》ひますらむ

夢を見ることがないことを言う。○夢と―覚めている現実を夢と。▽「後」の集付あり。初句「恋しさに」。

249 喪服を着たからというのであろうか、波さえ掛かるかのように涙に濡れる思いをするのだろうか。○藤衣―喪服。○着たればか―着たからというのであろうか。○波さへ掛かる―涙で濡れることの比喩。

250 海渡るならぬ、倦み渡ることにあれやこれやと心を砕く日々を送りながら、涙が川とばかりに流れるように過ごして行く。○海渡る―「倦みわたる」を掛ける。「難波津を今日こそ御津の浦ごとにこれやこの世をうみわたる舟」(後撰・雑三・在原業平)。○心づくし―「尽くし」に赴任地の「筑紫」を掛ける。あれこれ悩んで心砕くこと。○涙の河―涙を河に見立てた表現。

251 物思いにくれても貝ならぬ甲斐がないので、浜千鳥が波に濡れるように人並みに世間の人と同じく涙にくれることだ。○かひなき浦―「貝」に「甲斐」を掛ける。「貝」は「浦」「浜」の縁語。○浜千鳥―浜辺にいる千鳥。自分を投影させる。○人なみ〳〵に―世間の人と同様に。

252 木綿襷を掛ける袂は煩わしいけれど、願掛けが叶えば心豊かになるのだ。○寛弘元年十二月七日―寛弘元年は一〇〇四年。高遠は同年一月に太宰府に赴任している。○賀茂上御社―賀茂別雷社。賀茂別雷神を祭神を祀る。○木綿襷―木綿で作った襷。「掛く」に掛かる枕詞。○わづらはし―めんどうである。○解けば―「遂げば」を掛ける。↓**補注**。

253 風が吹くと藻塩の煙が棚引き、見ている私も風に靡くその煙のように思い掛けない方へ行くことだ。○筑紫に下りし道―高遠は寛弘元年(一〇〇四)一月に太宰府に赴任している。○藻塩の煙―製塩の煙。海藻に海水をかけて塩分を濃くして燃やし、それを水に溶かしたものを煮詰めて塩にする。○思はぬ方へ―思い掛けない方に。「須磨の海人の塩焼く煙風をいたみ思はぬ方にた

或人の、長恨歌、楽府の中《なか》に、あはれなることを撰《えら》び出《いだ》して、これが心《こゝろ》ばへを廿首詠《よ》みておこせたりしに

255 唐櫛笥《からくしげ》あけてし見《み》れば窓深《まどふか》き玉《たま》の光《ひかり》を知《し》る人ぞなき

養在㆓深窓㆒人未㆑識

256 朝日さす玉《たま》の台《うてな》も暮《く》れにけり人と寝《ぬ》る夜《よ》の飽《あ》かぬなごりに

春宵苦短日高起

257 思《おも》ひやる心《こゝろ》も空《そら》になりにけりひとり有明《ありあけ》の月をながめて

行宮見㆑月傷㆑心色

258 世中《(よのなか)》を心《こゝろ》づゝみの草《くさ》の葉《は》に消《き》えにし露《つゆ》に濡《ぬ》れてこそ行《ゆ》け

馬嵬坡下泥土中

259 蓮《はちす》生《お》ふる池《いけ》は鏡《かゞみ》と見ゆれども恋《こひ》しき人の影《かげ》は映《うつ》らず

太液芙蓉未央柳

昇㆑天入㆑地求㆑之遍

大弐高遠集

なびきにけり」（古今・恋四・読人不知）。▽「後」の集付あり。後拾遺・羇旅に入る。五句「方にこそ立て」。

254 梅の花が普通でなく見える、太宰府という所がらだろうか匂いが増すように感じるよ。○常ならず―普通ではなく。○ところがらにや―太宰府という所がらだろうか。「東風吹かば匂ひおこせよ梅花主なしとて春を忘るな」（拾遺・雑春・菅原道真）。

255 唐櫛笥を開けてみると、窓の奥深き玉の光のような楊貴妃を知っている人はいない。○長恨歌―白氏文集那波本・○五九六。○楽府―新楽府のこと。白氏文集那波本・○一二四～○一七四。○心ばへ―風情。趣向。○唐櫛笥―「開け」に掛かる。○窓深き―屋敷内の奥の部屋に育つこと。○玉の光―玉のような美人。○知る―底本「みる」に見せ消ちで「しる」の校異。▽二五五～二六四まで長恨歌の詩句による題詠歌群。→補注。

256 朝日が射す玉の台も早くも暮れてしまった、恋人と寝る夜が倦むことのない名残の内に。○朝日さす―本来は「春日」などに掛かる枕詞。ここでは文字通り、朝日がさすの意。○玉の台―「玉台」の訓読。華美を尽くした殿舎。○飽かぬ―倦むことなく。→補注。

257 楊貴妃を思い遣る心も上の空になってしまった、独りある有明の月を眺めて。○心も空に―分別を失い、うわの空になる意。「藤衣ふたたび立ちし 朝霧に 心も空に まどひそめ―」（拾遺・雑下・源順）。→補注。

258 夫木抄・巻三五・楊貴妃。世間の非難を憚り、堤の草の葉に露と消えてしまった楊貴妃の命は、それを思い出しながら涙にくれることだ。○心づゝみ―馬嵬坡という「堤」を掛ける。○消えにし露―露と消えてしまった人。「はかなくて消えにし露を蓮葉に君し結ばば疑ひもなし」（為頼集）。→補注。

259 蓮が生える池は鏡のように見えるが、もはやそこには恋しい人の影は映らない。○蓮

260 思《おも》ひやる心《こゝろ》ばかりはたぐへしをいかにたぐへむ幻《まぼろし》の世《よ》を

忽聞海上有㆓仙山㆒

261 尋《たづ》ねずはいかでか知《し》らむわたつ海《うみ》の波間に見《み》ゆる雲《くも》の都《みやこ》を

九華帳裏夢中驚

262 うたゝ寝《ね》の覚《さ》めての後《のち》の悔《くや》しきは夢《ゆめ》にも人を見さすなりけり

七月七日長生殿

263 かつ見《み》るにあかぬ歎《なげ》きもあるものを逢《あ》ふ夜《よ》まれなる七夕《たなばた》ぞ憂《う》き

此恨綿々無㆓絶期㆒

264 ありての世《よ》なくての後《のち》の世《よ》も尽《つ》きじ絶《た》えぬ思《おも》ひの限《かぎ》りなければ

一閉㆓上陽㆒多少春

265 そこばくの年《とし》つむ春《はる》に閉《と》ぢられて花見《はなみ》る人になりぬべきかな

一生遂向空床宿

266 うちはへて空《むな》しき床《ゆか》のさびしさにしばしまどろむ時《とき》ぞ少《すく》なき

―「芙蓉」は「蓮」の古名。○鏡―顔や姿などが移る水面を「鏡」と見立てた。「堀ておきし池は鏡と氷れるを見ることなくて年ぞ経にける」（古今六帖・第一・作者名不記）。→**補注**。

260 楊貴妃を思い遣る心だけが添わせることが出来たのに、はかない現実の世は何に喩えることが出来ようか。○たぐへしを―添わせることが出来たのに。「を」は逆接の仮定条件を表す。○幻の世―はかない現実の世。→**補注**。

261 どうして知ることが出来ようか、大海の波間に見える雲の都という蓬萊山を。○わたつ海―海。「草も木も色変れどもわたつ海の浪の花にぞ秋なかりける」（古今・秋下・文屋康秀）。○雲の都―神仙の住むという都。蓬萊山。→**補注**。

262 うたた寝から覚めてからの悔しく思うことは、恋しいあの人と逢う夢を途中までしか見られなかったことだ。○うたゝ寝―うとうとと眠ること。「うたた寝に恋しき人を見てしより夢てふ物は憑みそめてき」（古今・恋二・小野小町）。○見さす―途中まで見た状態でおわる。「さす」は、動詞の連用形を承けて、ある行動が完遂しないことを示す。→**補注**。

263 一方では逢うことを倦むことのない歎きがあるのだけれど、逢うことが年に一度という七夕の契りは辛いものだ。○長生殿―玄宗が楊貴妃のを伴って行幸し、歓を尽くした所。二人にしか分からない契りが交わされたか。○かつ―一方では。○あかぬ―倦むことのない。○ものを―逆接の確定条件を表す。～だけれども。○逢ふ夜まれなる―夜に逢うことがめったにない。「見てもまた逢ふ夜稀なる夢の中にやがて紛るる我が身ともがな」（源氏物語・若紫）。→**補注**。

264 生きている世も亡くなった後の世も悲嘆は尽きることはあるまい。絶えることのない思いが限りないので。○ありての世―ずっと続いて永らえた世。「白露の変はるも何か惜しからんありての後もやや憂きものを」（後撰・秋中・宇多法皇）。○なくての後の世―無くなってから後

267 秋《あき》の夜《よ》の長《なが》き思《おも》ひの苦《くる》しきは寝《ね》ぬには明《あ》けぬものにぞありける

秋夜長夜長無レ睡天不レ明
耿々残燈背レ壁影

268 ともしびの火影《ほかげ》に通《かよ》ふ身を見《み》ればあるかなきかの世《よ》にこそ有《(あり)》けれ

蕭々暗雨打レ窓声

269 恋《こひ》しくは夢《ゆめ》にも人を見るべきに窓《まど》打《う》つ雨に目《め》を覚《さ》ましつゝ

春日遅々独坐難二天暮一

270 ひとりのみながむる空《そら》の春《はる》の日《ひ》はとく暮《く》れがたきものにぞありける

宮鶯百囀愁厭レ聞

271 物思《ものおも》ふ時《とき》は何《なに》せん鶯《うぐひす》の聞《きゝ》きいとはしき春《はる》にもあるかな

唯向二深窓一望二明月一

の世。「逢ふばかり無くてのみ経る我が恋を人目に隠る事のわびしさ」(後撰・恋六・読人不知)。→**補注**。

265 多くの年が積み重ねる春に、上陽宮に閉じ込められ、あの人は花だけを見るだけになるに違いない。○年つむ春―年月を積み重ねる春。▽底本、題右傍に小字で「以下上陽人歌歟」の注記あり。上陽白髪人は白氏文集那波本・○一三一。▽二六四～二七四まで上陽宮白髪人の詩句による題詠歌群。→**補注**。

266 愛する人も誰も居ない空しい床にずっと永く閉じられていたので、しばしの間もうつらうつらする時も少ないことだろう。○うちはへて―長い間続いて。○空しき床―誰も居ない寝台。○まどろむ―うつらうつらする。→**補注**。

267 秋の夜長の思いが苦しいのは、寝ないことには夜が明けないからであった。○秋の夜の―秋の長い夜。「長き」に掛かる有意の序。「きりぎりすいたくな鳴きそ秋の夜の長き思ひは我ぞ増される」(古今・秋上・藤原忠房)。○苦しきは―底本「くるしきは」の「は」に朱で「も」の校異。○寝ぬには明けぬ―寝ないことには夜が明けない。→**補注**。

268 灯の火影に交差する我が身を見れば、とてもあるかなきかといった命であることだ。○火影―灯火の光。○通ふ身―交差する我が身。○あるかなきかの―あるかなきかといった。「手に結ぶ水に宿れる月影のあるかなきかの世にこそありけれ」(拾遺・哀傷・紀貫之)。→**補注**。

269 恋しく思うのなら夢の中ででも見ることが出来る筈なのに、窓を打つ雨に目を覚ましながら。「ながらへば人の心も見るべきに露の命ぞ悲しかりける」(後撰・恋五・読人不知)。▽後拾遺・雑三に入る。三句「見るべきを」。→**補注**。

270 独りだけで眺める空の春の日は遅々として暮れがたいものだった。○ながむる空―底本「そら」に朱で「やと」の校異。ぼんやりと空を見つめる宿。「夢にだに見ぬものからに暮れが

272 見る人も無《な》き宿照《て》らす月影《かげ》の心《こゝろ》ぼそくも見《み》え《へ》わたるかな

春往秋来不レ記レ年

273 春秋の行《ゆ》き帰《かへ》り路《ぢ》も知《し》らなくに何《なに》をしるしに年《とし》を数《かぞ》へむ

外人不レ見々応レ咲

274 玉垂《たまだれ》の御簾《みす》のま疎《うと》く人は見む見えなん後《のち》は悔《くや》しかるべく

同《(おなじく)》　長恨歌に、あはれなる事ありしを書《か》き出《い》でて、歌十六を詠《よ》み加《くは》へてやる

三千寵愛在二一身一

275 我《(われ)》ひとりと思《おも》ふ心《こゝろ》も世《よ》の中のはかなき身こそ疑《うたが》はれけれ

尽日君王看不レ足

276 見てもなほ飽《あ》かぬ心《こゝろ》の心《こゝろ》をば心《こゝろ》のいかに思ふ心《こゝろ》ぞ

花鈿委レ地無二人収一

277 はかなくて嵐《あらし》の風《かぜ》に散《ち》る花を浅茅《あさぢ》が原の露《つゆ》やお《を》くらん

たき春の日をのみ眺めつるかな」(西宮左大臣集)。○とく暮れがたき—底本「とく、れかたき」の「とく、」に朱で「さもく」の校異。▽玉葉・春上に入る。二句「ながむる宿の」、四句「さもくれがたき」。→補注。

271 物思いにくれる時はどうしようか。鶯の鳴き声が煩わしい春ということなのだろう。○何せん—何にもならない。どうしようか。「恋ひ死なむ後は何せん生ける日のためこそ人の見まくほしけれ」(拾遺・恋一・大伴百世)。○聞きいとはしき—聞くのが煩わしい。→補注。

272 見る人もない宿を照らす月の光が一層心細く見えることだ。○心ぼそくも—一層心細く。「糸に縒る物ならなくに別れ路の心細くも思ほゆるかな」(古今・羇旅・紀貫之)。→補注。

273 春秋の往復する路も知らないのに、何を目印として年を数えればよいのだろうか。○春秋—年月。○行き帰り路—行き帰りする分岐点。○知らなくに—底本「しらなくに」の「に」に朱で「も」の校異。ただし逆接確定条件の「知らなくに」が妥当か。○しるし—目印。→補注。

274 玉垂れの御簾には関わりが薄いように、見えたら悔しいことだろう。○玉垂の—「御簾」に掛かる枕詞。○疎く—かかわりが薄く。初・二句は「疎(し)」に掛かる序詞。○見えなん後は—きっと見えたら〜だろう。→補注。

275 私だけが寵愛をうけると心では思うけれど、この世の中で取るに足らないのは半信半疑であるよ。○同長恨歌に……—以下、再び長恨歌の詩句の題詠歌群。長恨歌→二五五。○はかなき身—取るに足らない我が身。○疑はれけれ—半信半疑である。→補注。

276 歌舞をいくら見ても見飽きることはない君王の心の心底は、人の心がどうしてそうなるのかと思うことだ。○飽かぬ心—見飽きることのない心。○心をば—その時の気持ちを。○心のいかに—人の心はどのように。○思ふ心ぞ—私の本心。▽「心」を繰り返すことで、自分に対する相手の気持ちとそれをどのように受け止めれば良

君王掩レ眼救不レ得

278 いかにせん命《いのち》のかなふ身なりせばわれも生《い》きては帰《かへ》らざらまし

聖主朝々暮々情

279 朝《あさ》夕にしのぶ心《こゝろ》のしるしには天翔《あまがけ》りても君《きみ》が知《し》らなむ

君王相顧尽霑レ衣

280 堰《せ》きもあへぬ涙《なみだ》の川《かは》におぼゝれて干《ひ》る間《ま》だになき衣をぞ着《き》る

帰来池苑皆依レ旧

281 唐衣《からごろも》 涙《なみだ》に濡《ぬ》れて来《き》て見《み》ればありしながらの秋《あき》はかはらず

春風桃李花開日

282 春風《はるかぜ》に笑《ゑ》みを開《ひら》くる花の色は昔《むかし》の人の面影《おもかげ》ぞする

秋露梧桐葉落時

283 木《(こ)》の葉《は》散《ち》る時《とき》につけてぞなか〳〵にわが身《み》の秋《あき》はまづ知《し》られける

いかと考える自分の困惑を表す。→補注。

277 はかなくも嵐の風に散る花のような楊貴妃の鈿は、浅茅が原の露が置いているのだろうか。○風に散る花―はかなくも亡くなった楊貴妃の比喩。○浅茅が原―丈の低い茅萱が茂っている野原。転じて雑草が茂り荒れ果てた野原。▽はかなくも散った楊貴妃の上に露が置き、荒れ果てた情景を浮かばせる。→補注。

278 どうしようか。命が思い通りに助けられたならば、私も生きて帰ることが出来なかっただろうに。○身なりせば～まし―反実仮想。○命のかなふ―命が思い通りになる。愛しい女の命が助けられたならば、生きて帰ることができなかっただろうに。→補注。

279 いつも亡くなった人を偲ぶ心の証拠に、神や人の霊が天上を走り飛ぶのを知ってほしい。○朝々暮々情―底本「朝暮之慕情」の「暮之慕情」に朱で「々暮々」の校異。○朝夕に―いつも。○しるし―証拠となるもの。○天翔り―神や人の霊が天上を走り飛ぶ。○知らなむ―知ってほしい。→補注。

280 堰き止められない涙は川となり、その川にむせんで乾く間すらないよ。○堰きもあへぬ―どうしても堰き止められない。○おぼゝれて―涙にむせんで。○干る間だになき―乾く間すらもない。「満つ潮の干る間だになき浦なれや通ふ千鳥の跡も見えぬは」（後拾遺・恋一・大中臣輔親）。→補注。

281 着てみて涙にくれて帰って来て見ると、生きていたままの秋は変わることがない。○来て見れば―「来て」に「着て」を掛け、「唐衣」の縁語。○ありしながら―以前のまま。→補注。

282 夫木抄・巻三五・楊貴妃。春風に桃李の花がほころびその花の色は昔懐かしい人、楊貴妃の面影のようだ。○笑みを開くる―「笑み」は花の開く様子を表す。○昔の人―昔懐かしい人。「五月待つ花橘の香をかげば昔の人の袖の香ぞする」（古今・夏・読人不知）。→補注。

西宮南門多㆓秋草㆒

284 九重《ここのへ》の玉《たま》の台《うてな》も荒《あ》れにけり心《こゝろ》としける草の上の露

宮葉満㆑階紅不㆑掃

285 落《お》ち積《つ》もる木の葉《は》〳〵はおのづから嵐《あらし》の風《かぜ》に任《まか》せてぞ見《み》る

夕殿蛍飛思悄然

286 思《おも》ひあまり恋《こひ》しき君が魂《たましひ》とかける蛍《ほたる》をよそへてぞ見《み》る

旧枕故衾誰与共

287 打《う》ち渡《わた》しひとり臥《ふ》す夜《よ》の宵々《よひ〳〵》は枕《まくら》さびしき音《ね》をのみぞ泣《な》く

蓬莱宮上日月長

288 こゝにてもありし昔《むかし》にあらませば過《す》ぐる月日も短《みじか》からまし

在㆑天願作㆓比翼鳥㆒

289 おぼろけの契《ちぎ》りの深《ふか》き人《ひと》ど《ゞ》ちや羽根《はね》を並《なら》ぶる身とはなるらむ

在㆑地願為㆓連理枝㆒

283 夫木抄・巻三五・楊貴妃。木の葉散る秋という季節は却って、我が身の秋は物寂しい。○木の葉散る時―木の葉の散る秋という季節。○なか〳〵に―却って。○わが身の秋―「秋」に「飽き」を掛ける。▽秋は物寂しいという把握に重ねた。→補注。

284 夫木抄・巻三五・楊貴妃。宮中では荒れてしまった、その意識として茂る露が置いている。○西宮南門多秋草―底本「南門」の「門」に朱で「内」の校異。○九重―宮中。○玉の台―「玉台」の訓読。華美を尽くした殿舎。二句「玉のみぎりも」。→補注。

285 落ち積もる木の葉は、自然と嵐の風に任せてそのさまをみることだ。○宮葉―底本「宮葉」の「宮」に朱で「落」の校異。○おのづから―自然と。○任せてぞ見る―（行方を風に）。任せてそのさまを見ることだ。「宿近き山田の引板に手も掛けで吹く秋風に任せてぞみる」（後拾遺・秋下・源頼家）。→補注。

286 思いに堪えかねて恋しい魂だと、空高く飛ぶ蛍をよそえて見ることだ。○思ひあまり―思いに堪えかねて。○かける―空高く飛ぶ。○よそへて―喩える。ここでは「君が魂」を「翔る蛍」に喩える。→補注。

287 夫木抄・巻三五・楊貴妃。押し並べて独りで臥す夜の宵ごとは、枕元が寂しく感じられる音を上げて泣くばかりだ。○打ち渡し―押し並べて。○宵々―宵ごと。○枕さびしき―枕元が寂しく感じられる。「我が背子がありかも知らで寝たる夜は暁がたの枕寂しも」（拾遺・恋三・読人不知）。▽夫木抄二・三句「ひとりふすまのよなよなは」。→補注。

288 蓬萊宮のここであっても、その昔のままであるならば過ぎゆく月日も短いでありましょう。○こゝ―「蓬萊宮」をさす。○あらませば～まし―反実仮想。あったならば～でありましょうに。→補注。

289 はっきりしない契りの深い人同士が羽根を並べる身となるのであろうか。○おぼろけ

290 さし交《かは》し一《ひと》つ枝にと契《ちぎ》りしはおなじ御山《みやま》の根《ね》にやあるらむ

扇の絵、菖蒲引《あやめひ》きたる所

291 沼《ぬま》に引《ひ》く菖蒲《あやめ》の草を君《きみ》は見よ根差《ねざ》せるほどの心《こゝろ》ぼそさを

十五日、四条の宮の御念仏に、人々《〱》月を見《み》て歌詠《よ》みしに

292 常《つね》よりも今宵《こよひ》の月を人は見よ闇《やみ》に迷《まよ》へる身とは知《し》らずや

或《(ある)》女許《(もと)》に、梨《なし》を一《ひと》つお《を》こせたりしに

293 よそながら君《きみ》よりほかに又二《ふた》つ思《おも》ふ心《こゝろ》はなしと知《し》らなむ

女に代《かは》りて

294 二《ふた》つなき心の程を見《み》る時《とき》は思《おも》ひなしにぞ嬉《うれ》しからまし

前大和守かげまさが、薫《たき》物請《こ》ひしに

295 身に染《し》まばとがめもぞする薫物《たきもの》の煙《けぶり》は風《かぜ》にまかせてを見よ

返《(かへし)》

296 移《うつ》るとも誰《たれ》かとがめん薫物《たきもの》のこの香《か》ばかりは身にもしめなむ

―はっきりしない。羽を並ぶる身―「比翼」のこと。男女間の契りの深い喩え。○どち―同士。→補注。

290 互いに枝を伸ばし交えて一枝と契ったのは、もともとが同じ山の嶺に居ることだ。男女間の契りの深いことの喩え。○一つ枝にと―「連理」のこと。○おなじ御山の根―同じ山の嶺に居ること。「誰もみな 同じ御山の 松ヶ枝と 枯るゝ事なく―」（拾遺・雑下・大中臣能宣）。→補注。

291 沼で引く菖蒲の根を君は見よ、植物が地中に根を吊るせる程度の心細さを。○菖蒲引き―端午の節句に邪気を払うために、菖蒲を薬玉にして屋根に葺いたり軒に吊るしたりしたが、その根の長さを競うために「引く」と詠まれた。○根差せるほどの―植物が地中に根を下ろす程度の。

292 常よりも今宵十五夜の明るい月を人は見て欲しい、衆生が煩悩に迷うことを。参考「暗きより暗き道にぞ入りぬべきはるかに照らせ山の端の月」（拾遺・哀傷・和泉式部）。○四条の宮―四条大路南で西洞院大路東の一町。関白藤原頼忠の所有で、円融天皇中宮の遵子も利用した。○月―真如の月。衆生の迷いを開く仏法の真理を闇夜を照らす月に喩えた。○闇に迷へる―衆生が煩悩に迷うこと。

293 遠く離れていながら君より他にあだし心を持つのなら、思う心は無しと知ってほしい。○よそながら―遠く離れていながら。○二つ―「二心」のこと。あだし心。○なし―思ふ心は「無し」に掛ける。○知らなむ―知って欲しい。

294 あだし心を持たないその心のさまを見るときは、思う心は無しということを嬉しいと思うことだろう。○二つなき―あだし心を持たない。○思ひなし―「梨」に思ひ「為し」を掛ける。「思ひ為し」はあだし心を持たないと推量すること。

295 もし匂いが身に染み付いたら人が咎めもする、この薫き物の煙が風に任せてみよ。○

故小野宮の御忌《いみ》の間《あひだ》、御前《まへ》の虫の音《ね》を聞《き》きて

297 夕されば草むらごとに虫《むし》の音《ね》にもの思《おも》ひ出《い》づる袖《そで》もそほ《を》ちぬ

返《かへ》し、元輔《もとすけ》の真人《まうと》

298 君《きみ》なくてまかせて生《お》ほす草《くさ》むらの音《ね》に鳴《な》く虫《むし》もわがごとはあらじ

同《(おなじ)》 御忌《いみ》のほど

299 袖《そで》ひちていとゞ物思《おも》ふわが宿《やど》に鳴《な》くひぐらしも心《こゝろ》あるかも

小野宮にて、二月の月のいと明《あか》かりしに、梅《むめ》の花もてあそぶ心《こゝろ》を、人々《〱》詠《よ》む

300 大空《おほぞら》に満《み》ちぬばかりの梅《むめ》の香に影《かげ》さへやみ□春《はる》の夜《よ》の月

村上御時の賀茂祭日、左近の馬出《(うまだし)》の蔵人所 饗《(あへ)》に、殿上人着《つ》きてものなど見給《みたま》ふほどに、女車《ぐるま》の前《まへ》に来《き》て言《い》はするやう、こゝに立《た》つはいかゞあるべきと言《い》はすれば、いと良《よ》

身に染まば―身に染み付いたならば。○薫物―種々の香木を鉄臼でひいて粉にしたものを、蜜などを用いて練り合わせたもの。○風にまかせて―吹く風にそのまま委ねて。→補注。

296 もし匂いが身に移るとしても誰が咎めようか、この薫き物の香だけはこの身に染ませたいことだ。○移るとも―香が身に移ったとしても。○しめらむ―底本「らむ」の「ら」に「な」傍記。

297 夕方になると草むらごとに鳴く虫に、亡き人を思い出す私の袖も鳴く虫と同じく涙で濡れてしまった。○故小野宮―摂政太政大臣藤原実頼。天禄元年(九七〇)没、七一歳。→三。○御忌―服喪の期間。○夕されば―夕方になると。○そほちぬ―「濡つ」は雨や涙が頻りに濡れるの意。

298 君実頼が亡くなられて伸びるままにさせる草むらで鳴く虫も、自分と比べて私ほどではないだろう。○元輔―清原元輔。深養父の孫。延喜八年(九〇八)～永祚二年(九九〇)、八三歳。○真人―身分の高い人、またその敬称。○君なくて―君が亡くなって。○まかせて―そのままにさせる。○わがごとはあらじ―自分と同じではないだろう。「秋の夜の明くるも知らず鳴く虫はわがごと物や悲しかるらむ」(古今・秋上・藤原敏行)。

299 袖が涙で濡れて秋になって物思いを増す我が家に、蜩も亡き人を悼む心があることだなあ。○御忌→二九七。○袖ひちて―「ひつ」はぐっしょりと濡れるの意。○ひぐらし―セミ科の昆虫。○心あるかも―私が悼む心があることだなあ。「かも」は詠嘆の終助詞。

300 小野宮では大空に満ちてしまった梅の香に月の光も光さえ見せぬことだ。参考「春の夜の闇はあやなし梅花色こそ見えね香やは隠ると」(古今・春上・凡河内躬恒)。○小野宮―大炊御門大路の南、烏丸小路の西にあった邸宅。山城国小野に住んで小野宮と呼ばれた惟喬親王の邸があったからという。藤原実頼の領となる。→二九七。○もてあそぶ心―興じ楽しむ心。○梅の香―

き事なりと言《い》ひて立《た》てさす、筵張《むしろばり》の車《くるま》のいと新《あたら》しきに、若《わか》き女どもいと清《きよ》げに装束《さうず》きて乗《の》りこぼれたり、この饗の前《まへ》には例《れい》として車も立《た》てさせぬに、かく侍《（はべり）》しかば、これかれ許《ゆる》して立《た》てさせしなり。このこと果《は》てて皆帰《みなかへ》るに、饗所《どころ》に取食《とりば》み上《のぼ》りて、いとらうがはしかりしかば、供《とも》の人々呼《よ》べど来《こ》ねば、騒《さは》がしかりしまぎれに、この車にたゞ乗《の》りに乗《の》りたりしかば、笑《わら》ひてものなど言《い》ひしほどに、供《とも》の人々、車などして来《き》たりしかば、車《くるま》に乗《の》り移《うつ》るとて、中《なか》に清《きよ》げなりし人に、葵《あふひ》を取《と》らすとて

301 神に我祈《いの》りしことやかなふらむ今日《けふ》しも君《きみ》にあふひと思《おも》へば

こに人の休《やす》らふ、秋《あき》、旅行《たびゆ》く人あり

302 今《いま》はとて越《こ》ゆる山路はおほかれど心《こゝろ》はゆかぬ旅《たび》にぞ有《（あり）》ける

梅の放つ馥郁とした香り。「梅が香に驚かれつつ春の夜は闇こそ人はあくがらしけれ」（和泉式部集）。

301 賀茂の神に私が祈ったことは叶うのでしょうか。賀茂祭の今日は葵ならぬ、あなたに「逢ふ日」と思うので。○村上御時—村上天皇の在位期間。天慶九年（九四六）～康保四年（九六七）。○賀茂祭—賀茂別雷社と鴨御祖社の祭礼。霜月の中の酉の日に行われた。○馬出—馬場で馬を乗り出す所。○蔵人所饗—蔵人所による饗。「饗」は食事のもてなし。○筵張の車—牛車の一種で、車箱を筵で張った車。○いと清げ—底本「いとよけ」に「いと」の後に「き」補入。○乗りこぼれ—牛車に多くの人が同乗し、乗り物の外に衣などがはみ出すこと。○取食み—大饗の後など、料理の残り物を振る舞いとして投げ与えて食べさせること。○らうがはし—騒がしい。○まぎれ—あれこれと入り交じり、混雑すること。○たゞ乗り—駕籠や車に勝手に乗り込むこと。○葵—ウマノスズクサ科の二葉葵。多年草。賀茂祭に用いられ、賀茂葵ともいう。和歌で「逢ふ日」を掛けることが多い。「行き帰る八十氏人の玉かづら掛けてぞ頼む葵てふ名を」（後撰・夏・読人不知）。

302 今となっては越えるべき山路は多いのだけれど、この旅は心の晴れないものだなあ。○心はゆかぬ—「別れ路は心もゆかず唐衣着れば涙ぞ先に立ちける」（後撰・離別・読人不知）。○こに—冷泉本も同じ。谷森本「こゝに」に従うべきか。

303 白雲が隔てる山を越えて出て、今日は都が恋しく思われたよ。○へだつる山—（白雲が）。間を離す山。○恋し—懐かしい。恋しく思われる。「逢坂の関打ち越ゆるほどもなく今朝は都の人ぞ恋ひしき」（後拾遺・別・藤原惟規）。

304 夜がほのぼのと明けた今朝、稲葉に露が置くのと同時に起き、目的地をさして歩みを進めるにつれて、旅衣をその露に濡らすのだなあ。○稲葉の露—「穂にも出でぬ山田を守ると藤衣稲葉の露に濡れぬ日ぞなき」（古今・秋下・読

303 白《しら》雲のへだつる山《やま》を越《こ》え出《い》でて今日《けふ》は都《みやこ》ぞ恋《こひ》しかりける

304 朝《あさ》ぼらけ今朝は稲葉《いなば》の露《つゆ》とおきてゆく〳〵濡《ぬ》らす旅衣かな

碁《ご》打《う》つ所

305 勝《か》ち負《ま》けの心の糸《いと》を見るほどにかくてや斧《おの、》の柄《え》も朽《く》たすらん

春、花見に急《いそ》ぎて来《く》る人有《（あり）》

306 花見《はなみ》にと急《いそ》ぐ心《こゝろ》は疾《と》けれども遅《をそ》きは駒《こま》の脚《あし》にぞありける

簾越《すだれご》しに、空の星《ほし》を見《み》て

307 玉垂《たまだれ》の御簾《みす》の間《ま》とほ《を》りさやけきは星《ほし》にはあらじ夜半《よは》の蛍《ほたる》か

308 秋の夜《よ》の闇《やみ》にともせるともし火《び》と見《み》え《へ》つる星《ほし》は天《あめ》の空目《そらめ》か

きり〴〵すを聞《き》く

309 夜半《よは》に吹《ふ》く風や涼《すゞ》しききり〴〵す草《くさ》の庵《いほり》にいたく鳴《な》くなり

人不知)。○露とおきて―底本「つゆに」の「に」に朱で「と」の校異。「おき」は露が「置き」に自身が「起き」を掛ける。

305 碁の勝負を争う人の心の成行きを見守っているうちに、このように斧の柄も朽ちるほど時が過ぎるのだろうか。○碁打つ所―囲碁をする場所。○心の糸―勝負をする二人の心の展開を「糸」に喩えたか。○かくてや―こうして。○斧の柄も朽たす―底本「おの、のひも」の「ひ」に朱で「え」の校異。冷泉本「えもくたす覧」。ほんのしばらくと思っている間に久しい年月を過ごすことの喩え。「古里は見しごともあらず斧の柄も朽ちし所ぞ恋しかりける」(古今・雑下・紀友則)。▽爛柯《らんか》の故事を詠む。→補注。

306 花見にと急ぐ速度は速いけれど、何とも遅く感じるのは葦毛の馬の脚であった。○疾けれども―「疾(し)」は下の「遅き」と対をなす。「遅き馬は足斑《あしぶち》なくてあふれども心のみこそ先に立ちけれ」(躬恒集)。

307 御簾の間を通してさし込むはっきりとした光は星ではあるまい。あれは夜の蛍だろうか。○玉垂の―「御簾」に掛かる枕詞。○御簾―貴人の邸宅のすだれ。○夜半の蛍―「沢水に空なる星の映るかと見ゆるは夜半の蛍なりけり」(後拾遺・夏・藤原良経)はやや後の詠か。

308 秋の夜の闇に光る灯とみえたのは天の星か、いや、空目だったのか。○空目―見間違い。「光ありと見し夕顔の上露はたそかれ時の空目なりけり」(源氏物語・夕顔巻・夕顔)。

309 夜吹く風が涼しいのか、こおろぎが草の庵でしきりに鳴く声が聞こえる。○きり〴〵す―漢字では「蟋蟀」と書き、現在のコオロギをさす。「蟋蟀いたくな鳴きそ秋の夜の長き思ひは我ぞまされる」(古今・秋上・藤原忠房)。○五句―「いたく」は、ひどく。「なり」は物音を聞いて推定する助動詞。

310 弓張月を見る宵には、まもなくその三日月が西の山の稜線に入ってしまうのがものがなしく思われるよ。参考「宵の間《ま》に出でて入り

三日月を見て

310 弓張《ゆみはり》の月見《み》る宵《よひ》はほどもなくいる山の端《（は）》ぞわびしかりける

雪裏高山頭白早

311 山高《たか》み幾年《いくとせ》積《つ》める雪なれば頭《かしら》の白《しろ》く見え《へ》わたるらん

海中仙菓子生遅

312 菓物《くだもの》は真実《まみ》生《な》ることおそしとかうみにたりとは誰《たれ》か言《い》ひけん

葦《あし》の中《なか》に駒物《こまもの》食《は》む所《ところ》

313 沢辺《さわべ》食《は》む駒《こま》の遠目《とをめ》はお《を》しなべて葦《あし》の花毛《はなげ》と見え《へ》わたるかな

菊の花《はな》、遅《をそ》く開《ひら》くる所

314 時《とき》にあふものと聞《き》き《ゝ》しを菊《きく》の花心《こゝろ》からにや開《ひら》けざるらん

初雁《はつかり》

315 秋霧《ぎり》の立田《たつた》の山《やま》の嵐《あらし》にぞ雁来《かりき》にけりとおどろかれぬる

神無月の先《さき》の時雨《しぐれ》

ぬる三日月のわれて物思ふ頃にもあるかな」（古今・雑体・誹諧歌・読人不知）。〇弓張の月―形状が張った弓に似ていることから、上弦および下弦の月をいう。〇いる―弓の縁語「射る」を掛ける。「照る月を弓張としもいふことは山辺をさしていればなりけり」（大和物語・一三二段・凡河内躬恒）。〇わびしかりける―底本「こひし」の「こ」に朱で「わ」の校異。

311 山が高くて幾年も積もった雪なので頭が白く見えるのだろうか。〇雪裏高山…―晩年の白居易と親交のあった詩人劉禹錫が白居易に贈った詩中の句。〇頭―山の頂。→補注。

312 海に生る真実は生長するのが遅いとかいうが、すでに熟したとは、誰が言ったのだろうか。〇海中仙菓…→三一一。〇真実―未詳。優れた子宝の寓意。〇おそしとか―底本「本マ、」の傍記。冷泉本同じ。「遅し」。

313 沢辺の葦を食む馬は遠目にはすべて葦花毛と見えるなあ。〇沢辺食む―底本「さわへさむ」の後者の「さ」に見せ消ちで「は」の校異。〇葦の花毛―馬の毛色で、本来の毛色に後天的に白い毛が発生する葦毛に黄色の毛の混じった馬。「難波江の葦の花毛のまじれるは津の国飼《がひ》《くに》の駒にやあるらん」（拾遺・雑下・恵慶）。

314 菊は季節に合って開く花だと聞いたけれども、この菊の花は自分の意志で花が開くのでなかなか開花しないのだろうか。〇時にあふ―その時期や時節に合う。〇四句―「心から花の雫にそぼちつつうくひずとのみ酉の鳴くらむ」（古今・物名・藤原敏行）。

315 秋霧が立つ立田山の嵐に乗って雁がやって来たのだなと驚かされるよ。〇秋霧の―「立田」の「立つ」に掛かる枕詞。〇五句―「れ」は自発の助動詞。「秋来ぬと目にはさやかに見えねども風の音にぞ驚かれぬる」（古今・秋上・藤原敏行）。

316 佐保山は木の葉が色付いて紅葉の色になり始めたらしい。またも降ってしまった初時雨なのかな。参考「秋霧は今朝はな立ちそ佐保山

316 佐保山《さほやま》は木《(こ)》の葉《は》色づき染《そ》めぬらしまたも降《ふ》りぬる初時雨《はつしぐれ》かな

ありし女の、男《おとこ》につきて里《さと》にありしに、十月許《(ばかり)》、うつろひたる菊につけてやる

317 見《み》しよりもいとゞ枯《か》れゆく白菊《しらぎく》のうつり心《ごゝろ》は花もありけり

室町殿《むろまちどの》より、菊《きく》のうつろへるを折《お》りて賜《た》ぶとて、小弐《(せうに)》の尼《あま》君《ぎみ》に

318 秋の露形見《かたみ》とお《を》きし花《はな》なれど君《きみ》ます宿《やど》にうつろはすかな

返《(かへし)》

319 うつろふにつけてぞ思《おも》ふ菊《きく》の花心《はなこゝろ》のほどの色に見ゆれば

禅教大徳《とこ》の、備中国に行《い》くとて、海月□などお《を》こせむと言《い》ひて、お《を》こせざりしかば、たよりに付《つ》けて言《い》ひやる

320 君《きみ》を人片名《かたな》にいふと知《し》らずして海《うみ》の月をやもてあそぶらん

尼《あま》一品の宮より、枯《か》れたる菊《きく》に付《つ》けて給《たま》へる

の柞の紅葉よそにても見む」(古今・秋下・読人不知)。○佐保山―大和国。○初時雨かな―底本「かな」の「な」に朱で「も」の校異。→補注。

317 以前より一層枯れてゆくこの白菊を見ると、花にも移り気はあったのですね。丁度あなたの今のお相手と同じに。参考「白菊のうつろひゆくぞあはれなるかくしつつこそ人もかれしか」(後拾遺・秋下・良暹)。○ありし女―以前交渉のあった女性。○白菊―「ありし女」の比喩。○枯れゆく―「枯れ」に「離《か》れ」を響かせる。

318 この花は秋の露を形見として昔を思い出す手掛かりとして置いた花ですが、あなたがいらっしゃる家で色変りさせてしまったのですね。○室町殿―未詳。伊周か、実資の姉か。○小弐の尼君―「小弐」は正しくは少弐。大宰府の次官。少弐命婦。朱雀天皇・村上天皇・中宮安子の乳母。○形見とおきし花―昔を思い出す手掛かりと置いた花。○君ます宿―君のいらっしゃる家。

319 ここに移る菊の花が移ろい色を変えるにつけて、あなたの心の程度が見えるので色が変わったのです。○つけてぞ思ふ―～に関して思う。○心のほど―恋心の程度。「思ひやる心のほどは果てもなし風の至らぬ隈は多かり」(躬恒集)。

320 あなたを人が片名で呼ぶと知らないで、「海の月」を翫んでいるのでしょうか。○禅教大徳―底本「禅故」の「故」に朱合点に「教歟」の校異。「大徳」は徳の高い僧。未詳。○海月□―底本「海月―」の「月―」に朱で「明し」の校異。○片名―二字以上の名前の片方を取った名。○海の月―「海明し」を表現すること。

321 昔の寿命が残り少ない菊の上に置いている上に、さらに置く露のように涙を流すわたしの寿命だとわかります。○尼一品の宮―資子内親王か。天暦九年(九五五)～長和四年(一〇一六)、六一歳。村上天皇皇女。母は九條師輔女の中宮安子。○おき添ふ―置いている上に、さらに置く。○露の身―露のように消えやすい命をもった人の身。自分を喩える。

321　いにしへの《ゝ》残《こ》りすくなき菊の上《うへ》にお《を》き添《そ》ふ露《つゆ》の身をも知《し》るかな

返《かへし》

322　いにしへを忘《わす》れぬ色と見《み》るからに花《はな》の袂《たもと》ぞいとゞ静《しづ》けき

菊の開《ひら》けたるにつけて、前式部大夫のもとにやる

323　来《き》て見んと言《い》ひしはいつぞ菊《きく》の花開《はなひら》けて後《のち》は今日《けふ》も暮《く》らしつ

返《かへし》

324　山賤《ヤマガツ》の《ノ》垣根《カキネ》の《ノ》花《ハナ》に《ニ》あ《ア》ら《ラ》ね《ネ》ど《ド》も《モ》待《マ》ち《チ》け《ケ》り《リ》と《ト》聞《キ》く《ク》色《イロ》ぞ《ゾ》嬉《ウレ》し《シ》き《キ》

月次　正月

325　梅《むめ》が枝《え》にむすぶ氷《こほり》も春《はる》立《た》てばとくと聞《き》き《ゝ》つる鶯《うぐひす》の声《こゑ》

326　朝日《あさひ》さす雪気《げ》の煙《けぶり》立《た》ちのぼり吉野《よしの》の《ゝ》山《やま》も見え《へ》ず《ず》霞《かす》めり

327　春日《かすが》野の《ゝ》焼野《やけの》の《ゝ》若菜《わかな》春《はる》を浅《あさ》みまだふる年《とし》の雪うづみけり

322　昔を忘れない花の色と見るにつけても、菊の花の袂は一層静かであることだ。〇見るからに―順接の確定条件を表す。見るので。〇花の袂―花を衣の袂に見立てていう。「かりにのみ人の見ゆればをみなへし花の袂ぞ露けかりける」（拾遺・秋・紀貫之）。

323　行って見ようとあなたがおっしゃったのはいつのことだったのでしょう。菊の花が開いてから後は今か今日かと思って一日を過ごしてしまっていました。〇前式部大夫―未詳。〇菊の花開けて後は―「不二是花中偏愛レ菊　此花開後更レ無」（和漢朗詠集・秋・元稹）。

324　山賤の垣根に咲く大和撫子の花ではないけれど、あなたが私を待ってくださったと聞く菊の花が嬉しく感じられます。参考「あな恋し今も見てしか山賤の垣ほに咲けるやまと撫子」（古今・恋四・読人不知）。〇山賤―猟師・木樵など、山中の労働に従う人々。〇聞く―「菊」を掛ける。

325　「梅の枝に結んだ氷も春になると早くも溶けるよ」と鳴いていると聞こえた鶯の声だ。参考「春立てば花とや見らむ白雪の掛かれる枝に鶯ぞ鳴く」（古今・春上・素性）。〇月次―「月次の絵」。正月から十二月までの、それぞれの月の行事や景物を描いた絵。

326　朝日が射して雪溶けの煙が立ちのぼり、吉野の山も見えないほどに霞んでいる。参考「春立つといふばかりにやみ吉野の山も霞みて今朝は見ゆらん」（拾遺・春・壬生忠岑）。〇雪気の煙―積もっていた雪が解ける水蒸気を「煙」と喩えた。

327　春日野の野焼きをした後に萌え出た若菜は、春が浅いのでまだ旧年のように雪が降り積もって、それに埋もれているよ。〇春日野―大和国。「若菜」と共に詠まれる。〇焼野―野焼きをした後の野。「春日野の今日はな焼きそ若草のつまも籠もれり我も籠もれり」（古今・春上・読人不知）。〇下句―「ふる」は「旧《ふる》」に「雪」が「降る」を掛ける。立春ではないが、そ

328 小松原《こまつ(ばら)》今日《けふ》は子日《(ねのひ)》と聞《き》くなへに野辺《べ》の霞《かすみ》ぞ今朝《けさ》はたなびく

二月

329 苗代《なはしろ》の水《みづ》に影《かげ》だにとゞめお《を》かで今《いま》はと帰《かへ》る雁《かり》がねの声《こゑ》

330 桜花《さくらばな》つぼめるほどはのどけくて開《ひら》けば後《のち》の歎《なげ》きをやせむ

331 駒《こま》の食《は》む美豆《みづ》の若《わか》草老《お》いぬらむ春《はる》も半《なか》ばになりにけらしも

332 青柳《あをやぎ》のいと春《はる》めきてなりにけり来《き》ゐる鶯《うぐひす》より〱に鳴《な》く

三月

333 三千歳《みちとせ》に咲《さ》きなる桃《もゝ》を振《ふ》り捨《す》てゝ花《はな》のみなともたづねしや誰《たれ》

れにも似てという心でこう言ったか。

328 今日は子日であると聞くと同時に、小松原の野辺には霞が棚引いているよ。○小松原―小さい松のある原。正月の初子の日に小松を引く習慣があった。「子の日する野辺に小松のなかりせば千世のためしに何を引かまし」(拾遺・春・壬生忠岑)。○たなびく―霞・雲などが中空に、帯状になってなびいている。

329 苗代の水に影を留め置かないで、もう帰る時期だとばかり北国へ帰って行く雁よ。参考「雁がねぞ今日帰るなる小山田の苗代水の引きもとめなん」(拾遺・春上・大中臣能宣)。○苗代―晩春、水稲のもみを蒔いて苗を仕立てる田。○今はと―別れの時の表現。

330 桜の花は蕾の状態であるうちはこちらの気分ものんびりしているが、さて開花してしまうといつ散るのかと嘆かわしい気になるのだろうよ。参考「世の中に絶えて桜のなかりせば春の心はのどけからまし」(古今・春上・在原業平)。

331 駒が食む美豆の御牧に生える若草は成長しきってやわらかさがなくなってしまったことだろう。春も半ばを過ぎてしまったらしいから。○美豆の若草―山城国「美豆の御牧」に生える若草。○老いぬらむ―若さを失ってしまっただろうの意。「大荒木の杜の下草おいぬれば駒もすさめず刈る人もなし」(古今・雑上・読人不知)。

332 青い柳の糸はたいそう春めいて、来てとまる鶯はさながら糸をより合わせでもしているように時々に鳴いている。○青柳のいと―「いと」に「糸」と程度のはなはだしい意の「いと」を掛ける。「青柳の糸縒よりかくる春しもぞ乱れて花のほころびにける」(古今・春上・紀貫之)。○四句―「梅が枝に来ゐる鶯春かけて鳴けどもいまだ雪は降りつつ」(古今・春上・読人不知)。○より〱に―時々に。「より」は「縒り」を掛ける。「縒り」は「糸」の縁語。

333 三千年に一度花咲き実の生る桃を見捨てて、桜の花の(下句不審)。参考「三千歳になるてふ桃の今年より花咲く春に逢ひにけるか

334 世《よ》の常《つね》になりぬべきかな桜花《さくらばな》散《ち》ればなげくと言《い》はずやあらまし

335 暇《ひま》もなくつゝめる山の霞《かすみ》かな花の心《こゝろ》やあだに見《み》ゆらむ

336 春雨《はる(さめ)》の降《ふ》りそめぬれば松《まつ》山のもとの緑《みどり》も色まさりけり

337 沼水《むまみづ》に蛙《かはづ》鳴《な》くなるむべしこそ岸《きし》の山《やま》吹さかりなりけれ

四月

338 春《はる》ながらあらましものをかぎりあれば夏来《なつき》にけりと風《かぜ》ぞぬるめる

339 うちとけぬ声《こゑ》ならねども時鳥《ほとゝぎす》忍《しの》びに鳴《な》くもあはれなりけり

大弐高遠集

な」(拾遺・賀・凡河内躬恒)。○三千歳―仙界に桃の木があって、三千年に一度花を開き実を結ぶという(西王母の仙桃伝説)。○振り捨てて―見捨てて顧みない。○みなとも―「みなとを」の、あるいは「みなもと」の誤りか。「みなもとを」と考えれば下句の訳は、「その桃の花が流れる川の水源を尋ねた人は誰であったか」となる。

334 世間並みのことになってしまいそうだなあ。桜の花が散ると歎いてしまうと言わないでおこうか。○世の常―「花のごと世の常ならば過ぐしてし昔はまたも帰り来なまし」(古今・春下・読人不知)。○散ればなげくと―花が散ると歎いてしまうと。

335 隙間もないほどに全てを包み隠してい山の霞だなあ。花の心が浮気っぽく見えるからなのだろうか。○花の心―桜の花を擬人化した表現。「女郎花花の心のあだなれば秋にのみこそあひわたりけれ」(後撰・秋中・読人不知)。

336 春雨が降り始めると、松山の松のもとからの緑もその色が増してきたよ。参考「我が背子が衣春雨降るごとに野辺の緑ぞ色増さりける」(古今・春上・紀貫之)。

337 後拾遺・春下。沼の水で蛙が鳴いている、なるほどそれで岸の山吹が盛りなのか。参考「蛙鳴く井手の山吹散りにけり花の盛りに逢はましものを」(古今・春下・読人不知)。○むべしこそ―なるほど。尤もなことだ。「し」は強意の助詞。

338 いつまでも春のままであってほしいのだけれども、物事には限度があるから夏がやって来たというので風が生温かくなったようだ。○春ながら―「桜散る花の所は春ながら雪ぞ降りつつ消えがてにする」(古今・春下・承均)。

339 警戒心が解けた声ではないけれど時鳥が忍び声で鳴くのも趣があるなあ。○うちとけぬ―警戒心がとけた。○忍びに鳴く―こっそりと鳴く。「時鳥声待つほどは遠からで忍びになくを聞かぬなるらん」(後撰・夏・読人不知)。

340 春も過《す》ぎ夏暮《く》れぬとも藤《ふぢ》の花松《はなまつ》に掛か《かゝ》りて千代《ちよ》も経《へ》ぬべし

341 白《しら》雲の降《お》りゐる宿の垣根《かきね》かと見え《へ》まがふまで咲《さ》ける卯花

五月

342 夏来《く》れば淀野《よどの》に根《ね》ざす菖蒲《あやめ》草むべこそ人のつまと見《み》え《へ》けれ

343 昔《むかし》をば花　橘《たちばな》のなかりせば何に《なにゝ》つけてか思《おも》ひ出《いで》まし

344 まどろまば聞《き》かずやあらまし郭公《ほととぎす》夜深《よぶか》くも鳴《な》きわたるかな

345 早苗《さなへ》取る田子《たご》の裳裾《もすそ》をうち濡《ぬ》らし田面《たのも》に濡《ぬ》るゝ頃《ころ》にもあるかな

340　春も過ぎ夏も暮れてしまったが、藤の花は松に寄り掛かって千年も経るに違いない。参考「水底の色さへ深き松が枝に千歳をかねて咲ける藤波」（後撰・春下・読人不知）。○松に掛かりて―「松」と「藤」は皇室と摂関家のシンボルとして大和絵などの図柄に描かれた。

341　白雲が降りてとどまっている垣根かと見間違えるほど真白に卯の花が咲いている。参考「雲かとて今朝驚けば卯の花の夏の垣根に咲けるなりけり」（相模集）。

342　夏がやって来ると淀野に根をおろす菖蒲は、なるほど人の妻ならぬ棲と見えることだ。参考「昨日までよそに思ひし菖蒲草今日我が宿のつまと見るかな」（拾遺・夏・大中臣能宣）。○淀野―山城国淀の野。沼池が多く、「菖蒲」が繁茂する。○むべこそ―なるほど。○つま―軒先の「端」に、「妻」を掛ける。

343　もしも花橘がなかったならば、何を便りに昔を思い出せば良いのだろうか。○昔をば―「思ひ出でまし」に掛かる。「五月待つ花橘の香をかげば昔の人の袖の香ぞする」（古今・夏・読人不知）を踏まえる。○二・三句―もし花橘がこの世になかったならば。反実仮想。▽後拾遺・夏に入る。

344　うとうとしていたならば聞かないでいただろうに、時鳥はたしかに夜が更けて鳴いて行くのだなあ。参考「五月雨に物思ひをれば郭公夜深く鳴きていづち行くらむ」（古今・夏・紀友則）。

345　早苗を取る田子が裳裾を濡らし、田の面で濡れている季節だなあ。○田子―田を作る人。○裳裾―衣の裾。「急ぎ取れ今は早苗も生ひぬらむ田子の裳裾は朝湿るとも」（堀河百首・早苗・藤原公実）。

346　夏衣に吹く河風のなんと涼しいことか。私の身体に秋が立つのだろうか。○涼しくもあるか―「河風の涼しくもあるかうち寄する波とともにや秋は立つらむ」（古今・秋上・紀貫之）。ともに「か」は詠嘆の助詞。

六月

346 河風《かぜ》の涼《すゞ》しくもあるか夏衣《ごろも》我《(わが)》身《み》の上《うへ》に秋や立《(たつ)》らん

347 松陰《まつかげ》に涼《すゞ》みて暮《く》らす夏《なつ》の日《ひ》は扇《あふぎ》の風ぞ忘《わす》られぬべき

348 戸無瀬《となせ》飼《か》ふ鵜舟《うぶね》にともすかゞり火の光《ひかり》の間《ま》にも明《あ》けにけるかな

349 蚊遣火《かやり(び)》の消《き》え《へ》み消《き》えずみ燻《くゆ》れどもかひなきものはよにこそ有《(あり)》けれ

七月

350 筬《おさ》をあらみ吹《ふ》きなす風《かぜ》の身に沁《し》みて秋来《き》にけりとまづぞ知《し》らるゝ

347 松陰に涼を取りながら暮らす夏の日は、扇の風がきっと忘れられないだろう。

348 戸無瀬で鵜飼をする鵜舟がともす篝火がまだともっている内に、早くも夜が明けてしまったなあ。○戸無瀬―山城国。大堰川の部分名で、渡月橋より少し上流の南岸地域。○鵜舟―「鵜飼ひ」に用いる小舟。○かゞり火―漁猟の照明のために、松の割木を盛ってたく灯火。○光の間にも―底本「ま、に」に朱で「まにも」の校異。

349 蚊遣火が消えたり消え残ったりとくすぶっていても蚊火ならぬ甲斐がないものは、この夜ならぬ世の中だったなあ。○蚊遣火―底本「かやり」の「や」に朱で「か」の校異。○消えみ消えずみ―「朝霜の消えみ消えずみ思へどもいかでか今宵明かしつるかも」（人丸集）。○かひなき―「蚊火《かび》」を響かせる。

350 筬《おさ》の織り目が粗《あら》いので吹いている風が身にしみて、秋（飽き）がやって来たとすぐ感じられるよ。○筬―底本「おき」の「き」に朱で「さ」の校異。○吹きなす風―底本「ふみ」の「み」に見せ消ちで「き」の校異。そのように吹いている風。「風の音の身に染むばかり聞ゆるはわが身に秋や近くなるらん」（後拾遺・恋二・読人不知）。

351 今宵の空は用心して曇っているのだろう。牽牛・織女の二星が逢う姿ははっきり見えるだろうか。○心して―よく気を配って。○くもるらむ―底本「くもらなむ」の「らな」に朱で「るら」の校異。○星合―七月七日の七夕の夜に、牽牛星と織女星が会うこと。○しるく―はっきりと。

352 大空を遠く仰ぎ見ると、七夕の星の宿に霧が一面に立っている。参考「恋ひ恋ひて逢ふ夜は今宵天の河霧立ちわたり明けずもあらなむ」（古今・秋上・読人不知）。○一・二句―「天の原振りさけ見れば春日なる三笠の山に出でし月かも」（古今・羇旅・阿倍仲麻呂）。○星の宿り―「星宿」の訓読。星座。

351 心《こゝろ》して今宵《こよひ》の空はくもるらむ星合《ほしあひ》の姿《すがた》しるくかも見《み》む

352 天《あま》の原《はら》振《ふ》りさけ見《み》れば七夕《たなばた》の星《ほし》の宿《やど》りに霧《きり》立《(たち)》わたる

八月

353 秋霧《ぎり》の立田《たつた》の山ももみづらん今朝《けさ》雁《かり》がねの声《こゑ》めづらしき

354 女郎花《をみなへし》香《か》をむつましみ秋の野《ゝ》に泊《とま》れば花の名をや立《た》つべき

355 月見《み》れど心《こゝろ》の闇《やみ》に惑《まど》ふかな山《やま》のあなたやわが身なるらん

356 小牡鹿《さをしか》の鳴《な》く音《ね》につけて思《おも》ふかな尾上《おのへ》の萩《はぎ》の花の盛《さか》りを

357 草の上《うへ》に乱《みだ》れてお《を》ける白露《しらつゆ》は玉《たま》をも貫《ぬ》かぬ玉《たま》かとぞ見《み》る

353 秋霧の立つ立田山も紅葉していることだろう、今朝は雁の声が印象深く感じられる。○一・二句→三一五。○ももみづらん—(今頃は)。紅葉していることだろう。

354 女郎花の香に心が惹かれ秋の野に泊まったので、花の悪い評判を流してしまうだろうか。参考「秋の野に宿りはすべし女郎花名をむつましみ旅ならなくに」(古今・秋上・藤原敏行)、「女郎花多かる野辺に宿りせばあやなくあだの名をや立ちなむ」(同・同・小野美木)。○睦ましみ—心が惹かれるので。○名をや立つべき—浮名を流すことになるだろう。

355 月を見ても心の闇に迷うことだ、山の彼方がわたしの身体のおき場所なのだろうか。○心の闇—分別のつかない心の状態をいう。「かきくらす心の闇に迷ひにき夢うつつとは世人定めよ」(古今・恋三・在原業平)。○山のあなた—「あなた」は遠称。あちらでは。現世との境界の向こう側という心でいう。「み吉野の山のあなたに宿もがな世の憂き時の隠れ家にせむ」(古今・雑下・読人不知)。

356 牡鹿の鳴く声を聞くにつけて思うことだ、峰の上の萩の花の盛りを。○小牡鹿—雄の鹿。○尾上へ—山や岡の高い所。「高砂」が有名だが、本来は普通名詞。「秋風は日ごとに吹きぬ高砂の尾上の萩の散らまくをしみ」(家持集)。

357 草の上に乱れて置いた白露は、玉を貫いたのではない玉と見ることだ。参考「秋の野に置く白露は玉なれや貫きかくる蜘蛛の糸筋」(古今・秋上・文屋朝康)。

358 菊の花は黄金色に見えるので、露の玉も粗末な草の宿に置くのだろうか。○見ゆればや—もし～としたら、～だろうか。「古《ふ》るる身は涙の中に見ゆればや長柄の橋に誤《あやま》たるらん」(後撰・雑一・伊勢)。○草の宿り—粗末な住処。「黄金」との対比。

359 松虫がありったけの声で鳴いていると、松の木にちなむ千歳の秋はただ名前だけだったのか。○かぎり—最後。○千歳の秋—千年も続

九月

358 菊《きく》の花《はな》色の黄金《こがね》と見ゆればや草《くさ》の宿《やど》りに露もお《を》くらむ

359 松虫《まつむし》の声《こゑ》のかぎりと聞《きこ》ゆなり千歳《ちとせ》の秋は名《な》にこそ有《(あり)》けれ

360 小山《をやま》田の仮庵《かりほ》の稲《いね》のひつち原長《はらなが》くもあらぬ世《よ》を歎《なげ》くかな

361 世《よ》の中《なか》に似《に》たるものかな朝日待《あさひま》つ垣根《かきね》ににほふ朝顔《がほ》の花《はな》

十月

362 濡《ぬ》れぬとも時雨《しぐれ》もよゝと降《ふ》りはへて見《み》てこそやまめ神奈備《かみなび》の森《もり》

363 小倉《をぐら》山鹿《しか》のたちどの見《み》ゆるかな峯の紅葉《もみぢ》や散《ち》りまさるらん

く秋。「松と言へど千歳の秋に会ひくれば忍びに落つる下葉なりけり」（拾遺・雑下・凡河内躬恒）。▽松虫の「松」に千歳を響かせた発想。

360 山田の仮庵の稲を刈った後から生えてくる穭《ひつじ》原、その長くもない穭の節《よ》ではないこの世を歎くことだ。〇小山田―山あいの田。〇ひつち原―稲の刈り株から蘖《ひこばえ》が生えている原。〇「長くもあらぬ」を導く有意の序。「刈れる田に生ふるひつちの穂に出でぬは世を今更に秋はてぬとか」（古今・秋下・読人不知）。〇世―「夜《よ》」と「節《よ》」を掛ける。

361 男女の仲の愛情に似ているものだなあ、朝日の出を待つ間に咲く垣根の朝顔の花のはかなさは。参考「君来ずは誰に見せまし我が宿の垣根に咲ける朝顔の花」（拾遺・秋・読人不知）。〇世の中―男女の仲、情愛。▽朝顔（槿）はヒルガオ科の蔓性一年草・夏の朝に漏斗状の美しい花を咲かせるが、日が高くなる頃には萎んでしまう。

362 時雨によよと降り濡れてしまうとしても、ことさらに神奈備の森を見てから時雨は止んでほしい。〇よゝ―水などが頻繁に垂れ落ちるさま。〇降りはへて―ことさらに～する。〇神奈備の森―大和国。元は神聖な森や山をさす普通名詞だが、竜田川に近い山や森を比定するようになった。「神無月時雨もいまだ降らなくにかねて移ろふ神奈備の森」（古今・秋下・読人不知）。

363 ほの暗いはずの小倉山は鹿の立っているところが見えるよ。峰の紅葉が一層散るのだろうか。〇小倉山―山城国。嵯峨の西にある山で、東麓に二尊院がある。〇たちど―立っている所。「五月山木下闇にともす火は鹿のたちどのしるべなりけり」（拾遺・秋・紀貫之）。

364 梅の枝に降っている白雪は花なのだろうか。空には知られていない春が立っているようだ。参考「雪降れば木ごとに花ぞ咲きにけるいづれを梅とわきて折らまし」（古今・冬・紀友則）。〇花なれや―花なのだろうか。〇空に知られぬ―空には知られていない。「桜散る木下風は

364 梅《むめ》が枝《え》に降《ふ》れる白雪《しらゆき》花なれや空に知《し》られぬ春《はる》や立《た》つらん

365 秋果《あきは》てゝ冬にうつろふ菊《きく》の花《はな》かくしも枯《か》れぬものとやは見《み》し

十一月

366 夜《よ》や寒《さむ》き佐保《さほ》の山辺《べ》の川千鳥《かはちどり》こゝや千鳥《ちどり》の間《ま》なくしば鳴《な》く

367 うちとけぬけしきを見れば冬草《ふゆくさ》の上《うへ》のつらゝに見え《へ》わたるかな

368 鳴滝《なるたき》の落《お》ちくる声《こゑ》の音《をと》なきは氷《こほり》のくさびさしてけるかも

369 我宿《（わが）》の軒の垂氷《たるひ》の隙《ひま》もなみ冴《さ》えこそまされひとり寝《ぬ》る夜《よ》は

十二月

370 冬ごもり鏡《かゞみ》と池はなりにけり松《まつ》の緑《みどり》のかげも隠《かく》れず

寒からで空に知られぬ雪ぞ降りける」（拾遺・春・紀貫之）。▽雪を「花」に見立てる。

365　秋が終り冬になって色が移ろう菊の花は、このように枯れないものと見ただろうか。○かくしも―このように。「しも」は強意の助詞。「君も言ひ我も契りし言の葉はかくしも枯れん物とやは見し」（馬内侍集）。▽色変りする菊を一つの花のあり方だと見なし、「枯れぬもの」とする。

366　夜が寒いのか、佐保山のほとりで、の川千鳥がここではほら絶え間なく頻りに鳴いている。参考「千鳥鳴く佐保の川霧立ちぬらし山の木の葉も色増さりゆく」（古今・賀・読人不知）。○佐保―大和国。東大寺の転害門から西に伸びる一条大路の北にある丘陵「佐保山」の麓に流れる川。○こゝや―ここではほら。○間なくしば鳴く―絶え間なく頻りに鳴く。

367　解けることはない冬気色をみると、冬枯れた草の上一面が氷っているように見えるなあ。○うちとけぬ―解けることがない。○つらゝ―氷。

368　音を立てて鳴る鳴滝で音がしないのは、氷の楔を鎖したからだろうか。○鳴滝―山城国。京都市右京区鳴滝。「鳴る」と「音なき」を対比。○氷のくさび―「岩間には氷のくさび打ちてけり玉ゐし水も今は漏り来ず」（後拾遺・冬・曾禰好忠）。○さして―門や戸などを閉ざして。

369　私の家の軒のつららも隙間なく垂れているので、寒気はさらに厳しくなるよ、独り寝の夜は寒さが酷くなるよ。○垂氷―つららのこと。

370　冬ごもりして池は鏡のようになってしまい、松の緑がくっきりと映っている。参考「住みそむる末の心の見ゆるかな汀の松の影を写せば」（拾遺・雑賀・藤原公任）。○冬ごもり―冬の寒い時期、人が家に引き籠もること。○鏡―池の水面が氷ったことを「鏡」に見立てた。

371　見渡すとさながら春かと見えるよ。花の都に降っている白雪は。参考「見渡せば柳桜

371 見わたせは春とぞ見《み》ゆるおしなべて花《はな》の都《みやこ》に降《ふ》れる白雪《しら》

372 年《とし》の内《うち》に春《はる》は来《き》ぬれどいつしかと聞《き》かまほしきは鶯《うぐひす》の声《こゑ》

373 狩《かり》に来《く》る人もこそあれ冬草《ふゆくさ》の枯《かれ》野の雉《きじ》のありか苦《くる》しも

家の御炊《みかしき》の木樵《きこ》りにやりたりけるに、鶯《うぐひす》の巣食《すく》ひたりける木《き》の枝ありけるを、たてまつれるを見て

374 柴木樵《シバキコ》るかまと《カマト》ゝ《ヽ》山の鶯の声《ヤマノウグヒスノコヱ》聞《キ》き《ヽ》古す《フルス》人《ヒト》や誰そも《タレソモ》

花立花《タチ》

375 思《オモ》はば《ゞ》なたちはなれてはつらからん《ナタチハナレテハツラカラン》人の心《ノコヽロ》もさてぞしるべき《モサテゾシルベキ》

花柑子《カンジ》

376 君来ずは《キミコズハ》泣かんしるしも《ナカンシルシモ》あらませば《アラマセバ》袖のひま〳〵《ソデノヒマ〳〵》なくややらま《ナクヤヽラマ》

をこきまぜて都ぞ春の錦なりける」（古今・春上・素性）。○おしなべて―あまねく。○花の都―都の美称。華洛。▽雪を「花」に見立てた発想。

372 旧年の内に春は来たが、早く聞きたいものは鶯の声だ。参考「年の内に春は来にけり一年を去年《こぞ》とや言はむ今年とや言はん」（古今・春上・在原元方）。○いつしかと―いつ来るのかと。○聞かまほしき―聞きたい。

373 狩にやって来る人がいるかもしれない。冬草が枯れた野では雉は在り処が隠れようもなくて気の毒だなあ。参考「春の野のしげき草葉の妻恋ひに飛び立つ雉のほろろとぞ鳴く」（古今・雑体・俳諧歌・平貞文）。○苦しも―思わしくなく苦しいのです。「も」は強意。▽春は野に隠れてしまうので、隠れることの出来ない冬の枯野に狩をする。

374 薪を伐るかまとと山に住む鶯の声を昔から飽きるほど聞き続けているのは誰なのかしら。○御炊の木―炊事に用いる薪。○柴木樵る―薪用に小さな雑木を切る。○かまとゝ山―所在地未詳。「竈」を響かせる。○聞き古す―聞き続けて飽きる。「古す」に「古巣」を掛ける。→補注。

375 もし恋しく思ったならば、離れゆくのはつらいことだろうが、あの人の薄情な心もそういうことで知るに違いない。○思はばな―「な」は詠嘆の終助詞か。○たちはなれて―離れてゆくのは。「たちばな」を隠す。▽初・二句に物名「花橘《はなたちばな》」詠み込む。

376 あなたが来ないならば私が泣くであろう証拠があるとしたら、そでの隙々がないように泣くことであろうに。○下句―意不通。「袖のひるまはなくやあらまし」などの誤りか。▽初・二句に物名「花柑子《はなかんじ》」を詠み込む。○他本―底本ではここで丁を改めている。→補注。

377 不思議なことだが片敷く独り寝の袖が涙で濡れている。露が掛かるはずのことではな

し《シ》

他本

377 あやしくも片敷《かたし》く袖《そで》の濡《ぬ》るゝかな露《つゆ》かゝるべきことならなくに

378 恨《うら》みつる夜《よる》の涙《なみだ》は袖《そで》ならで心《こゝろ》にかゝるものにざりける

379 もろともにすむべき影《かげ》のなかりせば都《みやこ》の友《とも》に誰《たれ》をせましな

380 ながめし人もわれもなき宿《やど》にはやひとりすむらん

381 罪深《つみふか》くこりゐる露《つゆ》はうち晴《は》るゝ今朝《けさ》の朝日《あさひ》に消《き》えやしぬらん

382 吹《ふ》くまゝに笛《ふゑ》ぞまだらになりにけるつれなき人を恋《こ》ふる涙《なみだ》に

いのに。○あやしくも―不思議なことだが。○片敷く袖―独り寝の袖。「さむしろに衣片敷き今宵もや我を待つらむ宇治の橋姫」（古今・恋四・読人不知）。○ならなくに―～ではないのに。

378 恨んだ夜の涙は、袖ではなくて心に掛かるものであったのだ。○袖ならで―袖ではなくて。○五句―「ざり」は「ぞあり」の約。「夢よりもはかなき物は陽炎のほのかに見えし影にざりける」（拾遺抄・恋上・読人不知）。

379 もしも一緒に澄んで（住んで）いるはずの月影が無かったならば、誰を都の友とすれば良かっただろうな。○なかりせば～まし―反実仮想。○五句―「な」は詠嘆の意の終助詞。

380 独りで澄んで（住んで）いるのであろう。月が一緒に眺めた人も私もいない家には、▽歌頭に「本ニ本」の注記。「もろともにながめし人もわれもなき宿には月やひとりすむらん」（後拾遺・雑一・藤原長家）の異伝か。字足らずのため、同歌を参考して意を取る。

381 罪が深くこり固まった私の涙の露は、晴れ晴れとした今朝の朝日に消えてしまっただろう。○こりゐる―「懲りゐる」を響かせる。

382 吹くにつれて笛竹はまだらに染まった、薄情なあの人を恋慕う私の涙のせいで。▽唐の帳読の愁賦に「竹班㆓湘浦㆒、雲凝㆓鼓瑟之蹤㆒」（和漢朗詠集・下・雲）、同じく唐の李嶠の百二十詠に「誰知湘水上、流涙独思㆑君」と詠まれた、古代中国の聖帝舜の死を悲しんだ娥皇・女英の二妃の涙で湘浦の竹がまだらに染まったという故事を念頭においた歌か。

383 決して忘れはしないとどうやってあなたに知らせようか、もしも死んだ私を弔う鐘の音がなかったならば。

384 今日もまた午《うま》の刻を知らせる法螺貝を吹いたようだ（その音が聞こえてくる）。寿命が刻々と消滅してゆき、死の時に近付いてしまったなあ。○午―午の刻（正午）。次が羊の刻。○羊の歩み―寿命が刻々と消滅してゆくことを、屠所に向かう羊の歩みに喩える（涅槃経・迦

383 忘《わす》れずといかでか君《きみ》に知《し》らすべきとぶらふ鐘《かね》の音《をと》なかりせば

384 今日《けふ》もまた午《むま》の貝《かひ》こそ吹《ふ》きつなれ羊《ひつじ》の歩《あゆ》み近付《ちかづ》きにけり

385 佐良《さら》山は木繁《こしげ》き中《なか》を分《(わけ)》行《ゆ》きて道《みち》の果《は》てをも尋《たづ》ねけるかな

386 繁《しげ》かりし歎《なげ》きの憂《う》さに佐良《さら》の山出《い》でてもいしや行《ゆ》く方《かた》もなし

387 時雨《しぐ》れつゝ過《す》ぐべきものを神無《かみな》月まだき降《ふ》りぬる今朝《けさ》の初雪《はつゆき》

388 秋《あき》過《す》ぎてほどなくつもる初雪《はつゆき》は霜《しも》の内《うち》なる菊《きく》かとぞ見《み》る

葉菩薩品)。「羊」は「午」の時刻に関する縁語。▽「千載・雑下で赤染衛門の歌とする(ただし、五句「ちかづきぬらん」)のが正しいか。

385 佐良山は木が盛んに茂っている中を分け入って、路の果てを尋ねたよ。○佐良山―美作国。「久米の佐良山」と呼ばれ、岡山県津山市の南西にある山。「美作や久米の佐良山さらさらにわが名は立てじ万世までに」(古今・神遊びの歌)。

386 絶え間のなかった歎きの辛さに佐良山をさらに出ても行く方角もわからない。○佐良の山→三八五。「さらに」を掛ける。○いしや―未詳。あるいは「よしや」の誤りか。

387 時雨ながら過ぎるはずなのに、今年の神無月はその時期に至っていないのに早くも今朝は初雪が降ったよ。○まだき―まだその時期に至らないのに。早くも。

388 秋が過ぎて間もなく積もる初雪は、霜の中に埋もれている白菊かと思って見るよ。▽雪を秋咲く白菊に見立てる。

389 冬籠もりをする難波の浦を見渡すと、葦火を焚く屋はうっとうしいなあ。参考「難波人蘆火焚く屋の煤《す》してあれど己《おの》のが妻こそ常《とこ》めづらしき」(万葉・巻十一・作者未詳)。○難波の浦―摂津国。○蘆火―干した蘆を燃料として焚く火。

390 美しい柏の森の下の茂みでは、幾頭の駒が荒れているのだろうか。○玉柏―柏の美称。「玉柏庭も葉広になりにけりこや木綿四手《ゆふしで》て神まつるころ」(金葉・夏・源経信)。○いくきの駒―馬などを数える語として「き」という。幾頭もの駒。○荒るゝ―馬が(発情期などで)荒れる。あばれる。「陸奥《みちのく》の尾駮《をぶち》の駒も野飼《のが》ふには荒れこそまされなつくものかは」(後撰・恋四・読人不知)。

391 今は決して罪も憂くつらいこともあるまい。池水が澄むように心が澄んで見えるよ。○世に―(下に打消しの表現を伴って)。決して。○つみ―「つぶ」の転。小さな巻貝。

389 冬籠《ふゆごも》る難波《なには》の浦《うら》を見《み》わたせば蘆火《あしび》焚《た》く屋《や》ぞいぶせかりける

390 玉柏《たまかしは》 森《もり》の下《した》なる茂《しげ》みにはいくきの駒《こま》の荒《あ》るゝなるらん

391 今《いま》は世《よ》につみも浮葉《うきは》もあらじかし心《こゝろ》の澄《す》みて見えし池水《いけみづ》

392 たゞ思《おも》ひ澄《す》ませとに憂《う》き身の草《くさ》の生《お》ひまさるかな

393 荒《あ》るゝ屋《や》の軒《のき》のしのぶにことよせてやがても繁《しげ》る忘《わす》れ草《ぐさ》かな

394 誰《たれ》も皆遅《みなをく》れじとのみ急《いそ》げとも憂《う》き身はそれもかなはざりけり

395 遅《をく》れじと慕《した》ふ心に背《そむ》けどもこの世《よ》にとまる身こそつらけれ

「罪」を掛ける。○浮葉―水面に浮き出ている葉、特に蓮の新しい葉をいう。「憂き」を掛ける。▽出家した人の清澄な心を澄んだ池にたとえたか。

392 ただ思いすませというのか、憂き身の草が生い茂ることだ。▽歌の下部に「本」の注記。字足らずのため意が通らない。

393 荒れた家の軒の忍《しの》ぶ草にかこつけて、すぐさま忘れ草が茂るように、私を忘れるのですね。○軒のしのぶ―「忍草」。羊歯植物のノキシノブ。「のき」は「軒」に「退き」を、「しのぶ」には「忍ぶ」の意を籠める。「住みわびて我さへ軒の忍ぶ草偲ぶる方のしげき宿かな」(周防内侍集)。○忘れ草―ユリ科の多年草の萱草。草の「しのぶ」の対として、忘れる意を籠める。▽類想歌「わが宿の軒のしのぶにことよせてやがても茂る忘れ草かな」(後拾遺・恋三・読人不知)。

394 誰も皆死に遅れまいとばかりに急ぐけれど、つらいことの多いこの身にはそれさえも叶わないなあ。▽類想歌「わび人は憂き世の中に生けらじと思ふことさへかなはざりけり」(拾遺・雑上・源景明)。

395 今はなきお方に遅れまいと恋い慕う自身の心に反して生き続けるが、この世に残り留まるこの身こそはつらいですね。▽「後れじと思ふ心に背けどもこの世にとまるほどぞかひなき」(栄花物語・巻二三・着るはわびしと歎く女房、後一条院葬送後尼となった乳母の詠)の異伝か。

396 どのようにして、どうしたら良いだろうか。嘆くことにも疲れてこの世を捨てれば悲しく、この世に生きていけば恨めしい。▽類想歌「いかにせんいかにかすべき世の中を背けば悲し住めば住み憂し」(和泉式部集、人に世のはかなきことをなどいひて)、「いかにしていかにかすべき歎きわび背けば悲し住めば恨めし」(無名草子・大将の姫君)。

397 情愛さえも解しない人と思っているのかしら。妹背山にかかって妹山と背山を隔てる雲の行く先は。参考「むつましき妹背の山の中に

396 いかにしていかゞはすべき歎《なげ》きわび背《そむ》けば悲《かな》し経《ふ》れば恨《うら》めし

397 あはれだに知《し》らぬ人とや思《おも》ふらん妹背《いもせ》の山《やま》の雲《くも》の行方《ゆくゑ》を

398 あかねさす吉備《きび》の中山《なかやま》へだつとも細谷川《ほそたにがは》の音《をと》はせよかし

399 着《き》し折《をり》は思《おも》ひかけきや藤衣《ふぢごろも》流《なが》す今日《けふ》まであらんものとは

400 重《かさ》ね着《き》し衣《ころも》の色のくれなゐは涙《なみだ》に染《そ》むる袖《そで》もなりけり

401 千賀《ちか》の浦《うら》の貝《かひ》こそなけれ逢《あ》ふことは十市《とをち》の里《さと》の心地《ち》のみして

さへ隔つる雲の晴れずもあるかな」（後撰・雑三・読人不知）。○知らぬ人とや―「雲」を擬人化した表現。○妹背の山→一〇七。

398 たとえ吉備の中山が隔つとしても、細谷川が音を立てて流れるように、細々とでも便りを下さい。参考「真金ふく吉備の中山帯にせる細谷川の音のさやけさ」（古今・神遊びの歌）。○あかねさす―（もと「日」「君」などに掛かる枕詞から転じて）ここでは「吉備」にかかる枕詞としたか。○吉備の中山―吉備国。一般には岡山市の吉備津神社の後方の山をいう。○細谷川―地形をいう普通名詞「細谷」と地名「細谷（川）」を掛ける。

399 喪服の藤衣を着た折は思っただろうか。その藤衣をを流す、喪の明ける今日まで生きているだろうなどとは。○藤衣―喪服。「思ふどち一人一人が恋ひ死なば誰によそへて藤衣着む」（古今・恋三・読人不知）。○流す今日―喪明けの日は祓えをして喪服を脱ぎ、川に流す。「藤衣はらへて捨つる涙河きしにもまさる水ぞ流るる」（拾遺・哀傷・読人不知）。

400 重ね着した下襲《したがさね》の紅色は夫の死を悲しむ私の紅涙に染まった袖の色だったのだ。○涙に染むる袖―紅涙で染まる袖。「紅涙」は泣きに泣いた果てに流す、血の涙。「紅の振り出でつつ泣く涙には袂のみこそ色まさりけれ」（古今・恋二・紀貫之）。○袖も―あるいは「袖と」とあるべきか。▽「重ねてし衣の色の紅《くれなゐ》は涙にしめる袖もなりけり」（赤染衛門集、夫大江匡衡の死を悼む哀傷歌）の異伝か。

401 千賀の浦の貝ではないが、距離が近い甲斐がないのだなあ。恋しい人と逢うことはまるで十市の里のように遠い感じがして。○千賀の浦―陸奥国。塩竈湾一帯。「近し」を掛ける。「陸奥の千賀の塩釜近ながら遥けくのみも思ほゆるかな」（古今六帖・第三・作者名不記）。○貝―「甲斐」を掛ける。「貝」は「浦」の縁語。○十市の里―大和国。橿原市十市町を中心とする周辺地域。「遠し」を掛ける。「遠し」は「近し」と対

402 このたびも憂《う》き身をかへて出《い》づべくは雲隠《くもかく》してよ石山《いしやま》の月《つき》

403 月影《つきかげ》はいつも飽《あ》かぬに今宵《こよひ》こそ秋《あき》の半《なか》ばにあはれなりけれ

語。「暮ればとく行きて語らむ逢ふことの十市の里の住みうかりしも」(拾遺・雑賀・藤原伊尹)。

402 今回の旅も私の憂き身の姿を変えて出ることになるならば、雲よ、隠しておくれ、石山の明るい月を。〇かへて—別の物にして。〇雲隠してよ—「かくてのみ世に有明の月ならば雲隠してよ天降《あまくだ》る神」(詞花・雑下・読人不知)。〇石山の月—近江国。大津市石山町。石山寺がある。

403 明るい月の光はいつも見飽きることがないが、八月十五夜の今宵は秋の半ばなのでとくに趣が深いなあ。参考「月影をわが身に替ふる物ならば思はぬ人もあはれとや見む」(拾遺・恋三・壬生忠岑)、「一年《ひととせ》の秋のなかばは残れども月は今宵ぞ限りなりける」(公任集)、「いつも見る秋のなかばの空になほ光添へたる夜はの盃《さかづき》」(風葉集・秋上・海人の藻塩火の仁和寺親王)。

道命阿闍梨集

佐藤雅代校注

道命阿闍梨集

来《こ》むといひて来《こ》ぬ人に、春立《た》つ日

1 今来《いまこ》むといひし人だに見えなくに思《おも》ひのほかに来《き》たる春かな

あひ語《かた》らふ人に

2 わればかりあひ思《おも》ふことはかたくとも思ふ人をば思《おも》ひ知《し》らなむ

年《とし》は越《こ》えて春はまだ来《こ》ぬに、人のもとに

3 年《とし》はこえ春はまだ来《こ》ぬ山里のそのつれ〴〵を思《おも》ひやれ君《きみ》

雪の降《ふ》る日

4 淡《あは》雪の降《ふ》るにつけても世の中のしら〳〵しくもなりまさるかな

紅葉《もみぢ》を見《み》て

5 見にきたるかひこそなけれ唐錦《からにしき》きながら風《かぜ》にあてじと思《おも》へば

1　すぐ行こうと言った人も見えないのに、思い掛けずやってきた春ですね。参考「今来むといひしばかりに長月の有明の月を待ち出でつるかな」（古今・恋四・素性）。〇今来むと―恋人などの来訪を待つ側の人間の立場で言う表現。〇見えなくに―見えないのに。打消の助動詞「ず」のいわゆるク語法と接続助詞「に」。「憂き世には門《かど》させりとも見えなくになどかわが身の出でがてにする」（古今・雑下・平定文）。

2　私のように思い合うことは難しくても、私のようにあなたを思う人のことを充分に分かってほしいのです。〇あひ語らふ―お互いに語り合う。「たぎつ心を　誰かにも　あひ語らはむ…」（古今・雑体・短歌・読人不知）。〇思ひ知らなむ―わかってほしい。「なむ」は希望する意の終助詞。→補注。

3　年は越えたけれども春はまだ来ない山里のものさびしい気持ちを思いやって下さい。〇春はまだ来ぬ―春らしさがまだ感じられない。〇つれ〴〵―しんみりと寂しい気持ち。

4　淡雪が降るにつけても世の中はいよいよ白々と興ざめなものになってゆくなあ。〇しら〳〵しくも―興ざめな感じがするように。「よそに降るものとこそ見め白雪のしらしらしくも思ほゆるかな」（重之集）。「しらしらししらけたるとしつきかげに雪かき分けて梅の花折る」（和漢朗詠集・下巻　無記名）。▽興ざめな気持ちと（雪によって）白くなることを掛ける。→補注。

5　唐錦の紅葉を見に来た（身に着た）甲斐がないなあ。着ていながら散らないように、風に当てまいと心配しているので。参考「朝まだき嵐の山の寒ければ紅葉の錦着ぬ人ぞなき」（拾遺・秋・藤原公任）。〇唐錦―紅葉の比喩。「思ふどち円居《まとゐ》せる夜は唐錦たたまく惜しきものにぞありける」（古今・雑上・読人不知）。〇初句―「見」に「身」を掛ける。「き」は「来《き》」は「着」の掛詞で「身」「唐錦」の縁語。五句の「き」も同じ。→補注。

おなじ事なめり

6 小倉《をぐら》山あらしの風《かぜ》も寒《さむ》からじもみぢの錦《にしき》見にし来《き》たれば

人にまた

7 おぼろけの色とや人の思《おも》ふらん小倉《をぐら》の山を照《て》らすもみぢ葉《ば》

紅葉《もみぢ》したる木《き》の本《もと》に

8 紅葉ばのはしたなきまで散《ち》りしきて風《かぜ》さへ飽《あ》かむ心地《こゝち》こそすれ

大井河のつらにて、月を見《み》る

9 月影《かげ》のゐせきに月もとゞまらばこゝを桂《かつら》といはましものを

法輪にありしころ、花を折《を》りて人に

10 おぼろけか嵐《あらし》の山に咲《さ》く花を一《ひと》枝にても見する心《こゝろ》を

月を見《み》て

11 月をのみよろづにつけてながむれば今《いま》は目馴《めな》れてなぐさまぬかな

6 小倉山の嵐の風も寒くないだろう、紅葉の錦を身に着て、見に来たのだから。○小倉山―山城国。京都市右京区嵯峨、大堰川を隔てて嵐山に対峙する山。紅葉の名所。▽風に散らされた錦を着るからという発想。→補注。

7 千載・秋下。ありきたりの色とあなたはお思いでしょうか。薄暗い小倉山を照らすもみじの葉を。参考「紅葉せばあかくなりなん小倉山秋待つほどの名にこそありけれ」(拾遺・夏・読人不知)。○おぼろけ―ぼんやりとしているさま。→補注。

8 紅葉葉がどうしようもないまで散り敷いて、散らした風までが飽き飽きするだろう。○二句―「はしたなし」は甚だしいが原義。→補注。

9 月の光に照らされた井堰に月も空での動きを堰かれて留まるならば、ここを桂と言おうものを。○大井河―山城国。嵐山の麓あたりの桂川をいう。大堰川。○つら―あたり。○ゐせき―川の流れを堰き止めた所。○桂―中国の伝説にいう月の中の桂の木に地名の「桂」を掛ける。「久方の月の桂も秋はなほもみぢすればや照りまさるらむ」(古今・秋上・壬生忠岑)。▽「とゞまらば…いはまし」は反実仮想。

10 ありきたりとお思いですか。この嵐の吹く嵐山に咲く花を一枝でもお見せしたいというわたしの心を。○法輪―山城国。嵐山にある知福山法輪寺。「桜」「紅葉」の名所。○おぼろけ―ぼんやりと霞んでいるさま。○嵐の山―花を散らす嵐が吹く山に「嵐山」を掛ける。

11 月だけを何かといっては見入ってしまうので、今では目が慣れてしまい心が晴れることがなくなってしまった。○よろづにつけて―「憂しと思ふ我身に秋にあらねども万《よろづ》につけて物ぞかなしき」(和泉式部集)。→補注。

熊野《くまの》へ詣《まう》でて、道《みち》に月を見《み》て

12 はるぐ\と目《め》の行《ゆ》くかぎりながむれど飽《あ》く世もなきは山の端《は》の月

正月、大井河のつらにて

13 春《はる》はまた秋《あき》になるべし大井河底《そこ》のみくづの色《いろ》も変《かは》らず

若菜《わかな》を、法輪《ほうりん》にて

14 若菜《わかな》ゆゑ野辺《へ》にもいでて心《こゝろ》から小倉《をぐら》の山につまむとぞ思《おも》ふ

亀《かめ》山を

15 大井河みづにうかべる影《かげ》ゆゑ《へ》や亀《かめ》山の名も世《よ》にながれけむ

法輪《ほうりん》に侍《(はべり)》けるころ、紅葉《もみぢ》のしたりしを、人の御もとにたてまつりし

16 人も見《み》ぬをぐらの山の紅葉ばや名高《なたか》かる夜《よ》の錦《にしき》なるらん

絵に、身投《なげ》むとて、高《たか》き岸にゐて、女のながめたるところ

12 はるか彼方へと目の利くかぎり見つめるが、見飽きてしまう夜もないものは山の稜線に掛かる月だよ。○熊野―紀伊国。牟婁郡の霊地の熊野権現（本宮・新宮・那智）。「三熊野」とも。○目の行くかぎり―目を凝らすさま。珍しい表現か。→**補注**。

13 大井川のほとりの春はまた秋になるであろう、川底の水屑は色も変わらずに（つまらない存在の自身は今と変わらないままに）。○底のみくづ―川底のごみ。とるに足りないわが身の比喩。「涙川底の水屑となりはてて恋しき瀬々に流れこそすれ」（拾遺・恋四・源順）。→**補注**。

14 寿命の延びる若菜を祝う日なので、野辺に出掛けて、心を籠めて小倉山で摘もうと思うことだ。○若菜―春の初めに摘んで、食用にする野草。○法輪→一〇。○小倉の山→六。「春日すら小倉の山に降る雪は多くの年を積めど消えつつ」（千穎集）。▽「小暗き」場所に出て若菜を摘むという衷心。→**補注**。

15 大井川の水面に亀のように浮かぶ亀山の影のせいで、縁起の良いその名の評判も拡がったのだろうか。○亀山―山城国。嵯峨、嵐山の北にあたる。▽縁起の良い「亀」に因んで、賀に相応しい名前が、水に映った影と共に流れ拡がるという。

16 人も見ようとしないほの暗い小倉山の紅葉は、甲斐がないことで有名な夜の錦なのでしょうか。○法輪→一〇。○小倉の山→六。○名高かる夜―仲秋の名月で有名な夜。▽「小暗し」の名をもつ小倉山の紅葉は、名月の夜にも錦として映えを見せる。「小倉し」と「錦」の対照。→**補注**。

に書《か》きつく

17 ともかくもわが身《み》ひとつはなしつべし残《のこ》らむ名《な》こそうしろめたけれ

司望《つかさのぞ》む人の、異人《こと》になられて、歎《なげ》くと聞《き》きしに

18 桜花色《いろ》も残《のこ》らずひとすぢに思《おも》ひな消《き》えそ春の淡《あは》雪

あるやむごとなき所よりおほせられたる

19 折《をり》しもあれ花のさかりにゆきたらば桜狩《さくらがり》とや君《きみ》は思《おも》はん

とありし御返《（かへし）》

20 来《こ》ま憂《う》さのことにやはあらぬ山桜《ざくら》散《ち》りなば何《なに》に付《つ》けむとすらん

亡《う》せにける人のはらからの、いみじう幸《さいは》ひすぐれて、栄《さかへ》えのゝしるに、かの亡《う》せにし人の乳母がりやりし

21 かくばかり盛《さか》りと花の咲《さ》くなかに一《ひと》枝しもはまづ散《ち》りにけん

17 新千載・雑中。万代集・雑六。どうにでも自分の身だけは無いものとしてしまえるだろう。しかし、この世に残るであろう不名誉な名が気掛かりだなあ。○わが身ひとつは―「月やあらぬ春や昔の春ならぬわが身ひとつはもとの身にして」(古今・恋五・在原業平)。→**補注**。

18 桜の花は色も残らないものだから、ひたすらその官職を得られないからといって、淡雪が消えるように落胆することはないですよ。○淡雪―官職。○異人―別の官職。○色―色彩だけでなく情趣を含む。○ひとすぢに―ひたすら。○春の淡雪―猟官の思いの比喩。→**補注**。

19 折も折、もしも桜の花の満開時にそちらへ出掛けたならば、君は花見に来たと思うだろうか。○やむごとなき―高貴な。○折しもあれ―折も折。○桜狩―桜の花を尋ねて山野を歩くこと。本来は桜を見ながら鷹狩をすること。伊勢物語・八二段の惟喬親王の交野の桜狩が著名。→**補注**。

20 おいでになるのがおいやなのではございませんか。山桜が散ってしまったならば、何にかこつけようとお思いでしょうか。○来ま憂さ―来たくないこと。「来《こ》」は動詞「来《く》」の未然形。希望しない意の連語「ま憂し」の未然形。○付けむ―くっつければ良いのだろうか。

21 盛りに咲いた花の中で一枝の花だけが散るように、あのお方だけが真っ先にお亡くなりになったのですね。○はらから―兄弟姉妹など。もと同母の兄弟姉妹をいったが、平安時代には異父同母や同父異母の場合でも用いられる。○栄えのゝしるに―繁栄が評判になったが。○一枝―亡くなった人の比喩。貴人の兄弟を「連枝」ということから「枝」(「花」「散り」の縁語)といったか。→**補注**。

返し

22 盛《さか》りなる花の盛《さか》りも物ぞ思《おも》ふ散《ち》りにし枝の残《こ》りなく〳〵

子の日、松尾《まつのを》にて、人々あまた下《くだ》りしに

23 引《ひ》きつれて今日《けふ》は子の日をしつるかな松尾《まつのを》山のねを尋《たづ》ねつゝ

鞍馬《くらま》にまうでたりしに、敦信《あつのぶ》まであひて、夜一夜行《よひとよおこ》のふ声《こゑ》し侍りし、つとめてやりし

24 名に高《たか》き鞍馬《くらま》の山を来《き》てみればのりとゞめたる所《ところ》なりけり

返《かへ》し

25 名に高《たか》き鞍馬《くらま》の山のこだかきは君《きみ》に引《ひ》かれて立《た》つにやはあらぬ

山寺に侍りしころ

26 世をそむく所《ところ》と聞《き》きておく山は物思《おも》ふにぞ入《い》るべかりける

山寺《やまでら》にこもりて、人のもとにやり侍りし

27 日にそへておぼつかなさのまさるかなあひみえし日や遠ざかる

22 花盛りのようにご兄弟がおしあわせであるにつけても、私は悲しみに沈んでいます。亡くなったあのお方を泣く泣くお偲びしながら。「去年の春散りにし花も咲きにけりあはれ別れのかからましかば」（詞花・雑下・赤染衛門）。〇五句―「無く」に「泣く」を掛け、反復によって強調する。

23 人々を引き連れて小松を引く子の日に興じたことだ。松尾山で松の根元を捜しながら。〇子の日―正月最初の子の日に行われた遊宴。小松を根引きし、若菜を摘んだ。「子の日する野辺に小松のなかりせば千代のためしに何を引かまし」（拾遺・春・壬生忠岑）。〇松尾―山城国。葛野郡内、桂川の右岸に位置する。松尾神社があり、その背後の山を松尾山という。〇引きつれて―根を「引く」を掛ける。→補注。

24 名高い鞍馬に来てみると、仏法を留めている所でしたよ。勤行をする声が聞こえて。〇鞍馬―山城国。左京区鞍馬にある山で、南面中腹に鞍馬寺がある。「おぼつかな鞍馬の山の道知らで霞の中にまどふ今日かな」（拾遺・雑春・安法）。〇敦信―式家藤原流。山城守藤原敦信。文章博士明衡の父。〇行ふ声―勤行をする声。〇つとめて―翌朝早く。〇のりとゞめたる―「のり」は「鞍」の縁語。「乗り」に「法《のり》」（仏法）を掛ける。

25 名高い鞍馬山の木が高いように、読経の声が高いのはあなたに引かれて声が大きく響くのではないでしょうか。〇引かれて―「引く」は「鞍」の縁語。〇立つ―「木」の縁語。

26 新古今・雑中。俗世を捨てて住む所だと聞いていた奥山は、思い悩むので入るべき所だったよ。〇世をそむく―「世をそむく苔の衣はただ一重貸さねばうとしいざ二人寝む」（後撰・雑三・遍昭）。→補注。

27 日が経つにつれて逢いたさが増さりますよ。お互いに顔を合わせた日が遠ざかって行くのでしょうか。〇おぼつかなさ―待ち遠しさ。

らん

返《かへ》し

28 あふことのいつとなきだにわびしきに睦《むつ》れしほどの遠《とほ》ざかるらん

人の来《き》て、帰《かへ》るに

29 昨日《きのふ》わがうれしと思《おも》ふ心《こゝろ》こそかへりて今日《けふ》の仇《あた》にはありけれ

帰《かへ》りて、又遣《や》りし

30 昨日《きのふ》をばもの思《おも》ほえですぐしてき物思《おも》ほゆる今日《けふ》いかにせむ

嵯峨野《さがの》に花見《み》にまかりて

31 花薄《（すすき）》まねくはさがと知《し》りぬれど留《とゞ》まるものは心《こゝろ》なりけり

法輪なりしころ、水風に似たりといふ題を

32 水の面《おも》の風にまがふる大井河《おほゐ》あらしの山の影《かげ》やうつれる

山吹の花賜《たば》せ給へる人によそへて、人々よみしに

28　あなたと逢うことがいつのことか分からないことさえ悲しいのに、仲良くしていた時が遠くなってゆくのでしょう。参考「逢ふことのいつとなきには七夕の別るるさへぞ羨まれける」(後拾遺・恋一・藤原隆資)、「恋のごとわりなきものはなかりけりかつ睦れつつかつぞ恋しき」(後撰・恋一・読人不知)。

29　昨日、あなたがおいでになって嬉しかった私の心がかえって今日の恨みだったのでした。◯かへりて—反対に。「帰りて」を掛ける。◯仇—恨めしく思う心。▽「昨日」「うれし」と「今日」「仇」を対にして、嬉しさが恨めしさに変わる心の不思議さを詠む。

30　昨日は思い悩むことなどをせずに過ごしました。物思いにくれる今日をどうしたらよいのでしょうか。◯ものおもほえで—思い起こさずに。「昨日」と「今日」、「思ほえで」と「思ほゆる」を対にする。→補注。

31　千載・秋上。続詞花集・秋下。花薄が人を招くのは嵯峨野ならぬ性《さが》とは分かっているが、そこに留まってしまうのは心の本音なのだろう。◯嵯峨野—山城国。右京区の西部一帯の地。◯花薄—秋の薄の穂のこと。穂が風に靡くさまを人を「招く」に見立てる。「秋の野の草の袂か花薄穂に出でて招く袖と見ゆらむ」(古今・秋上・在原棟梁)。◯さが—「嵯峨」を掛ける。「ここにしもなに匂ふらむ女郎花人の物言ひさがにくき世に」(拾遺・雑秋・遍昭)。

32　水面が風の吹くさまに見間違える大井川は、風を起こす嵐ならぬ嵐山の影が映っているからなのだろうか。◯法輪→一〇。◯風にまがふる—「みよしのの花にまがふる白雲のはるはそれもをしきなりけり」(師光集)。◯大井河

33 昔《むかし》見《み》し井手《ゐで》の山吹今日《けふ》はあれどすぎにし春はなほぞ恋《こひ》しき

花山院、歌合せさせ給しに、題あまたたまはせたりし、七夕庚申にあたりたりしに

34 待《ま》ちえたる宿《やど》やなからん七夕《たなばた》は今宵《こよひ》は人《ひと》の寝《ね》ぬ夜《よ》とか聞《き》く

35 君かよのはてしなければ七夕《たなばた》の逢《あ》ひみむほどの数《かず》ぞしられぬ

雁金《かりがね》まつといふ心《こゝろ》を

36 雲わけてゆきにし雁《かり》の声まつと心《こゝろ》そらなるころにもあるかな

人のもとより、久《ひさ》しう対面《たいめむ》すまじきよしなど言《い》ひたりしに

37 逢《あ》ふことは難《かた》かるべしと聞《き》きしかどくだけてわれは物をこそ思《おも》へ

山寺にて、都の方《かた》を見《み》やりて

38 都《みやこ》をば憂《う》しとて山に入《い》りしかどそなたに向《む》きて日をくらすかな

→九。○あらしの山—嵐山。花を散らす嵐が吹く様に地名「嵐山」を掛ける。→補注。

33 昔見たままの井手の山吹が今日あるけれど、過ぎてしまった春はやはり恋しいことだ。○井出—山城国。京都府綴喜郡井手町。山吹の名所。「かはづなく井手の山吹散りにけり花の盛りに逢はましものを」（古今・春下・読人不知）。○すぎにし春—山吹をおこせた人、またその人との想い出を寓する。▽花山院を偲ぶ歌か。→補注。

34 待っていて思いが叶う宿は無いのだろうか、七夕は。今夜は人が寝ない夜と聞いているが、それにあやかるのだろうか。○花山院—第六五代天皇。安和元年（九六八）～寛弘五年（一〇〇八）、四一歳。○七夕庚申—七夕と庚申《こうしん》会が重なったこと。庚申の日には、身を慎み徹夜をするが、平安貴族は酒・菓子を供えて、管絃の遊び、歌会・歌合などを行った。「いとどしく寝も寝ざるらん七夕の寝ぬ夜にあへる天の羽衣」（後拾遺・秋上・清原元輔）。○待ちえたる—「待ち得《う》」は、待っていてそれが叶うの意。ここでは七夕を待ち得たこと。「待ち得たる一夜ばかりを七夕の逢ひみぬ夜半と思はましかば」（後拾遺・秋上・藤原通房）。○人の寝ぬ夜—庚申の夜は徹夜をするから。▽いつの七夕庚申か不明。→補注。

35 君が代が果てしないので、七夕の二星が逢うという回数も知ることが出来ない。○逢ひみむほどの数—二つの星の巡り会うことの数。「一年に一度と思へど七夕のあひ見む秋の限りなきかな」（拾遺・秋・紀貫之）。▽君が代が果てしなく続くので、七夕での巡り逢いの数も知ることができない。

36 雲を分けて去っていった雁の声を待つということで、心が虚ろな状態であることだ。○雁金—ガンの異名。秋に飛来し、春に北国に帰ってゆく渡り鳥。○こゝろそらなる—「我妹子が夜戸出の姿見てしより心空なり土は踏めども」（万葉・巻十二・作者未詳）。→補注。

郭公《ほと、ぎす》の鳴《な》かぬなど言《い》ひてよみ侍りし

39 時鳥《ほと、ぎす》 鳴《な》くらん山に入りなばや憂《う》き世《よ》のなかを背《そむ》きがてらに

五月に、鞍馬《くらま》に詣《まう》でて侍りしに

40 さつき闇《やみ》くらまの山に時鳥《ほと、ぎす》たどる〳〵や鳴《な》きわたるらん

41 時鳥《ほと、ぎす》 暁《あかつき》がたの一声をなか〳〵聞《き》かであらましものを

紅葉散《ち》りたる庭《には》に、霰《あられ》の降《ふ》りまじりたるに

42 もみぢ葉の積《つ》もれる庭《には》に降《ふ》りしけばたゞ霰地《あられぢ》の錦《にしき》とぞ見《み》る

人の亡《な》くなりたりし所にて、郭公待《ま》つ心《こゝろ》よみしに

43 郭公鳴《な》く声《こゑ》聞《き》かばまづ問《と》はん死出《しで》の山路を人や越《こ》えしと

これは、よしなしごとなめり

44 ものとてはいかゞは人の思《おも》ふらん物か覚《おぼ》えぬ心地《こゝち》こそすれ

筍《たかむな》 人のもとにたてまつりて、二日ばかりありて聞《きこ》えし

37 逢うことは難しいと聞いていましたが、あれこれと心乱れて物思いをする。○対面すまじきよし—対面すべきではない口実。○くだけて…物を思ふ—恋歌の慣用表現。「かの岡に萩刈る男縄をなみねるやねりその砕けてぞ思ふ」（拾遺・恋三・凡河内躬恒）。

38 続詞花集・雑下。都を辛いということで山に入ったが、都の方向の東を向いて日を暮らしているよ。○憂し—嫌で憂鬱だ。「山里は物のわびしきことこそあれ世の憂きよりは住みよかりけり」（古今・雑下・読人不知）。○そなた—山寺から都をさす。▽出家遁世してからの望郷への思い。この山寺はおそらく法輪寺であろう。それならば都は東の方向となる。西方浄土とは逆の東方に都はある。→補注。

39 時鳥が鳴くという山に入ることが出来たらなあ。辛い世間から出家するのを兼ねて。○入なばや—「山がつと人は言へども時鳥先づ初声は我のみぞ聞く」（拾遺・夏・坂上是則）。▽時鳥の鳴き声を尋ねて山に入るという行為を、出家と重ね合わせる。

40 五月闇の鞍馬山で時鳥が鳴いているが、暗いので迷いながら鳴き続けているのだろう。参考「墨染めの鞍馬の山に入る人はたどる〳〵も帰り来ななん」（後撰・恋四・平中興女）。○鞍馬→二四。○さつき闇—「暗し」と同音であることから「くら」に掛かる枕詞。○たどる〳〵—たどたどしいさま。枕詞「五月闇」の縁語。▽類想句の歌→二一四。

41 時鳥が暁に鳴く一声を容易には聞かないでいられたものを。○なか〳〵—容易には。○あらましものを—ここでは簡単に聞くことができたの意。下に打消の語を伴って。

42 紅葉が散った庭に、霰が頻りに降って敷いたので、まるで霰地の錦だと見ることだ。参考「立田川もみぢ葉流るかみなびの三室の山にあられ降るらし」（古今・秋下・読人不知）。○霰—冬の霰だけでなく、秋・夏降る雹《うひょ》までも含めて言う。○霰地—織物や染め物の模様の名で、細

45 音《をと》もせで昨日《きのふ》もたゞに呉竹《くれたけ》のあなおぼつかな世《よ》のほどもいかに
春雨を

46 新《あたら》しき年《とし》の始《はじ》めの物とてはいたくも雨《あめ》のふりにけるかな

花の散《ち》るを見《み》て

47 散《ち》るときはあたらしとのみ見《み》る花をふりにし雪《ゆき》に誰《たれ》か見《み》せけん

氷《こほり》消《き》えて、水の花開《ひら》けたりといふ心《こゝろ》を

48 うす氷消《き》ゆるは見ゆる水の面《おも》をかさねたりける鏡《かゞみ》とぞ見《み》る

花山うせさせ給て、御葬送《さうそう》の又の日、殿上にまゐ《い》りて、人もなかりしかば、あはれにて

49 思《おも》ひわび雲《くも》の上《うへ》をぞながむれど立《た》ちし煙《けぶり》の名残《なごり》だになし

題忘《だいわす》れにたり

50 いにしへにきて馴《な》れにたるこゝろをば今朝《けさ》の煙《けぶり》やかねて立《た》ちけん

かい石畳の模様のこと。→補注。

43 続古今・哀傷。時鳥の鳴く声を聞けたなら、まず尋ねよう、死出の山路をあの人が越えたとかと。参考「死出の山越えて来つらむ時鳥恋しき人の上語らなむ」(後撰・哀傷・伊勢)。○死出の山路—冥土にあるという死後に行くべき山(死出の山)の険しい山路。▽死出の田長(たをさ)としての時鳥に死者が死出の山を越えたかと尋ねる。→補注。

44 格別のこととしては、どうしたらよいのかと思っているのだろうか。私は何となく思い出されない気持ちがする。○よしなしごと—他愛のないこと。○上句—どうしたらよいのかと思っているのだろう。

45 何の音沙汰もなく、昨日もただ空しく過ぎてしまいました。竹の子のことが気掛かりです。夜の内に節と節との間がはっきりと摑めない、どうしたのかと。○筍—竹の子。○音もせで—音沙汰もなく。○たゞに—すぐに。○呉竹—淡竹《はちく》の異名。「暮」を響かせ、昨日も筍について「人」から何の音沙汰もなかったことを暗示する。○あなおぼつかな—ああ、ぼんやりとして、はっきりつかめない。○世—「節《よ》」を掛け、節は「竹」の縁語。→補注。

46 新しい年の初めの物としては、甚だしいことに雨が降ってしまったことだ。参考「新しき年の始めにかくしこそ千歳をかねて楽しきを積め」(古今・大御所御歌)。○ふり—「降り」と「古り」(「新しき」と対)との掛詞。

47 散る時にはあたら惜しいと見る花を、降って古くなった雪に誰が見せたのだろうか。○あたらし—惜しいの意に「新し」を響かせて下の「ふりにし」に「古りにし」を響かせた対。○ふりにし雪—散る花の比喩。「同じ色に散りしまがへば桜花降りにし雪のかたみとぞみる」(貫之集)。

48 薄氷消える様子が見える水面を重ねている鏡と見ることだ。○水の花—本来「蓮」の異名をいうが、ここでは水の生き生きとした様の

時鳥《ほとゝぎす》の心

51 里なれぬ山 時鳥《ほとゝぎす》こまうくは雲居《くもゐ》ながらも声《こゑ》を聞《き》かせよ

正月一日、霞の立《た》ちけるに

52 あらたまの年《とし》は昨日《きのふ》に越《こ》えにしを立《た》ち遅《をく》れたる春 霞《かすみ》かな

花山の御葬送《さうそう》の又の日、殿上にさふらひし人にいひやりし

53 もろともに昨日《きのふ》の野《ゝ》辺《べ》にいざ行《ゆ》きて霞《かすみ》をだにも見《み》て帰《かへ》りなむ

人のかく言《い》ひたる

54 なぞや世《よ》に経《ふ》ればものの《ゝ》み悲《かな》しきに天《あめ》の下《した》よりいづち行《ゆ》かまし

返《かへ》し、言《い》ひやる

55 人はいさわれはこの世《よ》も厭《いと》はれずたゞ身《み》の憂《う》きと思《おも》ひ知《し》りにき

56 見《み》る人はみなな《ゝ》くなりぬわれを誰《たれ》あはれとだにも言《い》はむとすらん

比喩。▽薄氷が消えて、水の面が様々な表情をみせることを鏡に喩える。

49 袋草紙・下。思いに堪えかねて雲の上を眺めたが、花山院を茶毘に付した煙が名残さえないことだ。○花山…—花山法皇は寛弘五年(一〇〇八)二月八日崩。○思ひわび—思いに堪えかねて。「思ひわび眺めしかども鳥辺山はては煙も見えずなりにき」(玄々集・円融院)。○雲の上—皇居のこと。○立ちし煙—花山院を茶毘に付した煙。▽道命による花山院哀傷歌の一首。→補注。

50 昔からやって来てからすっかり馴れてしまった心を、今朝の火葬の煙が前もって断ち切ってしまったのだろうか。○きて馴れにたる—「着て狎れし衣の袖も乾かぬに別れし秋になりにけるかな」(後拾遺・哀傷・藤原義孝)。○かねて立ちけん—前もって煙が立ったのだろうか。▽二七四に重出。詠歌事情不明。→補注。

51 里に馴れない山の時鳥よ、来たくないのならば、雲のように遠くにいることのままで声を聞かせておくれ。○こまうくは—「こ」は動詞「来」の未然形。希望しない意の助動詞「まうし」の未然形。○雲居ながらも—雲のように遠くにいても。→補注。

52 新しい年は昨日のうちに越えて来たのに、年よりも春霞が遅れているよ。○越えにしを—「あらたまの年越え来らし常もなき初鶯の音にぞ鳴かるる」(後撰・哀傷・藤原玄上女)。○立ち遅れたる—「霞だに立ち遅れたるむばたまをいつのまにかは雪降りぬらむ」(大斎院前御集)。→補注。

53 玉葉・雑四。一緒に昨日の院の葬送が行われた野に出掛け、霞をさえも見て帰ることにしよう。○花山→三四。○昨日の野辺—昨日野辺送りしたその野辺。○いざ行きて—さあ一緒に行きて。→補注。

54 どうしてこうなのか。世に過ごしていると悲しいが、この世間からどこに行けばよいのか、どこにもありません。参考「ふればかく憂さのみまさる世を知らで荒れたる庭に積もる初

57 花盛《ざか》り思《おも》ふことなき春《はる》ならば幾度君《いくたびきみ》をわれ誘《さそ》はまし
月おぼろにて花を思《(おもふ)》といふ題を

58 散《ち》りぬめる花の匂《にほ》ひも見るべきをあなおぼつかな夜半の月影《かげ》
花山院うせ給《(たまひ)》ての春、人々《〈》遊《あそ》びもせざりしかば

59 つらしとや春の桜《さくら》も思《おも》ふらん知《し》らずがほにて過《す》ぐる春《はる》かな
春《はる》過《す》ぎなむとす、夏待《なつま》つころ

60 惜《を》しめども留《と》まらぬ春は過《(すぎ)》ぬめり時鳥《ほとゝぎす》だに今《いま》は鳴《な》かなん
花山の御忌《い》み果《は》て《ゝ》、人々《〈》お《を》の〱になるに

61 そのかみの心地《こゝち》のみしてありつるを今日《けふ》より空《そら》を眺《なが》むべきかな
山寺に行《ゆ》きたりしに、八重桜《やへざくら》の見《み》えしを、人にやり侍《(はべり)》し

62 白雲の八重立《た》つ山の桜《さくら》花いづれを花と分《わ》きて折《を》りけん
郭公《(ほととぎす)》の、夜深《よぶか》く鳴《な》くを聞《き》き《ゝ》て

雪」（紫式部集）。○なぞや―どうして～か。○天の下―この世間。

55 人はどうだろうか。私はこの世を忌み嫌うことはなく、ただ自分のみが心苦しいだけなのだ。○人はいさ―人はどうだろうか（知らない）。○厭はれず―厭う気にならず。

56 続詞花集・雑下。万代集・雑五。親しみを感じた人は皆亡くなってしまった。私の死を誰がせめて悲しい愛しいとだけでも言ってくれるのだろうか。→補注。

57 桜の花満開の時、愛しいと思うことがない春ならば、何度もあなたを誘っただろうに。○思ふことなき―「桜花風にしられぬものならば思ふことなき春にぞあらまし」（詞花・春・大中臣能宣）。▽いとしいと思うからこそ誘われなかったにちがいない。反実仮想。

58 散ってしまったらしい花の美しさを見るのが良いのだけれども、ああ、何ともはっきりしない月の光よ。○月おぼろ―月がぼんやりと霞んでいるさま。○散りぬめる―散ってしまったようだ。○見るべきを―見るのが良いのだけれども。逆接。→補注。

59 新続古今・哀傷。辛いことだと春咲く桜も思っているだろうか。その悲しみも知らないふりをして過ぎてゆく春だなあ。○花山院うせ給て…―寛弘五年（一〇〇八）二月八日。○つらしとや―つらいことだと。○知らずがほ―「怨むれど恋ふれど君が世とともに知らずがほにてつれなかるらん」（後撰・恋六・読人不知）。→補注。

60 惜しんでも留まらない春は過ぎたようだ。せめて時鳥だけでも今は鳴いてほしい。参考「惜しめども留まらぬ春もあるものを言はぬに来たる夏衣かな」（新古今・夏・素性）。▽過ぎゆく春を惜しむだが、やはり花山院哀傷とみるべきか。

61 院がおなくなりになった当時の気持ちで過ごしてきたが、今日からは空の煙となった院を偲んで眺めるべきだ。○花山→三四。○御忌み…―諒闇が明けて。寛弘六年二月のこととな

63 時鳥《ほとゝぎす》 夜深《よぶか》き声を聞《き》くのみぞ物思《おも》ふ人の取《と》り所《どころ》なる

院うせさせ給《たま》ひて、夏になる日、上《うへ》に候《（さぶらひ）》し人の音《おと》もせぬにやる

64 今《いま》よりはこれぞあるべきことなれど恋《こひ》しく人《ひと》のなりもゆくかな

便《びむ》なき頃《ころ》にて、遊《あそ》びもえせで、人に言《い》ひやる

65 郭公聞《き》くとはなくて世の中《なか》を歎《なげ》きがほにていざや山辺《やまべ》に

久《ひさ》しう人のもとに文《ふみ》なども遣《や》らで、尼《あま》はいたう覚《おぼ》えしかば

66 世中《（よのなか）》にありと聞《きこ》えて止《や》みなむと思《おも》ふ〳〵も訪《をと》づるゝかな

春立《はるた》つ日《ひ》、もとつけよと、人の言《い》ひお《を》こせたれば

67a たゞ夕暮《ゆふぐれ》の春を見《み》るかな

とあれば

67b 今日《けふ》までと思《おも》ふことだにあるものを

法輪より、人のもとに、蛍《ほたる》いと多《おほ》かり、見《み》におほせよと言《い》

る。〇おの〳〵に―それぞれに。御服喪が明けて、おのが状態になるの意。〇そのかみ―(おなくなりになった)その当時。「をち返り思ひ出づればその上の古りにしことは忘れざりけり」(友則集)。〇空を眺む―「そのかみの誓ひ絶えねば幾代とも知らぬ姿を空に見るかな」(公任集)。

62 白雲が八重に沸き起こる山の桜は、どれが花かと見分けて折り取ったのだろう。〇八重桜―里桜の八重咲き品種の総称。〇分きて折りけん―「雪降れば木毎に花ぞ咲きにけるいづれを梅とわきて折らまし」(古今・冬・紀友則)。▽雲を花と見立てると、八重立つ雲と八重桜は見分けが付かないという発想。院への愛着。

63 後拾遺・夏。時鳥の夜更けの声を聞くだけが、深く物思いに苦しんでいる人の取り柄であるよ。〇物思ふ人―ここでは自分をさす。〇取り所―取るべき所。「山里にかかるすまひは鶯の声まづ聞くぞとりどころなる」(相模集)。▽花山院喪中の悲しみでの詠か。→補注。

64 諒闇も明け、季節も変わった今からは、このようにあなたのご消息をうかがえないのは当然のことですが、それであなたが恋しくなってゆきますよ。〇院―花山院→三四。〇上に候し人―院にお仕えしていた人。〇これぞあるべきこと―この無沙汰は起こり得ることに違いない。→補注。

65 時鳥の鳴き声を聞くというわけではなく、いかにも世の中を歎いているという様子でさあ山辺に入って行きましょう。〇便なき頃―都合が悪い。ここでは花山院の喪中をさすか。〇歎きがほ―いかにも嘆いている様子。〇いざや―行動をうながす語。さあ。「この春はいざ山里に過ぐしてん花の都は居るも露けし」(元元集・藤原実方)。

66 この世に生きていると耳に入って止めてしまおうと思いながらも、お便りすることです。〇ありと聞えて―「井手にのみありと聞えし山吹の九重近く咲きにけるかな」(忠見集)。→補注。

ひやりたれは、人のかくいふ

68a いづら君《きみ》ありと頼《たの》めし蛍《ほたる》だに

といへば

68b なきにてを知《し》れ小倉《おぐら》山とは

人少《すく》なにて、田植《うへ》ゑ侍《(はべる)》人の

69a 早苗《さなへ》とる田子《たご》はあまたもなけれども

とあれば

69b 苗代《なはしろ》水の影《かげ》ぞ添《そ》ひける

ある人の、ものへ行《ゆ》く道《みち》に惑《まど》ひて、森《もり》の中《なか》に入りて、え行《い》きやらでいふ

70a こは世《よ》に惑《まど》ふ道《みち》もあるかな

といへば

70b 春《はる》は花《はな》秋《あき》は紅葉と思《おも》ふ間《ま》に

67a ただ夕暮の春を見ることです。〇もとつけよ—（下句を送りつけて）上句を付けよ。

67b 春は今日で終わりと思うことだけでも心残りなのに。〇今日まで—春は今日までの意。三月尽をいう。

68a いったいどこにいるのか。君がいると期待させた蛍だけでも。〇法輪→一〇。

68b いないことでわかってください。ここは小暗い小倉山だということは。〇小倉山→六。「小倉山火見ゆるかたに宿かれば蛍のすだく川辺なりけり」（賀茂保憲女集）。▽「小暗し」という名の小倉山は蛍の火が無くても感じられる。

69a 早苗を採る田子は多くもいないけれども。〇田子—農夫。

69b 苗代水に映る影が加わったよ。〇苗代水—苗代に引く水。▽人数が少ないのだが、水田に映る影が付け加わるという。

70a これはなんと、世に惑う道もあるものだなあ。〇ものへ行く道—目的への道。〇え行きやらで—進むことができなくなって。〇こは—意外・驚きの気持ちを表す。

70b 春には花を、秋には紅葉を眺めようと思っている間に。〇春は花秋は紅葉と—「春は花秋は紅葉と散りはてて立ち隠るべき木《こ》の下《もと》もなし」（拾遺・哀傷・読人不知）。

五月五日、山寺《やまでら》より、人のがりやる

71 篠《さゝ》の庵《いほ》に菖蒲《あやめ》の草《くさ》を葺《ふ》き添《そ》へて隙《ひま》なく今日《けふ》は人ぞ恋《こひ》しき

人のかくいへる

72 君《きみ》来《き》ます宿《やど》には鳴《な》かで時鳥《ほとゝぎす》今《いま》より後《のち》はわれに聞《き》かせよ

遠《とを》き所《ところ》より人の言《い》へる

73 故郷《ふるさと》は憂《う》きこと繁《しげ》くありしかど三笠《みかさ》の山ぞ恋《こひ》しかりける

返《かへ》し

74 思《おも》ひやれ憂《う》きこと繁《しげ》き故郷に恋《こひ》しさ添《そ》へて歎《なげ》く心《こゝろ》を

訪《と》はぬ人のもとにやる

75 数《かず》ならぬ身《み》をこそ人の訪《と》はずともあなおぼつかな君《きみ》はいかにぞ

76 菖蒲草一夜《あやめぐさひとよ》ばかりと思《おも》ひしを今日《けふ》も袂《たもと》に根《ね》は掛《か》かりけり

五月五日、人を恨《うら》みて、六日に

71 万代集・恋五。笹の庵の軒に菖蒲の草を葺き加えて隙間がないように、暇なく今日はあなたが恋しいよ。○五月五日―端午の節句。邪気を払うために軒や屋根に菖蒲をさすなどする。○人のがり―人のもとへ。○隙なく―頻りに。無性に。→補注。

72 君が来ていらっしゃる宿では時鳥が鳴かず。今からは自分に鳴き声を聞かせてほしい。○われに聞かせよ―(誰よりも先に)自分に鳴き声を聞かせよ。「山がつと人は言へども郭公まづ初声は我のみぞ聞く」(拾遺・夏・坂上是則)。▽類歌二八四、二八五。

73 馴染みのある宮中では辛いことが多くあったが、近衛府は特別に恋しく感じられる。○憂きこと繁き―つらいことの多い。○三笠の山―大和国。若草山の南に位置し、麓に春日大社がある。奈良の歌枕だが、天皇の御蓋(みかさ)となって警護する近衛府の職名なども指す。「天の原ふりさけ見れば春日なる三笠の山に出でし月かも」(古今・羇旅・安倍仲麿)。→補注。

74 思いやって下さい。辛いことの多かった宮中に、恋しさと一緒に併せて悲しく思う心を。→補注。

75 取るに足らない私をこそ誰も訪れなくても、ああ、何ともはっきりしない。君はどうして訪れないのでしょうか。○あなおぼつかな―「歎きつつあなおぼつかな唐衣濡れまさるらん袖を見ぬ間は」(本院侍従集)。

76 菖蒲の短い一節のように、ほんの一夜と思っていたのに、今日までも袂に菖蒲の根ならぬ「音」が掛かり涙に濡れていますよ。○根―菖蒲の縁語で、泣き「音」に掛ける。「世の中のうきに生ひたる菖蒲草今日は袂にねぞ掛かりける」(後拾遺・雑三・藤原隆家)。

77 菖蒲草が生える場所は泥土ならぬ「憂き」世の中なのだとはっきり知りました。○五

77 菖蒲草《あやめぐさ》生《お》ふるところは世《よ》の中のうきなりけりと知《し》りぞ果《は》てぬる

同《おな》じ日

78 逢《あ》ふことの昨日《きのふ》と思《おも》へば菖蒲草《あやめぐさ》今日《けふ》さへ袖《そで》に根《ね》をぞ掛《か》けつる

侍るところに生《お》ひたる忍草《しのぶぐさ》を、文《ふみ》に挿《さ》すとて、人の採《と》るを見《み》て

79 いづ方《かた》に行《ゆ》かむとすらん忍草《しのぶぐさ》古《ふ》りにし宿《やど》のつまを忘《わす》るな

春の夜花を思《おも》ふといふ心を

80 かき曇《くも》る月の光も歎《なげ》かれず花の影《かげ》こそ見《み》まくほしけれ

熊野《くまの》より帰《かへ》りしに、志摩《しま》の国《くに》、われからの浦《うら》といふ所《ところ》にて

81 われからと聞《き》きし所《ところ》を来《き》て見《み》ればげに潮垂《しほた》る、浦《うら》にぞありける

なはの滝《たき》にて

82 岩間《いはま》より落《を》ちくる滝《たき》の白糸《しらいと》も汀《みぎは》によるは泡《あわ》にぞありける

志摩《しま》の国、錦《にしき》の浦といふ所にて

月五日→七一。〇うき—「憂き」と「泥土《うき》」（泥深い土地、沼地）を掛ける。「菖蒲」の縁語。「偲べとや菖蒲も知らぬ心にも永からぬ世のうきに植ゑけん」（拾遺・哀傷・藤原道兼）。▽二八七に重出。→補注。

78 あなたに逢うことが昨日の五月五日であったと思うと、今日までも根ならぬ「音」を袖に掛け涙で濡らしたことです。〇根—菖蒲の縁語で、泣き「音」に掛ける。「世の中のうきに生ひたる菖蒲草袂にねぞ掛かりける」（後拾遺・雑三・藤原隆家）。→補注。

79 どちらに行こうというのか、忍草よ。過ごしてきた宿の端《つま》ならぬ「妻」を忘れてくれるな。〇忍草—「偲ぶ」を掛ける。羊歯類の一つ、「シノブ・ノキシノブ」の類。「君偲ぶ草にやつるる故郷は松虫の音ぞ悲しかりける」（古今・秋上・読人不知）。〇つま—「妻」と軒先の意の「端《つま》」を掛ける。「独りのみながめ古屋のつまなれば人を忍ぶの草ぞ生ひける」（古今・恋五・貞登）。→補注。

80 かき曇る月の光でも自ずと歎くことが出来ず、花の形こそ見たいと思います。〇花の影—「春霞色のちぐさに見えつるは棚引く山の花のかげかも」（古今・春下・藤原興風）、「いざ今日は春の山辺にまじりなむ暮れなばなげの花の陰かは」（同・同・素性）。〇見まく—見ることの意。ク語法。▽二八九に重出。

81 「割殻」という名を聞いたところに来てみれば、なるほど潮水に濡れるだけでなく自分のせいで雫が垂れることだ。〇熊野→一二。〇志摩の国—東海道十五カ国の一。志摩半島の一部。〇われからの浦—不詳。「われから」は「我から」と節足動物の「割殻」を掛ける。〇潮垂る、—「我から」と対応させ、「涙で袖が濡れる」を掛ける。「故郷を恋ふる袂も乾かぬにまたしほたる、あまもありけり」（拾遺・雑恋・恵慶）。→補注。

82 岩間から落ち来る滝の水は白糸のようだが、水際に寄ってみると、縒るのは泡ばか

83 名に立《た》てる錦《にしき》の浦《うら》を来《き》て見《み》れば潜《かづ》かぬ海女《あま》は少《すく》なかりけり

かもめの多《おほ》う《ふ》遊《あそ》ぶ浦にて

84 よその目《め》に岩打《いはう》つ波《なみ》と見《み》えつるは磯辺《いそべ》に遊《あそ》ぶかもめなりけり

井関《せき》の山といふ所にて

85 流《なが》れ出《い》づる涙《なみだ》ばかりを先立《さきだ》てて井関《ゐせき》の山を今日《けふ》越《こ》ゆるかな

ひつの浦《うら》といふ所にて、波《なみ》の立《た》つを見《み》て

86 ひつの浦《うら》に立《た》つ白波《しらなみ》をよそ人は毟《むし》りかけたる綿《わた》かとぞ見《み》る

道《みち》より人のもとに

87 行《ゆ》く道のいや遥々《はるばる》となりぬれば逢《あ》ひ見《み》むほども遠《とほ》くこそなれ

出《い》で立《た》つ日、ある所《ところ》より

88 はかなさの定《さだ》めなき世《よ》の別《わか》れ路《ぢ》に先立《さきだ》つ物は涙《なみだ》なりけり

御　返（かへし）

89 帰《かへ》り来《こ》むことも稀《まれ》なる別《わか》れ路《ぢ》をなに〔か〕涙《なみだ》も留《とゞ》めてよ君《きみ》

り。○なはの滝―不詳。あるいは「那智の滝」か。○滝の白糸―滝の水を白糸に見立てる。「春来れば滝の白糸いかなれや結べどもなほ泡に見ゆらん」（拾遺・雑春・紀貫之）。「代々を経て落ち来る滝の白糸に貫《ぬ》ける玉とは泡や見るらん」（中務集）。○汀―水際。○よる―「寄る」と「縒る」は掛詞。→補注。

83　後拾遺・雑四。有名な名を持つ錦の浦に来てみると、錦を被《かず》くように、海に潜《かず》かない海女は少ないことだ。○志摩の国→八一。○錦の浦―志摩国。英虞《あご》郡、三重県度会郡大紀町錦の海岸。○名に立てる―有名な。○潜かぬ―「潜く」は水中に潜って魚貝などを捕る。→補注。

84　余所目から岩に当たって砕け散る白波と見えたのは、磯辺で遊ぶ鷗だったよ。参考「風渡る浦の湊の潮先に波乗り越えてかもめ鳴くなり」（万代集・雑一・藤原基氏）。○よその目―傍から見た様子。○見えつるは―見立て表現。「波の上にきえぬ雪かと見えつるはむれてうかべるかもめなりけり」（俊成五社百首・住吉社）。→補注。

85　新続古今・羇旅。万代集・雑四。夫木抄・巻二〇。流れ出る涙だけを先行させて、堰き止めるという名をもつ井関の山を今日越えることだ。○井関の山―『大日本地名辞書』に拠ると、有田郡と日高郡の境にある鹿ケ瀬山（小城山）という。なお、有田郡広川町井関には九十九王子の一つである井関王子があった。後代の歌だが「恋ひわびておさふる袖や流れ出づる涙の川の井堰なるらん」（金葉・恋上・藤原道経）。▽二九〇に重出。

86　櫃の浦に立つ白波を、よそ人は、毛をつかんで引き抜きはじめた綿と見ることだ。参考「逢坂を打ち出でてみれば近江の海白木綿花に波立ち出づる」（万葉・巻十三・作者未詳）。○ひつの浦―不詳。「筆の浦」あるいは「櫃の浦」か。

人の御もとにたてまつる

90 別《わか》れ路《ぢ》はこれや限《かぎ》りの旅《たび》ならんさらに行《い》くべき心地《こゝち》こそせね

又人に

91 忘《わす》るなよ忘《わす》ると聞《き》かばみ熊野《くまの》の《ゝ》浦《うら》の浜木綿《はまゆふ》恨《うら》み重《かさ》ねん

明日《あす》や詣《まう》づると、人のの《ゝ》たまへるに

92 都人《みやこ(びと)》 見《み》えば君《きみ》をば問《と》ひつべし今日《けふ》行《ゆ》くにこそわれを知《し》られめ

海人舟《あまぶね》に乗《の》りて

93 乗《の》れば浮《う》く乗《の》らねば沈《しづ》むわが身《み》かななほ《を》かき流《なが》せ海人《あま》の釣舟《つりぶね》

人の、歌多《うたおほ》う詠《よ》みておこ《を》せたりし、返《(かへし)》

94 これは見《み》つえこそ知《し》られねわが恋《こひ》はかき尽《つ》くすべき方《かた》しなければ

正月 晦《つごもり》に、人にやる

95 今少《いますこ》し深《ふか》くも春《はる》のなりなな《ゝ》ん花見《はなみ》がてらに来《く》る人やあると

87 進む道が本当に遥々と遠くになったので、あなたにお会いする時も遠くなりましたね。○いや遥々と—本当に遥々と遠くに。○逢ひ見む—「夢の内に逢ひ見む事を頼みつつ暮らせる宵は寝む方もなし」（古今・恋一・読人不知）。

88 はかない命が定めない定めのない人生での別れ道に、先立つものは涙だったよ。○定めなき世—「君が世はつるの郡にあえて来ね定めなき世の疑ひもなく」（後撰・羇旅・伊勢）。○別れ路—人と別れること。離別。「先立つ」は「別れ路」の縁語。▽二九一に重出。

89 帰って来ることもめったにない旅の別れ路を、どうして行くのか。涙とともども御身をとどめてほしい、あなた。○なに〔か〕—どうして〜なのか。▽二九二に重出。→補注。

90 新古今・離別。別れ路はこれこそが最後の旅になるのでしょうか。さらに行こうという（生きようという）気持ちがしません。○別れ路—人と別れること。離別。○これや限りの旅—「旅」に「度」を掛ける。「逢ふことはこれや限りの旅ならむ草の枕も霜枯れにけり」（新古今・恋三・馬内侍）。○さらに行くべき—さらに行こう、また生きていこう。「行く」に「生く」を掛ける。→補注。

91 後拾遺・雑一。忘れないでね。忘れたと聞いたら、み熊野の浦の浜木綿が重なるように、恨みを重ねるでしょう。○忘るなよ—惜別の歌に多い句。「忘るなよ別れ路に生ふる葛の葉の秋風吹かば今帰り来む」（拾遺・別・読人不知）。○み熊野の浦—紀伊国。熊野灘に面した海岸。「浜木綿《はまゆふ》」の名所。○浜木綿—ヒガンバナ科の多年生草本。下の「重ねん」の序。「み熊野の浦の浜木綿百重なす心は思へど直に逢はぬかも」（拾遺・恋一・柿本人麻呂、原歌は万葉）。○恨み—「浦見」を掛ける。→補注。

92 都人が見えたならば、あなたをきっと訪ねるに違いない。今日行くからこそ知って欲しいものだ。○問ひつべし—（下句の内容を）きっと尋ねるに違いない。○知られめ—（私を）

或《（ある）》所に歌合するに、神祭と云《（いふ）》題を

96 少女子《をとめご》がをふるをふりの諸声《もろごゑ》は行末遠《ゆくすゑとを》き人も聞《き》くらん

千鳥

97 夜半《よは》に来《く》る人もあるかと出《い》でゝ見《み》よ前《まへ》の川辺《かはべ》に千鳥鳴《な》くなり

同《おな》じ

98 千鳥鳴《ちどりな》く浦辺《うらべ》は行《ゆ》きもやられぬをいかなる波《なみ》の立《た》ち返《かへ》るらん

99 玉《たま》の緒《を》の乱《みだ》れたるかと見《み》えつるは袂《たもと》に掛《か》ゝる霰《あられ》なりけり

又、これは右《みぎ》の方《かた》に

100 下消《したき》えに高嶺《たかね》の雪や解《と》けぬらん汀《みぎは》まされる山川《やまかは》の水《みづ》

奥《おく》山

101 ともすればまづ思《おも》ひ立《た》つ奥《おく》山は道《みち》もなきまでつらゝ居《ゐ》にけり

山寺《でら》にまかりて、花を見《み》て

知られたいものである。→補注。

93 舟に乗ると私は浮かぶのだが、乗らないと沈むばかり。やはり苦海から脱出させて欲しい。〇海人舟―海人の舟。漁船。〇乗れば浮く―「乗らねば沈む」はその反対。共に「我が身」の比喩。「乗る」「浮く」「沈む」は「舟」の縁語。「如渡得船」（法華経）を示し、正しい悟りによる救済を扱う。後代の歌だが、「うき身をし渡すと聞けば海士小舟法に心を掛けぬ日ぞなき」（金葉・雑下・懐尋）。

94 お送りいただいた多くの歌は拝見しました。どうしてよいかよくわかりません。私の恋心は書きおわるすべもありませんので。〇見つ―見て判断される。〇え～ぬ―できない。〇かき尽くすべき方―すっかりなくならせる方法。▽二九四に重出。

95 今少し春が深くなってもらいたい。花見に来た序でに来る人があるかもしれないと思うので。〇晦―月末。参考「我が宿の花見がてらに来る人は散りなむ後ぞ恋しかるべき」（古今・春上・凡河内躬恒）。〇なりななん―「ななん」は完了の助動詞「ぬ」の未然形「な」に希求の終助詞「なん」が付いたもの。「おしなべて峰も平らになりななん山の端なくは月も隠れじ」（後撰・雑三・上野岑雄）。→補注。

96 少女たちの「をふるをふり」の歌声は末永く世を思わせるものとして聞くことだろう。〇神祭―賀茂祭の略。〇をふるをふり―未詳。「もろごゑ」とあるので、踊ることの所作あるいは唄・踊りを伴うものか。→補注。

97 夜半に訪ねて来る人があるだろうかと外に出て見なさい。家前の川辺に千鳥が鳴いていると。参考「思ひかね妹がり行けば冬の夜の川風寒み千鳥鳴くなり」（拾遺・冬・紀貫之）。〇あるかと―あるだろうかと訝しく思うさま。

98 千鳥の鳴く浦のあたりはそのまま行き過ぎることが出来ないが、どのような波が寄せては返すのだろうか。▽千鳥の声を賞美するものと解する。

102 うしろめた山の桜《さくら》を見《み》るほどに都《みやこ》の花は散《ち》りやしぬらん

遠《とほ》き花を見《み》て

103 朝夕《あさゆふ》に心《こゝろ》を空《そら》になすものはよそなる花の梢《こずゑ》なりけり

世《よ》の中《なか》の、いとはかなう聞《きこ》ゆるころ

104 あだなりと歎《なげ》かれなくに山桜《さくら》世《よ》のはかなさをいかに聞《き》くらん

105 わが宿《やど》の花ならねども散《ち》る時《とき》はよそのことゝも覚《おぼ》えざりけり

八幡《やはた》の臨時祭の帰《かへ》さの日、夜更《ふ》けにければ、定頼の少将の送《をく》りしける車に、冠《かうぶり》落《おと》したりける、又の日やるとて、人の

106 隠《かく》れたるまことやありしちはやぶる神《かみ》もあはれになりにけるかな

返《かへ》し

99 数珠の糸が切れ、珠が散り乱れたかと見えたのは、袂に掛かる霰であったよ。○玉の緒の―「乱れ」に掛かる枕詞。「玉の緒の絶えたる恋の乱るれば花咲くのみぞまたも逢はずして」(古今六帖・第五・作者名不記)。ここでは数珠の珠が散り乱れたことか。→補注。

100 高嶺に積もっていた下の方の雪が解けたのだろうか。山中の川の水際は増水しているよ。参考「かきくらし降る白雪の下消えに消えて物思ふころにもあるかな」(古今・恋二・壬生忠岑)、「山川の汀まされり春風に谷の氷は今日や解くらん」(和漢朗詠集・氷付春氷・源相規)。▽「これ」は九六詞書にいう「或所に歌合」をさすか。

101 どうかするとすぐに決意して入る奥山は、道も隠れて何かというと真先に入ろうと思い立つ山の奥は、道もないほどに氷が張っていることだ。参考「ともすれば四方の山辺にあくがれし心に身をも任せつるかな」(後拾遺・雑三・増基)。○思ひ立つ山―隠遁する心を持って入る山。

102 気掛かりなこと、山の桜を見る内に、都の花は散ってしまっただろうか。○うしろめた―気掛かりなことだ。「うしろめたいかで帰らん山桜飽かぬにほひを風に任せて」(拾遺・雑春・読人不知)。○散りやしぬらん―「露ばかり頼めし人の言の葉もそれだに冬は散りやしぬらん」(能因集)。

103 朝夕に上の空になるのは、遠くに見える花の梢のせいだったよ。○空―上の空。心ここにあらずの状態。「春ごとに心を空になすものは雲居に見ゆる桜なりけり」(詞花・春・戒秀)。○よそなる―遠い所に見える。

104 頼りにならないと歎かれることがないのに、山桜はこの世のはかなさをどのように聞いているのだろうか。○あだなり―頼りにならない。はかない。○歎かれなくに―嘆かれることがないのに。▽二九六に重出。

107 百敷《もゝしき》の近衛《このゑ》のみかど過《す》ぎざまに挿頭《かざし》の花《はな》も〔散《ち》りにけるかな〕

小法師にて、師に遅《をく》れて、山寺にて

108 目《め》にも見《み》ず音《をと》にも聞《き》かぬ奥《おく》山を教《をし》へおき《を》ける君《きみ》はいづちぞ

三月 晦《つごもり》に、人の来《き》たるに

109 春は過《す》ぎ夏《なつ》はまだ来《こ》ぬ夕暮《ゆふぐれ》のつれ〴〵なるに来《き》たる春《はる》かな

大井河に、浮《う》かぶ篝《かゞり》を見《み》て

110 久方《ひさかた》の月の桂《かつら》の近《ちか》ければ星とぞ見《み》ゆる篝火《かゞりひ》の影《かげ》

八重《やへ》桜《ざくら》折《お》りて、人の見《み》するに、ある人のもとに隠《かく》れゐて、内《うち》よりとて車を借《か》りにおこせ《を》たりしに、言《い》ひやりし

111 九重《こゝのへ》の内外《うちと》の心ある人をひとへにのみも頼《たの》みけるかな

ある尼《あま》の、人のもとに、雨《あめ》に降《ふ》り籠《こ》められてゐたりと聞《きゝ》きてやりし

112 つねはいさ返す〴〵も今日《けふ》をこそ尼籠《あまこ》もれりと言《い》ふべかりけれ

105 我が家の花ではないけれども、花が散る時は自分とは関わりがないとも思われないよ。○よそのこと—自分と関係がないこと。無縁なこと。「今よりはただ行く末の松風をよそのこととや思ひなしてん」(斎宮女御集)。

106 目で見ることの出来ない石清水八幡の真意なのだろうか。ちはやふる神もあはれに思い、髪を晒したことだ。○八幡の臨時祭—石清水八幡宮の三月中の午の日に行われる臨時祭。○帰さの日—帰りがけ。祭の翌日。○定頼の少将—藤原定頼。公任の長男。母は村上帝皇子四品昭平親王女。歌人として名高い。○ちはやふる—「神」に掛かる枕詞。冠を落とすことで「髪」が露わになったことを揶揄する。→補注。

107 多くの官職中の近衛府の役人は御所の御門を通り過ぎる時に、挿頭の花も散り落としたことだ。○百敷の—「大宮」に掛かる枕詞。ここでは「近衛」に掛かる。○近衛—六衛府の一つ。天皇の身近き警護にあたる。定頼は近衛少将であった。○挿頭の花—冠に花を挿すこと。ここでは冠を落としたことを「挿頭の花」といったか。→補注。

108 見たことも噂を聞いたこともない奥山をわたしに教えておかれた師の君はどこにいらっしゃるのか。○目にも見ず—見たこともない。○音にも聞かぬ—噂を聞いたこともない。○教へおきける—遅れ残したままにする。師であるから、「教え」という。▽道命は天台座主良源の弟子とされるので、奥山は比叡山のことか。→補注。

109 春は過ぎ夏はまだ来ない三月盡、夕暮にすることがない状態の中で、はる(春)さんがやって来たよ。○春は過ぎ夏はまだ来ぬ—三月晦だから、季節の合間をいう。○春—「つれ〴〵なるに」来たので、その人物をそう呼んだ。→補注。

110 新拾遺・夏。ここは月の中にあるという桂の木と同じ名を持つ桂の里が近いので、星とばかりに見える篝火の光よ。○大井河→九。○星

十二月　晦《つごもり》の日、逢坂《あふさか》越《こ》えしに

113 目《め》に見《み》えば訪《とぶら》はましをあらたまの年《とし》も関《せき》より今日《けふ》や越《こ》ゆらん

歳内《(としのうち)》に節分ある年《とし》、方違《かたゝが》へにものへまかりて、月を見《み》て

114 あらたまの年《とし》は知《し》らねど有明《ありあけ》の月は変《かは》らぬ物にぞありける

叔母《をば》、失《う》せ給《たま》へりし頃《ころ》

115 遅《おく》れたるわが身を歎《なげ》く折《お》り〳〵に先立《さきだ》つものは涙《なみだ》なりけり

秋、山寺にまかり籠《こも》りて、しば〳〵ありて、人に

116 秋風の激《はげ》しき山に入《い》りしより歩《あゆ》ぶ草葉《くさば》に付《つ》けて悲《かな》しも

絵に、臨時祭したる方《かた》、描《か》きたる傍《かたはら》に

117 少女子《をとめご》が挿頭《かざ》すひかげの数添《かずそ》ひて鏡《かゞみ》の山は照《て》りまさるらん

人のかう言《い》ひたりし

118 わが宿《やど》は都《みやこ》の隈《くま》か時鳥《ほとゝぎす》などこゝをしも避《よ》きて音せぬ

返《かへ》し

篝―鵜飼などのために焚く火。○久方の―「月」に掛かる枕詞。○月の桂―中国の伝説で、月の中に生えているという桂の木。「久方の月の桂も…」↓九。▽篝火の光を星に喩える例は伊勢物語・八七段の「晴るる夜の星か河辺の蛍かもわが住む方の海人のたく火か」などがある。↓補注。

111　宮中の内側と外側を区別する心、表と裏の心ある人を九重ならぬ一重に（偏えに）頼みにすることだ。○九重―宮中。○内外の心―表向きと裏向きの心。○ひとへに―ひたすら。「一重」を掛け、「九重」と縁をなす。↓補注。

112　いつもはどうわかりませんが、繰り返し今日こそは尼さんが雨に降り籠められたので、文字通り「尼籠もれり」と言うべきですね。○いさ―「いさ知らず」の意。○返す〴〵も―繰り返し繰り返し。▽「尼籠もれり」が雨に降り籠められて家に居る尼の「雨籠もる」に掛けた諧謔に満ちた言い回し。「雨隠り三笠の山を高みかも月の出で来ぬ夜は更けにつつ」（万葉・巻六・安倍虫麻呂）。

113　もしも目に見えるならば訪れたであろうに、新しい年も逢坂の関を通って今日越えているのだろうか。○逢坂―近江国。近江・山城の境に逢坂山があり、その近江側に関所がある。○訪はましを―訪うことができたであろうに。○あらたまの―「年」に掛かる枕詞。○今日や越ゆらん―「年」を擬人化して、関を越えていることだろうと表現した。「待つ人は来ぬと聞けどもあらたまの年のみ越ゆる逢坂の関」（後撰・雑四・読人不知）。

114　新年はどうなのか知らないが、方違えをしても有明の月は変わらないものだよ。○節分―季節を分かつ時。ここでは立春のこと。「年内立春」は陰暦では二年に一度くらいで珍しくない。○方違へ―前夜に吉方《えほう》の家に宿り、方角を一度違えてから目的地に行く。○もの―目的地を漠然と表す。○あらたまの―「年」に掛かる枕詞。▽三〇〇に重出。

119 心《こゝろ》にぞ隈《くま》はありける郭公《(ほととぎす)》さて誰《たれ》にかは訪《おとづ》れはする
朝日《あさ》山といふを見《み》て

120 うちはへて朝日《あさひ》の山《やま》の山人は暮《く》るゝも知《し》らず眺《なが》めをぞする
法輪に人の参《まい》りて、日の暮《(くれ)》ぬと急《いそ》ぐに

121 いつとなき小倉《をぐら》の山の影《かげ》を見《み》て暮《く》れぬと人の急《いそ》ぐめるかな
水の、紅葉のいと多《おほ》う流《なが》るゝを見《み》て

122 春雨《はるさめ》の綾織《あやを》り捨《す》てし水の面《おも》に今日《けふ》は紅葉の錦をぞ敷《し》く
法輪より帰《かへ》る人に

123 来《く》る人のしばし留《とま》らば大堰《おほゐ》河井堰《ゐせき》もいかにうれしからまし
故内侍のかみ失《う》せ給《(たまひ)》ての年、桜のいみじう咲《さ》き散《ち》りなどするを、右大臣殿見《み》給《(たまひ)》て、対《たい》の御方《かた》に聞《きこ》え給ふ

124 君《きみ》もなき宿《やど》ににほへる桜《さくら》ゆゑ《へ》花の姿《すがた》を思《おも》ひ出《い》づらん
とある返《かへ》し

115 叔母よりも死に遅れた我が身を嘆く折につけ、涙は先立って流れることだ。〇遅れたる―叔母よりも死に遅れた。道綱の姉妹三人(冷泉天皇女御超子、円融天皇皇后詮子、三条院春宮尚侍綏子)の内、綏子か。▽「心には背かんとしも思はねど先立つものは涙なりけり」(清少納言集)。→補注。

116 秋風が激しく吹く山に入ってから、風に揺らぐ草葉に付けても悲しいことだ。〇歩ぶ―「歩む」の転。〇草葉―露に濡れる草葉を涙に濡れる自分に擬する。「我ならぬ草葉も物を思ひけり袖より外における白露」(後撰・雑四・藤原忠国)。

117 五節の舞姫が挿頭すひかげのかずらの数が加わって、鏡山は日の光に照り輝いていることだ。〇臨時祭―本祭の他に行う祭り。賀茂では十一月末の酉の日に行われた。〇少女子―五節の舞姫。〇挿頭す―ここでは「ひかげのかづら」を髪や冠などに挿す。〇ひかげ―「ひかげのかづら」の略としていう。「ひかげのかづら」は常緑の羊歯類の植物。神事などで冠の掛物とした。後には青い組紐を代用した。ここでは「日陰」を「日影」(光)の意に取りなしていう。〇鏡の山―近江国。蒲生郡竜王町と野洲郡野洲町の境にある雨乞岳竜王山と、その南の星ヶ峯の総称。「日数」「照り」は「鏡」の縁語。「かがみ山やまかきくもり時雨るれど紅葉は猶ぞ照りまさりける」(古今六帖・第二・素性)。▽「鏡の山」は御威光のすばらしいことの比喩。

118 私の住まいは都の物陰なのだろうか。時鳥はどうしてここだけを避けて、鳴かないのか。〇隈―奥まって目が行き届かない所。物陰。後代の歌だが「五月雨の空を眺めて過ぐせども絶えて音せぬ時鳥かな」(六条修理大夫集)。▽二一五に重出。

119 あなたの心に隠しごとがあったのですよ。それでは時鳥は誰のために訪れるものですか。〇隈→一一八。〇誰にかは―誰のために~だろうか。「誰にかはあまた思ひはつけ初めし君よ

125 亡《な》き人の形見《かたみ》と思《おも》ふ花にさへ散《ち》り遅《おく》れぬる身《み》をいかにせむ

大井河に、鵜飼《うかひ》などするを見《み》て、帰《かへ》りて、をかしがる人に

126 篝火《かゞりび》を点《とも》す河辺《べ》も変《かは》らねどなほそのくれの心《こゝ》地《ち》こそすれ

時鳥《ほとゝぎす》を聞《き》き始《はじ》むる

127 聞《き》き《ゝ》初《そ》むる甲斐《かひ》こそなけれ郭公待《ま》たれぬ夜半《よは》は《ゝ》嵐《あらし》と思《おも》へば

女《め》、失《う》せたりける人を、知《し》らで、忌《い》みなど果《は》てて《ゝ》

128 世中《（よのなか）》を別《わか》れにし人ありけむと山 時鳥《ほとゝぎす》 鳴《な》くにこそ知《し》れ

時鳥《ほとゝぎす》の声《こゑ》を聞《き》き《ゝ》て

129 雲居《くもゐ》にぞ鳴《な》き行《ゆ》くなれど郭公聞《き》く空《そら》もなし夜半の一声

遠《とほ》く鳴《な》く声《こゑ》のするを

130 郭公夏来《なつき》て鳴《な》くといふなれど雲居《くもゐ》にのみも聞《き》き《ゝ》わたるかな

語《かた》らふ人の絶《た》えて、年比《としごろ》ありて、誰《たれ》をか今《いま》は語《かた》らふなど、言《い》ひおこせたれば

りまたは知らずぞ有りける」(清慎公集)。▽「人はかる心の隈はきたなくて清き渚をいかで過ぎけん」(後撰・恋五・少将内侍)のように、「心の隈」という歌語がある。二一六に重出。

120 引き続いて朝日山の山人は暮れることを知らずに眺め続けることだ。○朝日山—山城国。京都府宇治市、宇治川の北岸にある。紅葉と共に詠まれることが多い。○うちはへて—引き続いて。▽「朝日」という名から、暮れることも知らずにという発想。「暮る」は「朝」の対「夕」の縁語。「朝日山麓をかけて木綿襷明け暮れ神を祈るべきかな」(実方集)。

121 新古今・雑中。いつということではないが、ほの暗いと思う小倉山の陰をみて、日が暮れてしまったという人が急ぐらしいよ。○法輪→一〇。○小倉の山→七。▽「暗し」という名をもつ小倉山を見て、「暮れぬ」という印象をもつ。「いかにせむ小倉の山の郭公おぼつかなしと音をのみぞ鳴く」(後撰・夏・藤原師尹)。→補注。

122 詞花・秋。春に春雨が降りこめた水面は、今日は紅葉が散りまるで錦織物を敷いたように見えることだ。○綾織り捨てし—「綾」は春雨の降るさまの比喩。春雨が降りこめた。○錦をぞ敷く—「錦」は「紅葉」の比喩。水面に錦織物を敷いたように見える。「綾」「織り」は「紅葉」の縁語。「山高み乱れて落つる滝の糸はあや定まらぬ錦なりけり」(馬内侍集)。→補注。

123 やって来る人がしばし留まるならば、大井川の流れを堰き止める井堰もどんなにか嬉しく感じるだろう。○法輪→一〇。○大堰河→九。▽「井堰」は水を堰き止めるものの意だが、それを来客を留める意に転用。「留むれど留めかねつも大堰川井堰を越えて行く水のごと」(躬恒集)。

124 君も居なくなった宿に咲き誇る桜なので、亡くなった内侍の美しい姿を思い出しているのでしょう。○内侍のかみ—内侍所の長官。尚侍。○右大臣殿—藤原顕光。「長徳二年七月二〇

131 問《と》ふ人も今はなしわが三輪《みわ》の山過《す》ぎにし方《かた》をあはれとぞ思ふ

七月十四《よ》日、風《かぜ》の吹《ふ》くに

132 吹《ふ》き初《そ》めてまだ程《ほど》も経《へ》ぬ秋風の身《み》にしむばかりあはれなるかな

広沢《ひろさは》といふ所にまかりたり、人々ありて、池水《いけみづ》の清《きよ》くもあるかなと言《い》ひて、歌詠《よ》みしに、かはらけとりて

133 池《いけ》水のなからましかば山里《やまざと》に独《ひと》りや人の住《す》むべかりける

人のもとにやる

134 秋風のうち吹《ふ》くごとに荻《おぎ》の葉《は》の動《うご》きあへだに君《きみ》ぞ恋《こひ》しき

返《かへ》し

135 秋風は吹《ふ》き過《す》ぎてのみ行《ゆ》く音《をと》を荻《おぎ》の下《した》葉は恨《うら》みこそすれ

〔立《た》ち返《かへ》り

136 吹《ふ》き返《かへ》す風なかりせば荻《おぎ》の葉《は》のうら見つとだに言《い》はずぞあらまし」

日～寛仁元年三月四日」まで右大臣。関白太政大臣兼通一男。母は式部卿元平親王女。○対の御方—母屋に対する建物の意で、母屋である寝殿の別棟。○宿に匂へる—宿に咲き誇る。「八千代経む宿に匂へる八重桜八十氏人は散らでこそ見れ」（童蒙抄・袋草紙）。○花の姿—亡くなった尚侍をさす。▽二二一に重出。

125 亡くなった人の形見と思う桜にも散り遅れてしまった我が身をどうしたらよいのでしょうか。○形見—死んだ人の記念となるもの。▽二二二に重出。

126 篝火を焚いた川辺も変わらないが、やはりその日の夕暮が季節の終わりを感じさせることだ。○大井河→九。○鵜飼—飼い馴らした鵜を河に放して、川魚、特に鮎を捕ること。○篝火—鵜飼などのために焚く火。○くれ—「暮」に「榑」（皮つきの材木）を掛ける。

127 続千載・夏・安法。時鳥が聞き始める甲斐がないと思うことだが、待つことが出来ない夜があると思うので。○聞き初むる—聞き始める。○甲斐—成果。それに見合う価値。「山里の甲斐こそなけれ時鳥都の人もかくや待つらむ」（詞花・夏・道命）。○待たれぬ—待つことが出来ない。

128 死別された方がいらっしゃったのだろうということを、山時鳥が鳴くことで知りましたよ。○忌み—服喪。○別れにし人—死に別れた人。▽時鳥は「死出の田長」の異名があり、死出の山を越えてくるという。→補注。

129 時鳥は空を鳴きながら飛んでゆくのだろうが、時鳥の声を聞いた気にもなれない、夜半の一声だよ。参考「浪の上に見えし小島の島隠れ行く空もなし君に別れて」（拾遺・別・笠金岡）。○雲居—空の果て。→補注。

130 時鳥は夏に里に降りて鳴くというが、遠く離れたところで聞き続けることだ。○夏来て鳴く—時鳥は夏に里に降りてきて鳴くという。○雲居—遠く離れた所。後代の歌だが、「夜を重ね待兼山の時鳥雲井のよそに一声ぞ鳴く」（新古

人のもとに、女郎花やるとて

137 君《きみ》ゆゑに手《て》を触《ふ》るゝかな女郎花《をみなへし》心《こゝろ》を暮《く》らす野辺の白露

川辺《かはべ》にて、思《おも》ひを述《の》ぶといふ心を

138 川辺《かはべ》にて暮《く》らさざりせば行《ゆ》く秋《あき》の深《ふか》く浅《あさ》くをいかで知《し》らまし

人々集《あつま》りて、ものへ行《ゆ》くに、餞《(はなむけ)》すとて

139 思出《(おもひいで)》もなき故郷《ふるさと》の思《おも》ひ出《い》でに今日《けふ》をや人の言《い》はむとすらん

月を見《み》て、久《ひさ》しく逢《あ》はぬ人のもとに、年の果《は》てに

140 年迫《としせ》めて君《きみ》が恋《こひ》しく覚《おぼ》ゆるは逢《あ》はぬ月日の積《つ》もるなるべし

音《おと》には聞《き》きてまだ見《み》ぬ人を見て

141 見ぬほどはいぶかしかりき見《み》て後《のち》はもの言《い》はまくの欲《ほ》しき君《ゝみ》かな

侍る所にて、人のものしたまひて、又のつとめて、帰《かへ》り〔給に〕川霧《かはぎり》の立《た》つを見て

今・夏・周防内侍)。

131 訪ねて来る人は今でもありません。我が身は過ぎ去った方向にある三輪の杉をしみじみと思い出しています。本歌「我が庵は三輪の山本恋しくはとぶらひ来ませ杉立てる門」(古今・雑下・読人不知)。○三輪の山―大和国。桜井市三輪。三輪山自体と神体とする大神《おおみわ》神社がある。○過ぎにし方―過ぎ去った方向。昔。大神神社の印の「杉」を掛ける。後代の歌だが、「今人の心を三輪の山にてぞ過ぎにし方は思ひ知らる」(金葉・恋下・前斎院甲斐)。▽二五一・二七八も類似歌。

132 秋風が吹き始めてまだ時間も経っていないが、身に沁みわたるように感じられるよ。参考「花散らす春の嵐は秋風の身にしむよりもわびしかりけり」(和泉式部集)。○七月十四日―盂蘭盆会の前日。陰暦七月は秋。

133 水の清らかなこの広沢の池が無かったならば、この山里に独りで住むのが良いのだがなあ。○広沢―山城国。京都市右京区嵯峨、遍照寺山の南麓にある池。月の名所。○かはらけ―土器。素焼きの杯のこと。○池水のなからましかば―池水が清らかということで人が多く集まらなければ。○住むべかりける―住むのが良いのだがなあ。▽広沢池の水が清いことが(人が寄って来るので)玉に疵《きず》だという。三〇四に重出。

134 秋風が吹くたびに荻の葉が互いに動いてゆれますが、それだけでもあなたが恋しく思われます。○荻の葉―大きな葉に風を感じ、その葉ずれによって秋を知るという。○動きあへだに―互いに動くことでさえ。▽三〇五に重出。→補注。

135 秋風は吹き過ぎてゆくだけですが、吹かれた荻の葉は恨んだとさえ言わないでほしい。○恨み―荻の葉の「裏見」を掛ける。「荻の葉のそよぐことにぞ恨みつる風に返してつらき心を」(元良親王集)。▽三〇六に重出。→補注。

136 吹き返す風が無かったら、荻の葉の裏見ならぬ「恨み」すら感じることなかったの

142 かくてこそあらまほしけれいづちとて立《た》ち別《わか》るらん今朝《けさ》の朝霧《あさぎり》

妹《いもうと》の失《う》せ給へる忌《い》みの程、つれ〴〵なるに

143 はかなさは世《よ》の常《つね》とても慰《なぐさ》めつ恋《こひ》しきをこそ忍《しの》びわびぬれ

日ごろ過《す》ぎて、ゐなど笑《わら》ひがちなるにつけても、あはれなれば

144 泣《な》く涙《なみだ》いかで留《とゞ》めむと思《おも》ひしを留《と》まるもまたぞ悲《かな》しかりける

これは早《いや》うのさう〴〵しければかくなめり

あるじ失《う》せ給へる所の花咲《さ》きたるを見《み》て

145 あだなりと歎《なげ》きし人の世《よ》を見《み》れは花の上《うへ》とぞいふべかりける

山寺に侍《はべり》しに、なほたゞがもとより、四月 晦 方《つごもりかた》に、かく言《い》ひたりし

146 こゝに我《わ》が聞《き》かまくほしき足引《あしひき》の山 時鳥《ほとゝぎす》いかに鳴《な》くらん

返事

に。○せば～まし―反実仮想。○うら見つ―荻の葉の「裏見」から、「恨みつ」に掛ける。▽三〇七に重出。→補注。

137 あなただからこそ女郎花に手を触れたのです。正に心を暗くするような野辺の白露だよ。○君ゆゑに―あなただからこそ。○心を暮らす―「暮らす」に暗くする意の「昏す」を掛ける。「かき曇り日影も見えぬ奥山に心をくらす頃にもあるかな」(源氏物語・総角・薫)。

138 もし川辺で暮らすことが無かったら、過ぎてゆく秋の情趣深さや逆の浅さをどうして知ることが出来ようか。○暮らさゞりせば～まし―暮らさなかったならば～であったろう。反実仮想。○深く浅く―「水の面の深く浅くも見ゆるかな紅葉の色や淵瀬なるらん」(拾遺・雑秋・凡河内躬恒)。○いかで知らまし―どうして知ることが出来ようか。→補注。

139 思い出も無い古里の思い出に、今日は格別のことを人は語るのだろうか。○もの―目的地を漠然という。○餞―旅立つ人に別れを惜しみ、前途を祝って贈る品物や詠歌。○思出もなき―格別の思い出もない。「思ひ出もなき故郷の山なれど隠れ行くはたあはれなりけり」(拾遺・別・弓削嘉言)。▽別れの今日のことを思い出として語る。▽三〇九に重出。→補注。

140 年も押し迫り君のことを恋しく思うのは、逢うことの出来ない月日が積もったからに違いない。○年迫めて―年も押し迫り。▽恋しく思うのは逢わなかった月日が積もったから。▽三一〇に重出。

141 逢わないうちはただ心が惹かれると思っていたけれど、姿を見てからはあなたを口説きたいよ。○音には聞きて―噂を耳にする。○いぶかしがりき―「いぶかし」は心が惹かれる。○いいたいと思っていた。○もの言はまく―男女が相手を口説きたいだろうこと。「かけまくも あやにかしこし いはまくも ゆゆしきかも…」(万葉・巻三・大伴家持)。

147 足引《あしひき》の山時鳥《ほとゝぎす》のみならずおほよそ鳥《とり》の声《こゑ》も聞《きこ》えず

同胞《はらから》の失《う》せたるころ、又同胞《はらから》に遅《おく》れて、同《おな》じ思《(おもひ)》なる人に

148 言《い》ふ甲斐《かひ》もなき世《よ》の中《なか》のはかなさは君《きみ》ばかりこそ思《おも》ひ知《し》るらめ

障子の絵に、帝《みかど》の御前《おまへ》に、虫《むし》どもの草陰《かげ》に荒《あ》れたるを、歎《なげ》き給へる所

149 故郷《ふるさと》は浅茅《あさぢ》が原《はら》と荒《あ》れ果《は》てて夜《よ》すがら虫《むし》の音《ね》をのみぞ鳴《な》く

春潤月ある年《とし》、雨《あめ》の音《をと》のどけしといふ心を詠《よ》みしに

150 行《ゆ》く春《はる》のあまりありとか聞《き》くなへに雨《あめ》の足音《あしおと》のどかなるかな

思《(おもひ)》にて、春《はる》ごろ、雨《あめ》の降《ふ》る日

151 春雨《はるさめ》はふりにし人の形見《かたみ》かも歎《なげ》き萌《も》え出《い》づる心地《こゝち》こそすれ

つれ〴〵なる夜《よ》のあるに、人々、題《だい》十出《い》だして詠《よ》むに、春

二首

152 あらたまの年越《としこ》えしより春霞立《た》ち居《ゐ》こそ待《ま》て鶯《うぐひす》の声《こゑ》

こうしてあることが望ましいですよ、どちらに向かって今朝の朝霧が立っているのでしょうか。○侍る所―平安期、院・親王・摂関家などの「侍」の詰め所。○あらまほしけれ―あることが望ましい。○いづち―どちら。→補注。

143 命がはかないことは世間並みのこととして心慰めましたが、相手を懐かしく思い出すことはこらえづらいことだよ。○忌み―服喪。○世の常―世間並み。○忍びわぶ―こらえかねる。「～わぶ」はしかねる。しづらい。→補注。

144 泣くと流れる涙を何とか留めようと思ったが、日が経つにつれておのずと流れるのが留まるのも留まるのもまた悲しいよ。○ゑなど笑ひがち…―「ゑなど笑ひ」の「ゑ」は「笑（ゑみ）」の意。複合動詞「ゑ笑ふ」の間に助詞「など」を挟んだ形。ともすれば笑うようになるにつけても。○留まる―あるいは自身が生きているの意をも響かせるか。「消えぬべき露の我が身も言の葉にかかれば留まるほどぞ悲しき」(元真集)。○これは早うの…―一四四の左注か。「早う」は、なくなった当初はの意。「さう〴〵し」は、妹がなくなってさびしいの意。

145 花が散ることをはかないと歎いた人の運命をみると、花の身の上についてのことだったと言うべきだろう。○あだなり―「あだなりと名にこそ立てれ桜花年にまれなる人も待ちけり」(古今・春上・読人不知)。○花の上―「咲けば散る咲かねば恋し山桜思ひ絶えせぬ花の上かな」(拾遺・春・中務)。

146 ここ都で聞きたいと思う山時鳥は、山ではどのように鳴いているのだろうか。○なをたゞ―藤原尚忠。生没年未詳。父は加賀介従五位下吉信。○聞かまくほしき―「聞かまく」は「聞かむ」のク語法。聞きたいものだ。「珍しき玉の台の花影に聞かまくほしき鶯の声」(公任集)。→補注。

147 後拾遺・夏。山時鳥だけでなく、他の変哲もない鳥の声すら聞こえない。○おほよそ鳥―何の変哲もない鳥。カラスの異名（和歌童蒙

153 風に散《ち》る花見《み》るごとに白雪《しら》の降《ふ》りにしことぞ思《おも》ひ出《で》らる丶

夏

154 夏の夜も寝《ね》ぬには長《なが》し時鳥《ほとゝぎす》はや鳴《な》きわたれ夜半の一声《こゑ》

155 折《を》る人もなき奥《おく》山のもみぢ葉は風にのみこそ散《ち》り果《は》てぬめれ

祝

156 隠《かく》れ沼《ぬ》のうら［　　］生《お》ふる蘆《あし》の世《よ》の中《なか》はなほ《を》のどけからなん

旅

157 故郷《ふるさと》の住《す》み憂《う》かりしにあくがれていづちともなき旅《たび》を行《ゆ》くかな

無常

158 長《なが》からぬ命《いのち》とならばなほ《を》いかに思《おも》はむ人に先立《さきだ》ちなばや

抄)。「おほよそ」は一般的にいって。→補注。

148 言っても値打ちもない世の中のはかなさは、あなたばかりは思い知っていることでしょう。○同胞—同一の母から生まれた血縁の者。兄弟姉妹。○言ふ甲斐もなき—「言ふ甲斐もなき世の中に生ひしよりくちなしに咲く花さへぞ憂き」(清正集)。

149 後拾遺・秋上。内裏は浅茅が原と荒れ果ててしまい、世通し虫の鳴く音を聞くばかりで私までも声をあげて泣くことだよ。○障子の絵—白居易の「長恨歌」の心を描いた絵。ゆえに「帝」は玄宗皇帝。○故郷—もと住んでいた宮殿。○浅茅が原—雑草の茂っている荒れ野。「暮れゆけば浅茅が原の虫の音も尾上の鹿も声立てつなり」(後拾遺・秋上・源頼家)、「雨ならでもる人もなき我が宿を浅茅が原と見るぞ悲しき」(拾遺・雑賀・承香殿女御)。○夜すがら—夜通し。「夜もすがら」とも。▽三一一に重出。→補注。

150 過ぎてゆく春が余分にあると聞くにつれて、雨の足音も緩やかに聞こえる。○潤月—陰暦で十二カ月の他に加わった月。道命が九十六歳だった長保元年(九九九)に閏三月があった。○あまりある—潤月あることに拠る表現。○聞くなへに—「なへに」は～するにつれての意。「足引の山川の瀬の鳴るなへに弓月が岳に雲立ちのぼる」(万葉・巻七・柿本人麻呂)。

151 春雨は亡くなってしまった人の形見だろうか。投げ木ならぬ歎きが燃え出るように、春雨で亡くなったことを悲しむ心が高ぶるよ。○ふりにし—「古り」に(雨が)「降」るを響かせる。○歎き—「投げ木」を掛ける。→補注。

152 新年が明けてきてから春霞は掛かり、居ても立ってもいられず鶯の声を待つよ。○あらたまの—「年」に掛かる枕詞。○立ち居—立ったりすわったり落ち着かず。「春霞」を擬人化した表現。▽三一二重出。→補注。

153 風に散る花を見るたびに、白雪が降っていることが想像されることだ。○白雪—「花」の見立て。「み吉野の山辺に咲ける桜花雪か

恋

159 恋《こひ》しとは皆《みな》人言《い》へどわが身には今始《いまはじ》めたる心地こそすれ

老

160 数《かぞ》ふれば年《とし》こそいたく老い《おひ》にけれ世《よ》を経《へ》て見《み》つる月のつもりに

山家

161 問《と》ふ人もなき慣《な》らひには山里の荻《おぎ》の音《をと》こそ耳慣《みゝな》れにけれ

人の失《う》せたまへる所《ところ》の花を見《み》て、三首

162 桜《さくら》花惜《お》しみし人を忘《わす》れずは尋《たづ》ねても咲《さ》け死出《しで》の山辺《べ》に

163 山桜《やまざくら》　君《きみ》が惜《お》しみし程ばかり偲《しの》びしもせじ花の心《こゝろ》は

164 春ごとに見《み》る花なれど今年《ことし》より咲《さ》き始《はじ》めたる心地《こゝち》こそすれ

これは早《やう》う詠《よ》みたりし、十月神《かみ》の社《やしろ》に紅葉《もみぢ》したるを見《み》て

道命阿闍梨集

とのみぞあやまたれける」（古今・春上・紀友則）、「白雪の降り敷く時はみ吉野の山下風に花ぞ散りける」（同・賀歌・作者名なし）。▽三一三に重出。→補注。

154 すぐ明けるはずの夏の夜も寝ないで過ごすには長く感じる。時鳥よ、早く鳴いておくれ、夜半の一声を。参考「夏の夜の臥すかとすれば郭公鳴く一声に明くるしののめ」（古今・夏・紀貫之）。

155 手折る人もいない奥山の紅葉は、風だけがすっかり散らしてしまうことだ。○奥山―人里離れた隔絶した場所。「見る人もなくて散りぬる奥山の紅葉は夜の錦なりける」（古今・秋下・紀貫之）。

156 隠れ沼の生える葦の節《よ》ならぬ世の中はやはりのどかであってほしい。○隠れ沼の―草などの陰に隠れて見えない沼。○世の中―「世」は節と節の間の意の「節」に掛ける。「後生ひの角ぐむ葦のほどもなきうき世の中は住み憂かりける」（好忠集）。→補注。

157 新千載・羇旅。古里が住みづらかったので、そこを離れさまよってどこへ行くとも決めない旅を行くことだ。○住み憂かりしに―住みづらかったので。○あくがれて―「飛ぶ鳥の心は空にあくがれて行方も知らぬ物をこそ思へ」（好忠集）。→補注。

158 生き長らえることのない命というのなら、やはりどうにかして思いを寄せる人より先立ちて死にたいものだ。○先立ちなばや―「いにしへの雁の数にも遅れにき此世にもまた先立ちぬとか」（赤染衛門集）。

159 恋しいなどと多くの人たちは言うが、我が身には初めての気持ちのように感じるよ。○皆人―多くの人たち。○始めたる心地―「春ごとに見る花なれど今年より咲き始めたる心地こそすれ」（詞花・春・道命）。

160 続古今・雑下。万代集・雑二。夫木抄・巻一三。指折り数えるとひどく老いてしまったことだ。夜を過ごしながら眺めた月の数が積み

165
ちはやぶる神無《かみな》月とは知《し》らねばや紅葉《もみぢ》を幣《ぬさ》と風の手向《たむ》くる

花いみじう咲《さ》きたるころ、山里《ざと》に雪《ゆき》の降《ふ》るを見《み》て

166
雪消《き》えぬ山の高嶺《たかね》に住《す》む人は都《みやこ》の花を何《なに》と見《み》るらん

返《かへ》し

167
おのが住《す》む山《やま》に習《なら》ひてさらばこの都《みやこ》の花を雪《ゆき》とこそ見《み》れ

折《を》りたる花を見《み》て

168
一枝《ひとえだ》を折《お》るだに尽《つ》きもせぬ花を残《のこ》りの木々に行《ゆ》く心《こゝろ》かな

炭櫃《すびつ》に花を挿《さ》して見《み》る人のあるに

169
埋《うづ》み火《び》の近《ちか》き限《かぎ》りは桜《さくら》花散《ち》るとも塵《ちり》は立《た》てじとぞ思(おもふ)

花折《お》りたるを見《み》て

170
一枝《ひとえだ》を折《お》り分《わ》けたれど世の中にまたもあらじと見《み》ゆる春《はる》かな

又

171
よそにこそ聞《き》くべかりけれ山桜《やまざくら》目《め》の前《まへ》にても散《ち》らしつるかな

重なって。参考「年経れば我が黒髪も白河の水は汲むまで老いにけるかな」（後撰・雑三・檜垣嫗）。○月のつもり―「おほかたは月をもめでじこれぞこのつもれば人の老となるもの」（古今・雑上・在原業平）。→補注。

161　訪れる人もないことに慣れた日々では、山里の荻の葉だけが耳慣れたことだよ。○慣らひ―習慣。○荻の音―一般的には、大きな葉に風を感じ、その葉ずれによって秋を知るという把握だが、恋人の訪れを待つ思いを「風」に寄せる。「いとどしく物思ふ宿の荻の葉に秋と告げつる風のわびしさ」（後撰・秋上・読人不知）。

162　桜花よ、散るのを惜しんだ人で今は亡くなった人を忘れないならば、訪ねても咲け亡き人が越える山辺に。○惜しみし人―花の散るのを惜しんだ人で、亡くなった人。○死出の山辺―冥土にあるという死後に行くべき山。「昨日まで千代とちぎりし君をわが死出の山路にたづぬべきかな」（後撰・哀傷・藤原師輔）。

163　続詞花集・雑上。山桜はあなたが惜しんだ程ぐらいはあなたを偲ぶことはしないでしょう。花の心は移ろいやすいから。○惜しみし程ばかり―花を惜しんだ間ぐらい。○偲びしもせじ―偲ぶことすらしないだろう。▽君が愛しく思った度合と花が君を偲ぶ度合とを比較する。→補注。

164　詞花・春。春ごとに見る花だが、まるで今年に初めて咲いたような気持ちがするよ。▽毎春に咲く花なのに、花を愛しく思った人が居ないので、ことさらに初めて咲いたように感じる。→補注。

165　続千載・冬。万代集・冬。神がいないという神無月と知らないので、風が紅葉を幣として供えることだ。○神の社―神社。○ちはやぶる―「神」に掛かる枕詞。○神無月―陰暦十月の称。○幣―神に祈る時に神前に供える物。上古は木綿《ゆふ》・麻などを用いた。「道知らば尋ねも行かむもみぢ葉を幣と手向けて秋は去にけり」（古今・秋下・凡河内躬恒）。→補注。

寄《よ》り臥《ふ》して花を見《み》るとて

172 あやしくも花のあたりに臥《ふ》せるかな折《を》らば咎《とが》むる人やあるとて

173 見やすべき見《み》ずやあるべき桜《さくら》花物《(おもひ)》思ます物思《ものおも》ひもます

人の失《う》せたまへる所にて、月などある夜、花見《み》て詠《よ》める

174 桜《さくら》花散《ち》りにし枝の恋《こひ》しきに見《み》る空《そら》もなし夜半の月影《かげ》

175 世《よ》にも似《に》ずうれしきものは桜花木《ばなこ》の下闇《したやみ》を照《て》らす月影《かげ》

桜《さくら》の枝《えだ》に、ずいぐを掛《か》けたるを見《み》て

176 吹《ふ》く風《かぜ》は心《こゝろ》なくとも曇《くも》りなく磨《みが》ける花《はな》に散《ち》りつくな花《はな》

毛芋《けいも》のあるを、鬼《おに》の形《かた》に作《つく》りて、人に見《み》すれは、男《おとこ》になして、かく書《か》き付《つ》けたり

177 恐《おそろ》しきものの《ゝ》様《さま》かなわれはなほ《を》これがいもにはならじとぞ思《おも》ふ

166 雪が消えることのない山の高嶺に住む人は、都に咲いている花をどのように見るのだろうか。〇都の花―都に実際に咲いている花。

167 自分が住んでいる山に馴れ親しんでいるので、それならばこの都の花を雪だと見ましょう。〇雪―「花」の比喩。「み吉野の山辺に咲ける桜花雪かとのみぞあやまたれける」（古今・春上・紀友則）。

168 一枝を折っただけでは尽きることがなく、私の心は残りの木々に向かうなあ。

169 埋み火に近い限りは、桜花は散るとしても「散り」ならぬ塵は立てまいと思うことだ。参考「うしろめた風吹かずとも埋み火のあたりの花は散りやまさらん」（赤染衛門集）。〇炭櫃―囲炉裏。〇埋み火―灰の中に埋めてある炭火。〇塵―花の「散り」に掛ける。▽「此火応鑽花樹取　対来終夜有春情」（和漢朗詠集・炉火・菅三品）などに拠る発想。

170 花の一枝を折り分けてみたけれども、世の中にまたもあるまいと見える春であることだ。〇あらじ―「嵐」を掛ける。「訪ふ人も今はあらしの山風に人待つ虫の声ぞ悲しき」（拾遺・秋・読人不知）。

171 千載・春下。自分とは無関係のものとして聞いていた方が良かったことだ。山桜が目の前で散るのを見てしまったよ。〇よそ―他の遠い所。〇聞くべかりけれ―噂で聞いた方がよかった。→**補注**。

172 千載・誹諧歌。続詞花集・戯笑。けしからぬことに僧侶なのに花の近くで横になってしまったなあ。折った（坐った）ならば咎める人がいるかと思ったことよ。〇あやしくも―けしからぬことに。僧の身なのにの意を籠めるか。〇花―女人の喩え。〇折らば―「居らば」を掛ける。▽「臥す」と「居り」とは対語。→**補注**。

173 見るべきなのか、見ずに済ますべきか、桜花は。迷いは深くなり、悩みも増すよ。〇見ずやあるべき―「見やすべき」と対比をなす。〇物思ます―「物思ひもます」と対比。あるいは

返《かへ》し

178 怖《を》ぢ包《つゝ》む深《ふか》き契《ちぎ》りのありければ君《きみ》が男《おとこ》になせりとぞ見《み》る

とてやりたれば、又法師になして、かく書《か》きたり

179 とてや良《よ》きかくてや良《よ》きと見れどなほ《を》すくせつたなきもの《ゝ》の様《さま》かな

又返（かへし）

180 いかばかり御園《みその》《ゝ》のつらくありしかば芋《いも》が頭《かしら》を剃《そ》れるなるらん

経読《よ》みてゐて侍（はべる）を聞《き》《ゝ》きて、かく言《い》へる

181 昨日《きのふ》より説《と》くも同《おな》じき法《のり》なれど契《ちぎ》りを結《むす》ぶ声《こゑ》にもあるかな

とある返《かへ》し

182 昔《むかし》より説《と》けど尽《つ》きせぬ法《のり》により契《ちぎ》りをさへは結《むす》び添《そ》ふらん

湯浴《ゆあみ》ける所《ところ》に、桜《さくら》の花《はな》を見《み》て、人の言《い》へる

183a 湯屋《ゆや》に燃《も》えたる緋桜《ひざくら》の花《はな》

「物思まじ」か。

174 桜花は散ってしまった枝が恋しく思われるのに、夜半の月をとても見る気にもならないことだ。○散りにし枝―亡くなった人をさす。○見る空もなし―「空」は気持ち、分別の意。見る気にもならない。夜半の月は亡くなった花山天皇をさす。

175 夜なのにこの上なく、嬉しいものは桜花だよ。桜の繁った葉で暗い木の下を月が照らすことだ。○木の下闇―繁った枝葉で、木の下が暗いこと。「五月山木の下闇にともす火は鹿の立ち処のしるべなりけり」（拾遺・夏・紀貫之）。

176 吹く風は仏教を崇ぶ心が無くとも、桜は散って曇りなく磨いた随求の玉に穢れの塵を添えてくれるな。○ずいぐ―随求の玉。「大随求陀羅尼」の略。随求菩薩は胎蔵界曼荼羅中の観音院の一尊。観世音菩薩の変身別名で、衆生の求願に随って施与する、その陀羅尼（真言）。○心なくとも―思いやりがなくとも。○散りつくな―散り添えてくれるな。→**補注**。

177 恐ろしい顔形ですね。私はやはりその妹にはなるまいと思うことだ。○毛芋―「毛」は植物の表皮に生えている繊毛。○恐ろしき―おどろおどろしい。驚くほど異形である。○いも―「芋」に「妹」を掛ける。妹はその妻をさす。▽里芋を鬼の形にしたものを送り、それを男に作り替えて返すという軽妙さ。

178 あなたが恐れと共に包み込むような深い因縁があったので、君の男にしたのだと理解します。○男―結婚するに足る男（夫）。▽深い因縁があったので、君が男の形になしたと見る。

179 こうしたら良い、ああしたら良いなどと、鬼から法師の形に作り替えてみたけれど、やはり前世からの因縁の拙い者のさまですよ。○法師になして―法師の形に作り替えて。○すくせ―宿世。前世からの因縁。○つたなき―僧侶としても未熟の意を含む。▽前歌で芋の毛を取って鬼の形から法師にしたので、「また」と言う。

183b 風吹《かぜふ》けば浴《あ》みぬ人こそなかりけれ

説経聞《き、》きさして立《た》ちたれば、かく言《い》へる

184a 聞《き、》きさして法《のり》の筵《むしろ》を立《た》つ人は

とあれば

184b 智恵《ちへ》の蓮《はちす》にゐると知《し》らなん

河上《かはかみ》にまかりて、花見《み》る日

185 河上《かはかみ》に花咲《さ》きぬめり吹(ふく)風に瀬々《せゞ》の波《なみ》いかに立《た》ちまさるらん

いと深《ふか》き井《ゐ》の傍《かたは》らに、山吹《やまぶき》の咲《さ》けるを

186 掘《ほ》り植《うへ》ゑし人の心《こゝろ》のほどよりも深《ふか》くぞ見《み》ゆる井手の山吹《やまぶき》

山寺に、花見《み》る人に誘《さそ》はれてまかりて、いとを《お》かしう覚《おぼ》え

しかば

187 何《なに、》にわれ今日《けふ》もろともに出《い》でつらん命延《いのちのび》びぬる心地《こゝち》こそすれ

どれほど芋の育む御園が辛かったからか、

180 頭を剃ったということでしょうか。○御園—貴人の園庭。近づけない女性の比喩。「ならされぬ御園の瓜と知りながら宵あか月と立つぞ露けき」(後拾遺・雑二・藤原義孝)。○つらくありしかば—薄情であったので。▽法師の形になしたことを面白く茶化した。→補注。

181 昨日から説かれているのもいつもと同じ経典だが、これが仏道との結縁《けちえん》をする声なのだな。○契り—前世からの宿縁。「蓮葉に消えにし露を洩らさじと契りを結ぶ花と知らずや」(成通集)。▽読経の功徳を詠む。→補注。

182 昔から説いてきても尽きることがない仏法の教えによって、仏道との縁まで結び添えることでしょう。○説けど尽きせぬ—「尽きもせぬ法の雨にはみなぬれん仏のたねをあらはさんまで」(教長集)。▽「昨日より説くも同じき」に対して、「昔より説けど尽きせぬ」と応じた。

183a 湯屋で燃えた火のような緋桜の花よ。○湯浴—湯で身体を洗うこと。○湯屋—浴場のある建物。○燃えたる—湯をわかす焚木が燃えることに、植物が芽を出すことを掛け、下の「桜」と縁語。○緋桜—湯浴した上に、桜が散り掛かったことの比喩。「梓弓春の山辺に霞立つ萌ゆとも見えぬ緋桜の花」(躬恒集)。

183b 風が吹くとその桜の花を湯浴しない人はいないことだ。

184a 途中で聞くのをやめて説法の場に立つ人は。○聞きさして—聞くことを中断して。○法の筵—法会や説教などの仏事を行う場所。○立つ人—増上慢にして、未だ得ざるを得たりと謂い、未だ証せざるを証せりと謂う者。「五千人等即従座起、礼仏而退」(法華経・方便品)。「上慢の限りなりけり鷲の山五千の人の座を起ちしこと」(拾玉集)。→補注。

184b 説経師は千重からなる智慧という極楽の悟りに座していることを知ってもらいたいよ。○智恵の蓮—智恵という極楽の悟り。「千重」を掛ける。→補注。

もろともなる人の、恋《こひ》しき人なむある、そちやらんとあれば

188 故郷《ふるさと》に恋《こひ》しき人のなかりせば心《こゝろ》のどかに花は見《み》てまし

花の本《もと》に居《ゐ》たるに、雨の降《ふ》れば

189 雨《あめ》ばかりうれしき物はなかりけり花の雫《しづく》にいかで濡《ぬ》れまし

立《た》つとて、そこにある人に、土器《かはらけ》とらすとて

190 君《きみ》ゆゑぞ人も来《き》て見《み》る山桜《ざくら》折《お》らんかぎりは絶《た》えず咲《さ》かなん

いみじう荒《あ》れたる寺に、花の散《ち》るを見《み》て

191 白妙《しろたへ》の雪降《ゆきふ》り積《つ》むと見《み》えつるは山《やま》の桜《さくら》の散《ち》るにぞありける

清水《きよみづ》に詣《まう》でて、花の散《ち》るを見《み》て

192 繁《しげ》る葉《は》もあはれとぞ思《おも》ふ山桜《ざくら》散《ち》りにし花のゆかりと思《おも》へば

花見《み》る人々〈侍《(はべり)》けるが、帰《かへ》らんとするに

193 もろともに花見《み》る人も今《いま》はとておの《を》が散《ち》り〴〵ならんとぞ思《おも》ふ

---

185 川上に花が咲いたようだ。風が吹き寄せ、どんなに瀬ごとの白波が立ち増すのだろうか。○咲きぬめり―「我が宿の庭の秋萩散りぬめり後見む人や悔しと思はむ」(後撰・秋中・源宗于)。

186 地を掘り、山吹を植えた人の気持ちの程度より色濃く見えることだ。美しく咲いた井手の山吹よ。○初句―「掘り」は「井手」の「井」の縁語。○心のほど―心に籠められた度合。○井手―山城国。綴喜郡井手町。山吹の名所。「かはづ鳴く井手の山吹散りにけり花の盛りに逢はましものを」(古今・春下・読人不知)。

187 何によって、私は今日一緒に出てきたのだろう。命の延びたような気持ちになることだ。○何に―何によっての意。「逢ひみねば恋こそまされ水無瀬川何に深めて思ひそめけむ」(古今・恋五・読人不知)。

188 古里に恋しく思う人が、居なかったならば、気持ちをのどかに花は見ていることでしょう。○そちやらん―お前はどうなのか。○なかりせば～まし―反実仮想。▽「世中にたえて桜のなかりせば春の心はのどけからまし」(古今・春上・在原業平)の表現を借りた発想。

189 雨ほど嬉しいものはない。花から落ちる滴にどうして濡れることが出来ようか。○花の本―花の根本。○いかで濡れまし―どうして濡れることができようか。→**補注**。

190 あなたのためだから人も来てみるのでしょう。山桜を折る時間は絶えることなく咲いてもらいたい。○土器―素焼きの杯。○絶えず咲かなん―「言の葉もなくて経にける年月にこの春だにも花は咲かなん」(後撰・雑三・読人不知)。▽二七〇に重出。

191 真白な雪が降り積もると見えたのは、山の桜が散ったことだよ。○白妙の―「雪」に掛かる枕詞。○雪―「花」に見立てる。「み吉野の山辺に咲ける桜花雪かとのみぞあやまたれける」(古今・春上・紀友則)。○降り積む―降り積もる。▽二七一に重出。

侍る山寺に、罷《まか》り帰《かへ》りたるに、花のみな散《ち》りにけるを見《み》て、詠《よ》み侍《（はべり）》ける

194 来《き》て見《み》むと言《い》ひし桜《さくら》は散《ち》りにけりなほ《を》思《おも》ふこと違《たが》ふ身《み》なりや

195 心《こゝろ》うく惜《を》しみし花は散《ち》りはてゝなど厭《いと》ふ身《み》の久《ひさ》しかるらん

山里《さと》に、花の散《ち》るを見《み》て

196 折《お》りに来《く》と人や告《つ》げけん山里《さと》に残《のこ》らず花は散《ち》りにけるかな

明日来《あすこ》むと言《い》ひたる人の、雨のいたう降《ふ》れば、見えぬに、言《い》ひやる

197 曇《くも》らずはおぼろけにてはと思《おも》ふべしこは雨《あめ》ゆゑ《へ》に障《さは》るものかは

人の失《う》せ給へる所《ところ》の、あはれなる歌を、いと多《おほ》う詠《よ》み集《あつ》めて、草子《さうし》に書《か》きて、見《み》せにおこ《を》せたるに、見はてゝ、返《かへ》しやるとて

192 青々と茂る葉をもしみじみと思うよ。散ってしまった山桜の縁者だと思えばの縁者だ。〇清水―山城国。京都市東山区の音羽山清水寺。法相宗の古刹。〇ゆかり―親類。縁者。〇あはれとぞ思ふ―恋しいと思う。「枯れはてむ埋れ木あるを春はなほ花のゆかりによくなとぞ思ふ」（貫之集）。→**補注**。

193 諸共に花を見ている人も、これが最後として、花ではないのにそれぞれが別々に散りになろうと思うことだ。〇今は―これが最後。〇おのが散り〴〵―「山風の吹きのまにまに紅葉葉もおのが散り〴〵散りぬべらなり」（古今六帖・第六・紀貫之か）。

194 来て見ようと言っていた桜は散ってしまった。やはり考えたことと現実の違いがある身だよと。〇来て見むと―「来て見むと言ひしはいつぞ菊の花開けて後は今日も暮らしつ」（高遠集）。〇違ふ身―考えることと現実の違いがある身。

195 散るのをつらいと、惜しんでいた花はすっかり散ってしまって、どうして世を厭うこの身は長生きしているのだろうか。→**補注**。

196 時節には花を折るために山里にやって来ると人が告げたのだろうか、山里では残らず花は散ってしまったことだ。〇折りに来と―時節の意の「折」を掛ける。「花を折るためにやって来る」と。「山里の春の夕暮来てみれば入相の鐘に花ぞ散りける」（新古今・春下・能因）。→**補注**。

197 空が曇らなかったならば、いいかげんではないと思うに違いない。雨だからといって妨げとなるものだろうか。〇明日来むと―明日尋ねようと。〇おぼろけにては―「おぼろけなり」は多く打消の語を伴って、いいかげんではない意に用いる。「曇（り）」と「おぼろ」は縁語。「逢ふ事はかたわれ月の雲隠れおぼろけにやは人の恋しき」（拾遺・恋三・読人不知）。〇障るものかは―妨げとなるものだろうか。反語。→**補注**。

道命阿闍梨集

198 ゆゝしくもげに見《み》ゆるかないかでかく悲《かな》しきことを掻《か》き集《あつ》めけん

199 花散《ち》りはてたるころ、人に
憂《う》きことも見《み》て慰《なぐさ》めし花散《ち》りていかでかあると問ふ人ぞなき

ある法師のもとより、山吹《やまぶき》を、これ見《み》給へとて、かく言《い》ひたる
200 山吹《やまぶき》の井手《ゐで》にほどこそ経《へ》ぬべけれ咲《さ》き重《かさ》ねたり花の散《ち》るまで

返《かへ》し、二《ふた》つ
201 山吹《ぶき》を見《み》るとも井手《ゐで》にほどな経《へ》そ法師《ほうし》かへると人もこそ言《い》へ

202 くちなしの色《いろ》に心《こゝろ》の染《そ》みぬれば言《い》ふべくもあらず山吹《やまぶき》の花

じねごといふ物を、人のお《を》こせたるに
203 定《さだ》めたる妻《つま》も聞《きこ》えぬ筍《たけのこ》は幾夜《いくよ》ばかりのしるしなるらん

198 本当に不吉に見えますね。どういうわけでこんなに悲しい歌を詠み集めたのでしょうか。○草子―紙を重ねて糸で綴じたもの。○ゆゝしくも―触れがたく思うこと。

199 つらいことをも花を見て慰めていたのに、その花が散ってしまって、どうしているのかと尋ねる人がいないのです。参考「うきことも春はながめてありぬべし花のちりなんのちぞ悲しき」(重之集)。○いかでか―どうして～なのか。「夢をだにいかで形見に見てしかな逢はで寝る夜の慰めにせん」(拾遺・恋三・柿本人麻呂)。

200 山吹で有名な井手で時間を過ごしてしまいそうだったよ、山吹が咲き重ねたよ、花が散るまで。○井手→一八五。「山吹の花のさかりにゐでにきてこのさと人になりぬべきかな」(拾遺・春・恵慶)。○経ぬべけれ―(長い時間を)きっと経るに違いない。「山里にほど経ぬるかな秋の田のかりそめとこそ思ひつれども」(定頼集)。○咲き重ねたり―八重に咲くことと数多く咲いていることを掛ける。→補注。

201 山吹を見るとしても、井手で長い時を過ごさないでほしい。そうするとあの僧は還俗したと他人が言うかもしれない。○井手→一八五。○ほどな経そ―(長い時間を)どうか経てくれるな。○法師帰る―還俗すること。「還る」に「蛙」を掛ける。「沢水にかはづ鳴くなり山吹のうつろふ影や底に見ゆらむ」(拾遺・春・読人不知)。→補注。

202 山吹の花で心がくちなし色に染まったので、言葉にならない山吹の花よ。○くちなしの色―梔子《くちなし》の実で染めた濃い黄色。「口無し」を掛ける。「山吹の花色衣ぬしや誰問へど答えずくちなしにして」(古今・雑体・誹諧歌・素性)。

203 きちんとした妻もいると聞いていない竹の子は、幾節ならぬ「幾夜」ばかり経た証拠なのだろうか。○じねご―熊笹や真竹の実。粳《うるち》米に似ているので「自然粳」とも。竹はめったに

〔法輪《ほうりん》に侍《はべ》るころ、亀山見るとて、人々〈の〉舟《ふね》に乗《の》りてまかるに、雪のいたう降《ふ》りて、人に掛《か》かりたるを見 侍《（はべり）》て

204 雪《ゆき》もよに亀《かめ》山見にと行《ゆ》く人は舟《ふね》のうちにてげに老《お》いにけり

郭公《（ほとゝぎす）》の遅《をそ》く鳴《な》きしかば

205 命《いのち》あらば聞《き》ゝてむものを郭公《（ほとゝぎす）》死《し》ぬばかりにも待《ま》つ心《こゝろ》かな

深《ふか》き山寺に籠《こも》りたるころ、卯花を見《み》て

206 世中《（よのなか）》を背《そむ》きに入《い》りし山《やま》にさへなほ《を》卯《う》の花《はな》の咲《さ》きけるものを

大原といふ所にあるころ、法輪に籠《こも》りたる人に、郭公鳴《な》くと聞《き》ゝてやる

207 ほとゝぎす嵐《あらし》の山に住《す》む人はこの大原《おほはら》の里《さと》に来《き》て聞《き》け

同《おな》じころ、人のもとに

208 わが宿《やど》は大原《おほはら》山の時鳥《ほとゝぎす》このほど声《こゑ》を聞《き》かせてしかな

又、同《おな》じころ

実らないという。○幾夜―「幾節」を掛ける。「節ょ」は竹などの節と節との間の部分。→**補注**。

204 激しく雪の降る中で亀山を見るために出掛けて行く人は、本当に舟の中で年老いてしまったよ。○雪もよに―「よに」は非常にの意の副詞。「空に立つ鳥だに見えぬ雪もよにすずろに鷹を据ゑてけるかな」（和泉式部集）。○亀山→一五。縁起のよい亀山で雪を頭に積もらせたことを「老いた」とした。○下句―白居易の新楽府・海漫漫の「不レ見二蓬萊一不レ敢レ帰、童男丱女舟中老」の句を踏まえる。→**補注**。

205 命があれば、聞くことが出来るだろうに、時鳥よ。死ぬほどにも待っている我が心だ。○聞きてむものを―聞くことが出来るだろうに。○死ぬばかりにも―死ぬほどにも。→**補注**。

206 世を捨てるために入った山にでも、やはり心憂い「卯の花」が咲いているなあ。○卯花―「憂（し）」を掛ける。「郭公我とはなしに卯花の憂き世中に鳴きわたるらむ」（古今・夏・凡河内躬恒）。○ものを―終助詞。～なあ。のにな あ。→**補注**。

207 時鳥のいない筈の嵐山に住む人は、この「大原」ならぬ時鳥が多いという里に来て聞きなさい。○大原―山城国。愛宕郡大原の里。「大原」に「多い」を掛ける。「わが里に大雪降れり大原の降りにし里にふらまくは後」（万葉・巻二・持統天皇）。○法輪→一〇。○嵐の山―郭公が「あらじ」と地名「嵐山」に掛ける。「訪ふ人も今はあらしの山風に人待つ虫の声ぞ悲しき」（拾遺・秋・読人不知）。

208 わたしの住まいは時鳥の多いという大原山です。今の季節のその声をお聞かせしたいものです。○大原山→二〇六。「つれなくて止みぬる人に今はただ恋死ぬとだに聞かせてしかな」（後拾遺・恋一・中原政義）。

209 何事《なにごと》も聞《き》かまくほしき奥《おく》山に人頼《だの》めなる時鳥《ほとゝぎす》かな

山寺にあるに、雨など降《ふ》りてあはれなる夜《よ》、人に

210 かくてだになほ《を》あはれなる奥《おく》山の君《きみ》見ぬ夜々《よゝ》を思《おも》ひやらなん

郭公の鳴《な》かざりしかば

211 あやしきは待《ま》つ人からか時鳥《ほとゝぎす》飽《あ》かぬにさへも濡《ぬ》るゝ袖《そで》かな

時鳥《ほとゝぎす》尋《たづ》ねに、山へなど言《い》へるに

212 かた〴〵に眺《なが》めをやせむ時鳥《ほとゝぎす》君《きみ》さへ山に尋《たづ》ね入《い》りなば

いみじう忍《しの》びて、法輪に籠《こも》りたりしに、人の聞《き》き付《つ》けて、尋《たづ》ねたりしかば

213 誰《たれ》ぞこの人知《し》れぬ人問《と》ふ人は井堰《ゐせき》の水《みづ》の漏《も》りもこそすれ

五月晦《つごもり》に、鞍馬《くらま》に詣《まう》でたるに、郭公を聞《き》きて

214 下《しも》つ闇鞍馬《やみくらま》の山の時鳥《ほとゝぎす》たどる〳〵ぞ鳴《な》きわたるなる

時鳥《ほとゝぎす》鳴《な》かぬに、人のもとより

209　どんなことも聞きたい奥山であてにさせるばかりで頼りにならない時鳥よ。〇聞かまくほしき―聞くことが望ましい。推量の助動詞「む」の未然形に準体助詞「く」に形容詞「ほし」が結び付いたもの。「珍しき玉の台の花影に聞かまくほしき鶯の声」(公任集)。〇人頼めなる―頼りにならない。「くやしくもかざしけるかな名のみして人だのめなる草葉ばかりを」(源氏物語・葵・源典侍)。→補注。

210　千載・雑中。このように雨などが降ることさえ、やはり寂しい奥山で、あなたを見ないで寂しく夜々を過ごしていることに思いを及ぼしていただきたいものだ。→補注。

211　理解できないことに待っている人のせいということか、時鳥の声を聞き飽きない時でさえも涙で濡れる袖だなあ。→補注。

212　いずれにしてもあなたと共に眺めることにしようか、時鳥を。君までもが山に尋ね入るのならば。〇かた〴〵に―いずれにしても。〇尋ね入りなば―「な」は完了の助動詞の未然形。

213　誰ですか。この人に知られない私を尋ねる人は。井堰の水が漏れるように、人に知られたら噂になるではありませんか。〇法輪→一〇。〇誰ぞこの―誰なのか、この。「誰ぞこの主ある人を呼子鳥声のまにまに鳴きわたるらん」(古今六帖・第五・作者名不記)。〇井堰―水を他の所に引くため、河の流れを堰き止めた所。法輪寺のすぐ近く、大井川の井堰を念頭に置いていうか。〇漏りもこそすれ―「井堰の水も」は「漏り」を導く序。人に知られることだ。

214　月末の闇の暗さを持つ鞍馬山の時鳥が、暗いので迷いながらずっと鳴いていることだ。〇鞍馬→二四。〇下つやみ―月の下旬の夜の闇。足下が暗いの意で、「暗し」の意を持つ鞍馬に掛かる。「墨染の鞍馬の山に入る人はたどるたどるも帰り来ななん」(後撰・恋四・平中興女)。〇辿る〳〵ぞ―おぼつかない様子で暗い道を辿りながら。▽類想の句の歌→四〇。

215 わが里《さと》も都《みやこ》の隈《くま》か時鳥《ほとゝぎす》などこゝをしも分《わ》きて音《おと》せぬ

返《かへ》し

216 心《こゝろ》にぞ隈《くま》はありける時鳥《ほとゝぎす》さてたれにかは音《おと》づれはする

年返《としかへ》りて、まだ節分《せちぶむ》せざりし人に

217 いつしかと思《おも》ひしものを鶯《うぐひす》の春立《はるた》た《ゝ》ずとや音《をと》づれもせぬ

正月七日、春《はる》の立《た》つ年《とし》、人のもとに、若菜《わかな》たてまつるに

218 いつしかも君《きみ》にと思《おも》へば春霞立《た》つや遅《おそ》きと若菜《わかな》をぞ摘《つ》む

はらから知《し》りたる人のもとにて、桜《さくら》を見《み》て

219 風をいたみ散《ち》る空《そら》もあらじ桜花残《のこ》れる枝《えだ》の後《うし》ろめたさに

220 思《おも》ひきや世《よ》はは《ゝ》かなしといひながら君《きみ》が形見《ゝたみ》に花を見《み》むとは

内侍のかみ失《う》せ給《たま》へる年《とし》、その御家《いゑ》に、桜《さくら》のいみじう咲《さ》きたるを見給《みたま》ひて、右大臣殿《どの》より、内侍の母《はゝ》の御もとに

215 重出一一八。初句「わが宿は」五句「避きて音せぬ」。

216 重出一一九。

217 早く鳴いてほしいと思っていたが、まだ立春にならないということだろうか。鶯(あなた)は訪ねても来ませんね。○節分―季節を分かつ時、特に立春の前日をいう。

218 早く君に差し上げようと思うので、春霞が立つのが遅いといわんばかりにすぐに若菜を摘んだことだ。○若菜→一四。最初の子の日に行われたが、後には正月七日となる。○立つや遅きと―(春霞が)立つのが遅いと。「来鳴くべき鶯だにも春霞立つや遅きと音づれやする」(出羽弁集)。→補注。

219 風が激しいので散ることの不安な気持ちもあるまい。桜花の残っている枝が散り残ることに対して気が咎めることだ。○はらから―同じ母親から生まれた兄弟姉妹。○いたみ―(風が)激しいので。「須磨のあまの塩焼くけむり風をいたみ思はぬかたにたなびきにけり」(古今・恋四・読人不知)。○散る空もあらじ―散ることの不安な気持ちもあるまい。○後ろめたさ―散り残ることに対して気が咎めること。

220 続後撰・雑下。続詞花集・哀傷。思ってもみなかったことだ。世の中ははかないと言いつつも、あなたの形見として花をみることになろうとは。○君が形見―あなたを思い出す手がかりとなるもの。「飽かずして別るる袖の白玉を君が形見と包みてぞ行く」(古今・離別・読人不知)。→補注。

221 君《きみ》もなき宿《やど》ににほへる桜《さくら》ゆゑ《へ》春《はる》の姿《すがた》を思《おも》ひ出《い》づらん

とありける、御返《かへ》ししてとありしに

222 亡《な》き人の形見《かたみ》と思《おも》ひし花にさへ立《た》ち遅《をく》れたる身《み》をいかにせむ

月前に花を思《おも》ふといふ題を、花山院詠《よ》ませ給《(たまひ)》しに

223 春の夜は月見《み》る空もなかりけり花の上《うへ》のみ思《おも》ひやられて

四月に、桜《さくら》の咲《さ》けるを見《み》て

224 幾世《いくよ》しもあらじ桜《さくら》を行《ゆ》く春の中〳〵何《なに》に残《のこ》しお《を》きけむ

四月に郭公といふ題を賜《たま》はりて、花山院にて

225 一声《ひとこゑ》に思《おも》ひを掛《か》けて時鳥《ほとゝぎす》五月待《さつきま》つ間《ま》は心空《こゝろそら》にも

はらから失《う》せたりし人の御もとに、五月朔日《ついたち》ころ

226 常《つね》よりもいかに待《ま》つらん郭公君《きみ》が行《ゆ》きにし道《みち》のゆかりに

暁方《あかつきかた》に、時鳥《ほとゝぎす》を聞《き》きて

227 いでやいで暁方《あかつきかた》の時鳥《ほとゝぎす》聞《き》かでぞ直《たゞ》にあるべかりける

221 重出一二四。四句「花の姿を」。〇春の姿―亡くなった尚侍をさす。

222 重出一二五。二句「形見と思ふ」四句「散り遅れぬる」。死に遅れ、亡くなった人の形見と思っていた花にまでも遅れてしまった我が身をどうしたら良いのでしょう。

223 春の夜は月を見る気にもならないことだ。花の事ばかりが思いやられて。〇花山院→三四。〇空―不安な気持ちの意。「帰るさの月見る空もなかりける宇治の河浪たちも渡らで」(為仲集)。→補注。

224 続後拾遺・夏。幾つもの人生を生きて行くわけでもない桜よ。却って去り行く春という季節を、どうして残したのだろう。参考「幾世しもあらじ我が身をなぞもかく海人の苅る藻に思ひ乱るる」(古今・雑下・読人不知)。〇中々―却って。→補注。

225 一声を聞くことを期待して、時鳥が五月を待つ間は上の空の状態で気もそぞろであることだ。〇花山院―花山院の居る上皇御所。〇心空にも―「いつとなく心空なる我が恋や富士の高嶺に掛かる白雲」(後拾遺・恋四・相模)。

226 常よりもどれほど待つことなのでしょう、時鳥よ。あの人が辿った死出の山路を道の縁で。〇同胞―同じ母親から生まれた兄弟姉妹。〇君が行きにし道―「君」は亡くなった同胞をさす。あの人が辿った死出の山路。▽郭公を「死出の田長」ということに拠る。

227 さてさて、どうしたものか。暁方の時鳥は聞かないままでいたらよかったと思うことだ。〇いでやいで―さあ、どうしたものか。〇直に―「恋しとは誰が名付けけむ事ならむ死ぬとぞ直に言ふべかりける」(古今・恋四・清原深養父)。〇べかりける―推量の助動詞「べし」の連

228 七月七日に、人々〳〵歌詠《よ》むに
七夕《たなばた》の今日《けふ》を暮《く》らさむほどはしも来《き》し方《かた》よりも久《ひさ》しからなん

229 七月八日ばかりとぞ覚《おぼ》ゆる、詠《よ》みし
別《わか》れにしその暁《あかつき》は七夕《たなばた》の逢《あ》ひ見《み》むほどと思《おも》はましかば

九月二《ふた》つありし年《とし》の後《のち》の九月に、秋過《あきす》ぎて秋《あき》ありといふ題を人々〳〵詠《よ》みしに
230 忘《わす》れてもあるべきものを中々〳〵に思《おも》ひを残《のこ》す秋《あき》にもあるかな

紅葉《もみぢ》残《のこ》る山寺《やまでら》に集《あつ》まりて行《い》きたりしに
231 かゝる日《ひ》はあらじとぞ思《おも》ふ白雲《しらくも》の峰《みね》の紅葉《もみぢ》を立《た》ち隠《かく》すかな

人々〳〵集《あつ》まりて、遊《あそ》びなどして、土器《かはらけ》取《と》りて歌詠《うたよ》むに
232 家出《いへで》せむほどはいくらといざ今宵《こよひ》紅葉《もみぢ》したらん山へ入《い》りなん

九月ばかりにものへ詣《まう》づるに、大井川《おほゐがは》に紅葉の流《なが》るゝを見《み》て

用形＋過去の助動詞「けり」。～べきだったのだ。～するのがよかったのだ。

228 七夕の今日を暮らそうという時間は格別で、過ぎ去った過去よりも長くあって欲しいことだ。〇七夕―陰暦七月七日の夜、牽牛星と織女星とが天の川を渡って逢うという中国の伝説から、二星を祭り、子女の技芸の上達を祈る祭り。〇来し方―過ぎ去った過去。▽一年に一度の逢瀬はそれまでの待つ日々よりも久しくあって欲しい。→補注。

229 二星が別れたその暁は、二星がこれから逢おうという時と思えたなら、どんなに良いことか。〇別れにしその暁―（一年の一度の逢瀬が終わって）別れたその暁。〇思はましかば―（七夕に逢おうという時と）思ったならば～であろう。

230 九月が過ぎて秋を忘れても良いはずなのに、九月が二回あるために、かえって思いを残す秋であることだ。〇後の九月―閏九月。〇秋過ぎて秋あり―九月が過ぎたのに、今年は閏九月があるので「秋」がまだあるという意味。〇忘れてもあるべきものを―忘れるものだと思っていればよいのに。「散ると見てあるべきものを梅の花うたて匂ひの袖に留まれる」（古今・春上・素性）。〇中々―却って。▽道命が三十一歳だった寛弘元年（一〇〇四）に閏九月があった。→補注。

231 こんなに雲が隠しているような日はあるまいと思うが、白雲が峰の紅葉を立ち隠すことだ。〇かゝる日はあらじ―「斯かる」に雲が「掛かる」を掛ける。「木の下に折らぬ錦の積もれるは雲の林の紅葉なりけり」（後撰・秋下・読人不知）。

232 家を出ようとすることはどれほど掛かるのかと、さあ今夜、紅葉をしているらしい山へきっと入ってしまうだろう。〇遊び―詩歌・管弦などの楽しみ。〇土器―素焼きの杯。〇ほどはいくらと―（家出しようという）時分はどれほどかと。〇いざ―さあ一緒に。〇入りなん―「なむ」は確実に実現すると思われる事柄に対する推

233 もみぢ葉《ば》の行方《ゆくゑ》を見《み》れば大井河川下《かはくだ》りこそ秋《あき》は過《す》ぎけれ

一条院にて紅葉《もみぢ》の散《ち》るを見《み》て、禅林寺の僧正の給へる

234 もみぢ葉は昔《むかし》の色《いろ》に変《かは》らねどたゞ古里《ふるさと》ゝとなるぞ悲《かな》しき

返《かへ》し

235 古里《ふるさと》ゝと思《おも》はぬ人の見るだにもたゞにはあらず宿《やど》のもみぢ葉

正月七日過《す》ぐして山より出《い》でたるに、鏡《かゞみ》につけて人々詠《よ》みけるに

236 真澄鏡《ますかゞみ》ゝ見で過《す》ぐしてし身なれども千歳《ちとせ》は君《きみ》が影《かげ》に隠《かく》れん

雪降《ゆきふ》る日、梅《むめ》の花を折《を》りて、人のもとに

237 降《ふ》る雪に今《いま》は紛《まが》へじ梅《むめ》の花折《はなを》りけむ袖ににほひまさりて

保昌来《やすまさき》たるに

238 双《ふた》葉なる野辺《べ》の小松《こまつ》を引《ひ》き連《つ》れて今日《けふ》このもとに万代《よろづよ》は来《き》ぬ

まだ寝《ね》ぬ人にやらん、歌詠《よ》みてと責《せ》めしかば、子《ね》の日《ひ》の心《こゝろ》

量を表す。→**補注**。

233 流れる紅葉の葉の行方を見ると、大井川では紅葉が流れるように秋が過ぎて行くことだ。○大井川→九。○行方―葉の流れる行き先。「秋風にあへず散りぬる紅葉葉の行方定めぬ我ぞ悲しき」(古今・秋下・読人不知)。○川下り―「紅葉」が流れることを掛ける。

234 紅葉の葉は一条天皇在世の昔の風情と変わらないが、荒れ果てた邸宅となったことが悲しく思われる。○一条院―里内裏の一つ。一条天皇が皇居として利用。○禅林寺の僧正―深覚。北家、右大臣藤原師輔男。「禅林寺」は京都市左京区永観堂町にある浄土宗西山禅林寺派の総本山、一般に永観堂と呼ばれる。○昔の色―「花だにも昔の色は変らぬを待つと過ぎにし人ぞ散りぬる」(宇津保物語・蔵開下)。○古里―古くなり荒れてしまった土地。→**補注**。

235 馴染みのある土地と思わない人が見てさえも普通の事ではない宿の紅葉ばは素晴らしいことだ。○ただにはあらず―「あだ人のやな打ち渡す瀬をはやみ心には思へどただにはあらぬかも」(古今六帖・第三・作者名不記)。

236 曇りのない澄み切った鏡を見ないで過ごしてきたが、限りない長い年月が君の鏡に映った姿に隠れようと思う。○真澄鏡―「行く年の惜しくもあるかな真澄鏡見る影さへに暮れぬと思へば」(古今・冬・紀貫之)。○千歳―「葦鶴の齢しあらば君が代の千歳の数も数へ取りてん」(栄花物語・はつはな、万代集・賀・藤原道長)。

237 降っている雪に今は見紛うまい。梅の花は手折った袖に移り香がいっそう薫って。参考「梅の香の降り置ける雪に紛ひせば誰かことごと分きて折らまし」(古今・冬・紀貫之)。○匂ひ―袖に移る梅が香。「折りつれば袖こそ匂へ梅花有りとやここに鶯ぞ鳴く」(古今・春上・読人不知)。

238 草木の若芽を出したばかりの野辺の小松を引き連れて、今日、この私のいる木の下に万代の長寿が来たことだ。○保昌―藤原保昌。天

を

239 今日《けふ》も今日《けふ》子《ね》の日《ひ》の松《まつ》は引《ひ》きつれどまだ根《ね》を見《み》ぬぞ甲斐《かひ》なかりける

鶯《うぐひす》の遅《をそ》く鳴《な》く年《とし》、人のもとに

240 つれ〴〵と暮《く》らしわづらふ春《はる》の日になど鶯《うぐひす》の訪《をとづ》れもせぬ

241 たまさかに問《と》ふにつけてや知《し》りぬらん春《はる》の到《いた》らぬ谷《たに》の埋《う》もれ木

野老《ところ》の木の、枝《えだ》のやうにて一尺ばかりなるを、人のもとに

242 音《をと》に聞《き》く高麗唐土《こまもろこし》は広《ひろ》くともかゝる野老《ところ》はあらじとぞ思《おも》ふ

辛夷《こぶし》の花を人のもとに遣《や》るとて

243 わが宿《やど》の辛夷《こぶし》の花《はな》を打《う》ち解《と》けて挿頭《かざし》に挿《さ》すなかまちあやふ《う》し

返《かへ》し

244 強《つよ》からぬ辛夷《こぶし》の花は打《う》ち返《かへ》し人に折《を》らるゝものと知《し》らなむ

徳二年（九六八）～長元九年（一〇三六）、七九歳。○双葉なる―草木の若芽を出したばかりの状態。○野辺の小松―正月最初の子の日、千年の齢を祈って根引きする小松。「子の日する野辺に小松のなかりせば千代の例に何を引かまし」（古今・賀・壬生忠岑）。○引き連れて―「小松」を擬人化した表現。○このもと―「木の下」と住まいの意の「此の許」を掛ける。

239 今日の今日は、子の日に引いた根も見ないようにまだあなたと寝ていないことは甲斐がないことだ。○寝ぬ人―懇ろになっていない人。○子の日の心―正月最初の子の日に長寿を祈って引く松のこと。○根を見ぬぞ―「根」に「寝」を掛ける。小松の根を見ないように、まだあなたと寝ていない。

240 風雅・春上。所在なく暮らしかねる春の日に、どうして鶯が訪れないのであろうか。○暮らし煩ふ―暮らしかねる。○など―どうして。○訪れもせぬ―訪れないのであろうか。「来鳴くべき鶯だにも春霞立つや遅きと訪れやする」（出羽弁集）。→補注。

241 稀に訪ねることでよく知ったでしょうか。私が春のまだやって来ない谷に埋没する埋もれ木のように、世間から忘れられた存在だと。○春の到らぬ―「鶯の鳴く音ばかりぞ聞こえける春の到らぬ人の宿にも」（後拾遺・春・清原元輔）。○埋もれ木―長期間、谷底や水底、土中に埋もれて変質した木。「知りぬらん」と響き合う。

242 噂で聞く高麗や中国は広くても、この「ところ」という長芋のある土地はあるまいと思うよ。○野老―ヤマイモ科の多年草、鬼野老（オニドコロ）の別名。新年を祝う食物で、根や茎を食用とする。「所」を掛ける。○音に聞く―評判が高い。○高麗唐土―「高麗」は朝鮮半島、「唐土」は中国の呼称。

243 我が家のこぶしの花を油断して挿頭すなよ。拳が当たったら顎あたりが危ないよ。○辛夷―モクレン科の落葉高木。「拳《こぶし》」を掛け

瓶《かめ》に、桜《さくら》の花《はな》を挿《さ》したるを

245 〔あだに散《ち》る桜《さくら》なりとも万代《よろづ》の甕《かめ》に差《さ》しては久《ひさ》しかりなむ

古《ふる》くありし所の花折《お》りて、人のおこせたりし〕

246 立《た》てながらと思《おも》ひしものを桜《さくら》花思《おも》ひの外《ほか》に思《おも》ひけるかな

三月の晦《つごもり》、時鳥《ほとゝぎす》を聞《き》きて

247 待《ま》たでこそあらまほしけれ時鳥《ほとゝぎす》思《おも》ひもかけぬ心空《こゝろそら》なる

時鳥《ほとゝぎす》を聞《き》きて、山里《さと》にいひやる

248 われをこそ問《と》はまうくとも都《みやこ》人山時鳥《やまほとゝぎす》聞《き》きに入《い》らなむ

時鳥《ほとゝぎす》待《ま》つとて、ある所を急《いそ》ぎて、他《ほか》へ行《い》くほどに、詠《よ》みて取《と》らする

249 われならで待《ま》つ人やあると郭公心《こゝろ》も空《そら》に鳴《な》きて別《わか》るゝ

返歌

250 我《わ》が頼《たの》む君《きみ》よりほかに郭公言語《ことかた》らはむ人だにもなし

る。「首疲れ頭抱へて出でしかどこぶしの花のなほ痛きかな」(古今著聞集・巻八)。○打ち解く―馴染んで緊張を緩める。油断する。○挿頭―草木の花やその小枝を折って、頭に挿したもの。○かまち―頷。上下の顎の骨。また頬から顎の辺にかけての称。「かばち」とも。「かまち」は「打ち」と共に「拳」の縁語。

244 強くない、拳ではないこぶしの花は、かえって人に折られることを知ってほしいことだ。○打ち返し―繰り返し。逆に。却って。「打ち」は「拳」の縁語。○知らなむ―知ってほしい。→補注。

245 はかなく散る桜でも、万代の亀ならぬ「甕」に挿してからは長く咲いていることだろう。○あだに散る―はかなく散る。○甕―万年の齢を保つといわれる「亀」に掛ける。桜が長く咲いて欲しいとの思い。「千代経べき甕に挿せれど桜花とまらぬことは常にやはあらぬ」(後撰・春下・中務)。→補注。

246 花を立てながらと手折ったのだけれど、折った桜よ。その花の状態が予想とは違って思ったことだ。○立てながら―(甕に挿すことで)花を立てながら。「立つ」の状態で。「折りつればたぶさに汚る立てながら三世《みよ》の仏に花たてまつる」(後撰・春下・遍昭)。

247 待たずにこそ聞くことが出来るのが望ましい、時鳥よ。思い掛けなく声を聞いたら心が虚ろな状態になることだ。○待たでこそ―待たずにこそ。通常は時鳥の鳴き声を待ち詫びるから、そう言う。○心空なる―「我妹子が夜戸出の姿見てしより心空なり土は踏めども」(万葉・巻十二・作者未詳)。→補注。

248 私を訪ねたくないとしても、都人よ。山時鳥を聞きに入ってほしい。○問はまうく―尋ねたくない。「まうく」は、「…したくない」の意の「まうし」の連用形。○聞きに入らなむ―聞くために入ってほしい。「山よりも深き所を求めれば我が心にも深く入らなん」(公任集)。→補注。

251 時鳥《ほとゝぎす》夏来《き》ぬなりと言《い》ふなれど気近《けぢか》き声《こゑ》をまだ聞《き》かぬかな

四月ばかり、鶯《うぐひす》を聞《き》きて

252 春過《(すぎ)》て鳴《な》く鶯《うぐひす》の声《こゑ》聞《き》けばいとどもつらき時鳥《ほとゝぎす》かな

四月夕暮《ゆふぐれ》に、郭公《(ほとゝぎす)》待《ま》つとて

253 神祀《まつ》る卯月《うづき》にならば時鳥《ほとゝぎす》夕《ゆふ》かけてやは鳴《な》きてわたらぬ

ある所《ところ》より、再《ふた》びばかり召《め》ししに、障《さは》ることありて、参《まゐ》らざりしかば

254 待《ま》たせつゝ夜《よ》を重《かさ》ねてし辛《つら》さをば言《い》ひには言《い》はずいかが思《おも》はぬ

御返《(かへし)》

255 君《きみ》よりは短《みじか》き品《しな》のわれなれば述《の》べやる方《かた》のなくもあるかな

巫祭事《いちまつりごと》みて、人々のかの世《よ》のこと思《おも》ひやりしに、詠《よ》めりし

256 はかなくも人の上《うへ》にて見ゆるかなあの世《よ》この世《よ》の隔《へだ》てばかりに

249 私以外に待っている人がいようかと時鳥の空を思うと、声を聞いて心も虚ろになり鳴き別れることだ。○われならで―私以外に。私でなくて待つ人がいようか。○心も空に―「いつとなく心空なる我が恋や富士の高嶺に掛かる白雲」（後拾遺・恋四・相模）。

250 私が頼りにするあなた以外に、時鳥が親しく話をする人すらおりません。○我が頼む―私が頼りにする。○言語らはむ―（男女が）親しく話をする。「いかにしてこと語らはん時鳥歎きの下に泣けば甲斐なし」（後撰・恋六・読人不知）。

251 時鳥は、夏が来たよと鳴くけれど、親しみが感じられる声を聞いていないことだよ。○気近き声―この場合、「時鳥」は「我が頼む君」の比喩。「今ははや深山を出でて時鳥け近き声を我に聞かせよ」（後撰・恋五・藤原実頼）。

252 春が過ぎて鶯の鳴き声を聞くと、より一層辛く感じられることだ。参考「卯の花を散りにし梅に紛へてや夏の垣根に鶯の鳴く」（拾遺・夏・平公誠）。○辛き―春告鳥の異名を取る鶯が四月になっても鳴いたので、夏の到来を告げる時鳥としては恨めしいという心情。

253 神を祀る卯月になったのだから、時鳥よ。夕ならぬ「木綿」を掛けて祀る時だから、夕方から鳴き続けてほしい。参考「神祀る卯月に咲ける卯の花は白くもきねが白げたるかな」（拾遺・夏・凡河内躬恒）。○神祀る―卯月には賀茂の御生《みあれ》などの多くの神事が行われる。○夕かけて―「夕」に神に手向ける「木綿」を掛ける。「さか木取る夏の山路や遠からむゆふかけてのみ祀る神かな」（詞花・夏・源兼昌）。→**補注**。

254 人を待たせながら夜を重ねて過ごしてきたあなたの薄情を、言葉には決して出さないことに対して、何とも思わないのでしょうか。○夜を重ねてし―夜を重ねて過ごして来た。「てし」は完了「つ」の連用形に過去の「き」の連体形。○言ひには言はず―言葉には決して出さず。→**補注**。

山里《さと》にて、夜《よる》の引板《ひた》の音《をと》を聞《き》きて

257 あしびきの山田の引板《ひた》の音高《をとたか》み心《こゝろ》にもあらぬ寝覚《ねざ》めをぞする

七月七日、あるやむごとなき所に、久《ひさ》しう参《まい》らで奉《たてまつ》る

258 彦星《ひこぼし》の年《とし》に一度《ひとたび》逢《あ》ふことを雲《くも》のよそにも聞《き》きわたるかな

返《かへ》し

259 代々《よゝ》を掛《か》け契《ちぎ》らぬ中《なか》の甲斐《かひ》なきは織姫《たなばたつめ》に劣《おと》るなりけり

ある人の、子失《う》しなひたるにやる

260 はかなさはすべてこの世《よ》のことなれど君《きみ》いかばかり思《（おもひ）》し知るらん

返《かへ》し

261 惜《お》しからぬ身《み》は露《つゆ》よりも消《き》えなくてはかなきことを見るぞ悲《かな》しき

月ある夜、人あまたしてある所《ところ》を、急《いそ》ぎ立《た》てば

255 あなたより低い家柄身分なので、短いものを延したり言葉を述べることの方法もないことです。○述べやる方—述べるに「延べ」を掛け、「短き」の縁語。述べ、延べる方法がないこと。

256 はかないことに、人の様子でうかがい知ることだよ。来世と現世の境だけを思い遣ったので。○巫祭事—「着駄の政《ちゃくだのまつりごと》」のこと。囚人に駄（枷《かせ》）を履かせ労役をさせること。→**補注**。

257 玉葉・雑三。万代集・雑一。山田で鳴る引板の音が高いので、思い通りでない寝覚めをすることだ。○引板—田畑に近付く鳥を追うための仕掛けで、板に竹をぶらさげ綱を引くと音を立てる。鳴子。○あしひきの—「山」に掛かる枕詞。○音高み—音が高いので。○心にもあらぬ—不本意な。「板間粗み荒れたる宿の寂しきは心にもあらぬ月を見るかな」（後拾遺・雑一・清仁親王）。

258 彦星の年に一度織女星に逢うことを、雲のように遠く無関係なことだと、聞き続けていましたよ。○やむごとなき所—宮中など高貴な所。○彦星—牽牛星。七夕伝説で、織女星の夫とする。○雲のよそ—「雲」は宮中をさす。「紫の雲のよそなる身なれども立つと聞くこそ嬉しかりけれ」（後拾遺・賀・江侍従）。

259 別々に過ごす世で、愛を誓うことのない間柄の甲斐がないのは、年に一度逢えるという七夕にも劣ることなのですね。○代々—別々に過ごす世。男女が別れて生きる時にいう。○職姫—職女星。▽自分たちの仲は織姫にも劣ると歎く。

260 はかなさは、全て現世に付きものなのですが、子を亡くした君はどんなにか思い知っていることでしょう。○はかなさ—「はかなさによそへて見れど桜花折知らぬにやならむとすらむ」（後拾遺・雑一・小左近）。

261 死んでも惜しくはない我が身は、はかない露よりも消えることなく、子が死んだこと

262 今《いま》しばし立《た》ち留《とゞ》まらで月影《かげ》のいかなる里《さと》に急《いそ》ぎ出《い》づらん

といへば、返《かへ》し

263 急《いそ》ぐかは憂《う》き世《よ》の中《なか》をありわびてたゞ山《やま》の端《は》に入《い》るにやはあらぬ

松風の吹《ふ》くを聞《き》きて

264 水の音を聞《き》くばかりにや松風の吹《ふ》くに袂《たもと》の濡《ぬ》れ増《ま》さるらん

七月七日

265 逢《あ》ふことは今宵《こよひ》になりぬ七夕《たなばた》の明日《あす》の別《わか》れを思《おも》はずもがな

八月、月の夜、雁《（かり）》を聞《き》きて

266 常《つね》よりも今宵《こよひ》の月のさやけきは雁《かり》の羽風《はかぜ》に雲《くも》や晴《は》るらん

十月の紅葉《もみぢ》を惜《お》しむ

267 山高《やまたか》み峰《みね》に散《ち》りかふもみぢ葉《ば》の人の心《こゝろ》を空《そら》になすかな

十二月、遙《はる》かなる山《やま》の雪《ゆき》を

がとても悲しく感じられることだ。○消えなくて―死なないで。○はかなきこと―子の死をさす。「世中のはかなき事をみる頃は寝なくに夢の心地こそすれ」（新古今・後出・盛明親王）。

262 今しばらく立ち留まることなく、月影のようにどのような里に急ぎ立ち去ってまで出て行くのでしょうか。○月影―急ぎ立ち去ろうとした道命の比喩。○いかなる里―急ぎ立ち去ってまで出掛けようとした里。目的の女性を暗示させる。○急ぎ出づらん―急いで出るだろう。「春立ちて降る白雪を鶯の花散りぬとやいそぎ出づらん」（後拾遺・春上・読人不知）。

263 急いでいるものではありません。憂き世を過ごしているのが嫌になって山の端に入ってしまうのではありませんか。○急ぐかは―反語。○ありわびて―生きていることが嫌になって。○五句―「やは」は強い反語。

264 水の音をただ聞くだけなのだろうか。松風が吹くことによって袂が濡れ増さるよ。○聞くばかりにや―（水の音を）ただ聞くだけなのか。○吹くに―（松風が）吹くことによって。○濡れ増さる―（袂が）涙でいっそう濡れる。

265 やっと今宵逢うことになりました。七夕の翌朝には二星が別れを惜しむことを思わないでほしい。○明日の別れ―七夕の翌朝には二星が別れを惜しむ。

266 いつもより今夜の月が澄んでいるのは、雁の羽ばたきで起こる風で雲が晴れ退くからだろうか。○雁の羽風―「初雁の羽風涼しくなるなへに誰か旅寝の衣返さぬ」（新古今・秋下・凡河内躬恒）。

267 山が高いので、峰で紅葉の葉が散り乱れ、心を上の空にするよ。○空になす―心が空虚に状態になる。「我が恋は富士の高嶺の浮雲の行方も知らず空になすかな」（江帥集）。

268 幾年もの雪が積もったからか、山の頂が白くなるのだろう。○積もればか―（雪が）積もったからか。「誰がための錦なればか秋霧の佐保の山辺を立ち隠すらむ」（古今・秋下・紀友

268 幾年《いくとせ》の雪積《ゆきつ》もればかあしひきの山の頂《いたゞき》白《しろ》くなるらん

忌日《き》に

269 音《をと》にのみ聞《き》かじと思《(おもひ)》し今日《けふ》なれど今日《けふ》こそ人の形見《かたみ》なりけれ

山寺に、人に誘《さそ》はれて、花見《み》にまかりて、土器《かはらけ》とりて、そこなる人《ひと》に

270 君《きみ》ゆゑ《へ》に人も来《き》て見《み》る桜《さくら》花折《お》らんかぎりは絶《た》えず咲《さ》かなん

いみじうあはれなる山里《やまざと》に、花のいみじう散《ち》るを見て

271 白妙《しろたへ》の雪降《ゆきふ》る里《さと》と見《み》えつるは山《やま》の桜《さくら》の散《ち》るにぞありける

清水《きよみづ》に詣《まう》でて侍《(はべる)》に、花の散《ち》るを見《み》て、滝《たき》の下《もと》にて

272 濁《にご》りなき水と聞《き》きしをこの頃《ころ》ぞ山《やま》の桜《さくら》の散《ち》り入《い》りにける

273 昔見《むかしみ》し小倉《をぐら》の山に住《す》む人は雲《くも》のよそにや月を見《み》るらん

則)。○あしひきの―「山」に掛かる枕詞。

269 人伝てでは聞くまいと思っていた今日であるが、命日の今日こそがあの人の形見だったのだよ。○忌日―人が死んだ日に供養をする日。○音に聞かじ―「音にのみ聞きてはやまじ浅くともいざ汲み見てん山の井の水」(後撰・雑二・読人不知)。○今日―忌日であること。

270 重出一九〇。初句「君ゆゑぞ」三句「山桜」→**補注**。

271 重出一九一。二句「雪降り積むと」。参考「春立てば花とや見らむ白雪の掛かれる枝に鶯ぞ鳴く」(古今・春上・素性)。

272 清水ならぬ清らかな水と聞いていたが、このごろは山の桜が塵となって散り入るばかりだよ。○清水→一九一。○濁りなき水―清水。詞書「清水」を掛ける。○この頃―花の散るこの頃。○散り入る―清水だから塵もないと思っていたが、花が塵のように散るという趣向。

273 昔会った小倉山に住んでいる人は、ほの暗い小倉の山で月を雲の彼方に見るのだろうか。○小倉の山→七。○雲のよそ―雲の彼方。▽滝の下にて花の散るのを見ている状態を、小倉の山で雲越しに月を見ることに喩える。

274 重出五〇。二句「きて馴れにたる」。○着て馴れにける―いつも着ているうちに、柔ら

274 いにしへに着《き》て馴《な》れにける心《こゝろ》をば今朝《けさ》の煙《けぶり》やかねて立《た》ちけん

語《かた》らはむなど言《い》ふ人に、いかに言《い》ひやらんなど言《い》ふ人に、取《と》らす〔る〕

275 思《おも》ふらん心も知《し》らでかぎりなきおぼつかなさに負《ま》くる玉梓《たまづさ》

返《（かへし）》

276 書《か》きやらんと思《おも》ふ心《こゝろ》はありながら苗代水《なはしろ》のしばし淀《よど》むぞ

法輪に侍るころ、人々詣《ま》で来《き》て、題三《（みつ）》出《いだ》して詠《よ》む、暮春《くれのはる》

277 いざ行《ゆ》きて朝《あさ》日の岳《たけ》に宿借《やどか》らん小倉《をぐら》の山は春暮《はるく》れにけり

時鳥

278 夏来《く》れど甲斐《かひ》こそなけれ時鳥《ほとゝぎす》いや遠《とを》にこそ遠《とを》くなるなれ

山里《やまざと》

279 わが宿《やど》の門田《かどた》の苗《なへ》に鳥追《とりを》はゞ山 時鳥《ほとゝぎす》驚《おどろ》きやせむ

花山院失《う》せさせ給《たま》〔ひ〕て後《のち》、夏になる日

かくなって肌に馴染む。

275 あなたが思っていらっしゃる心を知らないで、限りのない不安に圧倒されて送った手紙であることだ。○語らはむ―契り合おう。○言ひやらん―手紙などで相手に伝えるのがいい。○おぼつかなさ―不安や心配。○負くる―圧倒される。○玉梓―手紙。

276 書いてやろうという心はありますが、苗代水が掻かないと淀むように、しばらくためらっていることです。「掻きやる」を掛ける。○書きやらん―書き送りたい。○苗代水―苗代に引く水。「淀む」を導く序。

277 さあ出掛けて朝日の岳に宿を借りよう。ほの暗い小倉の山は春が暮れたことだ。○法輪→一〇。○朝日の岳―山城国。「月影の夜とも見えず照らすかな朝日の山を出でやしぬらん」(能因集)。○小倉の山→七。▽夫木抄・巻二一・嵩に入る。集付「明玉」あり。→**補注**。

278 夏が来たけれど、甲斐がないことだ。時鳥がますます遠くに感じられる。○いや遠に―「近くあれば見ねどもあるをいや遠に君がいまさばありかつましじ」(万葉・巻四・笠女郎)。

279 我が家の門前にある田の苗のために鳥を追い立てたなら、時鳥よ、驚くことだろうか。○門田―門の前にある田。美田。

280 思《おも》ひ出《い》でもなき春《はる》なれど君《きみ》をたゞ見《み》たてまつりしほどぞ恋《こひ》しき

昔見《むかしみ》し法師の、老《お》いたるが言《い》へる

281 老《お》いはてて再《ふた》び稚児《ちご》になりぬるを君《きみ》をぞ頼《たの》む道《みち》の親《おや》とは

返《かへ》し

282 わが身《み》だに置《を》く方《かた》もなき世中《(よのなか)》にいづ方《かた》にかは教《をし》へやるべき

髪無《かみな》くなりたる人の、烏帽子《ゑぼうし》を忘《わす》れて、又の日、請《こ》ひにおこせたる、遣《や》るとて

283 これなくて夜毎《よごと》にいかでありつらん舎人《とねり》の閨《ねや》と人もこそ言《い》へ

人のもとより言《い》へる

284 君《きみ》が住《す》む宿《やど》には鳴《な》かで時鳥《ほとゝぎす》甲斐《かひ》なき身《み》には何《なに》か訪《をと》なふ

返《かへ》し

285 人伝《づ》てぞ嬉《うれ》しかりける時鳥《ほとゝぎす》今《いま》より後《のち》も君《きみ》に聞《き》かせよ

物思《おも》ふころ、五月五日

280 院の崩御の悲しみから何の思い出もない春なのだが、院を一途にお慕い申し上げていた時だけが恋しい。○花山院→三四。▽花山院の崩御は春の二月八日なので、「春」という季節まで恋しいという。

281 年老いてしまって、再度稚児になってしまったので、あなたをこそ頼りにすることだ。仏道における師として。○稚児―幼児。還暦を迎えたことか。「人に似ず性なき親の心ゆゑ稚児さへ憎く思ほゆるかな」(人丸集)。○道の親とは―仏道における師として。

282 我が身だけでも置く所もなき世の中で、どなたに教え導いて差し上げることなど出来るというのだろうか。○置く方もなき―(身の)置く所もない。○いづ方にかは―どなたに～だというのか。「かは」は疑問の表現。

283 この烏帽子が無くなって夜毎どうやっていたのでしょうか。髪の無いあなたを「舎人の閨の法師」と人が言ったら困ってしまいますね。○烏帽子―元服後の成年男子が付ける帽子の一種。○舎人―天皇や皇族の身辺に仕えて、雑事や警護をつとめる者。○閨―寝所。▽舎人の閨に忍び込む法師のことを揶揄(拾遺・雑下)。髪の毛が無いので法師と洒落たか。

284 あなたが住んでいる宿では鳴かないで、時鳥は訪れ甲斐のない我が身をどうして訪れるのだろうか。○甲斐なき身―時鳥の訪れ甲斐のない我が身。○何か訪なふ―「散る花を何か恨みむ世の中に我が身もともにあらむものかは」(古今・春下・小野小町)。▽類句の歌→七二。

285 時鳥が訪れたことを人伝てに聞いたことは嬉しいことだ。時鳥よ、今までと変わらずにこれ以後も声を聞かせてほしいことだ。○人伝て―他の人から話を聞いたりすること。ここでは時鳥が訪れたことをいう。「時鳥なきつと語る人づての言の葉さへぞうれしかりける」(金葉・夏・源雅光)。○今より後も―今までと変わらずにこれ以後も。▽類句の歌→七二。

286 濡《ぬ》るが上《うへ》に菖蒲《あやめ》の草《くさ》の根《ね》を掛《か》けて今日《けふ》ぞ袂《たもと》の朽《く》ちは果《は》てぬる

六日、花山院の人に、いかに思《おも》ひ出《い》づること多《おほ》からんなど、あはれなること書《か》きて、端《はし》に

287 菖蒲草《あやめぐさ》生《お》ふる所《ところ》は世の中《なか》のうきなりけりと昨日《きのふ》知《し》りにき

五月、いみじう暗《くら》きに、山寺にて蛍《ほたる》を見《み》て

288 小牡鹿《さをしか》の驚《をどろ》きぬべき夏《なつ》山の木《こ》の下闇《したやみ》に照《て》る蛍《ほたる》かな

春夜花を思《おも》ふといふ題を

289 かき曇《くも》る月の光も歎《なげ》かれず花の陰《かげ》こそ住《す》ままほしけれ

熊野《くまの》へ参《まい》るに、井関《ゐせき》の山越《こ》ゆとて

290 流《なが》れゆく涙《なみだ》ばかりを先立《さきだ》てて井関《ゐせき》の山を今日《けふ》越《こ》ゆるかな

出《い》で立《た》つ日、ある所《ところ》より

291 はかなさの定《さだ》めなき世《よ》の別《わか》れ路《ぢ》に止《と》まらぬものは涙《なみだ》なりけり

返《かへ》し

286 恋の物思いのために涙で濡れた上に、掛けた菖蒲の根ならぬ泣き音を立てたので、今日は袂が朽ち果ててしまったことだ。○五月五日―端午の節句。邪気を払うために、菖蒲を軒に挿し、粽を食べる。○朽ちは果てぬる―（袂が涙で濡れたので）朽ち果ててしまうことだ。

287 重出七七。五句「知りぞ果てぬる」。○花山院→二二四。→**補注**。

288 小牡鹿が驚くに違いない、夏山の木の下闇で照っている蛍であることよ。○小牡鹿―牡鹿。○木の下闇―繁った枝葉で、木の下が暗いこと。「五月山木の下闇にともす火は鹿の立ち処のしるべなりけり」（拾遺・夏・紀貫之）。

289 重出八〇。五句「見まくほしけれ」。

290 重出八五。初句「流れ出づる」。

291 重出八八。四句「先立つ物は」。

292 帰《かへ》り来《こ》むことも稀《まれ》なる別《わか》れ路《ぢ》をなにか涙《なみだ》も留《とゞ》めてよ君《きみ》

出《い》で立《た》つ日

293 もろともに行《ゆ》く人もなき別《わか》れ路《ぢ》は涙《なみだ》ばかりぞ止《と》まらざりける

歌いとよう詠《よ》みてお《を》こせたる返事《かへりごと》に

294 これは見《み》つえこそ知《し》らせねわが恋はかき尽《つ》くすべき方《かた》もなけれ
は

ある所《ところ》に、月を

295 冬《ふゆ》の夜の氷の隙《ひま》のあらませば振《ふ》り放《さ》け月を眺《なが》めましやは

世のはかなう聞《きこ》ゆるころ

296 あだなりと歎《なげ》かれながら山桜《ざくら》世《よ》のはかなさをいかに聞《き》くらん

297 山高《たか》み峰《みね》の紅葉《もみぢ》の色を見《み》て空《そら》を仰《あふ》がぬ人はあらじな

ある人、懸想《けさう》する女の、松吹《ふ》く風《かぜ》のと、人《ひと》して、言《い》はせた

292 重出八九。

293 千載・離別。一緒に行く人もいない旅の別れ路では、涙だけが留まらずともなうことだ。参考「もろともに惜しむ別れの唐衣かたみばかりぞまづそほちけり」（兼輔集）。○別れ路―人と別れること。離別。→補注。

294 重出九四。二句「えこそ知られね」五句「方しなければ」。

295 冬の夜の寒さで凍る氷にもし隙間があったならば、空を振り仰いで月を眺めるだろうか。○隙―氷と氷の間のすきま。○あらませば―あったならば～まし。反実仮想。「やは」は反語表現。○振り放け月―振り仰ぐ月。「振り放けて三日月見れば人目見し人の眉引き思ほゆるかも」（万葉・巻六・大伴家持）。

296 重出一〇四。二句「歎かれなくに」。

297 山が高いので、峰の色変わりした紅葉の鮮やかな色を仰ぎ見ない人はあるまいよ。○仰がぬ―上の方に顔を上げないに、敬慕しないの意を含ませる。

るをとて恋《こ》ふに、二《ふた》つが中に、心《こゝろ》に付《つ》かむをとて

298 知《し》られじと思《おも》ひ放《はな》たば音《をと》にだに聞《き》けども人の言《い》はずぞあらまし

299 よしさらば松吹《ふ》く風《かぜ》の音《をと》をだに人伝《ひとづ》てならで聞《き》くよしもがな

年内に節分する年《とし》、方違《かたゝが》へに罷《まか》りて、有明《ありあけ》の月を見《み》て

300 あらたまの年《とし》は過《す》ぐれど有明《ありあけ》の月の変《かは》らぬことぞあやしき

長恨歌の歌《うた》、人の詠《よ》み侍《はべ》るに

301 ありとだにいかで聞《き》き《ゝ》けむ窓《まど》の中に人に知《し》られで年経《としへ》たる身《み》は

302 思《おも》ひきや都《みやこ》の雲《くも》の上《うへ》ならで心空《こゝろそら》なる月を見《み》むとは

303 見にだにも見《み》じと思《おも》ひし所しも涙咽《なみだむせ》びて行《ゆ》きもやられず

歌詠《よ》みしに、山里にて、土器《かはらけ》取《と》りて

298 知られまいと突き放して考えたならば、人伝てに聞いてもあなたは何も言わないでしょうに。○懸想―異性に恋すること。○思ひ放たば―反実仮想。○音に聞けども―「音に聞く人に心をつくばねの見ねど恋しき君にもあるかな」（拾遺・恋一・読人不知）。

299 ええそれでは、松に吹く風が音を立てるように、人伝てでなくあなたの声だけでも直接聞きたいものだ。○よしさらば―ええそれでは。○聞くよしもがな―直接聞きたいものだ。

300 重出一一四。二句「知らねど」下句「月は変らぬ物にぞありける」。

301 生きているとだけどのようにして聞いたのだろう。深窓の中で人に知られずに年を過ごしている楊貴妃のことは。○長恨歌―白楽天作の七言長編の古詩。唐の玄宗皇帝が愛する楊貴妃を失った悲しみを述べたもの。○ありとだに―「君を思ひおきつの浜に鳴く鶴の尋ねくればぞありとだに聞く」（古今・雑上・藤原忠房）。▽詩題「養在深閨人未識」に拠る。→補注。

302 思ったであろうか、都の宮中ではない所で、虚ろな状態で空の月を見ることになろうとは。○雲の上ならで―雲の上（宮中）ではなくて。宮中以外に。○心空なる―心が虚ろな状態で。「いつとなく心空なる我が恋や富士の高嶺に掛かる白雲」（後拾遺・恋四・相模）。▽詩題「行宮見月傷心色」に拠る。

303 見ることさえしまいと思った所でも、涙に咽びながら前に行くことも出来ない。○見にだにも見じと思ひし所しも―底本は「み」を「身」で表記しているが、見を「見」と解する。詩題「馬嵬坡下泥土中　不見玉顔空死處」に拠る。○行きもやられず―悲しさのつらさで歩みを進めることが出来ない。詩題「到此躊躇不能去」に拠る。

304 池水《いけみづ》のなからましかば山里《ざと》に独《ひと》りや人の住《す》むべかりける

人のもとに遣《や》る

305 秋風の裏《うら》吹《ふ》くごとに荻《おぎ》の葉《は》の動《うご》きあゆまに君《きみ》ぞ恋《こひ》しき

返《かへ》し

306 秋風《あきかぜ》は吹《ふ》き過《す》ぎてのみ行《ゆ》く音《をと》を荻《おぎ》の下葉《したば》は《ゝ》恨《うら》みこそすれ

又、返《かへ》し

307 吹《ふ》き返《かへ》す風なかりせば荻《おぎ》の葉《は》のうら見つとだに言《い》はずぞあらまし

人々《〱》集《あつ》まりて、酒《さけ》など飲《の》まするに、ものへ行《ゆ》く人《ひと》に

308 かくばかりあはれさやけき月を見《み》でいかなる世《よ》にか見《み》るべかるらん

又

309 思《おも》ひ出《い》でし無《な》き古里《ふるさと》の思出《（おもひいで）》に今日《けふ》をや人の言《い》はむとすらん

304 重出一三三。

305 重出一三四。二句「うち吹くごとに」四句「動きあへだに」。「いとどしく物思ふ宿の荻の葉に秋と告げつる風のざびしさ」（後撰・秋上・読人不知）。〇あゆま―「あひま（合ひ間）」か。

306 重出一三五。

307 重出一三六。

308 このように美しい月を見ないで、あなたはどのような時に見ることが出来るだろうか。〇もの―目的地を漠然と表す。

309 重出一三九。初句「思出も」。

久《ひさ》しう逢《あ》はぬ人のもとに、年《とし》の果《は》てに

310 年《とし》せめて君が恋《こひ》しく覚《おぼ》ゆれば逢《あ》はぬ月日の積《つ》もるなるべし

長恨歌の、帝《みかど》の元《もと》の所に帰《かへ》り給《たま》て、虫《むし》どものなき草陰《くさかげ》に、荒《あ》れたるを御覧じて、泣《な》き給《(たまふ)》所に

311 故郷《ふるさと》は浅茅《あさぢ》が原《はら》と荒《あ》れ果《は》てて《ゝ》夜《よ》すがら虫《むし》の音《ね》をのみぞ鳴《な》く

312 あらたまの年越《としこ》えしより春霞立《た》ち居《ゐ》こそ待《ま》て鶯《うぐひす》の声《こゑ》

313 風に散《ち》る花散《ち》るごとに白雪《しらゆき》の降《ふ》りにしことぞ思《おも》ひ出《で》らるゝ

314 世の中《なか》は花の盛《さか》りになりにけり嬉《うれ》しとや思ふあはれとや思《おも》ふ

駅家《むまや》の、野火《や》に焼けたるを、かく人

315a 春《はる》の日《ひ》に焼《や》けけ《ゝ》む美豆《みづ》の駅家《むまや》かな

310 重出一四〇。三句「覚ゆるは」。

311 重出一四九。〇長恨歌—三〇一。〇元の所—再び帰ってきた長安の宮殿。と住んでいた宮殿。

312 重出一五二。

313 重出一五三。二句「花見るごとに」。

314 世の中は花の盛りになりました。それを嬉しいと思えば良いのか、すぐに散ることを想像して「あはれ」と思うのか。〇嬉しとや思ふ—「世の中に嬉しきものは思ふどち花見て過ぐす心なりけり」（拾遺・雑春・平兼盛）。〇あはれ—しみじみとした情趣。

315a 春の日差しの中で焼けたという美豆の駅家だなあ。〇春の日—「日」に「火」を掛ける。〇美豆—山城国。京都市伏見区淀美豆町から久世郡久御山《くみやま》町にかけての地。朝廷の御牧があった。→補注。

315b 舟《ふね》はさもこそ沖《おき》に漕《こ》がれめ

〔とある末《すゑ》〕

316a 月見《み》れば月は半《なか》ばになりにけり

とあれば

316b 老《お》いぬる人の弱《よは》り行《ゆ》くごと

月明《あか》きを眺《なが》むるほどに、入《い》りぬれば

317 山の端《は》に隠《かく》ると見《み》つる月なれどわが心《こゝろ》にぞ深《ふか》く入《い》りぬる

正月、人の亡《な》くなりたる所《ところ》にて

318 君《きみ》がありし春《はる》の内《うち》とぞ思《(おもひ)》出《い》づる頼《たの》みさへこそ今《いま》は絶《た》えぬれ

尾花《おばな》といふ女の、いみじげになりて渡《わた》るを見《み》て、四月十日

319 夏草は刈《か》るばかりにもまだならで尾花《おばな》はいたく老《お》いにけるかな

人のかく言《い》へりし

315b 舟はいかにも沖に漕いでいったのだろう燠に焦がれたことだろう。○沖—「燠」を掛ける。○漕がれ—「焦がれ」を掛ける。

316a 月を見ると月の位置は空の真ん中になりました。○月は半ば—満月のこと。→**補注**。

316b 年取った人が弱っていくように。○弱り行く—月の欠けて行く状態を人の身に置き換えたもの。「月は半ば」を半月に取りなす。「秋の夜の半ばの月を今宵しも一時愛づることぞ嬉しき」（栄花物語・巻三五・暮まつほし）。

317 山の端に入って隠れてしまったと見た月だが、我が心に深く刻まれたことだ。○隠ると見つる—（山の端に）入って隠れてしまった。○深く入りぬる—「入る」は「月」の縁語。

318 君が生きていた春のうちだと思い出した。あなたに逢うことの出来る頼みまでも無くなってしまった。○春の内—新しい年が明け、その君が正月に亡くなるまでの期間。→**補注**。

319 夏草は刈り取るほどにはまだならないで、秋の尾花はひどく年老いてしまったよ。○いみじげ—大変すばらしいと観じられる様子。○渡る—時を過ごす。

320 車座になって待つ甲斐があるのならば、時鳥の到来はあなたの修めた仏法の御陰と思

320 団居《まとゐ》して待《ま》つ甲斐《かひ》あらば時鳥《ほとゝぎす》君《きみ》が御法《みのり》のしるしと思《おも》はん

返《（かへし）》に

321 時鳥《ほとゝぎす》待《ま》たざらませばわが法《のり》にたれか心《こゝろ》を掛《か》くべかりける

暁《あかつき》に、時鳥《ほとゝぎす》を聞《き》きて

322a ただ一声《ひとこゑ》に明《あ》けぬめるかな

とあれば

322b またもまた聞《き》かまほしきを時鳥《（ほとゝぎす）》

此歌同歌多、能々可㆓見合㆒

本伝

323 津《つ》の国《くに》の難波《なには》わたりの蘆《あし》すだれ掛《か》けよと言《い》ふに欺《す》かされにけり

324 紫《むらさき》の一本《ひともと》ゆゑ《へ》に武蔵野《むさしの》の草《くさ》はみながらあはれとぞ思《おも》ふ

いましょう。○団居―（時鳥を待つために）車座になって楽しむこと。○証―「いくばくの田を作ればか郭公しでの田長を朝な朝な呼ぶ」（古今・雑体・誹諧歌・藤原敏行）。

321 時鳥を待つのでなかったならば、私の説く仏法に誰が心を掛けることが出来ようか。反実仮想。○待たざらませば―もし待たないとしたら。○わが法―私の信奉する仏教。○掛くべかりける―反語の表現。→**補注**。

322a ただの一声だけで夏の短か夜は明けてしまったらしいなあ。参考「夏の夜の臥すかとすれば郭公鳴く一声に明くるしののめ」（古今・夏・紀貫之）。

322b またもまた聞きたいと思うよ、時鳥の声を。○聞かまほしき―聞きたいと思う。

○本云―底本、この二字の次、改行して三二三から三二七まで五首を記し、歌群全体を消すように×を加えて、道命の家集本文ではないことを示す。冷泉本は「本云」の下に右寄せで一行余りの字を記すが、これを墨筆で抹消しているので、読み得ない。歌五首は「本云」から改行して、家集本文と同じく片仮名二行分ち書きし、底本と同じく薄い線で歌群全体を消すように×を加える。

323 津の国の難波あたりの蘆の簾を掛けるように、一途に心を掛けよという言葉にだまされてしまった。○津の国の―「難波」に掛かる枕詞。○蘆すだれ―蘆で作った簾《すだれ》。▽「欺かす」に「透かす」を掛け、「掛く」「透かす」は「簾」の縁語。

324 古今・雑上・読人不知。紫草の一本があるために、あの荒涼とした武蔵野の草は皆すっかりいとしいと思って見ることです。○紫―各地に自生するムラサキ科の多年草。根からムラサキの染料を取る。○武蔵野―武蔵国。

325 音《をと》に聞《き》く人に心《こゝろ》を筑波嶺《つくばね》のみねども思《おも》へ思《おも》はむよ君《きみ》

326 われよりは久《ひさ》しかるべきことなれど偲《しの》ばぬ人はあらじとぞ思ふ

327 もしわが身雲《くも》となりぬる物ならば霞《かす》まむ空《そら》をあはれとも見《み》よ

以二他本一書加畢、能々校合了。

建仁二年四月十六日

道命法師

傅大納言道綱卿息

母

天王寺別当阿闍梨

永仁五年正月十九日、於二西山善峯寺北尾往生院菊房松

325 拾遺・恋一・読人不知、下句「みねど恋しき君にもあるかな」、古今六帖・巻五帖・いひはじむ・作者名不記、下句「みねども思ふ思はんや」。評判にばかり聞く人に思いをかけて、筑波嶺の峰ではないが、逢い見たこともないけれども、恋しくも思われるあなたであることだ。○筑波嶺のみね―常陸国。「心を付く」と「見ねど」とを前後に掛け、「見ねど」に対しては枕詞的になっている。▽「音に聞く」「見ねど恋し」という恋歌の類型を詠んだもの。

326 続後撰・雑中・中務、三句「あとなれど」五句「あはれとも見じ」。我が命よりも長く残るにちがいない筆跡ではありますが、私を偲んでくれない人はしみじみと見てはくれますまい。

327 続後撰・雑下・小野小町、初句「はかなくて」・四句「かすまむかたを」。死者の魂は荼毘に付されて煙とともに立ち昇り、雲となり霞となってしまうものであるならば、霞んでしまう方角をせめて哀れとも見てほしい。

奥書 ○建仁二年―西暦一二〇二年。「建仁」は鎌倉時代初期、土御門天皇の年号。○傅大納言道綱卿―藤原北家。天暦九年（九五五）～寛仁四年（一〇二〇）、五五歳。兼家の二男、母は藤原倫寧女で蜻蛉日記作者。道隆・道長は異母兄弟。○永仁五年―西暦一二九七年。「永仁」は鎌倉時代末期、伏見天皇の年号。○西山善峯寺北尾往生院―京都市西京区大原野小塩町にある寺。もと天台宗で、後に浄土宗西山派。慈円から付属された証空は念仏道場とし、三鈷寺と改めた。○承空―浄土宗西山派の僧侶。元応元年（一三一九）没か、元亨三年（一三二三）没とも。宇都宮泰綱の子。兄に景綱（蓮瑜）、大叔父に朝業（信生）がいる。永仁の初めころ上京、西山往生院に住し、第五世長老となった。多くの書写活動を行い、『承空本私家集』（時雨亭叢書）などがある。

窓一、書‐留レ之了。　承空

于時残雪満レ山似レ催二於春花一、薄氷結レ池不レ異二於冬水一而已。

能因集

高重久美校注

[一]予歴二覧天下之人事一、有レ才者必有二其用一、有レ芸者必有二其利一。[二]雖二彼質張里之者一、由レ芸有レ利。[三]矧鴻才鳳夢之客、依レ学多レ禄者也。[四]蓋学而無レ益者、本朝之俗、和歌之道而已。[五]設雖レ有下伝二此道一者上、以二貴レ耳賤一レ目、偏為二人之大情一、設雖レ有下失二其躰一者上、以二随レ時依一レ人、猥為二世之許一レ之。[六]故嗜レ之者有二衆人之嘲一、識レ之者無二片時之興一。

[七]如二彼天暦以往、廼三代之明主一、降レ勅恢二茲道一、四人之歌仙、奉レ詔献二家集一。[八]是以、王道股肱之臣、訪二於衆心一採レ詞、儒林河漢之才、冠二巻首一而顕レ序。[九]仍雖二狂夫之蒭言一、頗有二比興之詞一、擢而書二撰集之中一、雖二君子〔之〕篇詠一、亦無二詞義之備一、択而捨二

一 私が人間社会の事柄を一つ一つ見ていくのに、優れた資質のそなわった人は必ずその才が取り立てられ、学術を身につけた人は必ず有益な結果を得る。○予歴覧天下之人事―「歴覧」は一つ一つ見てゆく。「歴覧天下之人事」は、魏曹丕（文帝）「与二呉質一書」（文選・巻四十二書）を踏まえている。→**補注**。

二 あの質氏や張里らの者であっても、技能によって利益を専らにした。→**補注**。

三 ましてや偉大な才能に恵まれすぐれた識見を持つ人物が、学問によって禄を多く受けるのは言うまでもない。○鴻才―偉大な才能。○鳳夢―漢の楊雄が夢に鳳を見たという故事。「楊雄読レ書ヲ。有レ人語レ之ニ曰、無レ為ニ二自苦一ムコトヲ。玄故難レ伝ヘ。忽然トシテ不レ見。雄著ニ二太玄経一ヲ。夢ニ吐ニ二鳳凰一ヲ。集ニ二玄之上一ルト。頃ニシテ而滅ユ。」（西京雑記・巻二）に拠る。→**補注**。

四 学んで得るところが無いものは、我が国の風俗たる和歌の道だけである。○学而無益者…和歌之道―中国の文章に対して日本の和歌をまず卑下したかたちで述べたもの。和歌の才能があり知識を身につけ道を極めても、実務を遂行する能力には、役に立たないからではないだろうか。→**補注**。

五 たとえ和歌の道を伝えてゆく者があっても、古いものなら良いと思い、今のものは卑しむのが、まず人間の誠の情というものであり、たとえ和歌の体になっていない者があっても、その時の状況やその人の在りように免じて、あろうことか許されるのである。○猥為世之許之―「偏為人之

巻帙之外㆒。一〇繇是、其名顕㆓於身後㆒、其言朗㆓於世上㆒矣。一一嗟乎、善悪取捨、不㆑繫㆓貴賤㆒。

一二我今当㆑斉㆓竹竽之濫吹㆒、何得㆓嶧桐之知音㆒乎。一三寔是雖㆓消没之道㆒、宿僻尚未㆑能㆑棄。一四仍聊揣㆓所思之篇㆒、以言㆓家〔集〕之端㆒、云㆑爾。


予天下の人事を歴覧するに、才有る者は必ず其の用有り、芸有る者は必ず其の利有り。彼の質張里の者と雖も、芸に由りて利有り。剜《いはん》や鴻才鳳夢の客、学に依りて禄多き者なり。蓋し学びて益無き者は、本朝の俗、和歌の道のみ。設《たと》ひ此の道を伝ふる者有りと雖も、耳を貴び目を賤しむるを以て、偏へに人の大情と為し、設《たと》ひ其の躰を失ふ者有りと雖も、時に随ひ人に依るを以て、猥りに之を世の許と為す。故に之を嗜む者に衆人の嘲有り、之を識る者に片時の興無し。

彼の天暦以往、廼ち三代の明主の如きは、勅を降して茲の道を恢《ひろ》め、四人の歌

大情」と対をなす。→**補注**。
六 こういう次第で、和歌に趣味を持つ者は（じつは）世間の人々には馬鹿にされており、この和歌について学識を深めても（ほんとうのところは）しばしの感動もないのである。○衆人―世間一般の人。○片時―しばらく。ちょっとの間。○興―おもむき。おもしろみ。風趣。「あり」「なし」を伴って用いるのが普通。
七 あの天暦の世以前は、三代の賢帝は勅命を下してこの和歌の道を広め、四人の優れた歌人は詔を承って家集を献上した。→**補注**。
八 こうして、天皇の最も頼みとする臣下は、人々の心をさがし求めて和歌の表現の中に選び採り、博学の儒家は、巻頭をかざるにふさわしく序を記して、最初の勅撰集としての意気込みを明らかに示した。→**補注**。
九 よって愚行をなす人のつまらない言葉であっても、いささか面白い表現があれば、選んで撰集の中に書き加え、君子の歌什であっても、表現と内容が兼ね備わっていなければ、抜き出して歌集の外に捨てた。○狂夫之芻言―「狂」は底本「枉」を意によって改めた。愚行をなす男。「芻言」はとるにたらないものの意見。○君子〔之〕篇詠―「之」を補った。「狂夫之芻言」と対をなす。→**補注**。
一〇 こういうわけで、その名声は死後に広まってわかるようになり、その表現した事柄は世の中に普く知られて明白となる。○其名顕於身後―陸機「豪士賦序」（文選・巻四十六序）「游子ハ殉《もとメ》㆓高位ヲ於生前㆒、志士ハ思フ㆑垂レンコトヲ㆓名ヲ於身後㆒」（役人は生きているうちに、高位に就くことを願い、志士は死後に名声を残したいと思う）による。
一一 ああ、善いもの悪いものを取捨選択するのに、身分の貴賤にはとらわれないのである。
一二 今、拙い我が和歌を家集に収めるにあたって、どうして私の歌を理解してくれる真の友を得ることができよう。○竹竽之濫吹―底本「筭」を意によって「竽」に改める。「竽《う》」は、竹製の管楽器の一。○何…乎―反語。ここでは、どうし

仙、詔を奉じて家集を献ず。是を以て、王道股肱之臣、衆心を訪て詞を採り、儒林河漢の才、巻首に冠して序を顕はす。仍て狂夫の芻言と雖も、頗る比興の詞有れば、擢《ぬ》きて撰集の中に書き、君子〔の〕篇詠と雖も、亦詞義の備無ければ、択びて巻帙の外に捨つ。是に繇りて、其の名身後に顕れ、其の言世上に朗なり。嗟乎、善悪取捨、貴賤に繋《かかわ》らず。

　我今竹竿の濫吹を斉ふるに当りて、何ぞ嶧桐の知音を得んや。寔《まこと》に是消没の道と雖も、宿僻尚ほ未だ棄つる能はず。仍て聊か所思の篇を撰べて、以て家〔集〕の端に言ふ、爾云ふ。

てそんなことができるものかと言いつつ、どうかして知音を得たいという悲願をこめたものと理解したい。○嶧桐之知音―底本「利」を尚書等によって「桐」に改める。→**補注**。

一三　本当にこの和歌は消えてなくなる道であるといっても、これまで長い間のこだわりとて、おいそれと捨て去ることができない。○消没―おとろえなくなる意。○宿僻―改めようにも改まらない長年のくせ。和歌への嗜好をさして言う。○棄―未練なく捨てる意。宿癖の措辞を「宿癖とて・宿癖として」という副詞句と見て、そんな和歌の道でもあっさりと棄てることができないと言ったものと解したい。→**補注**。

一四　よって、まずは心に深く思うことを見極め、家集の冒頭に一言する次第である。○聊…―まずまずこんなところで、の意。述べるところが十全ではないと謙遜する措辞で、文章を結ぶ場合によく用いられる。新撰和歌・序末尾「故聊記本源、以伝来代、云爾」、玄玄集・序末尾「故聊叙此道之中興而已」。○云爾―文章を結ぶ常套語で、以上の通りだ。言うこと、さようのとおり、の意。右の新撰和歌・序のほか、先の長恨歌伝も「今但伝長恨歌、云爾」と結ぶ。「徒令燥唇以難、云爾」（藤原惟成「秋日於河原院、同賦山晴秋望多」本朝文粋・巻八詩序）、「愧対遼水之客、敢陳孟浪之詞、云爾」（後江相公・大江朝綱）「夏夜於鴻臚館、餞北客」本朝文粋・巻九詩序）等、常套の措辞である。○以言家〔集〕之端―底本「家之端」。「家」の次に「集」の字が脱落と見て補った。→**補注**。

上

早春庚申夜恋歌十首

春二首、此日則立春也

1 氷《こほり》とも人の心《こゝろ》を思《おも》はゞや今朝《けさ》たつ春《はる》の風に解《と》くべく

2 閨《ねや》ちかき梅《むめ》の匂《にほ》ひに朝《あさ》な〳〵あやしく恋《こひ》のまさる頃《ころ》かな

夏二首

3 真金《まがね》だに溶《と》くといふなる五月雨《さみだれ》を何《なに》の岩木《いはき》のなれる君《きみ》ぞも

4 時鳥《ほとゝぎす》なきあかしつる言《こと》の葉《は》を人伝《ひとづ》てならず聞《き》かせてしかな

秋二首

5 秋はなほ《を》わが身ならねど高砂《たかさご》の尾上《おのへ》の鹿《しか》も妻《つま》ぞ恋《こ》ふらし

早春庚申夜恋歌十首　正月中に庚申のある年は、寛弘二年（一〇〇五）正月十一日、同三年正月十七日である。〇庚申夜―庚申の夜は眠ると体内に住む三尸《さんし》虫が脱け出して天帝に罪状を告げるとされ、終夜、管弦・和歌などを催した。→**補注**。

1　後拾遺・恋一。氷であったらと、つれないあの人の心を思いたいなあ。立春の今朝の東風に解けるように。〇此日則立春也―この歌に詠まれた日が立春だと注したのであろう。→**補注**。

2　後拾遺・恋四。寝室近くの梅の香りが漂ってきて、朝ごとに妖しく恋心の募るこの頃ですよ。〇梅の匂ひ―恋人の衣の香りを暗示。「宿近く梅の花植ゑじあぢきなく待つ人の香にあやまたれけり」（古今・春上）による。

3　夫木抄・巻八。まがねでさえも溶かすという五月雨なのに、あなたの心はとけない、どういう岩や木の化したあなたなのかなあ。〇上句―「真金」は鉄。くろがね。五月雨が鉄を溶かすという表現は二一九にも見える。〇岩木―非情な人の喩え。「かくばかり恋ひつつあらずは岩木にもならましものを物思はずして」（万葉・巻四・大伴家持）。

4　時鳥のように、夜通し泣き明かしたこの思いの告白を、人伝ではなく直接お聞かせしたいなあ。

5　後拾遺・秋上。秋はやはり、私だけではなく、高砂の峰の鹿も妻を慕って鳴いているらしい。〇高砂の尾上の鹿―「高砂」は播磨の国の歌枕の意もあるが、山の普通名詞と見る。「秋萩の花咲きにけり高砂の尾上の鹿は今や鳴くらむ」（古今・秋上）を踏まえていよう。

6　虫の声も月の光も吹き渡る風の音も、その一つ一つが切なく我が恋が募るのは、秋と

6 虫《むし》の音《ね》も月の光《ひかり》も風の音《をと》もわが恋増《こひま》すは秋にぞありける

冬二首

7 露ばかりたのめし人の言《こと》の葉もそれだに冬《ふゆ》は散《ち》りやしぬらん

8 涙川《なみだがは》こひより出《い》でて流《なが》るればかく氷《こほ》る夜もさえぬなりけり

雑二首

9 たてぬきに思《おも》ひ乱《みだ》れぬ賤機《しづはた》の絶《た》えてわびしき恋にもあるかな

10 年を経《へ》てつれなき人を恋《こ》ふる身は涙《なみだ》の川《かは》の身をつくしかな

嘉言あづまへ下《くだ》るとて、送《をく》りし

11 長《なが》月は旅《たび》の空《そら》にて暮《く》れぬべしいづこにしぐれ逢《あ》はんとすらん

返《かへ》し

12 東《あづま》路《ぢ》はいづかたとかは思《おも》ひたつ富《ふ》士《じ》の高嶺《たかね》は雪降《ふ》りぬらし

いう季節であるよなあ。○風の音—永愷（能因）の兄事した大江嘉言に「夕ぎりの荻吹きよする秋風にふりにし恋の思ひ出でらる、」（嘉言集）がある。

7 僅かでもあてにしていたあの人の言葉、それさえも冬には葉のように散ってしまったのでしょうか。○露ばかり—僅かの意の「つゆ」に「露」が掛かる。「露」「葉」「散る」は縁語。▽「言の葉も霜にはあへずかれにけりこや秋はつるしるしなるらん」（拾遺・恋三・大中臣能宣）。

8 夫木抄・巻二四、三六。私の涙川は恋（火）から流れ出たので、このように凍てつく夜でも、凍ることはないのです。○こひ—恋に火を掛ける。○さえぬ—冴えぬ、凍らぬの意。→**補注**。

9 あれこれと思い乱れてしまった。倭文機の糸が切れるように途絶えたやりきれぬ恋であるよなあ。○たてぬき—縦糸横糸。○賤機—倭文機。古代織物の名。「乱る」と響き合う。▽「たてぬき」「乱る」「絶ゆ」は「倭文機」の縁語。「しづはたに乱れてぞ思ふ恋しさはたてぬきにしてをれる我みか」（貫之集）。

10 長年つれない人を恋する私は、涙に明け暮れて、心身の限りを尽くしてしまうなあ。○身をつくし—「澪標」に「身を尽くし」を掛ける。「みをつくしとは　水のふかきところにたてたるきをいふ」（能因歌枕）。澪標は川の縁語。

11 （永愷）九月は旅の空で暮れてしまうでしょう。あなたはいずれの地で時雨にあうことになるでしょう。○嘉言—大江嘉言。○あづま—東国。▽嘉言の東国下向は寛弘二年（一〇〇五）秋。

12 （嘉言）あなたは私が行く東路をどの辺りだと思っていらっしゃるのでしょう。十月なら富士の高嶺には雪が降っているでしょう。○東路—東海道、東山道など、都から東国に至る道筋。ここは嘉言の「東路の浜名の橋を今日見れば高まるよりも透きてぞありける」（嘉言集）との関連で、東海道であろう。→**補注**。

長谷寺《はせでら》に詣《まう》づとて、伏見《ふしみ》の里《さと》に宿《やど》りして

13 昔《むかし》こそ何《なに》ともなしに恋しけれ伏見《ふしみ》の里《さと》にこよひ宿《やど》りて

竜門に詣《まう》でて、仙房に書《か》きつく

14 あしたづに乗《の》りて通《かよ》へる宿《やど》なれば跡《あと》だに人は見《み》えぬなりけり

住吉《すみよし》に詣《まう》でて、書《か》きつく

15 住《すみ》の江《え》の久《ひさ》しき時は白波《しらなみ》の立《た》つを数《かず》にて神や数《かぞ》ふる

長柄《ながら》の橋《はし》

16 朽《く》ちにける長柄《ながら》の橋《はし》のみぎはには春霞《はるがすみ》こそ立《た》ち渡《わた》りけれ

或《あ》る所にある女の、里《さと》に出《い》づることもたはやすからず、言《い》ひつぐ者《もの》も苦《くる》しげなれば、こと人を語《かた》らはむなど思《(おもひ)》て、とかういひやる

17 よぶこ鳥《どり》岩瀬《いはせ》の杜《もり》に住《す》みわびぬなほ《を》逢坂《あふさか》を越《こ》えやしなまし

早春に、翫㆓御願紅梅㆒

13 玉葉・旅。昔のことが何ということもなく恋しく思われるよ。古歌にうたわれた伏見の里に今夜宿って。〇長谷寺―奈良県桜井市初瀬。本尊の十一面観世音菩薩は貴族、特に女性の信仰が厚かった。▽一三～一六は永愷が京の都に住んでいた寛弘三年(一〇〇六)、大和の長谷寺、龍門寺、摂津の住吉、長柄の橋を詠んだ羇旅歌群である。→補注。

14 千載・雑上。夫木抄・巻三〇。昔仙人が鶴に乗って通ったという宿であるから、今はその跡かたさえ人には見えないのだなあ。〇竜門―大和国竜門寺。〇仙房―仙人の住居。竜門寺内の一堂。→補注。

15 住の江の悠久の年月は、どれほどかわからないので、白波を数えるように、住吉の神が数えているのでしょうか。〇住吉―住吉神社。「ひさしきをすみよしといふ」(能因歌枕)。〇白波―「知らぬ」意を掛ける。

16 朽ちてしまった長柄橋の汀には、春霞だけが立ち渡っているよ。〇長柄の橋―能因歌枕・摂津国に見える。〇朽ちにける―長柄橋は古来損壊と再建が繰り返されていた。

17 よぶこ鳥は岩瀬の森に住みわびています(あなたをよんでも近づく方法がなく通いあぐねています)。やはりいっそのこと、逢坂の関を越えてしまおうかと思っています。〇或る所にある女―六六～七〇のある所にある女と同じ女性か。〇たはやすからず―他本「たはやすからず」。〇言ひつぐ者―伝言して仲立ちする者。〇〇こと人を語らはむ―別の女性と親しくなろう。〇よぶこ鳥―能因歌枕に「よぶこ鳥とは　いはせのもりにかけてよむべし」とある。〇岩瀬の杜―能因歌枕には大和国、摂津国両方に見える。「神奈備の岩瀬の森のよぶこ鳥いたくな鳴きそあが恋まさる」(万葉・巻八・鏡王女)。〇逢坂―逢坂関が能因歌枕・近江国に見える。

18 匂《にほ》ひだに飽《あ》かなくものを梅《むめ》が枝《え》の末摘花《すゑつむはな》の色《いろ》にさへ咲《さ》く

山田《やまだ》の里《さと》にてはじめて鶯を聞《き》きて、人のもとにいひやる

19 鶯《うぐひす》の初音《はつね》をきのふ聞《き》きしかな山田《だ》の里《さと》の梅の立枝《たちえ》に

雨《あめ》の夜常夏《とこなつ》を思《(おもふ)》心、道済《みちなり》が家《いへ》にて人々よみしに

20 いかならん今宵《こよひ》の雨に常夏《とこなつ》の今朝《けさ》だに露《つゆ》の重《おも》げなりつる

其夜人々以㆓此歌㆒為㆓第一㆒矣

長能朝臣のもとにて二首　織女

21 秋の夜を長《なが》きものとは星合《ほしあひ》のかげ見《み》ぬ人のいふにぞありける

恋

22 恋《こ》ひわたる涙《なみだ》の川《かは》のしがらみはたまづさばかり見《み》る間《ま》なりけり

又、たなばた二首

23 ほのかにも見《み》ゆるものかな七夕《たなばた》に光《ひかり》を分《わ》けて貸《か》すにやあるらん

18 夫木抄・巻三。梅の枝の花は、いくら香りをかいでも飽きることがないほどであるのに、その上、あの末摘花のような真紅《しんく》に美しく咲いています。〇御願―御願寺。ここは「御願寺僧都」と号した観教を指す。〇末摘花―紅花《べにばな》の異名。▽寛弘四年（一〇〇七）。

19 夫木抄・巻三。鶯の初音を昨日聞きましたよ、春の訪れの遅い山田の里の梅の立ち枝に。〇山田の里―山城国とすると、京都府精華町の木津川支流山田川の中下流域の山田郷か。

20 後拾遺・夏。今宵の雨に打たれてどうしているでしょう、常夏の花は。今朝でさえ露が重たそうだったのに。〇雨の夜常夏を思―嘉言「夜、常夏を思」（嘉言集）、道済「夜思瞿麦」（道済集）と寛弘四年夏の同座詠。〇道済―源道済。〇常夏―なでしこの異名。優艶な女性のイメージを持つ。→補注。

21 後拾遺・秋上。秋の夜を長いものというのは、七夕の二星の短い逢瀬のはかなさを知らぬ人のいうことであったよ。〇長能朝臣―藤原長能、寛弘三年（一〇〇六）頃に永愷の歌道の師となっている。〇織女―ここでは七夕の意でタナバタと読む。〇星合―七夕の夜、牽牛・織女の二星があうこと。▽寛弘四年秋七夕の詠。

22 恋い続けて流す涙の川を塞き止めてくれるのは、あなたからの手紙を見ている間だけです。〇しがらみ―「しがらみとは　柴をしきてそれに横さまにからみて水をせくをいふ」（能因歌枕）。〇たまづさ―「たまづさとは　ふみをいふ」（能因歌枕）。

23 他の星々はほのかにも見えるものですね、七夕星に光を分けて貸しているからなのでしょうか。〇貸す―七夕には、糸・衣などを供えた。「織女にかしつる糸の打ちはへて年の緒ながくこひやわたらむ」（古今・秋上・凡河内躬恒）。

24 ほどもなき宵《よひ》あかつきや七夕《たなばた》の一年《ひとゝせ》なげく恋《こひ》と別《（わかれ）》と

長楽寺にて人々〳〵、故郷霞心よむ中《なか》に　嘉言

25 渡《わた》りつる水《みづ》の流《なが》れをたづぬれば霞《かす》めるほどや都《みやこ》なるらん

正言

26 山高《たか》み都《みやこ》の春《はる》を見《み》わたせばたゞひとむらの霞《かすみ》なりけり

みづから

27 よそにてぞ霞《かすみ》たなびく故郷《ふるさと》の都《みやこ》の春《はる》は見るべかりける

斎院にて月のあかき夜、木立《こだち》にて月の洩《も》りたる、いとをかしう見《み》ゆれば

28 庭《には》の面《おも》ぞ夜《よる》の綾《あや》とはなりにける木《こ》の下陰《したかげ》の月のまに〳〵

交野《かたの》にいきあひたる人、なほ《を》つれなく見《み》ゆれば

29 ふけぬともこよひ帰《かへ》らんあひ思《おも》ふ人はかた野《の》ゝわたりなりけり

又、人に

24　ほんの幾許もない宵から暁の間であるなあ。牽牛と織女が一年間嘆いている恋しさと、別れのつらさは。〇宵あかつき—「宵暁」と「恋と別れ」という各々対になった語を対比させる。

25　渡ってきた川の水の流れを尋ねきてみると、霞みのかかっているあたりが都なのであろう。〇長楽寺—山城国。東山にある寺。詩会の場（高岳相如「於二長楽寺一賦二葉落山中路一詩序」本朝文粋・巻十）、歌会の場（「人々、長楽寺にありきて、残花をたつぬといふよしよみしに」道済集）であった。山里の情趣が好まれた。〇故郷—ここは住み慣れた都の意。〇嘉言→一一。▽二六・二七と共に寛弘五年（一〇〇八）春の「故郷霞」題歌会詠。

26　後拾遺・春上。山が高いので、都の春景色を眺望しますと、それはただ一群の霞と見えましたよ。〇正言—大江正言。

27　後拾遺・春上。霞のたなびく都の春のたたずまいは、こうして外からこそ眺めるべきものでしたよ。

28　夫木抄・巻三三。庭の面は、木々の陰の模様ができて夜の綾のようになっています。月光の漏れくるままに。〇斎院—賀茂神社に仕える未婚の皇女、斎王の居所。〇木の下陰の月のまに〳〵—「花の香に衣は深くなりにけり木の下陰の風のまにまに」（新古今・春下・紀貫之）を踏まえる。

29　夫木抄・巻二六。夜が更けても今夜は帰りましょう。私が思うように私を思ってくれる人には逢いがたい交野のあたりですよ。〇交野—河内国。〇いきあひたる人—出かけて逢った女。〇かた野—「交野」に「難し」を掛ける。

30　心ひそかに、こちらが思っても相手は少しも気づかぬ恋が続いて、どうして私は苦しさに命が絶えてしまわないのでしょう。〇又、人に—別の人に。

30 人知《し》れず恋《こひ》しき人のうち続《つゞ》きなどて絶《た》えせぬわが身なるらん

池上落花

31 桜《さくら》散《ち》る水《みづ》の面《おも》には塞《せ》きとむる花の柵《しがらみ》かくべかりける

嘉言、対馬《つしま》になりて下《くだ》るとて、津《つ》の国《くに》のほどよりかくいひおこせたり《を》

32 命《いのち》あらば今帰《いまかへ》りこん津《つ》の国《くに》の難波堀江《なにはほりえ》の葦《あし》のうら葉《ば》に

返《（かへし）》

33 難波江《なにはえ》の葦《あし》のうら葉《ば》もいまよりはたゞ住吉《すみよし》の松《まつ》と知《し》らなん

河原《かはら》の院にて、むすめに代《かは》りて

34 ひとり住《す》む荒《あ》れたる宿《やど》の床《とこ》の上《うへ》にあはれ幾《いく》夜の寝覚《ねざめ》なるらん

津《つ》の国《くに》より、京なる人のもとにいひやる、その人友《とも》だちなどして物語せしも忘《わす》れねば

35 時鳥《ほとゝぎす》かたらふ声《こゑ》を聞《きゝ》きしより葦《あし》の篠屋《しのや》に寝《い》こそ寝《ね》られね

31 千載・春下。桜の散る池の面には、流れを堰く柵を設けるべきです。美しい花模様をいつまでも留めるように。〇花の柵—花を堰くための柵。柵→二二。

32 後拾遺・別。（嘉言）命が無事であったなら、（葦の葉が裏返るように）すぐにも帰って来ましょう。この津の国の難波堀江の葦のうら葉のもとに。〇嘉言→一一、二五。〇対馬—長崎県北部。〇津の国—摂津国。〇難波堀江—淀川河口付近より東方に開削された水路。葦が生い茂る低湿地。〇うら葉—葉末。▽嘉言の任対馬は寛弘六年（一〇〇九）正月二十八日（中古歌仙三十六人伝）。

33 （永愷）貴方が名残を惜しまれた難波江の葦も、これからはただ住吉の松のようにひたすら無事な帰りを待っているとご承知おきください。〇住吉の松—住吉明神は海路安全を守る神である。難波の葦に住吉の松を対比。

34 新古今・恋三。独り寝の荒れた床の上で、いったい幾夜、寝覚めがちに過ごしたでしょう。〇河原の院—嵯峨天皇の皇子源融の旧邸。陸奥国塩釜の景観を模し、融より子の昇に伝領。十世紀後半には昇の孫の安法法師が父祖の縁で住持し、時流に超然と独自な風雅の小世界を形成した。〇むすめ—安法法師女。〇ひとり住む—底本「すむ」に「ふす」の傍記。榊原家本「ひとりふす」。

35 新千載・夏。万代集・夏。時鳥の鳴く声を聞きながら貴方と語り明かして以来、この津の国の葦葺きの篠屋で、寝られない夜を過ごしています。〇葦の篠屋—葦で葺き篠竹で囲った粗末な小屋。〇時鳥かたらふ—ほととぎすの鳴く声を「かたらふ」と表現。「音にのみならしの岡の郭公ことかたらはんきくやきかずや」（和泉式部集）。「をち返りえぞ忍ばれぬほととぎすほの語らひし宿の垣根に」（源氏物語・花散里・光源氏）。「時鳥そのかみ山のたびまくらほのかたらひし空ぞわすれぬ」（式子内親王）。→**補注**。

嘉言、対馬《つしま》にて亡《な》くなりにけりと聞《き》きて

36 あはれ人けふの命《いのち》を知《し》らませば難波《なには》の葦《あし》に契《ちぎ》らざらまし

しのびたる人の、いまだ物《もの》もいはずなりゆけば

37 夢《ゆめ》にゆめ見し心地《ち》せし逢《あ》ふことを現《うつゝ》のうつゝなくてやみぬる

十月ばかりに山里《やまざと》にあるとまりにて

38 神無《な》月ねざめに聞《き》けば山里《ざと》の嵐《あらし》のこゑは木《こ》の葉《は》なりけり

霊山にて、人々仁縁上人のなきよしを、そのみさきにて詠ぜし

39 君《きみ》なしと人こそ告《つ》げね荒《あ》れにける宿《やど》のけしきぞいふにまされる

ものなどいふ人の、はらからなる人の見《み》ゆるに、かういひやる

40 色《いろ》にこそ出《い》づとなけれどむらさきの一本《ひともと》ゆゑ《へ》に思《おも》ひそめてき

夕暮《ゆふぐれ》にむら鳥《どり》の過《す》ぐるを見《み》て

36 新古今・哀傷。「命あらば今帰りこん」と約束して別れたが、貴方が、もし今日までの命を知っていたならば、対馬守として下向する時に「今かへり来ん」と難波の葦に約束などしなかったであろうに。○嘉言、対馬にて亡くなりにけり―嘉言→一一、二五、三二。寛弘七年（一〇一〇）。○難波の葦―難波は「葦をば難波に詠むべし」（能因歌枕）とあるように、「葦」の名所。ここは、嘉言の歌の「難波堀江の葦」を指す。

37 夢の中で夢を見るような心地がしたあなたとの逢瀬を、現実にしかと確かめるすべもなく、終わってしまいました。○しのびたる人―密かに契った人。○夢にゆめ見し心地―「…たとへばひとりながらへて過ぎにしばかりすぐすとも夢に夢みるここちしてひま行く駒にことならじ…」（堀河百首・雑・述懐・源俊頼）。

38 後拾遺・冬。十月の夜、寝覚めに聞いていると、山里に吹く嵐の音と思ったのは、木の葉が散っている音であったよ。○嵐のこゑは木の葉なりけり―「嵐の声」として閑寂な山里の落葉を表現。→**補注**。

39 後拾遺・哀傷。あなたが亡くなったと人は告げはしないけれど、この荒れた宿の様子が言葉で言う以上に、そのことをもの語っています。○霊山―霊山寺。東山三十六峰の一峰、霊山中腹にあった霊山寺。→**補注**。

40 続詞花集・恋上。表立って表しはしませんけれど、好きな人の姉妹ですからあなたにも思いを寄せ初めましたよ。○むらさきの一本―紫草の一本。「紫のひともとゆゑに武蔵野の草はみながらあはれとぞ見る」（古今・雑上・読人不知）に拠る。○思ひそめてき―「そめ」は「初め」に「染め」を掛け、「色」「紫」の縁語。

41 夫木抄・巻二七。松風のさっと吹いたと聞いたのは、群れた鳥が羽ばたき過ぎて行く音でした。○むら鳥―群れた鳥。

42 万代集・雑一。夫木抄・巻二九。甲斐嶺の山梨岡に咲いたようですね。山の無いとい

41 松風《まつかぜ》の吹《ふ》く一声《ひとこゑ》と聞《き》きつるはむれたつ鳥《とり》の過《す》ぐるなりけり

甲斐《かひ》にて、山梨《なし》の花を見《み》て

42 甲斐《かひ》が嶺《ね》に咲《さ》きにけらしなあしひきのやまなしをかの山なしの花《はな》

たえてとはぬ男《おとこ》の、さすがに人にものいふなりなどいひて制《せい》しければ、その女に代《かは》りて

43 君も来《こ》ず人《ひと》もとはずは下野《しもつけ》やふたあらの山《やま》とわれはなりなん

今《いま》の男《おとこ》の、関守《せきもり》ありけりなどいひたるに、又代《かは》りて

44 姥捨《をばすて》の山《やま》となりにしわれなればいまさらしなに関守《せきもり》もなし

有明《ありあけ》の月に

45 長月《ながつき》の有明《ありあけ》のほどのさやけきに朝倉山《あさくらやま》を人に見《み》せばや

誓言《ちかごと》たてよなどいふ人に

46 難波《なには》なる生田《いくた》の杜《もり》のいくたびか神をかけつゝわれか誓《ちか》はん

う山梨岡の山梨の花が。甲斐の山。○甲斐が嶺―能因歌枕・甲斐国に見える。ここは山梨岡のこと。○山なしの花―山梨はバラ科の落葉高木。山地に生育し、四月ごろ白色の五弁の花を散房状につける。「山梨」に「山無し」を掛ける。○咲きにけらしな―貫之の「桜花咲きにけらしな足ひきの山の峡《かひ》より見ゆる白雲」（古今・春上・五九）を踏まえる。▽能因（橘永愷）最初の長途の旅は、寛弘九年（一〇一二）の甲斐国への東国下向であろう。時に永愷、出家前の二十五歳。

43 あなたも来ず、他の人も訪れてくれなければ、私の所はあの下野にあるふたあらの山ではないけれど、すっかり荒れ果ててしまうでしょう。○下野―栃木県。○ふたあらの山―下野国の二荒山。

44 姥捨山のようになってしまった私ですから、今更、見張りの関守などおりませんよ。○関守―恋の逢瀬を見張って邪魔する人の譬喩。○姥捨の山―信濃国。○いまさらしなに―「今更」と「更級」を掛ける。「さらしな」「姥捨山」共に能因歌枕・信濃国にみえる。

45 九月の有明の頃の月の明るさに、朝暗という名の朝倉山をお見せしたいものです（朝になっても暗いままで帰らないでほしい）。○有明の月―夜が明けても空に残ったままの月。男女が共に過ごした夜が明ける時分。「今こむといひし許に長月のありあけの月をまちいでつる哉」（古今・恋四・素性）。○朝倉山―筑前国。能因歌枕に「山よまば　吉野山　あさくら山…などよむべし」とある。「朝暗」の意をこめる。→補注。

46 夫木抄・巻二二。難波にある生田の森ではありませんが、その森の神に、私は幾たび誓いを立てたらいいのでしょう。○難波なる―生田は摂津国ではあるが、難波からは隔たっている。○生田の杜―能因歌枕・摂津国に見える。また「森をよまんには　神なびのもり　生田のもり…などよむべし」とある。生田神社の森。ここでは「幾たびか」を導く序となっている。

47 鏡《かゞみ》を借《か》るに、影《かげ》をだに見《み》せじなどいひたる人に

ますかゞみ見《み》え隠《かく》れする面影《おもかげ》は心《こゝろ》の鬼《おに》といづれまされり

48 秋、津《つ》の国《くに》に下《くだ》りて、道済《(みちなり)》朝臣のもとに、下《くだ》らんなどもいひしものをなど思《(おもひ)》て、かういひやる

夏草《なつくさ》のかりそめにとて来《こ》しかども難波《なには》の浦《うら》に秋ぞ暮《く》れぬる

49 さはることありて口惜《くちお》しうなどいひて、かう返《かへ》したり

心にもかなはぬものは身なりけり知《し》らでも君《きみ》に契《ちぎ》りける哉《(かな)》

50 正言《まさとき》、出雲《いづも》へ下《くだ》るとて、かういひお《を》こせたり

故郷《ふるさと》の花《はな》の都《みやこ》に住《す》みわびて八雲立《やくもた》つてふ出雲《いづも》へぞ行《ゆ》く

返し

51 外《と》つ国《くに》もいづにもあるを君《きみ》などて八雲立《やくもた》つてふ浦《うら》にしも行《ゆ》く

夏、深《ふか》き山里《やまざと》にて

52 奥山《おくやま》は夏ぞつれ〴〵まさりけるまさき白藤《しらふぢ》くる人もなし

47 鏡の中に見え隠れするあなたの面影は、あなたの心をよぎる不安と、どちらがまさっているのでしょう。○ますかゞみ─能因歌枕に「氷をば…ますかゞみとも…」とある。○心の鬼─心をよぎる不安。疑心暗鬼。「なき人にかごとはかけてわづらふもをのが心の鬼にやはあらぬ」（紫式部集）。→**補注**。

48 新古今・秋下。（能因）夏草の生い茂る頃、ほんのかりそめにと思ってこの難波の浦にやって来ましたが、あなたが来ないうちに秋が暮れてしまいましたよ。○道済朝臣→二〇。○夏草の─「刈る」ことから「かりそめ」を導く有意の序。○難波の浦─能因歌枕・摂津国に見える。大阪湾一帯。→**補注**。

49 道済集。（道済）思い通りにならないものはこのわが身ですよ。そうとも知らずに、あなたにお約束してしまったことですよ。○さはることありて口惜しう─差し支えがあって残念です。○心にもかなはぬ─自分の思い通りにならない。

50 後拾遺・別。玄玄集。（正言）住み慣れた花やかな都に住みあぐねて、八雲立つという出雲へ下って行きます。○正言→二六。○出雲─現在の島根県東半部。○花の都─「故郷」と同様に、都を外部から把握する。三代集には見られず、長能、能因の周辺で使われ始めた表現である。○八雲立つてふ─「八雲たつ出雲八重垣妻籠みに八重垣作るその八重垣を」（古事記・上／古今・仮名序・須佐之男命）を踏まえる。幾重にも雲のたたなわるはるかな地へという実感がこもる。▽長和四年（一〇一五）春。

51 （能因）都を離れた国はどこにもあるのに、あなたはどうして八雲立つという遠い出雲の国の浦へ行くのでしょう。○外つ国─外つ国。都から遠い国。○いづにもあるを─「いづ」は場所を指すどこの意。「陸奥はいづくはあれど塩釜の浦こぐ舟の綱手かなしも」（古今・東歌）。▽出家した能因の心境を窺せる。

楢《なら》の葉を

53 足引《あしひき》の山《やま》の岩根《いはね》に生《お》ひたれば葉広《はびろ》にもあらず楢《なら》の葉なれど

（53の次）たきつ瀬《せ》の岩間《いはま》を見《み》れば一つがひ鴛鴦《をし》ぞすみける山かはの水《みづ》

夜思二桜花一心二首

54 さくら散《ち》る春《はる》は夜《よる》だになかりせば夢《ゆめ》にもものは思《おも》はざらまし

55 夜のほどもちりや果《は》つらん桜花《さくらばな》月ならましかば起《お》きて見《み》てまし

水無瀬川《みなせがは》のわたりに、をかしき女のあるを、迎《むか》へにやらん、たゞにはあらじ、歌詠《よ》みてやれと宣《の》れば、かういひやる

52　奥深い山は夏こそ所在ない寂しさがまさります。まさきの葛や白藤の蔓を手繰って訪れて来る人もいません。○山里―東山長楽寺のいずれかの僧坊の周辺。○まさき白藤くる―「まさき」は正木《まさき》の蔓のことで、定家蔓の異名。「白藤」はマメ科のヤマフジのことか。ともに蔓性で「繰る」を導く。「くる」は「繰る」と「来る」の掛詞。▽出家後の能因の生活。嘉言は亡くなり、正言は長和四年春出雲に下った。道済は同年二月十四日筑前守に任ぜられている（八一）。

53　山の岩に生えているので、葉広というわけでもありません、楢の葉だけれど。○葉広にもあらず―能因には「ねやの上に片枝さしおほひ外面なる葉広がしはに霰ふるなり」（新古今・冬）があり、楢の葉では、「霜がれや楢の広葉をやひらでにさすといそげる神のみやつこ」（恵慶集）がある。▽前歌と同じ頃の同じ場での作であろう。

53の次　万代集・雑一。急流の岩間を見ると、一つがいの鴛鴦が棲んでいたよ。澄んだ山川の水に。○山川―「山河とは　山にながる丶河を云」（能因歌枕）。○たきつ瀬―激しく流れる川。○一つがひ―一対の雌雄。「ひとりぬる人もこそあれひとつがい鳴くなる鴛鴦の声やかなしき」（長能集）。○鴛鴦―をしどり。能因歌枕に「おしをば　山から（はカ）にすむ」とある。→補注。

54　後拾遺・春上。桜が散る春は夜さえなかったならば、夜夢の中でも、物思いをすることはないだろうに。▽落花を対象とするのは出家生活の基底にある不安感を暗示しよう。

55　夜の間にも散り果ててしまうだろうか、桜の花は。月だとしたら、一晩中寝ずに、ながめていように。▽前歌よりいっそう落花に焦点をしぼっている。

56 ながらへてすまんとやする水無瀬川《みなせがは》うき瀬《せ》多《おほ》かるわたりとぞ聞《き》く

返し　をんな

57 よそながらうき瀬《せ》を君《きみ》に見《み》えにける遠近《をちこち》知《し》らぬ身こそつらけれ

熊野《くまの》に詣《まう》でて、熊野《くまの》河に舟《ふね》に乗《の》りて下《くだ》るほどに、川《かは》の紅葉《もみぢ》を見《み》て

58a われはひとりかはそこの水屑《みくづ》は

とあれば、身づからかう本《もと》を付《つ》く

58b 熊川《くまがは》の淵瀬《ふちせ》に心《こゝろ》なぐさめつ

主人感ㇾ之、連句なりとあり

とうてう野の牧《むまき》といふ所に、風にふきとゞめられて、詠《(よみ)》し

59 生《い》ける貝拾《かひゝろ》はぬ海人《あま》となりにけり人をみるめはいつか刈《か》るべき

釣舟《つりふね》を見《み》て

56 (能因) 長く住むおつもりですか、水無瀬河は、いろいろつらい目にあう所ときいていますよ。○水無瀬川—能因歌枕・山城国に「みなせ河」とある。○をかしき女—おそらく遊女であろう。淀川と水無瀬河の合流点に近い山崎(河陽)には、遊女がいた。○宣れば—おっしゃるので。○うき瀬—憂瀬で、つらい目。これに浮瀬を掛け、河の縁語。

57 (女) よそ目にもつらさをあなたに見られてしまいました。あちこちもわからぬこの土地しか知らないわが身がつろうございます。▽遊女と出家者の歌としては、遊女宮木が書写上人に詠んだ歌がある(後拾遺・雑六)。

58a (主人) 底に沈む水屑をみると、沈む身は私ばかりではなかったよ。○熊野—紀伊国熊野三所権現で、本宮大社、那智大社、新宮大社を指す。ここは熊野川を下っているので、本宮、那智大社を参詣した後。○そこの水屑—底に沈む水屑。ここは紅葉を指し、主人の沈淪の身の比喩。

58b (能因) 熊野河の淵瀬の様子に(同じ沈淪の身があると) 心が慰められるよ。○身づからかう本を付く—自分で次のように上句をつける。○主人—未詳。▽熊野詣で(五八〜六一)は増基法師や行尊大僧正がそうしたように修行する僧としての能因の、僧として生きてゆこうとする姿勢を示していよう。

59 出家の身となりました。いつ会う機会があるでしょうか。○とうてう野の牧—とうてう野は不詳だが、前歌の続きとして、紀伊国あたりの海浜の地であろう。「むまき」は牧。和名抄に「牧 …音目、和名无万岐」とあり、大嘗会悠紀主基和歌「後一条院　長和五年十一月二日　悠紀　近江国」輔親の「御屏風歌内帖」詞書に「たかみのむまきにこまおほかり(たかみの牧に駒多かり)」とある。○生ける貝—「生ける甲斐」との掛詞。○拾はぬ海人—出家した我が身の比喩。○みるめ—海草の「海松布」を掛ける。「見るめ(海松布) 刈る」で会う機会を得る。

60 見渡《みわた》すに浦《うら》〳〵波《なみ》は寄《よ》すれどもいや遠《とを》ざかる海人《あま》の釣舟《つりふね》

住吉《すみよし》に詣《まう》でてあるほどに、雪の降《ふ》るを

61 水のうへに降《ふ》りつむ雪《ゆき》は白波《しらなみ》のわたつうみたつ色《いろ》にぞ有《（あり）》ける

難波《なには》の浦《うら》に人をとはするに、なしといへば

62 難波江《なにはえ》に人を尋《たづ》ねて来《き》つれども玉藻刈《たまもか》りにと出《い》でにけらしな

夢《ゆめ》に小野小町《をのゝこまち》和歌を語《かた》る、その言葉《ことば》にいはく

63 待《ま》てといひし時よりかねて飽《あ》かなくに帰《かへ》らん時《とき》と歎《なげ》きしものを

代㆓旧詠之㆒

64 よそにこそ八重《やへ》の白雲《しらくも》と思《（おもひ）》しかふたりが中《なか》にはや立《た》ちにけり

65 沼《ぬま》に引《ひ》くあやめの草《くさ》をつきしでて宿《やど》なつかしみ五月雨《さみだれ》の月《つき》

中

能因集

60 万代集・雑三。見渡してみると、あの浦この浦、ゆったりと波は寄せるけれども、ますます遠ざかる海人の釣舟であるよ。○見渡すに―「見わたすに八重の白雲かゝれるは都のかたの山にはあらずや」（嘉言集）を踏まえていよう。○浦〳〵―ゆったりとの意の「うらうら」と「浦々」を掛ける。▽修行する僧としての心境であろう。

61 水の上に降り積んでいる雪は、白波が海に立つ、その色でしたよ。○住吉―住吉神社。→一五。

62 続詞花集・雑中。難波江に人を訪ねてきたけれども、玉藻刈りに出かけてしまったようですよ。○難波の浦→四八。○玉藻―玉は美称の接頭語。「難波潟生ふる玉藻をかりそめのあまとぞ我はなりぬべらなる」（古今・雑上・紀貫之）。▽増基は家集に「…ただ忍びて童子一人してぞ詣でける。」と記し、住吉から紀国吹上浜を経て熊野に着き、大峰から伊勢国へ出て帰京している。能因は熊野から住吉（六一）を経て帰ったのであろうか。

63 「今宵を待て」と言ってきた時からはやくも、十分語り尽くせぬ心残りのまま、お帰りになる貴方だと嘆いていたことでしたよ。○小野小町―仁明・文徳期頃の人。六歌仙の一人。古今集・恋二部冒頭と恋三部に、二度小町詠が三首連続して配列されており、いずれも夢との関わりで詠じられたもの。

64 小町集。新千載・恋二。八重の白雲はよそのものとばかり思っていましたが、二人の間に早くも立って、今や遮られてしまったことですよ。○旧詠―小町の旧詠。

65 沼で引いた菖蒲を軒端に葺いておいて、その宿の風情を懐かしんで、五月雨の晴れ間の月がさし覗いたことですよ。○つきしでて―葺き下げて。「垂〻づ」は掛けて垂らす意。▽六三、六四と続いた本歌は小町集その他に見出されず能因の歌であろうが、配列上、どことなく小町の風情が漂っており、上巻掉尾の一首としてふさ

ある所にある女、桜《さくら》の散《ち》るを見《み》て、もの思《おも》へるさまにてかくいふ

66 憂《う》き身をばなぐさめつるに桜花《さくらばな》いかにせよとてかくは散《ち》るらん

これを聞《き》ゝて

67 思《おも》ふことなぐさめけるは桜《さくら》ばな姥捨山《をばすてやま》の月にますかも

女《をんな》の返《かへ》し

68 姥捨《をばすて》の山をば知《し》らず月見《み》るはなほ《を》あはれます心地《こゝち》こそすれ

又返《かへ》し

69 月はなほ《を》あはれとものを思《おも》ふなりつれなき人は見《み》ぬにやあるらん

かくいひわたる人、九月許《(ばかり)》に亡《な》くなりにけりと聞《き》ゝて、あはれ桜《さくら》を惜《お》しみしものをなど思《おも》ひて

わしく思われる。

66 新続古今・雑上。憂き我が身を、この桜の花で慰めてきたのに、私にどうせよといって、こうも散るのだろう。

67 夫木抄・巻四。もの思いを慰めてきたのは桜花でした。「慰めかねつ」と詠まれた姥捨山の月よりまさっているということですね。〇ます—まさる。▽姥捨山→四四。月の名所。「わが心なぐさめかねつさらしなや姥捨山に照る月を見て」（古今・雑上・読人不知）を踏まえて、能因が女に答えた歌。

68 姥捨山は知りませんが、月を見るのは、やはりしみじみとした情趣が増す気がします。▽女の返歌。

69 月を見ればやはりしみじみと「あはれ」と思うものです。つれない人は月を見ないのではないでしょうか。〇つれなき人—女の恋人であろう。▽「月影に我が身をかふる物ならばつれなき人もあはれとや見む」（古今・恋二・壬生忠岑）を踏まえて、能因が女を慰めた歌。

70 桜の花が散るのを惜しんだあの人の歌、その言葉に今朝は涙が出てくることだなあ。▽「言の葉」に「葉」を掛ける。「葉」「露」「置く」は縁語。一連の贈答歌の女性が亡くなった。彼女の六六の歌が能因の心に残る。

70 桜花《さくらばな》散《ち》るを惜《お》しみし言《こと》の葉に涙《なみだ》の露の今朝《けさ》は置《お》くかな

世《よ》の中《なか》のなほ《を》あぢきなしと思《おも》ひ立《た》つ頃《ころ》、幼《おさな》き児《ちご》を、親《おや》のもとより、これかりは養《やしな》へなどいひてお《を》こせたるを見《み》て、九月廿二日

71 何《なに》事を背《そむ》きはてぬと思《おも》ふらんこの世《よ》は捨《す》てぬ身にこそ有《(あり)》けれ

出家しに行《ゆ》くとて、ひとり詠ㇾ之

72 今日《けふ》こそは初《はじ》めて捨《す》つる憂《う》き身なれいつかはつひ《ゐ》にいとひはつべき

輔尹《(すけただ)》朝臣、出家のうらやましきよしなどいひて、物《もの》にかう書《か》きつけたり

73 世《よ》の中を何《なに》にさはりてなどしもか法《のり》の道《みち》にはけふ遅《をく》るらん

返し

74 背《そむ》けども背《そむ》かれぬはた身なりけり心《こゝろ》のほかに憂《う》き世《よ》なければ

71 玉葉・雑五。私が何事をそむきはてたと思っているのでしょう。この世は捨てきれない身なのです。▽一連の歌の女性の死は、能因（橘永愷）の出家の一つの因であったろう。噂を聞いて幼き子の母親、妻が出家を思いとどまらせようと子供の養育をいってきた。それに対する永愷の弁解の歌であろう。

72 今日初めてこの世を捨てる憂き身です。いつかは、ほんとうにこの世を背き去ることができるでしょうか。▽長和二年（一〇一三）二十六歳で出家した際の独詠歌。能因は後にも、「世の中を思ひ捨ててし身なれども心弱《よわ》しと花に見えぬる」（後拾遺・春上）と詠む。永承元年（一〇四六）ある春の日五十九歳の作である。

73 私も、世の中を何に障ってか出離できず、何故に法の道において今日あなたに先を越されてしまったのでしょう。○輔尹朝臣―藤原輔尹。和漢兼才で本朝麗藻などに詩文を残す一方、家集輔尹集がある。○けふ―「今日」を「経」の掛詞。○法の道―仏法の道。▽能因よりかなり年長の輔尹が能因出家の報に接した時の心境。

74 万代集・雑六。世を背いて出家はしても、やはり背ききることができない我が身です。我が心のほかにうき世があるわけではないのですから。▽輔尹への返歌。出家への羨望に対して、出家することの難しさを訴える、わが心、自己の内面を凝視した詠。自分の心の中を見つめ、率直に表現している。どこまでも自己の心情に忠実であろうとする能因の資質が窺える。

はやう見《み》し人の令法《りやうぶ》といふものを、一坏《ひとつき》お《を》こせたるに、
かういひやる

75 今《いま》よりはみ山《やま》がくれのはたつもりわれうちはらふ床《とこ》の名《な》なれや

正月朔日、広業《ひろなり》の宰相立《た》ち寄《よ》られたり、その後《ゝち》

76 思《おも》はずに君《きみ》きませりし後《のち》よりはたのまぬ時も待《ま》ちぞしぬべき

馬《むま》の守《かみ》保昌《やすまさ》朝臣に、月夜に物語《ものがたり》などして、後《のち》にいひやる

77 いまさらに思《おも》ひぞ出《い》づる故郷《ふるさと》に月夜《よ》に君とものがたりして

返し

78 見《み》てしよりわれは宿《やど》をぞあくがるゝ山《やま》のは月の思《おも》ひやられて

白河殿に道済《みちなり》朝臣とふたり行《ゆ》きて、風流《ふりう》を《お》かしきさまよまむといひて

79 年《とし》ふれば松《まつ》おひにけり春立《はるた》ちて子《ね》の日《び》しつべきねやの上《うへ》かな

道済朝臣感㆓歎此歌㆒、みづからはよまず

75 夫木抄・巻二九。今からは深山に隠れた畑つ守です。いただいたはたつもりは、ひとり寝の塵うち払う私の床の名なのでしょうか〇はやう見し人―昔、恋人であった女性。〇令法―リョウブ。山野に生える落葉小高木。花は夏、白色。滋賀県石山寺や和歌山県高野山で校注者は見たことがある。古名はたつもり。〇はたつもり―「畑つ守」に「塵がつもる」の「つもり」を掛ける。「我が恋はみ山におふるはたつもりつもりにけらし逢ふよしもなし」（古今六帖・第六・作者名不記）を踏まえる。

76 思いがけず貴方がいらっしゃった時から、お見えになるあてのない時も、貴方をお待ち申しあげてしまうでしょう。〇正月朔日―出家翌年の正月であろう。〇広業の宰相―藤原広業。有国男。能因の文章生の同輩資業の兄。広業、資業は、いずれも文章生出身の官僚。宰相は参議の唐名で、能因家集編纂時の極官としての呼称で記している。▽七三の輔尹は音信であったが、広業は出家後の能因を訪れている。

77 今改めてしみじみと思い出されます。私の古里で、先日の月の夜、あなたと親しくうちとけて語り合ったことを。〇保昌朝臣―藤原保昌。南家元方孫・致《むね》忠男。→補注。

78 あなたに会って語り合ってから、私は家を捨ててしまいそうです。あの山のはの月が思いやられて。〇あくがる―何かに強く惹かれて、心が自分の居場所から離れてふらふらとさまよい出る状態。▽保昌は武勇で聞こえるが、今昔物語に「兵《つはもの》ノ家ニテ非ズト云ヘドモ」とあるように、曾祖父菅根は式部大輔・文章博士、祖父元方は朱雀天皇侍読、父致忠も文章生である。家門に漂う雰囲気もあり、学問、文章の素養は深かったであろう。

79 年が経って松が生えました。春になって子の日の小松引きができそうな寝屋の辺りです。〇白河殿―藤原良房以来藤原氏累代の別業。〇道済朝臣→二〇、四八。文章生の先輩。〇風流―風雅な情趣。〇子の日―子の日に、野に出て小

山家

80 足引《あしひき》の山に秋こそ暮《く》れぬらし月見《み》る袖《そで》のひえわたるかな

道済朝臣筑前になりて下《くだ》るに、詠二一首一送レ之寛弘四年云々

81 ならはねばかりの別《わか》れもわびしきをうとくぞ少《すこ》しなるべかりける

82 朝倉《あさくら》や木《き》の丸殿《まろどの》に君《きみ》ゆかばあやな六年《むとせ》やわが恋《こ》ひをらん

正月許《(ばかり)》に津《つ》の国《くに》にありて、人のもとにいひやる

83 心《こゝろ》あらん人に見《み》せばや津《つ》の国《くに》の難波《なには》の浦《うら》の春のけしきを

山寺の春の暮《くれ》

84 山里《ざと》を春《はる》の夕暮《ゆふぐれ》きてみれば入相《いりあひ》の鐘《かね》に花《はな》ぞ散《ち》りける

夏児屋池亭

85 わが宿《やど》の木末《こずゑ》の夏になる時《とき》は生駒《いこま》の山《やま》ぞ山《やま》がくれける

松を引き、若菜を摘んで千代を寿ぐ。〇道済朝臣感歎此歌、みづからはよまず—二〇と同様。能因の得意。

80 山ではもう秋も末になったらしい。月を見る私の袖が冷え切っていくなあ。

81 続後拾遺・離別。続詞花集・別。慣れていないので、かりそめの別れでもやるせないのに、こんなことなら日頃少しうとしくしておくべきだったなあ。〇道済朝臣→二〇、四八、七九。〇筑前—筑前守。筑前には大宰府が置かれた。道済の任筑前守は長和四年（一〇一五）二月十四日（中古歌仙三十六人伝・道済集勘物）。

82 朝倉の木の丸殿にあなたが行ったならば、ああ何年の間、私はあなたを恋しく思い続けるでしょう。〇朝倉—筑前国。朝倉山→四五。〇木の丸殿—筑前国朝倉にあった斉明天皇の行宮。「朝倉や木の丸殿に我がをれば名のりをしつつ行くは誰が子ぞ」（新古今・雑中・天智天皇）。

83 後拾遺・春上。情趣を解する人に見せたいものだ。この津の国の難波の浦の春の景色を。〇心あらん人—情趣や風情を理解する感性を持つ人。嘉言の「心あらむ人に見せばや朝露にぬれてはまさるなてしこの花」（嘉言集）に拠る。〇津の国→三二。〇難波の浦→四八、六二。→**補注**。

84 新古今・春下。山里を春の夕暮に訪ねてみると、入相の鐘の音が響く中、桜の花が散ることだよ。〇入相の鐘—日没の時、寺でつく鐘。→**補注**。

85 後拾遺・夏。我が家の木々の梢が、夏になって生い茂るようになる時には、今まで見えていた生駒山が隠れてしまうことだよ。〇生駒の山—生駒山。河内国と大和国の境にある。能因歌枕・大和国に「生駒山」あり。→**補注**。

道済朝臣筑前にてうせにけりと聞《き》きて

86 住《すみ》の江《え》にわれは潮《しほ》たる君《きみ》はまた死出《しで》の山越《ご》えあはれなるらん

秋《あき》、人のもとへいひやる

87 ひたぶるに山田守《やまだも》る身となりぬればわれのみ人をおどろかすかな

公資《(きんより)》朝臣の相模《さがみ》になりて下《くだ》るに寛仁四年云々

88 ふるさとを思《おも》ひ出《い》でつゝ秋風に清見《きよみ》が関《せき》を越《こ》えんとすらん

三河《みかは》にあからさまに下《くだ》るに、信濃《しなの》の御坂《みさか》の見《み》ゆる所《ところ》にて

89 白雲《しらくも》の上《うへ》より見《み》ゆる足引《あしひき》の山の高嶺《たかね》や御坂《みさか》なるらん

しかすがの渡《わた》りに宿《やど》りて

90 思《おも》ふ人ありとなけれどふるさとはしかすがにこそ恋しかりけれ

夏の衣《ころも》

91 ひとへなる蟬《せみ》の羽《は》衣《ごろも》夏《なつ》は猶うすしといへどあつくも有《(ある)》かな

86 私は住の江にあって涙で袖をぬらしている。だが、今ごろ死出の山を越えるあなたは心を痛めていることだろう。〇道済朝臣→二〇、四八、七九、八一。〇筑前にてうせにけり―底本に「寛仁三年云々」の傍記。寛仁三年（一〇一九）没（道済集勘物）。〇住の江―摂津国。住吉に対し、住の江は江を指している。〇潮たる―海士が海水にぬれることを、住の江の地名に寄せていうが、それに涙にくれる意を掛ける。→**補注**。

87 詞花・雑上。ひたすら引板を振って山田の番をする身となりましたので、（引板で鳥などを驚かせるように）私の方から手紙を差し上げて呼びかけるばかりですよ。〇人―詞花集詞書には「前大納言公任のもとへいひ遣はしける」とある。〇ひたぶるに―ひたすら一途に。「引板《ひた》（鳥などを追う鳴子）を振る」の意を掛ける。

88 新千載・離別。続詞花集・別。故郷のこの都をなつかしく思い出しながら、秋風の中、あなたは遠い清見が関を越えようとしていることでしょうね。〇公資朝臣―大江公資。〇清見が関―駿河国。現静岡県清水市興津にあった古関。→**補注**。

89 後拾遺・羇旅。白雲の上からみえる山の高嶺が信濃の御坂なのだろうか。〇三河―現在の愛知県東部。〇信濃の御坂―現在の長野県下伊那郡神坂。神坂峠。▽一首の趣向は、望み見る御坂が白雲の上に見えている所にあろう。→**補注**。

90 後拾遺・羇旅。恋しく思う人がいるというわけではないけれども、ここしかすがの渡りまで来るとさすがに故郷の都は、恋しいことだよ。〇しかすがの渡り―三河国。吉田川（豊川）の河口にあった渡し場。能因歌枕・参川国に「しかすがの杜」がある。〇しかすがに―地名のしかすがを掛ける。▽八九に続いて、三河国へ能因がほんのちょっと下向した途次にしかすがの渡りで詠んだ歌であろう。→**補注**。

91 後拾遺・夏。蟬の羽のような単衣は、夏はやはり、薄いとはいっても、暑いもので

秋児屋池亭五首　小序

昔元和二年秋、楽天年卅七、曲江之池亭、有二感秋五言詩一。今万寿元年秋、我等年卅七、児屋之池亭、有二感秋五篇歌一。嗟乎、唐家与二本朝一、其俗雖レ異、年歯将二秋感一、其志相同者歟。蓋恐百余年之後、以二赤人之末流一、比二白氏之遺文一。其詞云

秋　児屋の池亭　五首　　小序

昔、元和二年の秋、楽天　年三十七、曲江の池亭にして「感秋五言の詩」有り。今、万寿元年の秋、我等年三十七、児屋の池亭にして、「感秋五篇の歌」有り。嗟乎《ああ》、唐家と本朝と、其の俗異なりと雖も、年歯と秋感と、其の志相同じき者か。蓋し恐るらくは百余年の後に、赤人の末流を以て、白氏の遺文に比《たくら》べんとするか。其の詞に云はく、

たなばた

す。○あつく―「暑く」に「厚く」を掛け「うすし」に対応する。▽相模に「ひとへなる夏《なつ》の衣《ころも》はうすけれどあつしとのみも言《い》はれぬるかな」（相模集）という一首がある。若年の折に試みた初事百首と呼ばれる歌群中の一首なので、相模の歌が能因に先行しよう。

秋児屋池亭五首　小序　○児屋池亭→八五。○元和二年―唐の憲宗の治世。八〇七年。○楽天―中唐の詩人白居易。字は楽天。○曲江之池亭、有感秋五言詩―曲江は陝西省長安城の東南隅に位置する人工の湖。「曲江感秋二首并序」（白氏文集・巻十一）に「元和二年三年四年、予毎歳有二曲江感レ秋詩一、凡三篇、編在二第七集巻一」（序）「元和二年秋、我年三十七」（詩）とある。○万寿元年秋、我等年卅七―一〇二四年秋に、私も同じく三十七歳。能因の生年割り出しの決め手となる。○赤人之末流―万葉歌人山部赤人の末流。万葉の時代以来続いている本朝の歌人としての我が身。「白氏」に「赤人」を対比させる。▽能因の白楽天への傾倒と、己への自負が示されている。

92 七夕《たなばた》にこともの よりもむばたまの夜をいま一夜《ひとよ》年《とし》にまさばや

秋風

93 朝《あさ》な〳〵吹《ふ》く秋風《かぜ》に小山田《をやまだ》のみもりにぬれし袖《そで》ぞひにける

池月

94 山《やま》の井の水にうつれる月影《かげ》もぬれてくもらぬ鏡《かゞみ》なりけり

木《こ》の葉《は》

95 夏の日《ひ》の陰《かげ》に涼《すゞ》みし片岡《かたをか》の柞《はゝそ》は秋ぞ色《いろ》づきにける

暮《くれ》の秋

96 山里《ざと》はまだ長《なが》月の空《そら》ながらあられしぐれの降《ふ》るにぞ有《（あり）》ける

愛宕《あたご》の白雲《しらくも》といふ所に住《す》む人に

97 白雲《しらくも》に君《きみ》が心《こゝろ》のすむことは清滝河《きよたきがは》といづれまされり

返《かへ》し

98 誰《たれ》もさぞ思《おも》ひながらに年《とし》はふる水《みづ》のうへなるうたかたの世に

92　七夕の手向けには、他の何よりも、年にいま一度の逢瀬を増してやりたいものだ。〇むばたまの―むばたまに同じ。夜の枕詞。▽七夕詠では、その夜限りの逢瀬と別れの哀れが詠まれることが多く、いま一夜を増やしたいというのは面白い。能因の子橘元任の「七夕の逢ふ夜の数のわびつつも来る月ごとの七日なりせば」（後拾遺・秋上）も同じ着想であろう。

93　毎朝毎朝吹いてくる秋風に、山田のみもりのために夜露で濡れた袖も、乾いてしまうことよ。〇みもり―見守（見張り）であろう。水守とも解しうるが、秋の田では水を張らない。↓**補注**。

94　万代集・雑一。山の井の水に映った月影は、濡れても曇らぬ真澄の鏡なのだなあ。〇鏡―白楽天の詩句「寒流帯月澄如鏡」（和漢朗詠集・冬・歳暮）を踏まえている。

95　続古今・雑上。秋風集。雲葉集。夏、その葉蔭で涼んだ片岡の柞は、秋を迎えてすっかり紅葉したことだなあ。〇片岡―一方がなだらかに傾斜した岡。〇柞―ほおそとも。楢や樫、椚の総称とも。ブナ科の落葉高木。↓**補注**。

96　万代集・秋下。夫木抄・巻一五。山里は、まだ九月の空だというのに、早くも霰や時雨が降ることだよ。〇あられしぐれ―能因歌枕（広本）にはいずれも十月の景物。▽この五首は、七夕（九二）、秋風（九三）、池月（九四）、木葉（九五）、暮秋（九六）と、児屋池亭での秋の深まりを表現している。その基底には白楽天の「曲江感秋詩」があろう。

97　白雲にあなたが住んで心が清澄でいることは、清滝河の清流とどちらが優っているでしょう。〇愛宕の白雲―山城国の愛宕山にあった白雲寺。〇すむ―住む・澄むを掛ける。〇清滝河―京都市右京区愛宕山麓を流れる。

98　誰でも皆そうありたいと思いながら年月を重ねています。水の上の泡のようなこの世に生きて。〇水のうへなるうたかた―能因の贈歌の「清滝河」を承けての表現。

蜘蛛《くも》のいに露のかゝれるを見《み》て

99 さゝがにの糸《いと》にかゝれる白露《しらつゆ》は荒《あ》れたる宿《やど》の玉《たま》すだれかな

則長《（のりなが）》朝臣、今《いま》なん長門《ながと》へ下《くだ》る、といひお《を》こせたるに

100 白波《しらなみ》の立《た》ちながらだに長門《ながと》なる豊浦《とよら》の島《しま》のとよられよかし

二年の春陸奥国《はるみちのくに》に《ゝ》あからさまに下《くだ》るとて、白河《しらかは》の関に宿《やど》りて

101 都《みやこ》をば霞《かすみ》とと《ゝ》もに立《た》ちしかど秋風ぞ吹く白河《しらかは》の関《せき》

京に上《のぼ》りて、為政《ためまさ》の朝臣に、馬取《と》らすとて

102 君《きみ》がためなつけし駒《こま》ぞ陸奥《みちのく》の安積《あさか》の沼《ぬま》にあれて見《み》えしを

懐信《（ちかのぶ）》朝臣 津守《（つのかみ）》に成《（なり）》て、駒どもあなりとて乞《こ》ひにお《を》こせたるにいひやる

103 故郷《ふるさと》に駒《こま》ほしとのみ思《おも》ひしはこふらく君があればなりけり

なすべきことありてまた陸奥国《みちの》へ下《くだ》るに、はるかに甲斐《かひ》の

99 夫木抄・巻一三、二七。蜘蛛《くも》の張った糸に白露が幾つもかかっているのは、荒屋《あらや》にふさわしい玉簾《すだれ》のようだよ。○蜘蛛のい―蜘蛛の巣、蜘蛛が糸を張ってつくった網のこと。朽ちこぼれた様《さま》や、人の途絶えた様などに用いることが多い。○さゝがに―蜘蛛の異称。「さゝがにとは、くもをいふ」（能因歌枕・広本）。○玉すだれ―珠玉で飾った美しい簾。荒屋の蜘蛛の糸に白露がかかった様子を玉簾に喩えたもの。→補注。

100 後拾遺・雑六。白波の立つ海路を遠く長門へ下る、その長門のとよらの島ではありませんが、せめて立つ際《きわ》にでも私の所にお立ち寄りください。○立ちながら―白波が立つに、立ったままでの意を掛ける。○長門―現在の山口県の西北部。○豊浦―長門国の国府豊浦《とよら》の古名。二十巻本和名抄五「豊浦〈止与良〉」。○とよられよ―「とよる」は、しばし立ち寄る。→補注。

101 後拾遺・羇旅。京の都を春霞が立つのと時を同じくして出で発ったけれども、ここ陸奥の白河の関には、早くも秋風が吹いているよ。○白河の関―陸奥国への重要な入口にあたるため関所が置かれていた。○立ちしかど―出発したけれども。旅に出る「発《た》ち」に霞が「立ち」を掛ける。→補注。

102 あなたのために懐つかせた馬です。陸奥の安積の沼で荒々しげに見えましたのを。○為政の朝臣―慶滋為政。保章男。保憲・保胤らの甥。相模の叔父。文人。○安積の沼―陸奥国。安積山のふもとにあったとされる沼。→補注。

103 故郷に帰って来たいとばかり思われたのは、馬が欲しいというあなたがいらっしゃったからなのですね。○懐信朝臣―源懐信。○津守に成て―小右記・万寿二年（一〇二五）二月十一日条に「摂津守懐信」と見え、万寿元年～長元元年（一〇二八）まで在任と推測される。○故郷―摂津、その中で自身の縁ある場所。○駒ほし―「駒ほし」と「来まほし」を掛ける。▽帰洛後に馬を贈る二首目。懐信と能因の交友は不明で、摂津守

白根《しらね》の見《み》ゆるを見《み》て

104 甲斐《かひ》が嶺《ね》に雪の降《ふ》れるか白雲《しらくも》かはるけきほどは分《わ》きぞかねつる

常陸《ひたち》の国《くに》にて筑波山《つくばやま》を

105 よそにのみ思《おも》ひおこせし筑波嶺《つくばね》の峰《みね》の白雲《しらくも》けふ見《み》つるかな

陸奥国《みちのくに》にいきつきて、信夫《しのぶ》の郡《こほり》にてはやう見《み》し人を尋《たづ》ぬれば、その人は亡《な》くなりにきといへば

106 浅茅原《あさぢはら》荒《あ》れたる野《の》べはむかし見《み》し人をしのぶのわたりなりけり

武隈《たけくま》の松《まつ》、初《はじ》めのたびは枯《か》れながらも杭《くひ》などはありき、このたびはそれもなし

107 武隈《たけくま》の松《まつ》はこのたび跡《あと》もなし千歳《ちとせ》を経《へ》てやわれはきつらん

末《すゑ》の松山《まつやま》にて

108 白波《しらなみ》の越《こ》すかとのみぞきこえける末《すゑ》の松《まつ》山松風《まつかぜ》の声《こゑ》

塩釜《しほがま》の浦《うら》に宿《やど》りて、都《みやこ》なる人のもとに

懐信が地縁で求めてきたのであろう。

104 甲斐の白根山には雪が降っているのだろうか、それとも白雲がかかっているのだろうか、遠くに隔たっていて見分けるのが難しいことだ。○甲斐が嶺―現山梨県の白根山を指す。能因歌枕・甲斐国に「甲斐の白根」とある。→**補注**。

105 新勅撰・雑四。よそながら思い遣ってきた筑波嶺の峰の白雲を今日ここに見たことだ。○常陸の国―茨城県の大半。○筑波嶺―能因歌枕・常陸国に見える。筑波山。▽陸奥への下向途次、常陸国で、今まで遠くから思いやってきた筑波嶺を初めて見た詠。心の高ぶりが感じられる。

106 後拾遺・雑一。浅茅原となって荒れ果てたこの野辺は、以前会ったあの人を思い偲《しの》ぶ、信夫の郡《こほり》の辺りであったのですね。○はやう見し人―以前会った人。三十八歳の万寿二年(一〇二五)の初度陸奥下向の折りに出会った人であろう。→**補注**。

107 後拾遺・雑四。武隈の松は今回の再度陸奥下向の旅では跡形も無い。私は千年も経ってからこの地に来たのであろうか。○武隈の松―能因歌枕・陸奥国に見える。竹駒神社付近にある松がそれと伝えられている。○杭―木を切り倒した後の根株。○このたび―度と旅を掛ける。→**補注**。

108 末の松山を白波が越えるかとばかり聞こえることだ。この松の木末を吹く風の音は。○末の松山―陸奥国。末松山宝国寺の裏山のあたりと伝えられるが、定かではない。○松風の声―寛弘八年(一〇一一)の能因詠三九と同時の詠とおぼしき道済詠「君すまでまだいくとせにならねども峰の松風声ぞかはれる」(道済集)に拠るか。→**補注**。

109 さ夜《よ》ふけてものぞかなしき塩釜《しほがま》は百羽掻《もゝはが》きする鴫《しぎ》の羽風《はかぜ》に

この浦《うら》にいみじう年《とし》へたる海人《あま》のあるを見《み》て

110 みさごゐる磯辺《いそべ》の松《まつ》ともろともに汐《しほ》風に男《を》の老《お》いにけらしも

栗原《くりはら》の郡《こほり》にて、そこにある者《もの》、これは音無《をとなし》の滝《たき》に侍《はべ》り、また河は昔河《むかしがは》とぞいひ侍《はべ》るといへば

111 都《みやこ》人聞《き》かぬはなきを音無《ゝとなし》の滝《たき》とはなどかいひはじめけん

112 いかにしていひはじめける言《こと》の葉《は》ぞ昔河《むかしがは》にぞ問《と》ふべかりける

出羽《いでは》の国《くに》に《ゝ》八十島《はそしま》に行《ゆ》きて、三首

113 世《よ》の中《なか》はかくてもへけり象潟《きさかた》や海人《あま》の苫屋《とまや》をわが宿《やど》にして

島中有ㇾ神云蚶方

114 天《あめ》にます豊岡姫《とよをかひめ》に言問《ことゝ》はんいくよになりぬ象潟《きさかた》の神《かみ》

109 夫木抄・巻一四。夜が更けてここ塩釜の浦は何となく悲しいもの思いにとらわれることだなあ。鴫がしきりに羽ばたきする、その羽風を聞くにつけても。→**補注**。

110 夫木抄・巻二七。みさごがとまっているこの磯辺の松はもの古りているが、それと共に、海人の男も潮風にさらされて老いたのだなあ。○みさご―「みさごをばあらいそづらに松などにかけてよむべし」(能因歌枕・広本)。ワシタカ科の鳥。海や川の近くにすみ、水中の魚を見つけると足で捕える。→**補注**。

111 新拾遺・雑中。万代集・雑三。夫木抄・巻二六。都人で、「音無の滝」の名を聞いたことのない者はいないほど、その名は音に聞こえて有名なのに、どうして「音無の滝」と言い始めたのだろう。○栗原の郡―陸前国。○音無の滝―栗原郡清水郷か。「音無の滝」は諸国にあり、都人に知られている「音無の滝」は山城国。○昔河―栗原郡清水郷か。○音無の―地名に、「音無」(評判が聞こえない)の意を掛ける。▽同名のものが諸国にある「音無」という地名に注目した一首。

112 夫木抄・巻二四。どのようにして、言い始めた言葉なのだろう。それは昔のことを知っているはずの「昔河」に尋ねるべきだよ。

113 後拾遺・羇旅。世の中はこうしてもやってゆけるものです、象潟の海人の苫屋を我が宿として。○出羽の国―現在の山形・秋田両県。○八十島―出羽国由利郡にあった象潟のこと。○苫屋―苫で屋根を葺いた粗末な家。▽象潟のわびしい海人の苫屋、水辺の粗末な小屋を住まいとする生活を送っていたと思われる。→**補注**。

114 万代集・神祇。夫木抄・巻三四。天にいらっしゃる豊岡姫にお尋ねしましょう。この蚶方の神はどれほどの年月を経ていらっしゃるのでしょう。○神―蚶満寺境内にある八津島神社。祭神は豊岡姫命。かつては象潟大明神ともいったと伝える。○云―底本は傍記。榊原家本による。○蚶方―延喜式・出羽国駅馬の項に「蚶方

115 わび人は外《と》つ国《くに》ぞよき咲《さ》きて散《ち》る花《はな》の都《みやこ》はいそぎのみして

冬、雪《ゆき》に降《ふ》りこめられて

116 千《ち》はやぶる神無《な》月ぞといひしより降《ふ》りつむものは峰《みね》の白雪《しらゆき》

陸奥国《みちのくに》に、かたらふ人亡《な》くなりにけりと聞《き》きて、行《ゆ》きて見《み》れば、荒《あ》れたる家《いへ》に荒《あら》き馬《むま》をつなぎたり

117 とりつなぐ駒《こま》とも人を見《み》てしかなつひにはあれじと思《おも》ふばかりに

外川《とかは》といふ所を船《ふね》にて下《くだ》るほど、船にあるもの、この渡《わた》りを綾《あや》の瀬《せ》といひ侍《はべ》る、歌よみて神に奉《たてまつ》る所なりといへば

118 綾《あや》の瀬《せ》に紅葉《もみぢ》の錦《にしき》たちかさねふたへに織《を》れる立田姫《たつたひめ》かな

かうのみありてなど思《おも》ひて

119 岩間《いはま》ゆく水にも似《に》たるわが身かな心《こゝろ》にもあらでのどけからぬよ

越前《ゑち》のたいふの山といふ所に宿《やど》りて、六月ばかりに

《キサカタ》」と見える。→**補注**。

115 私のようなわび人には外つ国とも言うべきこの辺境の地が良いのだ。咲き散る花のような、あの花の都は慌ただしいばかりで。〇わび人—原義は世をわびて寂しく暮らす人。〇外つ国—都のある畿内以外の遠くの国。→**補注**。

116 十月の声を聞いてからずっと、ここ出羽で降り積もっているのは、山の峰の白雪です。〇峰—鳥海山（秋田県由利郡、山形県との境）の峰か。

117 つないである馬があの人であったらいいのに。完全に離れ切ることはないのだから。〇荒き馬—可愛がってくれた主人がいなくなって、当惑をそんな仕草でしか表せぬ馬。〇あれじ—「荒れじ」と「離れじ」の掛詞。「離る」は遠くに去る意。→**補注**。

118 夫木抄・巻二四。綾の瀬の綾に紅葉の錦を裁ち重ねて二重に織りなした立田姫だなあ。〇外川—山形県最上郡戸沢村。最上川の岸には戸川神社（仙人堂）が立つ。〇神に奉る所—舟旅の航行安全を祈念するのであろう。〇錦—金糸や銀糸など五色の糸で華麗な模様を織り出した絹織物。紅葉に多く用いられる。〇立田姫—秋の神。▽「綾」「錦」「裁つ」「二重」「織る」は縁語。紅葉の美しさを神のなせる業と詠む。→**補注**。

119 岩間を流れる水のような自分だ。意志に反して、ゆったりと静かに生きてゆけないのだなあ。→**補注**。

120 山田には早苗が植えられ、まだ結うほどになっていないのに、露を帯びたような旅衣だなあ。〇越前—福井県北部。〇まだ結ふばかり—山の名「たいふ」を詠み込む。「ゆふ」（いふ）

120 を山田《やまだ》もまだ結《ゆ》ふばかりなきものをうたて露《つゆ》けき旅衣《たびごろも》かな

はこその山《やま》

121 草枕《くさまくら》夜やふけぬらん玉くしげはこその山《やま》は明《あ》けてこそ見《み》め

京に上《のぼ》りて、はやう植《うへ》ゑし松《まつ》の陰《かげ》に涼《すゞ》みて詠ㇾ之

122 いくとせに帰《かへ》りきぬらん引《ひ》き植《うへ》ゑし松《まつ》の木陰《かげ》に今日《けふ》やすむかな

東国風俗五首

123 月草《つきくさ》に衣《ころも》は染《そ》めよ都《みやこ》人妹《いも》を恋《こ》ひつゝはや帰《かへ》るがに

124 み坂路《さかぢ》にこほりかしける甲斐《かひ》が嶺《ね》のさらながさらす手作《てづくり》のごと

125 陸奥《みちのく》の白尾《しらを》の鷹《たか》を手《て》にすゑて浅茅《あさぢ》の原《はら》を行《ゆ》くはたが子《こ》ぞ

は「結ふ」。→**補注**。

121 旅寝の夜はもうふけてしまった。はこその山は明けてから見ることにしよう。〇はこその山—未詳。能因歌枕・上野国と越後国に「は、その山」が見える。これであろう。群馬県甘楽郡妙義町妙義神社境内に「波己曾《はこそ》社」があるが、「はこその山」は見えない。〇玉くしげ—「はこその山」の「箱」の枕詞で、「明け」を導く。→**補注**。

122 何年ぶりにこの地に帰って来たのだろう。昔引き抜いて植えた小松も大きくなって、その木蔭で今日は心ゆくまで休息できることだよ。〇京に上りて—能因は摂津古曽部の児屋池亭だけでなく、京にも家を持っていたようだ。→**補注**。

〇東国風俗五首—「東国」は三関、すなわち、鈴鹿関・不破関・愛発関より東の地方。ほぼ現在の中部地方以東。「風俗」は「風俗歌」と同じ。各地方に行われた民謡的な古歌謡。能因は長途の奥州の旅から帰洛してすぐに「東国風俗五首」一二三～一二七を詠んだ。まるで自分の感取した東国の雰囲気を封じこめておくように。

123 露草で衣を摺って染めなさい、旅なる都人よ。その衣を見て、妻を恋い慕いつつ早く帰れるように。〇月草—露草の古名。「月草に衣ぞ染むる君がため斑の衣摺らむと思ひて」（万葉・巻七・作者未詳）。→**補注**。

124 夫木抄・巻二一。御坂峠は氷ったろうか、甲斐が嶺は氷そのまま白くさらす手作りの布のよう。〇御坂路—御坂峠。山梨県南都留郡河口湖町と東八代郡御坂町の境にある。〇さらなが—「さながら」を「さらなが」「さらす」と「さら」を響かせた。→**補注**。

125 万代集・冬。夫木抄・巻一八、二七。陸奥の白い羽を継尾した白尾の鷹を拳《こぶし》に据えて、浅茅が繁った野原を行くのは、いったい誰であろう。〇たが子—「子」は「人」を親しんでいう語。神楽歌「剣《つるぎ》」に「銀の目貫の太刀を下げ佩きて奈良の都を練るは誰が子ぞ」と見える。↓

126 名取《なとり》河かはなる鳥《とり》ぞながれてもした行《ゆ》く水のますもとぞ思《おも》ふ

127 錦木《にしき》は立《た》てゝぞともに朽《く》ちにけるけふの細布胸《ほそぬのむね》あはじとや

男《をとこ》待《ま》つ女に代《かは》りて

128 石《いし》とだになりけるものを人待《ま》つはなどかわが身の消《け》ぬべかるらん

ある人のもとに、女の菊《きく》のを《お》かしううつろひたることをなどいひたるに、代《かは》りて

129 花《はな》のなほ《を》思《おも》ひお《を》こせぬ時《とき》だにも色《いろ》には見《み》えし君《きみ》が心《こゝろ》を

津《つ》の守保昌《かみやすまさ》の朝臣、六条の家に、宮城野《みやぎの》の萩《はぎ》を思《おも》ひやりつゝ、植《うへ》ゑたるを見《み》て

130 宮城野《みやぎの》を思《おも》ひ出《い》でつゝ移《うつ》しけるもとあらの小萩花咲《こはぎはなさ》きにけり

返し

補注。

126 夫木抄・巻二四。名取川は、川にいる鳥に鳴かれても、その下を流れ行く水は増すかとも思うよ。○名取川—能因歌枕・陸奥国に、「白河の関」(一〇一)、名取川、「武隈の松」(一〇七)と見える。宮城県名取市を流れる川で、仙台湾に注ぐ。○ながれ—「鳴かれ」に「流れ」を掛ける。→**補注**。

127 後拾遺・恋一。夫木抄・巻三三。錦木は立てたまま、誰彼のも一緒に朽ちてしまった。「狭布《けふ》の細布」が胸で合わないようにあなたは私に逢ってはくれぬのか。▽「陸奥のけふのさ布のほど狭みまだ胸あはぬ恋もするかな」(古今六帖・第五・作者名不記)に拠ろう。→**補注**。

128 夫木抄・巻二二。石にさえなるというものを、人を待つのに、どうして我が身は消えてしまいそうになるのでしょう。○石とだになりける—出征する夫を山上で見送り、別れを悲しんだ妻が、そのまま石に化したと伝える。中国六朝時代の短編小説幽明録などに基づく。石は現湖北省武漢市の北方、山上にある。▽恋情を望夫石によって訴えた恋歌の代作。

129 移ろう菊を思い出させて下さったが、それより前にはっきりと見えてしまったよ。あなたの心移りは。○菊のをかしううつろひたる—菊の花が美しく色変わりした。菊の霜にあたって変化した色を賞美した。「色かはる秋の菊をば一年にふたたびにほふ花とこそ見れ」(古今・秋下読人不知)。▽女から菊花のことを言い送られた男の代作。

130 あの宮城野に咲くという萩に思いを馳せながら、あなたが自邸に移し植えた本荒の小萩の花が今こうして美しく咲いていますね。○宮城野—陸奥国。能因歌枕(広本)に「野をよまば、嵯峨野、交野、宮城野、春日野など詠むべし」と見える。秋草や萩で有名だった。→**補注**。

131 宮城野を恋しく思う私の宿にとっては、あなたのかけてくださるほんの少しの言葉さえもしみじみと感じられますよ。○露かくる言の

131 宮城野《みやぎの》を恋《こ》ふる宿《やど》には露《つゆ》かくる言《こと》の葉《は》さへぞあはれなりける

中宮　亮《(のすけ)》為善《ためよし》の朝臣のもとより、萩《はぎ》につけて、かういひお《を》こせたり

132 人知《し》れず秋をぞ見《み》つるわが宿《やど》の小萩《こはぎ》がもとの下葉《したば》ばかりに

返し

133 手にむすぶ水にもしるし秋はなほ《を》萩《はぎ》の下葉《したば》の色《いろ》ならねども

津《つ》の国《くに》へ行《ゆ》くとて

134 蘆《あし》の屋《や》の昆陽《こや》のわたりに日は暮《く》れぬいづち行《ゆ》くらん駒《こま》に任《まか》せて

猪名野《ゐなの》といふところを行《ゆ》くとて

135 思《おも》ふことなければぬれぬわが袖《そで》をうたゝある野《の》べの萩《はぎ》の露《つゆ》かな

忘草《わすれぐさ》を見《み》て

136 思《おも》ふ人《ひと》ありもこそすれ忘草《わすれぐさ》〔生《お》ひけりゆかし猪名《ゐな》の中《なか》道

ものの中より産衣《うぶぎぬ》といふ物を見つけて

葉―萩に置く「露」に「少し」の意を掛ける。「言の葉」は前の能因詠を指す。「野」「露」「葉」が縁語。→**補注**。

132 人知れず秋を見つけましたよ。わが宿の小萩の根もとの下葉が色づいていて。○中宮亮為善の朝臣→八九、九〇。源為善。長元七年（一〇三四）五月十五日「月是為松花」題詩会に「中宮亮為善」が確認される（中右記部類紙背漢詩集・巻五）。○萩の下葉―萩は根もとの下葉から色づく。「この頃のあか月露にわが宿の萩の下葉は色づきにけり」（拾遺・雑秋・柿本人麻呂）。▽小萩の下葉の色づきに「秋をぞ見つる」という為善の感動。

133 手にすくう水の冷たさにも、秋はやはりはっきり感じられます。萩の下の葉の色づきを見るまでもなく。▽旧知の為善に対する能因の返歌。

134 後拾遺・羇旅。蘆の屋の昆陽のあたりで日が暮れてしまった。どちらに行くのだろう、駒の行くににまかせてみよう。○蘆の屋の昆陽―蘆の屋は兵庫県芦屋市を含む広大な地域。昆陽→八五補注。共に摂津国。「あしの屋のこやとゝいはゞ津の国の難波の事もいはずあるべき」（兼盛集）。○駒に任せて―「夕やみは道も見えねど旧里は本こし駒にまかせてぞくる」（後撰・恋五）。韓非子・説林上に見える「老馬之智」に基づくか。→**補注**。

135 後拾遺・秋上。夫木抄・巻一一。もの思いもないので（秋の風情を楽しんでいる）私の袖を、意外にも泣いているかのようにしっとりと濡らしてしまった野辺の萩の露だなあ。○猪名野―摂津国にあった古代の野。○うたゝある―意外にも。ひどく。→**補注**。

136 夫木抄・巻二一。思う人はありもしましょう。猪名の中道には忘れ草が生えていますけれど、あの人のことを知りたいのです。○忘草―能因歌枕に「忘草とは、萱草をいふ。すみよしのきしにおふ」とある。「忘れる」意から「人に忘れられる」意も。▽一三六下句～一三八上句ま

137 たらちねの昔《むかし》の袖を見《み》つるかな鵜萱《うがや》ふきけんときの衣に

西院《さい》のいむに、はやう見《み》し人を問《と》はするに、その人《ひと》もいまはなしといはせて、女のすみれ摘《つ》むあり、それをよびて、かくきこえよとて

138 いその神ふりにし人を尋《（たづぬ）》れば荒《あ》れたる宿にすみれ摘《つ》みけり

遠江に、公資《（きんより）》朝臣許に送レ之于レ時在二摂州一

139 目《め》にちかき難波《なには》の浦《うら》に思ふ哉《（かな）》浜名《はまな》の橋《はし》の秋霧《ぎり》の間《ま》を

想像奥州十首

三江浦月

140 さ夜ふけて宮こに出《い》づる月影《かげ》をみつ江《え》の浦《うら》に宵《よひ》に見《み》しかな

武隈《たけくま》の松

141 あとなくていくよ経《へ》ぬらんいにしへはかはり植《う》ゑ《へ》けん武隈《たけくま》の松《まつ》

宮城《みやぎ》野

で底本欠。榊原家本により補う。底本では一三六の上句に一三八下句がつながり一首となっている。→補注。

137　父親の昔の袖を見たことだよ。私が生まれ、鵜の羽で葺いた産屋にいた時の産衣に。〇産衣―生まれた子に初めて着せる衣。〇たらちね―能因歌枕に「父をば、たらちねといふ。母をば、たらちめといふ」とある。→補注。

138　新古今・雑中。昔からの人を尋ねてみると、その人は亡くなって、荒れた宿では菫を摘んでいました。〇西院のいむ―西院は淳和天皇退位後の後院となった淳和院の別称。山城国葛野郡西院村。院は建造物自体。〇はやう見し人→一〇六。以前会った人。〇いその神―「ふる」の枕詞。能因歌枕に「いそのかみとは、ふるき物をいふ」とある。→補注。

139　すぐ目の前にある難波の浦を見て思いやることです。あなたがいらっしゃる浜名の橋が秋霧の間に見え隠れするのを。〇遠江―静岡県西半部。〇公資→八八。〇難波の浦→四八。能因歌枕・摂津国に見える。〇浜名の橋―能因歌枕・遠江国に見える。浜名湖に掛かる橋。→補注。〇想像奥州十首―かつての奥州下向の旅（初度一〇一・再度一〇四～一一二）を基に、都でその歌枕の地を思い遣っての十首。

140　夫木抄・巻二五。さ夜ふけて都に出る月の光を、三江の浦では宵のうちに見たことだよ。〇三江浦―所在地未詳。「みつのえのあま人」（一四八）。〇宮こ―都。

141　跡形も無くなってからどれほどの年月が経ったのだろう。昔は、枯れる度に植えかえていたという武隈の松なのに。〇武隈の松→一〇七。〇上句―一〇七上句「武隈の松はこのたび跡もなし」を承ける。〇かはり植ゑけん―能因の兄弟子嘉言の作「けふ見れば老いはてにけり武隈のかはりの松を植へやかへまし」（嘉言集）がある。

142 宮城野《みやぎの》に秋の夕暮《ゆふぐれ》むしのねを草枕《くさまくら》にていく夜寝《ね》にけん

末《すゑ》の松山《まつやま》

143 白波《しらなみ》の声《こゑ》に松風《まつかぜ》うちはへてたえせぬものを末《すゑ》の松山《まつやま》

塩釜《しほがま》の浦《うら》

144 塩釜《しほがま》の浦《うら》に波立《なみた》ちさ夜ふけてわが身《み》のうへと思《おも》ひしものを

籬《まがき》の島《しま》

145 面影《おもかげ》のなほ《を》忘《わす》られでみゆるかな籬《まがき》の島《しま》とむべもいひけり

なでしこのやま

146 つねにわが旅寝《たびね》せしかな奥玉《をくたま》のなをなつかしみなでしこの山《やま》

姉歯《あねは》の橋《はし》

147 朽《く》ちぬらん姉歯《あねは》の橋《はし》も朝《あさ》な〳〵浦風《うらかぜ》吹《ふ》きて寒《さむ》き浜辺《はまべ》に

みつの江《え》のあま人

148 藻塩《もしほ》やく海人《あま》だに今《いま》は住《す》まずとかみつ江《え》の浦《うら》に煙《けぶり》たえつゝ

142 宮城野で秋の夕暮に、虫の音を旅寝の枕に聞きながら、幾夜寝ただろう。○宮城野→一三〇。陸奥下向時の詠はない。○草枕—「草枕とは、草してゆひたる枕を云。旅をもいふ」（能因歌枕）。▽嘉言の陸奥国「興の井」での一首に「草枕ほどぞ経にける都出ていく夜か旅の月に寝ぬらん」（嘉言集）がある。

143 白波の音に松風も趣をそえて、音の絶えることのない、末の松山だなあ。○末の松山→一〇八。○うちはへて—ずっと引き続いて。

144 塩竈の浦に波が立ち夜もふけて、面の波立ちは我が身のこととばかり思っていたのに。○塩釜の浦→一〇九。○波立ち—海の波立ちから面の波立ちを連想。面の波立ちは面の皺を指す。「面上皺／天つ風吹飯の浦にあらねどもわが面影は波ぞ立ちそふ」（二〇一）。→補注。

145 面影が今なお忘れられずに目に浮かぶことだ。籬の島とはなるほどよく言うなあ。○籬の島—能因歌枕・陸奥国に見える。塩竈湾内の島の一つ。○面影—「籬の島」から連想。▽陸奥下向時に、能因は籬の島を詠んでいない。その島に、籬—垣間見—面影と連想を飛ばして思いを馳せる。

146 夫木抄・巻二〇。いつも私は旅寝したことだよ。撫で慈しんだ子を思わせる奥玉のなでしこ山の名が慕わしくて。○なでしこのやま—未詳。「撫でし子」の意あり。○奥玉—陸奥国。次の姉歯の橋に近い。○なを—名を、汝をの掛詞。▽なでしこという愛らしい名にちなんだ一首。

147 夫木抄・巻二一。朽ちてしまったろうよ、姉歯の橋も。毎朝浦風が吹いて寒い浜辺で。▽奥玉のなでしこの山、姉歯の橋と旅したのであろう。→補注。

148 夫木抄・巻二五。藻塩を焼く海人さえ今は住んでいないとか、三江の浦には塩焼く煙も絶えて。→補注。

野田《のだ》の玉川《がは》

149 夕《ゆふ》されば汐《しほ》風越《こ》して陸奥《みちのく》の野田《のだ》の玉川千鳥《たまがはちどり》鳴《な》くなり

藤《ふぢ》の花《はな》

150 わが宿《やど》に咲《さ》く藤見《ふぢみ》れば紫《むらさき》の色《いろ》ます灰《はひ》は朝《あさ》ぼらけかな

はやう見《み》し山《やま》［　］とのにいたりて、三首

151 いそのかみふりにし里《さと》をきてみればわれを誰《たれ》ぞと人ぞ問《と》ひける

152 玉ぼこの道《みち》さへことに今日見《けふみ》ればしるべいるべくなりにける哉《かな》

153 松風《まつかぜ》の吹《ふ》く音《をと》のみぞ日ぐらしにむかしの声《こゑ》はかはらざりける

山川《やまかは》にてあふとて

154 足引《あしひき》の山下水《したみづ》に影《かげ》みれば眉白《まゆしろ》たへになりにけるかな

津《つ》の守保昌《かみやすまさ》の朝臣と難波江《なにはえ》におなじ舟《ふね》にて詠《なが》めける

149 新古今・冬。続詞花集・冬。夕べになると陸奥の野田の玉川を吹き越す汐風のかなたより、千鳥の鳴く声が、その風にのって聞こえてくるよ。〇野田の玉川―宮城県塩竈市から多賀城市留ヶ谷を流れる川。能因の歌が初出、以後歌枕として定着、「陸奥の野田の玉川見わたせば汐風かけてこほる月影」（建保四年内裏百番歌合　順徳院）などが生まれる。→補注。

150 我が家に咲く藤の花を見ると、朝ぼらけの紫が鮮やかだ。紫の色を深くする灰は朝方の明るさであったのだ。〇色ます灰―色を増す灰。紫草の根で染める時、媒染剤として、灰を用いる。「紫のそこまて匂ふ杜若かげさす水は灰にや有らん」（保憲女集）〇朝ぼらけ―夜がほんのり明ける頃。→補注。

151 万代集・雑二。昔住んで、それから久しく経った山里に来て眺めやっていると、私のことを「どなた」と見知らぬ人が問うことだ。〇いそのかみ→一三八。

152 今日見ると、道までも昔と変わって、道標が必要になってしまったことだ。〇玉ぼこの―「道」「里」などに掛かる枕詞。「道　たまほこといふ」（能因歌枕）。〇こと―異。変わったり、違ったりしていること。〇いる―要る。必要である。

153 続詞花集・雑中。松を吹き渡る風の音ばかりが一日中、昔の声そのままだ。〇松風―能因の好んだ素材。〇日ぐらしに―一日中。嘉言の一首「ひぐらしに山路の昨日しぐれしは富士の高嶺の雪にぞありける」（玄玄集）。→補注。

154 新古今・雑下。山の麓を流れる水に映る我が姿を見ると、眉も白くなったことだ。〇足引きの―山の枕詞。〇山下水―山下を流れる水。〇影―水に映る我が身の姿。▽長元七年（一〇三四）四十七歳の詠。「眉白たへになりにけるかな」に感慨が窺われる。

155 万代集・雑四。夫木抄・巻二五。水轄をかけるべきでした。この難波潟では舟を打つ

155 みくさみぞ懸《か》くべかりける難波潟舟《なにはがたふね》うつ波《なみ》に寝《い》こそ寝《ね》られね

天《あま》の川《かは》といふ所《ところ》に

156 われならぬ人も渡《わた》ると天《あま》の川《かは》たなばたつめも今日《けふ》や見《み》るらん

夜の雪《ゆき》

157 降《ふ》る雪《ゆき》やふりまさるらんさ夜ふけて籬《まがき》の竹の一《(ひと)》よ折《お》るなる

浜名《はまな》の橋《はし》をはじめて見《み》て

158 今日《けふ》見《み》れば浜名《はまな》の橋《はし》を音《と》にのみ聞《き》きわたりけることぞくやしき

下

長元八年夏、関白殿歌合十首

左　月

159 月影《かげ》の夜とも見《み》えずてらすかな朝日《あさひ》の山《やま》を出《い》でやしつらん

池《いけ》の水《みづ》

波音で寝られません。○津の守保昌の朝臣→一三○補注。○詠め―口ずさむ。→**補注**。

156 天の川を、自分以外の人も渡っていくと、織女も今日は見ているだろうか。○今日―能因が天の川に来たこの日。○渡る―中国では、天の川を渡るのは織女と考えられていた。▽中国式慣習を踏まえて、織女の側に立って詠んでいる。→**補注**。

157 降っている雪はいっそう降りまさっているのだろうか。（積もった雪の重みで）夜も更けて、籬の竹が一節折れているようだ。○一よ―一節。○折るなる―音によって竹が折れているさまを推測する。→**補注**。

158 今日みると、今まで話にだけ聞いてきたのが悔やまれる。○浜名の橋→一三九。○聞きわたり―聞き続ける。「わたる」は橋の縁語。→**補注**。

○長元八年夏、関白殿歌合十首―能因集・下巻はこの歌合（一五九～一六八）から始まる。能因の歌の力量が公に認められるようになったのは、この歌合からであった。「関白殿歌合」は、催された藤原頼通の邸宅にちなみ賀陽院水閣歌合と称される。→**補注**。

159 雲葉集・秋中。月の光が夜とも思えぬほどに照らしているよ。朝日山から出たのでもあろうか。○長元八年夏―長元八年（一〇三五）五月十六日。○左　月―左方、月。○朝日の山―京都府宇治市。宇治橋東南の宇治川右岸。▽撰外歌。→**補注**。

160 千代《ちよ》をへてすむべき宿《やど》の池水《いけみづ》は松《まつ》の緑《みどり》に色《いろ》ぞ見《み》えける

五月雨《さみだれ》

161 五月雨《さみだれ》になりにけらしなふみしだく田子《たご》のもすそをほすほどもなし

郭公（ほとゝぎす）

162 ほとゝぎすきなかぬよひのしるからば寝《ぬ》る夜《よ》も一夜（ひとよ）あらましものを

菖蒲

163 わぎもこが袂《たもと》にかくるあやめ草《ぐさ》見《み》ればよどのに引《ひ》くにぞ有（あり）ける

蛍《ほたる》

164 夏虫《なつむし》はうらやましくや思《おも》ふらんお《を》のが思《おも》ひにもえぬ蛍《ほたる》を

照射《ともし》

165 人《ひと》こそはさはに寝《ね》ざらめともす火《ひ》に鹿《しか》さへ目《め》をもあはせぬやな

160 千年も栄え住み継がれるべき家の澄んだ池の水には、水辺の松が映え緑に見えることよ。○すむ―住むと澄むの掛詞。○宿―賀陽院。▽撰外歌。

161 五月雨になったようだ。田を踏みつける田子の裳の裾を干す間とてない。○田子のもすそ―田子は農夫。匡房に殿上後番歌合「五月雨」題で詠んだ「五月雨は田子のもすそやくちぬらん衣干すべきひましなければ」（江帥集）がある。四月廿八日の二日後、四月晦日に行われた。▽撰外歌。↓補注。

162 後拾遺・夏。後六々撰。ほととぎすの来て鳴かない宵が始めからはっきり分かっているのなら、いたずらに待つことなくゆっくり寝られる夜も一晩くらいあろうのに。○しるからば―形容詞「著し」の未然形。「ほと、ぎす来なく道だにしるからば逢坂までも行くべきものを」（頼実集）。▽撰外歌。↓補注。

163 我が妻が袂にかけているあやめ草は、見ると、淀野、いや夜殿で引いているものだったよ。○袂にかくる―五月五日の節句には女性があやめを袂に付けて邪気を払った。「あやめ」「かくる」「引く」は縁語。○よどの―「淀野」と「夜殿」を掛ける。淀野は山城国。京都府伏見区淀付近の野。あやめ草や真菰の自生地として知られた。「あやめにもあらぬ真菰をひきかけしかりのよどのも忘られぬかな」（相模集）。▽撰外歌。

164 夫木抄・巻八。夏虫は羨ましく思っているだろうか、自分の思いの火で燃えることのない蛍を。○夏虫・蛍―「夏虫とは 女によりて身をいたづらになす物にたとふ 蛍とは おもひかくれぬ物にたとふ」（能因歌枕）。○おのが思ひ―「ひ」に「火」を掛ける。「さ月山ともしにえたるかり人はおのが思ひに身をや焼くらん」（重之集）。▽撰外歌。↓補注。

165 人は狩の時、寝ないのであろうが、灯された火に鹿までが目を合わせず（眠らず）、出会わないでいるのはどうして。○照射―「ともしとは 火ともして狩するをいふ」（能因歌枕）。

ぞ

なでしこ

166 しのゝめの明《あ》くるほどなきみじか夜にうしろめたきはなでしこの花

恋《こひ》

167 黒髪《くろかみ》の色《いろ》かはるまでなりにけりつれなき人を恋《こ》ひわたるとて

祝《いはひ》

168 君《きみ》が世は白雲《しらくも》かゝる筑波嶺《つくばね》の峰《みね》のつゞきの海《うみ》となるまで

むら雲《くも》の阿闍梨《あざり》のかたにて、海《うみ》の近《ちか》う見《み》ゆれば

169 足引《あしひき》の山の高嶺《たかね》にのぼりてぞ榎津《えなつ》の海《うみ》はちかく見《み》えける

人々《〳》桜《さくら》の花の歌《うた》よみけるほどに、津《つ》の国《くに》より上《のぼ》りあひて

170 難波江《なにはえ》は霞《かすみ》たなびくことこそあれ春《はる》の桜《さくら》は宮こなりけり

保昌朝臣の六条の家にて、人々《〳》夏の陰《かげ》は花にまされりとい

歌合題としては本歌合が初出。〇さはに―多く。たくさん。〇目をもあはせぬ―目をつぶって眠る意に出会う意を掛ける。「さ月山ゆずゑふりたてともす火に鹿やはかなく目をあはすらん」（新拾遺・夏・崇徳院）。▽撰外歌。

166 しののめに早くも明けそめる短か夜に、気がかりなのは、なでしこの花であるよ。〇しのゝめ―「あかつきはる、程をば しのゝめといふ、あけはなる、空のしのゝめに似たるなり」（能因歌枕）。夜明け。〇うしろめたき―気がかり。〇なでしこの花→二〇。▽撰外歌。→補注。

167 我が黒髪は白髪と化してしまいました。冷たいあの人を恋いつづけて。〇黒髪の色かはるまで―恋の懊悩のための白髪。▽本歌は「黒髪の色もかはりぬ恋すとてつれなき人にわれぞ老いぬる」（十巻本歌合）として歌合に撰歌され、右方の藤原頼宗詠「あふまではせめて命のをしければ恋こそ人のいのりなりけれ」と番い、負となった。

168 詞花・賀。後葉集。君が代は、白雲のかかる筑波の山々が続いていって、海と変わるまで久しくあってほしい。〇白雲かゝる筑波嶺の峰→一〇五。「かずおほきをば つくばねといふ」（能因歌枕）。▽本歌は歌合に撰歌され、右方の藤原兼房詠「おもひやれ八十氏人の君がため一つ心にいのるいのりを」（十巻本）と番い、負となった。後に源俊頼は能因歌を念頭に「君が代は松のうは葉に置く露のつもりて四方の海となるまで」（散木奇歌集）と詠んでいる。

169 夫木抄・巻二三。山の高嶺に登ってみると、榎津の海は間近に見えることよ。▽山の高嶺から、榎津の海が意外に近く見えた驚き。→補注。

170 難波江は霞がたなびいて美しいことはあるけれども、春の桜は都に限るなあ。〇難波江→三三、六二。葦で著名。ここでは「心あらん人に見せばや津の国の難波の浦の春の景色を」（八三）のように、摂津国の優艶な春景色を代表するものとして用いられている。→補注。

ふ題をよむに

171 なか〱に苔《こけ》のしとねをうちはらふ木《こ》の下陰《したかげ》は花にまされり

土佐《とさ》の守登平《かみなりひら》の朝臣の下《くだ》るに、二条の宮の亮《すけ》の家にて、水のほとりに別《わかれ》を惜《お》しむ心、人々よむに

172 別《わか》れゆくかげは汀《みぎは》にうつるともかへらぬ波《なみ》にならふなよ君《きみ》

十月ばかりに、常盤《ときは》の杜《もり》を過《す》ぐるとて

173 しぐれの雨そめかねてけり山城《しろ》のときはの杜《もり》のまきの下葉《したば》は

美濃《みの》へ下《くだ》るとて、梓《あづさ》の山にて

174 宮木《みやぎ》引《ひ》く梓《あづさ》の杣《そま》をかき分《わ》けて難波《なには》の浦《うら》を遠《とを》ざかりぬる

近江《あふみ》の海《うみ》のほとりを行《ゆ》くとて

175 朝《あさ》ぼらけ近江《あふみ》の海《うみ》をうち見《み》れば浜《はま》さへ生《い》けるかひなかりけり

山中にて九月尽《つ》くるに、一人《ひとり》ながめける

176 山姫《ひめ》もいそぎたつらん明日《あす》よりは紅葉《もみぢ》の錦《にしき》衣替《が》へにと

171 しとねのごとき苔を清めて、涼んでいる夏の木陰は、かえって春の花よりも優っていますよ。○保昌朝臣→七七。○六条の家→一三○。○苔のしとね—一面に生えた苔を敷物に見立てている。▽「みさぶらひみ笠と申せ宮城野の木の下露は雨にまされり」(古今・東歌)に拠る一首。保昌朝臣の六条の家の庭は、「宮城野の萩を思ひやりつゝ、植ゑ」ていた。

172 別れて行くあなたの姿は、この水際に映っても、かえり来ぬ波には従わないで帰って来て下さい、あなた。○かへらぬ波—池の波なので、寄せも返しもしないのであろう。▽「月影はあかず見るともさらしなの山のふもとにながゐすな君」(拾遺・別・紀貫之)に拠る。→補注。

173 新古今・冬。木々を紅葉に染める時雨の雨も、さすがに染めかねたことだよ、この山城の常に変わらないという名の常盤の杜の真木の下葉ばかりは。○常盤の杜—山城国。もと嵯峨天皇の皇子左大臣源常《とき》わの山荘があったことによるという。→補注。

174 千載・羇旅。宮木を伐り出す梓の杣を分け入って、難波の浦からはるかに遠ざかったなあ。○美濃—今の岐阜県南部。○宮木引く梓の杣—「宮木」は宮殿を建てるための用材。「梓の杣」は梓の林の山。「宮木引くあづさの杣に立つなみのやむ時もなく恋ひわたるかな」(古今六帖・第二・作者名不記)。▽長元九年(一〇三六)秋の一七四～翌十年春の一七八までは美濃下向時の詠である。→補注。

175 明け方に近江の湖を見てみると、私の生き甲斐はもちろん、浜さえも生きている貝がないのだなあ。○近江の海—琵琶湖。○朝ぼらけ—夜がほのぼのと明ける頃。○生けるかひ—かひは「甲斐」と「貝」の掛詞。

176 山姫も急ぎ裁っているだろうよ、明日からは全山の紅葉の錦も衣がえだというので。○山中—岐阜県不破郡関ヶ原町山中。○山姫—「山ひめとは　神をいふ…秋をそむる神をいふ」

春、美濃の南宮にて、二首

榊木　神楽歟本ニ

177 をとめごがとる神垣《かみがき》の榊《さかき》葉《ば》とやとせ椿《つばき》はいづれ久《ひさ》しき

瑞籬花

178 万代《よろづよ》をこめて標結《しめゆ》ふ瑞垣《みづがき》の花《はな》をぞ人はかざすべらなる

故津守保昌朝臣の六条の家を見《み》れば、宮城野思《みやぎのおも》ひ出《い》でて植《う》ゑ《へ》し秋草《ぐさ》どもいとあはれなり

179 宮城野《みやぎの》をうつしし宿《やど》の秋《あき》の野《の》は忍《しの》ぶ草《ぐさ》のみ生《お》ふるなりけり

又有二庭松一。主人平生相語云、予年老植二此松一、衆賓之嘲也、雖レ然手自移衆二君子之節一、向後何無二五大夫之賞一哉。予昨聞┐置之一、今見二斯松一、慨然而有レ感、仍詠レ之

又庭の松有り。主人平生相語りて云はく、予年老いて此の松を植う、衆賓の嘲なり、然りと雖も手自《てづか》ら移して君子の節を衆《あつ》む、向後何《いづ》くんぞ五

（能因歌枕）。「おなじ枝をわきて染めける山姫にいづれか深き色ととはばや」（源氏物語・総角・薫）。▽秋から冬への移り変わりを衣更によって詠むことはある。「衣更へけふはとくせむうらもなくなるれど疎き色はうとまじ」（相模集）。ここは山姫を主体にしたところが趣向である。

177 舞姫の手に持つ神垣の榊葉と、やちとせ椿は、どちらが久しいのでしょう。〇南宮―南宮神社。美濃国一宮。〇をとめご―「おとめとは　舞する女をいふ」（能因歌枕）。〇とる―手に持つ。〇やとせ椿―やちとせ椿。「君が代は白玉椿八千代ともなにかかぞへむかぎりなければ」（後拾遺・賀・藤原資業）。四月一五日の奥宮での椿祭は、豊明節会に神社の巫女が白玉椿を献上していたことにちなむ。「みの山の白玉椿いつよりか豊明にあひはじめけん」（新拾遺・冬・藤原行家）。→補注。

178 万代をこめて標縄が張られている瑞垣の花を、人が挿頭にしているようだ。〇瑞籬花―「みづかきをば　ひさしきものをいふ」（能因歌枕）。神社の垣根をたたえていう。

179 宮城野を模したこの宿の秋の野は、昔を偲ぶという忍草ばかりが生えているなあ。〇故津守保昌朝臣→七七。藤原保昌。傍書に「長元九年卒云々」とあるように長元九年（一〇三六）七月廿八日に亡くなる（歴代皇紀）。〇六条の家→一三〇。〇宮城野→一三〇。〇忍ぶ草―「しのぶ草とは　いゑともいふ」（能因歌枕）。亡き人を「偲ぶ」意をこめる。「しのぶのわたり」（一〇六）と同じ用法。→補注。

大夫の賞無からんや。予昨《むかし》之を聞き置く。今斯の松を見、慨然として感有り。仍て之を詠む。

180 植《う》ゑ《へ》置《を》きて雨と聞《き》かする松風《まつかぜ》にのこれる人は袖《そで》ぞぬれける

春、故観教法眼の紅梅を思《おも》ひやりて、もろともに見《み》し人のもとにかういひやる

181 いとまなみ君《きみ》が見《み》ぬ間《ま》に梅《むめ》の花《はな》あかなく色《いろ》のもしや散《ち》るらん

返し為善《ためよし》の朝臣

182 紅《くれなゐ》の涙《なみだ》にそむる梅《むめ》の花《はな》むかしの春《はる》を恋《こ》ふるなるべし

庭《には》の梅を翫《もてあそ》ぶ

183 折《お》る袖《そで》ぞ雪《ゆき》げの露《つゆ》にぬれにける梅《むめ》の花笠《はながさ》かひなかりけり

浜名《はまな》のわたりへ行《ゆ》くとて

184 さすらふる身はいづくともなかりけり浜名《はまな》の橋《はし》のわたりへぞ行《ゆ》く

180 続古今・哀傷。植え置いて雨かと聞き紛らわす松風の音に、残された私の袖は涙でぬれることよ。○衆君子之節―君子之節は、松が色を変えないことを君子に比喩した表現。○五大夫―松の異名。秦の始皇帝が雨宿りした松に五大夫の爵位を与えたという史記・秦始皇本紀に載る故事に基づく。○雨と聞かする松風―風の音を雨音と聞き取るのは、「風吹二枯木一晴天雨、月照二平沙一夏夜霜」（和漢朗詠集・夏・夏夜・白楽天）など詩文表現に基づく。とくに白楽天が多い。→**補注**。

181 忙しくばかりしていてあなたが見ることもないうちに十分堪能もせず、あの御願寺の紅梅はひょっとすると散ってしまうでしょうか。○故観教法眼→一八御願。「御願寺僧都」と号した観教を指す。○もろともに見し人―返歌の主が「為善の朝臣」とあるから、源為善である。観教は光孝源氏で、為善の大叔父に当たる。永愷が一八歌を詠んだ時、為善と一緒に観教の住持した御願寺の紅梅を見たことがわかる。○思ひやりて―その紅梅を、この贈答歌の折りは眼前に見ていない。▽長暦二年（一〇三八）春の詠。寛弘四年（一〇〇七）の「早春に、翫二御願紅梅一」（一八）に照応。

182 紅涙に染まっている梅の花、それはきっと昔の春を恋しく思っているのでしょう。○為善の朝臣→八九・一三二。○紅の涙―血の涙。→**補注**。

183 夫木抄・巻三。枝を折る袖が雪消の露で濡れてしまった。梅の花笠というが、甲斐のないことだ。○雪げの露―雪げは「雪消」、「雪消の露」は弧例。○梅の花笠―梅の花の比喩表現。「青柳をかた糸によりて鶯のぬふてふ笠は梅の花笠」（古今・神遊びの歌）に拠る。▽梅の花笠の笠を利かした趣向。

184 続詞花集・旅。さすらうこの身は、何処へ行くという当てもありません。心の赴くまま、遠江の浜名の橋の辺りに行くのです。○浜名の橋→一三九。→**補注**。

蛙《かはづ》のいたく鳴《な》くところにて

185 み丶な草《ぐさ》植《う》う《ふ》べかりけり蛙《かはづ》鳴《な》く苗代《なはしろ》水のちかき宿《やど》には

月の夜蚊遣火《かやりび》たつるを見《み》て

186 曇《くも》るべきほどにあらねど蚊遣火《かやりび》も月見《み》るときにたてじとぞ思《おも》ふ

美州に五首　閑居五首　望レ鶴

187 万代《よろづよ》をあしたのほどに見《み》つるかなむれたる鶴《たづ》の数《かず》のよはひに

等社有二神人舞一

188 祝子《はふりこ》もゆふかづらせり山姫《やまひめ》のかみうちとけて物《もの》がたりせよ

見二山中禅僧一

189 白雲《しらくも》のたなびく山の嶺《みね》にすむ君を見《み》るときわが身かなしも

鹿鳴草

190 錦《にしき》にもお《を》りつべらなり我《(わが)》宿《やど》のいとよりかくる秋萩《はぎ》の花《はな》

思二往事一

185　耳無という名を持つ耳無草を植えるといいのになあ。蛙が鳴く苗代水の近いこの宿では。〇み丶な草—耳無草。ナデシコ科の多年草。「み丶なれ草をば　荒れたる畑などに生ふなどいふ」（能因歌枕）。「摘めど猶みみな草こそあはれなれあまたしあればきくもありけり」（枕草子・七日の日の若菜を）。→補注。

186　蚊遣火もけむって曇るほどではないけれど、月を見る時には立てまいと思うよ。〇蚊遣火—「かやり火とは　夏にはにたく火をいふ」（能因歌枕）。蚊を追い払うためにいぶす火。〇蚊遣火も月—「夏の夜の月見ることやなかるらん蚊遣火たつる賤の伏屋は」（山家集）。

187　万代を一朝のうちに見たことよ、あの群がる数々の鶴の齢に。〇美州—美濃国。〇閑居五首—「美州に五首」（一八七～一九一）に加えて「閑居五首」と題する。詩文に由来しよう。白氏文集・巻六九に「春日閑居三首」という詩題がある。〇あしたのほどに—「あした」は朝。一朝のうちに。〇むれたる鶴—長寿・吉祥の象徴。「よも長くみぎはにしげる葦の根はむれゐる鶴になにかおとらむ」（相模集）。→補注。

188　巫女も木綿鬘をして舞いました。舞うにつれ髪もほどけましたが、山姫の神もうちとけてお話ください。〇祝子—神人に同じ。巫女をもいう。〇ゆふかづら—木綿の髪飾り。〇山姫→一七六。〇かみうちとけて—一孤例。「かみ」は神と髪の掛詞。「うちとく」も「心を許す」と「ほどける」の掛詞。→補注。

189　白雲のたなびく山の嶺に住み心を澄ませて没入する貴君を見ると、我が身が悲しくなります。〇禅僧—雑念を退け、絶対の境地に到達するための瞑想を修する僧侶。この禅僧に懐円（道済男）を挙げる説がある（増田繁夫）。→補注。

190　夫木抄・巻一一。錦にも織ってしまいそうだ。我が宿の糸を縒り懸けたように咲いている秋萩の花は。〇鹿鳴草—萩の異名。「鹿鳴草爾雅集注云萩〈略〉一名蕭」（和名類聚抄）。→補

191 老の後《ち》ふたゝびわかくなることはむかしを夢《ゆめ》に見《み》るにぞ有《(あり)》ける

五月に庚申夜、時鳥三首

192 一声《こゑ》はあかなくものをほとゝぎす待《ま》つよのかずに鳴《な》きわたるかな

193 夏《なつ》の夜は夢路《ゆめぢ》ぞたえてなかりける山ほとゝぎす待《ま》つと寝《ね》ぬまに

194 ほとゝぎす鳴《な》きつる方《かた》の空《そら》だにも五月の闇《やみ》は見《み》えぬなりけり

ある所の歌合に人に代《かは》りて、霧《きり》

195 見《み》わたせば夜はあけにけり玉くしげ二上《ふたかみ》山に霧立《きりた》ちわたり

鹿

196 聞《き》かせばやつれなき人につま恋《こ》ふる竜田《たつた》の山《やま》のさを鹿《しか》の音《ね》を

故筑前守の子《こ》の親範の朝臣の来《き》て、歌詠《よ》み物語などする

注。

191 年老いて後に再び若くなるということは、昔を夢に見るということなのだなあ。○往事―「往事眇茫都似ㇾ夢、旧遊零落半帰ㇾ泉」（和漢朗詠・懐旧・白楽天）。▽長暦二年（一〇三八）五十一歳の詠。

192 一声では満足しないでいるのだが、このほととぎすは待っていた夜の数だけ何度も何度も鳴くことだよ。○五月に庚申夜―庚申夜詠は、寛弘二年（一〇〇五）正月十一日の冒頭十首に見える。五月に庚申は長暦二年五月二十四日。○あかなくものを→一八。○待《ま》つよのかず―「いたづらにすぐる月日を七夕のあふ夜の数と思はましかば」（拾遺・秋・恵慶）に拠ろう。

193 夏の夜は、夢も全く絶えて見ないなあ、山ほととぎすを待つと言って寝ないでいるうちに。→補注。

194 ほととぎすが鳴いた方の空さえ、五月闇では見えないことだなあ。○空だにも―ほととぎすはもちろん、空さえも。○五月の闇―梅雨のころ、雨が降り続いて夜の暗いこと。「五月闇くらはし山のほととぎすおぼつかなくも鳴きわたるかな」（玄玄集・藤原実方）能因が撰んでいる。

195 見渡してみると夜が明けたのだなあ。二上山に霧が立ち渡っているよ。○人に代りて―人は源親範→一九七。○玉くしげ→一二一。明け・はこ・ふたなどの枕詞。○二上山―富山県高岡市と氷見市の間にある山。「ぬばたまの夜はふけぬらし玉くしげ二上山に月傾きぬ」（万葉・巻十七・土師宿禰道良）に拠る。▽次詠と共に、歌合の代作歌で、撰外歌。→補注。

196 聞かせたいなあ、つれないあの人に。妻を恋うて鳴く竜田山のさをしかの声を。○聞かせばや―「聞かせばやあはれを知らん人もがな雲の林の雁の一声」（和泉式部集）。竜田の山―能因歌枕・大和国に見える。また、「山をよまば：たつたやまなどよむべし」とある。紅葉と共に詠まれることが多く、鹿は珍しい。

に、あはれなれば

197 君《きみ》見《み》れば朝倉山《あさくらやま》にかくれにし人にわれこそあふ心地《こゝち》すれ

七夕

198 年《とし》ごとに天《あま》つ星合《ほしあひ》を数《かぞ》ふれば七日《なぬか》といへど一夜《(ひとよ)》なりけり

歎老五首　歯落如㆓朽株㆒

199 うもれ木《ぎ》のわれが朽歯《くちばゝ》はなにはなる長柄《ながら》の橋《はし》の橋柱《はしばしら》かな

目暗不㆑見㆓小字書㆒

200 水《みづ》くきの跡《あと》を霞《かすみ》のたちこめて目《め》にたなびくは老《おい》の春《はる》かな

面上皺

201 天《あま》つ風吹飯《かぜふけゐ》の浦《うら》にあらねどもわが面影《おもかげ》は波《なみ》ぞ立ちそふ

眉如㆑雪

202 春《はる》くれて消《き》えせぬ霜《しも》の残《のこ》れるは眉白《まゆしろ》たへの雪《ゆき》にぞ有《(あり)》ける

老後日月

能因集

197 あなたを見ていると、朝倉山の筑前国で亡くなられた父上に、会っているような気が致しますよ。〇故筑前守―道済。〇親範の朝臣―底本にはみちなりの朝臣とあるが「みちなり」の右傍に「親範歟」とあるのに拠った。〇朝倉山→四五。▽亡き道済を追慕した一首。

198 毎年、牽牛と織女の出会いを数えてみると、七日というけれど一夜のことなのだなあ。〇天つ星合―牽牛星と織女星が会うこと。「袖ひちて我が手にむすぶ水の面に天つ星合の影を見るかな」(長能集)。

199 埋もれ木のごとき私の老いて弱った歯は、古くなって朽ちたあの長柄の橋の橋柱のようだなあ。〇歎老五首―白氏文集・巻十の「歎老三首」題に拠る。一九九～二〇三。能因集の編年配列より長暦三年五十二歳の詠。一九一は長暦二年(一〇三八)五十一歳の詠。〇長柄の橋→一六。壊れたもの、古いものの比喩に使われる。「我ばかり長柄の橋は朽ちにけり難波のことも古る、悲しき」(赤染衛門集)。

200 筆の跡に霞が立ちこめて目にたなびいているのは、老いて迎えた春だなあ。〇水くきの跡―「水くきとは　ふでを云」(能因歌枕)。水くきの跡は筆跡。▽霞目を詠んだ一首。目が暗くなり小さな文字が読めなくなる。

201 天から吹く風で波が立っている吹飯の浦ではないけれども、私の顔には皺の波が立ち加わっているよ。〇波ぞ立ちそふ―皺を波にたとえる。▽顔の皺の波を詠んだ一首。→補注。

202 春も暮れてなお消えないでいる霜が残っているのは、眉の白い雪であったよ。〇眉如㆑雪―「新豊老翁八十八、頭鬢眉皆似雪」(白氏文集・巻三「新豊折臂翁」)。〇眉白たへの→一五四。長元七年(一〇三四)四十七歳の初歎老詠。▽眉の白さに老を感じた一首。「春くれど消えせぬものは年をへて頭につもる雪にぞ有りける」(後拾遺・雑五・花山院)に拠ったか。

203 死出《しで》の山このもかのもの近《ちか》づくは明《あ》けぬ暮《く》れぬといふにぞありける

西勝寺の桜花の松風《まつかぜ》に散《ち》るを見《み》て詠レ之

204 琴《こと》の音《ね》をしらぶる空《そら》にふる雪は松風《まつかぜ》にちる桜《さくら》なりけり

秋社頭に有二黄衣翁一

205 瑞垣《みづがき》にくちなし染《ぞ》めの衣《ころも》着《き》て紅葉《もみぢ》にまじる人や祝子《はふりこ》

有レ所レ歎二首

206 風吹《ふ》けば真砂《まさご》をつなぐ貝《かひ》よりもはかなき世をもたのみつるかな

207 涙《なみだ》こそさえわたるなれ夏《なつ》の夜も霜《しも》やふるらんわれが歎《なげ》きに

長暦四年春、伊予《いよ》の国に下《くだ》りて、浜《はま》に都鳥《みやこどり》といふ鳥のあるを見て、ながむ

208 藻塩《もしほ》やく海人《あま》とや思《おも》ふみやこどり名《な》をなつかしみ知《し》る人にせん

203 死出の山のこちら側、あちら側が我が身に近づいてくるのは、一日が明けた暮れたというように少しもやむことのないものだなあ。○死出の山―「よみぢをば しでの山といふ」(能因歌枕)。○このもかのも―「つくばねのこのもかのもに影はあれど君がみかげにます影はなし」(古今・東歌)。

204 夫木抄・巻四。松風が琴の音を奏でている空に降っている雪は風に散っている桜であるよ。○西勝寺―未詳。陸奥、尾張、越中国に見える。尾張は美濃の隣国だが、創立年代は不明で現刈谷市にある。○琴の音―松風の音の比喩。「琴の音に峯の松風かよふらしいづれのをよりしらべそめけん」(拾遺・雑上・斎宮女御)。

205 新勅撰・神祇。この神聖な瑞垣の中、くちなし染めの黄衣を着て、深紅の紅葉の中に立つ神人の翁であるなあ。○瑞垣→一七八。○くちなし染め―くちなしの実で染めた黄衣。○祝子→一八八。一八八は巫女だったが、ここは翁で男性。春日社で見ると、黄衣を着た人は上位の神人である。

206 風が吹くと砂を吹き寄せる貝よりもはかないような、そんな世を今まで頼みに思っていたことだなあ。○真砂をつなぐ―孤例。▽吹く風と貝の組み合わせは長久元年(一〇四〇)五月六日庚申斎宮良子内親王貝合の一首「漕ぐ人もなぎさに寄する舟貝は吹きくる風や綱手なるらむ」がある。

207 嘆きの涙が冷えわたっている。夏の夜も霜がふるだろうか、私のこの嘆きによって。○夏の夜も霜やふるらん―今は冬で、夏のさまを想像している。霜が冷たさの象徴。

208 藻塩を焼く海人とでも私を思っているのだろうか。都鳥よ、お前の名が慕わしいので、友としよう。○名をなつかしみ→一四六「なでしこの山」。「名を」と「汝を」の掛詞。→**補注**。

こもの花の咲《さ》きたるを見《み》て

209 花《はな》かつみ生《お》ひたる見《み》れば陸奥国《みちのくに》安積《あさか》の沼《ぬま》の心地《こゝち》こそすれ

陸奥国《みちのくに》より上《のぼ》りたる馬のわづらひて、この国にて死《し》ぬるを見《み》て

210 別《わか》るれど安積《あさか》の沼《ぬま》の駒《こま》なれば面影《おもかげ》にこそはなれざりけれ

長久二年之夏、有二天旱一無二降雨一、仍詠二和歌一献二霊社一、有二神感一、廼施二甘雨一昼夜一

211 天《あま》の川苗代水《かはなはしろみづ》にせき下《くだ》せあま下《くだ》ります神ならば神

大守上洛之時、送レ之

212 ことしげき都《みやこ》なりともさ夜ふけて浦《うら》に鳴《な》く鶴《たづ》思《おも》ひお《を》こせよ

九月十三夜の月を、ひとり望レ月詠レ之

213 更級《さらしな》や姨捨《をばすて》山に旅寝《たびね》してこよひの月をむかし見しかな

備中守兼房《(かねふさ)》の館にて、歳暮和歌

209 はなかつみが生えているのを見ると、陸奥の安積の沼のような気がするなあ。○花かつみ―「こもの花をばはなかつみといふ」（能因歌枕）。○安積の沼→一〇二。「陸奥の安積の沼の花かつみかつ見る人に恋ひやわたらむ」（古今・恋四・読人不知）。「五月雨は見えしをざゝの原もなし安積の沼の心地のみして」（範永集）。能因の影響歌。

210 馬とは死に別れてしまったけれど、影（姿）が見えるというあの安積沼の馬なので、その面影がいつまでも私のまぶたから離れないでいることよ。○面影―記憶の中にある姿・容貌。万葉歌「安積山影さへ見ゆる山の井の浅き心を吾が思はなくに」（巻十六・前采女）の「影さへ見ゆる」を踏まえながら、亡くした愛馬の毛色「鹿毛」（褐色に黒を含む）を掛ける。→**補注**。

211 金葉・雑下。天の川を苗代水に堰いて地に降ろして下さい。雨を降らせて天から降臨される神ならば、神よ。○長久二年―一〇四一年。○あま下ります―「天降る」に「雨降る」を掛ける。→**補注**。

212 続後拾遺・離別。続詞花集・別。多端な都にあっても、夜更けには浦辺で鳴く鶴のことを思いやって下さい。○太守→二〇八。伊予守藤原資業。○上洛―長久元年（長暦四年一一月一〇日改元）。○浦に鳴く鶴―伊予に残る能因の比喩でもある。→**補注**。

213 新勅撰・秋下。昔さらしなの姨捨山に旅寝をしてしみじみと月を眺めた、今夜の月に一人向かっていると、その月が思い出されるなあ。○更級や姨捨山→四四。更級は長野県北部にある郡。「わが心なぐさめかねつさらしなや姨捨山にてる月を見て」（古今・雑上・読人不知）により月の名所となった。

214 春《はる》立《た》たばお《を》とづれよ君《きみ》水曲《みはふ》吹きて沼《ぬま》の氷《こほり》の解《と》くるたよりに

望二山雪一

215 紅葉《もみぢ》ゆゑ《へ》心《こゝろ》のうちに標結《しめゆ》ひし山《やま》の高嶺《たかね》は雪《ゆき》ふりにけり

見二海人一

216 藻塩《もしほ》やく海人《あま》の濡《ぬ》れ衣《ぎぬ》ほすみれば磯辺《いそべ》の松《まつ》ぞ泊木《はつぎ》なりける

傀儡子《（くぐつ）》に代《かは》りて、一首

217 いづくともさだめぬものは身なりけり人の心《こゝろ》を宿《やど》とするまに

故公資朝臣の旧宅に一宿、月夜詠レ之

218 主《ぬし》なくて荒《あ》れたる宿《やど》のそともには月の光《ひかり》ぞ一人《ひとり》すみける

与州にて詠レ之、楽府和歌

百練鏡

219 五月雨《さみだれ》に溶《と》くるまがねを磨《みが》きつゝ照《て》る日《ひ》とみゆるますかゞみかな

214 春が立ったなら訪れて下さい、あなた。水曲を吹いて、沼の氷も解けそめるようすがとして。〇水曲―川の流れのまがってよどんでいる所。→補注。

215 後拾遺・冬。紅葉のために心の中で標を結っていた、その山の高嶺に雪が降ったことだよ。〇心のうちに標結ひし―「標結ふ」は標を結んで占有する意。「さを鹿の朝立ちすたく萩原に心のしめはいふかひもなし」(和泉式部集)を踏まえていよう。

216 夫木抄・巻三五。藻塩を焼いている海人の濡れた衣を干すのを見ると、磯辺の松が干し竿なのだなあ。〇泊木―枝のある木に竿や縄などを掛け、干し竿とするもの。▽夫木抄は本歌を「永承五年十一月俊綱朝臣家歌合」としている。→補注。

217 続詞花集・雑下。万代集・雑六。いずこともなく定め落ち着くことのないのは我が身ですよ。求める人の心を住みかとしてこうして世を渡り歩く間は―。〇傀儡子―くぐつ。操り人形を回して見せたりした遊芸の漂民を言い、貴族の宴席に伺候することが多かった。→補注。

218 主を亡くして、荒れた家の外には、月の澄んだ光だけが(住んで)さしているよ。〇故公資朝臣→八八、一三九。大江公資。底本「公資朝臣」の傍書に「長久元年卒云々」と注記するごとく、春記・長久元年(一〇四〇)六月廿五日条に死亡が伝えられる。〇そとも―外面。「我が宿の外面に立てる楢の葉の茂みに涼む夏は来にけり」(恵慶集)。〇すみける―「澄む」と「住む」の掛詞。→補注。

219 夫木抄・巻三二。五月雨にとけるというまがねを鍛練を重ねて磨き上げて、照る太陽かと思われるます鏡だなあ。〇与州―伊予国。〇楽府―ここでは新楽府を指す。〇百練鏡―白氏文集・巻四に収められる詩賦。〇五月雨に溶くるまがね→三。「瓊粉金膏磨瑩已　化為一片秋潭水」(白氏文集・巻四・百練鏡)に拠るか。〇ますかゞみ→四七。▽「新楽府」の百練鏡を歌題とし

屛風歌、后宮献二卯杖一

220 久《ひさ》にふる玉椿《たまつばき》をぞ杖《つゑ》にきるわがすべらぎの御代《みよ》のためしに

子日《(ねのひ)》

221 君《きみ》が代《よ》は子《ね》の日《ひ》の松《まつ》のこだかくて幾《いく》ちよ千世の数《かず》をかもみん

対レ月憶二故備州源刺史一

222 命《いのち》あれば今年《ことし》の秋も月は見《み》つ別《わか》れし人にあふよなきかな

梅為二度レ年花一

223 春風《はるかぜ》に冬のうちよりにほひつゝ二年《ふたとせ》咲《さ》くは梅《むめ》にぞ有《(あり)》ける

青柳

224 浅《あさ》みどりそめかけてけりあをやぎはたが宿《やど》ならん春《はる》の来《き》にける

子日

225 経《ふ》るごとに君が子《ね》の日を数《かぞ》ふればやがて小松《こまつ》の齢《よはひ》なりけり

詠月

ている。

220 久しく続いて変わらない玉椿を卯杖に切りました。我が天皇の御代もかくあれと。○卯杖―正月の初卯日に天皇や皇后に献上した杖。地面を叩いて邪気を払う。○久に経る―「月も日もかはらひぬとも久に経る三諸の山の離宮所」(万葉・巻十三・作者未詳)。○玉椿―椿の美称。椿の長寿→一七七。長寿を保つ木として歌に多く用いられる「常盤山生ひ連なれる玉椿君がさかゆく杖にとぞきる」(栄花物語・ゆふしで・藤原輔尹)。

221 君の御代は、子の日の松が木高くなって、幾千代も重ねた数を見届けるほどでありましょう。○子日→七九。○松のこだかくて―千世の象徴。「宇治殿にて、朝日山を／朝日山こ高き松の影清く君にちとせを見するなりけり」(範永集)。○幾ちよ千世―多くの千世の意。

222 新古今・哀傷。続詞花集・哀傷。命ながらえて、私は今年の秋も月を見ることができた。しかし、死別した彼には逢えるこの世の夜はもうないのだなあ。○あふよ―「夜」と「世」の掛詞。▽長久三年秋に伊予の国で月に対して旧友為善を思って詠んだ、能因の真情がそのまま伝わってくる歌である。→補注。

223 今春、春風によって冬の間から咲きにおいながら、二年にわたって咲いているのは、梅の花ですよ。○梅為二度レ年花一―梅年を度る花為り。▽数首前に「新楽府」による歌題「百錬鏡」(二一九)があった。本首の歌題は句題風である。

224 浅緑に色を染めかけている青柳は。誰の家なのだろう、春が来たのだなあ。○浅みどり―「春は　かすみしく　あさみどり…」(能因歌枕)。○そめかけてけり―底本「そかけてけり」を改める。「染め掛く」は糸を染色して掛ける。「浅みどり染め掛けたりと見るまでに春の柳は萌えにけるかも」(万葉・巻十・作者未詳)に拠る。→補注。

226 千鳥《ちどり》鳴《な》く海辺《うみべ》に月をひとり見《み》て都《みやこ》のほかに年《とし》の暮《く》れぬる

紅葉《もみぢ》

227 もみぢ葉《ば》はさかりなりけりまきの葉を色《いろ》づくばかり時雨《しぐれ》降《ふ》りつゝ

菊《きく》

228 睦《むつ》るゝにたれも齢《よはひ》の延《の》びぬれば菊《きく》より外《ほか》に花《はな》のなきかな

氷　詠む

229 水《みづ》の面《おも》にむすぶ氷《こほり》の春《はる》立《た》たばさすがに解《と》けん事をしぞ思《おも》ふ

年《とし》の暮《く》れ

230 としくれぬと見《み》れば春ぞ立《た》ちぬべき人の齢《よはひ》のなぞかゝれかし

山川《かは》

231 たきつ瀬《せ》の岩間《いはま》を見《み》れば一《ひと》つがひ鴛鴦《をし》ぞすみけるやまかはの水《みづ》

東遊《あづまあそび》を見《み》て

225 年を経るごとに、あなたが子松引きをなさった子の日を数えてみると、そのまま千年の松の齢となりますよ。◯子の日→七九。◯君が子の日―あなたが催される子の日。◯小松の齢―千歳の松の若木に託して、相手の長寿を予祝した。▽予祝の相手は、この歌会を催した藤原資業であろう。

226 千鳥が鳴いている海辺で月を一人で眺めて、都から離れた地、この伊予国で年が暮れてしまったよ。◯千鳥―異郷での千鳥は「想像奥州十首」で詠まれている。→一四九。▽長久四年（一〇四三）の「海辺に月をひとり見て」詠は、長久元年末の「故公資朝臣の旧宅に一宿、月夜詠之」（二一八）や長久三年秋の「対レ月憶二故備州源刺史一」（二二二）と重ねて味わうべきであろう。

227 万代集・秋下。紅葉は今が盛りだなあ、真木の葉の色づくほどの時雨が降り続いて。◯まき→一七三。◯時雨→一七三。能因歌枕に「十月の雨をば　しぐれといふ」とある。→補注。

228 睦まじく思って親しむと、誰でも寿命が延びるので、ほんとうに菊は何よりの花であるなあ。◯睦るゝに―睦まじくする。「むつるべき人さへ老ひぬ菊の花をのが上をば知らずやあるらん」（嘉言集）に拠ろう。◯菊より外に花のなきかな―「不二是花中偏愛一レ菊　此花開後更無レ花」（和漢朗詠集・秋・菊・元稹）に拠る。→補注。

229 水面に固く結んだ氷は、春が立ったならば、やはり解けるだろうことを思うのだよ。◯さすがに―それでもやはり。和歌では用例が少ない。▽氷った状態そのものを詠んだ歌。口頭語的性格の強い「さすがに」を使っている。能因は「春立たばおとづれよ君水曲吹きて沼の氷の解くるたよりに」（二一四）と解氷を詠んだが、本歌では結氷そのものから詠んでいる。

230 年が暮れたとみると、もう春が立ってしまう。人の齢はどうしてこうならないのか。

232 有度浜《うどはま》に天《あま》の羽衣《はごろも》むかしきてふりけむ袖《そで》やけふの祝子《はふりこ》

鷹狩《たかがり》

233 うちはらふ雪もやまなんみ狩野《かりの》の、雉《きゞす》の跡《あと》も尋《たづ》ぬばかりに

上洛之間、海上乃詠

234 わたつうみの潮路《しほぢ》をとめてゆく舟《ふね》は磯菜《いそな》も寄《よ》りて摘《つ》まぬなりけり

高砂《たかさご》の松《まつ》

235 いたづらにわが身も過《す》ぎぬ高砂《たかさご》の尾上《おのへ》にたてる松《まつ》ひとりかは

磯《いそ》の泊《とまり》にて、夕日《ゆふひ》を

236 入日《いりひ》さす浪路《なみぢ》を見《み》れば一《(ひと)》雲《くも》ゐ明石《あかし》の浦《うら》はへだゝりにけり

河尻《かはじり》にて、京の方《かた》を見《み》やりて

237 葦火《あしび》たく長柄《ながら》の浦《うら》をこぎわけて幾年《いくとせ》といふに都《みやこ》見《み》るらん

京にて、好事七八人許《(ばかり)》、月の夜客にあふといふ題《だい》を詠《よ》む

こんなふうになってほしいなあ。○なぞ―後に「かからぬ」が略されている。○かゝれかし―かくあれかし。

231 重出五三の次。

232 後拾遺・神祇。駿河の有度浜に、天の羽衣を着た天女が昔舞い降りて袖を振って舞ったというのが、今日の祝子の舞であろうか。まるで天女が天降った昔のようだ。→補注。

233 後拾遺・冬。払い落とす雪も止んでほしいことよ。御狩野の雉子の足跡を尋ねるくらいに。○雉の跡―「きゞすとは　きじをいふなり」(能因歌枕)。「雪つもる交野のみ野を狩り行けばきゞすの跡もかくれざりけり」(行宗集)。▽「みかりする交野へぞ行くはしたかのはねうち払ひ雪は降りつゝ」(道済集)に拠ろう。

234 海の潮路を求めてひたすら進み行く舟は、岸辺に寄って礒菜を摘むこともないのだったよ。○とめて―求める。○磯菜―「風いたみなごゐしつべきいかの江にゆめこぎ寄する磯菜刈舟」(高遠集)。▽一路都へと向かう。本首「上洛之間、海上乃詠」(二三四)～「河尻にて、京の方を見やりて」(二三七)まで上洛の詠。

235 続古今・雑下。万代集・雑二。むなしく我が身も時が過ぎてしまった。その老いたことといえば、高砂の松ばかりであろうものか。○高砂―播磨国。→補注。

236 夫木抄・巻三六。夕日の射している浪路を眺めると、一群の雲ほど、明石の浦は隔たっていることよ。○磯の泊―未詳。○一雲ゐ―弧例。○明石の浦―能因歌枕・播磨国の最初に「明石浦」と見える。現在の兵庫県明石市の海岸。→補注。

237 万代集・雑四。夫木抄・巻二五。葦火を焚くながらの浦を漕ぎ分けて、いったい何年ぶりで都を見るのだろう。○河尻―東淀川区江口村河尻。都と西国を結ぶ船が停泊した。瀬戸内航路の終点であった。○長柄の浦―摂津国。長柄の橋→一六、一九九。▽長久元年(一〇四〇)暮、「故

に

238 昔《むかし》見《み》し人にたまさかあふ夜《よ》かな都《みやこ》の月はこれぞうれしき

予州より上洛之日、望郷詠㆑之

(238の次) 葦火《あしび》たく難波《なには》の浦《うら》をこぎわけて幾年《いくとせ》といふに都《みやこ》見《み》るらん
高砂《たかさご》の松《まつ》

「　」

あつくうるさくてうみにゆく

「　」

早春詠

239 み狩野《かりの》にまだ降《ふ》る雪《ゆき》は消《き》えねども雉《きゞす》の声《こゑ》は春めきにけり

紅梅にうぐひすの鳴《な》くを

240 紅《くれなゐ》の色とにほひやそれだにも飽《あ》かなく梅《むめ》にうぐひすの鳴《な》く

備中前司の四条の家《いへ》のいとをかしう見《み》ゆるに、かうきこゆ

公資朝臣の旧宅に一宿」(二一八)以来、三年ぶりに上洛の能因五十六歳の感懐である。→補注。

238 昔会った人々に、思いがけなくも逢う夜だなあ。都の月は、これだから嬉しいのだよ。○好事―好士。数奇者。道済集(二四二―二五〇)詞書に「長恨哥、当時好士和哥よみしに、十首」と見える。「好事七八人許」は和歌六人党を含む「人々」。○たまさか―「希《マレナル》ことをばわくらばといふ　たまさかといふ」(能因歌枕)。→補注。

238の次　重出二三七。二句「長柄の浦」。○予州―伊予国。▽「予州…」から「うみにゆく」の次の空白まで、榊原家本になし。

○高砂の松―二三五詞書に同じ。

○あつく…―状況不明。

239 続詞花集・春上。夫木抄・巻一。御狩野にまだ降っている雪は消えないけれども、雉子の鳴き声は春めいたことだなあ。○み狩野→二三三。○雉→雉子。二三三。▽能因の師長能の「屛風絵に鳥おほく群れゐて旅人の眺望するところを詠める／かりに来ば行きてもみまし片岡の朝の原にきぎす鳴くなり」(後拾遺・春上)に拠ろう。

240 紅の美しい花の色と香り、それさえ物足りないと、紅梅の枝で鶯が鳴くよ。○にほひ→一八。○飽かなく→「早春に、翫㆓御願紅梅㆒」

241 人知《ひとし》れずあらましごとにわがいひし宿《やど》のすまひをわが見《み》つるかな

至二与州一、憶二洛陽花一

242 藻塩《もしほ》やく海辺《うみべ》にゐてぞ思《おも》ひやる花《はな》の都《みやこ》の花のさかりを

詠二田家花一

243 青柳《あをやぎ》のいとまもなきに船出《ふなで》してとわたる島《しま》に咲《さ》くさくらかな

濤詞

244 見《み》る人ぞわれより外《ほか》になかりける都《宮こ》も花《はな》はかくぞ咲《さ》くらし

七月七日詠二牛女一、件歌年来之間毎年之事也

245 今日《けふ》ごとに天《あま》つ星合《ほしあひ》を数《かぞ》ふれば四十余《よそぢあま》りの秋ぞへにける

于レ時長久五年

かげなる馬を人のかるにかしたれば、この馬《むま》いと遅《をそ》しなどいふ歌よみてお《を》こせたるに、かくいひやる

の一首（一八）、「春、故観教法眼の紅梅」の一首（一八二）に詠みこまれている。→補注。

241 心ひそかに住まいというものはこうありたいと私が言っていた、その邸のたたずまいを今まさに私は見ているのです。→補注。

242 藻塩草を焼いているこの伊予の海辺にいて、遥かに思いを馳せていることだよ。雅で華やかな都の花の盛りを。○洛陽―京都（平安京）の雅称。○藻塩やく→一四八、二〇八、二一六、二〇八。二一六は伊予でのこと。海藻を簀の上に積み、潮水を注ぎかけて塩分を多く含ませ、これを焼く。製塩法。○花の都→五〇、一一五。→補注。

243 青柳の中、あわただしく船出して瀬戸を漕ぎ渡った島に咲いている桜よ。○青柳の―青柳の「糸」から「いとま」を導く修辞。○とわたる―「と」は瀬戸。

244 見る人は私以外にいないなあ。都もこのように花は咲いているだろうよ。○濤詞―濤は大きくうねる波。波濤・怒濤。島での詠であろう。→補注。

245 今日ごとに迎えた七夕の星合を数えると、四十年あまりの秋が経ったのだなあ。○牛女―牽牛星と織女星。七夕。○今日ごとに―七月七日の日ごとに。能因集には七夕詠が散見する（二一、二三、二四、九一、一九八）。○天つ星合→一九八。○于時長久五年―一〇四四年能因五十七歳。▽七夕詠を詠んで以来四十年余り経った、能因は十代から歌を作っている。

246 何《なに》かお《を》そき老《お》いらくの智《ち》しわかければ隙《ひま》をすぎ行《ゆ》く駒《こま》にまされり

暮秋に思事あるころ

247 かくしつゝ暮《く》れぬる秋と老《お》いぬればしかすがになほ《を》ものぞかなしき

五月ふた月あるころ

248 五月雨《さみだれ》の月かさなれり時鳥《ほとゝぎす》めづらしがらでことしだに鳴《な》け

述懐和歌一首、依レ責詠レ之

249 いかでよにあらじと思《おも》へどありぞふるたれかいさむる物《もの》ならなくに

閏五月に

250 たなばたは秋《あき》まちどほ《を》に歎《なげ》くらし五月《さつき》のことしふたつ見《み》ゆれば

西《にし》の京にはやうかよひし所《ところ》の、あはれにかはれるを見《み》て

246 どうして遅いことがありましょう。「老馬の智」こそ、若いがゆえに闇雲に走っていく馬に勝るものです。○かげ→二一〇鹿毛。馬の毛色の一種。鹿の毛色を連想させることによる名称。○わかければ―「かげ」を掛ける。▽次詠(二四七)と並べると、「安積の沼の駒」(二一〇)との別れが暗示されているように思われる。→補注。

247 新古今・秋下。こうして秋の暮れ行くように我が人生も暮れ方になったと思うと、老いは世の常であるけれども、さすがにもの悲しく感じられることよ。○かくしつゝ―馬との深い関わりも含めて、能因が伊予の国で生きてきたことを意味していて、ここには馬との別れが暗示されているのではないだろうか。○しかすがに→九〇。「しかすがとはさすがにといふ事也」(能因歌枕)。そうはいうものの。▽能因五七歳の長久五年(一〇四四)秋に詠まれた本首は、伊予の国での生活の終焉に対する感慨なのではないだろうか。それは馬との深い関わりが無くなることであり、馬と別れることを意味していたのであろう。→補注。

248 万代集・夏。五月雨の降る月が二つ重なった。時鳥よ、珍しいというのではなくて、今年だけはたっぷりと鳴いておくれ。○五月ふた月ある―寛徳二年(一〇四五)。▽能因の伊予下向は藤原資業の伊予守任に従うものであった。資業は長暦三年(一〇三九)正月兼伊予守(本朝続文粋・第六大治五年正月藤原敦光奏状)、寛徳元年十一月廿四日見任(元秘抄・元秘別録)、同二年四月廿六日叙従三位(公卿補任寛徳二年条)。寛徳二年春には資業の伊予守任終により、資業に同行して帰洛したと思われる。ここからは都での詠である。

249 何とかしてこの世にはいない身となろうと思うけれど生きて時が経つ。誰かが死ぬことをとめたわけではないのに。

251 昔《むかし》わがすみし宮こをきてみればうつゝを夢《ゆめ》と思《おも》ふなりけり

かたらふ人の親服《おやぶく》になりて後《のち》にあひたりしに、物《もの》いはざりきなどうらみたることをいひたるに、かういひやる、望月

252 思《おも》ふことなき世《よ》ならまし月なみの月《つき》の三十夜《みそよ》の月夜《よ》なりせば

（一頁空白）

閏《うるふ》月の夏《なつ》にある六月七日に

253 月なみの常《つね》ならませばけふぞなほ《を》たなばたつめのあふ夜《よ》ならまし

水辺涼風

254 山川《がは》のもとよりおつるたきつ瀬《せ》も岩間《いはま》の風はかくぞ涼《すゞ》しき

錫杖

255 われはたゞあはれとぞ思《おも》ふ死出《しで》の山ふりはへ越《こ》えむ杖《つゑ》と思《おも》へば

夕立

250 織女は秋を待ち遠しく思って嘆いているであろう。今年は五月が二つある（七月七日が一月遅れる）ので。○閏五月→二四八。○たなばた—特に、織女星をいう。たなばたつめ。

251 万代集・雑二。昔私が通い住んでいた西の京のあたりを来てみると、若い頃の都と今は全く変わってしまっていて、今の現実がまるで夢のように思われる。○西の京—平安京の朱雀大路より西方の地。枕草子（返る年の二月二十日）に頭中将の斉信が「西の京といふ所のあはれなりつる事、もろともに見る人のあらましかばとなむおぼえつる。垣などもみな古りて、苔生ひてなん」など語りつれば」と見える。▽春に五年間在国した伊予から帰洛した寛徳二年の、その夏の詠、時の流れを感じさせる。京の家にいた昔、西の京の女性のもとに通い住んでいたのだろう。

252 何もの思いをせずにすむこの世でしょうよ、毎月の三十夜にわたって月夜であったならば。○服—喪に服していること。○物いはざりき—何とも言ってくれなかった。弔問しなかった。○望月—十五日の夜の月。満月。○月なみの月—月々。毎月。天体の月と区別していう語。○月夜なりせば—月よなり「ける」の右傍に「せは」とある。

253 月々がいつもとおりであったならば、今日はやはり織女星が逢う夜であるのだろうに。○閏月→二四八、二五〇。○月なみ→二五二。月が続く意で、月々、毎月。▽二条太皇太后宮大弐の「閏六月七日よめる／つねよりも嘆きやすらむたなばたは逢はまし暮れをよそにながめて」（詞花・夏）は、本歌を踏まえていよう。

254 山川の源より落ちる急流も、岩間を吹く風はこんなにも涼しいよ。○たきつ瀬→二三一。▽六人党の範永、経衡と知友家経が参加した寛徳二年夏、道雅西八条邸「水辺逐涼」「秋花夏開」題歌会の詠。山川、たきつ瀬、岩間が見え、長久四年式部大輔兼伊与守資業家歌会詠（二三一）を踏まえている。→**補注**。

256
鳴神《なるかみ》の夕立《ゆふだち》にこそ雨ふればみたらしがはの水まさるらし

本云

治承四年二月十六日より筆書了　　校了

裏表紙云

以池月詠山井月在中帖経信卿存之歟有興〱

雪気之露在下帖

糸よりかくるはき在同帖

寛元四年十二月三日九条入道

三位本浄信書写之

南無地蔵菩薩　離苦得楽

不字門隠御名

建長五年九月十四日申出嶺殿

255　私はただしみじみと思います。死出の山を、みずから越えて行く時の杖と思うと。○錫杖―人を善導するという法具。上部に数個の輪がかけてあり、振ると音を立てる。○死出の山→八六。「よみぢをば　しでの山といふ」（能因歌枕）。○ふりはへ―ことさらに。副詞。杖の縁語「振り」を掛ける。▽資業の任終により帰洛後の寛徳二年秋に能因と共に、資業も錫杖歌を詠んでいる。「世を救ふ三世の仏の杖なれば導くことを頼むべきかな」（万代集・釈教）。伊勢大輔集に拠れば、兼房が企てたもので、伊勢大輔、家経、範永、明尊らも詠んでいる。

256　いかづちの夕立によって雨は降って、御手荒川の水かさが増しているのだろう。○なるかみ―歌ことば。雷。いかづち。○御手荒川―能因歌枕・山城国に見える。京都市北区上賀茂神社の社殿の背を回って楼門の南に至る川。→**補注**。

○治承四年―一一八〇年。○経信―源経信。○寛元四年―一二四六年。○九条入道三位―藤原知家。○不字門隠―「不字」は「桑」の誤写であろう。「桑門隠」即ち真観（藤原光俊）。○建長五年―一二五三年。○嶺殿―藤原道家。○定円―藤原光俊男。○弘安八年―一二八五年。○玄覚―生没年未詳。鎌倉期の歌人・歌学者。真観らと交流があった。

御本手自書写之了
権律師定円
弘安八年夏比教人師□□晴祐書写了
同八月廿五日一校了　権律師玄覚

補注

元良親王集

注釈の略称は次のごとくである。
［元良注］—木船重昭『元良親王集注釈』
［元良全注］—片桐洋一・関西私家集研究会『元良親王集全注釈』
◯陽成院—貞観十年（八六八）年〜天暦三年（九四九）。清和天皇第一皇子、母は二条后高子。◯一宮、元良のみこ—陽成院第一親王。母は主殿頭藤原遠長女。

1 栄花物語・ひかげのかづら。古本説話集・元良御子事。後撰集詞書「あひしりて侍りける人のもとに、返事みむとてつかはしける」。新後拾遺・恋三、本院侍従の歌の詞書中に引かれる。→補注三。参考「来ぬ人を待つ夕暮の秋風はいかに吹けばかわびしかるらむ」（古今・恋五・読人不知）。◯［やり］給ふ—底本「や」の部分、不明。書陵部本（五〇一・二一〇）〔以下「書A本」と略記〕により訂した。◯監の命婦—未詳。平安直の娘か。近衛府の将監を身内に持つ中臈女房か。大和物語の九章段に登場。◯来や〳〵と—「来や〳〵と待ちて寝覚に起きたれば月より他にいる人ぞなき」（陽成院親王二人歌合）。▽他に藤原かつみ、本院侍従などに贈ったという。

3 栄花物語・ひかげのかづら。古本説話集・元良御子事。▽新後拾遺集等、他の資料によれば本院侍従の歌。

6 ◯一条の蔵人—生没年未詳。醍醐天皇後宮の女房。大和物語「内の蔵人にて一条の君と言ひける人は、俊子をいとよく知れりける人なり」（一二三段）。▽延喜御集、敦忠集にも名が見える。

7 ◯蔵人—一条の蔵人→六補注。

9 参考「園原や伏屋に生ふる帚木のありとてゆけど逢はぬ君かな」（貞文歌合、古今六帖・第五）。◯女—一条の蔵人→六補注。

10 ◯壬生の御—未詳。朝忠集一七「みぶの命婦にかよふころ、つつむことあるに」。一条摂政御集一六五、一六六「みぶ」。

11 参考「屋の棲に、つくつくぼうしの鳴くを聞きて、我が宿のつまはねよくや思ふらんうつくしといふ虫ぞ鳴くなる」（高遠集）。

12 万代集・恋三。今昔物語集・二四。◯枇杷の左大臣殿—藤原仲平。太政大臣基経の二男。貞観一七年（八七五）〜天慶八年（九四五）。正二位、左大臣。枇杷殿に住む。◯いはや君—仲平家の女童の綽名。「…名ヲバ岩楊《イハヤナギ》トゾ云ケル…」（今昔物語集・二四「陽成院之御子元良親王読和歌語」第五四）。

13 今昔物語集・二四「いぶせ山よの一声に呼子鳥よばふときけばみてはなれぬか」（同右）。

17 ◯のたまひければ—底本、この後「又」まで五字分空白。書陵部本（五〇一・四三三）〔以下「書B本」と略記〕「のたまへは（女）」。

19 ◯おもへかし—底本「をむつかし」を、書B本により訂した。

20 万代集・恋四。▽前歌と同じく躬恒の「ひとりして物を思へば秋の田のいなばのそよといふ人のなき」（古今・恋二）で応じたもの。

22 底本は、二二詞書から二五歌に続く。書B本により、以下四首を補う。

23 参考「淀河のよどむと人は見るらめど流れて深き心あるものを」（古今・恋四・読人不知）。▽底本は詞書・歌を欠く。書B本により補う。

24 ○いなぶねの―書B本「ふしのねの」を、古今集東歌の引用と見て「いなぶねの」と訂した。〔元良注〕は「いなぶねの」（結句「あらはのりてむ」）と訂す。▽底本は詞書・歌を欠く。書B本により補う。

25 参考「山の井の浅き心もおもはぬに影ばかりのみ人の見ゆらむ」（古今・恋五・読人不知）。▽底本は詞書を欠く。書B本により補う。

26 参考「秋の田のいねてふ事もかけなくに何をうしとか人のかるらむ」（古今・恋五・素性）。

27 誰の「服」か不明。○思はぬ―底本「思らん」を書B本により訂した。

30 ○太秦―山城国太秦の広隆寺。○局―参籠用の仕切った部屋。▽連歌。他本は一首として扱う。

32 前歌引用の古今歌の「流れて」に対し、同じく古今歌を引き、「飛鳥川なる世」を対置する。

33 ○御をば、おひねの大納言北の方―未詳。○か〔よ〕ひ―底本「よ」の部分不明。書A本により訂した。

34 古今六帖・第五「かたみ」（紀友則）。

35 ○京極の御息所―宇多法王妃。贈太政大臣藤原時平女褒子。○亭子院―「寛平法王御所」（拾芥抄・中末・諸名所）。宇多天皇退位（寛平九年（八九七）七月）後から、出家（昌泰二年（八九九）十月）までの居所。○九月九日―重陽の節句。菊水で身を拭い菊酒を飲み、長命を祈る。

36 ○帝―宇多天皇。▽「世に人の及びがたきは富士の山麓にたかきおもひなりけり」（清正集）などと類似の趣向。

37 ○閑院の大君―清和天皇皇子貞元親王（閑院。延喜九年（九〇九）薨）の長女。延喜二・三年頃の生まれか（森本茂）。一説に、源宗于女。後撰集天福本の定家勘物に「宗于朝臣女」、勅撰作者部類、尊卑分脈に「宗于女子」とする。但し、「閑院」とする根拠はない。

38 参考「秋の野の花のいろいろとりすべてわが衣でにうつしてしかな」（躬恒集）。

40 万代集・恋二。

41 ○はかたづ―底本「はかたへ」を、「へ」と「つ」の誤写とみて訂した。新編国歌大観は「わかたづの」に訂す。〔元良注〕は、鳥を捕らえる餅を塗った藁・枝の「ハガ（擌）」に掛かった鶴とみて、恋の虜となった詠者の喩と見るが、結句「鳴き渡る」と矛盾する。

43 ○閑院の中の君→三七補注。源宗于次女であれば、忠平女尚侍貴子の女房（尊卑分脈）。大和物語・一〇八段に、「宗于の君のむすめで「太政大臣内侍の督の君」に仕えたとする「南院のいま君」か。○なれは―底本「ならは」を書B本により訂した。

46 参考「思ふてふ人の心のくまごとにたち隠れつつ見るよしもがな」（古今・雑体・読人不知）。

47 「今はとて飛びわかるめる群鳥の古巣にひとりながむべきかな」（後拾遺・哀傷・藤原義孝）への影響があるか。

48 ○一よもみえは―底本「よもみえはは」を書B本により訂した。

50 ○なきものを―底本「なきやとに」を書B本により訂した。

51 ○閑院の三君―三七・四三の大君・中君の妹か。未詳。○稲荷―京都の伏見稲荷大社。稲荷山に、上中下の三社を祀る。○詣であひ―参詣の途次の出会い。○おぼつかながら―底本「な」の脱字とみて訂した。○わすられぬ―底本「わすれぬる」を書B本により訂した。

53 古今・恋四所収の贈答歌「ある女の、業平朝臣を所定めず歩きすと思ひて、よみて遣はしける／大幣の引く手あまたになりぬれば思へどえこそ頼まざりけれ」への業平の返し、「大幣と名にこそ立てれ流れてもつひに寄る瀬はありてふものを」を踏む。伊勢物語・四七段にも。

54 [元良注]は、第四句を「いつのほどにか」と訂して解する。

55 参考「久方の中におひたる里なれば光をのみぞ頼むべらなる」（古今・雑下・伊勢）。

57 ○身を越す―底本「身をかす」を書陵部本により訂した。

58 ○夜のみ―夜に限って。「あくといへばしづ心なき春の夜の夢とや君を夜のみは見ん」（大和物語・一二二段）。

59 「あだ人は下崩れゆく岸なれや思ふといへど頼まれずして」（古今六帖・第五・作者名不記）。

60 ○大夫の母御息所―醍醐第八皇女修子内親王の母、満子。民部大輔相輔女か（本朝皇胤紹運録・修子内親王「无品。母更衣満子女王（ママ）民部大輔相輔女」）。○女八宮―底本「女は宮」を「八」の誤写とみて訂す。修子内親王。[元良注]は「女宮は宮に」と訂して解す。↓一・八六。

62 ○母宮す所―女八宮修子の母満子。→六〇補注。○御もとに―底本ナシ、書B本により訂した。○御衣のほころび―男宮の御着物のほつれ。○奉れ給へり―「奉り給へり」に同じ。○そひて―底本「しひて」。「し」は「ゝ」の誤字。

63 万代集・雑一・読人不知。

64 ○御中―御仲。女八宮との仲。○まだしく―未だ親密ではない。○京極の御息所→三五補注。○又の日―底本「又ハ」を書B本により訂した。「相坂の木の下露に濡れしより我が衣手は今も乾かず」（後撰・恋三・藤原兼輔）。

65 ○宮す所―京極御息所→補注三五。○濡れけりやとも―底本「濡れけりやとく」を書B本により訂した。○とひて―底本「しひて」を書A本により訂した。

66 古今六帖・第五。○御女ども―底本「御文［　］」を書B本により訂した。○奉り―底本「奉れ」を書陵部本により訂した。▽後撰集の詞書「たまさかにかよへる文をこひかへしければ、その文に具してつかはしける」によれば、元良のみこの詠。

67 ○北の方―女八宮修子→六〇補注。○むしこ―拾遺集によれば、小馬命婦か。小馬命婦は生没年・伝未詳。円融后、堀河中宮藤原媓子の女房。天元二年（九七九）、媓子没後に出家。清原元輔・大中臣能宣らと親交があった。○狛野の院―山城国相楽郡狛にある宮の別荘。▽拾遺集詞書によれば、小馬命婦の詠。

69 ○女宮―女八宮修子→六〇補注。承平三年（九三三）二月五日薨（日本紀略）。

70 万代集・雑一。○又の年―女八宮修子薨去の翌年。承平四年（九三四）。○惟衡の中将―藤原敏行の男。貞観一八年（八七六）～天慶元年

（九三八）卒。延喜年間蔵人、左近中将を経て承平四年（九三四）参議。後撰・慶賀に「女八のみこ、元良のみこのために四十賀し侍りけるに、菊の花をかざしにをりて、よろづ世の霜にもかれぬ白菊をうしろやすくもかざしつるかな」がある。

71　○いにし〔へ〕を―底本「いにしを」を書A本により訂した。▽「憎からぬ人の着せけん濡衣は思ひにあへず今乾きなん」（後撰・恋五・中将内侍）等と同様の趣向。

75　参考「思ふどちまとゐせる夜は唐錦たたまくをしき物にぞありける」古今・雑上・読人不知）。

78　○都をば―底本「みやこに」を、書陵部本により訂した。

80　万代集・恋五。

81　○心と〔もたのまはわ〕れも―底本、六字分欠脱。〔元良注〕は、本文を「心〔か〕と〔頼まばわ〕れも」と補訂して解する。これを参考に私に補訂。なお、〔元良注〕は、七八「濁り江の」歌への返歌として扱うが、必ずしも「応酬にふさわしい」訳ではない。そのままの歌序で釈す。

83　参考「のち蒔きの遅れて生ふる苗なれどあだにはならぬたのみとぞ聞く」（古今・物名・大江千里）。○九月―底本「五月」を、誤字とみて私に訂した。

85　○と思へば―底本「とそ思」を、書B本により訂した。

86　○思はじ―底本「おもひし」を意味の上から訂した。

87　万代集・恋二。○思初めてし―「吉野河いは波高く行く水のはやくぞ人を思ひそめてし」（古今・恋一・紀貫之）と同工。

88　万代集・恋五。参考「おもひ出でて今朝は消ぬべしよもすがらおきかへりつる菊の上の露」（一条摂政御集）。○山の井の君―「（永頼母の）三条右大臣定方の娘、あるいはそのゆかりの人」（〔元良全注〕）か。→一六八。「山の井殿」は、藤原永頼（承平二年（九三二）～寛弘七年（一〇一〇））の居所。「三条坊門北、京極西」（拾芥抄）。

89　○濡るゝは―底本「ぬるゝを」を書B本により訂した。

92　○身に―底本「身の」を書B本により訂した。

94　万代集・恋五。

95　万代集・雑一。○賀茂の祭―賀茂社の例祭。葵祭。四月中の酉の日に行われる。○桂の宮―宇多天皇皇女、孚子内親王。天暦八年（九五四）九月没。山城の桂に住む。大和物語に、孚子内親王と敦慶親王・貞数親王・源嘉種らとの交渉が記される。

96　○鳥辺寺―山城国愛宕、鳥辺野に在った寺。〔元良全注〕に「法皇寺鳥部野寺（拾芥抄）」か、とする。○みつろのしるりへ―不明。書B本は「みつなし《本マヽ》わつ」。〔元良注〕は「蜜《みつ》らうの著《しる》き辺《へ》」と訂し、「蜜蝋（蝋燭）の明るい辺り」と解す。〔元良全注〕は「みくるまのしりへ」と訂し、「車の後方」とする。○立〔ち〕たま〔ひ〕て―底本「たゝまて」を、書B本により訂した。

97　○清水―清水寺。○詣であひ→五一。▽書B本は、詞書のみで歌を欠く。

98 ○志賀—近江国。志賀山寺（崇福寺）付近か→一四二補注。○ある女—宮と関係のあった女。○詣であひ→五一。崇福寺への参詣の途次の出会い。○柱に書いつけ—直接には言い難く止むなく採った行為。○宿—一四二詞書「いもはらと言ふ所」、大和物語・一三七段「いはえといふ所」に当たるか。○羚羊—「羚羊、加万之師大於羊而大角也」（十巻本和名抄）。▽書B本は詞書を欠く。九七詞書を受ける。

99 万代集・恋四。夫木抄・巻二〇。○つゝみて—底本「つゝしみて」を書B本により訂した。

100 参考「むばたまの夜は恋しき人にあひて糸をもよればあふとやは見ぬ」（拾遺・雑下・凡河内躬恒）。

102 参考「秋萩の下葉を見つつ夕さればいつしかの音に鳴きわたるかな」（貫之集）。

105 ○浮きて—底本「をきて」を書B本により訂した。

107 大和物語・三九段。○そ行殿の中納言—「そ行殿」は承香殿。「中納言」は不明。承香殿女御は、光孝天皇皇女、醍醐天皇女御、源和子。大和物語「先帝の御時に、承香殿の御息所の御曹司に、中納言の君といふ人さぶらひけり」。「世中を知らずながらも津の国のなには立ちぬる物にぞ有りける」（後撰・雑三・読人不知）。

108 古今六帖・第一。大和物語・一三九段。▽大和物語では、承香殿中納言の詠。○ものも—底本「もむ」を書B本により訂した。

109 大和物語・一四〇段。○昇の大納言—正三位大納言源昇。嘉祥元（八四八）年～延喜十八年（九一八）年。娘に、小八条御息所（宇多天皇更衣貞子）・藤原顕忠母がいる。○取りやたて給てし—「とりたてやしたまひてし」（大和物語・一四〇段）と同意。「取りたつ」は、取り片付ける意。

110 大和物語・一四〇段。

111 大和物語・一四〇段。

112 大和物語・一四〇段。夫木抄・巻一二。参考「くりこまの山に朝立つ雉よりも我をばかりに思ひけるかな」（古今六帖・第二・作者名不記）。○くりこま山—底本「いりこま山」を書B本により訂した。栗駒山。山城、久世郡。「栗隈久里久万」（和名抄）。「延暦十一年紀、天皇猟栗隈山」（箋注和名抄注）。

113 ○一条の君—貞平親王女。京極御息所の女房。「女、京極御息所女房云々、後撰・拾遺作者、号一条君」（本朝皇胤紹運録・貞平親王系図）。「一条蔵人」とは別人。大和物語に「先帝の皇子の御女、一条の君と言ひて、京極の御息所の御もとにさぶらひ給ひけり」（三八段）、「壱岐の守の妻」（同）、「陽成院の一条の君」（四七段）。○春霞—「…なほ嘆かれぬ　春霞　よそにも人に　あはむと思へば」（古今・雑体・読人不知）。

115 ○山の井の君→八八補注。

117 大和物語・九〇段。同八九段参照。○修理のくそ—底本「すりのいそ」を訂した。女房。未詳。「くそ」は、童名や呼び名の下に付ける対称代名詞。君。○おもと—女房の敬称。○おはせん—自尊敬語とも解されるが、筆録者からの待遇表現か。▽底本、詞書のみで歌を欠く。書B本により補う。

118 底本、詞書・歌を欠く。書B本により補う。○八重垣—書B本「くろかき」を、歌意から訂した。

119 底本、詞書を欠く。書B本により補う。

120 古今六帖・第三。古来風体抄。百人一首など。○宮す所─京極御息所褒子。→三五補注。▽後撰・恋五「事いできてのちに、京極御息所につかはしける」。拾遺・恋二「題しらず」。

121 ○かねもちのむすめ兵衛─底本「かねもとのむすめ兵部」を訂した。女房名。左兵衛督藤原兼茂の女。尊卑分脈・兼茂女に「号兵衛」と注す。後撰詞書「兵衛」の定家勘物に、「兼茂朝臣女」。○あざむかれけれ─底本「ねられざりけれ」を、書B本により訂した。▽後撰・春下に「元良の親王、兼茂朝臣のむすめに住み侍りけるを、法皇の召して、かの院にさぶらひければ、え逢ふことも侍らざりければ、あくる年の春、桜の枝にさしてかの曹司にさし置かせ侍りける、花の色は昔ながらに見し人の心のみこそうつろひにけれ」とある。→一五四。

123 「孟嘗君の鶏函谷関を開きて、三千の客わづかに去れり」（史記・孟嘗君列伝）による。後撰・恋二・読人不知「女につかはしける」。

125 [元良注]は、「雁（と見え）鶴」の隠し題とするが、如何。「ふる里の花の匂ひやまさるらん静心なく帰る雁かな」（詞花・春・贈左大臣母）は、「雁」を「静心なき」とする後代の例。

126 ○御匣殿─左大臣藤原仲平女明子。権中納言敦忠室。天慶六年（九四三）の敦忠没後に出仕、貞元（九七六）の頃まで任にあったか（[元良全注]）。→一一二。後撰・慶賀所収歌「典侍明子」の天福二年本勘注に、「佐時、敦忠卿子、母御匣殿別当」とある。

127 ○今─底本「山」を、書陵部本により訂した。○まつ─底本「思」を、書陵部本により訂した。▽[元良注]は、下句に陰暦三月の異名「さはなさつき（早花咲月）」が折込まれているとするが、無理。

130 大和物語・八段。○監の命婦→一補注。▽大和物語は「監の命婦のもとに、中務の宮おはしましかよひけるを…」とあり、元良親王とは無関係。中務宮は醍醐天皇の皇子式明親王か。他に関連を見ない。

131 大和物語・八段。夫木抄・巻二三。○嵯峨の院─山城、葛野郡。嵯峨天皇の離宮があった。▽大和物語「女（監の命婦）」の詠。下句「なにか恨みむさがのつらさは」。夫木抄・藤原俊成「なにかうらみんさがのつらさを」。

132 大和物語・一〇六段。○近江の介中興がむすめども─平中興の娘たち。中興は、蔵人、文章生、大内記を経て、讃岐守、近江守。左衛門権佐。その娘は、元良親王以外にも、浄蔵、源巨城、源是茂との交渉が知られる。▽大和物語は「故兵部卿の宮」（元良親王）の詠。以下、一連の六首。配列同じ。詠者は順次、「おなじ宮」（元良親王）、「女」（中興の女）、「皇子」、「知らぬ女」、「女（中興の女）」となる。

136 [元良注]は、「割殻《われから》」「壁蝨《だに》」を読みとるが、如何。

138 ○狛野の院→六七。○源順─延喜一一（九一一）年～永観元（九八三）年。嵯峨源氏、左馬助挙の男。文章生、東宮蔵人等を経て、従五位上能登守。後撰集撰者。

140 ○同じ院─狛野の院→六七補注。○千歳おはしませ─長命を祈る祝言。

141 ○人なみ〳〵の声─「君ははや人なみなみにいで立ちて和泉にしづむ我にあふなよ」（源順集）。

142 大和物語・一三七段。○志賀の山越の道─京都の北白川から峠を越え、近江に抜ける、志賀山寺（崇福寺）への参詣路。○いもはら─不明。崇福寺付近か。○こがくれつゝ─山里に秘かに籠って。○人見給〔ひ〕ける─「志賀にまうづる女どもを見たまふ」（大和物語）。○としこ─生没年未詳。藤原忠房の男千兼の妻。醍醐天皇女御、承香殿和子に出仕。源清蔭とも親密。○書いつけける─「書き」の音便形。▽大和物語「としこ、志賀にまうでけるついでにこの家に来て、めぐりつつ見てあはれがりめでなどして、書きつけたりける」。

143 ○隠れぬと―底本「かくれつゝ」を、書B本により訂した。

144 万代集・恋二。

145 万代集・雑一。○女―［元良注］は「に」を補う。○こと出できにける→一二〇。▽「思ひやるよその村雲しぐれつつ安達の原は紅葉しぬらん」（重之集）は、当歌に依るか。

146 ○女宮→六三・六九。○怨じ―底本「にし」を、書陵部本により「ゑし」に訂した。○四宮―宇多天皇第四皇子。敦慶親王（仁和三年（八八七）～延長八年（九三〇）薨）か。

148 ○おぼしかけ―底本「おもさしかけ」を書B本により訂した。

150 ○この月はいかゞ―「聞こえたりければ」からして、女の宮への問いかけとなり、歌と整合しない。

151 ○近衛の帝の君―未詳。○まさらねば―他本「さもあらねば」。

152 ○こがれし―底本「けかれし」を、書B本により訂した。

153 ○京極の宮す所→三五補注。

154 ○兼茂の宰相のむすめ―「兵衛」か→一二一補注。「宰相」は参議の唐名。兼茂の任参議は、延喜二十三（九二三）年。▽「色深く染めし袂のいとどしく涙にさへも濃さ増さるかな」（後撰・恋一・藤原師輔）。

（155の次）○詞書―底本では、一五六歌の詞書の一部（書陵部本も同じ）。一五六とは別の歌の詞書で、歌が脱落したものと見なす（［元良全注］参照）。

156 参考「なげき樵る山とし高くなりぬればつら杖のみぞまづつかれける」（古今・雑体・大輔）。

157 ○もののたまふ女→九六。○こと人―別の男。○こと人に物いふ―底本「こと人ものゝたまふ」を書B本により訂した。▽後撰・恋一では「題しらず（読人知らず）」。

158 ○こすとも―底本「しつとも」を、書陵部本により訂した。

159 参考「わたつみと人やみるらむあふことのなみだをふさになきつめつれば」（大和物語・一四四段）。○惜し悲し―底本「かなし」を、書A本により訂した。

161 ○山の井の君→八八補注。

162 参考「五月待つ山郭公うちはぶき今も鳴かなむ去年の古声」（古今・夏・読人不知）。○宮、又―書A本に同じ。書B本ナシ。○右近―生没年未詳。「藤原千乖女、季縄妹」（尊卑分脈）。醍醐中宮藤原穏子の女房。大和物語・八一段では「季縄少将のむすめ右近」。○心憂き―書B本「心さへ」。重出歌一七〇「心さへ」。

163 参考「郭公なつきそめてしかひもなく声をよそにも聞きわたるかな」（後撰・恋五・読人不知）。○めに―底本「あき」を書B本により訂した。

164 後撰・雑三では「題しらず　よみ人も」。

166 参考「涙河身の浮くばかり流るれど消えぬは人の思ひなりけり」（元真集）。○京極御息所→三五補注。

167 参考「はなかむし／五月雨にならぬ限りは郭公なにかはなかむしのぶばかりに」（拾遺・物名・仙慶）。

168 ○三条右大臣の御むすめ―右大臣藤原定方の娘。醍醐天皇女御、三条御息所能子か。能子は醍醐帝崩後は、敦実親王との交渉が知られ、実頼妻となっている。あるいは「山の井の君」が関わるか→八八補注。

169 万代集・恋四・読人不知。

170 ○人―底本「ひとに」を、重出歌詞書及び歌内容から「ひと」に訂した。参考「いつとなくしづ心なき我が恋に五月雨にしも乱れそふらむ」（敦忠集）。

藤原道信朝臣集

注釈の略称は次のごとくである。
［道信注］―平田喜信・徳植俊之『道信集注釈』
［妹尾］―妹尾好信『王朝和歌・日記文学試論』
［竹鼻］―竹鼻績『実方集注釈』
道信集諸本の略称は、解説参照。

1 定家八代抄。今昔物語集・二四。

2 万代集・恋四。

3 後六々撰。定家八代抄。百人秀歌。百人一首。○二句―A甲・杉谷本「くるゝものとは」。底本の現実的で単純な「明けたら帰るもの」とする理に比べ、「暮れてまた逢瀬の時がくる」とする方が、収まらない感情の強調には有効か。▽後拾遺集・恋二に、次歌四の詞書の下に二首入集。

4 古来風体抄。後六々撰。後拾遺集・恋二に、「女のもとより雪降り侍りける日帰りてつかはしける」の詞書で、前歌「明けぬれば…」と共に入集。

5 ○五句―A甲本は、「わかみなる覧」。

6 ○春日の使―春日社の祭礼（陰暦二・九月初申）に、宮中から遣わされる奉幣の使。A泉本詞書「かすかのつかひにて、かへりけるに、内大臣殿より」では帰還後の事になる。○内大殿―内大臣藤原道兼。道信の養父兼家の三男。粟田殿・町尻殿とも。▽道信は、永延二年（九八八）、左近衛少将。正暦二年（九九一）、同中将。道信が春日使に立ったのは、正暦五年（九九四）二月か（［道信注］［妹尾］）。

7 ［道信注］は六・七を、社会不安を背景に、道兼が「春日の神の御心はいかにと、都に戻った祭使道信に尋ね」、道信が「神は姿を現さないが…都の方には春日の神のご加護がありますと答えた歌ではないか」とする。

8 参考「来や来やと待つ夕暮と今はとて帰る朝といづれまされり」（後撰・恋一・元良親王）。○町尻殿―内大臣藤原道兼→六補注。○宣旨―女房名。

10 ○一条殿―藤原為光。道信の実父。○服―正暦三（九九二）年六月十六日薨去。同年八月五日、「修故太政為光大臣四十九日法事」（日本紀略）。場所は法住寺。以下「故殿」。▽四一歌に酷似。「同一歌の異伝」か（［妹尾］）。

11 ○宣方―底本「信賢」を、「右近中将」からして源宣方とする説（［妹尾］）により訂した。A甲本「右少将のふかた」。「宣方」は源重信の男。正暦五年九月、右近中将。同年八月二十三日卒。

12 参考「白露の色はひとつをいかにして秋の木の葉をちゞに染むらん」（古今・秋・平兼盛）、「暮れてゆく秋の形見に置く物は我が元結の霜にぞありける」（拾遺・秋・同）。

13 ○実方の君―藤原実方。曾祖父は左大臣忠平。父は小一条左大臣師尹の長男、定（貞）時。母は左大臣源雅信女。叔父小一条済時の養子。生年は天徳年間か。長徳四年（九九七）十二月、任地陸奥で客死。最終官位は陸奥守正四位下。○宿直所―内裏・大蔵・内蔵の夜間警備の詰所。○もろともに―道信は永延二年（九八八）に左近少将、正暦二年（九九一）左近中将のまま正暦五年（九九四）七月卒。実方は正暦五年、左近中将に至るまで、兵衛・近衛の武官を歴任。▽乙本・杉谷本では、この後に実方の返歌として、「しか言へど我は頼まず下紐の打ち解けて寝る仲にしあらねは」を載せる。

14 ○小弁―不詳。○人あるけしき―四五も同様の設定。実方集一五七「小弁、こと人にもの言ふと聞きて、浦風になびきにけりな里の海人の焚く藻の煙心弱さは」と同様の状況。

16 玄々集、大鏡、栄花物語、古本説話集、宝物集。○うらやましきこと―花山院女御婉子を実資と争って破れた時の詠かとされる。「小野宮の実資中納言、式部卿宮の御女、花山院の女御に通ひ給ふといふ事出で来たれば、一条の道信中将さし置かせける」。（栄花物語・見果てぬ夢）

17 参考「筑摩江の底ひも知らぬ三稜草をば浅き筋にや思ひなすらん」（一条摂政御集）。

18 公任集。和漢朗詠集・上。玄玄集。後六々撰。古来風体抄。今昔物語集・二四。参考「世の中を何に喩へん夕露も待たで消えぬる槿の花」（順集）。▽公任集では三五八「女院にてあさがほを見給ひて、あすしらぬ露のよにふる人にだに猶はかなしとみゆる朝がほ」に続く一首。この詞書から、円融后詮子の父兼家の薨去（正暦元年七月二日）直後の詠とされる。

19 ○粟田殿―藤原道兼の山荘。粟田（京都市東山区）に在った。正暦元年（九九〇）落成。

20 参考「ながむらん空をだに見ず七夕に忌まるばかりの我が身と思へば」（和泉式部日記）。

21 参考「古《いにし》へをこふる涙にくらされておぼろにみゆる秋のよの月」（公任集）。○服にて―底本「にて」の傍書「なるころ」であれば、道信の父為光の服喪か。但し、為光の服の場合は、「一条殿の」「故殿の」と明記される。▽新古今詞書「恒徳公かくれて後、女のもとに、月あかき夜、しのびてまかりてよみ侍りける」。

22 ○はかなさ―底本「はなかさ」を訂した。

25 実方集、栄花物語・見果てぬ夢。参考「人もなく鳥もなからむ島にては此かはほりも君も訪ねん」（和泉式部集）。○帝―円融院。正暦二年（九九一）二月十二日、崩（三十三歳）。○おもしろき―満開の。A甲本詞書「仁和寺のうへ失せさせたまへるころ、おもしろきさくらの花につけて」。▽新古今集を始め、いずれも実方詠とする。

26 実方集、栄花物語・見果てぬ夢。▽新古今集を始め、いずれも道信詠とする。

27 続詞花集・戯笑。○鳥なき島―［道信注］補説に「鳥なき島の蝙蝠」の諺とする。「すぐれた者のいない所では、つまらない者が幅をきかすたとえ」（日本国語大辞典）。

29 ○人めもる―底本「ひとめなる」を訂した。

30 実方集詞書「同じ中将、宿直所にて、枕箱忘れたる、返すとて」。

31 実方集では、「遅くてもあくこそ憂けれ玉櫛笥あなうらめしの浦島の子や」が続く。

32 万代集・神祇歌。実方集。参考「あふ坂の関の清水に影見えて今や引くらん望月の駒」（拾遺・秋・紀貫之）。○もろともにありし―舞人を務めたのは「一条帝代初の永延元年（九八七）」〔竹鼻〕。○ふたりながら四位になりて―実方は、寛和二年（九八六）七月二十二日、従四位下（歌仙伝）。道信は永延二年（九八八）三月二五日（同）。▽永祚元年（九八九）三月の詠か。

33 実方集。○衣の色―底本「はなのいろ」。「はな」は「衣」の誤写とみて訂した。実方集五三「ころものいろ」。

37 参考「ともかくも言はばなべてになりぬべしねになきてこそ見せまほしけれ」（和泉式部集）。

38 「春日遅々」（詩経・豳風）、「こゝにしてけふをくらさん春の日の長き心を思ふかぎりは」（貫之集）。

39 ○花山院―諱は師貞。寛和二年（九八六）六月、退位・出家。▽正暦三（九九二）年の秋。父為光薨去（同年六月十六日）後、一年の重服。中陰まで法住寺に籠もったか。

41 ○寺より帰りて―正暦三年（九九二）八月「於法住寺修故太政大臣四十九日法事」。○権少将―源宣方か。五四・五八にも。→一一補注。▽正暦三年時の少将のうち、登朝（朝光男）、宣方が関わるか。A泉本「なりふさの少将」から、成房とする説がある。「権中将」（丙本）。

42 参考「わたのはら八十島かけて漕ぎ出でぬと人には告げよあまの釣り舟」（古今・羇旅・小野篁）。

45 参考「白露は上よりおくをいかなれば萩の下葉のまづもみづらん」（拾遺・雑下・藤原伊衡）。○小弁→一四補注。

47 今昔物語集・二四。○源式部為相―源信明男。為相の叙爵は、正暦元年（九九〇）正月か〔竹鼻〕。○二句―甲本・新勅撰「つるのけころも」。▽A甲本・新勅撰集は、道信の単独詠扱い。

48 夫木抄・巻一九。

49 ○左大臣殿―道信存命中の左大臣は源雅信。婿になった事実は確認されない。冷泉本「左大将殿の」。〔道信注〕はこれにより藤原済時を当てる。解説参照。

50 参考「紫のひともとゆゑに武蔵野の草はみながらあはれとぞ見る」（古今・雑上・読人不知）。

51 冷泉本ほかの詞書「ゑにきりのたちかくしたるところ」では、道信の感懐。

52 定家八代抄。今昔物語集・二四。○為憲―底本「ためなり」を、遠江守から推して訂した。源為憲の遠江守補任は正暦二年（九九一）。「右為憲、去正暦二年、拝任遠江守」（本朝文粋・六）。

53 今昔物語集・二四。参考「君はよし行末遠し留まる身の待つほどいかがあらむとすらん」（拾遺・別・源満仲）。

54 定家八代抄、今昔物語集・二四。参考「たよりあらばいかで宮こへ告げやらむ今日白河の関は越えぬと」（拾遺・別・平兼盛）。○相如の朝臣―藤原相如。出雲守。正暦元～二年（九九〇～一）頃、赴任か（福井迪子『一条朝文壇の研究』）。○権少将―宣方か。→四一補注。▽A甲本詞書「すけ行朝臣、いつもになりて、権中将のきみ宣旨たまふとて」。

56 参考「神無月ふりみふらずみ定めなき時雨ぞ冬の初めなりける」（後撰・冬・読人不知）。○内大臣の宣旨→八補注。

57 参考「露をなどあだなるものと思けむわが身も草にをかぬばかりを」（古今・哀傷・藤原惟幹）。

58 ○（円融）の帝―底本「□□の帝」。他本により「円融」を補った。円融院は正暦二年（九九一）二月崩。→二五・二六。○権少将→四一・五四。他本「権中将」。○法住寺―永祚元年（九八九）、父為光による創建。○染むべかるらむ―底本「いか、そむへき」を、他本により訂した。

59 ○花―底本「き」。他本により訂した。A甲本は、前歌を受け「とておしはかりてあれば、返し」と続く。同本下句は「花のかたみにかはりとはみよ」とあり、旋頭歌ではない。乙本下句「つねならぬ身をかたみともみよ」。

62 ○三条左大臣殿―三条太政大臣藤原頼忠か。［道信注］は、A甲本「一条左大将殿」により、道隆（左大将在任は永祚元年七月一三日～正暦元年五月八日）とする。

63 深窓秘抄。玄玄集。後十五番歌合。後六々撰。定家十体。古来風体抄。近代秀歌。今昔物語集・二四。古本説話集・上。宝物集・一。他。○故殿―父為光。→一〇補注。○大僧都―陽生（正暦三年（九九二）九月二八日まで在位）、あるいは同年十月にその後を継いだ暹賀。○今日―為光の一周忌法要は、正暦四年六月十三日（小右記目録）。

64 今昔物語集・二四。

65 ○故殿―父為光。→一〇補注。○又の年の春―正暦四年（九九三）の春。▽以下、六九まで題詠五首。公任集（二四三～二五一）の「春雨・鶯・若菜・霞・帰雁・柳・散る花・春の田・恋」の九題中、「春雨・残花・帰雁・（山吹）・恋」が一致。公任集詞書「ゑにう院かくれさせ給うてのはるの、よのなかぶくなるころ、つれづれなりければ歌よみける」。

67 参考「故郷の霞飛びわけ行く雁は旅の空にや春を暮らさむ」（亭子院歌合、拾遺・春・読人不知）。

68 参考「山吹の花色衣ぬしやたれ問へど答へずくちなしにして」（古今・誹諧歌・素性）に依る。

69 ○くりかへしつゝ―底本「くりかへりつゝ」を誤写とみて訂した。

70 ○故殿―父為光。→一〇補注。

71 参考「あひ見ての後の心に比ぶれば昔は物も思はざりけり」（拾遺・恋二・藤原敦忠）。

72 参考「かぞふればおぼつかなきをわが宿の梅こそ春のしるべなりけれ」（古今六帖・第六・紀貫之）。

73 定家八代抄。

74 夫木抄・巻二九。万代集・賀。今昔物語集・二四。○大破籠―食物を容れる大きな蓋付きの折り箱。○子日―正月初子の日、小松を引き一年の無病息災を祈る行事。

75 小大君集、後葉集。参考「散り残る花もやあると尋ぬればそこともしらず日はくれにけり」（道済集）。○小一条の中将―実方。→一三。正暦三年三月下旬の詠か（［道信注］）。新古今集・小大君集は、道信詠とする（新古今「春の暮れつかた、実方朝臣のもとにつかはしける」。小大君集（四七）「又、道信の君、実方君に、三月中十日のほど」）。

76 参考「あしひきの山がくれなる桜花散り残れりと風に知らるな」（拾遺・春・少弐命婦）。▽後拾遺集・小大君集は実方詠とする。前歌参照。

77 秋風集・恋下。

78 ○誓言―底本「ちか事」を意味上から訂した。○やはせぬ―底本「やはせし」を、A甲丙本により訂した。

79　参考「涙河しがらみかくる瀬をみれば袖のうらこそとまりなりけれ」（重之子僧集）。

80　万代集・夏、雲葉集・夏。○ある所の歌合―不明。正暦三年（九九二）前後か（『平安朝歌合大成』解説）。

81　千載・春上。○夜深くして花の色見せず―句題。参考歌に依る。○といふ心を―歌の題の本意を。

82　○女ばら―接尾語「ばら」は複数を表す。

83　参考「あさみどり春たつそらに鶯の初音を待たぬ人はあらじな」和漢朗詠集・春・鶯・紀貫之）。

84　続古今集詞書「六日、女のもとにいひつかはしける」。

85　続詞花集・冬。

86　今昔物語集・二四。栄花物語・鳥辺野。○女院―東三条院藤原詮子。応和二（九六二）年～長保三年（一〇〇一）。関白藤原兼家女。円融女御。正暦二（九九一）年、円融院崩御に伴い出家。○初瀬にまうで給て―正暦二年（九九一）十月、「東三条院参詣長谷寺」（日本紀略）の折か。

89　定家八代抄。今昔物語集・二四。○ちかの浦―陸奥。「陸奥のちかの浦にて見ましかばいかに躑躅のをかしからまし」（道綱母集）。一説に肥前国。

90　定家八代抄。

91　○と言へば―A甲本では「といへはをむなのいらふる」。女との贈答となる。

93　「道信　正暦五年廿三卒」（勅撰作者部類）。詞書は道信への敬体表現をとる。九五まで一連か。丙本巻末付載の十五首中に、長大な詞書と共に入る。千載集・哀傷歌に「わづらひ侍けるがいとよはくなりにけるに、いかなる形見にかありけむ、山吹なる衣をぬぎてその女につかはし侍ける」とし、左注に「又いはく、みまかりてのち、女の夢に見えてかくよみ侍けるとも」とある。

94　馬内侍集。○北の方―藤原遠量女。道兼（→六）の北の方の妹。○山ぶきの衣―上が山吹色で次第に色を薄くした重ねの衣。▽馬内侍集に、「かたらふ人おほかるをとこのとほき所なりけるが、まだみかありとききて、こよひ君いかなるさとの月をみて都にたれを思ひいづらん」の「返し」として入る（「宿ごとにねぬ夜の月はながむれどともに見しよの影はせざりき」）。

95　小大君集詞書「道信の君、人のもとにおはしてあしたに」。○人のもとにおはして―敬体表現。▽道信集他本、歌欠。

96　実方集。栄花物語・玉のうてな。○実方中将→一三・二五。▽実方集三四では実方詠。道綱への贈歌。栄花物語は実方詠。

97　実方集。夫木抄・巻二四。▽実方集三五では道綱詠。初二句「波の寄る宇治ならずとも」。

99　新古今詞書「九月十五夜、月くまなく侍けるをながめ明かして、よみ侍ける」。九月尽日の歌とすると月齢と矛盾。

102　夫木抄・巻四。実方集。○花山院―寛和二年（九八六）九月一六日、比叡山で受戒、西塔に居住していた（→三九）。寛弘五年（一〇〇八）二月八日崩。▽永延年間（花山院の出家後、永祚元年の帰洛以前）の作（『竹鼻』）か。▽実方集二九（実方詠）「花の香に袖を露けみ小野山の山上こそ思ひやらるれ」。

104 ○実方にや―後人注記か。

105 枕草子「井は、堀河の井、玉の井、走り井は…」。

106 済時女とのやり取りか。玉葉集・恋一に「左大将済時の女に文つかはしけるを、いまはないひそと申しければ、二三日ありていひつかはしける」として入集。また、杉谷本詞書「小一条のなかの君をきこえたまひけるに、いまはなのたまひそとある二三日ありていひつかはす」によれば、中君（敦道親王室）か。

107 「怨歌行」（「常恐秋節至　涼風奪炎熱　棄捐篋笥中　恩情中道絶」文選他）、秋扇（団雪の扇）による。

108 ○としのぶ―未詳。橘敏延か（「道信注」）。▽拾遺集・哀傷（一二九四）、としのぶの母の詠の誤入。一二九三歌が道信詠（道信集六三）であることによる誤入か。拾遺抄・雑下も同様の配列。

109 続古今集・釈教歌（七九二）の道信詠に一致。時明集（一二）に、詞書「みゆきがあまになりたるをみて」として入る。

110 ▽続拾遺・雑上（一一五〇）所収の道信詠詞書中に引かれた公任詠の誤入か。公任集に「みちのぶの中将、よみたる歌どもかきあつめたる、かたみに見せんといひやるとて」として、四五二「かくばかり…」、四五三「ふることは…」の贈答歌を載せる。

111 玉葉集・恋五（一七九〇）からの追補か。

実方中将集

注釈の略称は次のごとくである。

［木船］―木船重昭『実方中将集・小馬命婦集注釈』。

［竹鼻］―竹鼻績『実方集注釈』。

［新大系］―犬養廉・後藤祥子・平野由紀子校注『平安私家集』（新日本古典文学大系）

1　○宇佐の使―源宣方。正暦三年（九九二）十月二十日、「左近権中将源宣方発遣」（日本紀略）の折の詠。○餞し給ふ日―底本「セシ」に「宣旨」と傍書がある。千載「餞しけるところにて」。実方の発遣は、永観元年（九八三）十一月二十四日（「奉遣宇佐使右兵衛佐従五位上藤原朝臣実方。即叙一階」日本紀略）。

2　夫木抄・巻二四。石清水八幡宮の臨時祭は、陰暦三月中の午の日に行われる。東遊には、五位六位相当の十人が奉仕した。為雅（藤原文範男か）が祭の使を務めたのは、永観元年（九八三）か同二年（［竹鼻］）。

3　参考「種しあれば岩にも松はおひにけり恋をしこひばあはざらめやは」（古今・恋一・読人不知）。○白河殿―小一条大将藤原済時の別荘、小白河殿。済時は実方の叔父で養父。「小一条家の礎を築いた師尹（済時父）の追懐と繁栄の祝福」（［竹鼻］）。

5　○白河殿―藤原済時。済時主催の法華八講会は、寛和二年（九八六）六月一八日から二十一日まで行われた（日本紀略・廿日条）。枕草子「小白河といふ所は」参照。

6　重出一八〇。二句「とやまのかげや」。詞書については一八〇補注参照。

8　○小一条殿―小一条大将藤原済時、またその邸宅。二条北、東洞院西、室町東、近衛南に位置する。○庚申―禁忌の習俗。この夜は眠らずに体内の三尸《さんし》の虫の動きを封じ難を避ける。五月五日が庚申に当たるのは、永観元年（九八三）。

9　○大将殿―済時。右大将在任は、貞元二年（九七七）十月十一日から永祚二年（九九〇）正月七日まで。○怨じ聞こえ―「聞こえ」は、衍文か。○白河殿→三補注。

10　続詞花・雑中。円融院御集。○堀河の院―兼通邸。円融妃媓子の里邸。○小馬の命婦―堀河中宮媓子女房。天元二年（九七九）媓子薨後に出家。→八二。○上―円融院。在位、安和二（九六九）年～永観二（九八四）年。退位翌年、出家。正暦二（九九一）年二月崩。▽円融在位中の天元二年（九七九）の詠（［竹鼻］）、円融退位後の寛和元年（九八五）晩春頃の詠（［木船］。「馬内侍」と訂しての解）と説が分かれる。

11　円融院御集。

12　夫木抄・巻六。円融院御集、初句「衛士がゐる」結句「いはでおもふを」。

13　万代集・雑一。夫木抄・巻六。円融院御集、上句「御かきもり外の火たきの色なれば」。○上の御―円融院の御返し。

14 ○一品の宮―村上天皇皇女、資子内親王。円融天皇の同母姉。○大盤所―女房の詰所。台所。

16 夫木抄・巻四。○ならしの岡―未詳。土佐国・大和国など諸説がある。

17 ○内膳の命婦―内膳司の女官。天皇の食事の調理に関わる。底本「ないしの命婦」の「し」を「せ」の誤写と見て訂した。

19 参考「いその神ふるの社の木綿襷かけてのみやは恋ひむと思ひし」（拾遺・恋四・読人不知）。○朝日山―「山城宇治也」（八雲御抄）。

21 新古今「題しらず」。▽張騫の故事（→九三）とは無関係と見る。

22 夫木抄・巻二一・藤原景政。○景斉の朝臣―大弐藤原国章の男。○檜破籠―檜の薄皮など製の簡易な弁当箱。○ふた―底「はた」を流布本系諸本により訂した。

23 夫木抄・巻二一。

24 ○花山院―安和元年（九六八）十月～寛弘五年（一〇〇八）二月八日。永観二年（九八四）即位。寛和二年（九八六）六月、退位出家。

25 ○堀河の院―底本「堀河のきさき」を、流布本（丁）「ほりかはの院」により訂した。円融天皇の中宮媓子は、天元二年（九七九）六月三日、夏の薨で、歌と季が合わない。円融院の崩御は正暦二年（九九一）二月で、季の矛盾は生じない。後拾遺集、栄花物語・見果てぬ夢、今昔物語集・二四は、円融院葬送時の朝光詠とする。

26 道信集。○同じころ―円融院崩御の頃。○道信の中将―正暦二年（九九一）九月左近衛中将、正暦五年（九九四）七月卒。▽永仁本、道信集、新古今集は、実方詠。

27 道信集。▽永仁本、道信集、新古今集は、道信詠。

28 玄々集「円融院うせさせ給ひてのころ、粟田殿にて」。○同じころ→二六補注。○粟田殿―藤原兼家三男、内大臣道兼。またその山荘。町尻殿とも。

29 ○道信中将→二六補注。○花山の御時―花山帝存命の往時。○山―比叡山。→二四補注。二四歌との間に、円融院崩御に関わる四首を挟み込む形をとる。花山院は、寛和二年（九八六）九月、比叡山戒壇院で受戒、西塔に居住。永延年間（出家後、永祚元年（九八九）の帰洛以前）の作か〔竹鼻〕。

30 道信集「実方の中将の宿直所に枕箱忘れたりける、おこすとて」。

31 道信集「かへし」。

33 ○経房―底本「つねまさ」を「つねふさ」に訂した。西宮左大臣源高明男。母、藤原師輔女。安和二年（九六九）～治安三年（一〇二三）十月。長徳二年（九九六）右近権中将、同四年左近中将。○とりに―底本ナシ。流布本（甲・群）により補う。

34 道信集。栄花物語・御裳着。○道綱の中将の君―藤原道綱。兼家男。天暦九年（九五五）～寛仁四年（一〇二〇）十月十六日。天元六（九八三）年二月二日、任左近少将。中将在任は、寛和二年（九八六）十月～長徳二（九九六）年。▽道信集では実方詠。流布本（丙）は「みちのぶ」。

35 道信集。▽前歌詞書により道綱詠。道信集では道信詠。

36 ○仁和寺の僧正―寛朝。延喜一五年（九一五）～長徳四年（九九八）六月寂。式部卿敦実親王の男。母、左大臣時平女。康保四年（九六七）仁

和寺別当。天元四年（九八一）～寛和二年十二月、僧正。○東宮―師貞親王（花山天皇）あるいは居貞親王（三条天皇）。○うち―底本「うら」を「うち」の誤写と見て訂した。

38　新勅撰「題しらず」。▽永仁本詞書では、生まれた子の喩歌に作る。

40　○道綱の中将道信とも―永仁本詞書は「…三位中将のもとにやる」で、道信ではない。

41　○九月庚申―花山帝の即位直近の九月庚申は、永観元年（九八三）九月八日。

46　○程経て―四四以下の「こそ君」の死を受ける。

47　万代集・雑一。○右少弁―藤原為任。小一条済時男。実方従兄弟。→七〇。

48　清少納言集。○信方―源宣方。六条左大臣源重信男。右近衛中将歴任、正暦五年（九九四）九月～長徳四年（九九八）八月卒まで。▽清少納言集では、「右大将殿のこなくなし給へるが、かへり給ふに、神無月もみぢ葉いつもかなしきをここひの森はいかが見るらん」への実方の返し。

49　○対の御かたの少納言―不詳。清少納言とも。

50　参考「深山には霰ふるらし外山なる柾木の葛いろづきにけり」（古今・神遊歌）。○この人―宣方の中将か。他本は四九を欠き、四八を受ける。

52　万代集・神祇。道信集。○道信の中将→二六補注。○臨時の祭―永延元年（九八七）の石清水臨時祭を指す。○もろともに四位―実方は、寛和二年（九八六）七月二十二日、従四位下（同）。道信の叙位は永延二年（九八八）三月二十五日歌仙伝）。▽永延三年（永祚元年）（九八九）三月の詠か。新古今集は実方詠。

53　道信集。▽新古今集は道信詠。

54　○為任の弁→四七補注。○永頼―藤原。山井三位。寛弘七（一〇一〇）年没。七十九歳。播磨守尹文男。母、右大臣定方女。皇太后宮権大夫。近江守など。

55　続詞花集・雑上。

56　続詞花集・雑上。

57　以下、六九まで短連歌の付け合いの形をとる。○宇治→二二。○信方中将→四八補注。

58　○新嘗会―陰暦十一月中卯の日、新穀を神に供え天皇が食する節会。五節舞が舞われる。枕草子・宮の五節の段に、「辰の日の夜…小兵衛といふが赤紐のとけたるを、是むすばやといへば、実方の中将、よりてつくろふにただならず」として、実方が「足引の山井の水は氷れるをいかなる紐の解くるなるらん」と詠みかけ、清少納言が「うはごほりあはに結べる紐なればかざす日かげにゆるぶばかりを」（実方集不載、千載・雑上所収）を代作した次第を記す。○信方中将→四八補注。

59　○弘徽殿―後宮の七殿五舎の一つ。清涼殿に近い後宮の中心的建物。○左京の大夫道長―藤原道長。永延元（九八七）年九月～同二年正月二九日、左京大夫。

60　「弓の結」は寛和元年正月十日の事か（山口恵理子）。○入道中納言―藤原義懐。寛和二年（九八六）六月二十四日、花山院出家時に出家。

61 夫木抄・巻八。同抄では、実方・道信の連歌。○為相—生没年未詳。源信明の男。従五位下。丹波守。▽平山紀子「『実方集』の連歌に見える「かまくら山」の所在」は、小右記・永延二年（九八八）十月二十九日条「暁更、差右馬頭実方、法皇奉遣花山帝御房御蒲鞍言々」から、当座の詠とし、出家後の花山院を寓したものとする。

62 永祚元年（九八九）の詠、為相の叙爵は正暦元年（九九〇）か（「竹鼻」）。

64 参考「高天の原に耳振り立てて聞く物と」（祝詞・六月晦大祓）。▽永仁本四六詞書「中宮のすけの君の、かくいひかけたりければ、すゑをぞつけたりける」。

65 ○六条の少納言—源重信男道方か。永祚二年（九九〇）任少納言。

66 ○小一条殿の人々—戊本「小一条殿」。流布本（丙）「小一条の院女御」によれば娍子。「小一条殿」→八補注。▽底本はa部分を詞書中に繰り込む形で表記。

67 参考「ありとても幾世かはふる唐国の虎臥す野辺に身をも投げてむ」（拾遺・雑恋・ある男）。▽捨身餓虎の故事。摩訶薩埵太子が、餓えた虎の餌として身を捨てたという故事（金光明最勝王経・捨身品）を踏まえる。

68 参考「卯花の咲ける垣根の月清み寝ねず聞けとや鳴くほとゝぎす」（後撰・夏・読人不知）。○花山院→二四補注。

69 ○二条殿—不明。道隆、あるいは道兼か。○為相→六一補注。

70 ○ところより〔きたる〕—底本「きたる」ナシ。流布本により補う。○為任の弁→四七補注。

71 万代集・雑一。参考「たつ雉のうはの空なる心にも逃れがたきはこの世なりけり」（高光集）。○道信の中将→二六補注。流布本（甲・群）、永仁本「道信の少将」。▽永仁本に当歌の「返し」として、「人はいさこころもしらずたつきじのかりのこの世はしばしばかりぞ」を載せる。万代集・雑一も同じ。

72 大斎院前の御集「少将、返し」。流布本（甲・群・丙）七四「ほりかはの院の子日つかまつりし」。○円融院の御子日—永観三年（寛和元年）二月「十三日戊子。朱雀院太上天皇出自堀河院、幸紫野。騎御馬。為子日興也」（日本紀略）。大斎院前の御集四四「二月十三日、むらさき野にて朱雀院の御子日せさせ給ふに院の人人みせさせ給ふ、野にくるまどもたてなめたるにこのくるまをとどめて、実方の少将みおこするほどにいひにやる、むらさきの雲のおりゐるけふさへやこまつたなびくかすみたつらむ」への返歌。

73 ○為任の弁→四七補注。○三条—不明。一五〇に「三条の中将の君」。

75 寛和二年内裏歌合「桜」。能宣集（西本願寺本）。○花山院の歌合—寛和二年（九八六）六月十日、内裏歌合。四季十八題に「祝」「恋」の二十題。実方は、「桜・月・紅葉・時雨」に出詠。

76 参考「時しもあれ花のさかりにつらければおもはぬ山に入りやしなまし」（後撰・春中・藤原朝忠）。▽寛和二年内裏歌合「月」→七五補注。

77 ○道信の中将→二六補注。正暦五（九九四）年七月没。同年の秋の詠。約束したのは前年八月か。○も〔ろ〕ともに—底本「ろ」ナシ。流布本により補う。

78 参考「み吉野の山のあなたに宿もがな世のうき時のかくれがにせむ」（古今・雑下・読人不知）。○白川殿—白河殿→三補注。

79 参考「春日野のとぶひの野守出でて見よ今いくかありて若菜つみてむ」（古今・春上・読人不知）。○実方の兵衛の佐―この任にあった天元元年（九七八）二月から永観二年（九八四）二月以前の間のことか。

80 参考「竜田河紅葉ば流る神なびの三室の山に時雨ふるらし」（古今・秋下・読人不知）。▽寛和二年内裏歌合「紅葉」→七五補注。同歌合「時雨」題に別の歌がある。

81 ○小侍従―小侍従の命婦。東三条院詮子の女房か。→一八四。○三島―摂津か。伊予・伊豆とも。

82 参考「春駒のあさる沢べの真菰草まことに我をおもふやは君」（古今六帖・第六・作者名不記）。○同じ女―小侍従。○小馬の命婦→一〇補注。○なき事―根も葉もない噂。

83 後拾遺集詞書「三条太政大臣のもとに侍りける人の娘を忍びて語らひけるを、女の親…」。○小一条→八補注。○三月三日―重陽の節句の日。この日、母子草をまぜた餅を食べる風習があった。「俗名母子草…毎属三月三日婦女採之、蒸擣以為餻。伝為歳事」（文徳実録・嘉祥三年五月）。○北の方―済時室。

84 ○同じところ―小一条殿。→八補注。○少将のおもと―流布本（丙）「中将のおもと」。○五節の舞姫→五八・六五。

85 ○その人―八四「少将のおもと」。○中の対―北の対か。○あらはなる―屏風・几帳などの設えがない。

86 ○同じ人―八四「少将のおもと」。

87 ○いふ〔こ〕と―底本「いふと」を流布本（丙）により訂した。

88 ○同じ人―八四「少将のおもと」。

90 古来風体抄。小大君集「実方の中将、人のがりやらんとて、為任の君に、かく言はんはいかがと言ひける歌」。

91 小大君集「をかしなど言ひて、為任の君、我がけさうずる人のがりやりてけり、女の聞きて笑ふほどに、前を渡りければ、女、「このごろは室の八島も盗まれて」と言ひければ、「えこそは言はねおもひながらに」」。○右少弁為任→四七補注。○詠うたり―「詠みたり」の音便形。

92 続後拾遺集詞書「宣耀殿女御の御かたにさぶらひける女に文つかはして侍りけるを、返して侍りければ」。○宰相の内侍―宣耀殿宰相の君。→一五八・一七五。▽「淮南子、烏鵲填河成橋、渡織女」（白孔六帖・鵲）。

93 前漢武帝の命により、黄河の源流を尋ね天の川に至ったという張騫の故事（「荊楚歳時記」逸文）による。

94 参考「立ち別れいなばの山の峰におふる松としきかば今帰りこむ」（古今・離別・在原行平）による。○小一条殿→八補注。○修理―女房名。未詳。▽詞書の待遇表現は、「小一条殿」を主語と解したことによる。流布本（群）「小一条どの、するがに、ふみやりたるに、かへりごとはせで、たゞいなばの山のといへるに、むすぶなるをやまの山もある物をなに、いなばのみねにかくらん」。

95 ○同じ殿―小一条殿。→八補注。○宮の内侍―未詳。宣耀殿宰相の内侍か。

96 ○同じ所―小一条殿。→八補注。○承香殿―後宮の殿舎の一つ。藤原頼忠女、花山天皇女御諟子を指すか。

98 ○小鷹狩―隼など小形の鷹を使って行う狩。○権少将―次歌より藤原道綱。但し、権少将は確認されない。道綱は、天元六（九八三）年二月二日、任左近少将。寛和二年（九八六）十月十五日、任右権中将。→三四補注。

99 ○道綱の君―前歌「権少将」。

102 ○三河の守―弓削仲宣。あるいは大江定基か。

103 七月七日が庚申に当たるのは、永観元年（九八三）。重出一六二詞書は「七月七日、春宮左近の君に」だが、庚申と無関係。

104 ○川尻―淀川支流の神崎川河口の地名。遊女の集住地。○権大納言―道長か。道長であれば、正暦二年（九九一）九月七日、任権大納言。それ以降の詠となる。

105 ○豊岡姫を―底本「とよをか人の」を流布本（丙）により訂した。

106 ○いはれね―底本「むすはね」を流布本（丙）により訂した。

107 参考「中たえてくる人もなき葛木の久米路の橋はいまもあやふし」（後撰・恋五・読人不知）。「岩橋の夜の契りも絶えぬべし明くる侘しき葛城の神」（拾遺・雑賀・春宮女蔵人左近）。孔雀の呪法を習得した役行者が、葛城の一言主神に金峯山と葛城山の間に橋を架けさせようとしたが、醜さを恥じた神が昼は仕事をせず、橋は未完のまま中絶した、という伝説（「役行者本記」など）。

108 参考「鶯の去年の宿りの古巣とや我には人のつれなかるらむ」古今・雑体・読人不知）。○もとより―底本「もとに」を流布本（丙）により訂した。

109 参考「…またふる里に雁がねの帰る列にやと思ひつつ…」（蜻蛉日記・上巻）。

111 参考「慰めて光の間にもあるべきを見えては見えぬ宵の稲妻」（和泉式部続集）。○枇杷殿―室の源延光の女を通じて、済時も邸としたか。○侍従君―女房名。未詳。

113 参考「しほたれてよそふるあまもこれは又かきけむかたもしらぬものをば」（相模集）。

115 万代集・恋四。

116 後葉集・恋三。

117 参考「夏衣薄きながらぞ頼まるる単衣なるしも身に近ければ」（拾遺・恋三・読人不知）。○道綱―底本「みちのふ」を、以下の四首との関連から訂した。→三四。○なるべし―編者の推定。▽以下の四首、源満仲の娘を巡り実方と道綱が争った（大斎院前の御集二四五～八、道綱母集二〇）ことに関わる。

118 参考「秋の夜の草のとざしのわびしきはあくれどあけぬ物にぞ有りける」後撰・恋五・藤原兼輔）。○島の子に―底本「しまのこは」を永仁本により訂した。▽漢文伝「浦島子伝」以下、浦嶋子伝説は日本書紀・雄略二二年七月条、「丹後国風土記逸文」などとして伝わる。

119 ○同じ女―美濃守源満仲の娘か。○美濃の小山のかみ―「かみ」の部分、底本「まつ」を永仁本により訂した。美濃の守源満仲を寓するか。

120 ○美濃の守―清和源氏経基男、源満仲。永延元年（九八七）出家。長徳三年（九九七）卒。○女なりし―娘に通っていた。○守みるほど―親の守が庇護する年頃。

121 奥義抄。古来風体抄。百人秀歌。百人一首など。参考「なほざりに伊吹の山のさしもぐささしも思はぬことにやはあらぬ」（古今六帖・第六・作者名不記）。○いぶき―近江国、あるいは下野国の都賀。

122 ○同じ人〔に〕―底本「おなし人」を流布本（丙）により訂した。

124 玄々集「実因僧都一首、五月五日」。参考「七夕の心地こそすれたまさかに年に一度かざすと思へば」（為信集）。▽天理本以外の他本にナシ。

125 後拾遺集三句「やみにしを」、以下小異。▽他本は一二三・一二四相当歌を欠き一二二に連接。詞書「同じ格子」が示す詠歌事情が無理なく続く。

126 参考「本、朝倉や木丸殿に我がをれば、末、我がをれば名告りをしつつ行くは誰」（神楽歌・朝倉）。

128 夫木抄・巻三一。○さるは―それが実は。○うしろめた―底本「をきのはの」を永仁本により訂した。

130 流布本（甲）は、当歌の次に「かへし」、（群）「かへし　歌闕」とある。

135 公任集詞書「時鳥こゑまれなりといふ題を、さねかたの中将」、結句「いはばこたへん」。○公任の少将―藤原公任。康保三年（九六六）～長久二年（一〇四一）一月一日。廉義公頼忠男。母は代明親王女厳子。永観元年（九八三）十二月十三日、任左近中将。少将は誤記→二一〇。○鳴く音聞きつと伝へざらめや―底本「たれにかいかゝ〳〵こたへむ」に傍記「なくねきゝつとつたへさらめや」。傍記により訂した。目移りによる誤写。▽永仁本に、当歌の返歌として「さとわかぬそらねときけはほとときすたれにかいかゝいかゝかたらん」がある。

136 実方が宇佐使を務めた永観元年（九八三）、左大弁は藤原為輔（永仁本「右大弁」であれば大江斉光）。一説に藤原道兼。

137 参考「人心うさこそまされ春立てば止まらず消ゆるゆきかくれなん」（後撰・春上・読人不知）。

139 参考「旅人の露払ふべき唐衣まだきも袖の濡れにける哉」（拾遺・別・三条大皇太后宮）。

141 夫木抄・巻一〇。小大君集「ささがにのもろてにいそぐたなばたのくものころもはかぜやたつらん」。○小大君―円融中宮藤原媓子女房、東宮（居貞親王）の女蔵人左近。生没年未詳。三十六歌仙。

142 夫木抄・巻一〇。小大君集「彦星の来べき宵とやささがにの蜘蛛のふるまひしるく見ゆらん」。

143 公任集、下句「蓮の露と空蟬のよと」。○露―底本「はな」を流布本（丙）により「露」に訂した。

144 公任集詞書「返し」。

145 参考「総角や、尋ばかりや、離りて寝たれども、まろびあひけり、か寄りあひけり」（催馬楽・総角）。○総角を結びて―紐を総角結び（左右に輪を作り中を結び房を垂れる）にして。

148 馬内侍集。○ある女―馬内侍か。○これはこと―前歌とは別の女、の意。▽馬内侍集では「類なる人の制すれば、会はでのみあるに、男／暮はいかにいかにしてかはおほ井河ゐせきの水は漏りぬべしやは」への、馬内侍の返歌。

149 ○人のむすめ―不詳。▽恵慶集「重之、子におくれて悲しぶとき、てつかはす／ちぎりあらばまたはこの世にむまるとも面がはりして見も忘れなむ」に酷似。

150 ○三条の中将の君―不詳。→七三「三条」。○水鳥の―底本「みつとのみ」を流布本により訂した。○けしき―底本「しけき」を流布本により訂した。

154 ○うとみ―底本「うらみ」を流布本により訂した。

157 古来風体抄（初）。〇小弁―「中宮の小弁」→二八二。

158 〇中宮宰相君―九二「宰相の内侍」、一八三「宣耀殿の宰相の君」か。

159 〇五節所→六五。〇扇をとりかへて―契った後に取り交わす。再会の約束を意味する。「扇ばかりをしるしに取りかへて」（源氏物語・花宴）。〇臨時の祭の日―賀茂の臨時祭。四月の例祭に対し、陰暦十一月下の酉の日に行われる。新嘗会は陰暦十一月中卯の日で、これに先立つ。

162 〇春宮の左近の君―三条院女蔵人左近。小大君。→一四一補注。▽重出一〇三の詞書「七月七日、庚申にあたりたるに、殿上の人々歌よむに」。

164 参考「八百日ゆく浜の真砂とわが恋といづれまされり沖つ白波」（拾遺・恋四・読人不知、古今六帖・第四）。〇つゝ君―実方の子の幼名。賢尋の幼名（［竹鼻］）。〇七夜―七日の産養の夜。〇中将道綱→三四補注。

165 上句は、祝いに贈られた州浜の景（新大系）か。

166 〇花山院→二四補注。〇熊野―熊野大社参詣。花山院の熊野参詣は正暦二年（九九一）末か三年初（今井源衛『花山院の生涯』）。〇まゐりて―底本ナシ。永仁本により補う。

167 寛和二年（九八六）正月一八日か（［竹鼻］）。

168 参考「高市岡本宮御宇天皇代、息長足日広額天皇。天皇登㆓香具山㆒望㆑国之時御製歌／やまとには…のぼりたち　国見をすれば　国原は　煙立ちたつ　海原は　かまめ立ちたつ　うまし国ぞ　あきづしま　やまとの国は」（万葉・巻一・舒明天皇）。枕草子「怖ろしげなるもの」に「橡《つるばみ》のかさ。焼けたる野老」とある。

169 参考「紫のひともとゆゑに武蔵野の草はみながらあはれとぞ見る」（古今・雑上・読人不知）。〇主殿の頭―不明。

173 流布本（甲・群）詞書「五せちのまひめに」、以下ナシ。

175 参考「世の中を憂しといひてもいづこにか身をば隠さん山なしの花」（古今六帖・第六・作者名不記）。〇宣耀殿―東宮（居貞親王）妃。藤原済時女娍子。〇宰相の君→九二。

177 〇通任の中将―済時の三男。左兵衛佐・少将を経るが中将歴任はない。底本傍記「通任の中少イ将」。流布本（甲・群）「道綱の少将」。

178 〇同じ中将→一七七。流布本（甲・群）「おなじ少将」。〇さうざ〔う〕しう―底本「さうさしう」を流布本により訂した。〇ところ―底本「こゝろ」を流布本により訂した。

179 参考「ちとせとぞ草むらごとにきこゆなるこや松虫のこゑにはあるらん」（拾遺・賀・平兼盛）。

180 〇同じ心を―前歌一七九詞書「山里にて、あけぼのに蜩の声を聞きて」を受ける。重出六の詞書「山里にて、蜩の声を聞き侍て」は、これに依るか。▽永仁本詞書「それを、むまかみといふ人」によれば、永延元年（九八七）七月一六日、実方、任右馬頭から、正暦二年（九九一）九月二一日、任右中将までの間のこと。重出六では、二句「深山の陰や」。

181 後六々撰。古来風体抄。清少納言集。〇元輔が女―清少納言→一八二。〇中宮―一条天皇中宮定子。〇おほかたにて―特別な関係ではなく、普通に。〇おほぞうにて―なおざりに。

182 清少納言集、初句「しつのをは」。〇清少納言→一八一。

183 ○宣耀殿の宰相の君↓九二、一七五。○女して—女を使いとして歌をやった。芹に添えたもの。○中河—山城。「京極川也。以二条上京極号中川」（八雲御抄）。

184 ○女院—東三条院詮子。応和二年（九六二）～長保三年（一〇〇一）。関白兼家女。円融天皇女御。一条天皇の母。正暦二年（九九一）九月に出家、院号宣下を受ける。○小侍従の君↓八一。▽永仁本六二では、六一（一一五歌）の「かえし」。

185 ○国へ下る—実方の陸奥下向は、赴任奏上の長徳元年（九九五）九月二七日（日本紀略・権記）後。○女院↓一八四補注。○侍従の典侍—女院の女房。不詳。

187 ○宣方中将↓四八補注。

189 後十五番歌合。玄々集。古来風体抄。参考「いかにせむ小倉の山の郭公おぼつかなしと音をのみぞなく」（後撰・夏・藤原師尹）。○東宮—居貞親王（三条天皇）。

190 参考「おもふとていとしも人に睦れけむしかならひてぞ見ねば恋ひしき」（拾遺抄・恋下・読人不知）。○陸奥国に—陸奥の国の守に。補任は長徳元年（九九五）正月十三日。↓一八五補注。○大殿—右大臣道兼（同年五月薨）。九月、下向時の右大臣は道長。

192 ○陸奥国に出でたつ↓一八五。○頼光の朝臣—源満仲男。東宮（居貞親王）の大進、権亮。↓一二〇。

194 参考「こむ世にもはや成りななむ目の前につれなき人を昔とおもはむ」（古今・恋一・読人不知）。○小一条衛門—済時邸の侍女。↓二〇六。

197 ○同じ少将—一九四「衛門」と同じ、小一条の（少将）か。↓八四。

198 ○宇治殿—源重信（正暦六年五月没）の山荘か。長保元年頃以降、道長が伝領。

199 参考「けふよりは今来む年の昨日をぞいつしかとのみ待ちわたるべき」（古今・秋上・壬生忠岑）。

201 ○さねまさの朝臣—不明。清遠男、右衛門佐実正か。○狩衣—底本「からころも」を流布本により訂した。▽播磨守信理の赴任は、長徳二年（九九六）九月一九日で、実方の陸奥下向後となり、不適。［竹鼻］は信理とし、実方作を疑う。

202 万代集・恋五。

205 ○墨染めに—底本「すみそめの」を永仁本により訂した。▽流布本（丙）、永仁本は、叔母（済時妻）の死（↓二〇八）に続く、済時逝去時の詠とする。

206 参考「里わかず飛び渡るなる雁金を雲井にきくは我身也けり」（斎宮女御集）。○小一条の衛門↓一九四補注。

207 参考「常世へと帰る雁がねなになれや都を雲のよそにのみきく」（斎宮女御集）。

208 ○をば北の方—叔父済時の妻。長徳元年（九九五）三月初旬の逝去。○四月一日ころ—更衣の時節。○宣方の中将↓四八補注。

209 ○かなしげにて—愛おしそうに。

210 公任集詞書「みちの国のかみ実方くだるに下鞍やるとて」。○公任の衛門の督—公任の衛門督在任は、長徳二年（九九六）七月～寛弘六年（一〇〇九）三月。長徳元年、実方下向後。↓一二五補注。○たてまつり給—不審。

211 公任集詞書「かへし」。

212 ○隆家の中納言―藤原道隆四男。母、高階貴子。天元二年（九七九）～寛徳元年（一〇四四）。長徳元年（九九五）四月権中納言。寛弘六年（一〇〇九）中納言。実方下向時は権中納言。○なげきの―底本「わかれの」を永仁本を参考に訂した。

213 ○返し―前歌に対応せず。永仁本・新古今集は「とどまらむことは心に適へどもいかにかせまし秋の誘ふを」を返歌とする。実方の陸奥下向→一八五補注。

214 ○宣耀殿の御方→一七五補注。

215 ○たゝぬに―ご挨拶に参上しない内に。○ものせさせ給へる―餞別を下さった。

216 ○門出したる所―旅立つ前に方角などを選び仮に宿る所。○春宮―居貞親王。→一八九。○右近蔵人―不明。左近であれば小大君か。

218 ○宣方の中将→四八。○はゞかりの関―底本「はことりのせき」を重出歌を参考に訂した。▽重出二七六では、初句「ひたすらに」四句「ありけるものか」。

219 匡衡集。今昔物語集・巻二四。○式部大夫匡衡―大江匡衡。実方没後の官職名による。大江匡衡（天暦六年（九五二）～寛弘九年（一〇一二）七月）は、式部大輔重光の男。為基・定基（寂昭）は従兄弟。妻に赤染衛門。永祚元年（九八九）文章博士。寛弘七年（一〇一〇）式部大輔。

220 匡衡集。

221 重之集「陸奥の守、腹ばらの子ども、男女とかうぶりし、裳きす、また袴もきす、かはらけとれとあれば、人人かはらけとりて、母君うせてのことなり」として、当歌を含む三首を掲げる。▽詞書に、実方への尊敬語「給ふ」が使われる。

223 参考「夜やくらき道やまどへるほととぎすわが宿をしも過ぎがてになく」（古今・夏・紀友則）。○杉むらの森―歌枕名寄・東山道一に「杉森又言杉村森八雲御抄守部入之…」とあり、「霜ふれどさかへこそませ君が代にあふさか山の関の杉もり」を挙げる。

227 参考「塵をだにすゑじとぞ思ふ咲きしより妹と我が寝る常夏の花」（古今・夏・凡河内躬恒）。

228 ○入道殿の侍従―不明。「殿の入道の侍従」（永仁本）であれば、済時男の相任。▽天理本三「少将なりし時、宇佐の使にまかりて、みづ、のとらせ給て、大将の北の方、みつつのみあかでこひしき君なれば待つべきほどの心をもくめ」への返歌か。二二九以下、二七八まで詞書に「侍り」が頻出。編集の位相の変化を示す。

230 参考「かねてよりちぎらぬ空の月だにも出づるはしるき物にやはあらぬ」（兼澄集）。

231 参考「数ならぬ身は山の端にあらねども多くの月を過ぐしつるかな」（後撰・恋五・読人不知）。

233 続詞花集・恋中。○大将―済時→九・二〇二。

234 ○平内侍―円融院皇后遵子の女房平貴子か（新大系）。

238 参考「君恋ふる涙のかかる袖のうらは巌なりとも朽ちぞしぬべき」（拾遺・恋五・読人不知）。○平内侍→二三四補注。○おほやけ事につけて―公務に託けて。○人のもとに侍し文―別人宛の平内侍の手紙。

241 続詞花集・物名（聯歌）。

245 参考「人のもとにはじめて文遣はしたりけるに、返事はなくてただ紙を引き結びてかへしたりければ」（後撰・恋二・源庶明）。

250 ○少輔の内侍―東三条院詮子の乳母子か。永仁本二〇九「女院の御めのとごの少輔の内侍にものいふひとに、ひこのかみまさたか、物いふときゝて…水ふかみみなかくせりと…」。→二八一補注。

252 ○わづらひて―底本「女わづらひて」「ひさしくわづらひて」と重複する。○はし―手紙の端か。

256 参考「おきつ風なびかす雪のかたよりを吹上の浜の波かとぞみる」（為忠家後度百首）。○粉河―粉河寺。紀伊国粉河の施音寺。○紀伊守―藤原景斉か。→二二。

257 ○初瀬―長谷寺。→二三五。○人―迎えの者。○言ひ持たせて―（十市で逢うように）言い含めて遣わした。○十市の里―大和国。

259 ○今といふ程に―（女が）「今お逢いします」と言っている内に。

260 ○衛門の督―公任か。→二一〇補注。

261 参考「山のはに入なんと思ふ月見つゝ我はとながらあらんとやする」（貫之集）。○中宮の兵衛―中宮遵子女房、兵衛命婦か（「竹鼻」）。

265 ○宇佐の使→一。○女―満仲女か。→一一八～一二〇。解説参照。

266 ○清水―京都、東山の清水寺。○滝殿―音羽の滝の下に立てられた滝見用の建物。○かかるらむ―底本「つかるらむ」を訂した。

267 大斎院前の御集。同集では、斎院方と「道綱の少将」とのやり取り。○斎院の人―大斎院選子の女房。▽永観二年（九八四）賀茂の臨時祭の事か。

268 参考「露をだに玉となしつる蓮葉に思ふ心を入れて見せばや」（古今六帖・第六・作者名不記）。「里より、さい将、蓮の実まゐらせたる文の中に書きて／濁りにし穢れぬたとひ思はずは身のゆくすゑはあはれならまし」（大斎院前御集）。

269 ○中将に侍りし時―実方の中将在任は、正暦二年（九九一）九月二一日～長徳元年（九九五）秋。○臨時の祭の使―永延元年（九八七）の石清水臨時祭の使であれば、「中将」と矛盾。→五二補注。

270 ○右大将―済時。→九補注。

271 参考「日暮るれば山の端に出る夕星のほしとは見れどあはぬ頃かな」（古今六帖・第一・作者名不記）。○同じ大将の女御―済時女娍子。→一七五。○弁の君―娍子女房。

275 ○とがめむ―底本「のこらむ」を永仁本により訂した。○事を―底本「事の」を永仁本により訂した。

276 重出二一八では初句「やすらはず」四句「ありけるものを」。▽「ひたすらに」「思ひたち」、「東路」「ありける」と音調を整える。

277 拾遺集詞書「同じ少将（義孝）通ひ侍ける所に、兵部卿致平の親王まかりて、少将の君おはしたりと言はせ侍りけるを、後に聞き侍て、かの親王のもとに遣はしける」。義孝集詞書「左衛門督の命婦のもとに権中将と名告りて、宮のおはしたりと聞きてやる」

278 義孝集「石山にまうでてかへる、川つらに鳥多く立てば／小夜深く立つ川霧もあるものをなくなく来ぬる千鳥かなしな」。○石山―近江国大津、石山寺。○長能の中将―生没年未詳。天暦三年（九四九）頃～長和年間（一〇一二～一〇一七）か。父は伊勢守藤原倫寧、母は源認女。異母姉に道綱母。中将歴任はない。

279 ○実方の中将—底本「みちのふの中将さねかたとも」。「みちのふ」を「実方」に訂した。実方は、正暦六年（九九五）正月十三日、陸奥守（→一八五）。道信（→二六）は、前年、正暦五年（九九四）七月十一日没。○小大君→一四一・一六二。▽小大君集「宮にて弓射させ給ふに、暗うなるに、人召すに遅ければ／待つほどに久しかりけるゆくすゑのまだ遠ければ武隈のまつ」と類似。

280 ○東宮—師貞親王か。→三六・四一。一説に居貞親王（増淵勝一）。○年の始めの庚申—永観元年（九八三）か二年。○題—公任集他に同題詠がある。

281 ○みなかくせり—底本「なにかふせり」を永仁本により訂した。総て隠した。○芹にぞありける—第二句に「芹」を折り込むとすれば、字余りの結句と重複。詞書からも結句「根」（永仁本）が穏当か。

282 ○中宮の小弁→一五七。○讃岐介時明—源時明。正暦三年（九九二）正月二十日、讃岐介。

283 ○小一条殿の女御—済時女娍子。→一七五補注。○一宮—敦明親王。正暦五年（九九四）五月九日誕生（日本紀略）。○三日の夜—三日の産養をする。五月五日は史実と合わない。

285 ○五月五日に、庚申にあたり—永観元年（九八三）。→八補注。

287 参考「朝ぼらけ有明の月と見るまでに吉野の里に降れる白雪」（古今・冬・坂上是則）。

288 ○川長—底本「かはさを」を訂した。

289 新古今集「題しらず」。

290 ○輔尹—大納言藤原元方の孫。藤原興方男。

294 ○仁和寺—山城国。開基、宇多法皇の御所。円融院御願寺の円融寺がある。→三六。○御覧じて—底本「御らむしに」の「に」に「て」の傍記。傍記により訂した。

295 千載集「題しらず」。続詞花集・恋下。

296 ○男—実方を指すか。▽参考歌は、詞書に拠れば、九月九日、堀河中宮媓子の黒戸の前での遊びの折の高遠詠。→大弐高遠集・六五詞書。

297 万代集・恋四。玉葉・恋三・実方「女につかはしける」、五句「現ながらも」。

298 ○ゆきずり—底本「ゆきふり」を永仁本により訂した。▽詠歌事情不明。底本詞書ナシ。永仁本では「中がはの宰相の君の、男のものへいきけるを、かもへかといひたりけれは、いつこへもかもとや人の思ふらんたゞゆきずりの鈴の音ゆへ」の「返し」。「中河」は宰相の君の里（→一八三）。

299 万代集・恋一。○ほど経て—底本「かへて」を永仁本により訂した。○わがしのびねといづれほどへぬ—底本「ことかたらひてなかぬひそなき」は次歌の下句の誤写。永仁本により訂した。

300 万代集・恋一。

301 ○ゆく—底本「ゆき」を永仁本により訂した。▽「をちへゆきこえてし《くこち》《かせ》かはにたれしかもいろそめがたきみとりそめけむ」（伊勢集。古今六帖・第三）。の混入か。

302 重出二〇四の詞書「又、人に」、初句「添へてまた」。

303 ○また—「又日」（永仁本）。

304 永仁本詞書「東宮にて九月ばかりに、砧の音を聞きてよむ」、四句「ころもうつねに」。

307 ○花山院—二四・二九。退位は、寛和二年（九八六）六月。○権中将—公任か。公任集四六八「花山院おり給うてのとし、仏名にけづり花にさして御形宣旨のもとへきこえたりける」以下、四七〇「又の年、同じ折、実方の中将、古にかはらぬ花の色みれば花の昔の昔恋しも」の、二組の贈答歌がある。

308 ○大将殿—済時。箏の琴の名手。娍子に伝授（栄花物語・見果てぬ夢）。『秦箏相承血脈』（『群書類従』第十九巻）→九補注。

309 「人の、あふぎに神のもりかきて…」（和泉式部続集）。

310 ○歌のはてに—底本「うたのて」を永仁本により訂した。○文字すゑて—底本「もしすへて」の「し」に傍記「す」、「す」に見世消ちで傍記「そ」。

311 参考「花見つつ春の山辺に暮らしてん霞に家路見えずとならば」（好忠集）。○あはれあそこ—不審。永仁本「あれはあれそを」。

312 ○菊の上の露—「百とせを人に留むる花なればあだにやは見る菊の上の露」（貫之集）。

313 ○月まつこゝろ—底本「月まつころ」を永仁本により訂した。▽永仁本では殿上での歌会。「殿上にて月まつこゝろをよみけるを、のちにきゝて」。

315 ○四句—永仁本により「てびきの」を補う。

318 ○東宮—師貞親王か→二八〇。○くら—女房。不詳。底本は二字分空白。永仁本「東宮にくらといふ人に」により訂した。

319 万代集・恋一・読人不知。

320 万代集・秋下、「題不知」。清少納言集。

321 ○権少将—藤原道綱。→九八補注。

322 ○乳母—永仁本詞書によれば、中宮の乳母。

325 万代集・秋上。

327 参考「なかなかにおぼつかなさの夢ならばあはする人も有りもしなまし」（信明集）。

328 ○因幡の守忠貞—源忠貞。任因幡守は実方の没後。

329 永仁本詞書「くにもちが、みちのくにのかみにてありし程に、むまのかごといひやるとて」。では、陸奥守藤原国用への依頼の歌。永延二年（九八八）頃、右馬頭実方と職掌上関わりがあったかとされる（『竹鼻』）。

330 永仁本「木寺の阿闍梨におくる」。

331 参考「あふことのとゞこほる間はいかばかり身にさへしみて嘆くとか知る」（馬内侍集）。

333 ○右大臣―道長か［新大系］→一九〇補注。［木船］は、永観元年(九八三)の宇佐下向時とみて、兼家を比定。

336 ○別るとも―実方の陸奥下向は、長徳元年(九九五)九月二七日以降→一八五補注。

337 参考「きけばありきかねばわびし郭公すべて五月のなからましかば」(夫木抄・巻八・花山院)。○花山院→二四補注。○下るべき日―陸奥下向の日。→三三六補注。

338 ○袖をも〔て〕―底本「袖をも」を意改した。

339 ○あやなわが―底本「あやなりか」を訂した。▽二〇三の異伝歌。詞書は二〇二の事情(養父済時が同じ女に通う)を指すか。

340 永仁本詞書では、関白道隆への任官の哀訴。

341 ○東宮―居貞親王か。→一八九。

342 ○衛門督―藤原公任。→一三五・二一〇。

343 ○陸奥国→一八五。○勿来の関→三二九。

347 参考「百とせを人に留むる花なればあだにやは見る菊の上の露」(貫之集)。

348 参考「逢ふことの今ははつかになりぬれば夜深からではつきなかりけり」(古今・雑体・平中興)。

大弐高遠集

注釈の略称は次のごとくである。
［中川釈］―中川博夫『大弐高遠集注釈』

1 ○閏三月―［中川釈］は花山法皇の詠とすれば、長保三年（九九九）閏三月かとする。時に法皇は三十二歳、高遠は五十一歳。

7 ○たび〳〵帰りし―冷泉本「たひ〳〵かへし」、「り」傍記。○思ひしかど―冷泉本「おもふしかと」。○こゝちにをかし―気持ちが優れている。○狐にやあらむ―［中川釈］は真観本により「あらぬ」を「あらむ」と改める。冷泉本も「あらむ」。○生むつかしくて―冷泉本「なまつかしくて」、「む」補入。

25 ○調ぜらる―［中川釈］では、彰子入内のために倭絵屛風を仕立てたとする。

45 ○本とやは見し―冷泉本「ものとやは見し」。

91 ○馬こそ―［中川釈］は未詳とする。

111 ○女房の―冷泉本「女の」、「房」補入。

165 ○南枝暖待鶯―白氏文集・巻一七・一一〇四「江州赴忠州、至江陵以来、舟中示舎弟　五十韻」に「北渚寒留㆑雁　南枝暖待㆑鶯」とある。

166 ○花開似美人―典拠未詳。［中川釈］は、玉台新詠・巻六「芳樹」に「枝低疑㆑欲㆑舞　花開似㆑含㆑笑」と類句があることを指摘する。

167 ○日暖人閑釣―典拠未詳。夫木抄・巻二・春二に詞書「日暖人閑釣」として入る。

168 ○花下移座居―典拠未詳。

169 ○春生人意中―元稹の元氏長慶集・巻一五「生春二十首」の一句。「春生」は春になるの意。

172 ○風景一家秋―秋の風景が集まって一家をなしているようだ。白氏文集・巻五三・二三七九「履道新居二十韻」に「林園四隣好　風景一家秋」とある。

173 ○三月尽日唯残半日春―「三月尽日」は三月の最後の日。「唯残半日春」は、今年の春も残りわずか半日であるの意。［中川釈］は白氏文集・巻六四・三一三一「三月晦日日晩聞鳥声」の題の一部とその詩「晩来林語殷勤　似㆘惜㆓風光㆒説㆗向人㆖　残㆑脱㆓破袍㆒労報㆑暖　催㆑沽㆓美酒㆒敢辞貧　声声勧㆑酔応須㆑酔　一歳唯残半日春」の末尾を取り合わせたとし、この歌の上句が白詩の起聯の趣意を踏まえるとする。

176 ［中川釈］は初句を「こ、のそち」の誤写とする。

177 ○菊綻暮流芳―典拠未詳。

178 ○と思ふ心は—冷泉本「おもふこゝろは」。○めぐる月日は—冷泉本「めくるへきひは」の「へ」に見せ消ち「つ」校異。

189 ○速見の里—夫木抄、歌合名寄などは筑前・筑後とするが、豊後国の郡名に「速見」がある。速見は、豊後国府から郡内の荒田・石井両駅を経て筑前朝倉郡を抜け太宰府に通じる官道の要衝。次歌「ふところ」が豊後国「府所」をさすにしても不明。

197 ○花笠は—冷泉本「はなさは」の「か」に見せ消ち、「さ」補入。

206 ○翁草—［中川釈］はこの時五十六歳の高遠自身の白髪の寓意とする。

215 ○遠つとほるの神—冷泉本「とをるのさと」の「さと」に「カミ」傍書。［中川釈］では、自分の遠い先祖をさすとする。

217 夫木抄詞書「つくしへ下る道にて、みち島の花を見て」。

219 ○八尋の浜—前後の歌から瀬戸内の海岸らしいが、夫木抄、歌合名寄などが「豊前国」とするのは、この前後の歌群を太宰府赴任の西下と誤解したことによるか。

224 ○心を人は—冷泉本「こゝろを人は」の「は」に「や」重書。

229 ○もの思ふ身に—冷泉本「ものおもふ事みに」の「事」に見せ消ち。○海人の焚ぐ火—冷泉本「あまのたひの」、「く」右補入。○はやま—［中川釈］では「早間消えなく」とする。

241 ○田所山庄—［中川釈］では弟実資の荘園が近江坂本にあったと指摘する。

245 ○方なれば—冷泉本「なかなれは」の「なか」に見せ消ちで「かた」の校異。▽［中川釈］では大宰大弐を辞任後の官途の不遇を歎いた表現であろうかとする。

247 ○浮き舟—［中川釈］では、寄る辺なく漂う舟の意の「浮舟」に「焦がるる」の縁で「憂き」が掛かるとする。

252 ○青色紙文—底本「紙」に移行符。冷泉本同じ。

255 ○養在深窓人未識—長恨歌・四句目。深窓に養われた楊貴妃の存在はまだ人々に知られていなかった。

256 ○春宵苦短日高起—長恨歌・一五句目。楊貴妃とともに過ごす春の宵はあまりにも短く感じられ、玄宗帝は日が高くなってから起きてくる。

257 ○行宮見月傷心色—長恨歌・四九句目。旅先での仮の宮殿で、月を見ては悲しむ。「行宮」は、天子の旅先での仮の宮殿。行在所、頓宮とも。都落ちした玄宗帝が月を見て亡き楊貴妃を思って心を傷める様子。

258 ○馬嵬坡下泥土中—長恨歌・五三句目。馬嵬の坂道のほとりの土の中には。「馬嵬」は長安の西方。現在の陝西省興平市の西。楊貴妃の死んだ場所。

259 ○太液芙蓉未央柳—長恨歌・五八句目。玄宗帝が都に帰ってくると、太液池のはすの花も、未央宮の柳も昔のままである。「太液」は宮中に作った池の名。「芙蓉」は、はすの花の古名。「未央」はもと漢の高祖が長安の竜首山に作ったという。次句「芙蓉如レ面柳如レ眉」（はすの花は楊貴妃の顔のようだし、柳の葉は眉のようだ）と続き、芙蓉と柳は玄宗帝が楊貴妃を偲ぶよすがとなっている。

260 ○昇天入地求之遍—長恨歌・八〇句目。方士が天上に上り地下に潜り込み、楊貴妃の魂魄をくまなく捜し求めた。

261 ○忽聞海上有仙山―長恨歌・八三句目。ふと耳にした、海上に仙人の住んでいる山があると。「仙山」は蓬萊山。「蓬萊山在二海中一」（山海経）。

262 ○九華帳裏夢中驚―長恨歌・九二句目。色とりどりの花模様を縫い取りしたとばりの中で、楊貴妃は夢からハッと目覚めた。

263 ○七月七日長生殿―長恨歌・一一五句目。七月七日、長生殿で。次句「夜半無レ人私語時　在レ天願作二比翼鳥一　在レ地願為二連理枝一」と続く。→二八九補注・二九〇補注。

264 ○此恨綿々無絶期―長恨歌・一二〇句目、掉尾の句。しかし、この二人の相思別離の切ない思いばかりは長く続いて途切れないであろう。

265 ○一閉上陽多少春―上陽白髪人・四句目。上陽宮に閉じ込められてどれだけの歳月が経ったのか。上陽白髪人は、玄宗帝の寵愛を一身に浴びる楊貴妃の影で、後宮に閉じ込められたまま老いて白髪となった宮女を哀れむ詩。以下に引く。

上陽人　紅顔暗老白髪新　緑衣監使守二宮門一　一閉二上陽一多少春　玄宗末歳初選入　入時十六今六十　同時采択百余人　零落年深残二此身一　憶昔吞レ悲別二親族一　扶入二車中一不レ教レ哭　皆云入レ内必承レ恩　臉似二芙蓉一胸似レ玉　未レ容二君王得一レ見レ面　已被二楊妃遥側一レ目　妬令三潜配二上陽宮一　一生遂向二空床一宿　秋夜長　夜長無レ睡天不レ明　耿耿残灯背レ壁影　蕭蕭暗雨打レ窓声　春日遅　日遅独坐天難レ暮　宮鶯百囀愁厭レ聞　梁燕双栖老休レ妬　鶯帰燕去長悄然　春往秋来不レ記レ年　唯向二深宮一望二明月一　東西四五百迴円　今日宮中年最老　大家遥賜尚書号　小頭鞋履窄衣裳　青黛画レ眉眉細長　外人不レ見見応レ笑　天宝末年時世粧　上陽人　苦最多　少亦苦　老亦苦　少苦老苦両如何　君不レ見　昔時呂向美人賦　又不レ見　今日上陽白髪歌

266 ○一生遂向空床宿―上陽白髪人・一六句目。一生を独り寝で過ごすことになった。「空床」は相手のいない寝台。

267 ○秋夜長夜長無睡天不明―上陽白髪人・一七～一八句目。とりわけ秋の夜は長く、眠れぬままに待っていても、長い夜は明けてくれない。

268 ○耿々残燈背壁影―上陽白髪人・一九句目。かすかに燃え残った灯火が壁際で憂わしい光を放つ。「耿々」は光がかすかなさま。

269 ○蕭々暗雨打窓声―上陽白髪人・二〇句目。窓を打つ夜の雨音が寂しく聞こえる。「蕭々」は寂しい音の形容。

270 ○春日遅々独坐難天暮―上陽白髪人・二一～二二句目。春は日が長く、独りで座っていると日はなかなか暮れない。

271 ○宮鶯百囀愁厭聞―上陽白髪人・二三句目。宮中の鶯がさかんにさえずっても、愁いのある身には聞くのもいやである。

272 ○唯向深窓望明月―上陽白髪人・二七句目。ただ奥深い宮殿から明月を眺める。

273 ○春往秋来不記年―上陽白髪人・二六句目。なんども春がゆき、秋が来て、何年経ったか覚えていない。

274 ○外人不見々応咲―上陽白髪人・三三句目。世間の人は見ないからよいものの、見たらきっと笑うだろう。「外人」は上陽宮の外部の人。世間の人。

275 ○三千寵愛在一身―長恨歌・二〇句目。後宮の宮女三千人に分けられるべき帝の寵愛は楊貴妃ただ一人に注がれた。

276 ○尽日君王看不足―長恨歌・三〇句目。帝は一日中楊貴妃をご覧になっても見飽きることがなかった。

277 ○花鈿委地無人収―長恨歌・三九句目。殺された楊貴妃が額に付けていた花形の飾りは地に捨てられたままで、拾い上げる人とていない。

278 ○君王掩眼救不得―長恨歌・四一句目。帝は楊貴妃の死の有様を見かねて顔を袖で覆ったまま、救おうにも救えない。

279 ○聖主朝々暮々情―長恨歌・四八句目。玄宗帝は朝な夕な、楊貴妃を恋い慕って悲しまれた。

280 ○君王相顧尽霑衣―長恨歌・五五句目。長恨歌では「君臣」。帝は楊貴妃の死んだ場所を振り返っては涙で旅衣の袖を濡らす。→二五八補注。

281 ○帰来池苑皆依旧―長恨歌・五七句目。帝が宮中に帰ってみると、池も庭も皆昔のままである。→二五九補注。

282 ○春風桃李花開日―長恨歌・六一句目。暖かな春風に誘われ、桃やすももの花が開く夜。次句（→二八三詞）と対。

283 ○秋露梧桐葉落時―長恨歌・六二句目。長恨歌では「秋雨」。秋の露に青桐の葉が落ちる時。玄宗帝は亡き楊貴妃を思って堪えがたい心情にかられる。

284 ○西宮南門多秋草―長恨歌・六三句目。西の御殿も南の庭園も、秋草が生い茂って。次句（→二八五詞）に続く。

285 ○宮葉満階紅不掃―長恨歌・六四句目。宮苑の落ち葉が階段の上に一面に散り敷いても、その紅葉を誰も掃除しない。

286 ○夕殿蛍飛思悄然―長恨歌・六七句目。玄宗帝は夜の御殿に蛍の飛ぶのを見ては寂しくもの思いにふける。

287 ○旧枕故衾誰与共―長恨歌・七二句目。古い枕や寝具で誰といっしょに寝たらよいのか、いや、いっしょに寝る人もいない。

288 ○蓬莱宮上日月長―長恨歌・一〇四句目。楊貴妃の魂魄が蓬莱宮に来て、長い月日が過ぎ去った。

289 ○在天願作比翼鳥―長恨歌・一一七句目。天上においては、どうか比翼の鳥となり。「比翼鳥」は雌雄一体となって飛ぶといわれる想像上の鳥。次句（→二九〇詞）とともに、生前楊貴妃が玄宗帝と誓った言葉。

290 ○在地願為連理枝―長恨歌・一一八句目。地上においては、どうか連理の枝となりたい。「連理枝」は根が異なる二本の枝が結合し、理（木目）が連なった枝。前句「比翼鳥」とともに、男女の深い愛情の喩。

293 ○或女許に―冷泉本「或女の許に」。

295 ○前大和守かげまさ―［中川釈］では、藤原景斉と見る。北家長良流、大宰大弐国章男、母は伊予守能正女。父の国章が大宰大弐ということで交流があったとしている。

305 ○碁打つ所―晋の王質がきこりをしながら山奥に入ると、二人の童子が碁を打っていた。童子のくれた棗の実に似たものを食べると腹が減らず、いつのまにか、脇に置いた斧の柄（柯）が腐ってしまっていたという故事（述異記など）による。

311・312 劉禹錫「蘇州白舎人寄新詩有歎早白無児之句因以贈之」に「莫嗟華髪与無児　却是人間久遠期　雪裏高山頭白早　海中仙果子生遅　于公必有高門慶　謝守何煩暁鏡悲　幸免如新分非浅　祝君長詠夢熊詩」（劉禹錫集・巻二二）とある。

316 ○神無月の―冷泉本「かみなつきの」、「な」は「の」重書。

355 ○山のあなた―冷泉本「やまのあなたな」の末尾の「な」に見せ消ちで「や」校異。

374

○かまと、山―［中川釈］は筑前国の竈門山の外山の意かとも。

他本　［中川釈］に三七七から四〇三までの歌群は高遠集の歌ではない可能性が高いという。

道命阿闍梨集

注釈の略称は次のごとくである。

［柏木釈］―柏木由夫「『道命阿闍梨集』注釈」（一～一〇）

2　［柏木釈］はほとんど片思いの恋の歌とする。

4　［柏木釈］は淡雪が降るのを見ながら、その表現によせて遁世の思いの深まりを歌うとする。

5　三保サト子「法輪寺の道命阿闍梨」に拠れば、公任との関わりの深さを示しているとする。

6　○寒からじ―冷泉本「さむからん」。

7　千載集「題しらず」。

8　○紅葉ば―冷泉本「紅葉はや」。○二句―［柏木釈］では道命好みの口語的表現とする。

11　嵐山に強風の嵐を掛けるのは常套だが、［柏木釈］は嵐山の花を詠むことはユニークとする。

12　○飽く世も―底本「あくよ〈し〉も」。冷泉本「あく世も」。別本・冷泉本により改める。

13　○みくづ―底本「みくす」。冷泉本「みくつ」。冷泉本による。［柏木釈］では世間から疎外されたままで変わらない我が身の比喩とする。

14　○いでて―冷泉本「いてし」。

16　○侍ける―冷泉本「侍る」。○四句―底本「なたか、なる」、「なる」の「な」に見せ消ち。冷泉本「なたか、る」。冷泉本による。▽［柏木釈］は「富貴不帰故郷　如衣錦夜夜行」（蒙求）によるとする。

17　新千載集詞書「絵に、女の身なげんとするところにかきつけ侍りける」。万代集詞書「絵に、女の身なげんとするところにかきつけける」。▽［柏木釈］は長恨歌の絵に添えた一四九歌と同じとする。

18　○残らず―冷泉本「をこらす」。

19　［柏木釈］は訪れないことへの言い訳と取る。

21　○乳母がり―底本「めの〈と〉かり」。冷泉本「めのと」。傍記、冷泉本による。

23　○下りしに―冷泉本「くしたりしに」。▽［柏木釈］は、松尾は道命の居た法輪寺に間近い場所として生活圏での詠とする。

26　○聞きて―冷泉本「きゝて〈ゐイ〉」。▽新古今集詞書「山寺に侍りけるころに」、二句「所とか聞く」四句「物思ひにぞ」。［柏木釈］は三保サト子「道命法師伝考―飯室妙香院をめぐって」を引き、「山寺」は妙香院かと推定する。

30　○物思ほゆる─冷泉本「物おもほる」。

32　○まがふる大井河─冷泉本「まかふは大井川」。▽千載集詞書「法輪寺にまうで侍りけるに、嵯峨野の花を見てよめる」、三句「しりながら」。続詞花集詞書「嵯峨野に花見にまかりて」、三句「しりながら」。

33　○賜せ給へる─冷泉本「をうせ給へる」。▽〔柏木釈〕は三保サト子「道命阿闍梨伝考　─晩年の軌跡」を引き、三条院関連歌とも。

34　○寝ぬ夜とか聞く─冷泉本「ねぬ夜ときゝて」。▽〔柏木釈〕では萩谷朴・久保木哲夫・今井源衛・三保サト子らの説を引く。

36　〔柏木釈〕では初秋に飛来する雁の鳴き声を待つ歌といて早い例とする。

38　続詞花集詞書「山寺にて都の潟を見て」。

42　○とぞ見る─冷泉本「なりけり」。

43　続古今集詞書「人のなくなりける所にて、ほとゝぎすをまつといふこゝろをよめる」。

45　○筍─冷泉本「たかうな」。

49　○葬送─冷泉本「さうそ」。▽袋草紙・下「院の殿上を雲の上と詠む歌　花山院の御葬の朝、殿上において道命歌を詠じて云はく」、初句「思ひかね」。

50　〔柏木釈〕は「けさのけぶり」から花山院哀傷歌の一首とする。

51　〔柏木釈〕は時鳥の歌が多いことは特徴的とする。

52　○霞の立ちける─冷泉本「霞たちける」。

53　玉葉集詞書「花山院かくれさせ給て御わざのことはてて又の日、殿上にさぶらふ人につかはしける」。

56　続詞花集・初句「みな人は」。

58　〔柏木釈〕は花山院哀傷に関わらないとするが、「散り果てた花」に花山院をあてたと考えるべきか。

59　新続古今集・二句「山の桜も」五句「過ぐる春かぜ」。

63　後拾遺集詞書「五月ばかり赤染がもとにつかはしける」。

64　○音もせぬ─底本「をともせぬ」、「も」に見せ消ち。冷泉本「をとせぬ」。○なりもゆくかな─冷泉本「成もゆくよな」。

66　○尼はいたう─底本「あまは〈ゑ本定〉いたう」、冷泉本「あまえはたう」。○聞えて─冷泉本「きゝて」。▽〔柏木釈〕は、六五の実方詠から該歌も花山院哀傷歌群と見られるとする。

71　万代集詞書「五月五日、女のもとにおくりける」、初句「ささのやに」。

73　〔柏木釈〕は花山院在世を共に過ごした人物とする。

74　○恋しさ─冷泉本「恋しき」。

77　○恨みて─冷泉本「うらみ」。

78 ○逢ふことの—冷泉本「あふことを」。

79 ○生ひたる—冷泉本「をいたる」。

81 ［柏木釈］は地名「われから」の連想で旅の愁いを詠んだとする。

82 ○なは—冷泉本「なら」。

83 後拾遺集詞書「にしきのうらといふところにて」、初句「なにたかき」。

84 ［柏木釈］は俊成詠は道命歌によるかとする。

89 ○なに〔か〕涙も—底本「なになみたも」、重出二九二「なにかなみたも」、冷泉本「なにと涙も」。重出歌による。▽［柏木釈］は「身を割くような別れの辛さ」という。

90 新古今集詞書「修行に出で立つとて、人のもとにつかはしける」。

91 ○み熊野の—冷泉本「みくまのに」。▽後拾遺集詞書「熊野へ参るとて、人のもとにつかはしける」。［柏木釈］は「道命に恋の贈歌が多い」とし、該歌の「人」も異性である可能性があるという。

92 ○明日や—底本「あすや」、冷泉本「あすや〈なほそ又あすそ〉」。

95 ○ななん—冷泉本「るらむ〈なゝ〉」。

96 ○少女子が—冷泉本、以下空白。○諸声—底本「もろ〈ふり〉こゑ」。

99 ○玉の緒の—冷泉本「玉のを」。

106 ○落したりける—冷泉本「をとしたり」。

107 ○近衛のみかど—底本「このへのみやと」。「みかど」に修訂。○散りにけるかな—底本・冷泉本なし、谷山本により補う。

108 ○小法師—冷泉本「又法師〈イ小〉」。

109 ○晦に—底本「つこもり〈に〉」。傍記による。

110 ○桂—冷泉本「かたつら」。▽新拾遺集詞書「大井川の篝火を見て」、五句「瀬々の篝火」。

111 ○折りて—冷泉本「を折て」。

115 ○失せ—底本「うす〈せ歟〉」、冷泉本同じ。傍書による。

121 ○日の暮ぬ—冷泉本「日くれぬ」。▽新古今集詞書「法輪寺に住み侍りけるに、人のまうで来て、暮れぬとて急ぎ侍りければ」、初句「いつとなく」五句「いそぐなるかな」。

122 ○織り捨て—冷泉本「をりひて」。▽詞花集詞書「春より法輪に籠りて侍りける秋、大井川に紅葉のひまなく流れけるっを見て詠める」、二句「綾織りかけし」四句「秋は紅葉の」。

128 ○失せたりける—底本「うせた〈りけ〉る」、冷泉本「うせたりける」。傍記、冷泉本による。○五句—「しれ」に「きけ」の傍書。

129 ○聞く空もなし—冷泉本「聞空もなき」。

134 ○うち吹く―冷泉本「うら吹」。○あへ―底本「あえ」、冷泉本「あゆ」。「あへ」に訂正。

135 ○行く音―冷泉本「行こと」。

136 「立ち返り～あらまし」底本・冷泉本なし、谷山本により補う。

138 ○深く浅く―底本「ふか丶あさ丶」冷泉本「ふかさ」。冷泉本による。

139 ○思出―冷泉本「思て」。

142 ○帰り〔給に〕―底本「かへり」以下二字分空白。冷泉本「かへり給に」。冷泉本による。

143 ○忌み―底本「いみし〈本定〉」、冷泉本「いみし」。「いみ」に修訂。○はかなさは―底本「はなさかは」。冷泉本「はかなさは」。冷泉本による。

146 ○なをたゞが―底本「なをたか丶」。冷泉本「なをた丶（イたか丶）」。冷泉本による。

147 後拾遺集詞書「かへし」、四句「おほかたとりの」。

149 後拾遺集詞書「長恨歌の絵に、玄宗もとの所に帰りて虫どもも鳴き、草も枯れ渡りて、帝歎き給へるかたある所を詠める」。▽［柏木釈］は、近藤みゆき「摂関家と白居易」を引き、「長恨歌を題とした和歌は、道命集のほかに伊勢集・高遠集・道済集に見える」という。

151 ［柏木釈］は、「歎き」を導いた発端は春雨なので、春雨を故人の形見」とする。

152 ○出だして―冷泉本「はたらて」。

153 ○らる丶―冷泉本「□る丶〈ら〉」。

156 ○二句―底本「うら」以下、五字分空白。冷泉本「うらこめしは〈本マ丶〉」。谷山本欠。○のどけからなん―冷泉本「のとかなるらん」。

157 新千載集詞書「題知らず」、五句「旅の空かな」。

160 続古今集詞書「題しらず」。万代集詞書「老後に月をみて」、夫木抄集詞書「老後月を見て」。

163 続詞花集詞書「あるじうせたるところの花をみて」、初句「庭桜」。

164 詞花集詞書「題しらず」。

165 続千載集詞書「かみのやしろに紅葉の散るを見て」、五句「風の吹くらむ」。万代集詞書「神のやしろに紅葉の散るを見て詠み侍りける」、五句「風の吹くらむ」。

171 千載集詞書「花のちりけるをみてよみ侍りける」、上句「よそにてぞ聞くべかりける桜花」。

172 千載集詞書「花のもとによみはべりける」、続詞花集詞書「花のもとによりふしてよめる」。

176 ［柏木釈］は、荒木孝子「『大斎院前の御集』の一疑問点」を引き、『随求経』について詳述する。

180 ○御園の―底本「みその丶〈し〉」、冷泉本「みその丶」。冷泉本による。

181 ［柏木釈］は、道命の好色と同時に美声で読経に勝れていたことに触れる。

184a ○言へる―冷泉本「みる」。

184b ○ゐると―底本「ゐな〈る〉と」、冷泉本「ゐなと」。傍書による。

189 ［柏木釈］は、「花の雫」に濡れることの喜びとし、道命歌の特徴とする。

192 ［柏木釈］は、葉桜への心寄せとし、行尊・西行への影響に触れる。

195 ○散りはてて―底本「ちりはへて」、冷泉本「ちりはて丶」。冷泉本による。

196 ○山里に―底本「山さとに〈くら〉」、冷泉本「山さとに〈サクラ〉」。

197 ○いたう―冷泉本「いたふ」。▽［柏木釈］は「訪問を予定していた人物が雨で訪れないことを責めている」とする。

200 ○咲き重ねたり―冷泉本「さきかさねてる」。

201 ［柏木釈］は、「井手の蛙」を相手が法師なので「法師がへる」を導き出し、当意即妙な応答とする。

203 ［柏木釈］は、独り身の年老いた男に子供が出来たという状況を詠んだとする。

204 ○法輪に侍るころ、亀山見るとて、人々の―底本・他本なし。谷山本により補う。

205 ［柏木釈］は、時鳥をほとんど恋人と同じ扱いと触れる。

206 ○山にさへ―冷泉本「山さとへ」。

209 ○人頼めなる―冷泉本「人たのみねる」。

210 ○雨など降りて―冷泉本「雨そとふりて」。▽千載集詞書「山寺こもりゐて侍りけるころ、雨降りて心ぼそかりけるに、人のまうできて歌など詠み侍りけるついでに詠める」、下句「奥山に君来ぬ夜々を思ひ知らなん」。

211 ○飽かぬ―底本「あ〈な歟〉かぬ」、冷泉本「あかぬ」。

218 ○春の―底本「はる〈の〉」、冷泉本「はるの」。傍記、冷泉本による。

220 続後撰集詞書「題しらず」。続詞花集詞書「題しらず」。

223 ○空―冷泉本「へく」。

224 続後拾遺集詞書「おそ桜をみてよみ侍りける」。

228 ［柏木釈］は、七夕での逢瀬の短さを長くあるようにと詠じるのは説明的とする。

230 ○年の―底本「とし〈の〉」、冷泉本「としの」。傍記、冷泉本による。○秋ありと―底本「〈あき〉ありと」。冷泉本「秋ありと」。傍記、冷泉本による。

232 ○紅葉したらん―冷泉本「紅葉したはん」。

234 ○なるぞ—底本「なると」の「と」に「ママ」の傍記。「なるぞ」と修訂。

240 風雅集詞書「鶯のおそく鳴くとてよめる」。

244 〔柏木釈〕は、贈歌の「辛夷」は「拳」だから「かまちあやふし」なのに、強くない「辛夷」は人の思いのままと反論、軽妙な歌という。

245 「あだに散る〜人のおこせたりし」、底本なし。谷山本によって補う。

247 〔柏木釈〕は時鳥の三月「忍び音」を季節外れと捉えるとする。

248 ○問はまうくとも—冷泉本「といまうくとも」。

253 ○ならば—冷泉本「なれは」。

256 ○この世—底本「〈こ〉のよ」、冷泉本「このよ」。傍記、冷泉本による。

258 ○よそにも—底本「よそに〈と〉も」、冷泉本「よそとも」。

270 ○花見—冷泉本「花久〈見〉」。

275 ○人に、取らす〔る〕—底本「人にとらす」。「とらする」に修訂。

279 ○苗に—冷泉本「さなへ」。

280 ○失せさせ〔ひ〕て—底本「うせさせたまて」。

287 ○端に—冷泉本「いしに」。

293 千載集詞書「修行に出でて熊野に詣でけう時、人につかはしける」。

315a 〔柏木釈〕は、三保サト子「道命の歌—道綱母と花山院の存在を通して」を引き、絵に描かれた火災とする。

315b ○とある末—底本なし。谷山本によって補う。

316a ○月見れば—冷泉本「月みれ半」。

318 ○絶えぬれ—冷泉本「たゝぬれ〈え〉」。

321 ○掛くべかりける—冷泉本「かへへかりける」。

一　曹丕は、既に長逝していた孔融、阮瑀に加えて、前年の大疫で、王粲、徐幹、陳琳、應瑒、劉楨ら諸子を失った。彼らは「建安七子」と称せられる。この時、曹丕はその文学集団の一員であった呉質に書を送り、「閒者歴二覧諸子之文一、対レ之抆レ涙」という。また、晉陸機の「文賦」（文選・巻十七賦）序「余毎レ観二才士之所一レ作、竊有三以得二其用心一」（その心遣いをうかがい知ることができる）も踏まえていよう。曹丕は、文章を論じて著名な「典論論文」（文選・巻五十二論）の著述もあり、古今を代表する文章家の一人。その「呉質に与ふる書」や、これも文章を論じて著名な陸機の「文賦」を踏まえるところに、能因の自負がこもる。

二　○彼質張里之者―後漢張衡「西京賦」（文選・巻二賦）に、「若二夫翁伯濁質張里之家一、撃レ鍾鼎食、連レ騎相過、東京公侯、壮何能加」とある。これは漢書・巻九十一貨殖伝の「翁伯以レ販レ脂而傾二県邑一、張氏以レ売レ醤而踰侈、質氏以レ洒レ削而鼎食、濁氏以二胃脯一而連レ騎、張里以二馬医一而撃レ鍾」（翁伯は脂を売って県邑の人々をしのぎ、張氏は醤を売って分に過ぎた贅沢をし、質氏は刀剣の鞘をみがくことを業として美食し、濁氏は羊の胃を乾燥したものを売って連騎を従えて外出する身分となり、張氏の里は馬医ながら、鐘を撃って家人に合図するほどの大きな家に住んだ）に基づいている。

三　楊雄は、学を好み、文章によって名を後世に残そうとして太玄経等の著作に心血を注いだ。漢書・巻八十七に伝がある。晉左思「蜀都賦」（文選・巻四賦）に、司馬相如以下、蜀の輩出した英才四人を挙げる中に「楊雄含レ章而挺生」（楊雄は内に文章の美しさを含みつつ抜きん出）とある。楊雄は学者・文人であったが、ここでは能因は学者を代表する人物として取り上げている。ここまでみてくると、直接引用したものは多くないが、賦を踏まえて書いていることに気づかされる。能因は私家集に真名序を付すという試みにおいて、文人必須の教養である賦を参考にしたのであろう。

四　こうした考え方は、梁の劉勰、文心雕龍・第四十九、文人の才能などの背後にある人間的資質を論じた程器篇「将相以二位隆一特達、文士以二職卑一多誚。…蓋士之登庸、以二成務一為レ用。…彼楊馬之徒、有レ文無レ質。所三以終二乎下位一也。」（大臣大将は位が高いためにいい思いをし、文人は職業上の地位が低いので、悪口を言われる。人物が登用されるためには、実務を遂行する能力の有無が第一である。楊雄や司馬相如らは文才はあったが「士」としての実務に欠けていたから下位に終わった）に見えるが、そうした見解を参考にしながらも、ここは、我が国の和歌がそうだと言いなしている。○本朝之俗、和歌之道―日本の風俗である和歌の道。「俗」とあるところ、能因は自著玄玄集・序で、「夫和歌者、我朝之風俗也。興二於神代一、盛二于人世一」（和歌体十種）に拠って、「和歌者本朝之風俗也、源流起二於神代一、雅詠盛二于人世一」と言っており、「風俗」の意で用いたもの。土着のしわざを言う。能因の念頭には、知友資業の、長元八年（一〇三五）関白左大臣頼通歌合の序（於住吉社）「和歌者我国風俗也、世治者此興起、時質者此思切也」もあったであろう。資業序は、五月十六日に高陽院水閣において催された歌合に勝った左方が、二十二日に報賽のため住吉明神に参詣し、各々述懐の和歌一首を詠じた折のもの。資業、能因とも左方であった。この「時質」は、古今集・真名序の「神世七代、時質人淳、情欲無レ分、和歌未レ作」を踏まえており、その真名序は文選・序に「茹レ毛飲レ血之世、世質民淳、斯文未レ作」とあるのに拠る。資業序を意識してこの表現を使った時、それが古今集・真名序、ひいては文選・序を下敷きにしていることを能因は当然理解していたであろう。秀歌撰玄玄集・序のみでなく、私家集序においても、和歌についてこのような表現を使っているところ、能因のこの私家集にかけた心意気、気概が感じられる。

五　○貴耳賤目…人之大情—白居易の親友元稹に宛てた手紙「与二元九一書」（白氏文集・巻二十八）に、「微之。夫貴レ耳賤レ目、栄レ古陋レ今、人之大情也」とある。「貴レ耳賤レ目」は、張衡「東京賦」（文選・巻三賦）冒頭「若レ客所謂末学膚受、貴レ耳而賤レ目者也……宜其陋レ今而栄レ古矣」を、「人之大情」は梁の劉峻「広絶交論」（文選・巻五十五論）の窮交について述べた段「陽舒陰惨、生民大情、憂合驩離、品物恒性」を踏まえている。「東京賦」冒頭「客の若きは所謂末学膚受、耳を貴んで目を賤む者なり。…宜なり其の今を陋として古を栄とするや」は、「あなたのような方は、いわゆる浅学・非才であり、話にだけ聞く古のことを尊重し、目の前にある現在の物事を卑しむ者です。…今日のことをつまらないと考え、昔のことをすばらしいと思うのも無理のない話です。」と根拠なき学問、浅薄な見解を批判したもの。晋書・巻九十二「左思伝」にも、劉逵が、左思の呉と蜀都賦に注し、序文を書き「世咸貴レ遠而賤レ近、莫三肯用二心於明一レ物」（人は古いものを貴び新しいものを賤しみ、事物そのものをはっきり書こうとするものがいない）と述べたとある。「人之大情」は、人間の誠の情。「広絶交論」「陽に舒く陰に惨ふるは、生民の大情、憂ふれば合ひ驩べば離るるは、品物の恒性なり」は、「日の当たったときには伸び伸びとやり、陰になったときには嘆くのは、人間の誠の情であり、憂いがあるときは寄り合い、喜びのあるときは離れるのは、万物の変わることなき性質です」というもの。「貴耳賤目…人之大情」の類例には、梁の江淹「雑体詩三十首序」（六臣注文選・巻三十一詩・江文通集）「貴レ遠賤レ近、人之常情、重レ耳軽レ目、俗之恒蔽」がある。小島憲之は、朱雀天皇天慶年間に、皇太子（後の村上天皇）の思召によって、大江維時の撰した日観集（佚書、二十巻）序に、「夫貴レ遠賤レ近、是俗人之常情、…我朝遥尋二漢家之謡詠一、不レ事二日域之文章一」（朝野群載・巻一）とみえることを挙げて、「日域」であるわが国の文学を軽視して、「漢家の謡詠」という中国詩文への著しい傾斜をもつ、当時の情勢を示す一例としている（古典文学大系『懐風藻・文華秀麗集・本朝文粋』解説）。

七　○如彼天暦以往—天暦（九四七〜九五七）は、村上天皇の治世の年号。以往は、過去のある時点より以前。能因は、自著玄玄集・序で、「今予所レ撰者、永延已来寛徳以往篇什也」という。「如きは」は、遠まわしに主語を例示する。○三代之明主—三代の賢帝、醍醐・朱雀・村上天皇。村上天皇の治世、天暦年間は、醍醐天皇の治世、延喜年間（九〇一〜九二三）とともに、後世「延喜天暦の治」と称し、政治的、文化的に一つの理想的な時代とされた。古今集は醍醐天皇の勅命、後撰集は村上天皇の勅命による。但し、後撰集に古今集の持つ序は無い。○四人之歌仙—紀友則、紀貫之、凡河内躬恒、壬生忠岑の古今集撰者四人。○奉詔献家集—古今集真名序「各献二家集幷古来旧歌一」に拠る。

八　○王道股肱之臣—王道は帝王が強権によらず、道徳的教化を中心として、公明正大に天下を治める政治の在り方。夏・殷・周、三王朝の名君の政治が念頭に置かれる。股肱は股《もも》と肱《ひじ》。主君の手足となる臣。王道を実現するためのよき補佐役。漢書（巻三十芸文志）に「諸子十家、其可レ観者九家而已。皆起二於王道既微諸侯力政、時君世主好悪殊レ方…使下レ其人遭二明王聖主一得上三其所二折中一、皆股肱之材已」とある。〇儒林河漢之才—儒林は儒学者仲間。河漢は黄河と漢水（揚子江の大支流）。測りようもなく深く広いこと。劉峻「弁明論」（文選・巻五十四論）に「夫聖人之言顯而晦、微而婉。幽遠而難レ聞、河漢而不レ測」とある。また、源順「沙門敬公集序」（本朝文粋・巻八書序）に「公少遊二大学一、聡識挺レ群。相如風月之骨、楊雄河漢之才、皆自然而得矣」とある。引用の楊雄について前述の「鳳夢」の注を参考にすれば、「河漢之才」は計り知れない学識の意であろう。なお、七と合わせた該当部「如彼天暦以往…冠巻首而顕序」は、異同はありながらも、藤原清輔の袋草紙「故撰集子細」と、顕昭の古今集序注に、引用され、該当部八「王道股肱之臣」以下が、顕昭の万葉集時代難事に引用されている。

九　〇狂夫—「狂夫」と「君子」を対比させた次のような例「孔子曰雖二小道一、必有二可レ観者一焉、致レ遠恐レ泥、是以君子弗レ為也。然亦弗レ滅也、閭里小知者之所レ及、亦使二綴而不一レ忘。如或一言可レ采、此亦芻蕘狂夫之議也」（漢書・巻三十芸文志）がある。〇頗—少し。いささか。古代語としては、「少し」の意で用いられていた。〇比興之詞—比興は人の興味を引くおもしろい表現。〇篇詠—その慫慂によって、白居易が「長恨歌」を作ったという、旧友王質夫の死を哭した詩（「哭二王質夫一書」白氏文集・巻十一）に、「憐君古人風、重有二君子儒一。篇詠陶謝輩、風襟嵇阮徒」（君は古人の風格を持ち、立派な人格を備えた学者であった。その詩篇は、六朝宋の陶淵明や謝霊運を思わせ、その風流な心だては、魏の「竹林七賢」嵇康や阮籍のようであった）とある。ここでは、歌什の意。〇詞義—「義」は文章や語句の意味、意義。表現を表す「詞」に対応する。新撰和歌・序において「抑夫上代之篇、義尤幽而文猶質。下流之作、文偏巧而義漸疎」として、文と義を対比させた紀貫之を踏まえる。

一二　〇竹竿之濫吹—「竽」は。古代中国で用いられ、韓子（韓非子）・巻三十内儲説上「斉宣王使二人吹一レ竽、必三百人。南郭處士請為レ王吹レ竽、宣王説レ之、廩食以二数百人一。宣王死、湣王立、好二一一聴一レ之。處士逃」に基づく濫吹の故事によって知られる。「濫吹」は、盧諶「感交」（江淹撰「雑体詩三十首」文選・巻三十一詩）に「自顧非二杞梓一、勉力在二無逸一、更以畏二友朋一、濫吹乖名実二」（ひそかに顧みれば、もともと良材に似ぬ才能のないわれ、ひとえに勤めるのは、遊びに身を崩さぬことだけ。かくてはまた親しい友の期待にも、はばかりを覚える。みだりに位を占めて、名が実にそぐわぬことになろうかと）と見え、無能の者が才能のあるように見せかけること。右の韓子の故事による語。斉の宣王が竽を好んで、いつも三百人に吹奏させた。南郭処士は、自分で売りこんで、その能もないのに、中に交じって濫りに吹き、王に悦ばれて、俸給に数百人ぶちを与えられた。宣王の死後、湣王が立った。彼は一人一人に吹奏させて聴くのが好きであった。南郭処士は、技能のないことの現れるのを恐れて逃げ出したという。ただし、斉のことではなく、韓の昭侯のときのこととも言う。〇何…乎—反語。ここでは、どうしてそんなことができるものかと言いつつ、どうかして知音を得たいという悲願をこめたものと理解したい。〇嶧桐之知音—「嶧桐」は、尚書（書経）・（夏書）禹貢（徐州）に見える「嶧陽孤桐」による表現。曰く、「厥貢惟土五色、羽畎夏翟、嶧陽孤桐」（その貢は（諸侯の封建に必要な）五色の土であり、羽山の谷からは（服飾に必要な）五色の彩りの羽のある雉を、嶧山の南からは孤立した桐を（それぞれ貢として出す））と。「孔安国注」に「孤特也。嶧山之陽特生、桐中二琴瑟一」とあり、その桐が貴重で琴の良材だったことがわかる。能因は出家以前の寛弘六年（一〇〇九）頃、長楽寺で嘉言（能因集二五）、正言（能因集二六）らと「故郷の霞」の心を詠んだが（能因集二七）、その嘉言の兄であり、正言の弟である大江以言の「冬日於二飛香舎一、聴三第一皇子初読二御注孝経一、応レ教」（本朝文粋・巻九詩序）に「嶧陽之桐払レ雲、遇二良工一而張二鶴翼之曲一者歟」（天雲を凌ぎて聳え植わる嶧山の桐も、良工の之を琴に作るにあひて、始めて妙曲を奏するを得るに至るが如きものなり）とあり、当時周知であったことが知られる。その桐で作られた琴の音を知る者とは、琴の名手伯牙とその琴の音をよく聴き分けた鍾子期の故事（列子・呂氏春秋・蒙求）にこめて、我が和歌をよく理解してくれる真の友人を言う。「知音」の語は、前出「与二呉質一書」に「昔伯牙絶二絃於鍾期一、仲尼覆二醢於子路一、痛二知音之難レ遇、傷二門人之莫レ逮也」とあり、白氏六帖（聴）でも「知音」の項に「伯牙弾レ琴、鍾期聴而知二其音一」と見える。

一三　〇寔是雖……―ある事態（…部）を既定のこととして認めた上で、それにもかかわらず、以下（次の句）の主観を肯定的にもちださずにはいられないという文脈を構成する。〇消没―おとろえなくなる意。白居易（楽天）が「長恨歌」を作った経緯を説く陳鴻「長恨歌伝」（白氏文集・巻十二・文苑英華・巻七九四等）の一節（最末尾）に、前出王質夫が酒を楽天にささげて言った、その言葉「夫希代之事、非レ遇三出レ世之才潤二色之一、則与レ時消没、不レ聞二于世一。楽天深二於詩一多二於情一者也。試為レ歌レ之。如何」とあるのが稀少な例。その勧めをうけて、白居易が「長恨歌」を作ったという、そうした経緯に能因自身の家集編纂の心組みを重ねて、敢えて「消没」の語を用いたもの。能因は、自著玄玄集序でも「不レ知二当時之褒貶一、只憶二向後之消没一之故也」と使う。「和歌序」を一覧する限りにおいて、「消没」は、能因のみが用いた語である。〇宿僻―永延二年（九八八）生まれの能因の作歌活動は、長久五年（一〇四四）時に、七夕詠を詠んで以来四十余年が経過したとあるから（能因集二四五）、十代半ば頃から始まっており、この序の執筆寛徳二年（一〇四五）以後近々まで、おおよそ四十数年に及んでいる。

一四　〇揣所思之篇―「揣」は、推し量る意。鬼谷子「揣篇第七」末尾に、「此揣レ情飾レ言、成二文章一而後論レ之」とあり、陸機「漢高祖功臣頌」（文選・巻四十七頌）に功臣三十一人中、張良を論じて、「窮レ神観レ化、望レ影揣レ情」とする。能因が踏まえたのは、宋謝恵連の、漢梁王と文人たちのやりとりに仮託した「雪賦」（文選・巻十三賦）冒頭、王の司馬相如への言「抽二子秘思一、騁二子研辞一。侔レ色揣レ称、為二寡人一賦レ之」（そなたの心に秘めた思いを抜き出し、美辞を駆使して、雪の美しさをありのままに描写し、適切に表現し、私のために賦してくれ）であろう。「所思」は、心に深く思うこと。晋の陸機「君子有所思」（文選・巻二十八詩）がよく知られており、宋の鮑照や梁の沈約にもこれにならうものがある。ここでは、能因の和歌についての感懐。〇以言家〔集〕之端―「以言」は、張衡「南都賦」（文選・巻四賦）の、高祖や光武帝が南陽を足掛かりとして天下を統一したことを述べる段に「縉紳之倫、経二綸訓典一、賦納以レ言」（知識人たちが政務を処理し、天子に善言を進言した）とある。荀子（第二十七篇大略）「君子贈レ人以レ言、庶人贈レ人以レ財」（君子は人に贈るに善言をもってし、庶民は人に贈るに財物をもってする）を踏まえていよう。「以言」には、荀子の「君子贈以言」が投影している。能因の「言」にこめた真意も「善言」であろう。荀子にもとづくものに、大伴国道が按察使として陸奥国に赴任するに際して、空海が贈った詩序（「贈三伴按察平章事赴二陸府一詩　幷レ序」性霊集・巻三）の、その終わり近く「送レ人以レ言。古人道レ之」、菅原道真が讃岐守として赴任する際に、藤原佐世が設けた餞席（「尚書左丞餞席、同賦二贈以レ言、各分二一字一」菅家文草・巻三詩）の詩題「贈以レ言」がある。空海の言は「貧道与レ君淡交」（私はあなたと君子の交わりを結んでいる）」の後にある。道真と佐世も文人の交わりである。右の陸機の詩題「君子有所思」も併せ考え、能因に「君子」文人の自覚を見る。能因の、この序にこめた文人意識が窺知される。

真名序を読んできた。能因は、一段で、学んでも実生活上、利益をもたらさぬのが和歌であると述べ、三段（終わり近く）でも、拙い自分の和歌を理解してくれる人「知音」は、いそうにない、和歌は消えてなくなる道だと言う。しかし、語釈で述べたように、前者は、どうかして「知音」我が和歌をよく理解してくれる真の友人を得たいという願いを秘めており、後者、消えてなくなる意の「消没」も、「長恨歌伝」や能因の作以外に例を見ず、白居易が「長恨歌」を作った経緯に能因自身の家集編纂の心組みを重ねたといえる。「消没」が、「和歌序」を一覧する限りにおいて、玄玄集・序と併せて、能因のみが用いた語であることは、和歌という文学が消えてなくなるものだからこそ、後生に残したいのだという、能因の強い気持ちを感じさせる。二段終わりの典故「志士思垂名於身後」（陸機・豪士賦序）は、能因の思いであった。一段で、古今を代表する文章家の一人、曹丕の「呉質に与ふる書」や、同じく文章を論じて著名な陸機の「文賦」を踏まえるところに、能因の自負がこもるとした。また、直接引用したものは多くないが、文人必須の教養である文選・賦を踏まえていること、文選・序を意識していることを見、能因の私家集に真名序を付すという試みにかけた心意気、気概が感じられる、とした。ここまで読み進めてきて、直接、間接に文選を踏まえるものが十二、内、「賦」六である。特に最後の一文、「揣」の用例に挙げた「雪賦」は漢の文人司馬相如への言であり、「以言」の用例「南都賦」も、漢の知識人が天子に善言を進言したものである。文人能因は、「衆人」でなく、「君子」文人に対峙している。「雪賦」の言「抽秘思、騁妍辞。侔色揣称」も、能因の意識の中で、序のみでなく、和歌にまで及んでいよう。そこには和歌という文学への能因の自負・自信の裏打ちがある。能因の典故とした文選や白氏文集は、「与呉質書」や王質夫に見たように、有機的に関連しており、文心雕龍も含めて、能因がこれら漢籍を自家薬籠中のものとして、読みこなしていたことが看取される。晋の陸機のほか、学者・文人である英才、漢の楊雄・司馬相如も、典故として何度も登場する。ここにも、能因の強い文人意識を見る。能因は私家集を編纂するに際して、冒頭に真名序を置いた。文選等、漢籍を読みこなし、文人必須の教養である賦を参考にし、多くの典故を利用して、この序を著した。文章生時代からの、持てる学識をすべて使ったと思われる。能因の真名序にかけた熱意、気概は、どこから来るのであろうか。これは、やはり、それが私家集に真名序を置く最初の行為だったからではないだろうか。以下のことを附言しておく。能因集以前に、真名序を持つ私家集に、千穎集がある。『私家集大成中古Ｉ』（書籍版解題）（明治書院、昭和四十八年）は、「永祚二年九九〇成立の記載は信じてよいであろう」（山口博）とし、〔新編補遺〕（田中登）（エムワイ企画、平成二十年）も、「特記事項なし」とする。『新編国歌大観』三巻私家集編Ｉ（角川書店、昭和六十年）解題（山口博）も、「永祚二年（九九〇）成立の記載は信じてよいであろう」とする。しかし、『千穎集全釈』（風間書房、平成九年）解説二は、成立年次について、「序によれば永祚二年（九九〇）十一月二十七日の成立とされており、これをそのまま信じる説と、さらに後の成立と見る説とに分かれている。」とし、「本書では、全釈を試みることによって詠歌の時代的特徴などについて検討し、成立年次の問題に迫ることを一つの目標とした。…全体的な表現傾向から見て、成立は永祚二年よりかなり下るのではないかというのが本書に於ける一致した見解である」とし、解説三でも、「成立年次についても、「心細」部に見出される後拾遺集時代的表現や歌学書の受容等から考えて、稿者は十一世紀以降とするのが妥当かと考える」（金子英世）とされている。

早春庚申夜恋歌十首

犬養廉の寛弘二年が能因の生涯の転機の年となっていることより、早春庚申詠をこの年とするのに従う（能因法師研究）。

1　「立春日東風解レ凍」（礼記・月令）、「池凍東頭風度解」（和漢朗詠集・上・春・立春）などを踏まえる。この年初冬以降、能因（橘永愷）の師事した藤原長能も「花山院の」くださった「春恋といふ題」で三首詠んでいる（長能集）。

8　○涙川―流れる涙を川に喩えた表現。「涙川おなじ身よりは流るれどこひをば消たぬものにぞありける」（後拾遺・恋四・和泉式部）。

12　○富士の高嶺―「富士」は能因歌枕・駿河国に見える。「ひぐらしに山路の昨日しぐれしは富士の高嶺の雪にぞありける」（玄玄集、詞花・冬・大江嘉言）。

13　○伏見の里―大和国。「里を詠ば、信夫の里、伏見の里、生田の里などよむべし」（能因歌枕・広本）。「菅原や伏見の里の荒れしより通ひし人の跡も絶えにき」（後撰・恋六・読人不知）。京都の伏見ではなく、奈良市中西部の古地名。現在の奈良市菅原町はその一部。

14　○仙房―藤原道長の竜門寺参詣の記に「岫下有二方丈之室一。謂二之仙房一。菅丞相都良香之真跡。書二于両扉一」（扶桑略記・治安三年（一〇二三）十月十九日条）とある。○あしたづに乗りて―仙人が鶴に乗って。右の菅原道真の仙房に題した詩に「橋老往還誰鶴駕」（「遊二竜門一」菅家文草・巻五）の一句がある。○跡―仙人が通った跡。

20　○其夜人々以此歌為第一矣―その夜、参会の人々はこの歌を第一とした。▽嘉言の「春の夜の明けもはてなば出でてみむ今宵の雨に花咲きぬらん」（嘉言集）に拠る。

35　○時鳥かたらふ―「ほととぎす」の鳴く声を「かたらふ」と表現。「をとにのみならしのをかの郭公ことかたらはんきくやきかずや」（和泉式部集）。「をち返りえぞ忍ばれぬほととぎすほの語らひし宿の垣根に」（源氏物語・花散里・光源氏）。「時鳥そのかみ山のたびまくらほのかたらひし空ぞわすれぬ」（式子内親王集）。

38　この歌を承けて、和歌六人党・源頼実は「木の葉散る宿は聞き分くことぞなき時雨する夜も時雨せぬ夜も」（頼実集）と詠み、頼実歌を承けて、院政期の源俊頼は「ひとりぬるふせやのひまのしらむまで荻の枯葉に木の葉散る也」（俊頼集）と詠んだ。

39　○仁縁―権記・寛弘七年閏二月十四日条に、「仁縁師云、此夜有月蝕…」と見え、藤原行成は仁縁の勘申に依って籠居している。亡き仁縁上人を偲ぶこの歌を寛弘八年（一〇一一）詠として、権記の仁縁と齟齬はきたさない。▽紀貫之は源融が亡くなった後の河原院を訪れて、その寂寥を「君まさで煙絶えにし塩釜の浦さびしくも見えわたるかな」（古今・哀傷）と歌った。

45　○有明の月―夜が明けても空に残ったままの月。男女が共に過ごした夜が明ける時分。「今こむといひし許に長月のありあけの月をまちいでつる哉」（古今・恋四・素性）。○朝倉山―筑前国。能因歌枕に「山をよまば　吉野山　あさくら山…などよむべし」とある。「朝暗」の意をこめる。

47　○影をだに見せじ―鏡に映った姿さえお見せするまい（女の言葉）。人を思うと姿が鏡に現れると信じられていた。「身はかくてさすらへぬとも君があたり去らぬ鏡の影は離れじ」（源氏物語・須磨・光源氏）。

48　本歌の次に位置する歌四九は道済集の三一四番であり、それは本歌とは異なる歌（道済集）に対する道済の返歌である。道済集で、この贈答歌の前に位置する三一二番歌には、正月五日に、出家後の能因を初めて訪れた道済の感慨が表現されており、年次配列を基本とする道済集において、長和三年の詠である。道済の返歌三一四すなわち、能因集の次歌四九も出家後の歌であり、道済に贈った能因の本歌も、出家後の歌となる。長和二年（一〇一三）秋に出家した能因の、長和三年夏から秋の詠となる。

る。

53の次　「山川」という歌題で「鴛鴦」を詠むのは、日本書紀・巻第二十五・野中川原史満の「山川に鴛鴦二つ居てたぐひよくたぐへる妹をたれか率にけむ」に基づく。

77　ここより、能因と心通わせた知友を見ていこう。一読、非常に清々しい歌から。月の美しい夜に保昌と歓談して、後日贈った歌である。「月夜に君と物語りして」にその爽やかな交情が感じられる。能因と保昌の出会いは馬を介したものであって、雅交を目的としたものではなかったけれども、彼は、「六条の家に、宮城野の萩を思ひやりつゝ植ゑ」る（一三〇）ような人であった。能因とは深いところで響きあうものがあり、出会った当初から歌を交わしあえる、気持ちの良い付き合いのできたことがこの贈答から伝わってくる。心を同じくする二人であったのだろう。

83　本首は、和歌史上に難波の春を印象づけた一首である。俊成が後拾遺集春部の秀歌として選び（古来風体抄・下巻）、鴨長明も「優深くたをやか也」と評した（無名抄・俊恵歌体定事）。また、西行の秀吟「津の国の難波の春は夢なれや葦の枯葉に風渡るなり」（新古今・冬）は、本首の難波の浦の優艶な春景色を思い描くことで生まれた傑作。葦の枯葉に風の吹き渡る音が聞こえてくるような蕭条たる風景を眼前に浮かぶように出現させて出色である。

84　山里の夕暮の鐘の音を聞きながら、夕暮の中で声もなく散っていく桜の花を見たときの哀愁を帯びたしずかな心が伝わってくる歌で、しっとりとした情趣を持っている。

85　○児屋―出家後京の東山に住んでいた能因は、道済が筑前守として下って行った（八一）翌長和五年（一〇一六）から、「心あらん人に見せばや津の国の難波の浦の春の景色を」（八三）と詠んだように京と摂津を往還していたが、この頃、摂津の児屋に居を定めた。「我が宿」がそれを示している。この次の歌（八六）は寛仁三年（一〇一九）秋に任国で卒去した道済を悼む詠である。本歌は長和五年夏児屋に住み始めたころの詠であろう。京から摂津に移ってきて、河内と大和の境にある生駒山を眺めやり、新鮮な感動を呼び起こされたのであろう。「山がくれける」という語句が珍しい上に、雪や桜でなく「生駒の山」が「山がくれける」というところにも趣向があろう。○木末の夏になる―この表現に能因の言語感覚が光る。能因が初出で、ここに眼目があろう。為兼・永福門院と並ぶ京極派歌人で、玉葉和歌集を撰進された伏見院は、能因の歌を踏まえてであろう、「夏になる木末はなべて緑にて山ほととぎす初音待つころ」（伏見院御集）と詠まれた。▽新しく摂津国児屋で暮らし始めた心の弾みの感じられる歌である。

86　寛弘七年（一〇一〇）の大江嘉言の死（三六）に続いて道済の死。二人とも遠い任地での客死であった。能因は重要な歌道上の先達二人を失ってしまった。

88　○清見が関―公資の任国相模に近い駿河国の「清見が関」は、枕草子に、関は「清見が関。みるめが関。よしよしの関こそ、いかに思ひ返したるならんと知らまほしけれ」とあるように、都人の心惹かれる歌枕だった。能因は玄玄集に平祐挙の「胸は富士袖は清見が関なれや煙も波もたたぬ日ぞなき」を採っている。清見が関は、そこから三保の崎へかけて海岸が広がり、北東に富士山を眺める絶景の地であった。▽治安元年（一〇二一）秋の詠。文章生時代からの旧知大江公資が相模守となって下向するに際し、惜別の念を詠んだ一首。旅立つに先立って、清見が関を秋風と共に通り過ぎて行く公資の姿をイメージとして描く趣向は新鮮である。

89　本歌は、後拾遺集では「為善朝臣、三河守にて下り侍りけるに、墨俣といふわたりに降りゐて、信濃の御坂を見やりてよみ侍ける」と詞書する。源為善は寛仁二年（一〇一八）から治安二年（一〇二二）まで三河守であった。この詞書によれば、為善の任国三河に一緒に下向した際の歌のようだが、詠歌年次は能因集の配列より治安元年または二年と推定され、三河守任三四年で下向したことになり不自然である。これは、為善が中宮権大進と兼官のため、一時都に帰り、再び任国に下向するのに伴ったのであろう。自撰能因集詞書「三河にあからさまに下るに」の如く、能因が為善在任中の三河国にほんのちょっと下向した時のものとなろう。

90　○しかすがに―「行けばあり行かねば苦ししかすがの渡りに来てぞ思ひわづらふ」（中務集）。「しかすがの渡り」は枕草子に「わたりは　しかすがのわたり。水橋のわたり」とあるように歌枕として有名であった。「しかすがに」の語意からはるばると来つつも都に引かれる心を表現した歌が多い。上二句「思ふ人ありとなけれど」は伊勢物語・九段「東下り」で業平が都鳥に問いかけた歌を意識しているのだろうが、より直接的には「年ごろ思ひける」と詞書のある嘉言の「忍びつつやみぬるよりは思ふことありけるとだに人に知らせん」（嘉言集）から影響を受けた表現であろう。

93　みもりの語は決めがたいが、「ほのめきしひかり計に秋の田のみもり佗しきころの色かな」（保憲女集）など、初期定数歌に見られ始める語で、能因がその新しい表現や作風を学んでいたことを窺わせる。

95　片岡の柞を詠んだ先例に「神無月しぐるゝまゝに片岡のはゝそのもみぢ色まさりつゝ」（道済集）がある。秋の葉の色づきを詠んでいる。能因は、道済詠に夏の葉陰の涼しさを加えた。片岡の柞に視点を据えて、夏から秋への季節の移ろいを詠み上げた。能因の片岡の柞への愛着の感じられる作である。

99　万寿元年（一〇二四）秋、能因三十七歳の詠。「蜘蛛」と「白露の玉」を詠んだ歌に、師長能の、寛弘二年（一〇〇五）八月三日の花山院歌合に用意した「蜘蛛の巣がく葉末の浅茅より乱れてかかる白露の玉」（後拾遺・秋上）、同七年下総権守の任終わり、散位となった道済の「蜘蛛の糸手にかけて白露を玉にも貫くか妹が暇なき」（道済集）がある。能因が「蜘蛛の糸」歌を詠んだ時、道済の恋の優美な感覚を詠んだ表現は念頭にあったであろう。

100　公資に続いて、文章生時代からの旧知の旅立ちを送る歌。万寿元年秋の詠。長門守となった橘則長が任地へ下ると言ってきたので、せめて行く前に顔を見せてほしいと呼びかけた歌。たち「ながら」相手の任地「ながと」と始まり、長門の豊浦に掛けて「と寄れ」と響かせているのが後拾遺集・誹諧歌に入った由縁であろう。能因の則長への親愛の情も窺える。則長は橘永愷（能因）と同族で、三巻本枕草子・勘物に「進士」（文章生）と記される。則長は天元五年（九八二）生まれ、永延二年（九八八）生まれの永愷より六年の年長であったが、中古歌仙三十六人伝に「肥後進士」とある永愷とは寛弘年間に机を並べる文章生仲間であった。また、則長に嫁して則季を生んだ女性は永愷次兄元愷の娘であった。長門守元愷の後任が、女婿則長であることも肯けよう。

101　○白河の関―能因歌枕（広本）に「関をよまば、逢坂の関、白河の関、衣の関、不破の関などを詠むべし」とあり、「陸奥国」の最初に「白河の関」とある。▽万寿二年（一〇二五）春、能因三十八歳の初度陸奥下向の作である。これをもって、奥州各地での詠歌群が始まる。白河の関を越えると陸奥であったので、その感懐がさまざまな形で詠まれたが、ことに能因の歌は有名である。その特徴は、都と白河の関との空間上の距離を、春と秋という時間の推移に対応させたところ、春霞―都と秋風―白河の関の対比に求められよう。陸奥の国までの旅の遥けさと、時間的にも空間的にも遠く隔たった奥州のイメージが拡がる。

能因集には底流として馬の問題があった。あの「都をば霞とともに」（一〇一）で始まる初度陸奥下向には、馬の交易ということがあったろう。初度下向と一〇四に始まる再度下向との間に位置する二首（一〇二・一〇三）は、帰洛した能因が名馬の産地陸奥の馬を知友や知人に贈る歌である。最初の、知友為政朝臣に贈った馬は、後に「別るれど安積の沼の駒なれば面影にこそ離れざりけれ」（二一〇）と詠んだ馬であろう。恐らく為政が長元五年（一〇三二）三月二十七日以前に没して以降、能因が引き取ったのであろう。

104 東国への二度目の旅で、甲斐の白嶺を遠望しての詠。これからの長途を思い遣って遥かの山並みを遠く眺める能因の姿が浮かぶ。歌には初度陸奥下向の「都をば」のような軽やかなリズムが無い。「はるけきほどは分きぞかねつる」には、これから先のどうなるかわからない不安感すら感じ取れる。長元二年（一〇二九）能因は四十二歳であった。

106 ○浅茅原―「あさぢをば、あれたるところにおふる也」（能因歌枕）。チガヤの生えた野原。雑草が生え荒れ果てた野原。○人をしのぶ―地名「信夫」に「偲ぶ」を掛ける。「独のみながめふるやのつまなれば人を忍ぶの草ぞ生ひける」（古今・恋五・貞登）に拠るか。○しのぶのわたり→「伏見の里」（一一三）。古くは伊達の郡と合わせて信夫国と言った。▽四年ぶりに訪れてみると、辺りは浅茅原と荒れており、その人は亡くなっていた。故人の追憶に浸って平明ながら余韻を残す。

107 長徳元年（九九五）陸奥守として下向する藤原実方を頼ってその任国に同行した源重之は「武隈の松も一本枯れにけり風にかたぶく声のさびしさ」（重之集）と詠んでいる。

108 本歌以降の陸奥詠には、初度下向時の詠が残されていない。やはり、初度陸奥下向には、馬の交易ということがあったのだろう。

109 ○塩釜の浦―能因歌枕・陸奥国に見える。宮城県塩竈市の入り江。今の松島湾。「陸奥歌」として歌われた「陸奥はいづくはあれど塩釜の浦こぐ舟の綱手かなしも」（古今・東歌）で知られた。当時の陸奥は白河の関（福島県）以北を言うが、古今集の陸奥歌の場合、福島県から宮城県に流れる阿武隈川、山形県を流れる最上川のほか、塩釜の浦・宮城野・すゑの松山というように今の宮城県の地に比定されることが多い。○百羽掻き―しきりに羽ばたきする、百羽掻きする鴫は「暁の鴫の羽がき百羽がき君が来ぬ夜は我ぞ数かく」（古今・恋五・読人不知）を踏まえて、愛情の煩悶の比喩的な表現。▽恋歌の表現である鴫の「百羽掻き」、それによる「羽風」を捉えて、「塩釜」の「ものがなしき」印象を深めた所に、能因の新しさがある。

110 塩釜の浦で並外れて老いた海人を見ての詠。能因歌枕に語られるそのままに「みさご」が詠まれている。「みさごゐる磯辺の松」を承けて、源俊頼「みさごゐる磯まにおふる松のねのせばしくみゆる世にもふる哉」（俊頼集）と西行「荒磯の波に磯馴れて這ふ松はみさごのゐるぞたよりなりける」（山家集）は、厳しい自然の中に生きる「みさご」と松を詠んでいる。

113 ○八十島―能因歌枕、和歌初学抄は出羽国に「八十嶋」とあり、後の五代集歌枕、歌枕名寄は象潟とする。文化元年（一八〇四）地震で隆起する以前の象潟は、八十島という名にふさわしい変化に富んだ景勝の地。

114 祭神が豊岡姫であることから、「みてぐらは我がにはあらずあめにます豊岡姫の宮のみてぐら」（拾遺・神楽）を想起し、神社の縁起を問うた歌。

115 「出羽の国に八十島に行きて、三首」とある連作の最後の歌。元禄二年（一六八九）六月一六日に、能因や西行の足跡を慕ってこの地を訪れた芭蕉は、「江山水陸の風光数を盡して、今象潟に方寸を責む」という昂揚した文で奥の細道「象潟」を始め、「朝日花やかにさし出づる程に、象潟に舟をうかぶ。先能因嶋に舟をよせて、三年幽居の跡をとぶらひ、むかふの岸に舟をあがれば、「花の上こぐ」とよまれし桜の老木、西行法師の記念をのこす」と綴る。能因は芭蕉のようにこの明媚な風光を一見して立ち去る旅人ではなく、ここに長元三年（一〇三〇）春から五年春夏の交まで足かけ三年を過ごしたと考えられる。「海人の苫屋」を「わが宿として」わび人の生を送ったのである。

117　能因の馬の歌の中でも心に残る歌。親しく付き合っていた故人を偲ぶためにわざわざ陸奥国の荒れた家にまで出向き、目の当たりにした「荒き馬」、どんなに荒れた仕草をしていても、この馬は、主人がつないだそのままに、ここにいる――、こまやかな交情が、友の死を悲しむ形見の馬に対する、やさしい共感として表出されている。

118　長元四年（一〇三一）秋に、陸奥国に出向いて懇意にしていた人の死を悼み、元禄二年（一六八九）六月三日の芭蕉と同様に、最上渓谷の戸川を下り、出羽国に帰った時の歌。今も最上川舟下りが行われ、紅葉の名所である。

119　陸奥国から、水路を利用して、出羽国象潟に帰る時に詠んだ歌。この「岩間ゆく水」最上峡谷の急流にこと寄せて心境を詠んだ作は、出家直後にわが心、自己の内面を凝視した詠「背けども背かれぬはた身なりけり心のほかに憂き世なければ」（七四）に重ねられる。象潟でわび人に徹した生活を送ろうとしながらも、時にはこのような思いを抱く。

120　○たいふの山―能因歌枕・越前国に「たいふ山」と見える。現福井県敦賀市田結に、東浦一〇カ浦の一で、集落は海岸より七、八百メートル離れた山縁にある「田結浦」がある。笠金村が「手結が浦」（万葉・巻三）を詠んでいる。西浦が漁業中心の本浦であるのに対し、東浦は、農業への依存度が高く、標高四〇〇メートルほどの棚田がある。「たいふの山」はこの辺りにあったかもしれない。

121　「はゝその山」の所在は、上野国、越後国どちらにしても、象潟から、北陸道、越前（一二〇）を経て帰洛（一二一）の途につく上で逆になる。これは、「玉くしげ」を枕詞にするために、「はこその山」としたのであろう。「夕月夜おぼつかなきを玉匣二見の浦は曙てこそ見め」（古今・羇旅・藤原兼輔）に拠る。

122　○はやう植ゑし松―以前に植ゑた松。○陰に涼みて―「樹陰納涼」詠に、西行の「松が根の岩田の岸の夕涼み君があれなとおもほゆるかな」（山家集）がある。▽長元五年（一〇三二）の夏、長途の奥州下向の旅から三年ぶりに都に帰って来た能因四十五歳の感懐。自分の家の庭先に植えおいた小松がいつしか成長し、涼しい木陰をつくっている。そこで長旅の疲れをいやそう。

123　○都人―都人が地方を旅している設定。旅人が衣を染めるのは、「引馬野ににほふ榛原入乱れ衣にほはせ旅のしるしに」（万葉・巻一・長忌寸奥麻呂）など。○がに―将来の事柄に関してそうなることを望む意。「がね」の東国方言。「おもしろき野をばな焼きそ古草に新草まじり生ひは生ふるがに」（万葉・巻十四・東歌）。▽月草、旅衣を染める、妹、がになど万葉風。「東国風俗五首」と題するにあたり、東歌に通じる表現を取りいれてその味わいを出したのであろう。

124　○さらす手作―甲斐の風俗歌に拠る。整えた形が「甲斐が嶺の白きは雪かいなをさの甲斐のけ衣さらす手作」（袖中抄）。

125　○白尾の鷹―白い羽を尾羽に継いだ鷹。西園寺鷹百首・九三首目の注に「鷹に白尾つぐ事、一條院の御宇、行幸の御狩の時、鷹、古山を思気色有ければ、政頼卿、鷹の尾を切て、くぐひの君しらずにて白く尾をつぎけり。鷹の、尾の上の白きを見て、いまだ尾の上に雪のある心して、古山を思忘けり。御門御尋之時、政頼、「二月の尾上の雪はしらねども心任せに尋てぞゆく」と仕けり」と記す。▽承徳本古謡集に「陸奥風俗」が五首あるように、陸奥は風俗歌の地として知られた。その地を旅して触発された作。「浅茅原荒れたる野べは昔見し人をしのぶの辺りなりけり」(一〇六)や「安積伝説の沼の駒」(二一〇)に見るように、能因は陸奥の地に相当深く根づくような生活をしていた。「白尾の鷹」とその鷹を使う鷹飼を詠んだこの歌も、典雅な鷹狩の歌ではない。

126　承徳本古謡集・陸奥風俗五首の最初に「名取川　幾瀬か渡る　や　七瀬とも八瀬とも　知らずや　夜し来しかば　あの」と見える。

127　○錦木―「にしきゝとは、たきゞをこりてあづまのゐびすのよばふ女のもとに、けさう文に付てやるをいふ」(能因歌枕・広本)。陸奥の風俗で、男が女の告白のしるしとして、女の家の門にたてる木。○けふの細布―陸奥産の幅の狭い布。○あはじ―「布が前で合わない」と「女が男に逢うまい」を掛ける。

130　○もとあらの小萩―「宮城野の本荒の小萩露を重み風を待つごと君をこそ待て」(古今・恋四・読人不知)にもとづく。源氏物語・桐壺にも「宮城野の露吹き結ぶ風の音に小萩がもとを思ひこそやれ」(桐壺院)がある。「本荒の小萩とは、みやまより外にはよまず」(能因歌枕・広本)。▽六条の保昌邸の庭の秋草の中には宮城野特有の本荒の小萩もあった。長元五年(一〇三二)秋にその花が美しく咲いたのを見て能因はこの歌を贈って讃えた。能因は二度の奥州下向をし、本荒の小萩の実際を熟知している。真の理解者からの自邸の庭を賞翫する歌に、保昌は、陸奥の景物、景観を通しての精神的絆をさえ感じていたのではないだろうか。

131　能因への保昌の返歌である。彼は、出会いの時の返歌(七八)でも「宿」を詠んでいて、庭のある自邸に愛着を持っていた。能因の言葉に心を動かされている。二人は本荒の小萩を愛で、秋景のあわれを感じ合っているのであろう。

134　最初に陸奥から連れてきたこの馬は、旅をする能因と行を共にして、人生を生きてゆく同志といった面もあったのだろう(一〇二)。

135　「かもめこそ夜離れにけらし猪名野なる昆陽の池水うは氷りせり」(後拾遺・冬・長算)からすれば、昆陽池のある河辺郡山本里(現伊丹市・宝塚市)・昆陽里も猪名野に含まれる。「昆陽のわたり」詠(一三四)と同じ時の詠であろうか。

136　○ありもこそすれ―「いかにしてしばし忘れん命だにあらば逢ふよのありもこそすれ」(拾遺・恋一・読人不知)。○猪名―摂津国河辺郡(和名抄)。猪名野(一三五)の地。▽前歌と同じく猪名野の地での作。両首の初句の対応「思ふことなければ」「思ふ人ありもこそすれ」に意を用いたか。

137　○鵜萱ふきけん―鵜の羽で産屋の屋根を葺く。日本書紀・神代下に豊玉姫の出産に際し、「鸕鶿の羽を以て、葺きて産屋を爲る」とある。▽父の衣を使った自分の産衣を見つけて、父への懐かしさを感じた作。

138　○荒れたる宿―能因は公資を偲んだ「故公資朝臣の旧宅に一宿…」と詞書する歌でも「主なくて荒れたる宿」(二一八)と詠んでいる。はやう見し人が亡くなっていることを示していよう。▽長元六年(一〇三三)春の、そはきこはかとない寂寥。

139　公資が相模守に次ぐ遠江守として赴任して初めての長元六年秋に、摂津の国にいて目の前の難波の浦を眺めながら、彼方の遠江国の秋景を想像した歌。名所歌枕として喧伝されてきた「浜名の橋」が能因の内面で想像された姿を示しており、秋霧の間に見え隠れする浜名の橋が、「心あらん人に見せばや津の国の難波の浦の春の景色を」(八三)と詠んだ春の難波の浦の光景と重ね写しにされて、能因の憧憬の対象となっている。源為善に、「大江公資朝臣、遠江守にて下り侍りけるに、師走の廿日頃に、馬の餞すとて、土器取りて詠み侍りける」という詞書の「暮れてゆく年とともにぞ別れぬる道にや春は逢はんとすらん」（後拾遺・別）がある。長元五年末、十二月廿日頃公資は赴任したのであろう。

想像奥州十首

大江嘉言は、何時のことかは分からないが、東国への最初の旅行時、陸奥国まで足を伸ばしたと思われる。嘉言集の一連の旅の歌の最後に、「興の井」で詠んだ歌（一一一）がある。「をきの井」と詞書する歌は、『新編国歌大観』『私家集大成』を通して、嘉言のこの一首のみ。小野小町に「おきの井、みやこ島」と詞書する歌（古今・物名）があるが、小町集の詞書は「ゐでの島といふ題を」である。

興の井といふ所に、旅のうちに月を見るといふ心を

草枕ほどぞ経にける都出でていく夜か旅の月に寝ぬらん

都を遥かにへだてた土地での感懐が良く表現されている。「興の井」は陸奥国の歌枕である。能因歌枕・陸奥国にも「塩釜の浦」の前に「をきのゐて」と思われる「をしのゐて」があり、元禄二年（一六八九）「春立る霞の空に白河の関こえんと」弟子の河合曾良と江戸を出発した松尾芭蕉も、白河の関、忍ぶの里、武隈の松等を経て「それより野田の玉川・沖の石を尋ぬ。末の松山は寺を造て末松山といふ。松のあひ〳〵皆墓はらにて、はねをかはし枝をつらぬる契の末も、終はかくのごときと悲しさも増りて、塩がまの浦に入相のかねを聞」と奥の細道に語る。なお、曾良は「沖の石」を、「興井」として右傍に「末ノ松山ト一丁程間有」と記し、「八幡村ト云所ニ有。仙台ヨリ塩竈へ行右ノ方也。塩竈ヨリ三十町程有。所ニテハ興ノ石ト云。村ノ中屋敷之裏也」（名勝備忘録）と説明する。現在多賀城市八幡二丁目。「興の井」は、能因も再度陸奥下向や「想像奥州十首」で詠んだ「野田の玉川」や「末の松山」の近くなのである。嘉言の東国下向は二度行われた。二度目の旅の出発に当たって、「東路」歌（東海道、東山道など、都から東国に至る道筋。ここは浜名の橋との関連で、東海道であろう）は詠まれた。嘉言集に唯一「東路」を用いた歌がある。

東路の浜名の橋を今日見れば高まるよりも透きてぞありける（一五〇）

「東路はいづかたとかは思ひたつ富士の高嶺は雪降りぬらし」（能因集）と右の嘉言の歌は、「東路」を歌頭に置く。富士の山は能因歌枕・駿河国に、浜名の橋は遠江国に見え、両者は隣国である。浜名の橋の歌も、二回目の東国への旅のものであろう。この歌を含む嘉言集・一四五〜一五三番までの九首の歌群は、本来秋から初冬の十首詠であったと思われる。寛弘二年（一〇〇五）九月に都を出発した嘉言は、秋の「浜名の橋」を経て、「旅の空にて」冬を迎え、雪の降った「富士の高嶺」を眺め、そのまま東国まで旅をしたのであろう。師藤原長能が万感の思いをこめて初めて使い二度も用いた「東路の野路」という語、兄事した嘉言が二度も試みた「東路」の旅は、十八歳の若い永愷に強い憧れを抱かせたであろう。永愷はまだ見ぬ東国、奥州への夢を育んだ。二度も奥州へ旅をし、「東国風俗五首」や「想像奥州十首」を詠んだ能因には、長能、嘉言という二人の先達がいたのである。

144　再度陸奥下向時、塩竈の浦で能因は「さ夜ふけて」（一〇九）と詠じ、並外れて年老いた海人を詠じた（一一〇）。本首は、その二首を基底にしていよう。

147　◯姉歯の橋―「姉歯の松」は陸奥国の歌枕で、現在の宮城県栗原市金成姉歯にあった松という。姉歯の橋は、岩手県陸前高田市今泉村にあり、高田町と気仙町を結んで気仙（今泉）川に架かる。橋は、明治三六年（一九〇三）下流の現在地に移され、旧橋畔に能因の本歌の碑があるという。寛保元年（一七四一）完成の「封内名蹟志」の栗原郡姉歯松の項には気仙

郡高田（現岩手県陸前高田市）の美女某が栗原郡梨崎（現宮城県栗原郡金成町）で死に同地に葬られたという伝承を記す。姉歯の橋が陸前高田市であれば、気仙川は広田（今泉・気仙）湾に注いでおり、「浦風」吹く「浜辺」に合う。また、前歌（一四六）奥玉（岩手県東磐井郡千厩町）の東磐井郡と、市域がかつて属していた気仙郡は隣り合っている。姉歯の橋は当地に比定されよう。

148 ○今は—陸奥下向時に対しての今。○みつ江の浦—三江浦は所在地未詳（一四〇）。陸前高田市について、近世のことだが、「広田湾沿岸部の村では漁業をおもな生業とし、長部・浜田村脇の沢・小友村三日浦・広田村泊などの湊があり、…加工品としての魚粕・鰹魚節・干鰯や塩があった」と説明する。三日浦は、広田湾沿岸部の村の湊で塩を作る。「三日浦」の「か」と「三江浦」の「え」が異なるが、この「三日浦」が「三江浦」に該当するのではないだろうか。▽帰洛後、能因は三江浦の海人の住まなくなったことを聞く。陸奥再度下向時、塩釜の浦で「さ夜ふけて」と詠み（一〇九）、並外れて老いた海人を詠じた（一一〇）。陸奥下向時の海沿いの詠はそこで終わる。十首の三江の浦でも、「さ夜ふけて」と詠み（一四〇）、「今は」住んでいない海人を詠じる（一四八）。三江の浦の住まなくなった海人の知らせを機に、「想像奥州十首」は詠まれたのであろう。この十首は「三江浦」での思い（一四〇）から始まる。能因は、陸奥下向時に、海沿いを辿った旅の終着地、三江浦から初め（一四〇）、武隈の松（一四一）～三江浦の海人（一四八）と辿り、最終詠に、秀吟「陸奥の野田の玉川」を置く。実際に体験した奥州の海沿いの旅のすべてを詠じて「想像奥州十首」としたのであろう。

149 かつて訪れた奥州に都から思いを馳せた長元六年の「想像奥州十首」最終詠。再度陸奥下向の旅では、「さ夜ふけて」鳴の「百羽掻き」による「羽風」を捉えて、塩釜の浦の旅愁を歌い、本作ではかつての旅の経験による実感を凝縮して野田の玉川の寂寥を描ききった。その到達が新古今集に入集、隠岐本にも採用せしめたのであろう。

150 藤の花の紫色を深める役割の「灰」にあたるのが「朝ぼらけ」だという着想。朝の光の明るさが増すにつれ、紫色が深まるのを見つけた一首。長元七年（一〇三四）春の詠。

151 ○詞書—底本、「山」と「との」の間二字分空白、「ざ歟」の傍記あり。榊原家本、一字分空白、傍記なし。「山里にいたりて」の意とすると、「とのいたりて」の「の」は不要か。

153 ○声—松風の声を詠んだ一首に道済の「君すまでまだいくとせにならねども峰の松風声ぞかはれる」（道済集）がある。寛弘八年（一〇一一）に霊山寺で、亡くなった仁縁上人を偲ぶ能因の歌（三九）と同時詠とされる。

155 ○みくさみ—初句「みくさみ」が万代集には「にくさみ」、夫木抄には「にくさび」とあり、同意。水轄《みくさみ》。荷轄《にくさび》。舟の波よけ。「にくさみとは、舟にあみつけたるをいふ」（能因歌枕）。▽「みくさみ」詠は、能因の他には、小野小町のみ。「いつかうきみの　みくさみの　わが身にかけて　かけはなれ　いつか恋しき　雲のうへの　人にあひみて　このよには　おもふことなき　身とはなるべき」（小町集）。小町には、「にくさび」詠「漕ぎきぬや蜑の風間も待ずしてにくさびかける蜑の釣舟」（小町集）もあり、「みくさみ」という船具を二首も詠みこんでいる。上巻に「夢に小野小町和歌を語る」（六二）とあったが、能因の小町和歌への傾倒を示すものであろう。

156 ○天の川—四條畷市上田原から北流し、交野市に入って生駒山地を横断、北西流して枚方市岡付近で淀川に流入する。能因歌枕・摂津国に見える。栄花物語・殿上の花見に、長元四年九月の上東門院彰子の山城石清水、摂津住吉、四天王寺参詣の帰途、十月「二日天の河といふ所にとゞまらせ給て」とある。「天の川遠き渡りになりにけり交野のみのの五月雨のころ」（続後撰・夏・藤原為家）。

157　雪の重みによる折竹の音が響く。雪の夜の静寂が伝わってくる。新しい冬の夜の叙景歌。のちの歌人たちはこの能因詠に基づいて創作した「朝戸出のみちやたえなん庭の松まがきの竹のよはの雪をれ」（家隆集）。

158　想像を馳せた「浜名の橋」（一三九）を、長元七年に実際に訪れて、慨嘆する。浜名の橋は、その美景において、一見する価値のあるものであった。詞書「はじめて見て」に、新造成った橋を見て、渇望していただけにひとしおであったその喜びをこめたのであろう。初めて訪れたのは、遠江守大江公資を頼ってである。「東路の浜名の橋を今日見れば高まるよりも透きてぞありける」（嘉言集）。浜名の橋の下を流れる潮の干満を良く観察し、とらえた歌。能因の本歌は、嘉言の右の歌を踏まえている。嘉言の歌と重ね合わせて味わうべきであろう。万寿二年（一〇二五）、長元二年と二度も陸奥に旅してこの地を通ったであろう能因が、長元七年に「浜名の橋をはじめて見て」と言っている。これは、更級日記・寛仁四年（一〇二〇）の記事に「浜名の橋、下りし時は黒木を渡したりし。このは跡だに見えねば、舟にて渡る」とあるように、浜名の橋はしばしば破損、改修を繰り返していたから、以前の旅では見ることが出来なかったのであろう。

長元八年夏、関白殿歌合十首

道長全盛の世が過ぎて、長元五年（一〇三二）上東門院菊合に端緒を開いた晴儀歌合は、この歌合に結実した。右大弁として公卿座にいた源経頼はその記左経記の十六日条を「天徳ノ後此ノ事無シ、仍リテ後鑑ニ備ヘンガ為、略ボ以テ之ヲ記ス」と結ぶ。頼通は、天徳内裏歌合において村上天皇が体現された役割を果たした。夏季八題、月・五月雨・池水・菖蒲・瞿麦・郭公・蛍・照射に祝・恋の二題を加えた十題十番の歌合である。

159　承暦二年（一〇七八）四月廿八日殿上歌合「月」題に、大江匡房の一首「おぼつかなこや有明の空ならん夜とも見えず照らす月かげ」（江帥集）がある。能因の二、三句を承けている。

161　歌合の左方詠は、相模の「五月雨は美豆の御牧のまこも草刈りほすひまもあらじとぞ思ふ」（相模集）であった。

162　清輔の袋草紙に能因が訪れた「人々」に対して、「私が歌境に達したのは好きに徹したからです」と言い、次いで従来の郭公を詠んだ秀歌五首に自作のこの一首を加えて六首としたと伝える。撰外歌であるが、能因の自信作であったこの一首は、撰歌にあたった北山隠棲中の公任の選評を越えて、後に後拾遺集や古来風体抄に撰入されて、高い評価を得た。

164　蛍の光を蛍の思いの火によるものと考えた。「音もせで思ひに燃ゆる蛍こそなく虫よりもあはれなりけれ」（重之集）は、能因に影響を与えたか。重之は陸奥守となった実方と共にその任国へ下り、同地で没した。旅の歌人の色彩が強い。

166　なでしこは、夜の花として、「露けき」花としても詠まれた「なでしこのくれなゐふかき花の色に今宵の雨にこさやまされる」（赤染衛門集）「なでしこのたのむ籬もたわむまで夜のまの露のぬけるしら玉」（拾遺愚草）。能因も上巻で「雨の夜常夏を思心、道済が家にて」詠んでいる（二一〇）。短か夜では、なでしこの花が気がかりだったのだろう。

169　〇むら雲の阿闍梨――「むら雲」は能因歌枕・丹波国に見える。兵庫県篠山市旧篠山町地区。江帥集の大嘗会主基方和歌丹波国承保元年（一〇七四）于時為美作守御屏風六帖四尺十八首の中に「むらくもやまに神のやしろあり、山のふもとの田、としえたり」と詞書する匡房詠がある（江帥集）。むら雲は村雲山で神域であったらしい。この地に、村雲の阿闍梨が住んでいたのであろう。〇榎津―摂津国住吉郡。大阪市住吉区の南、堺市にかけての海岸。万葉集に「住吉の得名津に立ちて見渡せば武庫の泊ゆ出づる船人」（巻三・高市黒人）と詠まれており、和名類聚抄に「江奈都」（高山寺本）、「以奈豆」（元和刊本）とある。「えなつ」が妥当であろう。秀能に「住吉のえなつに立ちて鳴くたづを神はあはれときかずやあるらむ」（如願法師集）がある。

170 〇春の桜は都―能因が後年、死亡の伝えられる公資を「主なくて」と偲んだ「故公資朝臣の旧宅」がある（二一八）。この旧宅こそ、袋草紙の、毎年桜の花盛りに能因が摂津高槻の古曽部の地から都の五条東洞院にあった公資の邸宅を訪れ、南庭の桜を賞翫したという逸話から窺えるように、能因の慣れ親しんだ懐旧の情を催させるものであった。

172 〇土佐の守登平の朝臣―源登平。光孝源氏。能因撰玄玄集に一首「山桜手ごとに折りてかへるをば春の行くとや人の見るらん」。寛仁二（一〇一八）、三年土佐守在任（小右記）。寛弘五年（一〇〇八）十月十七日敦成親王家の、登平は御監、為善は侍者に任ず。〇二条の宮の亮―源為善↓八九・一三一。光孝源氏。「宮の亮」は中宮亮。「長元九年六月二十九日中宮亮在任」（左経記・類聚雑例）。同年十月二十一日の「宮の亮為善」が確認される（栄花物語）。〇水のほとり―為善邸の庭の池のほとり。

173 〇しぐれの雨―時雨と同義で、万葉集に多い表現。本歌も「時雨の雨間なくし降れば真木の葉も争ひかねて色づきにけり」（万葉・巻十）に着想を得る。〇まきの下葉―「まき」は杉、檜、槙などの常緑樹。恵慶の「紅葉せぬ生駒の山の真木の葉も秋は下葉ぞけしきばむらし」（恵慶・二二九）を踏まえる。▽常盤の杜という名の通り、時雨が降っても色が変わらないことが現実の風景として見えたことに感じた一首。先に能因が源融の創建した河原院で、安法法師女の代作をしたことを見た（三四）。河原院につどう歌人のうち恵慶・源順・清原元輔らは古今歌人の晩年と接し、源道済・能因らは後拾遺歌人と接している。恵慶は、河原院で、その主、融の曾孫にあたる安法法師と交りがあった。河原院は、恵慶が足繁く通い、彼にとって最も馴染み深い場所であり、安法は特に親しい友人であった。能因は、河原院に集った歌人の中でも、恵慶と曾禰好忠を意識していたようだ。恵慶は百人一首に採られたその代表作「八重葎茂れる宿の寂しきに人こそ見えね秋は来にけり」（恵慶集）で知られるように、野の草や木々を詠んだ叙景歌に秀でていた。そこを能因は評価したのであろう。

174 〇梓の山―近江国坂田郡（現滋賀県坂田郡山東町梓河内）。岐阜県との県境に近い。曾禰好忠に「あづさ山みねの中道かれしよりわが身に秋はくると知りにき」（好忠集）がある。長元九年（一〇三六）秋～一七八までは美濃下向時の詠。美濃国に行った能因は「山中にて九月尽くるに一人詠め」（一七六）、翌十年春も美濃国にいる（一七七・一七八）。そして、長暦二年（一〇三八）の「美州に五首　閑居五首」（一八七～一九一）中に「見山中禅僧」（一八九）とある。長元九年秋～十年春と長暦二年には美濃に閑居しているのである。「すき」の歌人能因のバックボーンには、このような生活があった。特に美濃閑居は、歌の力量が公に認められるようになった長元八年高陽院水閣歌合からあまり時を経ていないし、同年秋には源大納言家歌合（長暦二年九月十三日）も催された（一九五・一九六）。

177 長元十年（一〇三七）春、美濃国南宮神社で舞姫の採物（手に持って舞うもの）の榊葉と八千歳椿（白玉椿）の長久を詠んだ一首。椿祭の頃には数千本の椿が美しいという。八千歳椿には「君が代はからくれなゐのふかき色にやちとせつばき紅葉するまで」（兼房歌合）も。

179・180 長暦元年（一〇三七）秋の詠。秋の庭はそのままだが、主はいない。そんなむなしさが歌の基調にある。能因は後に大江公資や源為善が亡くなった時にも歌を詠んでいるが、どちらも人と月を対比させる詠みぶりで、保昌に対する歌とは趣が異なる。能因の保昌を追懐した二首は彼の保昌への思いの深さを伝えてくれる。「秋の野」の「忍ぶ草」は、保昌が「宮城野を思ひ出でて」「植ゑし」庭の秋草であり、「松風に」の君子の徳のごとき常緑の松も、年老いて植えたのを多くの客が嘲った、保昌が手ずから移植した松であった。共に保昌が愛し具体的に関わった景物である。両首とも保昌が出家後の能因の人生に深く関わっていたことを窺わせる歌である。能因は、保昌が亡くなって改めて、その自分の中に占めていた位置や、存在の大きさを感じ取ったのであろう。

182 ○暇なみ―為善が長元六年（一〇三三）六月（長元七年正月）～長暦元年（一〇三七）十二月まで備前守として多忙で、都の紅梅のことなど全く忘れ去ったような日常生活を送っていたが、その備前守の任期が終わり、この春帰洛したばかりであったからだろう。能因の贈歌はこれからまた為善とな交りを結べるという喜びの挨拶であり、あなたが都を留守にしていて見ることができなかった、故観教の紅梅を堪能してくださいという気持ちをこめたものであろう。○むかしの春―観教存命中の春。共に紅梅を見た春。梅が紅色に咲いているのは、梅が旧主を慕って紅涙を流しているからだという。それはまた、その梅の木を植えた大叔父観教を思う為善の心情であろう。梅が昔の春を思い慕うのと同様、自分も観教在世の昔の春が恋しいというのである。▽長暦二年春に詠まれたこの贈答歌から、観教が入滅した寛弘九年十一月廿六日以降も、紅梅は元の場所にあり、為善は眼前にその紅梅を見ていることが判る。紅梅を挟んで観教を追慕するこの贈答の中に、能因と為善二人の交情がよく見てとれる。永愷と観教の繋がりは、観教が為善の大叔父であるからで、先達道済との交友も、道済の従弟為善に拠ってもたらされた光孝源氏一族との交流から生まれたものであろう。能因は玄玄集に「観教僧都一首」を選んでいる。

184 ○さすらふる身―能因は、後に「いづくともさだめぬものは身なりけり人の心を宿とするまに」（一二一七）と傀儡子に代わって詠む。それは、一所に定住せず、他人の心任せに生きる傀儡子の不安定な生活を歌ったものだったが、いま改めて、「いづくとも」の代詠を見ると、能因が傀儡子の生に、我が身の生を重ねる部分があったのだろうと実感される。「さすらふる身はさだめたるかたもなしうきたる舟の波にまかせて」（江帥集）。○わたりへぞ行く―「恋ひわびて影や見ゆると妹が着るみもすそ川をわたりてぞ行く」（恵慶集）。▽能因の「浜名の橋」三首（一三九・一五八・一八四）の三首目（一八四）は、より詳しくは、遠江下向の途次に、美濃守橘義通の許へ立ち寄った時の歌である。橘義通は永延二年（九八八）頃～治暦三年（一〇六七）二月十七日。橘為義の一男。遠江へ行くのは、長元七年の「浜名の橋」を詠んだ歌（一五八）と同じく、遠江守大江公資を頼ってである。能因集の中で最初に「浜名の橋」を詠んだ長元六年の歌の詞書「遠江に、公資朝臣許に之ヲ送ル時ニ摂州ニ在リ」（一三九）にもその名が見える。三首目に当たるこの歌は、漠然と「浜名の橋のわたりへ」としか言わないけれども、「浜名の橋」の符合からも、能因の遠江下向と考えて良いと思う。三首に共通する歌枕「浜名の橋」によって、能因は遠江守公資を想起させようとしたのかもしれない。長暦二年のこの歌の折りも、公資は遠江守であったと考えられる。国司補任によると、次に遠江守として記されるのは、春記・長久元年正月廿五日条に「任」とある「菅原明任」であり、公資は重任したのであろう。そして、「さすらふる」の歌が詠まれた。この歌は続詞花集・旅に採られ、その詞書に「遠江へまかりける時、美濃守義通朝臣国に有りと聞きてまかり寄れりける。主などして、何事にていづこへまかるぞなど申しければ詠みける」とある。これによれば、能因は美濃国を経て遠江国へ行ったことになる。美濃守橘義通を頼って美濃へ、遠江守大江公資を頼って遠江に旅をしたのである。長暦二年の、能因自身の生のありようを描いたとも見なされるこの歌は、彼の遠江下向を詠んだものである。大江公資は重任し、長元五年末から長暦三年末まで遠江守であり、能因の知友橘義通も長元九年から長暦三年末まで美濃守であった。遠江へ行く途中美濃へ立ち寄った時、義通から「どういう事情で、どこへ行くのか」と聞かれて、案外本音かもしれない「さすらふる身はいづくともなかりけり」という漂泊のポーズに合わせて、浜名の橋の辺りへ行くのですと漠然とした形で答えたもの。

185 「み丶な」に「耳無」の意を含むのが趣向。枕草子の歌も同様。「なでしこの山」（一四六）と同じく、どことなく愛らしい一首。

187 「むれたる鶴」という吉祥を望んで、「万代」を「一朝」のうちに見たという趣向。

188 ○等社―未詳。二年前に山姫は「山中」で詠まれている（一七六）。その近くの神社であろう。○神人―「かむ人をば　はふりといふ　ねぎといふ」（能因歌枕）。神に仕える人。○ゆふかづら―「住の江の松に夜ぶかくおく霜は神のかけたる木綿鬘かも」（源氏物語・若菜下・紫の上）。▽巫女舞を見ての詠。奉納の舞を御覧になって満足であろうと神慮を推察している。季節は秋だが、能因集の編年配列からは長暦二年夏である。一九〇詠と共に昨年秋のことかもしれない。

189 ○白雲のたなびく山の嶺にすむ君―「白雲に君が心のすむ」（九七）の詞書は「愛宕の白雲といふ所に住む人に」なので、本歌の詞書も「山中禅僧」（山中の禅僧）で一語であろう。▽能因は「白雲に君が心のすむ」人や山中で雑念を去り没入する僧に敬意を抱いている。懐円美濃行きは範永集五四に見え、「尾張の歩き」範永の尾張守任が長元十年正月二十三日（勘物）なので、時期的には合う。しかし、雑念を去り没入する僧のもとに一時でも身を寄せることは、その障害になる恐れもある。また、次詠で「我が宿」の秋萩の花を描写する。能因は居を定めた摂津の「児屋池亭」を「我が宿」と表現する（八五）。能因には美濃にも我が家がある。山中の禅僧のもとに一時でも身を寄せることは無いと考える。

190 ○錦―一一八。萩にも用いられる。「山花織錦無郷春／山ごとに萩の錦をゝればこそ見るに心のやすき時なき」（千里集）。○いとよりかくる―「青柳の糸よりかくる春しもぞ乱れて花のほころびにける」（古今・春上・紀貫之）に拠る。「秋くればいとよりかくる萩のえはむらごに花ぞさきみだれける」（天喜二年兼房歌合）は本首の影響歌か。▽我が家の一面満開の萩の花を捉えた一首。

193 ○山ほと丶ぎす―実際は夏に日本に渡ってくる鳥を、夏が来るまでは山に住んでいるものと理解していたことからくる称。「夏来れば山ほと丶ぎす鳴きやせむと思ふ心ぞめはさましける」（長能集）。長能には「山ほととぎす」の歌が数首ある。「なき人をしのぶる宵のむら雨に濡れてや来つる山ほととぎす」（源氏物語・幻・光源氏）。

195 ○ある所の歌合―長暦二年九月十三日権大納言師房歌合。土御門右大臣家歌合とも。師房は村上源氏。具平親王の一男。頼通猶子。これ以後、五度にわたって歌合を催す。当座即詠の歌合ではなく、撰歌合。秋夜月・秋風・露・霧・薄・菊・秋田・紅葉・鴈・鹿の十題十番。歌人は和歌六人党とその関係者。為善もいる。○人に代りて―「人」は源親範。生年未詳～寛徳二（一〇四五）年。光孝源氏信明曾孫。方国孫。道済男。長元七年（一〇三四）五月十五日「月是為松花」題詩会（中右記部類紙背漢詩集巻五）、長元七年秋月九日「盃酒泛花菊」題詩会（中右記部類紙背漢詩集・巻七）に「文章得業生」として、それぞれ一首。長暦二年（一〇三八）三月三日「花薫水上盃」題詩会（中右記部類巻第二十八紙背漢詩勧修寺家本）に「刑部少丞」として一首。長暦二年九月十三日権大納言師房歌合に出詠（六）。能因の代作。長久二年（一〇四一）四月七日権大納言師房歌合に出詠（四・一二・一六）。長久五年十一月廿四日「大内記親範」改元詔書を草

し、奏上（春記）。寛徳二年（一〇四五）七月三〇日卒（勅撰作者部類）。

201 ○吹飯の浦―増基法師が家集で吹上の浜を吹飯の浦と詠んだように、和歌山市の吹上の浜であろう。地名に風が吹く意を掛ける。「沖つ風ふけゐの浦に立つ波のなごりにさへや我はしづまむ」（伊勢集）。能因の熊野詣で（五八〜六一）は増基法師がそうしたように、修行する僧としての姿勢を示している。増基は家集に「…ただ忍びて童子一人してぞ詣でける。」と記し、住吉から紀国吹上浜を経て熊野に着いている。能因は熊野から住吉（六一）を経て帰ったようだが、増基のように熊野と住吉の間に吹上浜を経たと推測する。三十四年前のことだが、強烈な体験として記憶に残っていたであろう。

208 ○長暦四年―一〇四〇年。○伊予の国に下りて―伊予の国は今の愛媛県。文章生時代以来の知友藤原資業の伊予守任に従ったもの。藤原資業→二三二。○都鳥―「みやこどりとは　そへてよむべし」（能因歌枕）。「名にし負はばいざ言問はむ都鳥わが思ふ人はありやなしやと」（伊勢物語・九段）。○知る人にせん―「鳴きわたる声は忘れじ帰る雁いま来む旅の知る人にせよ」（嘉言集）。▽能因集の伊予下り歌群の冒頭三首（二〇八・二一〇）は、連作として構成されている。第一首は伊勢物語・九段「東下り」で知られる「都鳥」を見つけた驚きをうたい、東国のイメージを喚起させる。次いで、伊予の国にもこもの花が咲いているのを見て、歌語「花かつみ」から古今集の「陸奥の安積の沼」を想起（二〇九）。ここ伊予において「安積の沼の駒」が死んでしまったという歌（二一〇）への展開をはかっている。和歌のこころと、ことばの運用と―。その生きてきた人となりと、和歌の修辞をめぐる蓄積と思索との見事な顕現として、能因の作品が我々の前にある。

210 能因を特色づけるのは、心通わせた知友（動物を含めて）との交遊と奥州の旅である。この歌は、その第一に数えることができる。（東北）生まれの馬を彼は飼っていた。長暦四年（一〇四〇）能因五十三歳の春、伊予の国に下る時にも一緒に連れて行った。ところが、その馬が病で死んでしまった。この歌の詞書に見るように、寿命を全うしての死ではなかった。愛するものとの時ならぬ別れほど深い悲しみはない。この馬は慶滋為政に贈った馬で（一〇二）、恐らく為政が没して以降、能因が引き取ったのであろう。下句「面影にこそ離れざりけれ」は、死んでしまったけれども今もありありと面影が目の前から去ることはないと詠んで、馬に対する深い愛情を窺わせて我々の胸を打つ。このように詠むのも、長和二年（一〇一三）二十六歳の出家の頃より、能因が馬と深い関わりを持っていたからで、特に最初に陸奥から連れてきたこの馬は、旅をする能因と行を共にして、人生を生きてゆく同志といった面もあったのだろう。「津の国へ行くとて」と詞書する「蘆の屋の昆陽のわたりに日は暮れぬいづち行くらん駒に任せて」という歌からもそれが判る。

211 ○霊社―伊予一宮としての大山祇神社、榊山。社伝によると、雨をつかさどる神を祭っている。伊予国府は「和名抄」に「国府在越智郡」とあり、古代の越智郡、現今治市域内にあった。大山祇神社は国司であった資業の伊予国府にも近い。なお、「藻塩やく」（二〇八）とあったが、伊予国は「延喜式」に帛・絹・塩を送ることが定められていた。近世にも、今治藩の産物として伊予縞・木綿・塩の生産があげられている。能因が本歌を詠んだ折りの伊予守が資業ではなく、金葉集は範国、俊頼髄脳、古今著聞集、十訓抄は実綱、袋草紙は実国と伝わっている。しかし、資業は長暦三年正月二十六日任伊予守（公卿補任寛徳二年条）、寛徳二年（一〇四五）四月廿六日叙従三位（同上）で、寛徳二年春に任が終わったと思われる。その間は伊予守で正しい。平範国は資業の後任、実綱は資業の息男である。▽影響歌として、六人党橘為仲に、天喜二年（一〇五四）春淡路国祈雨詠がある（橘為仲朝臣集三四〜三六）。

212 淡路《あはぢ》にて春日《はるひ》の照るに、人の嘆きて祈りするに、神に冊子《さうし》を作りて奉るに書きし三首

淡路島あはれと見てやその神に天くだりまし跡も垂《た》れけむ

あらを田をかへすぐ\もろ人のふりはへ祈るあめの下かな

祈りつゝかみの心にまかせつる苗代水はいつもたえせじ

○ことしげき都―本歌の詠歌年次は、前歌を承けて、長久二年となるが、二首後の「備中の館にて、歳暮和歌」(二一四)は長久元年歳暮詠なので(二一四で後述)齟齬を来す。能因集の配列を後から見てゆくと、兼房の備中の館詠を長久元年歳暮としても良い。また、前からにしても、二一一番の前は長暦四年春の伊予下りの一連の詠なので(二〇八・二一〇)、それに続く二一一番を長久元年=長暦四年夏の詠としても問題はない。そうなると、二一一番詞書「長久二年」が不審となるが、この歌に続く本歌「ことしげき」の「こと」を国司に職務の困難さ多忙さをもたらす国司苛政上訴事件の激化に象徴されるようなことを指すとすると、長元九年(一〇三六)から長久二年(一〇四一)まで国司の苛政を、中央へ愁訴する諸国百姓の動きが頻発、なかでも、長暦四年(一〇四〇)四、五、六、十一月、長久元年十二月と頻出、長久二年は二月のみであり、「長久二年」よりも「長久元年」とする方が良い。また、春記・長久元年十二月七日条に資業宅が火事にあった(「巳時許下人云、北方有火云々、…北御門與室町間也、…町四町焼亡、又資業宅同焼亡了、凶人之宅不可歎也」)と記され、資業は凶人呼ばわりされている。伊予国司として酷吏ぶりを発揮したのではなかろうか。資業には長久元年に上洛しなければならない事情があった。本歌はその点からも、長久元年の方が良い。

214 ○備中守兼房―備中は現在の岡山県西部。兼房は藤原兼房。長保三年(一〇〇一)～延久元年(一〇六九)六月四日。六九歳。父は中納言藤原兼隆。母は左大弁源扶義女。長く中宮権亮や中宮亮を務め、その間、緒国の国司を歴任する。能因や、和歌六人党らと親交があった。天喜二年秋播磨守兼房歌合を主催。▽兼房の備中守について、春記・長久二年(一〇四一)三月廿六日条の「備中前司兼房」という記述を信ずれば、長久二年歳暮には、兼房は「前備中守」である。「館」とあるのは、「美作守にてはべりけるとき館のまへに石たて水せきいれてよみはべりける」(後拾遺・雑四・藤原兼房)のように、京の兼房邸ではなく、備中の国司の館のことと思われる。したがって、本歌は、長久二年三月二十六日以前の備中守の館での題詠歌、すなわち長久元年歳暮の詠である。

216 夫木抄が本歌を「永承五年十一月俊綱朝臣家歌合」とすることについては下記のように考える。先ず、本歌も前歌と同じく長久元年(一〇四〇)の備中守兼房の館歌会歌と推察する。それは「備中守兼房の館にて、歳暮和歌」(二一四)の「備中守兼房の館にて」が、「傀儡子にかはりて一首」(二一七)にまで及ぶと見ることに拠る。すなわち、「備中守兼房の館」歌会において詠んだ「歳暮」(二一四)「望山雪」(二一五)「見海人」(二一六)題の自詠三首と、その歌会に伺候していた傀儡子に代わって詠んだ一首(二一七)、計四首(二一四～二一七)を一連の歌とみる、集の配列からの推察である。その長久元年備中守兼房の館歌会歌の内、伊予の特色ある一首を夫木抄は「永承五年十一月俊綱朝臣家歌合」歌としたと思われる。

217 本歌は、備中守兼房の国府の館で催された宴席の場で詠んだ自詠三首に続く一連の歌で、その宴席の座を盛りあげた傀儡子に代って詠んだ一首である。能因が右の歌を詠んだ時、兼房は正四位下備中守であった。長久元年歳暮に、六月に亡くなった大江公資を偲ぶために伊予国から上洛する際に、兼房の館に立ち寄ったのであろう。一所不住の身をうたう上句はよく見るが、下句の「人の心を宿とするまに」という表現は、自分の人生が他人の遊興の具にゆだねられていることのどうしようもない存在

の不安をよく捉えている。能因が永承七年（一〇五二）を過ぎて亡くなった時に、兼房の詠んだ歌が藤原清輔の続詞花和歌集・哀傷にある。

能因身まかりにけるに、女の許へいひつかはしける

ありし世はしばしも見ではなかりしを哀れとばかりいひてみぬる

同じ歌が新古今集・哀傷歌の部に載っているのを、窪田空穂は以下のように評する「いわれる相手は歌僧能因で、いう兼房は、絶えず能因と逢っていた親しい人で、老境に入って、人生の見とおしもついていた人と思われる。その歌僧の死を知って、ああと嘆息しただけで、何のいおうと思うこともなかったというのである。きわめて実感に即した哀傷の歌で、作者を思わせるに余りある作である。能因も満足して受けたことと思われる。すぐれた歌である」。能因を詠んだ哀悼歌で人の心に残る秀歌である。兼房は歌人として能因との接触はあったけれども、「絶えず能因と逢っていた親しい人」と感じられる「しばしも見ではなかりしを」と表現される親密感はどこから来るのだろう。これはやはり、保昌（七七）同様、兼房が馬寮に関わっていたことが大きいと思われる。小右記には治安三年（一〇二三）九月六日から万寿四年（一〇二七）八月廿五日まで右馬頭兼房が見えるから、長く見て八年余は右馬頭の地位にあったと思われる。この兼房について記しておかねばならないことがある。治安三年十月十三日の源倫子六十賀の舞人として、「万歳楽」四人の中に右馬頭兼房が、「賀殿」四人の中に右馬（権）助源資通がいる。この時点では、資通は兼房の下僚であった。兼房は丹後、備中、美作、播磨、讃岐の国司を歴任するが、位階は二十八歳で正四位下に叙されて以後四十年間、公卿になることはおろか、終生加階すること無くその一生を終えた。下僚であった資通は、参議従二位勘解由長官として亡くなっている。いかに兼房のその位階が停滞していたか判るだろう。春記・長久二年三月廿六日条には、右大臣道兼を祖父に正二位中納言兼隆を父に持ちながら、備中前司兼房のみ「地下ノ者也如何」と注記がある。貴族社会の冷徹さを感じる。貴族の日記類に記された兼房の度々の粗暴とも思える振る舞いの、その心の奥底に深い絶望を感じる。兼房は、歌人として有名な人物で、夢で柿本人麿に逢いその肖像を絵に写しとらせて日夜拝しているうちに歌も結構に詠めるようになったという逸話で知られるが、歌人としては認められていたものの、俗世にいて、ある時期から官僚社会の組織からはみ出た人、官僚社会から降りた人であった。いわば俗世にありながら、心は出家しているようなものであり、その心情は能因に通じるものがあったろう。そこに能因と兼房が深く結びつく由縁があった。能因の方でも兼房に思うところがあったことは、寛徳二年（一〇四五）が作歌年次の下限である能因集の、その時点で生存している人々の中で、唯一人「備中守兼房」と、地方官名の下に実名の明記されている人物であることでも判るであろう。それらが然らしむるところの、能因の死に際しての、兼房の能因を思う「ありし世は」の歌であったのだろう。

218

○旧宅—袋草紙の、能因がいつも公資の孫の公仲に「数奇給へ、すきぬれば歌はよむ」と諭したという、能因の数奇ぶりを伝えるよく知られた話の舞台となった場所である。公資は六人党の範永と交流があった「除目のころ、司給はらで嘆き侍りける時、範永がもとにつかはしける／年ごとに涙の川にうかべども身はなげられぬ物にぞ有りける」（千載・雑中・大江公資）。現下京区東洞院通松原下ル大江町の町名由来について、「京都坊目誌」は、平安期の大江公資邸に関連するとしている。▽公資の亡くなった年の歳暮に伊予から上洛し、公資の旧宅を訪れて一泊、折からの月夜に感懐を催し、常ならぬ人と昔に変わらぬ月を対比させて、親友公資を偲んだ歌である。主なき宿の寂寥をしみじみと感じさせるこの歌には、公資の叔父嘉言の二首「主亡くなりにける家にて月を見て」という詞書の「君まさぬ宿は浅茅とあせにけり月ばかりこそ盛りなりけれ」（嘉言集）と、「この入道殿失せ給ひてのち、秋の月を」という詞書の「君ま

さぬ宿にはあれど月影は荒れたりとても厭はざりけり」（嘉言集）が影響を与えていよう。永愷（能因）は、藤原長能を師と仰いだが、大江嘉言も長能に師事したようであり、嘉言は永愷の兄弟子に当たる。能因集には嘉言との濃やかな交流が様々に窺われる。

222 ○故備州源刺史→一三二・一七二・一八二。故備前守源為善。備前国は岡山県南東部。刺史は国守の唐名。為善は春記・長久元年（一〇四〇）五月廿七日条に「備前前司為善来談」と見える。長久三年十月一日卒（勅撰作者部類）。○今年の秋―為善の十月一日卒は勅撰作者部類によるので、公資の勅撰作者部類による卒長暦四年十一月七日が、春記には六月二十五日とあるように、為善の亡くなったのが十月一日以前であった蓋然性もある。長久三年秋の詠としても良いと思う。

能因の盟友である源為善についてここで詳しく書く。源為善は寛和元年（九八五）生か、長久三年（一〇四二）没。光孝源氏信明孫・国盛男・姉道方室経信母・従兄道済）。寛弘五年（一〇〇八）十月十七日玄蕃助「主殿亮藤原定輔・玄蕃助源為善・少内記藤原隆佐大夫申、・左兵衛少尉藤原邦恒、大夫申、右件等人〻可為侍者」（御堂関白記・同年同月同日条裏書）、敦成親王家の侍者としてその名が見える。隆佐（九八五―一〇七四）、邦恒（九八六―一〇六七）と似た年齢として生年推定。寛弘八年、父藤原為時の越後守任に同行した惟規（？―一〇一一）（紫式部の弟）から歌を贈られる（後拾遺・別）。難後拾遺は為善の談として、返歌を越後に遣わした時には惟規は亡くなっており、父為時が返事をいとあはれに書きなしてよこしたと記す。長和三年（一〇一四）玄蕃助進士蔵人「尚複玄蕃助源爲善進士蔵人、入自西中門、度御前、登自唐庇東面階、經南簀子、各着座畢擧周・爲善置笏開書、諸卿已下同置笏開書、次尚複揚聲云、文、次博士讀云、御注考經序、預開御書御覧、尚複云、古〻万天、次尚複讀云、御注孝經序、次擧周・爲善等退下、經初道、次諸卿次第退下」（小右記）。東宮（敦成親王）読書始めに尚複を務める。（進士は文章生）。寛仁二年（一〇一八）十月十六日中宮「権大進従五位下源朝臣為善兼三河守」（小右記）。寛仁二年～治安二年（一〇二二）三河守。能因集八九「三河にあからさまに下るに」九〇「しかすがの渡り」。治安四年右衛門権佐「正五下源為善　正月廿六日任カ（中宮権大進如元）」（衛門府補任）。万寿二年（一〇二五）右衛門権佐「正五下源為善　中宮権大進　正月廿九日兼左少弁」（衛門府補任）。万寿五年右衛門権佐「正五下源為善　左少弁・中宮権大進　二月十九日止、叙従四下、任備後守」（衛門府補任）。「備後守　万寿五年二月十九日任」（弁官補任・御歴代抄・勘例。元左少弁（国司補任）万寿五年二月十九日任～長元五年（一〇三二）。長元五年秋中宮亮（「中宮のすけためよしのあそむ」能因集一三二）。長元五年末、任国に下る公資（九八六？～一〇四〇）に「大江公資朝臣、遠江守にて下り侍りけるに、師走の廿日頃に、馬の餞すとて、土器取りて詠み侍りける／暮れてゆく年とともにぞ別れぬる道にや春は逢はんとすらん」（後拾遺・別・源為善朝臣）。長元七年五月十五日「月是為松花」詩二十三首　関白左大臣（藤原頼通）家法華三十講

左衛門督源師房・右衛門督経通・権中納言定頼・宰相中将顕基・権左中弁経任・式部大　輔大江挙周・左近衛少将資房・右中弁源資通・兵部権大輔菅原忠貞・兵部大輔師長・東　宮学士義忠・中宮亮為善・公資・散位平範国・右衛門権佐平雅康・大学頭時棟・施薬院　使為祐・民部少輔孝親・弾正少弼定義・実範・実綱・左衛門権少尉明衡・文章得業生源　親範

長元七年五月十五日

題者忠貞　講師公資（中右記部類紙背漢詩集・巻五）。

長元八年五月十六日高陽院水閣歌合「中宮亮為善朝臣」。長元八年「二条の宮の亮」（能因集一七二）。長元九年十月二十一日（九月六日に崩じた後一条天皇中宮威子四十九日の翌日）「宮の亮為善」と（威子女房）出羽

弁が中宮威子追慕の歌を詠む（栄花物語・きるはわびしとなげく女房）。長元六年六月（長元七年正月）～長暦元年（一〇三七）十二月備前守。長元六年六月～長元九年十月二十一日頃「中宮亮兼備前守」。（出羽弁集に拠ると、兼房は永承六年（一〇五一）に中宮亮兼美作守であった。為善は長元五年秋から同九年十月二十一日まで中宮亮在任が確認される。彼もまた中宮亮兼備前守であったろう。備前国は岡山県南東部、美作国は岡山県北部という都からの近国である。近国の国司が中宮職の次官である中宮亮を兼任するというような四位を極位とする官僚の実態も窺われる）。長暦元年「十二月の晦ごろ備前国より出羽弁がもとにつかはしける／都へは年とともにぞかへるべきやがて春をもむかへがてらに」（後拾遺・冬・源為善朝臣）。長暦二年春、前備前守「もろともに見し人」（能因集一八一）。長暦二年～長久三年春、一品宮章子内親王入内後「後冷泉院みこの宮と申しける時上のをのこども一品宮の女房ともろともに桜の花を弄びけるに、故中宮の出羽も侍りと聞きてつかはしける／花盛り春のみ山の曙に思ひ忘るな秋の夕暮」（後拾遺・雑五・源為善朝臣）。長暦二年九月十三日権大納言師房歌合出詠（二・四）「為善朝臣」。長久元年（一〇四〇）五月廿七日「備前前司為善来談」（春記）。長久三年十月一日卒（勅撰作者部類）。

224　本首「青柳」題歌（二二四）から「鷹狩」題歌（二三三）まで、題詠歌十首（二二四‐二三三）は、伊予守資業家の歌会の歌であろう。「紅葉」題歌（二二七）で考察する。

227　本歌は万代集に「式部大輔資慶家歌合に」とある。同集は、永承元年大嘗会悠紀歌を詠んだ「式部大輔資業」のことも「式部大輔資慶」（万代集・神祇）としており、資慶は資業の誤りである。資業はこの時式部大輔兼伊予守であった（本朝続文粋・巻六・藤原敦光奏状）。また、この題詠歌十首（二二四‐二三三）の一首「東遊を見て」（二三二）は、後拾遺集・雑六に「式部大輔資業伊与守にて侍ける時かの国の三島の明神に東遊してたてまつりけるによめる」と詞書する。資業家歌合の歌とはしていないけれども、「資業伊与守にて侍ける時」とあって、能因の詠歌に資業が関わっていることを示している。この題詠歌十首を、長久四年の式部大輔兼伊予守資業家歌会の歌として良いと思われる。

228　和漢朗詠集の摘句に拠った能因の「菊より外に花のなきかな」は好まれた。「折りて見る心ぞけふはまさりける菊よりほかの花しなければ」（範永集）。

232　○東遊―東国の風俗歌に合わせた舞が平安時代に宮廷に取り入れられ、神社等でも行なわれた。駿河舞などから成る。有度浜に天女が天降って舞い遊んだのを舞曲にしたという伝承がある。○有度浜―能因歌枕・駿河国に「有度浜」と見える。その北東は富士山を望む白砂青松の景勝地三保松原に連なる。○祝子→一八八・二〇五。一八八と同じく巫女。▽軽やかなリズムと、「振りけむ袖」という能因の表現に天女の舞姿がイメージされる。その舞姿は、先述したように（二二七）式部大輔兼伊与守資業によって伊予国の三島明神に奉納されたもののようである。藤原資業は長保五年（一〇〇三）十一月十九日文章得業生となり、寛弘三年（一〇〇六）正月式部少丞に任ぜられている。長保二年（一〇〇〇）十三歳で大学寮に入学した永愷（能因）とは同年であり、五年間学窓で共に勉学に励んだと思われる。能因が出家後はじめて晴儀歌合、長元八年（一〇三五）五月十六日の藤原頼通主催高陽院水閣歌合に出詠したのは、同じく出詠の資業の尽力であったと思われる。資業は和歌題を献じ、漢文日記も執った。永承年間の四年（一〇四九）十一月九日の内裏歌合、式部大輔藤原資業の漢文日記を具備する同五年六月五日の祐子内親王歌合に両人とも出詠。その間の長暦・長久・寛徳期には、資業の任地伊予に同行し、「長久二年ノ夏、天旱有リテ降雨無シ、仍リテ和歌ヲ詠ミテ霊社ニ献ズ、神感有リテ、廼チ甘雨一昼夜ヲ施ス」と詞書する有名な祈雨の歌を詠み（二一一）、「大守」伊予守資業が一時上洛するのを伊予に残って見送る（二一二）。資業の任終により帰洛後の寛徳二年（一〇四五）秋には、二人は、錫杖歌を詠んでおり（二五五）（万代・釈教・　式部大輔資業）、永承七年まで存生の確認される能因は、その生涯を通じて資業と深く交わった。能因男元任にも「七月七日式部大輔資業がもとにてよめる」という歌（詞花・秋）がある。能因が相模と共に永承五年六月五日祐子内親王家歌合に出詠しながら、同六年五月五日の内裏根合には彼女のように出詠しなかったのも、資業が永承六年二月十六日に出家したからではないだろうか。能因は資業に敬意を表して玄玄集に「資業二首」を選び入れた。一首目「高砂」、二首目「故郷をおもふ」と詞書する。

紅に立つ白波の見えつるは山の彼方の入り日なりけり

舟出して幾日になりぬ故郷は山見ゆばかり今日ぞ来にける

235　○高砂―現在の兵庫県高砂市一帯。高砂の松はよく詠まれた。この長久四年（一〇四三）秋に上洛し（二三四・二三七）翌五年春まで在京（二三八・二四一）、「在与州、憶落陽花」（二四二）と伊予に帰り下った能因は、本歌の二年後の寛徳二年（一〇四五）秋、また伊予に下り、その能因に対して、知友藤原家経と六人党の範永が高砂の松を詠み送っている「音にのみきく高砂の松かぜに都の秋を思ひ出でよ君」（家経集）「年経とも人し問はずは高砂の尾上の松のかひやなからむ」（範永集）。

236　「伊予へ下るに、都の方のはるかになりぬるを／白雲にへだゝりにけりふるさとゝおぼしきかたとかへり見つれば」（嘉言集）に拠るか。

237　○葦火たく―「冬ごもる難波の浦を見わたせば葦火たく屋ぞいぶせかりける」（高遠集）。○幾年といふに―「行くと来と昔見なれし逢坂をいくとせといふにけふ越えぬらん」（嘉言集）に拠ろう。

238　「好事七八人許」を和歌六人党を含む「人々」としたことについて述べる。能因と六人党の関係は、彼らの家集を見る限り、すべて能因の伊予下りに関したもので、永承元年を下限とすると、管見の限りでは、五度に及んでいる。伊予下り歌は、彼らの家集及び後拾遺集に散見するが、能因集と家経集が編年配列であることから、年次推定が可能である。三度目の長久五年（一〇四四）春には、六人党源兼長の歌がある（後拾遺・別）。

能因法師伊予の国より上りて又帰り下りけるに、人人むまのはなむけして明けむ春上らんといひ侍ければよめる　源兼長

思へただたのめて往にし春だにも花のさかりはいかが待たれし

能因集と対応させることにより、京の「備中前司」兼房の「四条の宮」で詠んだことを示す「備中前司の四条の宮のいとをかしう見ゆるに」（二四一）と、伊予に下っての詠「在与州、憶落陽花」（二四二）の間に位置づけ得る。即ち能因集の「上洛の間、海上の詠」（二三四）「高砂の松」（二三五）「磯の泊にて夕日を」（二三六）「河尻にて京のかたを見やりて」（二三七）と続く詞書は、後拾遺の詞書「伊予の国より上りて」に対応し、「京にて好事（士）七八人ばかり、月の夜客に会ふといふ題をよむに」（二三八）とあって「好事（士）七八人ばかり」（二三八）すなわち兼長を含む和歌六人党の「人々」（後拾遺・別）と詠歌活動を行なっている。そして、「早春詠」（二三九）「紅梅にうぐひすのなくを」（二四〇）「備中前司の四条の宮のいとをかしう見ゆるに」（二四一）と続くから、能因は長久四年秋に上洛し、翌五年春まで在京したと推察される。次の能因の歌（二四二）は「在与州、憶落陽花」の詞書を持つから、「人々」に「むまのはなむけ」をしてもらい伊予に「帰り下」った（後拾遺・別）のであろう。能因のいう「好士七八人ばかり」には、袋草紙の「當初能因住二東山一時、此人々相伴行向清談。能因云、我達レ歌所二好給一也云々。」の「能因云、我

達ㇾ歌所㆓好給㆒也云々」（底本とした歌学大系本を初め、岩波新日本古典文学大系『袋草紙』（七・一〇））が響いていると思われる。能因は、訪れた和歌六人党「此人々」に対して「我達ㇾ歌所㆓好給㆒也」（私が歌境に達したのは好きに徹したからです。）と言っている。「月の夜客に会ふといふ題をよむに」と能因と共に詠歌活動を行なった「好士七八人ばかり」は、能因が「我、歌に達するは好き給ふる所なり」と言った「此人々」即ち和歌六人党と想定される。そして、六人党の一員である兼長と共に能因に対して「むまのはなむけ」をした「人々」（後拾遺・別）は、和歌六人党を含む「人々」であったろう。この「好士七八人ばかり」が和歌六人党を含む「人々」であることは、後掲四度目の能因伊予下向を見送った家経の「春は花秋は月」（後拾遺・別）（家経集）からも首肯されよう。「春は花」が「春は花」「とちぎりつつ」という表現から和歌六人党の「人々」が能因の伊予下向を見送った際の、兼長の歌（後拾遺・別）を想起させ、それと対になった「秋は月」が「春は花秋は紅葉」の例が多い中で、「春は花秋は月」とことさらに表現されていて、長久四年秋の「京にて好事（士）七八人ばかり、月の夜客に会ふといふ題をよむに」との能因の歌（二三八）を連想させる。前記の後拾遺歌は長久五年春に能因が伊予下向する際に「好士七八人許」すなわち和歌六人党を含む「人々」が送別の宴を設けた際の詠として良かろう。歌意「ただただ思ってください。上洛するとあてにさせずにあなたが行ってしまったあとでさえも次の春の花の盛りがどれほど待たれたことか。（ましてあなたが上洛すると約束した春なら私たちはどれほどの思いで待つことでしょう。）」とも合う。四度目寛徳二年（一〇四五）秋の家経の歌を挙げる（後拾遺・別）。

能因法師伊予の国にまかり下りけるに別れを惜しみて　藤原家経朝臣

春は花秋は月にとちぎりつつ今日を別れと思はざりける

家集の家経の歌は「送能因入道二首　別れを惜しむ」（家経集）という詞書で、二首目は「高砂の松」（家経集）を詠んでいる。二首目は、「古曾部入道能因、伊よへ下るに」と詞書して「高砂の松」を詠みこんだ範永の一首（範永・九八）と照応する。範永集には続いて「くだ（ん）の法師の、下向のよしを告げずとて　経衡」（範永集）と「返し」（範永集）の歌があり、能因を送るに際し、家経・範永・経衡が詠み交わしたことがわかる。四度目の寛徳二年には、頼実は既に亡く、範永は経衡にも能因下向のことを告げていない。三度目のように「人人むまのはなむけして」（後拾遺・別）という詞書もなく、家経・範永二人だけのごく内輪の見送りであったと思われる。右に和歌六人党の源兼長、藤原範永、藤原経衡、源頼実が挙がっているが、構成員としては他に、平棟仲、橘義清、橘為仲、源頼家がいる。

240　三年ぶりに上洛した能因は、長久五年の早春、観教の住持した御願寺の紅梅を見ているのだろう。長暦二年（一〇三八）春に詠まれた為善との贈答歌（一八一・一八二）から、観教が入滅した寛弘九年（一〇一二）十一月廿六日以降も、紅梅は元の場所にあり、為善は眼前にその紅梅を見ていることが判った。紅梅を挟んで観教を追慕するその贈答の中に、二人の交情がよく見てとれた。その為善は能因が伊予にいた長久三年秋に亡くなり、能因は月に対して旧友を思う、真情のそのまま伝わってくる歌を詠んだ。為善が卒して以来初めて帰洛し、京の地にあって改めて旧友を偲んでいるのだろう。為善は長暦二年九月十三日権大納言師房歌合に出詠しており、六人党圏の歌人でもあった。

241　◯備中前司の四条の家―「備中前司」→二一四・春記・長久二年三月廿六日条に「備中前司兼房」と見える。後の永承三年（一〇四八）秋～同七年末のことだが、兼房は美作国でも館のたたずまいを考えていた「美作守にてはべりけるとき館のまへに石たて水せきいれてよみはべりける」（後拾遺・雑四）。

242 ○花の都の花―初出は、長元元年（一〇二八）、兼房（一一一四・一二四一）が丹後守として赴任する折に、源経信の兄経長が遣わした「君憂しや花の都の花を見で苗代水に急ぐ心よ」（金葉・別離）。花と苗代水で都鄙を対照し、その断層に離別の寂しさを表す。兼房の返歌は「よそに聞く苗代水にあはれわがおり立つ名をも流しつるかな」（金葉・別離）。兼房は丹後以降、備中・美作・播磨・讃岐の国司を歴任する。このような感懐を、幾度も味わったことであろう。永愷（能因）は藤原長能を師としていた。能因集には、寛弘四年（一〇〇七）秋七夕の頃、長能家で詠んだ織女と恋の歌二首がある。永愷が長能の門を叩いて入門師事したのは、同三年頃と思われる。長能は同六年に亡くなるが、以降能因は終生、長能を師と仰いだ。その長能に「上総より上りての春、則理が家にまかりて、人く酒飲みしついでに」と詞書する「都の花」を詠んだ歌がある（長能集）。

東路の野路の雪間を分けてきてあはれ都の花を見るかな

能因が長久五年（一〇四四）春「与州ニ至リテ、洛陽ノ花ヲ憶フ」と詞書して「花の都の花」と詠んだ時、脳裏には師、長能の右の歌があったと思われる。長能は、中古歌仙三十六人伝に拠れば、正暦二年（九九一）四月二十六日に上総介となっており、長徳元年（九九五）を任終として、任期を終えて上京した翌二年春四十八歳の詠であろう。「東路」は、東海道・東山道など、東国への道。「野路」は野の道。任地上総あたりの東国の道を言ったものと考えられる。「雪間」は、降り積もった雪の間。東国は雪深いという印象がある。上句は東路をたどる苦しさをいい、下句は都に帰り、都の花を再び見ることができた喜びをいう。鄙の雪と都の花が対比され、都に帰った喜びの溢れた歌である。歌語「花の都」は、外側から都を把握した表現である。資業（一一一二）にも長久四年暮に詠まれたと推察される「伊予国より十二月の十日ころに舟に乗りて急ぎまかり上りけるに」と詞書する「急ぎつつ船出ぞしつる年の内に花の都の春にあふべく」（後拾遺・羇旅）がある。資業は、能因の後を追うように上洛したのかもしれない。「花の都の花」という表現は、管見では、本歌も含め三例のみ。「花の都」は拾遺集時代ごろから用いられはじめ、後拾遺集には、源重之、能因集・五〇にもある大江正言、右の藤原資業など六例も見られる。春の花の印象で形成された華やかな雰囲気の「花の都」。そこに、斬新さを狙って華やかさを極める都の象徴として「花の都の花」という成句が生まれたのであろう。

244 能因の伊予下向においても馬との深い関わりはあった。寮牧を記す、延喜式・兵部省に「諸国ノ馬牛ノ牧」として「伊豫国馬牛牧」が記され、「右諸牧馬ハ五六歳。牛ハ四五歳。毎年進ニ左右馬寮ニ。」とある。また、能因は国司の資業との縁で伊予に来たので、国府近辺に住んだと思われるが、国府のあった愛媛県今治市の、その沖に旧幕時代に藩の放牧場のあった馬島があり、古地図には牧島とあるから、それ以前から馬の飼われていた牧であったろう。能因は、摂津の国では、古曽部に住んで、猪名野の牧に行ったように、伊予国では、国府近くに住んで、忽那牧や牧島に行ったのであろう。中島（忽那島）は北条市沖合いに位置するが、今治市から北条市まで陸路であれば一日がかりの所、海路ではそれ程かからなかったという土地の人の話である。中島は、牧島のある来島海峡や、伊予一宮である大山祇神社のある大三島と、斎灘を挟んだ位置にある。島の桜（一二四三）や、大きくうねる波（一二四四）を詠んだ歌は、能因が、忽那牧など島々を、海路を利用して訪れていたことを想定させる。「忽那嶋開発記」に拠ったと思われる忽那島八幡宮の説明に、「遠く延喜の代（九〇七）馬牛の官牧として開かれた忽那島に応徳年間（一〇八七）若宮八幡宮を勧請し」とあり、三代実録貞観十八年（八七六）十月十三日条は、風早郡忽那嶋の馬牛が繁殖し農耕に被害を及ぼすことを伝えている。現在中島と呼ばれる忽那島は、中島みかんが名産の地であり、温暖な気候と適度の降雨が生んだ牧は能因の頃にも利用されていたと思われる。そして、馬寮と関わりを持っていた能因は、当然、忽那牧をも訪れていたであろう。

246 ○老いらくの智―「老馬之智」のこと。「管仲隰朋従㆓於桓公㆒伐㆓孤竹㆒、春往冬反、迷惑失㆑道、管仲曰、老馬之智可㆑用也、乃放㆓老馬㆒而随㆑之、遂得㆑道」（韓非子・説林上）に拠る。和歌童蒙抄（獣・馬）に、道を失った時、老馬が行くのにまかせて本国に戻り得たという韓非子の故事を紹介している。○隙をすぎ行く駒―「人生㆓天地之間㆒、若㆓白駒之過㆑郤、忽然而已」（荘子・知北遊）に拠る。月日が過ぎ去ることの速さを言う。

247 本首は、伊勢物語・四五段の「暮れがたき夏の日ぐらしながむればそのこととなくものぞ悲しき」を踏まえている。この歌を本歌としたものに、式子内親王の「花は散りその色となくながむればむなしき空に春雨ぞふる」（新古今・春下）があり、知られているが、能因詠はこれに先行する。伊勢物語・四五段に、自分を慕っていた女がいて、女の死後それを聞いた男が、女の家を訪れてその女を追悼する場面がある。そこで男は、

ゆく蛍雲の上まで往ぬべくは秋風吹くと雁に告げこせ

暮れがたき夏の日ぐらしながむればそのこととなくものぞ悲しき

と詠む。本歌は、男の詠んだ亡き娘をぶ「ゆく蛍」の後の、自分の気持ちが何とも突き止められぬ虚無感を漂わせた「暮れがたき」の歌を思い起こさせる。男の詠んだ上句「暮れがたき夏」は能因の「暮れぬる秋」に響き、下句は、能因の歌の「しかすがになをものぞ悲しき」と重なっている。能因は伊勢物語の歌を踏まえて「かくしつゝ」と詠んだのであろう。そうであればなおさら、馬との別れが暗示されていると見てよいだろう。能因がこの歌にこめた深い思いが伝わってくる。能因は五十七歳という老齢に達している。恐らく、帰洛後は馬との関わりを絶って、これまで築きあげてきた交友関係を基に、歌人としてあるいは僧として生きていこうと決意していたのであろう。それが歌人としては、玄玄集を撰したことや、寛徳二年（一〇四五）を最終詠とする自撰家集能因集を編んだことに体現されている。能因は、伊予国での歌を、陸奥国から連れてきた愛馬が亡くなったことをモチーフとする連作で始め、馬との別れを暗示するこの二首で終えるのであるが、それはまた、伊勢物語・第九段「東下り」の「都鳥」への呼びかけを連想させる歌（二〇八）から始まり、四五段の「暮れがたき夏…れば…ものぞ悲しき」詠と響き合う歌（二四七）で終わるという、伊勢物語との関連においても、首尾照応した構成になっている。能因集の下巻二〇八から二四七番に至る伊予在国歌群は、長暦四年（一〇四〇）の春、伊予に下って間もなく、能因が十余年前に陸奥国から最初に連れ帰った愛馬が死んでしまったことから始まり、寛徳二年春の帰洛に先だって、伊予の国で馬と別れることの感慨を詠んで結ぶという見事な構成を成している。能因がよく考慮して配列していることに気づけば、伊予の国での彼の生活に馬が大きな位置を占めていたこともおのずから感得されるのである。本歌は、新古今和歌集・秋歌下部に入集、後鳥羽院が隠岐で編んだ隠岐本新古今和歌集にも除棄されず採用された。隠岐本では、秋歌下部の巻軸歌となっており、後鳥羽院の胸を打つところがあったと思われる。また定家十体は、「長高様」の例歌二十一首中に、やはり能因の「時雨の雨染めかねてけり山城の常盤の杜の真木の下葉は」（一七三）と共にこの歌を取り上げている。「かくしつゝ」「しかすがに」の「か」と「し」の音の響きの連続性も高く評価された理由であろうか。「長高様」に二首採られているのは一人能因のみである。玄玄集は能因の撰に成る私撰集。貫之の新撰和歌が「玄之又玄」三六〇首を撰んだのに倣い、一条天皇の永延（九八七）から後朱雀天皇の寛徳（一〇四四）に至るおよそ六〇年間に詠まれた秀歌一六八首

を集めたもの。歌人別に配されている。

254　能因集と家経朝臣集が編年配列であることから論を進める。経衡集は、雑纂的であるが、前半一～一一三番歌は諸会、遊宴、行楽等の題詠歌である。「秋の花夏開けたりと云題を」の一九番歌が範永朝臣集の九三、九四と続く題詠歌「題二首　水辺逐涼」「秋の花夏開く」の二首目である。範永集の九三番歌にあたるものが経衡集にはないが、家経集には、一二番歌「西八条にて、人〳〵二つの題をよみけると聞きて、誰ともなくて置かせたる／吉野川みぎは涼しとはや来てきいはまの水の音はせねども」と「秋の花夏開く」題の一三番歌がある。家経集七七番歌は「道雅三位西八条障子絵歌合」という詞書を持つ。一二番歌詞書「西八条」は道雅邸であろう。道雅邸で二つの題詠歌会が開かれ、招かれなかった家経が歌題を踏まえた上で、恨みをこめた歌を届け、主の道雅も歌題を詠みこんだ弁解の歌（家経・一四）を家経に送っている。一二番歌に歌題はないが、歌意から考えて、範永集「水辺逐涼」か、家経の「水辺納涼といふことをよめる」（詞花・夏）の「水辺納涼」であろう。能因集にも「水辺涼風」題歌（二五四）があり、同題歌と覚しい。二五六補注にあるように能因は寛徳二年夏在京していることが判明するから、道雅家歌会に出席する可能性はある。家経集一二から一五番歌は寛徳二年夏詠であり、能因集歌（二五四）も寛徳二年夏詠である。寛徳二年夏、道雅西八条邸で「水辺逐涼」「秋花夏開」題歌会が開かれ、六人党の範永、経衡と知友家経、西八条邸の主道雅、能因の歌が残っている。

256　みたらし川を詠んだのは、夕立と川を詠む好忠詠「河上に夕立すらし水くづせくやなせのさ波たち騒ぐなり」（好忠集）が念頭にあったと思われる。能因は夕立を雷と結びつけた。上賀茂神社は祭神として賀茂別雷命を祀る。「延喜式」神名帳の愛宕郡に「賀茂上社別雷《ワケイカツチ》神社亦若雷、名神大月次相嘗新嘗」とみえる。寛徳二年春、帰洛した能因は、今鏡・（むかしがたり）巻末の能因逸話に「同じ（後冷泉院）御時のことにや侍けむ、」とあるように、帰洛した年の四月八日から始まる後冷泉朝においても馬寮との接点は持っていたであろうけれども、恐らく老齢ということもあって、馬との深い関わりはなくなり、これまでの交友関係を基に、歌人として、僧として生きていったと思われる。そうであれば、牧に近い摂津国古曽部に住む必然性もなく、京で生活しながら、後進の六人党歌人たちと交わりを持ったと想定される。そのことは、帰洛後の寛徳二年夏「西の京にはやうかよひし所の、あはれにかはれるを見て」（二五一）と能因が在京していることを示す詞書があること、同じくその夏に道雅邸での歌会に参加していると想定されること（二五四）、同年秋、範永、家経、資業、兼房、伊勢大輔、明尊らの人々と錫杖歌を詠んでいること（二五五）、同年秋、上賀茂神社（京都市北区）の社殿の背を流れるみたらし川を詠んでいること（二五六）、からも推測される。能因が久方ぶりに訪れた「西の京」は、摂津国ではなく京にある。加えて、六人党らの仲間内ではなく、後年「道雅三位西八条障子絵歌合」を主催する風流数奇の人道雅邸での歌会に範永、経衡らと共に参加し、同じく六人党圏の人も含めて、錫杖歌を詠んでいる。これらのことは、能因が「西の京」ではないけれども、京の何処かに居を構えたことを示すものであろう。

解説

元良親王集

「侘びぬれば今はた同じ難波なるみをつくしても逢はんとぞ思ふ」（百人一首・本集一一〇）を始めとする秀歌を通じて、あるいは『大和物語』の中の色好みとして、元良親王の名は広く世に知られている。その家集である「元良親王集」も、親王の華やかな恋愛を描く歌物語的家集として周知のものであろう。以下に総歌数一七一首（冷泉家時雨亭文庫本）からなる当歌集の概要と特質について略述する。

一　元良親王について

元良親王（寛平二年（八九〇）～天慶六年（九四三）七月二六日）は、陽成天皇（在位　貞観一〇年（八六八）～同一八年（八七六））の第一皇子（『吏部王記』）として、父帝退位後の寛平二年に誕生。清和天皇・同妃高子は、祖父母。母は主殿頭藤原遠長女。天慶六年（九四三）七月二六日に「頓死」と記される（『尊卑分脈』）。同母弟に元平親王、異母兄に源清蔭など。享年五十四歳。

その履歴は不明な部分が多いが、吉野浩幸は、「史料には現れないが、元良親王は延喜二〇年六月以降任弾正尹、延長二年六月以後中務卿に転任、延長五年九月以後中務卿を辞任、二年間兵部卿就任を固辞し続け、延長七年一〇月以前に任卿した」（『人文論叢』三六）と推定している。

妻子について、『尊卑分脈』は元良親王の子七人の母として、藤原邦隆女、醍醐第八皇女（修子内親王）、宇多第七皇女（誨子内親王）を挙げる。本集六七に「北の方」とあるのは、女八宮修子を指し、六〇以下、六九の薨去まで関係歌が連ねられている。他にも、京極御息所褒子を始め、多彩な女性との関係が窺われる。

元良親王が置かれた当時の社会的な状況について、山口博（『王朝歌壇の研究　宇多・醍醐・朱雀朝篇』）は、醍醐帝の兄弟（敦慶・敦固・敦実親王）に代る「朱雀朝宮廷の華やかな存在」として、「陽成院皇子の元良・元平・清蔭を挙げる。確かに、「雅な私生活に関する限り、一〇世紀半ばまでの王朝貴族社会は圧倒的に皇親および王氏によって担われていた」（目崎徳衛『王朝のみやび』）のであり、元良親王の言動の背景について言えば、角田文衛が「陽成天皇の廃位は、乱行の所為ではなく権力闘争での敗北であり、高子廃后の裏面にも陽成上皇の復辟運動があったのではないか」（『王朝の映像』）と推測し、これを受けて目崎徳衛は、『大和物語』が「廃立によって皇位継承から排除された陽成天皇系に対して意外なほど活躍の場を与えている」ことから、「元良親王の色好みも、父上皇と共通する鬱屈が幾分父よりも手弱女ぶりに発現したものではなかろうか」、「概して言えば伊勢・大和の基調―勃興する藤原氏をめぐる酷薄な権力意志の世界で疎外されざるを得なかった皇親・王氏の、自ずから選んだ色好みとみやびへの志向」を指摘している。

陽成帝廃位・高子廃后を経て、藤原基経とその男時平・忠平により、光孝・宇多・醍醐皇統が確立され、藤原摂関体制が盤石なものになっていく。その中で陽成院は、太上天皇として六五年を過ごすことになる。元良親王は、このような一種〝安定〟した状況下で生き、父上皇に先立つこと六年でその生涯を終えたと見ることもできよう（山下道代『陽成院―乱行の帝―』）。とすれば、元良親王の「鬱屈」は、どの程度、自覚されていたものであろうか。

二　元良親王集について

現存の元良親王集は、配列等からして同一祖本から出ていると考えられる。歌数・欠脱の有り様から次のように二系統に分類される。

（一）冷泉家時雨亭文庫本・宮内庁書陵部本（五〇一・二一〇）

（二）宮内庁書陵部本（五〇一・四三三）系

（一）は歌数一六六首からなる。冷泉家時雨亭文庫本、及びこれを親本とする宮内庁書陵部本（五〇一・二一〇）である。

（二）は歌数一六八首で、宮内庁書陵部本（五一一・一三）、群書類従本・龍谷大図書館本など伝本は多い。

両系統それぞれに欠脱がある。相互に補ってもとの形を推定できるが、すでに現存諸本の祖本の段階で相当の本文の乱れがあったと見られ、確定しにくい所も多い。

本書の底本には、（一）冷泉家時雨亭文庫本（冷泉家時雨亭叢書『平安私家集十二』所収「元良親王集」）を用いた。この本は二箇所において、（二）の系統では一首として扱われるものが、連歌として記載されている。また、二首の重出歌（一六二―一七〇、一六三―一七一）がある。さらに、二カ所に欠脱（二二歌～二五詞書、一一七歌～一一九詞書）が予想される。これについては、（二）系統の宮内庁書陵部本（五〇一・四三三）によって補った。

（一）系統の時雨亭文庫本（上段）と書陵部A本（下段）の主な本文異同は、次の通りである。

一詞　［　］りたまふ―やりたまふ　二九詞　ちがへ―ち人　三三詞　か［　］ひ―かよひ　三四詞　花こ―はこ　六五　しひて―とひて　六六詞　御文とも―御文とても　七一　いにしを―いにしへを

（なお時雨亭文庫本解題に、本文の傍記・補入・補訂などの詳細な説明がある）

因みに、『私家集大成』、『新編国歌大観』は、共に（一）系統の宮内庁書陵部本を底本とするが、前者は補訂を加えておらず一六六首、後者は補訂（一五六詞書については一首分として扱う）の結果一七一首としている。従って、本稿の歌番号は、『新編国歌大観』番号に一致する。

当集からの勅撰集入集状況は、後撰和歌集七首（春下1・恋一1・恋二3・恋五1・雑二1）、拾遺和歌集二首（春上1・恋二1（後撰恋五歌と重複））、以降、新勅撰和歌集一首まで入集を見ない（勅撰作者部類による）。長い空白の後、新勅撰集に至り再び撰入されるようになった当集歌が、概ね伝存の元良集から採歌されたと見られることから、近澤玲子は新勅撰集撰集の頃に元良集の善本あるいは校訂本が出現したかとしている。

三　元良親王集の成立

詞書中の元良親王に対する敬語、三人称化などから、本集が他撰であることは明らかであるが、成立時期は不明。後撰集・大和物語が、親王とその関係歌を多数収載することから、本集の成立との関係が問題となる。

後撰集の成立は親王の没後、天暦五年（九五一）一〇月、撰和歌所が昭陽舎に置かれた後、数年以内のことであろう。後撰集には、本家集の九首（一・六六・一〇八・一一五・一二〇・一二一・一二三・一五七・一六四）が入集するが、作者記名の齟齬（六六・一一五）などからして、直接の撰集資料とは認めがたい。が、家集に類するものを参照している可能性も否定できず、雑纂風の原元良親王集の存在が想定されてもいる。また、後撰集（一〇二・一三六八）には、家集にはない元良親王関係歌が収載されているなどからしても、親王の歌は広く流布していたものと思われる。

また家集詞書は、固有名詞を明記することは少ないものの、概して個別具体的に詠歌事情を示し、一次資料性が強いとされる。例えば一〇八の詠者は、後撰集では「承香殿中納言」と明記されるが、家集では、一〇七詞書で贈答歌の相手として説明される人物である。また、一二〇相当の後撰歌の「京極御息所」も、家集では明記されないものの、全体を通じて宮の恋歌の有力な贈答相手であったことは明らかである。

では後撰集の成立以前に、何らかの形で親王の歌が纏められ撰集資料とされた可能性はあるのだろうか。脚注に示したように、家集所収の親王歌の表現には、後撰集所収歌からの影響が見られる。因みに参考歌としてあげた後撰集所収の四首は、すべて詠人知らずの歌。用語、趣向の類同を指摘した二首も、後撰集の撰集以前にある程度の周知度で流布していた可能性があろう。後撰集成立以前の歌がたりの盛行の中で親王の詠歌に摂取されたと考え得る。

『大和物語』との関係はどうか。同物語の前半部分一四〇段までの内、次の六段二〇首中の一六首が、家集所収歌と一致する。家集が関わる各章段（第八段二首・九〇段一首・一〇六段一〇首・一三七段一首・一三九段二首・一四〇段四首）を見れば、家集が一〇六段一〇首中の四首を欠くものの、収載歌数・配列ともに両者は完全に対応する。従って、第八段の人物記述に集との齟齬はあるが、両者の間には成立に関わる何らかの関係があったものと推定される。

その成立の先後については、主として記述の詳しさから『大和物語』が先行すると考えられてきたが、近澤玲子は共通歌数の齟齬、一三〇歌相当の『大和物語』八段の詠者が「中務宮」であることから、両者の影響関係を認めていない。また『元良親王集全注釈』解説は、一〇首を含む大和一〇六段との比較から、家集編集に際し四首を削除する理由がないとして、家集の先行を主張している。

四　元良親王集の構成と主題

本集の冒頭「陽成院の一宮、元良のみこ、いみじき色好みにおはしましければ、世にある女のよしと聞ゆるには、逢ふにも逢はぬにも、文やり歌よみつゝやりたまふ」からしても、当集が、親王という貴人の私的生活への関心から、第三者により意図的に編まれたことは明らかである。平野由紀子は、「宮の「本質」を示し、褻の贈答歌から成ることを紹介する歌物語的冒頭」（「物語的家集」）と位置づけている。

『伊勢物語』以降、いわゆる後撰集時代に、色好みを主題とする歌物語的な家集が群生してくるが、本集も先ずはそのような家集の一つとして位置づけられよう。

当集の〝物語性〟は、一貫した詞書の叙述に負うと言うよりは、歌のやり取りの連ね方により生じる多様性の中で発揮される。多様な相手との恋に纏わる歌の小さな連なりが、色好みの主題を支えるのである。それは例えば、冒頭数首の複数の女人との同時の交渉を示す形であったり、大君・中君・三の君の三姉妹とのやり取りが、それぞれ纏めて順次配されるような形であったりする。そのような中に、正妻たる修子内親王とのやり取り、或いは京極御息所との禁忌の恋のモティーフが断続的に折り込まれていく。多くの小歌群の最後が女性の歌で閉じられることから、親王の手元に歌稿が残った（『全注釈』）とすれば、その構成・編集に親王の意思は反映されたのであろうか。『全注釈』はその編者として、女房「清風」（三六）および、修子内親王付き女房で親王の召し人であった者の関与を想定している。

一方、これを『伊勢物語』に類する元良親王の一代記的な性格のものと捉える見方もある。例えば、山口博が「比較的人名の明らかな歌を中心に物語化して先ず（A）を構成、その後に贈答の対象の不明な歌をまとめて置く事により（B）を編集、更に『大和物語』を始めとする物語資料から採録して（C）を附加、さらにその後に雑多に歌を収集して（D）を加える、という「四段階の定着過程」（『王朝歌壇の研究―宇多・醍醐・朱雀朝篇―』）を想定（当然ながら当集の成立は、大和物語より後となる）したのを受けて、木船重昭は、対者の通称の記名状況、詠歌内容などから、次の四部構成説を展開している（『元良親王集注釈』）。

(1)一〜七一（七一首）は記名歌群。京極御息所を始めとする特定の女性との関係が多彩に展開し、修子内親王薨去時の歌で終わる。＝A

(2)七二〜一〇六（三五首）は無記名（「山井君（二首）」「桂宮（詠ナシ）」のみ記名）の女性たちの詠歌を中心とする、他とは異質な部分（この部のみ後撰集入集歌が一首もない）。＝B

(3)一〇七〜一四一（三五首）は記名歌群。大和物語関連歌は、すべてこの部に含まれる。＝C

(4)一四二〜一六九（二八首）は記名歌群。＝D

その上で木船は、(1)(3)(4)に散見する京極御息所との関係歌を、本家集を連ねる主題的なものと捉え、(4)を色好みの黄昏とも言うべき歌群と位置づけ、一代記的な読み取りを示している。

山口・木船の両説は、集の四部構成を示唆するものの、四段階の「定着過程」と一代記的な主題の読み取りの可能性については、必ずしも十分に説明されていない。

『全注釈』は、基本的に編年的な場面構成ながら、それは一四〇末尾辺り（C末尾相当）までで、その後は、物ごとに整理する方法を交えており雑纂的であるとする。また、修子内親王の薨去前後（ＡＢ）に編纂意識の変化を見ている。

このように四部構成、編年的構成については概ね了解されつつも、主題の展開と各部の関係は、必ずしも明瞭とは言い難い。

五　表現の特徴とその意義

色好みの主題を支える贈答歌が、古今集歌の縦横な駆使の上に成り立っていることは、脚注及び補注に示した参考歌・用例歌からも明瞭である。男女、記名・無記名を問わず、広汎な古今集歌が受容されている。既に『注釈』が一覧の形で古今集歌二九首を例示しているが、認定の仕方によっては、さらに多くの歌について影響を指摘できるであろう。試みに、私に脚注及び補注に掲げた約五〇首について、その分布を編纂意識の変化が言われるＡ～Ｄの各部ごとに見ても、有意の差は見られない。当集全体の傾向と見て良いのであろう。

いずれにしても、ごく早い時期における古今集受容の有り様が、貴族生活の、殊にも男女間の交流の具体相として表れている意味で注目される。（なお山下道代（前掲書）は、陽成院とその周辺の、歌合を含む設題による詠作へのいち早い志向に注目し、その文芸意識に言及しているが、これもやはり古今的表現の習熟がもたらした別方向での結実と言えるのかもしれない）。

見てきたように、元良親王と女性たちの贈答歌が次々と連ねられ、歌物語的と評される当集だが、恋に絡む「手弱女ぶりの鬱屈」はあっても、「身をえうなきもの」（伊勢物語）と思いなすような親王の自己認識や、恋愛行動への自省的な眼差しなどが描かれている訳ではない。親王周辺の女性たちも、宮の多情に振り回され恨み悩み切り返すものの、多くは「色好み」という美的範疇の中で許容され包摂されていく。冒頭序に述べるとおりの「色好み」の範囲で表現され、主題化された家集と言えるのであろう。

（久保木　寿子）

【主な参考文献】

冷泉家時雨亭叢書『平安私家集十二』（朝日新聞社　二〇〇八）
『私家集大成　中古Ⅰ』（高橋正治　解題）（明治書院　一九七三）
『新編国歌大観』3（高橋正治　解題）（角川書店　一九八五）
木船重昭『元良親王集注釈』（大学堂書店　一九八四）
片桐洋一・関西私家集研究会『元良親王集全注釈』（和歌文学注釈叢書1）（新典社　二〇〇六）
須田哲夫「伊勢物語から平仲物語へ―元良親王集、伊勢集を含む史的構想的考察」（『平安朝文学研究』四　一九五九・六）
目加田さくを「元良親王にかゝわる仮説」（『平安文学研究』二五　一九六〇・一一）
阿部俊子「元良親王御集の性格」（『学習院女子短期大学紀要』七　一九七〇・二）
山口博『王朝歌壇の研究　宇多・醍醐・朱雀朝篇』（桜楓社　一九七三）

加覧悦子「元良親王集について」（『薩摩路』一九　一九七五・三）
岡部由文「『元良親王御集』と『大和物語』」（『国学院大学大学院文学研究科論集』四　一九七七・三）
吉野浩幸「元良親王の史的実像試論―『大和物語』第八段の記述を中心に」（二松学舎大学『人文論叢』三六　一九八七・七）
近澤玲子「『元良親王集』の成立時期について」（『高知女子大国文』17　一九八一・一〇）
平野由紀子「物語的家集―延喜御集を中心に―」（『王朝私家集の成立と展開』和歌文学論集4　風間書房　一九九二）
藤城憲児「元良親王集の虚構―京極御息所に触れながら」（『湘南文学』（東海大学）二七　一九九三・三）
瀬尾博之「『元良親王集』についての一考察―その物語性を中心として」（『文学研究論集』（明治大学）第24号　二〇〇六・二）→『伊勢物語　色好みの享受史』（新典社　二〇二〇）
顧宇豪「元良親王と修子内親王という奇妙な夫婦―『元良親王集』からの検討」（『国文学攷』248号　二〇二〇・一二）
顧宇豪「京極御息所と元良親王の恋愛関係をめぐって―『元良親王集』からの検討」（『表現機能研究』（広島大学）16　二〇二一・三）

『大和物語の人々』雨海博洋・山崎正伸・鈴木佳與子（笠間書院　一九七九）
『大和物語の考証的研究』森本茂（和泉書院　一九九〇）
『大和物語の研究』岡山美樹（桜楓社　一九九三）
『歌語りの時代―大和物語の人々―』山下道代（筑摩書房　一九九三）
『陽成院―乱行の帝―』山下道代（新典社　二〇〇六）

藤原道信朝臣集

一　藤原道信について

藤原道信は、天禄三年（九七二）、右大臣藤原師輔の九男、法住寺太政大臣為光の子として誕生した。このとき為光は、三十一歳。従四位上、参議、左中将で備中守を兼ねていた。その三男（松平本勘物）とも四男（『二十一代集才子伝』）とも言われる。

母は、師輔の長男の一条摂政伊尹の女である。伊尹は為光の異母兄にあたる。但し、伊尹は道信誕生の年の一一月には没している。兄に誠信・斉信、弟に公信がいる。花山院の弘徽殿女御忯子はその姉で一家の期待を担う存在であったが、寵愛を欲しいままにしながら寛和元年（九八五）七月に妊娠七カ月の状態で薨じ、一家の夢は潰えた。落胆した為光は、自ら創建した法住寺で、法師に勝るほどの修行をして過したという（『栄花物語』「見果てぬ夢」）。同年前月の六月三日には、「昨日戌時許一条大納言北方入滅云々」（小右記）と、道信生母の死が伝えられている。もう一人の伊尹の女、冷泉妃懐子は花山院の母。花山院と道信は従兄弟の関係にあたる。

道信の正妻については特定されていない。道信集四九の詞書「左大臣殿のむこになりてのつとめて」は、数少ない手がかりの一つだが、この人物を誰に比定するかを巡って意見が分かれる。すなわち道信存命中の左大臣は源雅信であるが、婿になった痕跡がないところから、一説には「左大将殿、御むこになりたまて」（冷泉Ａ・甲本）により、藤原済時と見る説（『道信集注釈』以下『注釈』）、あるいは「内大臣殿」の誤写と見て、道兼とする妹尾好信『王朝和歌・日記文学試論』の説（以下、妹尾）がある。

因みに一〇六「思へども絶えねとありし山川の浅ましきこそ忘れがたけれ」に相当する歌の、書陵部乙本の詞書「小一条の中の君をきこえたまひけるに…」によれば、東宮（居貞親王）妃宣耀殿女御娍子の妹、後の敦道親王妃ということになる（一〇六補注参照）。

一方、『栄花物語』「見果てぬ夢」に見られる記事により、道信が藤原道兼の養子になり、道兼北の方（藤原遠量女）の妹を妻としたと見て、底本本文「左大臣」を「右大臣」の誤りとする説（安藤太郎）がある。妹尾は「正暦元年現在の左大臣は源雅信（七十三歳）、左大将は藤原済時（五十二歳）であるが、道信が彼らの娘と結婚したとは考え難い」とした上で、「婿になりて」とあることから、道兼は妻の妹を養女にして、道信と結婚させたかと推測している。前者、済時の中の君であれば、その身の上に関して比較的詳しく記述する『栄花物語』「初花」に、多少の言及があって然るべきか。

また集一六の歌は、『大鏡』（実頼伝・師輔伝）、『栄花物語』「見果てぬ夢」などでは、花山院女御婉子（為平親王女）を実資と争って破れた時の詠とされるが、正暦五年とする説（妹尾）などがあるものの、その時期は確定しがたい。

寛和二年（九八六）六月二三日、突然の花山帝の退位、落飾は、道信にとっても一大事件であった。退位と共に、権力の中枢が伯父（外祖父）伊尹の一統から、もう一人の伯父、師輔三男兼家の元へと移動した。為光とは腹違いの兄兼家は、その三男道兼と共に、花山帝の失脚の首謀者と目されているが、退位・出家直後の六月二四日に、外孫一条天皇の践祚に伴って摂政の地位に就く。

以降、東宮大夫であった父為光は、兼家の意向のままに右大臣を継ぎ、その勢力下に組み込まれていく。道信は氏の長者となった兼家の養子となり一〇月二一日に元服、従五位上に叙され（日本紀略）、一一月一〇日以降は、幼帝の侍従を勤めることになる。九条師輔流の権力を巡る暗闘の直中にあって、父為光の無念を身を以て受け止めつつ、為す術もなくあったものと思われる。

退位直後、山科元興寺で落飾した花山院に対する思いは、個人的にも複雑なものがあったと思われる。本集一〇二には、「花山院、思ひ出で聞こえて、花の木に袖を露けみ小野山の雲の上こそ思ひやらるれ」の一首があり、また、父為光の死に際しては、院からの弔意を受けてもいる（集三九）。

永延元年（九八七）九月右兵衛佐、同二年左近少将と昇進するうちに、正暦元年（九九〇）七月、養父の摂政太政大臣兼家が薨じた（六十二歳）。正暦二年（九九一）、父為光は太政大臣に就き、道信は九月に左近中将に昇る。が、為光は翌正暦三年六月十六日、五十一歳で薨じた。諡は恒徳公。正一位を追贈されている。道信の悲嘆は大きく、当集中には多数の哀傷歌が見られる。

当の道信も、二年後の正暦五年（九九四）七月一一日、二十三歳で短い生涯を終えている（『小右記目録』「同月十一日、左近中将道信卒事」）。従四位上、左近中将での死であった。その夭折を悼む次のような歌が散見する。

道信朝臣ともろともに紅葉見むと契りて侍りけるに、かの人みまかりての秋、よみ侍ける　藤原実方朝臣

見むといひし人ははかなく消えにしをひとり露けき秋のはなかな（後拾遺和歌集・哀傷）

中将道信朝臣みまかりにけるを、送りをさめての朝によめる　藤原頼孝

おもひかねきのふの空をながむればそれかと見ゆる雲だにもなし（千載和歌集・哀傷歌）

二　道信集諸本

現在知られている道信集の伝本は、次の通りである。

一類本

(1)榊原家本（『新編国歌大観』の底本）。島原松平文庫本（『私家集大成』道信Ⅰの底本）

(2)冷泉家時雨亭文庫蔵色紙本―A本とする

宮内庁書陵部本（五〇一・三九九　甲本）。桃園文庫本

(3)冷泉家時雨亭文庫蔵「道信朝臣集」―B本とする

宮内庁書陵部本（五〇一・三二二　丙本）

二類本

宮内庁書陵部本（五〇一・四〇〇　乙本）（『私家集大成』道信Ⅱの底本）。杉谷寿郎氏蔵本

一類本(1)系統の榊原家本と島原松平文庫本は、ほぼ同じ本文をもち、歌数は和歌一〇九首（巻末に四首「入撰集不見当歌」の補遺）と、(2)系統よりも多い。連歌四句を含む。(2)系統の、書写年代が圧倒的に古い冷泉家蔵A本は、書陵部蔵甲本の親本と目され、和歌九三首・連歌四句、桃園文庫本も同じ。(3)冷泉家蔵B本は書陵部蔵丙本の親本と覚しく、和歌七三首からなる。(2)(3)は、和歌や連歌に多少の出入りはあるものの、内容や配列上から、(1)榊原家本等と同系統かとされるが、相違点も多い。

二類本系統の書陵部蔵乙本と杉谷本は、歌数・配列の上で一類本とは異質で、乙本が和歌六六首・連歌二句、杉谷本が和歌七六首・連歌二句からなる。一類本との関係はかなり遠いと見られている。

従来、榊原家本が、島原松平文庫本の親本と推定され、かつ内容的にも信頼できるものとされてきたが、書写年代が圧倒的に古い冷泉家本の紹介により、本文の再検討が要請されることとなった。

だが、冷泉家本にも、その祖本段階からの誤脱あるいは誤写・改変などの跡が見られることから、本書では、歌数の最も多い榊原家本を底本とした（歌番号は、同本を底本とする『新編国歌大観』に同じ）。校訂は、冷泉家蔵A本・B本による。一首の理解に大きく関わるような独自異文が見られる場合には、これを補注に掲げた。（但し、校訂後の本文には、適宜、漢字を当てた）

猶、底本以外からの補遺歌として、『注釈』が、冷泉家蔵A本・同B本を含む諸本から、計二一首を掲出、注釈を施している。

現存本とは別に、現在伝わっていない道信集が他にもあったであろうことは、例えば、丙本末尾の補遺歌や諸本の書き入れ、あるいは勅撰集・私撰集の撰入歌などからも、間違いないとされている。また、現存道信集諸本も、その詞書に、道信に対する敬語表現が見られることから、仮に自選によるとしても、後人の手が入っていると見られる。

成立に関して問題とされるのが、巻末に「入撰集不見当集歌」として挙げる一一〇歌である。これは、補注に示したように、続拾遺集の詠者誤記載から道信詠としたもので、公任詠である。公任集には、次のような贈答歌として載る。

道信の中将、よみたる歌どもかき集めたる、かたみに見せん、と言ひやるとて

かくばかり経ることとかたき世中にかたみにすめる跡にぞ有りける（公任集四五二）

返し

経ることはかたくなるともかたみなる跡は今こん世にも忘れじ（公任集四五三）

詞書の「歌どもかき集めたる」が、道信が生前、自ら詠草を編んでいたことを示すのかどうか。また、「かたみに」は、「形見として」なのか「お互いに」なのかでも議論が分かれている。「今こん世」を誓う公任の返歌は、来たるべき

死を前提にした道信詠を受ける形で展開している。我が形見とも言うべき歌を編み、伯父高光の出家時の歌「かくばかりへがたく見ゆるよの中にうらやましくもすめるつきかな」（拾遺抄・雑下）に依拠しつつ、公任に託したものであろうか。この贈答歌も、自ら「かき集めたる」詠草に別途添えられたために、「不見当集歌」となったとも見える。諸本の有り様とも絡み、今は不明とするしかない。

三　道信の和歌について

道信は「中古三十六歌仙」の一人、拾遺集以下の勅撰集に四九首が入集する歌人である。もとより歌を自らの栄達の具にする必要などない社会的な身分にあった。そのような彼にとって、和歌とは一体何であったのだろうか。その多くが贈答歌であることからも分かるように、貴族のたしなみ・花鳥の使としての意味にとどまるものも少なくはない。その意味では、貴族としての生活圏が即ち和歌的な環境となる。

父為光は小規模ながら「一条大納言為光歌合」（天延三年（九七五））――六題一二首）を主催したものと見られ、これには伊尹男の義懐や惟成・長能・元輔・中清らが出詠していた。その多くは永観二年（九八四）八月に帝位についた花山帝の周辺歌人として知られる者たちである。これに続く世代に、道信、あるいは曾祖父貞信公忠平一統の又従兄弟に当たる藤原公任、そして藤原実方らがいた。

さらに源宣方、源為相（信明男）らを加えた少将・中将クラスの交友は、駄洒落に興じるような屈託のない歌の交換も多く、後宮女房達との恋愛がらみの優雅な歌のやりとりも少なくない。中でも実方や公任らとの親しい交友関係は、他の家集からも窺われる。

道信集には、兼家の三男道兼との歌が散見し、その別荘である粟田殿での道信の歌一首も見られる（一九）。道兼は折々に歌人たちに詠歌を命じ、早くから藤原能宣や源兼澄らがそれに応じていた。正暦元年（九九〇）落成の粟田殿は、歌人の集う格好の場であったようだ。いわゆる四季名所絵屛風である粟田山荘障子絵には、恵慶法師や平祐挙が歌を詠み、藤原為時・大江匡衡が漢詩を寄せている。山里に残りの花を求める風流への指向などは、この頃に顕在化されつつあった美意識によろうが、道兼周辺の人々もその一翼を担っていたと思しい。これは当集でも、実方との贈答（七五・七六）などに見られるものである。

因みに、円融帝関連では、正暦二年（九九一）二月一二日の院崩御に際し、実方と交わした哀悼歌二首（二五・五八）が見られるのみで、若年であったことに加え、天元五年（九八〇）に立后した円融皇后遵子を姉に持つ公任、中宮大夫藤原済時を養父とする実方とは、自ずと感懐の違いがあったのであろう。

また、即位後、程なく姉忯子が入内した花山帝との関連では、寛和二年（九八六）六月の出家後の院に思いを馳せ涙する一首（一〇二）、正暦三年（九九二）六月の父為光薨去時の弔問歌と返礼の歌（三九・四〇）がある。権力を巡る同族間の争闘の中で、道信は何を思っていたのであろうか。

様々な交友場面・恋の場面で展開する贈答歌の基盤には、言うまでもなく古今集以来の既成の和歌の蓄積がある。道信集の場合も、古今集の春秋の巻のみならず、物名・誹諧歌などを踏まえた歌が散見する。が、その歌の顕著な特徴は、時の推移やものの移ろいへの注目、悲哀感を捉える敏感な叙情性にあろう。それは、道信が実人生において死別の悲哀を味わう機会が多かったためとも言えるが、それ以上に心性のレベルで他者との関わりを求めてやまない彼の有り様を反映するものであろう。

安藤太郎は、道信の歌の「作風の時代的な位置」について、「公任の保守性に対し道信の平明で自由開放的な表現、個人の率直な告白、浪漫性は実方の作風に近く、新時代の創造と転換期における歌人であることを示している」とする。一方、徳植俊之は、実方との詠風の共通性（同音反復、繰り返し表現の多用、短連歌の付けあいに見られるような即興性・機知性など）を検証・確認しながらも、道信の歌には「自身の命に対する漠とした不安感」が色濃くあることを指摘し、その「鋭敏で傷つきやすい感性」が、多くの「もの思ふ」「涙」「泣く」の語を含む歌として結実し、独自の「繊細な詩的空間」を形成していると指摘する（『注釈』）。

花山院出離への深い思いや、実父為光の死への悲嘆の様相などからは、政争の渦の中に巻き込まれていかざるをえない外的状況に対する無力感が窺われるのではなかろうか。命に対する「漠たる不安」と共に、抗しがたい現実を生きること諸般に伴う悲しみが、その抒情を呼び起こしたのではなかろうか。

（久保木　寿子）

【主な参考文献】

竹鼻績『実方集注釈』（私家集注釈叢刊5）（貴重本刊行会　一九九三）

平田喜信・徳植俊之『道信集注釈』（私家集注釈叢刊11）（貴重本刊行会　二〇〇一）

安藤太郎『平安時代私家集歌人の研究』（桜楓社　一九八二）

杉谷寿郎『平安私家集研究』（新典社　一九九八）

妹尾好信『王朝和歌・日記文学試論』（新典社　二〇〇三）

大隈順子「藤原道信とその和歌についての一考察」（『香椎潟』10　一九六五）

中島あや子「勅撰集採択藤原道信歌の資料」（鹿児島大学法文学部紀要『文学科論集』16　一九八一・三）

中島あや子「藤原道信集の成立について」（『文学論叢』　一九八二・六）

中島あや子「藤原道信集の成立再考」（鹿児島大学法文学部紀要『文学科論集』20　一九八四・一一）

河北靖「道信集本文攷―榊原文庫本の書入れについて」（『北九州大学文学部紀要』29　一九八二・八）

徳植俊之「藤原実方の和歌」『平安朝文学表現の位相』（新典社　二〇〇二）

河本明子「和歌における「のこりの花」―道信・実方　贈答歌を中心に」（『富士論叢』54－1　二〇〇九・九）

河本明子「実方集丙本—道信との関わり」（『平安文学新論』風間書房　二〇一〇）
仁尾雅信「実方集と私家集（二）」（『山辺道』53　二〇一一・三）

実方中将集

一　藤原実方について

藤原実方は、左大臣忠平（八八〇〜九四九）を曾祖父、小一条左大臣師尹（九二〇〜九六九）を祖父とする。父はその長男、定（貞）時。母は一条左大臣源雅信の長女である。生年は未詳。天徳年間かと推定されている。兄弟は確認されない。

実方誕生後、程なく父定時は病死したものか。母もまた短命に終わったらしい。当初、母方の一条雅信邸で養育され、その後は叔父の小一条済時の養子として成長する。済時室の母、源延光室（藤原敦忠女）もまた、実方の養育に関わった（栄華物語）という。養父済時は、天慶四年（九四一）の生れ。息男に為任・相任・通任がいる。正暦二年（九九一）一一月、長女娍子が東宮（居貞親王）に入内（宣耀殿女御）。正暦五年（九九四）五月九日、娍子に第一皇子敦明（後の小一条院）が誕生する（本集二八三）が、翌長徳元年（九九五）四月二三日、済時は事の帰趨を見ずに五十五歳で薨じた（正二位大納言兼左大将。右大臣追贈）。

実方は、天禄三年（九七二）左兵衛将監に任ぜられ、翌年従五位下、以降、侍従、左兵衛権佐、左近少将、右馬頭、右近中将、左近中将と、武官系の役職を歴任し、正暦四年（九九三）従四位上、翌正暦五年に左中将、以降、長徳元年正月一三日に陸奥守に任ぜられた。が、疫病が蔓延した同年四月に養父母済時とその室を相次いで失い、出立は九月にずれ込んだ（『日本紀略』同年九月二七日条、「今日陸奥守実方朝臣奏赴任之由、於殿上給酒肴、於昼御座方給禄、叙正四位下、為重喪者、給精進肴」、同『権記』、「別有仰詞、併叙正四位下、給禄並奉仰詞退出、依重喪、不拝舞」）。因みにこれらの記事には、〝左遷〟を裏付ける要素はない。武官としての役柄が不穏な陸奥経営に彼を導いたものか。あるいは小一条一統という政治的な位置による〝左遷〟と見るべきか。実方はそのまま長徳四年（九九七）一二月、任地で客死する。最終官位は陸奥守正四位下。

名だたる色好みとされ、当集にも見られるように、後宮女房たちとの華やかな交流からは、確かにその豊かな女性遍歴が想定されるものの、実方の妻妾に関わる事実関係は必ずしも分明ではない。『尊卑分脈』には、嫡男の朝元（従四位、陸奥守）、賢尋・貞叙・義賢・長快等の名が記されるが、母の注記はない（増淵勝一に、天理本一九歌から、朝元の母を左大将朝光女に比定する説がある）。

本集二二一詞書に、陸奥での「北の方」の死が記され、実方に同道した源重之の歌集（一四七詞書）にも、残された「腹ばら」の子たちの記述があるが、特定しがたい。

その他、本集一二〇などからは、源満仲女との関係が浮かぶが、それは宇佐使を果たした永観元年（九八三）一一月（『日本紀略』）頃、道綱に破れる形で終わったらしい。『大斎院前の御集』二四五以下には、「実方の兵衛佐の懸想する満仲がむすめを、道綱の少将得つときくに、兵衛佐にあはせつと聞きしものこそ、宇佐の使もかひなかりけりなど言ふことどもを聞きて、あいなきことなれど」の詞書のもと、数首の歌が挙げられている。この事は女房たちにとって恰好の噂の種であったらしい。本集二六五は、その頃の詠であろうか。

実方と清少納言との関係が浅からぬものであったことは、当集一八一・一八二の贈答歌からも窺われる。が、「絶えぬ仲」であったと明示するものの、「おほかたにて」「おほぞうにて」言う合う、気の置けない関係だったと覚しい。また、三巻本『枕草子』最終段の、「まことにや、やがては下ると言ひたる人に、思ひだにかからぬ山のさせも草たれかいぶきのさとは告げしぞ」は、実方の陸奥下向に関わるか。これには、萩谷朴『枕草子解環』の、巡爵を待たずに叙爵した則光への怒りを込めた歌とする異説などがあるが、当歌が本集一二二の実方詠、「かくとだにえやはいぶきのさしも草さしも知らじな燃ゆるおもひを」に全面的に依拠した趣向歌であることから、噂の相手を実方に絞る説も根強い（藤本宗利『感性のきらめき　清少納言』など）。

二　実方集について

1、実方集諸本

実方集の主たる現存伝本は、次の四類に分けられる。

（一）流布本系

(1)第一類　宮内庁書陵部本（五〇一・三〇　甲本）一六一首本。群書類従本（『私家集大成』実方Ⅰの底本）。

(2)第二類　①宮内庁書陵部本（五〇一・一六九　乙本）一三五首本。

②宮内庁書陵部本（五〇一・一五七　丙本）一七〇首本。

③時雨亭文庫蔵色紙本・宮内庁書陵部本（五〇一・三九四丁本）九三首の残欠本。

(1)の群書類従本は、甲本所収の一八首がなく、甲本にない九首を有する。

（二）建治本系

(1)冷泉家時雨亭文庫蔵素寂本

(2)宮内庁書陵部本（一五〇・五六〇戊本）（桂宮本叢書、『私家集大成』実方Ⅱ、『新編国歌大観』の底本）

(1)の素寂本は、(2)書陵部本（戊本）の親本。「建治元年五月廿二日書写畢／同廿三日校合了／素寂」の奥書を持つ三四八首本。（一）の流布本系本文に、陸奥国関係歌三八首（一八五〜二二二）、恋歌五八首（二二二〜二七九）、「他本」歌六九首（二八〇〜三四八）を追補した形の、総集的なもの。

(三) 永仁本系

(1)時雨亭文庫蔵資経本

(2)宮内庁書陵部本（己本）（桂宮本叢書・『私家集大成』実方Ⅲの底本）

(1)の資経本は、(2)書陵部本（己本）の親本。歌物語的に改編された一四五首に、「実方集異本也」とする二九首、「又異本」とする三五首を加えた形をとる。

(四) 天理図書館本系　天理図書館蔵本（『私家集大成』実方Ⅳの底本）

定家筆とされる二八首本。うち一九首が特有歌で、別本というべきもの。

2、実方集の成立

源道済集に次の一首がある。

ある人のもとから実方君の集をおこせたりけるに、かへすとてかきつく

なき世にはかたみなりけるたまづさを昔はさしも思はざりけむ（道済集四八）

ここからは、実方が生前に家集を纏めていたことが知られる。（一）流布本系実方集は、実方の陸奥下向意向の歌を含まないことから、長徳元年（九九五）以前に纏められた自撰的性格のものでこれに相当するかとされる。就中、竹鼻氏は、丙本に原型性を認めている。

一方、総集本的な性格を持つ（二）建治本は、流布本系統の根幹部分に、陸奥関係歌（一八五～二二一）として、長徳元年正月一三日の兼陸奥守補任から、下向の延引、九月の赴任、その後の陸奥在任時の関係歌を収載する。一七三詞書に、流布本にはない実方への敬語が見られることから、他撰とされる（ただし建治本の多くはこの歌を欠く）。実方の没後程なく増補されたものか。

これに更に「恋歌」の追補とされる部分（二二二〜二七九）が続く。内容的には二二一までの女性関係歌と同様だが、この恋歌五八首の内、二二九以下二七八までの二八首の詞書に、待遇表現「侍り」が偏在する。

二八〇以下は、「他本」と記された歌。三〇〇詞書の下に「建長元年己酉三月以法性寺少将雅平本誂人書写了」の識語がある。

（三）の永仁本は、歌物語的改編を経た一四九首に、「異本」「又異本」として各三〇首前後が補足されている。陸奥で客死した実方への貴種流離的な興味から、説話の生成と相俟った形で編まれたもので、保元の頃までの成立とされる。

3、底本

本書の底本には、最大歌数を持つ（二）建治本系の冷泉家時雨亭叢書素寂本を用いた。但し、底本の片仮名表記を私に平仮名表記に変更し、若干の校訂を加えた。

素寂本は、久保木哲夫が時雨亭叢書解説で例示した三八「カスカニテヨメル」（かすみ）に加え、次のような箇所（傍線部）で、書陵部本（戊本）とは異なる本文となっている。（　）内は、戊本本文。

三八「えたわかぬ」（かはす）　四二「たつねそわふる」（いつる）　四七「ゆきわふるを」（はべる）

七四「とふにつけてそ」（つけても）　七八「しかのねならぬ」（ねながら）　一〇〇「おむなに」（を、なに）

一一六「つゆ」（つゐ）　二九六「あけての」（ありての）　三三〇「みるらむ」（あるらむ）

その他、底本の本文について問題がある場合は、補注で対応の説明をした。

三　実方の和歌について

実方は、拾遺集以下の勅撰集に六四首（勅撰作者部類）入集し、中古三十六歌仙に入る歌人である。その歌詠みとしての聞こえは、当代においても相当のものであったことは、『枕草子』八八段「まいて歌詠むと知りたる人のおぼろけならざらむはいかでか…」などの記述からも窺われる。大江匡房『続本朝往生伝』には、一条朝の歌人として「道信、実方、長能、輔親、式部、衛門、好忠」を挙げる。また周知の通り、百人一首には「かくとだにえやはいぶきの…」の歌が採られている。『明月記』の貞永二年（一二三三）三月二〇日の条に、月次絵巻二巻を中宮に献上した際の絵柄に、四月「実方朝臣」、八月「道信朝臣」の名が記されたという。道信とともに歌人としての評価は、院政期を通じても極めて高かったことが知られる。

実方の歌の多くは人事詠である。拾遺集以下、新勅撰集までの入集歌四四首を見ても、四季歌は夏二首に過ぎず、他は、恋一八首、雑一五首、哀傷五首、別二首、賀・旅各一首となる。当代の上層貴族とその周辺にあっては、当然の傾向とも言えようか。

具体的にその歌の背景を見れば、諸行事その他の折々に養父済時の小一条殿や白河殿が登場するように、後の済時女（宣耀殿女御娍子）周辺を含め、小一条の系脈が大きく関わっている。

抑も、実方の祖父師尹は、安和二年（九六九）三月、源高明失脚の後を受け左大臣に就任し、同年八月一三日、師貞親王（花山天皇）立太子時まで、東宮（円融）傅を兼任。師尹薨去後、済時は東宮亮、従三位に昇進。以降、右近大将を経て、天元五年（九八二）以降は、円融中宮媓子（兼通女）の後を受け中宮位に付いた関白頼忠女遵子の中宮大夫、皇后宮大夫を歴任している。

遵子と同じく天元元年（九七八）に入内した兼家女詮子との熾烈な争いは、続く花山朝では、東宮に詮子腹の懐仁親王が擁立され、「外孫を立坊させた兼家に抗して、済時が小一条の繁栄を窺うとすれば、冷泉皇統の擁立に懸けるしかない状況になった」（山口恵理子）。が、一条朝では再び、東宮（居貞）妃の兼家女（綏子）対、済時女（娀子）の形でさらに続く。

このような状況下、実方の詠歌の場は、基本的に小一条・冷泉皇統側にあり、兼家方とは自ずと疎遠であったと思われる。

『小右記』永延二年（九八八）一〇月条の、比叡山に向かう円融院が、実方を修行中の花山院に遣わした記事は、両院と実方の関係を窺わせる。本集一〇〜一四には、堀河院滞在中の円融院と交わした歌があり、これは天元二年（九七九）の退位前のことか（竹鼻）とされる。また集二六・二七に、正暦二年（九九一）二月一二日の院崩御時の追悼詠がある。

花山帝との密接な関係は、『小右記』永観二年（九八四）一〇月条には、これも大納言為光の娘忯子（道信姉）の入内に際し、実方が花山帝から忯子への文の使をしていることからも知られる。本集四一「九月庚申」の日の歌が、永観元年（九八三）九月八日の詠であれば、即位（同年八月二七日）以前の早くの詠、実方は二十六、七歳位となろうか。

寛和二年（九八六）六月一〇日に催行された内裏歌合は、四季十八題に「祝」「恋」の二題を加えた画期的なもので、義懐判、公任・長能を講師に惟成・能宣・道綱・道長・斉信・好忠ら、多様な面々が出詠した。実方の四首中、本集には三首（七五・七六・八〇）が収載されている。

他にも、六八「花山院ひが歌よまむとおほせられて」とする短連歌の付け合いのように、新奇な歌の試行の相手でもあったようだ。この短連歌の機知的な付け合いは、花山院以外にも義懐・宣方・為任・道長・道信らとも親しく交わされており、時期的にも数量的にも注目される。また時を限定出来ないが、探韻による漢詩の作法を和歌に持ち込んだ四二・三一〇なども、花山院周辺のある種の文芸意識の産物であろう。

内裏歌合の直後の六月二三日、花山帝の突然の退位・出家の折には、これを嘆く歌（二四）を詠み、道信とともに往時を追懐（二九）している。また、出家後の花山院の熊野参詣に因む歌（一六六）は、正暦二年末か三年初（今井源衛『花山院の生涯』）の詠となろうか。いずれも院への親近振りを示すものであろう。

花山院の異母弟、東宮居貞親王周辺との関わりも浅くはない。済時女の宣耀殿女御娍子が媒介であったか、御前での歌（一八九）の他に、実方の陸奥下向に際しては御製を賜っている。三条女蔵人小大君や、娍子女房の宰相君等との交歓も知られる。

一方、本集は、職掌を通じた同世代の男性同志の親しい交流の様を伝える。信（宣）方・通任・道信・経房・公任・道綱など、その多くが衛門府の中将などを歴任した武官たちである。母方の従兄弟の源信方とはほぼ経歴を同じくし、これも従兄弟に当たる小一条為任・通任もまた、個人的な事情に踏み込んで歌を交わす遠慮のない仲であった。藤原公任、道綱などとの屈託のない日常会話的とも言える機知的・遊戯的な和歌のやり取りは、当代貴族の若やかな一面を伝えるものであろう。義懐・信方・為任・道長・道信らとの短連歌の機知的な付け合いは、時期的にも数量的にも注目される。

その中で、道信との間に交わされた歌はやや異質である。共に臨時の祭の舞人を務めた永延元年（九八七）を振り返る「もろともに四位」（永延二年三月）になった後の贈答歌（五二・五三）や、正暦二年（九九一）二月、円融院崩御後に「ありし昔」を惜しむ贈答歌（二一五〜二一八）、「道信中将と、花山の御時を思ひ出でて」の一首（二一九）と、共に生きてきた折々の追懐が続く。さらに、「道信の中将と世のはかなき事を言ひて、又の日、雉を遣るとて」の詞書を持つ、「立つ雉の上の空なる心地にも逃れがたきは世にこそありけれ」（七一）からは、二人が、過ぎていく時間、無常の世に思いを致しあう無二の親友だったことが知られる。七七は、自選かとされる集の基幹部分にある、亡き道信を「ひとり」偲ぶ歌である。

道信の詠風について論じた安藤太郎氏は、「公任の保守性に対し、道信の平明、自由解放的な証言、個人の率直な告白、浪漫性は実方の作風に近く」と実方に言及している。

が、総じて実方の本領は、やはり衛門府の武官や後宮女房たちとの、洒脱な会話とも言える歌の交換、即興的な贈答歌にあると言えよう。同音反復・くり返し表現により一定のリズムを刻むと同時に、掛詞・縁語、対語の多用が目立つ詠みぶりは、道信・兼澄にも見られる傾向（徳植）でもあるというが、家集五七～六九に見られる一三首に及ぶ短連歌は、その延長線上に展開したものであろう。古今集的表現を熟知した者同士の「ことば」の共通理解、和歌的観念の共有が基盤にあって、初めて可能であったものと思われる。それは、詠歌の手引き書とも言われる「古今和歌六帖」の分類題のような形でも整理されつつあった。

済時に名簿を献じていた源重之（後拾遺・雑三）は、実方の陸奥下向に同行し現地で没した。重之は、東宮の下命により、百首歌（藤原氏に圧倒された諸氏の沈淪訴嘆の具と言われる好忠を嚆矢とする初期百首歌に連なる）を物しているが、実方がそのような形態に依るはずもなく、その歌はあくまで上層貴族の日常詠であり、当代和歌の一般的なあり方を示すものであろう。後の貴種流離の線に沿う説話化・浪漫化は、その意味でも実方の歌の本質に叶うと言えようか。長徳三年頃成立した藤原公任撰の「拾遺抄」（八九・一八九　入集）、あるいは実方没後に展開された公任の歌論「新撰髄脳」「和歌九品」や秀歌選は、より端正な古今風の美的理念を追求するものであった。見てきたような和歌的状況への批判とも、公任の本領発揮とも言える展開ではあった。

四　陸奥下向と説話化

在五中将業平に通じる「中将」の陸奥下向は、実方の客死により「東国流離の悲話」として受け止められ、やがて実方説話とも言うべきさまざまな逸話が生まれた。例えば、藤原行成と殿上で口論しその冠を投げ棄てたことから、一条帝の逆鱗に触れ、「歌枕見て参れ」と命ぜられたとする話（古事談二・十訓抄など）。また、これを受けた形で奔放不羈な人物像が思い描かれ、あるいは陸奥の名所歌枕に関わる説話が伝わる。「阿古屋の松」の所在を探しあぐねる話（俊頼髄脳・無名抄・古事談二など）や、端午の節句に菖蒲ならぬ「安積の沼の花かつみ」で葺かせたという話（今鏡十・古事談二・無名抄など）等々が語り継がれた。社前を下馬せずに通り神の怒りを買った（源平盛衰記七）という笠島道祖神社（宮城県名取市愛島）には、実方の墓なるものが伝わると言う。

（久保木　寿子）

【主な参考文献】

木船重昭『実方中将集小馬命婦集注釈』（大学堂書店　一九九三）
竹鼻績『実方集注釈』（貴重本刊行会　一九九三）
犬養廉・後藤祥子・平野由紀子校注『平安私家集』新日本古典文学大系28（岩波書店　一九九四）
池田亀鑑「藤原実方論」（『短歌研究』一九三六・九）→『日記・和歌文学』（至文堂　一九六八）
岸上慎二「藤原実方の家集について」（『語文』10　一九六一・四）、「藤原実方について―平安の一貴族として―」（『和歌文学研究』12　一九六一・九）→『枕草子研究（続）』（笠間書院　一九八三）
竹鼻績「実方中将集について」（『言語と文芸』22　一九六二・五）
福田幸子「藤原実方考」（『文学論藻』39　一九六八・六）
山口恵理子「藤原実方―その陸奥下向をめぐって―」（『国文目白』一九七八・二）
仁尾雅信「書陵部蔵『実方中将集』（桂宮戊本）について―藤原実方集伝本研究（一）―」（『国文学攷』75　一九七七・九）
仁尾雅信「実方集己本の歌物語化志向とその形成」（『山辺道』26　一九八二・三）

栗脇晶子「藤原実方歌の特色」(『語文』(日本大学) 55　一九八二・七)
北村杏子「藤原実方雑考」(『青山学院女子短大紀要』33　一九七九・一二)
北村杏子「小右記における藤原定方をめぐって」(『平安文学研究』63　一九八〇・七)
山口恵理子「藤原実方─その実像・交友関係の側面から(一)─」(『国文目白』19　一九八〇・二)
仁尾雅信「実方集原型甲本の形態と編纂意図─清少納言との関係─」(『講座平安文学論究　二』風間書房　一九八四)
竹鼻績「建治本実方集について─根幹本A部の問題を中心として」(『日本文学の視点と諸相(山岸徳平先生記念論文集)』一九九一)
増淵勝一『平安朝文学成立の研究　韻文編』(国研出版　一九九一)
徳植俊之「藤原実方の和歌」『平安朝文学　表現の位相』(新典社　二〇〇二)
河本明子「実方集丙本─道信との関わり」(『平安文学新論』風間書房　二〇一〇)
徳原茂実「清少納言と藤原実方との贈答歌について─歌語「かはらや」を糸口に─」(『武庫川国文』76　二〇一二・一一)
河本明子「『実方集』流布本考─連歌群に着目して」(『国文』119　二〇一三)
田中智子「古今和歌六帖と実方集─古今和歌六帖の享受の様相─」(『言語文化』(四国大学) 15　二〇一七・一二)

大弐高遠集

一　大弐高遠について

藤原氏摂関家流。清慎公小野宮実頼孫、参議右衛門督斉敏《ただとし》男。母は播磨守尹文《まさぶみ》女。小野宮右大臣実資は同母弟。佐理・公任は従兄弟。天暦三年（九四九）～長和二年（一〇一三）五月一六日（『小右記』。没年日に異説あり）、六十五歳。因みに『御堂関白記』長和二年五月一七日の条に、「通夜深雨、天晴、従午後時々雨、以大内記為清宣命草持来、此日諸社祈念穀奉幣、春宮大夫行之、前大貳高遠入滅云々」、『中古三十六人伝』には、没年に異同が見られる。どうやら筑前守藤原文信に拠る訴状で太宰大弐を解職されたことが伝わり、寛弘二年（一〇〇五）太宰大弐となったので、「大弐高遠」と称す。もとより摂関家流の高遠と、長良流の文信とは比べものにならないことは言うまでもない。

高遠を取り巻く不思議な逸話は、『今昔物語集』巻一五「義孝少将往生語第四十二」に、「右近ノ中将藤原ノ高遠ト云フ人有ケリ義孝ノ少将ト得意ニテナム有ケルニ夢ニ故義孝ノ少将ニ値ヌ高遠ノ中将此レヲ見テ極テ喜《ウレシ》ク思テ君ハ何コニ御スルゾト問ケレバ義孝ノ少将答テ云昔ハ契シキ蓬莱ノ宮ノ裏ノ月ニ今ハ遊ブ極楽界ノ中ノ風ニト」と掲載され、『日本往生極楽記』『江談抄』にも記される。

夢に関する逸話はこれに留まらず、『袋草紙』上巻にも「年卅ばかりなる女人が青色の紙の書を捧げて示した賀茂神歌　ゆふだすきかくる袂はわづらはし解けばゆたかにならんとをしれ」を承け、大弐を拝任すること、同『袋草紙』上巻にも「高遠卿、ふるさとへゆく人もがなつげやらんしらぬ山路にほとりまどふと　薨去の後、忌に籠れる僧の夢にこれを見る」「死後、蛇道に落つるの由を示して　奥山のゆくへもしらぬ山中にあはれいく世をすぎむとすらむ」などと見える。

他にも、「花山院の歌合に出す歌を曽禰好忠に詠ましむこと」など、種々の逸話が多い。

高遠は笛の名手で、笛に関する話として、『続古事談』巻一・一九に「一条院、主上の御笛に感ぜられ、主上の笛の師右衛門督高遠朝臣に三位をゆるされたこと」とある。また、「主上令吹御笛給。御笛師右兵衛督高遠叙三位。被賞其妙曲也」（『百錬抄』永祚二年正月一一日）の記事が『小右記』『枕草子』にも見える。

『拾遺和歌集』以下の勅撰集に二七首入集。中古三十六歌仙の一人。代表歌としては「逢坂の関の岩かど踏みならし山たちいづる桐原の駒」（拾遺集・秋）や、上陽人の句題を詠んだ「恋しくは夢にも人を見るべきに窓打つ雨に目をさましつゝ」（後拾遺和歌集・雑三）などがある。

二　高遠の和歌について

早くは康保三年（九六六）閏八月一五日の『内裏前栽歌合』に「女郎花匂へどあだに思はぬにのどけき月の影にかくれむ」、翌四年二月二八日に小野宮左大臣実頼が月輪寺での歌会「翫花」に「山風に散らで待ちける桜花けふぞこぼれてにほふべらなる」の詠が見える。

高遠の和歌は、あえて分類するとすれば、前半は太宰府赴任までの宮廷官人としての営為で概ね編年的、後半は聊か雑纂的となっている。しかし、そう単純ではない。言うまでもなく太宰府赴任は宮廷行事の重要な除目だが、高遠は往還の途次に、歌枕に言寄せて詠作する。また花山院・小野宮実頼や後宮女房たちと数多くの贈答を交わす。

①宮廷官人としての詠作

花山院・小野宮実頼・木工蔵人・実方男・右大臣顕光・民部大輔・四条大納言公任・清原元輔

②女房や女童との贈答

藤壺女童・堀河中宮中納言君・色好法師女・堀河中宮重陽菊女房十人贈答

・承香殿女房・堀河中宮馬古曽・右近女蔵人・少弐尼・尼一品宮

ここでは特に「堀河中宮重陽菊女房十人贈答（六五〜八六）」を挙げる。堀河中宮の御前で、女房たちが各自詠みかける十首の歌に、即座に十首返歌したもので、当意即妙の才が窺える。

女

銀も黄金の色に差し紛ふ玉の台の花にぞ有ける（八一）

返

色も香も宝なればや菊の花夜なく露の隠し置く乱（八二）

女

誰ことに植へてけるかな百敷きの大宮に咲く千代と聞く花（八三）

返

九日の九重に咲く花なれば久しき時の麗にを見よ（八四）

③女に遣る歌

「心許さぬ女」「妊婦」「清げなる人」「昔の女」「或女」「女房」

④女に代作

「家にある女」「或女」「ある人の知りたりける女」

⑤属目・属耳、時宜に叶った歌、月次歌

「山吹」「霜枯れの菊」「凍る松枝」「粉河参詣に妹背山」「つくつく法師」「戸奈瀬の紅葉」「大堰の紅葉」「博多波懸の雁」「筑紫下向の卯花」「太宰府の梅」「蟋蟀」「神無月前の時雨」「枝の鶯巣」

⑥歌枕・名所

「須磨」「筑紫住吉神」「安芸岩出山」「木丸殿」「垂玉の橋」「風早」「長浜」「生の松原」「蓑生浜」「二見浦」「鳴尾」

⑦題詠・物名

「十題」「三月晦七首」「浜にて貝合」「瀬田橋本六題」「花橘（物名）」「花柑子（物名）」

⑧句題

「白氏」「元稹」「長恨歌・楽府句題二十首」「長恨歌句題十六首」「劉禹錫」

或人の、長恨歌、楽府の中に、あはれなることを撰び出だして、これが心ばへを、廿首詠みて遣せたりしに

養在深窓人未識

唐櫛笥開けてしみれば窓深き球の光を見る人ぞ無き（二五五）

一閇上陽多少春

幾許の年積む春に閉じられて花見る人になりぬべきかな（二六五）

同長恨歌に、あはれなる事ありしを書き出で丶、歌十六を詠み加へて遣る、

三千寵愛在一身

我独りと思ふ心も世の中のはかなき身こそ疑はれけれ（二七五）

⑨屛風歌

「彰子入内屏風」

春の初めに、松の木の傍に梅花咲ける所に

折りてくる梅の初枝の花ならで松のあたりに春を見ましや（二一五）

山川にて、月見る人あり

見る人の心も行きぬ山川の影を宿せる春の夜の月（四一）

⑩長歌

「筑紫へ下向」「筑紫より上洛・反歌」

こうして高遠の和歌を分類してみると、宮廷生活の内外での贈答の多さが目に付く。それ自体は宮廷官人として特に異例の事ではないが、やはり太宰府への赴任に関する長歌とそれに基づく往還での歌枕・名所についての詠歌、長恨歌・楽府に関する詠歌が見られることがその特徴として挙げられよう。

三　高遠集の伝本について

「大弐高遠集」「高遠大弐集」「太宰大弐高遠卿集」などの呼称をもち、高遠晩年の自撰である可能性が高い。内容は三七四首の和歌、太宰府往還の際の長歌二首、他本からに追録歌二七首から構成されている。贈答歌を中心として、述懐や月次歌、「長恨歌」や「上陽白髪人」などの詩句題など、多様な歌が収録されている。

『私家集伝本書目』および国文学研究資料館データベースに拠ると、主要な伝本は

①冷泉家時雨亭文庫蔵本真観本（時雨亭叢書『平安私家集十二』）

②書陵部蔵御所本（五〇一・一九〇）『私家集大成』『新編国歌大観』

③書陵部蔵谷森本（三五一・四二三）
④岡山大学池田文庫本（P九一一・一四七）土肥経平本
⑤大阪市立大学森文庫本（九一一・一三八・IZU）

この他、小川寿一蔵本・田中忠三郎蔵本・小沢蘆庵筆本など所在不明本、定家筆古筆切や和泉式部続集に付された定家筆『高遠大弐集』題簽を有する定家筆本が存在したらしい。また抜萃本として、続扶桑拾葉集本・八洲文藻本がある。

①冷泉家時雨亭文庫蔵本は、鎌倉中期の書写になる真観本で、②御所本の直接の親本と考えられている。②御所本は真観本の江戸初期書写本であるが、諸々の事情により、本大系の底本とした。該本には朱・墨の校合がなされ、朱筆校合は③谷森本と同系統。②御所本は巻末に「他本」として二七首が追録されているが、③谷森本には無い。

本文の校訂は次の通りに行った。底本は②書陵部蔵御所本（五〇一・一九〇）とし、歌番号は②翻刻の『新編国歌大観』に拠り、①時雨亭文庫本で校合した。冷泉本は『平安私家集十二』掲載（解題は田中登）、本作業は中川博夫編『大弐高遠集注釈』で確認を行った。

（佐藤　雅代）

【参考文献】

①堀部正二「大貳高遠集」（『中世日本文學の書誌學的研究』全國書房・一九四八↓臨川書店・一九八八復刻↑國學院雑誌・一九三九）
②『私家集二』解題（桂宮本叢書・養徳社・一九五一）

③有吉保「大弐高遠の家集」(『新古今和歌集の研究　続編』笠間書院・平一九九六←古典論叢3・一九五一)
④吉田幸一『和泉式部集定家本考(上・下)』(古典文庫・一九九〇)
⑤川村晃生「中古歌仙三十六人伝―翻刻・校異・解題」(『王朝の歌と物語　国文学論叢　新集　一』桜楓社・一九八〇)
⑥黒板伸夫「太宰帥小考―平惟仲の補任をめぐって」(『摂関時代史論集』吉川弘文館・一九八〇)
⑦名子喜久雄「『藤原高遠略伝』試稿」(『平安時代の和歌と物語』桜楓社・一九八三)
⑧中西進「和歌的抒情と漢詩世界―「長恨歌」について」(『日本文学講座　詩歌Ⅰ(古典編)』大修館・一九八八)
⑨武田元治「むとせにみつ(『高遠集』)」(解釈4号・一九九〇年四月)
⑩山田洋嗣「大弐高遠集「他本」の周辺」(福岡大学日本語日本文学16号・二〇〇六年一二月)
⑪『平安私家集十二』解題(田中登執筆)(時雨亭叢書64巻・朝日新聞社・二〇〇八)
⑫田渕句美子「『夫木和歌抄』における名所歌―日記・紀行を中心に」(『夫木和歌抄　編纂と享受』風間書房・二〇〇八)
⑬田坂憲二「太宰府への道のり―『源氏物語』と『高遠集』から」(『王朝文学と交通』竹林舎・二〇〇九)
⑭中川博夫『大弐高遠集注釈』(私家集注釈叢刊17・貴重書刊行会・二〇一〇)

その他、

『私家集大成』(明治書院・一九七三)
『日本古典文学大辞典』(岩波書店・一九八三～一九八五)
『新編国歌大観』(角川書店・一九八三～一九九二)
『和歌文学大辞典』(古典ライブラリー・二〇一四)などの辞典類参照。

道命阿闍梨集

一　道命阿闍梨について

道命阿闍梨は、天延二年（九七四）～寛仁四年（一〇二〇）七月四日、四十七歳。法諱、道命（道明とも）。大納言藤原道綱第一男、母は中宮少進源広（一説、源近広）女。

永延元年（九八七）比叡山に上り、天台座主良源（一説、尋禅）の弟子。尋禅は藤原師輔男という。慈恵大僧正に師事。法華経を受持す。その後、長保三年（一〇〇一）総持寺阿闍梨、晩年には長和五年（一〇一六）天王寺別当。嵯峨法輪寺に住す。三保サト子「法輪寺の道命阿闍梨」に拠れば、「道命は凡そ長徳から長保にかけての頃、縁あって法輪寺に住房をもつことになったらしい」とする。

幼少より花山天皇に近侍し、赤染衛門、藤原公任・定頼親子、藤原保昌らと交流したことが『今昔物語集』巻一二「天王寺別当、道命阿闍梨語第三十六」に掲載されている。三保サト子「道命阿闍梨伝考—晩年の軌跡」に拠ると、「定頼が車の中に冠を落としてしまった。翌日、その冠をかえすに当たって、ある人が詠んでやった歌が一〇六「かくれたる」歌である。「人の」とあるので、道命とは別の誰かの作である。返歌は、冠の音落とし主である定頼のものと解される」のである。また、同話に「法華経を誦する、その声微妙にして、聞く人首《かうべ》を低《かた》ぶけ不貴という事無し」とあるように、声が素晴らしいという。また、同じ話には、法輪寺にて法華経を誦する時、金峯山の蔵王・熊野権現・住吉大明神・松尾大明神などが来りて毎夜聴聞するという。さらに『日本法華験記』巻下には「法華経により、病女に附きしその夫の悪霊が天上に生まるるを得て、女の病も癒ゆ」「日本国中、雖有巨多持法華人、以此阿闍梨為最第一、聞此経時、離生々業苦善根増長、仍従遠處毎夜所参也」という。悪霊以外でも、道命が書写山に登りて法華経を誦するに、性空聖人が泣く泣く聴聞したこと、和泉式部の許にて法華経を読誦するに、五条道祖神も聴聞したという説話がある（『元亨釋書』巻一九「霊怪篇」にも）。

また、道命の交友については、和泉式部との恋愛譚として『宇治拾遺物語』巻第一「道命阿闍梨於和泉式部之許読経五条道祖神聴聞事」には、「今はむかし、道命阿闍梨とて、傅殿の子に、色にふけりたる僧ありけり。和泉式部にかよひけり」と、まるで破戒僧であるかのように述べられているが、その実証は無い。おそらくは好色の和泉式部が「色にふけりたる」と評判の道命阿闍梨と組み合わされたものか。『梁塵秘抄』巻第一には「和歌に勝れてめでたきは、人丸・赤人・小野の小町・躬恒・貫之・壬生忠岑・遍昭・道命・和泉式部」などと、説話化される。『古今著聞集』巻八（好色第十二）に次のように見える。

道命あざりと和泉式部と、ひとつ車にて物へ行けるに、道命うしろむきてゐたりけるを、和泉式部「などかくはゐたるぞ」といひければ、

よしやよしむかじやむかじいが栗のえみもあひなば落もこそすれ

（初・二句に「おそろしやむきともむかじ」の傍記）

また、『古今著聞集』巻十八「道命阿闍梨そまむぎの歌を詠む事」にも、

道命阿闍梨、修行しありきけるに、山うどの物をくはせたりけるを、「これはなにものぞ」と問ければ、「かしこにひたはへて侍るそまむぎなむこれなり」といふきゝて、よみ侍ける、

ひたはへて鳥だにすへぬそまむぎにしゝつきぬべき心ちこそすれ

など、日常生活に根差した歌も見える。

二　道命阿闍梨集の和歌資料の伝存について

道命阿闍梨の和歌資料については、田中新一が稲賀敬二の『私家集大成』解題を引用して報告している。詳述しないが、詞書などは道命の自記を伝えているとおぼしく、重出歌の多さや歌順の年時混在など、道命自撰を疑わせるような部分も目立つ。

さらに、田中新一は、道命阿闍梨集が現状にまで成長した過程として、次の三段階を推測する。ただし、その前提条件として、いずれも道命の自撰とは見るものの、明確にして整然たる家集編集意識は乏しいとした上で、

一、道命は、比較的早い時期の歌（恐らく寛弘年代になる前の歌）を纏めることがあった。それは、早くより在住した法輪寺を離れ、その法輪寺時代を懐かしく回想できるようになった頃の編集と思われる。（家集冒頭三九首）

二、　その後、道命はしばしば法輪寺に帰り住むが、その寛弘年代における各種歌稿が雑纂的に抜き出され、右の第一次家集に付け加えられることがあった。（前半部二一〇首前後までの家集）

三、別途に、道命には何らかの目的を以て寛弘年代の歌稿を用いて年時順に抄出配列したが、それが後人によって全集に無作為に付加された。為に多くの重出歌を生み出す結果となった。（後半部までを加えた現存家集形態）

とする。

続いて、萩谷朴『平安朝歌合大成』などで「傅大納言道綱の歌合」とは「或所の歌合」と同じ歌合を指すと共に、それは「寛弘六年冬開催の大納言道綱歌合（和歌合略目録）」であると限定したり、この歌合に続く「定頼の少将」詞書にある歌を寛弘七年三月の石清水八幡宮の臨時祭の折の詠と推定する。併せて勅撰集・私撰集などの所収歌の検証に拠って、「家集に二五九首及び連歌九首、勅撰集により追加二四首、私撰集により追加三首、他の平安朝期諸書より追

加四首（栄花一首・定頼集三首）の早計二九〇首及び連歌九首という。その殆どは自撰と目される部分の多い家集にこめられ、追加分も平安朝の諸書に収録されたものであり、平安朝期にはかなり伝承残存していたと思われる道命歌稿であるが、中世に入るや家集以外は急速に消滅して行った跡が顕著である」という。

三　道命阿闍梨集の伝本および和歌内容について

家集内容は、全歌三一二首、短連歌八首より成る。異本によって「以他本書加畢」誤脱五首という歌を補足し、短歌一首を連歌と認定したので、全歌数三二〇首。

『私家集伝本書目』および「国文学研究資料館データベース」に拠ると、現存伝本は

①宮内庁書陵部蔵「道命阿闍梨集」（五〇一・一七六）

②同書陵部蔵「道命法師集」（五〇一・七一〇）

③冷泉家時雨亭文庫蔵承空自筆本「道命阿闍梨集」（『承空本私家集　中』所収）

④京都女子大学谷山茂旧蔵「道命法師集」（伝岩崎美隆旧蔵）

本書の底本は①宮内庁書陵部蔵「道命阿闍梨集」（五〇一・一七六）としたが、末尾に「本云」という抹消五首が添えられている。同時に、『新編国歌大観』及び『私家集大成』の底本は、本書底本の①であるが、その親本は③冷泉家時雨亭文庫本とされる。

本書の歌番号は『新編国歌大観』に拠り、時雨亭文庫本で校合を行った。なお、冷泉本は片仮名書き。本作業は三保サト子編『道命阿闍梨集（本文と総索引）』で確認を行った。

道命の歌は、『後拾遺和歌集』以下の勅撰集に五七首入集するが、伝存する道命阿闍梨集に見当たらない歌もある。

代表歌に「筆の浦に立つ白浪をよそ人は毟りかけたる綿かとぞ見る」（八六）・「花見にと人は山辺に入りはて、春は都ぞさびしかりける」（後拾遺・春上・一〇三）などの詠が見える。

『花山院歌合』での出詠、花山院哀悼歌などの他、多くの贈答を含み、法輪・山寺の詠、熊野・鞍馬・清水での草庵生活での自然の景物を詠じている。景物では桜花・時鳥、季節は春・五月詠が多く、広範囲な生活の中で自由に詠んだ作が見られる。この素材の取り扱いについても、伝統的な把握の仕方と異なっているようである。例えば「時鳥」では、宇佐美眞論文を引き、「鳴かぬ時鳥」の用例から、「道命の鳴かぬ時鳥歌が八代集で三首採られたのは、山里暮らしなればこそ表現できる実感がその時鳥歌にはあり、それが選者によって高く評価されたからであると想定される。また古今集一六一番（躬恒）歌「ほととぎすこゑもきこえず山びこはほかになくねをこたへやはせぬ」を本歌とする歌を時鳥歌群の初めに置く場合、道命歌を添えることはそれへの批評の拠り所ともなり、時鳥に縁深い山里の情緒を盛ることにもなる」とした上で、「道命の三首の時鳥歌には、山里志向の風流が色濃く反映されているのである」と、結論付けている。「時鳥」については、待つ時鳥から始まり、忍び音、初声を聞き、盛んに鳴く、五月雨の中の時鳥など、季節の進行に沿って配列されている。恋歌では飛び回る時鳥に浮気な男に喩えられ、鶯などの巣に卵を産み付け、子を育てさせる托卵など、万葉集・巻九に既に見えるが、道命は「山里の情緒」を詠ずるのである。

しかし、その一方で、花山院への哀悼の気持ちを十二分に籠めて詠じながらも、「忘るなよ忘ると聞かばみ熊野の浦の浜木綿恨み重ねん」（九一、後拾遺・雑一「熊野へまいるとて、人の許に言ひつかはしける」）や「名に立てる錦の浦に来てみればかづかぬ海人も少なかりけり」（八三、後拾遺・雑四「錦の浦といふ所にて」初句「名に高毛」）など、軽妙で遊戯的な詠歌態度（あるいは皮肉とも）は彼の詠歌の特徴と言えよう。

また、長恨歌を詠んだ題詠歌（「長恨歌の歌、人の詠み侍るに」三〇一～三〇三、「長恨歌の、帝の元の所に帰り給ひて、虫どものなき草陰に、荒れたるを御覧じて、泣き給ふ所に」三一一〜三一四）は注目される。

その中で特記すべきものとして、やはり上記の家集三一一番歌『長恨歌』の世界を詠じた「ふるさとはあさぢが原と荒れはてゝ夜すがら虫の声のみぞする」（後拾遺・秋上「長恨歌の絵に玄宗もとの所に帰りて虫ども鳴き、草も枯れわたりて、帝歎き給へるかたある所をよめる」）について述べてみたい。

この歌は『宝物集』第一に採入、「唐の玄宗皇帝の、楊貴妃と申后に思ひつきて、国の政をば、楊貴妃の小舅成ける楊国忠といふ人に預けて、朝政をもしたまはざりければ、安禄山と云人、此事をいきどをりて、数十万騎の兵を集て、楊国忠をころしつ。此事の源をいへば、楊貴妃の咎なりとて、楊貴妃をも殺してげり。此間は、心うく悲しき事共おほく侍るなり。長恨歌と申文に、こまかには申たるなり」と記されている。

もとより『長恨歌』は、唐の玄宗皇帝と寵妃楊貴妃の愛情を詠じたものである。それは亡き楊貴妃を思って悲しむ玄宗の長恨を主題としている。しかし、作品中には玄宗・楊貴妃をどこにも明言していないが、「楊家の女、驪宮」とあるから、玄宗と楊貴妃のことになろう。こういう手法を取った理由は定かではないが、もとより玄宗六十歳、対する楊貴妃二十七歳、しかも息子の嫁であった妃を略奪したのだから、素材そのものは甚大な事件である。しかし、その事件を詠み上げた作品『長恨歌』が我が国で盛んに受け入れられたのは不思議と言える。極めて感傷的、かつ浪漫的に享受されているのである。

三一一歌について、『柏木釈』（柏木由夫「『道命阿闍梨集』注釈（一〜一〇）、以下『柏木釈』）は近藤みゆき論文を引用し、「長恨歌を題とした和歌は、道命集のほかに伊勢集・高遠集・道済集に見える」とする。「あさぢがはら」「むしのねをのみぞなく」の用例として、「浅茅生の秋の夕暮なく虫は我がごと下に物や悲しき」（後拾遺・秋上・平兼盛）・「憂かりしに秋は尽きぬと思ひしを今年も虫の音こそなかるれ」（金葉・雑下・康資王母）を引く。詩題「多秋草落葉満階紅不掃」「夕伝蛍飛思悄然」をそれぞれ詠じている。

三〇一歌「ありとだにいかでき丶けんまどの中に人にしられでとしへたる身は」は、『柏木釈』に山崎誠「平安朝の和歌・物語と長恨歌―伊勢集・高遠集・道済集・道命阿闍梨集及び宇津保・源氏物語をめぐって」を引き、「ありとだに聞くべきものを」の用例として「ありとだに聞くべきものを会坂の関のあなたぞ遥けかりける」（後撰・恋五・読人不知）を拠るとする。詩題「養在深閨人未識」を詠んだもので、『長恨歌』の内容を和歌で表現するという歌会が歌人たちによって催され、それに道命が参加したと考えられる。以下、『長恨歌』の世界を扱ったものに、

三〇二歌「おもひきやみやこのくものうへならでこ丶ろそらなる月をみむとは」は、『柏木釈』は「こ丶ろそらなる」の用例として「春霞立つ暁を見るからに心ぞ空になりぬべらなる」（拾遺・別・読人不知）を引く。詩題中の「行宮見月傷心色」を詠じたものである。

三〇三歌「みにだにもみじとおもひし所しもなみだむせびてゆきもやられず」は、『柏木釈』に「みにだにもみじとおもひし所しも」の用例として「忘れ草摘む人ありと聞きしかば見にだにも見ず住吉の岸」（和泉式部集）、「ゆきもやられず」の用例として「行くと来と見れども飽かぬ秋の野はゆきもやられずとまるともなし」（伊勢集）を引く。詩題「馬嵬披坡下泥土中　不見顔空死處」「到此躊躇不能去」を詠じたものである。

（佐藤　雅代）

【参考文献】

①『私家集二』解題（桂宮本叢書・養徳社・一九五一）
②『道命阿闍梨集』解題（私家集大成・明治書院・一九七三）
③三保サト子『道命阿闍梨集　本文と索引』（和泉書院・一九八〇）
④『承空本私家集　中』解題（新藤協三執筆）（時雨亭叢書七〇巻・朝日新聞社・二〇〇六）

＊

①山崎誠「平安朝の和歌・物語と長恨歌　―伊勢集・高遠集・道済集・道命阿闍梨集及び宇津保・源氏物語をめぐって」（『中世文芸』四九・一九七一）
②山本節「道命と和泉式部の説話　―両者の交会と下品の神の出現をめぐって」（国語と国文学五七―三号・一九八〇・三月）
③田中新一「道命阿闍梨の和歌資料についての考察」（愛知教育大学「国語国文学報」四一号・一九八四）
④三保サト子「道命の歌　―道綱母と花山院の存在を通して」（仁愛女子短大紀要一七号・一九八六）
⑤三保サト子「道命法師伝考　―飯室妙香院をめぐって」（『源氏物語の内と外』風間書房・一九八七）
⑥三保サト子「法輪寺の道命阿闍梨」（島根女子短大紀要二六号・一九八八）
⑦柴佳世乃「西行と法輪寺　―道命との関連において」（お茶の水女子大学国文八二号・一九九五）
⑧宇佐美眞「道命阿闍梨の時鳥歌　―鳴かぬ時鳥の歌をめぐって」（宮城教育大学国語国文二五号・一九九七）
⑨三保サト子「道命阿闍梨伝考　―晩年の軌跡」（『論集　平安王朝の文学　―一条朝の前と後』新典社・一九九八）
⑩柏木由夫「『道命阿闍梨集』注釈（一〜一〇）」（大妻女子大学紀要　文系四三〜五二・二〇一一〜二〇二〇）
⑪中川真弓「『宝物集』往生人列挙記事と道命阿闍梨」（『論集　中世・近世説話と説話集』和泉書院・二〇一四）
⑫柏木由夫「道命阿闍梨と恋歌　―好色説話の周辺」（上）（大妻国文四七号・二〇一六）
⑬同「道命阿闍梨と恋歌　―好色説話の周辺」（下）（大妻女子大文学部人間生活文化研究二六号・二〇一六）
その他、
『日本古典文学大辞典』（岩波書店・一九八四）
『新編国歌大観』（角川書店・一九八五）
『国史大辞典』（吉川弘文館・一九八九）
『国書人名辞典』（岩波書店・一九九九）
『和歌文学大辞典』（古典ライブラリー・二〇一四）などの辞典類参照。

能因集

一　能因について

能因は旅の歌人として知られる。中古三十六歌仙に数えられ、百人一首にも選ばれている。和歌について、人となりについて、逸話として語り継がれている。その人間能因の姿を、歌そのものに即して見て行こう、とした。彼には上中下三巻からなる自撰家集『能因集』があり、二五六首の歌がおおよそ年代順に配列されている。この集は最晩年の能因が精魂傾けた最後の著作と思われる。すぐれた作品である。たとえば、十余年前に陸奥国から連れて来た愛馬が亡くなったことをモチーフとする連作で始め、馬との別れを暗示する二首の歌で結ぶ伊予下向歌群（家集・下・二〇八-二四七）は、『伊勢物語』九段「東下り」の歌「名にし負はばいざ言問《ことと》はむ都鳥わが思ふ人はありやなしやと」を連想させる歌から始まり、四五段の「暮れがたき夏の日ぐらしながむればそのこととなくものぞ悲しき」詠と響き合う歌で終わるという、『伊勢物語』との関係において首尾照応した、見事な構成を成している。

この自撰『能因集』に沿って能因の実像に迫ろうとした。その際、花山院の『拾遺和歌集』編纂に協力した、能因の師、藤原長能の上総介任（『中古歌仙三十六人伝』）正暦二年（九九一）から、能因を先達と仰ぎ、『後拾遺和歌集』前夜を生きた和歌六人党との交流から生まれた能因の最終詠、永承七年（一〇五二）までを射程に収めて、能因という人がいかに生き、その軌跡をいかにとどめようとしたのかを浮き彫りにするよう努めた。

1、馬寮という場

死んだ陸奥の国産まれの愛馬に対する限りない哀惜の情を示した歌（下・二一〇）、伊予での馬との別れを詠《うた》った歌（下・二四七）に続いて、能因と藤原保昌（中・七七）や藤原兼房（下・二一七）との交友を見た。彼らの在りかたは、歌を作るということの、人生にとっての意味を考えさせる。能因がその死に対して二首追懐の歌を詠んだ保昌は、『能因集』に最初に登場する呼称が馬寮《めりよう》長官「馬頭保昌《むまのかみやすまさ》朝臣《あそん》」であり、能因の死を悼んで心に残る秀歌を詠んだ兼房も、能因との最初の出会いは馬寮の官を通じてであった。能因と彼らとの最初の出会いは、雅交を目的とするものではなかった。それが馬寮という共通の場における日常の関係をもとにして、時を重ねる内に、心の奥底で共感するものが生まれ、風雅の友として、歌を詠み交わすようになっていった。この能因と、その妻和泉式部（中・一三〇）を含めての保昌や、兼房との交遊は、文学が人と人とをその最も深いところで結びつけるものであることを教えてくれる。

2、文章生時代の知友

能因は心通わせうる友を、場を多く持っていた。彼は長暦四年（一〇四〇）春から寛徳二年（一〇四五）春まで伊予の国（愛媛県）に生活基盤を置いていた（下・二〇八－二四七）。しかし、何故、五年もの長きにわたって、伊予国に住み続けたのであろうか。思いめぐらすに、長暦四年春に藤原資業（下・二三二）の伊予守赴任に従って下向した折りは、遠江守大江公資（中・八八）を頼って遠江へ、美濃守橘義通（下・一八四）を頼って美濃に旅をしたような感覚で下っており、そこに長く滞在しようとは考えていなかったのであろう。しかし、彼が伊予下向する折りに都で存生の旧知は多くなかった。彼はそれまでに多くの旧知を亡くしている。四十歳足らず年長の歌の師、藤原長能（下・二四二、寛弘六年（一〇〇九）没か）、三十歳ほど年長の、兄事した大江嘉言（上・三六、寛弘七年没）、五十歳余年長の、源為善大叔父観教（上・一八、寛弘九年没）、二十歳ほど年長の、為善従弟《いとこ》、先達源道済（中・九九参照、寛仁三年（一〇一九）没）、後に能因の愛馬となった陸奥産の馬を贈った、歌人相模（中・九九）の叔父慶滋為政（中・一〇四、下・二一〇参照、長元五年（一〇三二）三月二七日以前没）、姻戚関係にあった橘則長（中・一〇〇、長元七年没）、そうして先にふれた三十歳年長の藤原保昌（長元九年没）。

能因が深い交友を結んだこうした人々は、歌の師、長能と僧観教を除いて、じつは、すべて嘗て文章生であった人々である。武勇で聞こえる保昌も、『今昔物語集』に「兵《つはもの》ノ家ニテ非ズ」とあるように、曾祖父菅根は式部大輔・文章博士、祖父元方は朱雀天皇侍読、父致忠も文章生であった。保昌自身も文章生の可能性もある。家門に漂う雰囲気もあり、学問、文章の素養は深かったであろう。文章生の数は多くて二十数人だったらしく（桃裕行『上代学制の研究』）、その交友の密であったことは、文章生の同輩橘則長（中・一〇〇）、源為善（中・九〇）、大江公資（中・八八）、藤原資業（下・二三二）らとの寛弘年間の文章生時代以来の交友について、みられる。そして、伊予下向後の、長暦四年六月二五日頃に大江公資が、長久三年（一〇四二）一〇月一日には源為善が亡くなった。能因の中では、文章生時代の同輩が二人も亡くなり、取り残される思いが募ったのであろう。彼は、その過程で、残る一人資業が伊予守である間は共に伊予国で暮らそうと思い至ったのであろう。

3、『能因集』大序と『文選』

ここで、能因が家集大序を「予、天下ノ人事ヲ歴覧スルニ、才有ル者ハ必ズ其ノ用有リ、芸有ル者ハ必ズ其ノ利有リ」（私が人間社会の事柄を一つ一つ見ていきますのに、優れた資質のそなわった人は必ずその才が取り立てられ、学術を身につけた人は必ず有益な結果を得ます）で始めていることが想起される。この「歴覧天下之人事」（天下ノ人事ヲ歴覧スル）は、魏曹丕《ぎのそうひ》（文帝）（一八七〜二二六）「呉質《ごしつ》ニ与フル書」（『文選』巻四十二、書）の「間者《このごろ》、諸子ノ文ヲ歴覧スルニ、之ニ対シテ涙ヲ拉《ぬぐ》ヒ、既ニ逝ク者ヲ痛ミ、行《ゆく》〻自《みづか》ラ念フ」（近ごろ、これらの人々の文章を一つ一つ見ていきますのに、これに対して涙をぬぐうことになります。この世を去っていった者を心から悲しみ、我が身の行く末を思うようになるのです）の「歴覧諸子之文」（諸子ノ文ヲ歴覧スル）を踏まえている。曹丕は、武帝曹操の長子で、文学を好んだ。後漢の献帝の建安（一九六〜二二〇）年間に、父曹操、弟曹植と共に、文学集団を作り、優れた学問・文章をもって渡りあった。その文学集団の中に逸材ぞろいの「諸子（建安七子）」がいた。その七人、既に長逝していた孔融《こうゆう》、阮瑀《げんう》に加えて、前年の大疫で、王粲《おうさん》、徐幹《じょかん》、陳琳《ちんりん》、應瑒《おうとう》、劉楨《りゅうてい》らが亡くなった年（建安二三年（二一八））にこの「呉質ニ与フル書」は書かれている。諸子（建安七子）を失った曹丕は彼らの文章を批評した後に、先のように述べたのである。ここに言及される涙や痛哭は、その追懐の、深い気もちに裏打ちされていることが読み取れる。

曹丕は、「文章は経国の大業にして、不朽の盛事なり」の立言で知られる著名な文章論「典論論文」（『文選』巻五二、論）の作者であり、古今を代表する文章家である。能因家集大序に、その人による「呉質ニ与フル書」を踏まえるのは、亡くなった学問、文章に優れた知友への能因の思いをこめたものにほかならない。彼ら七人、大江嘉言、源道済、慶滋為政、橘則長、藤原保昌、大江公資、源為善、学問に励み切磋琢磨した故人を悼む気持ちがこの家集の底流にあろう。能因最後の著作と思われる『能因集』の大序を曹丕の気持ちに重ねて書いたところに、文章道に学び励んだ旧知との絆、心通わせた知友への能因の思いの強さを窺うことができるのであり、能因の文人としての自負が、ある。

4、奥州の旅

奥州の旅については、死んだ陸奥の国産まれの愛馬に対する限りない哀惜の情を示した歌（下・二一〇）、長能（長能集・七二）、嘉言（上・一二）という東国における二人の先達について述べた。白河関詠で知られる初度下向（中・一〇一）、甲斐嶺詠で始まる再度下向（中・一〇四）、陸奥国信夫里（中・一〇六）、塩釜浦（中・一〇九）、出羽国象潟のわび人としての足かけ三年の幽居生活詠（中・一一五）、信夫の里の白尾の鷹と鷹飼を思う歌を詠んだ「東国風俗」

歌（中・一一二五）、野田玉川を詠んだ「想像奥州」歌（中・一一四九）を参照願いたい。陸奥や出羽は都人には想像するほかない隔絶の地であった。その憧れの名所歌枕を求めて奥州への旅を二度敢行し、「東国風俗五首」や「想像奥州十首」を詠み、『能因歌枕』まで著した彼の行為は時人の想像を越えるものであったろう。『袋草紙』以下の伝える逸話もその驚異の結晶にほかならない。

能因の出家の因は判然としない。が、文章道の同輩たちが次々と官途を得ていく中で、実父既に亡く養父となった長兄は横死といった状況下にあって、自己の前途に希望が持てなかったのが要因であろう。文章生として生きてゆく道を選んだものの、その「文章生時代における、文章道への期待とその反面をなす失意こそ、歌僧能因への転生の契機」（犬養廉「能因法師研究（一）」）となったのであろう。

二　『能因集』の伝本

家集『能因集』の本文は、冷泉家時雨亭叢書『平安私家集十一』（二〇〇七）所収の、本来の面影を伝える鎌倉時代弘安八年（一二八五）写玄覚本「能因集」に拠った。宮内庁書陵部（五〇一・二〇五）の親本である。

〔伝本〕自撰本としては、序は欠くが一九九二年時点においては最善本と目された榊原家本、宮内庁書陵部本（五〇一・二〇五）、島原松平文庫本があり、書陵部本には真名序がある。他撰本には書陵部本（一五四・五六三）があり、四季・恋・雑に部類された一五七首を収めるが、勅撰集・私撰集より採録したもので資料的価値は低い。

（髙重　久美）

主要参考文献

『隠遁歌人の源流　式子内親王・能因・西行』（笠間選書33）奥村晃作　笠間書院　一九七五年
歌の実作者である著者の歌人論。その第二部が「能因法師」で、「第一章生涯と生活　1出家前の閲歴及び出家をめぐりて、2交友の範囲及び階級的出自について、3生活者能因について」と「第二章能因の作品世界をめぐって」より成る最初の一般向け能因論。

『一条朝文壇の研究』福井迪子　桜楓社　一九八七年
「大江嘉言考―詠歌活動とその交友―」に能因の兄事した嘉言についての考察がある。

『勅撰集歌人伝の研究』」新典社研究叢書20杉崎重遠　新典社　一九八八（東都書籍　昭和一九年刊の復刻）
能因の先達「源道済」と「慶滋為政朝臣」についての伝がある。

『後期摂関時代史の研究』古代学協会　吉川弘文館　一九九〇年
増田繁夫氏の「能因の歌道と求道―歌道における「すき」の成立―」所収。

『後拾遺時代歌人の研究』千葉義孝　勉誠社　一九九一年
後拾遺時代歌人を研究してきた千葉氏の遺稿。藤原範永・源頼実ら、能因と交流のあった六人党歌人の論があり、「藤原家経年譜考証」は従来永承五年六月及び一一月と考えられていた能因の最終詠を永承六年正月とした。

『摂関期和歌史の研究』川村晃生　三弥井書店　一九九一年
第一章第一節「能因法師研究」に「一初期能因伝をめぐって、二能因の旅、三能因と光孝源氏歌人たち、四能因と大江氏歌人たち、五説話の能因像、六能因の末裔」、第二節「平安歌人研究」に「二大江嘉言、三藤原兼房、四藤原資業」、第二章第二節四「和歌と漢詩文―後拾遺時代の諸相―」二「歌人の位相」に「1能因法師と白楽天、2歌人と大学寮」を所載。索引（人名、書名・一般事項、詩歌）がある。

『能因集注釈』川村晃生校注・訳　貴重本刊行会　一九九二年
能因の家集『能因集』の最初の本格的な注釈書。和歌初句索引あり。

『平安私家集』（新日本古典文学大系28）犬養廉・後藤祥子・平野由紀子　岩波書店　一九九四年
安法法師集・実方集・公任集など八つの家集の注釈。能因集は犬養・平野氏が担当。犬養氏は〔作者〕の項で永承七年までの生存が確認されるとした。脚注に鋭く光る指摘がある。初句索引、人名索引、地名索引がある。

『後拾遺和歌集新釈』（笠間注釈叢刊18－19）犬養廉　平野由紀子　いさら会　笠間書院　上巻一九九六　下巻一九九七

能因の歌は男性で最多の三一首入集している。詠歌事情、補説が詳しく面白い。下巻に和歌（初句・四句）索引、作者・詞書等人名索引がある。

『平安　和歌と日記』犬養廉　笠間書院　二〇〇四年

戦後の能因研究を牽引してきた著者の最初で最後の一書。第一篇の第8章に能因を先達と仰いだ「和歌六人党に関する試論」を収め、第二篇の第3章「河原院の歌人達」で初期能因の関わった河原院を、第4章「藤原長能とその集」で能因の師長能について、第5章「能因法師研究（一）」でその歌人的出発までを、第6章「能因法師研究（二）」で青年期の周辺を、第9章「橘為仲とその集」で六人党の為仲について論じた。索引（和歌、書名）がある。

『和歌六人党とその時代』（研究叢書326）高重久美　和泉書院　二〇〇五年

三部構成の一の第二章「能因」に、「能因伊予下り」「能因と馬―伊予下りに関連して―」「能因と東山」「橘為義・義通と能因橘永愷」を所載。二の第二章「橘為仲朝臣集」には、『平安私家集』において著者の恩師である犬養氏が能因永承七年存生の根拠とされた稿を収める。人名索引がある。

『平安和歌研究』平野由紀子　風間書房　二〇〇八年

第一部の八能因に「能因集の一研究」「能因の想像奥州十首について」がある。索引（和歌、人名、事項）がある。

『能因』（コレクション日本歌人選45）和歌文学会監修　高重久美著　笠間書院　二〇一二年

人名一覧

一、本巻に収めた元良親王集・藤原道信朝臣集・実方中将集・大弐高遠集・道命阿闍梨集・能因集の五集に見える人名（神名を含む）の索引を兼ねた一覧である。略号はそれぞれ左のごとくである。

元＝元良親王集　信＝藤原道信朝臣集　実＝実方中将集　高＝大弐高遠集　命＝道命阿闍梨集　能＝能因集

二、人名は名前で立項し、原則として訓読みとした。ふりがなは歴史的仮名遣いにより、現代仮名遣いによる五十音順に配列。ただし、天皇の諱号、僧侶の法名、訓読の明らかでない女性の名などは音読みによる。

三、数字は歌番号、数字の下の「作」は作者。「詞」は詞書に、「序」は序に、「奥」は奥書に見えることを意味する。ただし、作者は詞書等で名前が明確なものに限った。

あ行

明範《あきのり》　未詳。高二〇二作

顕光《あきみつ》　藤原氏。天慶七年（九九四）七月二〇日～治安元年（一〇二一）、二八歳。堀河左大臣と称された。藤原兼通一男。母は元平親王昭子女王。室に村上天皇皇女盛子内親王。子女に重家・元子（一条天皇女御）・延子（小一条院女御）。天延三年（九七五）左大臣正二位。長和五年（一〇一六）に立太子した敦明親王（小一条院）の東宮傳も務めた。命二四詞・三二詞

敦明親王《あつあきらしんわう》　三条天皇第一皇子。正暦五年（九九四）～永承六年（一〇五一）、五八歳。名は敦明。母は藤原済時女娍子。長和五年（一〇一六）立太子。寛弘八年（一〇一一）親王宣下。父三条天皇の没後、寛仁元年（一〇一七）東宮を辞退、院号（小一条院）を授かる。長久二年（一〇四一）出家。『後拾遺集』初出。実二八三詞

敦信《あつのぶ》　藤原氏。生没年未詳。合茂男。母は源等女。子は明衡。文章生。山城守。天延三年（九七五）『一条中納言為光歌合』、寛和二年（九八六）『内裏歌合』等に出詠。長和四年（一〇一五）の敦良親王読書始に列席し詩を賦している。命二四詞

ある女《あるをんな》　馬内侍か。生没年未詳。天暦八年（九五四）頃生か。養父は源時明。実父は時明の兄の致明か。最初、円融朝に中宮媓子（藤原兼通女）に出仕、のちに斎院選子内親王、一条天皇中宮定子に出仕。選子の文学圏における活躍の様は大斎院前御集に詳しい。藤原朝光・藤原道隆・藤原道兼と深く関わり、藤原実方・藤原公任らとも交渉があり、恋歌が残る。晩年は出家して宇治院（雲林院か）に隠棲したらしい。中古三十六歌仙の一人。家集『馬内侍集』。『拾遺集』初出。実一四八詞

栗田殿《あはたどの》　→道兼《みちかね》

威子《いし》　藤原氏。長保元年（九九九）～長元九年（一〇三六）、三八歳。藤壺中宮と称される。藤原道

長三女。母は源雅信女倫子。二条院（章子内親王）の母。寛仁二年（一〇一八）後一条天皇に入内。ほどなく中宮となった。信奥

一条殿《いちでうどの》　↓為光《ためみつ》

一条の君《いちでうのきみ》　貞平親王女。生没年未詳。清和天皇皇子貞平親王女。母は藤原時平女褒子。京極御息所女房。内の蔵人。「女、京極御息所女房云々、後撰・拾遺作者、号一条君」（本朝皇胤紹運録・貞平親王系図）。「一条蔵人」とは別人。『大和物語』に「先帝の皇子の御女、一条の君と言ひて、京極の御息所の御もとにさぶらひ給ひけり」（三八段）、「壱岐の守の妻」（同）、「陽成院の一条の君」（四七段）とある。『後撰集』初出。元二三詞

一条の蔵人《いちでうのくらんど》　生没年未詳。醍醐天皇後宮の女房。『大和物語』に「内の蔵人にて一条の君と言ひける人は、俊子をいとよく知れりける人なり」（一三段）とある。『延喜御集』『敦忠集』にも名が見える。元六a詞・七詞・九詞

一宮《いちのみや》　↓敦明親王《あつあきらしんわう》

一品の宮《いつぽんのみや》　↓資子内親王《ししないしんわう》

いはや君《いはやきみ》　藤原仲平家の女童の綽名。「…名ヲバ岩楊《イハヤナキ》トゾ云ケル…」（今昔物語集・巻二四・第五四「陽成院之御子元良親王読和歌語」）。元二三詞

居貞親王《いやさだしんわう》　冷泉天皇第二皇子。天延四年（九七六）正月三日～寛仁元年（一〇一七）五月九日、四二歳。三条天皇（第六七代天皇）。在位は寛弘八年（一〇一一）～長和五年（一〇一六）。諱は居貞。法名は金剛浄。母は藤原兼家女超子。彰子儲生の敦成親王（後一条天皇）を帝位に即けようとする藤原道長と対立。生来の眼病が悪化して譲位し、翌年出家した。『後拾遺集』初出。実三六詞？・一八九詞・二六詞・三八詞・三四一詞？

院《ゐん》　↓花山天皇・花山院《くわざんてんわう・くわざんゐん》

上《うへ》　↓円融天皇・円融院《ゑんゆうてんわう・ゑんゆうゐん》

右近《うこん》　醍醐中宮藤原穏子の女房。元一六二作・一六四詞・一七〇作

右近蔵人《うこんくらんど》　未詳。左近であれば小大君か。実二六詞

宇治殿《うぢどの》　↓重信《しげのぶ》

右小弁《うしやうべん》　↓為任《ためたう》

右大将《うだいしやう》　↓済時《なりとき》

右大臣《うだいじん》　↓道長《みちなが》

右大臣《うだいじん》　↓顕光《あきみつ》

右大臣道長の卿の御女《うだいじんみちながのきやうのみむすめ》　↓彰子《しやうし》

宇多天皇《うだてんわう》　第五九代天皇。貞観九年（八六七）五月五日～承平元年（九三一）七月一九日、六五歳。在位は仁和三年（八八七）～寛平九年（八九七）。諱は定省。亭子院と称す。光孝天皇第七皇子。母は班子女王。仁和三年（八八七）八月二六日立太子、父天皇の譲りを受けて践祚、寛平九年（八九七）七月三日敦仁親王（醍醐天皇）に譲位。昌泰二年（八九九）一〇月二四日、仁和寺で出家、法皇となった。和歌・詩文を愛し、菅原道真を重用した。出家前年の宮滝御幸、延喜一三年（九一三）三月の亭子院歌合他多くの歌合を主催。家集に亭子院御集がある。『後撰集』初出。元三六詞

衛門督《ゑもんのかみ》　↓公任《きんたふ》

円融天皇・円融院《ゑんゆうてんわう・ゑんゆうゐん》　第六四代天皇。天徳三年（九五九）三月二日～正暦二年（九九一）二月一二日、三三歳。在位は安和二年（九六九）～永観二年（九八四）。諱は守平、法名は金剛法。村上天皇第五皇子。母は中宮藤原安子。同母兄冷泉天皇・為平親王。康保四年（九六七）源高明婿となった兄為平親王を差し置いて立坊。退位翌年出家し、円融寺に住す。後宮には中宮媓子（兼通女）・中宮遵子（頼忠女）・皇太后詮子（兼家女）がある。皇子女は一条天皇（母は詮子）のみ。家集『円融院御集』。『拾遺集』初出。信二五詞・五八詞、実一〇詞・一一作・一三作・二五

詞・七三詞
大殿《おほとの》 →道兼《みちかね》
大直毘なる神《おほなほびなるかみ》 伊耶那岐神の禊の折に成った神。穢れによって生まれた二神に続き、その禍を直そうとして成った神直毘神・大直毘神・伊豆能売の三神のうちの第二神。『古今集』の大歌所御歌に「おほなほびの歌」として「新しき年の始めにかくしこそ千歳をかねて楽しきを積め」とある。実五六
小野宮《をののみや》 →実頼《さねより》
叔母《をば》 藤原氏。藤原綏子か。天延二年（九七四）～寛弘元年（一〇〇四）、三一歳。三条天皇の御息所。内侍。藤原兼家三女。母は藤原国章女。永延元年（九八七）、居貞親王（のちの三条天皇）に入侍し内侍に任ぜられ、麗景殿を局とした。正暦元年（九九〇）頃より土御門・西洞院の里邸に籠居した（権紀・長徳三年一一月一三日条）。命二一五詞
をば北の方《をばきたのかた》 生没年未詳。生年未詳～長徳元年（九九五）三月初旬頃か（竹鼻績）。藤原延光女。藤原済時の妻。実八三詞・二〇八詞・二二二詞
尾花といふ女《をばなといふおんな》 未詳。命三九詞
おひねの大納言北の方《おひねのだいなごんきたのかた》 未 詳。元三三作・三四詞
女宮《をんなみや》 →修子内親王《しゅうしないしんわう》

か 行

景斉《かげまさ》 藤原氏。生年未詳～治安三年（一〇二三）七月一七日。藤原国章男。母は伊予守能女。左近将監・紀伊守・越前守・河内守を歴任して、長徳四年（九九八）一二月太皇太宮権亮。その後、大和守・備前権守となり、治安二年六月一一日に病のため出家。実三作・二五六詞、高二九五詞・二九六作
笠間の神《かさまのかみ》 常陸、笠間稲荷神社の祭神。祭神は宇迦之御魂神《うかのみたまのかみ》。笠間神社は第三六代孝徳天皇の御代である白雉二年（六五一）に創建。実五四
花山天皇・花山院《くわざんてんわう・くわざんゐん》 第六五代天皇。安和元年（九六八）一〇月二六日～寛弘五年（一〇〇八）二月八日、四一歳。在位は永観二年（九八四）～寛和二年（九八六）。諱は師貞。法名は入覚。冷泉天皇第一皇子。母は藤原伊尹女懐子。安和二年（九六九）円融天皇の東宮。即位後は唯一の外戚である叔父藤原義懐や乳母子藤原惟成を側近とする。寛和二年、兼家・道兼父子に欺かれ花山寺（元慶寺）で出家。文芸面に優れ、在位中・退位後に数度の歌合・歌会を催した。『拾遺集』は花山院撰ともいわれる。家集『花山院御集』（散佚）。『後拾遺集』初出。信三九作・一〇三詞、実二四詞・二九詞・四一詞・六八a作・七五詞・一六六詞・三〇七詞・三三七a作、高一詞、命三四詞・四九詞・五三詞・五九詞・六一詞・六四詞・二三三作・二三五詞・二八〇詞・二八七詞
方理《かたまさ》 醍醐源氏。生没年未詳。民部大輔。権大納言源重光男。右少将・備後介・民部大輔・皇后宮亮・中務大輔・主殿頭等を歴任した。高一五三詞
葛城の神《かつらぎのかみ》 奈良県葛城山の山神。→一言主《ひとことぬし》 実一〇七
桂の宮《かつらのみや》 →孚子内親王《ふしないしんわう》
兼家《かねいへ》 藤原氏。摂家相続孫。延長七年（九二九）～永祚二年（九九〇）、六二歳。従一位摂政太政大臣。氏長者。法名は如実。法興院・東三条殿・大入道殿などと称される。師輔男。母は藤原経邦女盛子。室は藤原時姫・藤原倫寧女（『蜻蛉日記』作者）ら。同母兄姉妹に伊尹・兼通・安子・登子ら、子に道隆・道兼・道綱・道長・超子（三条天皇母）・詮子（一条天皇母）ら。永祚元年（九八九）太政大臣。翌年五月出家、同七月没。天徳四年（九六〇）『内裏歌合』に左の方人

として参加。康保三年（九六六）『内裏歌合』に出詠。『蜻蛉日記』に四二首の歌がある。『拾遺集』初出。信奥

兼房《かねふさ》 藤原氏。長保三年（一〇〇一）～延久元年（一〇六九）六月一六日、六九歳。兼隆男。母は源扶義女。祖父は道兼。長元二年（一〇二九）に正四位下。備中・播磨・讃岐・美作・丹後等の守を歴任。素行に難点があり生涯不遇であったが、芸術・文芸面で活躍した。長元五年（一〇三二）『上東門院彰子菊合』では右方講師、同八年『賀陽院水閣歌合』、永承四年（一〇四九）『内裏歌合』、同五年『祐子内親王家歌合』、応徳二年（一〇四五）～天喜二年（一〇五四）『左京大夫八条山庄障子絵合』に出詠。天喜二年（一〇五四）頃には『播磨守兼房朝臣歌合』を主催した。能因・相模・為仲・出羽弁・和泉式部・橘俊綱らと親交があった、『後拾遺集』初出。能二四詞・二四一詞

兼茂のむすめ《かねもちのむすめ》 源氏。生没年未詳。藤原兼茂女。『尊卑分脈』「兼茂女」に「号兵衛」とある。『後撰集』勘物に「兼茂朝臣女」とあり、同集（恋六・一〇三三、春下・一〇二）に元良親王が兼茂女の元に通っていたと見える。『大和物語』五六段「もと来し駒」に「兵衛の君」、同一七〇段「青柳の糸」に「兵衛の命婦」とあり、いずれも兼茂女の「兵衛」を指すか。『後撰集』初出。元三二作・一五四詞

閑院の大君《かんゐんのおほきみ》 源氏。生没年未詳。清和天皇皇子貞元親王女か。天福二年本『後撰集』の勘物に「宗于朝臣女」とあり、『勅撰作者部類』も「右京大夫宗于女」と踏襲する。ただし、源宗于を「閑院」とする根拠は乏しい。貞元親王は「号閑院」（尊卑分脈）・「閑院親王」（日本紀略）と称されており、貞元親王女と見るべきか。『尊卑分脈』に「宗于女子」とする。『後撰集』初出。元三七詞・三八作・三九作・四一作

閑院の三君《かんゐんのさんのきみ》 未詳。閑院の大君・中君の妹か。元五一作・五三・五九作

閑院の中の君《かんゐんのなかのきみ》 閑院の大君の妹。源宗于次女であれば、忠平女尚侍貴子の女房（尊卑分脈）。『大和物語』一〇八段に「宗于の君のむすめ」で「太政大臣内侍の督の君」に仕えたとする「南院のいま君」か。元四三作・四五・五〇作

観教《かんぎやう》 承平四年（九三四）～寛弘九年（一〇一二）一一月二六日、七九歳。御願寺僧都と号した。俗名源信輔。源公忠男。母は未詳。兄弟は信明・勝観・寛祐ら。寛弘九年（一〇一二）権大僧都。三条天皇の東宮時代からの護持僧。『和歌色葉』の「名誉歌仙者」の一人。『古今著聞集』に逸話が載る。『拾遺集』初出。能一八二詞

元真《がんしん》 筑紫僧都。延喜一九（九一九）～寛弘五年（一〇〇八）一二月。九〇歳。菅原道真の孫文時の子。もと東大寺僧で長徳二年（九九六）鎮西下向、寛弘五年「於安楽寺死了」（僧歴綜覧）。高一七五詞・一七六作

寛朝《くわんてう》 真言僧。延喜一五年（九一五）～長徳四年（九九八）、八四歳。敦実親王男。母は藤原時平女。東寺長者法務大僧正。広沢大僧正と号した。天暦二年（九八四）仁和寺御室で律師寛空より両部灌頂を受け、東密の正統を継ぐ。権律師・権少僧都・東寺長者・西寺別当を経て、永観二年（九八四）東大寺別当を歴任。実三六詞

関白殿《かんぱくどの》 →頼通《よりみち》

紀伊守《きいのかみ》 藤原景斉か。実二五六詞

徽子女王《きしじやうわう》 延長七年（九二九）～寛和元年（九八五）、五七歳。承香殿女御・式部卿女御と称された。重明親王女。母は藤原忠平女寛子。朱雀朝の伊勢斎宮、のちに村上天皇女御。和歌と琴に長じ、逸話も残る（大鏡、夜鶴庭訓抄等）。天暦一〇年（九五六）『斎宮女御徽子女王歌合』、天徳三年（九五九）『斎宮女御徽子女王前栽合』を主催。三十六歌仙の一人。『拾遺集』初出。高一三詞

北の方《きたのかた》 ↓をば北の方《をばきたのかた》

北の方《きたのかた》 ↓おひねの大納言北の方《おひねのだいなごんのきたのかた》

北の方《きたのかた》 実方妻。実三二詞

北の方《きたのかた》 ↓遠量女《とほかずのむすめ》

京極の御息所《きやうごくのみやすどころ》 ↓褒子《ほうし》

きよ風《きよかぜ》 生没年・伝未詳。元良親王家家司か。陽成院異母弟源長猷の孫、従五位下越中介源清風か（尊卑分脈）。あるいは元良親王の乳母子か。元三六作

公季《きんすゑ》 藤原氏。天徳元年（九五七）〜長元二年（一〇二九）、七三歳。従一位太政大臣。師輔一一男（実、一二男）、母は醍醐天皇皇女康子内親王。室は有明親王女。子女は実成・義子。諡は仁義公。幼くして両親を亡くし、異母姉中宮安子に養われたという。治安元年（一〇二一）太政大臣に至る。高二詞

公任《きんたふ》 藤原氏。四条大納言と称される。康保三年（九六六）〜長久二年（一〇四一）、七六歳。四条大納言と称される。頼忠男。母は醍醐天皇第三皇子代明親王女の厳子女王。祖父は実頼。子に定頼。円融・花山両天皇に親しく、花山朝の両度の内裏歌合に出詠。藤原道長が権勢を掌握してからはその側近となり、長保元年（九九九）彰子入内屛風歌、同三年東三条院詮子四十賀の和歌、同四年法華経廿八品和歌などに和歌を詠進。同五年左大臣道長歌合では判者を務めた。藤原斉信・源俊賢・藤原行成とともに四納言と称された才人であり、漢詩文・管絃・和歌いずれにも優れた三舟の才の故事でも有名。椎大納言正二位に至るも摂関の地位は得られず、万寿元年（一〇二四）に致仕。その後長谷に隠棲して出家した。中古三十六歌仙の一人。家集『公任集』、『本朝麗藻』に漢詩が収められる。歌論書に『新撰髄脳』『和歌九品』、私撰集に『拾遺抄』『金玉集』や『和漢朗詠集』、有職故実書に『北山抄』など著作多数。『拾遺集』の成立にも関与したとされる。『拾遺集』初出。信二〇詞、実三五作・二一〇作・二六〇詞・三〇七詞・三四二詞、高二四二詞・二四三作・二四四作

公資《きんより》 大江氏。生年未詳〜長暦四年（一〇四〇）六月二五日没か（春記）。一説に一一月七日（勅撰作者部類）。薩摩守清言男（一説に清公・清定の男）。母は儀同三司家女房。以言の甥。歌人相模を妻としたが後に離別。文章得業生を経て相模守・遠江守を歴任、従四位下兵部権大輔に至る。長元八年（一〇三五）藤原頼通主催『賀陽院水閣歌合』に出詠。『後拾遺集』初出。能八八詞・一三九詞・二一八詞

くら 未詳。師貞親王の女房。実三八詞

蔵人《くらうど》 未詳。実六三a作

玄宗帝《げんそうてい》 唐朝第六代皇帝。垂拱元年（六八五）〜宝応元年（七六二）、七八歳。先天元年（七一二）から天宝一五年（七五六）まで在位。姓は李、諱は隆基。廟号は玄宗。睿宗男。母は昭成順聖皇后竇氏。「開元の治」と称えられたが、「長恨歌」の題材ともなった楊貴妃への寵愛が安禄山の乱を招いた。命一四九詞・三二一詞

監の命婦《げんのみやうぶ》 未詳。平安直女か。大和物語・九段に見える。元一詞・二作・一三〇作・一三一作

小一条殿《こいちでうどの》 ↓済時《なりとき》

小一条殿の女御《こいちでうどのにようご》 ↓娍子《せいし》

小一条殿の修理《こいちでうどののすり》 未詳。女房名。実九四詞

小一条衛門《こいちでうのゑもん》 未詳。済時邸の侍女。実一九四詞・二〇六詞

故一条の中将《こいちでうのちゆうじやう》 ↓実方《さねかた》

媓子《こうし》 藤原氏。天暦元年（九四七）〜天元二年（九七九）、三三歳。堀川中宮と称される。円融天皇皇后。兼通女。母は有明親王女昭子女王。同母弟に朝光。天延元年（九七三）二月二〇日入内、四月七日女御、七月一日皇后。女房に小馬命婦ら。媓子の死をめぐり、円融天皇御製の他、いくつか追悼歌が残る。『続古今集』初

出。実二五詞、高一九詞・六五詞・九一詞

小大君《こおほきみ》 生没年未詳。天暦八年（九五四）頃生か。父母未詳。東宮左近・三条院女蔵人左近とも称された。天禄四年（九五四）頃より円融天皇中宮媓子に出仕し、天延末年（九七六）頃より円融天皇に仕えたとされる。一条朝には東宮居貞親王（三条天皇）の女蔵人となり重用された。媓子の弟の藤原朝光と恋愛関係にあった。藤原実方・藤原道信らとも親交があった。その歌才は藤原頼忠や平兼盛にも高く評価された。三十六歌仙の一人。家集『小大君集』。『拾遺集』初出。実一四一作・一六二詞・二七九b作

小侍従《こじじゆう》 生没年・伝未詳。小侍従命婦。東三条院詮子女房か（竹鼻績）。実八一詞・八二詞・一八四詞

こそ君《こそぎみ》 未詳。藤原実方男か。実四四詞・四五詞

故筑前の守《こちくぜんのかみ》 →道済《みちなり》

ことあら 遊女。実一〇四詞

故殿《ことの》 →為光《ためみつ》

故尚侍のかみ《こないしのかみ》 未詳。命二四詞・三二詞

近衛の帝のきみ《このえのみかどのきみ》 未詳。元一五一詞

小町《こまち》 小野氏。生没年未詳。平安前期の歌人。『古今集』に安倍清行、小野貞樹との贈答歌、文室康秀への返歌、『後撰集』には僧正遍昭との贈答があり、これらにより活躍時期が推定されている。六歌仙、三十六歌仙の一人。『古今集』初出。能六三詞・六四作

小馬の命婦《こまのみやうぶ》 生没年・伝未詳。円融天皇中宮媓子女房。『実方集』に「小馬命婦」、『能宣集』『高遠集』『兼澄集』などに「馬こそ」と見える。天元二年（九七九）六月、媓子逝去後に出家。晩年は嵯峨に隠棲。上東門院彰子女房「小馬命婦」とは別人。家集『小馬命婦集』。『拾遺集』初出。実一〇詞・八二詞、高九一詞？

惟衡《これひら》 伊衡？底本、要確認藤原氏。貞観一八年（八七六）～天慶元年（九三八）、六三歳。敏行男。母は多治弟梶女。承平七年（九三七）兼左兵衛督に至る。歌舞に長じ内教防別当を兼任（扶桑略記）。小野道風の書の師という（弘法大師書流系図）。延喜七年（九〇七）「宇多法皇大井川御幸」、同一三年（九一三）「内裏菊合」に献歌、同一八年（九一八）の殿上人達の北山遊覧行に漢詩と連歌とを詠作した（躬恒集）。延長七年（九二九）一〇月、元良親王四十賀、承平四年、皇太后穏子五十賀等の賀宴にも参加する。躬恒・忠岑と親交がある（拾遺集等）。『後撰集』初出。元七〇作

権少将《ごんせうしやう》 →信方（宣方《のぶかた》）

権少将《ごんせうしやう》 →道綱《みちつな》

権大納言《ごんだいなごん》 →道長《みちなが》

権中将《ごんちゆうじやう》 →公任《きんたふ》

さ 行

斎院《さいゐん》 →選子《せんし》

斎院の人《さいゐんのひと》 未詳。大斎院選子の女房。実二六七詞

宰相の君《さいしやうのきみ》 未詳。高二二詞

宰相の君《さいしやうのきみ》 →宣耀殿の宰相の君《せんえうでんのさいしやうのきみ》

宰相の内侍《さいしやうのないし》 →宣耀殿の宰相の君《せんえうでんのさいしやうのきみ》

左大臣殿《さだいじんどの》 →雅信《まさのぶ》

さだすけ《さだすけ》 未詳。一説に「さたすけ」が「さねすけ」の誤記とし、高遠の同母弟藤原実資を指すとも（中川博夫）。藤原実資は天徳元年（九五七）～永承元年（一〇四六）、九〇歳。斉敏男、祖父実頼の養子。永延二年（九八七）七月七日・同二七日『蔵人頭家歌合』に関わる。『小右記』の著者。『拾遺集』初出。高二二詞

定頼《さだより》 藤原氏。長徳元年（九九五）～寛徳二年（一〇四五）、五一歳。正二位権中納言。四条中納言と称される。公任男。母は村上天皇皇子昭平親王女。長元二年（一〇二九）権中納言に至る。寛徳元年（一〇四四）病により出家。長元八年（一〇三五）

「賀陽院水閣歌合」に出詠。大弐三位や相模とも交渉があった。中古三十六歌仙の一人。家集『定頼集』。『後拾遺集』初出。命一〇六詞

実方《さねかた》 藤原氏。生年未詳～長徳四年（九九八）。定時男。母は源雅信女。父の早世により、叔父済時の養子となる。侍従・右馬頭・左近中将を歴任して、長徳元年に陸奥守。同四年、任地で没した。説話では藤原行成との口論が原因で陸奥に左遷されたという。『枕草子』にも登場する。円融院・花山院に近侍し、寛和二年（九八六）内裏歌合に出詠。藤原道信・藤原公任・源宣方・清少納言・馬内侍・小大君とも親交がある。中古三十六歌仙の一人。家集『実方集』。『拾遺集』初出。信一三詞・二五詞・三〇詞・三一作・七五作・九六作・一〇四詞、実七九詞・二七七詞・二七九a詞・二九六詞

さねまさ 未詳。藤原清遠男、右衛門佐実正か。実二〇一詞

実頼《さねより》 藤原氏。昌泰三年（九〇〇）～天禄元年（九七〇）、七一歳。従一位摂政太政大臣。小野宮太政大臣と称される。諡は清慎公。忠平男。母は宇多天皇皇女源順子。小野宮流の祖。家集『清慎公集』。『後撰集』初出。高三詞・一一詞・二九七詞

三条左大臣殿《さんでうさだいじんどの》 →頼忠《よりただ》

三条の右大臣の御むすめ《さんでうのうだいじんのおほんむすめ》 藤原氏。三条御息所藤原能子か。生年未詳～康保元年（九六四）。従四位上。藤原定方女。醍醐天皇女御。三条御息所・衛門御息所と称された。延喜一三年（九一三）、更衣より女御となる。延長八年（九三〇）醍醐天皇崩御後、敦実親王と通じるが、仲が絶える。のち藤原実頼の室となり頼忠を儲ける（大和物語・一二〇段「梅の花」他）。『後撰集』初出。元一六八詞

三条の中将の君《さんでうのちゅうじゃうのきみ》 未詳。実七三詞・一五〇詞・三〇五詞

重信《しげのぶ》 宇多源氏。延喜二二年（九二二）～長徳元年（九九五）、七四歳。正二位左大臣。六条左大臣と号す。敦実親王男。母は藤原時平女。子に致方・道方・宣方・相方ら。侍従・左馬頭・美作守・美濃権守・右近衛中将・左兵衛督・修理大夫等を歴任。父敦実親王の影響を受け、兄一条左大臣雅信と共に朗詠・笙・笛に長じた。実一九八詞

資子内親王《ししないしんわう》 村上天皇第九皇女。天暦九年（九五五）～長和四年（一〇一五）、六一歳。母は中宮安子。一品。同母兄弟に冷泉天皇・円融天皇・為平親王。永観二年（九八四）一一月以降三条宮を居所とされた。寛和二年（九八六）出家。『玉葉集』に入集。実一四詞、高三二詞

侍従君《じじゅうのきみ》 未詳。実二一詞

侍従の典侍《じじゅうのすけ》 未詳。女院の女房。実一八五作

四条大納言《しでうだいなごん》 →公任《きんたふ》

順《したがふ》 嵯峨源氏。延喜一一年（九一一）～永観元年（九八三）、七三歳。左馬助挙男。母は未詳。文章生。能登守などを歴任し従五位上に至る。『和名類聚抄』を撰述。梨壺の五人の一人で『萬葉集』の訓読と『後撰集』撰進。天徳三年（九五九）『内裏詩合』、同四年『内裏歌合』に出詠。天禄三年（九七二）『女四宮（村上天皇皇女規子）歌合』の判者。康保三年（九六六）『馬毛名合』の歌合を主催。漢詩文を多く残す。三十六歌仙の一人。家集『順集』。『拾遺集』初出。元一三八作

四宮《しのみや》 →為平親王《ためひらしんわう》

承空《しやうくう》 藤原氏。生没年未詳。一説に、仁治二年（一二四一）～元応元年（一三一九）、または元亨三年（一三二三）、七九歳か。浄土宗西山派の僧侶歌人。下野守泰綱男。兄に景綱（蓮瑜）、大叔父に朝業（信生）。西山往生院（三鈷寺）に住し、第五世長老となる。冷泉家時雨亭文庫に、永仁二年（一二九四）～嘉元元年（一三〇三）に書写されたカタカナ書きの私家集四一種、さらに『言

葉集』（下帖）『奈良歌林苑歌合』『歌合　文治二年十月廿二日』が伝存する。『続千載集』初出。命奥

修子内親王《しゆうしないしんわう》　醍醐天皇第八皇女。生年未詳～承平三年（九三三）二月五日。元六〇詞・六一作・六三作・六七詞・六九詞・一四六詞

承香殿の中納言《じやうきやうでんのちゆうなごん》　未詳。元一〇七作・一〇八作

承香殿の女御《じやうきやうでんのにようご》　→徽子女王《きしじやうわう》

承香殿女房《じやうきやうでんのにようばう》　未詳。高八七詞

彰子《しやうし》　藤原氏。永延二年（九八八）～承保元年（一〇七四）一〇月三日、八七歳。一条天皇中宮。道長一女。母は源雅信女倫子。同母弟妹は関白頼通・関白教道・三条天皇中宮妍子・後一条天皇中宮威子ら。後一条・後朱雀天皇の母。長保元年（九九九）女御として入内、翌二年立后、藤壺に局した。長和元年（一〇一二）皇太后。寛仁二年（一〇一八）太皇太后。万寿三年（一〇二六）出家、上東門院と号す。女房に紫式部・和泉式部・伊勢大輔・赤染衛門ら。長元五年（一〇三二）『上東門院菊合』を主催。『後拾遺集』初出。高二五詞

少将《しやうしやう》　→信方（宣方《のぶかた》）

少将のおもと《せうしやうのおもと》　未詳。実八四詞・八五詞・八六詞・八八詞・一九七詞

小弐の尼君《せうにのあまぎみ》　少弐命婦。朱雀天皇・村上天皇・中宮安子の乳母。高三八詞・三九作

少弐府官《せうにふかん》　未詳。→必要か？（大弐である高遠の部下、筑前守藤原永道？）高一八二詞

少輔の内侍《せうのないし》　未詳。東三条院詮子の乳母子か。実方集永仁本に「女院の御めのとごの少輔の内侍にものいふひとに、ひこのかみまさたか、物いふときゝて」（二〇九）とある。実二五〇詞

小弁《しやうべん》　未詳。信一四詞・四五詞

白河殿《しらかはどの》　→済時《なりとき》

深覚《しんかく》　天暦九年（九五五）～長久四年（一〇四三）、八九歳。東寺・東大寺の僧。禅林寺大僧正、石山大僧正などと号す。藤原師輔男。母は醍醐天皇皇女康子内親王。同母弟に公季。治安三年（一〇二三）大僧正。長元四年（一〇三一）大僧正を辞す。法務大僧正に至る。『後拾遺集』初出。命二三四作

少御神《すくなみのかみ》　少名毘古那神《すくなびこなのかみ》の略称。少彦名命とも。『古事記』『日本書紀』『風土記』などに見える神。神皇産霊神の子（古事記）と高皇産霊尊の子（日本書紀）との説がある。実五五

輔尹《すけただ》　藤原氏。生没年未詳、寛弘五年（一〇二二）頃没か。従四位下権右中弁大和守。興方三男。母は藤原尹忠女。藤原懐忠の養子。永観二年（九八四）大学助、蔵人式部丞。大和・三河・伊賀の守を歴任。藤原道兼・道長家の家司を務めた。長保三年（一〇〇一）東三条院詮子の四十賀、同五年『左大臣（道長）家歌合』に出詠。寛弘四～五年（一〇〇七―八）藤原公任撰『後十五番歌合』に入集。歌集に『輔尹集』。『拾遺集』初出。実二九〇作・能七三作

相如《すけゆき》　藤原氏。生年未詳～長徳元年（九九五）七月二九日。相信助男。母は藤原俊連女。敦忠孫。室は一藤原伊尹女。天延二年（九七四）六位蔵人、正五位下出雲守に至る。藤原道兼の家司。公任の和歌の師。中務との交流が知られる。家集『相如集』。『詞花集』初出。信五四詞

修理のくそ《すりのくそ》　未詳。元一一七詞

娍子《せいし》　藤原氏。天禄三年（九七二）～万寿二年（一〇二五）、五四歳。三条天皇の皇后。宣耀殿女御・堀河女御と称された。藤原済時女。母は源延光女。天皇との間に敦明・敦儀・敦平・師明親王、当子・禔子内親王を儲ける。正暦二年（九九一）東宮妃として入侍、寛弘八年（一〇一一）女御を経て、長和元年（一〇一二）皇后となる。寛仁三年（一〇一九）出家。実一七五詞・二二四作・二二五詞・二七二詞・二八三詞

清少納言《せいせうなごん》 藤原氏。生没年未詳。康保三年(九六六)頃～治安・万寿年間(一〇二一～二八)頃か。清原元輔女。天元四年(九八一)頃橘則光と結婚、則長を儲ける。正暦四年(九九三)頃一条天皇の中宮定子に出仕し、長保二年(一〇〇〇)定子が崩じたのを機に宮仕えを辞したらしい。この前後に藤原棟世と結婚し、『後拾遺集』作者小馬命婦を儲けた。藤原行成・斉信らと親交があった。晩年は月輪に隠棲。中古三十六歌仙の一人。『枕草子』の作者。家集『清少納言集』。『後拾遺集』初出。実一八一詞・一八二作

禅教大徳《ぜんけうだいとこ》 未詳。高三〇詞

詮子《せんし》 藤原氏。応和二年(九六二)～長保三年(一〇〇一)、四〇歳。兼家二女、母は時姫。同母兄弟姉に道隆・道兼・道長・超子(三条天皇の母)。円融天皇女御。一条天皇の母。天元元年(九七八)入内。同三年懐仁親王(一条天皇)出産。寛和二年(九八六)一条天皇の即位により皇太后。正暦二年(九九一)落飾、上皇に準じて院号宣下され、東三条院と号す(女院の初め)。長保三年、剃髪。『後拾遺集』初出。信八六詞、実一八四詞・一八五a詞

選子《せんし》 応和四年(九六四)～長元八年(一〇三五)、七三歳。村上天皇第一〇皇女。母は藤原師輔女中宮安子。大斎院とも。天延三年(九七五)第十六代斎院に卜定。以来、長元四年(一〇三一)に退下するまで、円融・花山・一条・三条・後一条の五代、五七年間勤仕。大斎院の文化圏を築き、歌合を催した。仏道にも深く帰依した。『大斎院前御集』『大斎院御集』『発心和歌集』。『拾遺集』初出。実二六七詞

宣旨《せんじ》 町尻殿の宣旨。内大臣の宣旨。道兼の女房。信八詞・五六詞

前式部大夫《ぜんしきぶたいふ》 未詳。高三三三詞

宣耀殿《せんえうでん》 →娍子《せいし》

宣耀殿の宰相の君《せんえうでんのさいしやうのきみ》 未詳。宰相の内侍、宮の内侍、宰相の君、中宮宰相君と同一人。実九二詞・九五詞・一五八詞・一七五詞・一七六詞・一八三詞

禅林寺の僧正《ぜんりんじのそうじやう》 →深覚《しんがく》

た　行

大将《だいしやう》 →済時《なりとき》

大僧都《だいそうづ》 →陽生《ようしやう》

大徳《だいとく》 未詳。藤原実方の仁和寺僧都賢尋・興福寺貞叙・比叡山阿闍梨義賢のいずれか(尊卑文脈、系図纂要)。高一一〇詞

対の御かたの少納言《たいのおんかたのせうなごん》 未詳。清少納言とも。実四九詞

大夫の御息所《たいふのみやすどころ》 →満子《まんし》

隆家《たかいへ》 藤原氏。天元二年(九七九)～長久五年(一〇四四)、六六歳。幼名阿古。大炊帥と号す。道隆男。母は高階成忠女貴子。伊周・定子の弟。長徳二年(九九六)花山院に矢を射かけた罪で出雲権守に左遷され但馬に下向、同四年帰京(栄花物語)。長保四年(一〇〇二)権中納言に再任、寛弘六年(一〇〇九)中納言となるが、長和三年(一〇一四)眼病の治療のため自ら大宰権帥を望み赴任し、刀伊の来冠をよく防いだ。長暦元年(一〇三七)太宰権帥に再任。『後拾遺集』初出。実二二作

忠貞《ただただ》 源氏。生没年未詳。因幡守(尊卑分脈)。長和元年(一〇一二)四月七日条「主上被仰因幡守忠貞延任事、其仰尤切云々」とある。実三八詞

立田姫《たつたひめ》 大和国(現、奈良県)にある立田神社の祭神。立田山は平城京の西に当たり、西は秋に配当されるので、秋を司る女神とされた。春を司る女神である佐保姫と対照された。能一八

種材《たねき》 未詳。大蔵種材か。高二〇六詞

為相《ためすけ》 源氏。生没年未詳。源信明男。従五位、丹波権守等を歴任。永延二年（九八八）～永祚元年（九八九）に六位蔵人大舎人助（蔵人補任）。信四七a作、実六一b作・六二a詞・六二b作・六九a作

為輔《ためすけ》 藤原氏。延喜（九二〇）～寛和二年（九八六）、六七歳。甘露寺中納言と号す。松崎師と称された。朝頼一男。母は藤原言行女。天延三年（九七五）参議となり、太宰権帥・中納言に至る。実一三六詞

為任《ためたう》 藤原氏。生年未詳～寛徳二年（一〇四五）。惟宗とも。伊予入道と号す。済時男。母は源能正女とも源兼忠女とも。長和三年（一〇一四）伊予守に任じられ、寛仁元年（一〇一七）まで在任。『後拾遺集』初出。実四七詞・五四詞・七〇詞・七三詞・九一詞

為憲《ためのり》 源氏。生年未詳～寛弘八年（一〇一一）。従五位下伊賀守。字は源澄。筑前守忠幹男。源順に師事し、文章生から遠江守、美濃守となり伊賀守在任中に没した。円融・一条朝の漢詩人。和歌や仏教に造詣が深く、『口遊』『三宝絵』『世俗諺文』などを撰した。『拾遺集』初出。信五二詞

為平親王《ためひらしんわう》 村上天皇第四皇子。天暦六年（九五二）～寛弘七年（一〇一〇）、五九歳。一品式部卿。染殿式部卿宮と呼ばれる。母は中宮安子。同母兄弟に冷泉天皇・円融天皇。室は源高明女。子女は源憲定・頼定・婉子女王（花山天皇女御、実資室）・恭子女王・具平親王室ら。元一四六作

為雅《ためまさ》 藤原氏。生没年未詳。正四位下備中守。文範男。母は藤原正茂女。子女は中清・義懐室ら。室は藤原倫寧女（道綱母の姉）。『蜻蛉日記』にも登場。貞元二年（九七七）に没した倫寧を偲んだ贈答が残る。実二詞

為政《ためまさ》 善滋（慶滋）氏。本姓は賀茂。生没年未詳。善博士・外記大夫などと称される。保章男。母は未詳。『池亭記』の作者保胤の甥。実資の家司。寛仁二年（一〇一八）文章博士。河内守などを経て従四位上に至る。長保五年（一〇〇三）『左大臣（藤原道長）家歌合』に出詠。漢詩人として著名で『本朝文粋』『本朝麗藻』『新撰朗詠集』などに載る。『拾遺集』初出。能一〇二詞

為光《ためみつ》 藤原氏。天慶五年（九四二）～正暦三年（九九二）、五一歳。法性寺太政大臣。謚は恒徳公。師輔九男。母は醍醐天皇皇女雅子内親王。子女に斉信・道信・花山天皇女御忯子らがある。天徳四年（九六〇）『内裏歌合』などに参加。天延三年（九七五）三月一〇日『一条大納言家歌合』、『一条大納言家石名取歌合』（開催年不詳）を主催。『後拾遺集』初出。信一〇詞・三九詞・六三詞・六五詞・七〇詞

為善《ためよし》 光孝源氏。生年未詳～長久三年（一〇四二）一〇月一日。国盛男。母は越前守源致書女か（陽明文庫本『後拾遺集』脚注）。従兄弟に源道済、姉妹に源経信母。三河守・備前（中・後）守・中宮亮になる。『源大納言家歌合』に出詠。具平親王・能因・大江公資・藤原惟規・出羽弁と親交。『後拾遺集』初出。能一三作・一七二詞・一八二作・二三二詞

懐信《ちかのぶ》 文徳源氏。生没年未詳。長元三年（一〇三〇）六月二二日以前に没（小右記）。兼業男。摂津守・春宮大進を歴任。能一〇三詞

中宮《ちゆうぐう》 →定子《ていし》

中宮宰相君《ちゆうぐうのさいしやうのきみ》 →宣耀殿の宰相の君《せんえうでんのさいしやうのきみ》

中宮の小弁《ちゆうぐうのしようべん》 未詳。実一五七詞・二八二詞

中宮の兵衛《ちゆうぐうのひやうゑ》 中宮遵子女房兵衛命婦か。二六一詞

中将《ちゆうじやう》 →道信《みちのぶ》

中将《ちゆうじやう》 →通任《みちたふ》

中将《ちゆうじやう》 →実方《さねかた》

中将といひしむすめ《ちゆうじやうといひしむすめ》　未詳。女房。高二詞

中将の君《ちゆうじやうのきみ》　→三条の中将の君《さんでうのちゆうじやうのきみ》

中納言の君《ちゆうなごんのきみ》　未詳。女房。高一九詞・二詞

つつ君《つつぎみ》　生没年未詳。長徳元年（九九五）以前の誕生か（竹鼻績）。実方の子賢尋の幼名か（同）。実一六四詞・三二詞

経邦女《つねくにのむすめ》　藤原盛子か。信奥

経房《つねまさ》　醍醐源氏。安和二年（九六九）～治安三年（一〇二三）、五五歳。源高明五男。母は藤原師輔女。長徳四年（九九六）左近中将に至る。『拾遺集』初出。実三三詞

定子《ていし》　藤原氏。貞元二年（九七七）～長保二年（一〇〇〇）、二四歳（二五歳とも）。一条天皇中宮。道隆一女。母は高階貴子。同母兄弟姉妹は伊周・隆家・原子（三条天皇女御）・三の君（敦道親王室）・四の君（御匣殿）。修子内親王・敦康親王・媄子内親王の母。永祚元年（九八九）着裳、正暦元年（九九〇）入内・立后。伊周・隆家左遷によって、出家。以後、しばしば職の御曹司を在所としたことが『枕草子』にみえる。長保二年二月、彰子が立后して定子は皇后となる。媄子内親王出産により没。『後拾遺集』初出。実一八二詞

春宮《とうぐう》　→居貞親王《いやさだしんわう》

東宮《とうぐう》　→師貞親王《もろさだしんわう》

東宮《とうぐう》　未詳。高九三詞

春宮の左近の君《とうぐうのさこんのきみ》　→小大君《こおほきみ》

遠量女《とほかずのむすめ》　藤原氏。生没年未詳。藤原道信の妻（栄花物語・四「見果てぬ夢」）。信九三詞

時明《ときあきら》　源氏。生没年未詳、天慶八年（九四五）頃生か。時舒男。能有の曾孫。子女に方基（実、到明子）・方弘・馬内侍・みゆき。馬内侍は養女という。晩年は出家し、吉野で隠棲した。家集『時明集』。実二八二詞

としこ　藤原氏。生没年未詳。藤原忠房男千兼の妻。醍醐天皇女御。承香殿和子に出仕。源清蔭とも親しかった。元一四二作

としのぶ　未詳。橘敏延か（竹鼻績）。信一〇八詞

としのぶの母《としのぶのはは》　未詳。としのぶは橘敏延か。信一〇八作

主殿の頭《とのもりのかみ》　未詳。実一六九詞

豊岡姫《とよをかひめ》　五穀の神。豊受毘売神・豊受姫神・豊受大神とも。稚産霊神の子、伊邪那岐命の孫。伊勢神宮外宮に祀られる。実一〇五、能一一四

な行

尚忠《なほただ》　藤原氏。生没年未詳。吉信男。「六位春宮少進越後介」（勅撰作者部類）。『後拾遺集』初出。命一四六詞

中興がむすめども《なかきがむすめども》　中興は、蔵人、文章生、大内記を経て、讃岐守、近江守。左衛門権佐。その娘は、元良親王以外にも、浄蔵、源巨城、源是茂との交渉が知られる。元一三三詞・一四作

長能《ながたう・ながよし》　藤原氏。天暦三年（九四九）頃～長和年間（一〇一二～一七）か。倫寧男。母は源認女。『蜻蛉日記』の作者道綱母の弟。右近将監、蔵人・近江少掾・図書頭・上総介を経て、寛弘六年（一〇〇九）伊賀守。寛和元年（九八五）『内裏歌合』長保五年（一〇〇三）『左大臣家歌合』などに出詠。花山天皇春宮時代の帯刀先生でもあり、その恩顧をうけて歌壇の重鎮として活躍し、『拾遺集』編纂にも関与したか。能因の歌道の師。『袋草子』に自作の歌を公任に非難されて落胆し、「不食の病」で死んだとある。中古三十六歌仙の一人。家集『長能集』。『拾遺集』初出。実二七八詞、能二二詞

仲平《なかひら》 藤原氏。貞観一七年（八七五）～天慶八年（九四五）九月五日、七一歳。左大臣。枇杷左大臣と称される。基経男。母は仁明天皇皇子人康親王女。時平弟。蔵人頭・春宮大夫・大納言・右大臣を経て、承平七年（九三七）左大臣に至る。『伊勢集』『大和物語』『平中物語』に登場。伊勢と恋愛関係にあった。『古今集』初出。元二三詞

永頼《ながより》 藤原氏。生年未詳～寛弘七年（一〇一〇）。山井三位と号す。尹文男、母は定方女。子女に能通・道頼室ら。美作・尾張・近江など七ヵ国の守を歴任。中宮（遵子）亮を務める。寛弘二年（一〇〇五）出家。実五四詞

済時《なりとき》 藤原氏。天慶四年（九四一）～長徳元年（九九五）、五五歳。小一条大将と号す。師尹男。母は藤原定方九女。三条天皇皇后娍子は娘。同母兄姉妹に村上天皇女御芳子、兄に定時。侍従・蔵人頭、参議、権中納言を経て永観元年（九八三）権大納言。大将を一九年勤めた。『拾遺集』初出。実五詞・八詞・九詞・六六a詞・二〇二詞・二〇三詞・二〇五詞・二三三詞・二七〇詞・二八四作・二八五作・三〇八詞

登平《なりひら》 光孝源氏。生没年未詳。従五位下土佐守。為親男。一説に、為憲子（尊卑分脈）とも。『詞花集』初出。ただし『金葉集』に「藤原登平」として同歌が収録。能一七三詞

二条殿《にでうどの》 未詳。道隆、あるいは道兼か。実六九a詞

二条の左大弁《にでうのさだいべん》 →為輔《ためすけ》

二条の宮の亮《にでうのみやのすけ》 →為善《ためよし》

入道中納言《にふだうちゆうなごん》 →義懐《よしちか》

入道殿の侍従《にふだうどののじじゆう》 未詳。「殿の入道の侍従」（永仁本実方集）であれば、藤原済時男の相任。実三八詞

女院《によゐん》 →詮子《せんし》

仁和寺の僧正《にわじのそうじやう》 →寛朝《くわんてう》

仁縁《にんえん》 未詳。『権記』寛弘七年（一〇一〇）閏二月一四日条に、「仁縁師云、此夜有月蝕…」と見え、藤原行成は仁縁の勘申に依って籠居している。能三九詞

信方《のぶかた》（宣方） 源氏。生年未詳～長徳四年（九九八）八月二三日（本朝文粋願文下）。従四位上右近中将。重信男。母は源高明女。弟に道方。左馬頭・右少将を経て、正暦五年（九九四）右中将。公任・実方らと親交があった。『枕草子』にも登場。信二作・四一詞・五四詞・五八作・六一作、実一詞・四八詞・五七a作・五八a詞・五八b作・一八七詞・二〇八詞・二一八詞・二六五詞

昇のむすめ《のぼるのむすめ》 生没年未詳。河原大納言源昇女。元一〇九詞・一一一詞・一一三詞

則長《のりなが》 橘氏。天元五年（九八二）～長元七年（一〇三四）四月。五三歳（三巻本『枕草子』勘物）。則光一男。一説に母は清少納言。相模と結婚したか。修理亮、式部丞などを経て正五位下越中守となる。中古三十六歌仙の一人。『後拾遺集』初出。能一〇〇詞

は　行

八宮《はちのみや》 →修子内親王《しゆうしないしんわう》

橋姫《はしひめ》 橋を守る神。『古今集』恋四「さむしろに衣かたしき今宵もや我を待つらむ宇治の橋姫」によって、宇治橋を守る女神をいう。「宇治の玉姫」とも。実三一・一九八

母御息所《ははみやすどころ》 →満子《まんし》

一言主《ひとことぬし》 役行者から葛城山と吉野の金峰山との間に石橋を架けるよう命じられた神。自身の醜貌を恥じて、夜間のみ活動したために橋は完成しなかった。実二四九・二八二

広業《ひろなり》 藤原氏。貞元元年（九七六）～万寿五年（一〇二八）四月一三日、五三歳（一説に五二歳）。有国男。母は藤原義友女。従三位参議兼勘解由

長官。文章生。寛弘五年（一〇〇八）文章博士。一条・三条・後朱雀三代の侍読。能七六詞

枇杷の左大臣殿《びはのさだいじんどの》　→仲平《なかひら》

藤壺の女御《ふぢつぼのにようご》　未詳。高一三詞

藤壺の童《ふぢつぼのわらは》　未詳。高一三詞・一五詞

孚子内親王《ふしないしんわう》　生年未詳～天徳二年（九五八）四月二八日。桂のみこ・桂宮とも称された。宇多天皇皇女。母は参議十世王女徳姫女王。寛平七年（八九五）一一月七日内親王となる。異母兄敦慶親王をはじめ、貞数親王・源嘉種との関係が『大和物語』や『後撰集』に見える。『後撰集』初出。元九五詞

平内侍《へいないし》　円融院皇后遵子女房の平貴子か（新大系『脚注』）。生没年未詳。実三四詞・三三八詞

弁の君《べんのきみ》　済時女娍子女房。実二七一詞・二七二詞

褒子《ほうし》　藤原氏。生没年未詳。京極御息所・富小路御息所と称された。時平女。母は未詳。宇多上皇妃。雅明・載明・行明の三皇子を儲けた。宇多天皇退位後に寵を受け、亭子院、のち六条院（河原院）に置かれた。延喜二一年（九二一）五月、亭子院で『京極御息所歌合』を主催。延長四年（九二六）九月、上皇の六十算賀を催し（日本紀略）、延長六年閏八月親王らと共に上皇の石山御幸に同行した（扶桑略記）。陽成天皇皇子元良親王との密事もあった（元良親王集）。『後撰集』初出。元三五詞・六四詞・六五作・六六作・一二〇詞・一五三作・一六六作・一六七作

堀河の院《ほりかはのゐん》　→円融天皇《ゑんゆうてんわう》・円融院《ゑんゆうゐん》

堀河の中宮《ほりかはのちゆうぐう》・**堀河のきさき**《ほりかはのきさき》　→媓子《こうし》

ま　行

正言《まさとき》　大江氏。生年未詳～寛仁五年（一〇二一）頃没か（勅撰作者部類）。仲宣男。母は未詳。弓削氏より大江姓に改姓。兄弟に以言・嘉言。文章生・大学允を歴任。また出雲守も務めたか。能因と親交があった。『後拾遺集』初出。能二六作・五〇作

雅信《まさのぶ》　宇多源氏。延喜二〇年（九二〇）～正暦四年（九九三）、七四歳。従一位左大臣。一条左大臣と号す。法名覚実（覚貞とも）。敦実親王三男。母は藤原時平女。室は藤原穆子。子女は時中・扶義・倫子（道長室）・道綱室ら。侍従・中将・蔵人頭を経て、参議、権中納言、中納言、大納言、右大臣、貞元三年（九七八）左大臣。『新古今集』初出。信四九詞

匡衡《まさひら》　大江氏。天暦六年（九五二）～寛弘九年（一〇一二）、六一歳。重光男。母は藤原伊尹家女房参河。室は赤染衛門、挙周・江侍従を儲けた。正四位下式部大輔兼文章博士侍従丹波守。永祚元年（九八九）文章博士。博士として長保・寛弘の年号を勘申。長徳三年（九九七）には東宮（居貞親王、のちの三条天皇）学士を兼ねる。和漢の才に秀で数多くの詩会に詩を賦した。長保三年（一〇〇一）正四位下、寛弘七年（一〇一〇）式部大輔。中古三十六歌仙の一人。『本朝文粋』に四六首入集。また、『類聚句題抄』『新撰朗詠集』『和漢朗詠集』『和漢兼作集』などに多数載る。家集『匡衡集』。詩集に『江吏部集』。『後拾遺集』初出。実二二九作

雅平《まさひら》　法性寺雅平。寛喜元年（一二二九）～弘安元年（一二七八）、五〇歳。室町家信男。母は右京大夫某信隆女。弘安元年三月に従二位になるが、同年八月出家。実三〇〇詞

町尻殿《まちじりどの》　→道兼《みちかね》

満子《まんし》　生没年未詳。民部大輔相輔女か（本朝皇胤紹運録）。醍醐第八皇女修子内親王の母。元六〇詞・六三作

御生といひし人《みあれといひしひと》　源氏。生没年未詳。従四位右大弁源相職女（二中歴）。典侍。中納言当時孫。花山天皇春宮時代の宣旨として評判が

高い（高遠集）。天皇の譲位を悲しみ（公任集）、晩年は出家し尼となる（朝光集）。『枕草子』「みあれの宣旨の」章段には、帝（花山か）に殿上童の人形を奉る話が載る。家集『御形宣旨集』。『新古今集』初出。高九三詞

帝《みかど》　→宇多天皇《うだてんわう》

帝《みかど》　→円融天皇・円融院《ゑんゆうてんわう・ゑんゆうゐん》

帝《みかど》　→玄宗帝《げんそうてい》

三河の守《みかはのかみ》　未詳。実一〇二詞

御匣殿《みくしげどの》　→明子《めいし》

三島の神《みしまのかみ》　未詳。実八一

道兼《みちかね》　藤原氏。応和元年（九六一）～長徳元年（九九五）五月八日、三五歳。正二位関白。氏長者。粟田関白・二条関白・町尻関白と号す。兼家四男。母は藤原中正女時姫。寛和二年（九八六）花山天皇をだまして出家させて、一条天皇を即位させた（大鏡）。一条天皇即位後、永延三年（九八九）権大納言に至る。長徳元年（九九五）兄道隆の死後関白となるが、当時流行していた疫病に罹患し、僅か二日後に急逝。「七日関白」と称された。『拾遺集』初出。信六作・八詞・一九詞・二八詞・一九〇作

道隆《みちたか》　藤原氏。摂家相続孫。天暦七年（九五三）～長徳元年（九九五）、四三歳。正二位関白。氏長者。中関白・後入道関白・南院殿・町尻殿・二条と号す。兼家男。母は藤原中正女時姫。子女に伊周・隆家・一条天皇中宮定子ら。寛和二年（九八六）花山天皇が出家し一条天皇が即位すると、権中納言・権大納言曽経て、永延三年（九八九）、内大臣。永祚二年（九九〇）父没後に関白・摂政。正暦四年（九九三）関白。『枕草子』にも登場。高一九詞

道綱《みちつな》　藤原氏。天暦九年（九五五）～寛仁四年（一〇二〇）、六六歳。兼家次男。母は藤原倫寧女（『蜻蛉日記』作者）。道長の異母兄。室は左大臣源雅信女（倫子女）・源頼光女ら。子女に兼綱（実、道兼子）・道経・豊子・道命阿闍梨。寛弘四年（一〇〇七）東宮傅となり「傅の殿」と称される。長和元年（一〇一二）中宮（妍子）大夫。寛仁四年（一〇二〇）病により出家。寛和二年（九八六）『内裏歌合』に出詠。寛弘四～七年『傅大納言道綱歌合』を主催。『弁乳母集』にもその歌が載る。『後拾遺集』初出（道綱母の代作も含む）。実三四詞・四〇作・九八詞・九九作・一一七詞・一六四作・三二a作、命奥

通任《みちたふ》　済時三男。実一七七詞・一七八詞

道長《みちなが》　藤原氏。摂家相続孫。康保三年（九六六）～万寿四年（一〇二七）、六二歳。従一位太政大臣。氏長者。御堂関白・法成寺なども称される。法名行観・行覚。兼家五男。母は藤原中正女時姫。室は源倫子・源明子。子女に頼通・教通・中宮彰子・中宮妍子・中宮威子・嬉子ら。長徳元年（九九五）同母兄道隆（四月一〇日）・道兼（五月八日）の相次ぐ薨去の後、氏長者・右大臣。同二年、甥伊周・隆家の左遷によって政権を確実にし、正二位左大臣。長徳元年（九九九）彰子を一条天皇後宮に入れ、翌年立后させる。長和五年（一〇一六）摂政・准三宮。寛仁元年（一〇一七）太政大臣。一家三后をなし、天皇の三代にわたり、外戚となって藤原氏全盛時代を築きあげた。歌人として『太政大臣殿卅講歌合』『法華廿八品和歌』、三船の遊、和歌管弦の遊びなど和歌会を多く催した。日記『御堂関白記』。『拾遺集』初出。実五九a作・一〇四詞・三三三詞？

道済《みちなり》　光孝源氏。生年未詳～寛仁三年（一〇一九）。方国男。母は未詳。信明の孫。寛仁二年（一〇一八）正五位下に至る。長保三年（一〇〇一）、「東三条院詮子四十賀屛風歌」を詠進。同五年『左大臣（道長）家歌合』に出詠。その詩文は『本朝麗藻』に数篇収録される。長能と共に『拾遺集』の編纂に関与したか。中古三十六歌

仙の一人。歌学書『道済十体』。家集『道済集』。『拾遺集』初出。能三〇詞・四八作・七九詞・七九左・八一詞・八六詞・一九七詞

道信《みちのぶ》 藤原氏。天禄三年（九七二）～正暦五年（九九四）、二三歳。従四位上左中将。為光三男。母は伊尹女。兼家の養子。『大鏡』第三に「いみじき和歌の上手にて、心にくき人」と記される。公任・宣方・実方と親交があった。父没後の哀悼歌や花山天皇女御婉子女王に実資が通ったときの悲しみの歌をはじめ、『今昔物語集』などに多くの逸話を残す。藤原公任撰『後十五番歌合』、『百人一首』に入集。中古三十六歌仙の一人。家集『道信朝臣集』。『拾遺集』初出。信輿、実二六詞・二九詞・三〇詞・五二詞・七二詞・七七詞

満仲女《みつなかのむすめ》 生没年未詳。美濃守源満仲女。兵衛佐実方と少将道綱とが満仲女に恋慕する（大斎院前御集・道綱母集）。実二八詞・一二九詞・一三〇詞・二六五詞

美濃の守の女《みののかみのむすめ》 →満仲女《みつなかのむすめ》

壬生の御《みぶのご》 生没年・伝未詳。『朝忠集』に「みぶの命婦にかよふころ、つつむことあるに」（一七）とある。元一〇詞

御息所《みやすどころ》 →褒子《ほうし》

宮の内侍《みやのないし》 →宣耀殿の宰相の君《せんえうでんのさいしやうのきみ》

むしこ 小馬の命婦か。『拾遺集』に「元良のみこ、こまの命婦に物いひ侍りける時、女のいひつかはしける」（恋四・九一八詞書）とある。→小馬の命婦《こまのみやうぶ》 元六七作

むすめ 源氏。生没年・伝未詳。安法法師女。『金葉集』（三奏）初出。能三四詞

むまこそ →小馬の命婦《こまのみやうぶ》

村上天皇《むらかみてんわう》 第六二代天皇。延長四年（九二六）六月二日～康保四年（九六七）五月二五日、四二歳。在位は天慶九年（九四六）～康保四年（九六七）。諱は成明。法名は覚貞。醍醐天皇第一四皇子。母は藤原基経女中宮穏子。冷泉・円融天皇の父。延長四年（九二六）一一月、親王宣下。天慶九年（九四六）四月二八日即位。天暦五年（九五一）一〇月、梨壺に撰和歌所を設置し、源順らに『萬葉集』訓読と『後撰集』撰進を行わせた。天徳四年（九六〇）『内裏歌合』等の主催と後援をした。御集『村上御集』。『後撰集』初出。高一三詞

むら雲の阿闍梨《むらくものあざり》 未詳。能一六九詞

明子《めいし》 藤原氏。生没年未詳。仲平女。藤原敦忠室。佐時・佐理・延暦寺明照の三子を儲ける。御匣殿別当として村上・朱雀天皇に仕える。元一二六詞・一二九作

元輔《もとすけ》 清原氏。延喜八年（九〇八）～永祚二年（九九〇）、八三歳。春光男。母は高利生女。祖父に深養父、娘に清少納言。寛和二年（九八六）従五位上肥後守。梨壺の五人の一人として『萬葉集』訓読と『後撰集』撰進に携わった。小野宮・九条家・源高明邸に出仕。『百人一首』歌人。三十六歌仙の一人。家集『元輔集』。『拾遺集』初出。高二九八作

元輔が娘《もとすけがむすめ》 →清少納言《せいせうなごん》

元良親王《もとよししんわう》 陽成天皇第一皇子。寛平二年（八九〇）～天慶六年（九四三）七月二六日（日本紀略、尊卑分脈）、五四歳。三品兵部卿。母は藤原遠長女。室は醍醐天皇第八皇女修子内親王など。『後撰集』『大和物語』に色好みの風流人としての説話が残る。宇多天皇寵愛の京極御息所に贈った歌が『百人一首』に載る。同母弟元平親王と『陽成院親王二人歌合』を主催。『後撰集』初出。元序・六b詞・一四詞・一六詞・一九詞・三六詞・三八詞・四〇詞・四四詞・五一詞・五二詞・六〇詞・六四詞・六七詞・六八詞・六九詞・七一詞・七二詞・七三詞・八一詞・八六詞・八七詞・八八詞・九一詞・九六詞・一〇〇詞・一〇四詞・一一〇詞・一二三詞・一二五詞・一二六詞・一三五詞・一四〇詞・一四三詞・一五五の次・一五六詞・一五七詞・一五九詞・一六三詞・一六四詞

師貞親王《もろさだしんわう》 →花山天皇・花山院《くわざんてんわう・くわざんゐん》 実三六詞?・二八〇詞?・三一八詞?、高一一三

や行

保昌《やすまさ》 藤原氏。天徳二年(九五八)~長元九年(一〇三六)九月、七九歳。正四位下右馬頭。致忠男。母は醍醐天皇皇子源元明女。長和~寛弘頃、和泉式部と結婚。円融朝で蔵人。藤原道長に仕えた。肥後・大和・丹後・摂津の守などを歴任。香道にも造詣があり『薫集類抄』にも名が見える。『後拾遺集』初出。命二三八詞、能七七詞・七八作・一三〇詞・一三一作・一五五詞・一七一詞・一七九詞

山の井の君《やまのゐのきみ》 三条右大臣定方の娘か。元八八作・一一五作・一一六作・一六一作

陽生《ようしやう》 第二一代天台座主。延喜七(九〇七)~正暦四年(九九三)、八七歳(『座主記』には七八歳)。本姓は伊豆氏。比叡山に登り、延昌に従い顕密を学ぶ。永祚元年(九八九)一二月座主に任ぜられたが、翌年辞す。信六三詞

陽成院《やうぜいゐん》 第五七代天皇。貞観一〇年(八六八)一二月一六日~天暦三年(九四九)九月二九日、八二歳。在位は貞観一八年(八七六)~元慶八年(八八四)。諱は貞明。清和天皇の第一皇子。母は藤原高子。退位後は「延喜二年陽成院歌合」「天暦二年陽成院一親王姫君達歌合」などを主催。『百人一首』歌人。『古今集』初出。元序

義懐《よしちか》 藤原氏。天徳元年(九五七)~寛弘五年(一〇〇八)、五二歳。伊尹五男。母は恵子女王。従二位権中納言。飯室入道と号す。室に為光女・為雅女。子は成房ら。同母姉兄に懐子(花山天皇の母)・義孝など。花山朝では唯一の外戚として権勢をふるうが、寛和二年(九八六)六月、天皇の突然の出家により自身も出家。飯室に住す。入道中納言と呼ばれる。『枕草子』には出家前の権勢家としての姿が描かれる。花山天皇主催『内裏歌合』では判者も務める。『後拾遺集』初出。実六〇a作

嘉言《よしとき》 大江氏。生年未詳~寛弘七年(一〇一〇)頃、五〇歳前後か。文章生。守仲宣男。母は未詳。弓削氏より大江姓に改姓。正言・以言の弟。公資の叔父。寛弘六年(一〇〇九)対馬守となるが、翌年客死。正暦四年(九九三)『帯刀陣歌合』、長保五年(一〇〇三)『左大臣(道長)家歌合』、寛弘四年(一〇〇七)『後十五番歌合』などに出詠。能因・長能・道済らと親交があった。中古三十六歌仙の一人。家集『大江嘉言集』。『拾遺集』初出。能二一詞・二五作・三三作・三六詞

頼忠《よりただ》 藤原氏。延長二年(九二四)~永祚元年(九八九)、六六歳。従一位太政大臣。氏長者。三条太政大臣と称された。実頼次男。母は藤原時平女。室は厳子女王・子女は公任・円融天皇中宮遵子・花山天皇皇女御媞子など。諡は廉義公。天元元年(九七八)太政大臣。伊尹・兼通の死後、二度にわたり氏長者になるとなるが、天皇と外戚関係にない「よそ人」だったため実権はなかった。『拾遺集』初出。信六二詞

頼通《よりみち》 藤原氏。摂家相続孫。正暦三年(九九二)~延久六年(一〇七四)、八三歳。宇治殿と号す。幼名は鶴君。道長一男。母は源雅信女倫子。同母弟姉妹に教通・彰子・妍子・威子・嬉子。室は隆子女王。康平四年(一〇六一)太政大臣。後一条・後朱雀・後冷泉三代の摂関を務める。養女嫄子女王を後朱雀天皇に、また女寛子を後冷泉天皇に入れるが、天皇の外祖父となれなかった。延久四年出家。和歌を重視し、長元八年(一〇三五)『賀陽院水閣歌合』をはじめとする多くの歌合を主催し、天徳四年(九六〇)の『内裏歌合』の様式を復活させた。永承四年(一〇四九)『内裏歌合』同五年『祐子内親王家歌合』、同六年『内裏根合』などを後援。類聚歌合などの家

集・歌合集成にも注力。後朱雀・後冷泉朝期における和歌の興隆を実現した。『後拾遺集』初出。能下

頼光《よりみつ》　源氏。天暦二年（九四八）～治安元年（一〇二一）、七四歳（一説に六八歳）。藤原道長の家司。幼名文殊丸。満仲男。母は源俊朝臣女。子に頼家。摂津・伊予・淡路・丹波などの守を歴任。正四位下に至る。酒呑童子をはじめ数々の武勇伝・説話が『今昔物語集』『古事談』『古今著聞集』などに載る。『拾遺集』初出。実一九二詞

ら行

楽天《らくてん》　中国、中唐の詩人。大暦七年（七七二）～会昌六年（八四六）、七五歳。刑部尚書。字は楽天。号は香山居士。太原（山西省）の人。『白氏文集』を編纂した。『本朝麗藻』に「我朝詞人才子、以二白氏文集一為二規模一」、『枕草子』に「書は、文集、文選」と記され、我が国の詩風に影響を与えた。漢詩のみならず、『古今集』『源氏物語』にも影響が見える。能小序

六条の少納言《ろくでうのせうなごん》　源道方か。源氏。安和二年（九六九）～寛徳元年（一〇四四）、七六歳。源重信男。母は源高明女（公卿補任）と藤原師輔女（尊卑分脈）との説がある。子に経長・経親・経信・経隆・僧円信ら。長元二年（一〇二九）太宰権帥。同六年（一〇三三）太宰権帥を辞し、同八年（一〇三五）民部卿に遷任。寛徳元年、出家。一条・三条・後一条・後朱雀の四朝に仕えた。『枕草子』に「道方の少納言、琵琶いとめでたし」と見え、管弦の才にも長じた。実六五a作

地名一覧

一、本巻に収めた元良親王集・藤原道信朝臣集・実方中将集・大弐高遠集・道命阿闍梨集・能因集の五集に見える地名（架空の地名・神社仏閣名・建造物名を含む）の索引を兼ねた一覧である。略号はそれぞれ左のごとくである。

元＝元良親王集　信＝藤原道信朝臣集　実＝実方中将集　高＝大弐高遠集　命＝道命阿闍梨集　能＝能因集

二、項目は和歌・詞書から拾った。ふりがなは歴史的仮名遣いにより、現代仮名遣いによる五十音順に配列した。

三、数字は歌番号、数字の下の「詞」は詞書に、「序」は序に、「奥」は奥書に見えることを意味する。

あ行

青木《あをき》　筑前国。福岡市西区今宿青木。高一九二詞・一九二

明石の浦《あかしのうら》　播磨国。兵庫県明石市南東の海岸一帯。『万葉集』から名が見える。白砂青松の景勝地であった。「明かし」を掛けて詠まれる。『能因歌枕』播磨国の最初に「明石浦」と見える。実三九b、高三四詞・三四、能三六

安芸の国のいはで山《あきのくにのいはでやま》　所在地未詳。安芸国は広島県西部。高一八五詞

あくた川《あくたがは》　摂津国。大阪府高槻市を流れる淀川の支流。『伊勢物語』六段で有名。元一〇七九

安積の沼《あさかのぬま》　陸奥国（岩代国）。福島県郡山市日和田町、安積山のふもとにあったとされる沼。『古今集』に「陸奥の安積の沼の花かつみかつ見る人に恋ひやわたらむ」（恋四・読人不知）と詠まれる。能一〇二・二〇九・二一〇

朝倉・朝倉山《あさくら・あさくらやま》　筑前国。福岡県朝倉市。斉明天皇の行宮があった。神楽歌・朝倉に「朝倉や　木の丸まろ殿に　我が居をれば　名宣なのりをしつつ　行くは誰」と歌われる。『能因歌枕』に「山をよまば　吉野山　あさくら山…などよむべし」とある。実二五、能四五・八二・一九七

朝日山《あさひやま》　山城国。京都府宇治市。宇治川の東岸の山。標高一二四メートル。「山城宇治也」（八雲御抄）。実一九詞・一九、命二〇詞・一二〇、能一五

蘆の屋《あしのや》　摂津国。兵庫県神戸市東部から芦屋市・伊丹市を含む一帯。『伊勢物語』八七段に「津の国うばらの郡蘆屋の里」とし、「蘆の屋のなだの塩焼きいとまなみ黄楊つげの小櫛もささず来にけり」を「昔の歌」として引く。能一三四

飛鳥川《あすかがは》　大和国。奈良県の竜門山地、高取山付近に発し、奈良盆地の中央で大和川に注ぐ。『万葉集』に多く詠まれる。元三三

東《あづま》　東国。逢坂の関より東の地域。信四四詞、能一一詞

東路《あづまぢ》　都から東国に至る道筋。東国の地域そのものも指す。実二一〇・二一八・二七六、高二四、能一三

愛宕の白雲《あたごのしらくも》　愛宕は山城国と丹波国との境にある愛宕山。京都市右京区北西部。標高九二四メートル。白雲は愛宕山にあった白雲寺。「白雲寺縁起」（山城名勝志）によると大宝年間

（七〇一～七〇四）に役行者と泰澄が勅許を得て愛宕山（朝日峰）に神廟を建立し、天応元年（七八一）に和気清麻呂公と慶俊僧都が朝日峰に愛宕大権現を祀る白雲寺を建立したと伝える。能九七詞・九七

姉歯の橋《あねはのはし》　陸奥国。岩手県陸前高田市今泉にあり、高田町と気仙町を結んで気仙川に架かる。橋は、明治三六年（一九〇三）下流の現在地に移された。能一四七詞・一四七

あぶくま川《あぶくまがは》　陸奥国。福島県南部、甲子山《かつしざん》に発し、北に転じて宮城県に入り、太平洋に注ぐ阿武隈川。古今集に「阿武隈に霧立ち曇り明けぬとも君をばやらじ待てばすべなし」（東歌・陸奥歌）と歌われる。元八九

天河《あまのがは》　河内国。生駒山地付近に発して大阪府枚方市で淀川に合流する。『能因歌枕』は摂津国とする。実二詞・二

天の川《あまのがは》　天空の銀河。実九三・三三五

あまりべ　筑前国。御笠郡余部。福岡県太宰府市太宰府。高一九一詞

嵐の山《あらしのやま》　山城国。京都市西京区嵐山にある山。大堰川に臨み、亀山・小倉山に対する。紅葉の名所。→小倉山《をぐらやま》　実一五八、命三一・二〇七

粟田殿《あはたどの》　山城国。京都市左京区から東山区にあった藤原道兼の別邸。粟田には貴族の山荘が多かった。信一九詞、実二八詞

安楽寺《あんらくじ》　筑前国。福岡県太宰府市。太宰府天満宮の神宮寺をさす。菅原道真を葬った地に建立された。高一七五詞

生の松原《いきのまつばら》　筑前国。福岡市の西郊、博多湾沿いの松原。「生き」「行き」を掛けて詠まれる。実一、高一五二・一七八・二〇三詞・二〇三・二三九

生田の杜《いくたのもり》　摂津国。生田神社のある森。神戸市中央区付近。『能因歌枕』摂津国に見える。能四六

生駒の山《いこまのやま》　大和国。河内国との国境に位置。奈良県生駒市と大阪府東大阪市の境。標高六四二メートル。『万葉集』の「君があたり見つつも居らむ生駒山雲なたなびき雨は降るとも」（巻十二・作者未詳）の歌が伊勢物語・二三段で河内国高安の女の歌とされた。『能因歌枕』大和国に「生駒山」がある。能八五

石山《いしやま》　近江国。石山寺。滋賀県大津市石山町。天平勝宝年間（七四九―七五七）に、聖武天皇の勅願により良弁が開山と伝わる。本尊は如意輪観世音菩薩。平安時代には観音信仰の聖地として、女性の参詣が多かった。『枕草子』に「寺は…石山」とある。実二七八詞、高四〇二

泉川《いづみがは》　山城国。木津川の京都府木津川市を流れ、淀川に注ぐまでの部分を指していった。元六九・一四〇詞・一四〇・一四一

出雲《いづも》　旧国名。島根県東部。信五四詞、能五〇詞・五〇

伊勢《いせ》　旧国名。三重県北中部。実三三八

井関の山《ゐせきのやま》　紀伊国か。『大日本地名辞書』によると、有田郡と日高郡の境にある鹿ケ瀬山（小城山）という。和歌山県有田郡広川町に井関という地名がある。命八五詞・八五・二九〇詞・二九〇

石上《いそのかみ》　大和国。奈良県天理市布留町に鎮座する石上神宮を中心とする地域。『万葉集』以来、「石上布留」の形で詠まれ、布留と同音の「古る」「降る」に掛かる枕詞として用いられる。実三三・三三五、高一七八

一条院《いちでうゐん》　もと藤原伊尹の邸宅で、その異母弟為光から藤原詮子に伝えられ、のち一条天皇・後一条天皇・後朱雀天皇・後冷泉天皇の里内裏となった。命三三四詞

井手・井手の玉水・井手の山《いで・ゐでのたまみづ・ゐでのやま》　山城国。京都府綴喜郡井出町。井出の玉川は、六玉川の一つ。山吹と蛙が景物とされる。実二六五、命三一・一八六・二〇〇・二〇一

出羽の国《いではのくに》　旧国名。山形・秋田両県。能一一三

詞

猪名野《ゐなの》 摂津国。兵庫県伊丹市から尼崎市を流れる猪名川流域一帯。能一三五詞・一三六

因幡《いなば》 旧国名。鳥取県鳥取市。『古今集』の「立ち別れいなばの山の峰に生ふる松とし聞かばいま帰り来む」（離別・在原行平）で知られる。実九四詞・九四・三八詞・三八

稲荷《いなり》 山城国。京都市伏見区伏見稲荷大社。稲荷山に上中下の三社を祀る。元五二詞

伊吹《いぶき》 美濃国と近江国の境にある伊吹山。岐阜県と滋賀県にまたがる。主峰は標高一三七七メートル。薬草の「もぐさ」の産地。実三二

いもはら 志賀の山越の途次にある所領。元一四二詞

妹背山《いもせやま》 紀伊国。和歌山県伊都郡かつらぎ町を流れる紀ノ川を挟み、北岸の山を「背山」、南岸の山を「妹山」という。この両山を合わせた名。『万葉集』「後れ居て恋ひつつあらずは紀伊の国の妹背の山にあらましものを」（巻四・笠金村）のように男女の仲のたとえとして詠まれる。高一〇七詞・一〇七・三九七

伊予の国《いよのくに》 旧国名。愛媛県。能二〇八詞

岩清水《いはしみづ》 山城国。京都市八幡市男山の石清水八幡宮。宇佐天皇の御代に宇佐八幡宮を勧請した。実二詞

岩代《いはしろ》 紀伊国。和歌山県日高郡みなべ町岩代。『万葉集』「岩代の浜松が枝を引き結びま幸くあらばまたかへりみむ」（巻二・有間皇子）により歌枕となった。高八五・二三九

岩瀬山・岩瀬の杜《いはせやま・いはせのもり》 大和国。奈良県生駒郡斑鳩《いかるが》町にあったといわれる。元一三、能一七

岩戸《いはと》 高天原にあるという天の岩戸。天照大神が素戔嗚尊の暴状を怒って籠った伝説がある。実三〇三

宇佐《うさ》 豊前国一宮の宇佐八幡宮。大分県宇佐市。応神天皇などを祀る。天皇の即位や国家の大事に際に幣帛を奉る勅使（宇佐の使い）が派遣された。醍醐天皇の頃より三年に一度恒例の使いを発遣した。実一詞・五五詞・一三六詞・一三六・一三七・一三八詞・二二八詞・二六五詞・二六五

宇治《うぢ》 山城国。京都府宇治市。宇治川流域に位置する。元一二二詞、信九七、実二二詞・二三五・五七詞

宇治川《うぢがは》 山城国。京都府宇治市。琵琶湖の南端から発し、淀川となって大阪湾に注ぐ。上流は瀬田川、桂川・木津川を合わせる地点までが宇治川と呼ばれる。網代・氷魚等が詠まれる。元八一、信九六、実二四・五七a・二八八

宇治殿《うぢどの》 山城国。久世郡。京都府宇治市。宇治院とも。宇治川左岸、現在の平等院あたり。もと源融の別業。源重信の没後、長徳四年（九九八）に重信の北の方から藤原道長が買得、頼道が平等院とした。実一九八詞

太秦《うづまさ》 山城国の広隆寺。京都市右京区太秦蜂岡町。推古天皇一一年（六〇三）秦河勝が聖徳太子から賜った仏像を本尊として建立したと伝わる。元三〇a詞

内《うち》 山城国。京都市上京区。内裏のこと。里内裏を指すこともある。信一詞、実五〇詞・八六詞・一一三詞・一四〇詞・二三〇詞・二四一詞・二六三詞・二七一詞・二八三詞、高一二詞

打出の浜《うちでのはま》 近江国。滋賀県大津市の琵琶湖岸の名称。大津市浜大津港の東に町名が残る。「近江なる打出の浜に打ち出でつつ怨みやせまし人の心を」（拾遺・恋五・読人不知）などと詠まれる。高二三七詞・二三七

内浦浜《うつらはま》 筑前国。遠賀郡。福岡県遠賀郡岡垣町。高二〇八詞・二〇八

有度浜《うどはま》 駿河国。静岡市南部、駿河区と清水区にまたがる有度山の南すその海岸。その北東に三保の松原がある。『能因歌枕』駿河国に「有度浜」と見える。能二三

畝傍山《うねびやま》 大和国。奈良県橿原市畝傍町にある

山。耳成山、香具山と共に大和三山と称する。『古事記』にも記され、『万葉集』以来詠まれる。高二三八

越前《あちぜん》　旧国名。福井県の北東の大部分。越の道の口。信奥書

越前のたいふの山《あちぜんのたいふのやま》　所在地未詳。『能因歌枕』越前国には「たいふ山」がある。能一二〇詞

榎津の海《えなつのうみ》　摂津国。大阪市住吉区の南、堺市にかけての海岸。『万葉集』に「住吉の得名津に立ちて見渡せば武庫の泊ゆ出づる船人」(巻三・高市黒人)と詠まれる。能一六九

逢坂《あふさか》　近江国。滋賀県大津市。逢坂の関をさすことが多い。信四八詞、実一七六・一八五b、高二三二、命一一三詞、能一七

逢坂の関《あふさかのせき》　近江国。滋賀県大津市大谷町に関の跡がある。山城国との境にあり、東国を結ぶ要所。旅立つ人と別れ、都に入る人を迎える地であったことから「逢ふ」を掛けて詠まれる。駒迎えや関の清水でも知られる。元六四、信一四・四八、高四・二三二詞・二三五詞・二三六、命一一三

奥州《あうしう》　陸奥国の異称。旧白河関・勿来関以北。→陸奥国《みちのくに》　能一四〇詞

麻生の浦《おふのうら》　伊勢国。所在は未詳だが、志摩国麻生の浦(三重県鳥羽市)とする説や、伊勢国多気郡の大淀の浦(三重県多気郡明和町)ともいわれる。実一七五

近江《あふみ》　旧国名。滋賀県全域。信一七、高二三二詞

近江の海《あふみのうみ》　近江国。滋賀県の琵琶湖。実二七八、能一七五詞・一七五

大堰川《おほゐがは》　山城国。丹波高地東辺に発し、亀岡山・京都市を貫流し、下鳥羽で鴨川を合わせて、淀川に注ぐ。嵐山付近では保津川・桂川などと通称される。実一四八・二五三、高一四九詞、命九詞・一三詞・一三・一五・三二・一一〇詞・一二三・一二六詞・二三三詞・二三三

大井の戸無瀬《おほゐのとなせ》　山城国。京都市西京区嵯峨野嵐山付近を流れる桂川の部分を大堰川といい、そのまた一部分を戸無瀬という。戸無瀬の滝があった。高一四八詞

大沢の池《おおさはのいけ》　山城国。京都府右京区嵯峨大沢町の大覚寺の東にある池。元一三

大島の門《おほしまのと》　周防国。山口県大島郡と柳井市との海峡。大畠瀬戸。潮流が早く航海の難所。「大島の鳴門」および「可太の大島」の形で『万葉集』に詠まれる。高一七八・二二四詞・二二四

大原・大原山《おほはら・おほはらやま》　①山城国。京都市西京区大原野。小塩山の麓にある大原野神社を中心とする地域。『古今集』に「二条后の、まだ東宮の御息所のと申しける時に、大原野に詣で給ひける日、よめる/大原や小塩の山も今日こそは神代のことを思ひ出づらめ」(雑上・在原業平)とある。行幸、藤原氏の皇妃・貴顕の参詣が多かった。②山城国。左京区大原一帯の山。実九八詞・九八・九九、命二〇七詞・二〇七・二〇八

奥玉《おくたま》　陸奥国。岩手県一関市千厩町奥玉。能一四六

小倉山《をぐらやま》　山城国。京都府右京区嵯峨亀ノ尾町、保津川北岸にあり、南岸の嵐山と相対する。標高二九三メートル。高三六三、命六・七・一四・一六・六八b・一二一・二七三・二七七

小塩・小塩の原・小塩山《をしほ・をしほのはら・をしほやま》　山城国。京都府西京区大原野。大原野神社の西にある山。標高六四一メートル。→大原《おほはら》　実七三・七四

音無の滝《おとなしのたき》　所在地未詳。能因集一一一番に詠まれる「音無の滝」は陸前国栗原郡か。宮城県栗原市。高三九、能一一一詞・一一一

小野《をの》　山城国。京都市左京区の大原。実一一三

小野宮《をののみや》　藤原実頼の邸宅。大炊《おおい》御門南、烏丸西に一町の広さをもった。京都市中京区。もと文徳天皇皇子の惟喬親王の邸があり、彼が小野親王と呼ばれたところから小野宮の名がつい

た。高三〇〇詞

小野山《をのやま》 山城国。京都市左京区大原にある山。比叡山西麓。信一〇二、実二九

姨捨の山《をばすてのやま》 信濃国。長野県千曲市と東筑摩郡の境にある冠着《かむりき》山。標高一二五二メートル。『古今集』「わが心慰めかねる更級や姥捨山に照る月を見て」(雑上・読人不知)の歌や『大和物語』『今昔物語集』の説話で知られる。月の名所。能四・六七・六八・二二三

か 行

甲斐《かひ》 旧国名。山梨県。能四二詞

甲斐が嶺《かひがね》 甲斐国。山梨県の山。能四二・一二四

甲斐の白根《かひのしらね》 甲斐国。山梨県の白根山。『能因歌枕』甲斐国に「甲斐の白根」と見える。能一〇四詞・一〇四

帰山《かへるやま》 越前国。福井県南条郡南越前町から敦賀市にかけての山か。「帰る」を導く。元三七

鏡の山《かがみのやま》 近江国。滋賀県蒲生郡竜王町と野洲市との境にある山。『能因歌枕』は阿波国とする。「鏡」の連想で歌に詠まれる。命一一七

かささぎの橋《かささぎのはし》 七夕の夜、天空に架けられるという想像上の橋。実九二

風早《かざはや》 壱岐国。『和名類聚抄』壱岐島・壱岐郡に「風早」の地名が見える。高一九七詞

笠間《かさま》 常陸国。茨城県笠間市。笠間神社がある。実五四

春日・春日野《かすが・かすがの》 大和国。奈良市春日野。春日野は春日山西麓の広い範囲の野をいう。藤原氏の氏神を祀る春日大社があり、藤原氏が摂関家としての地位を確立した兼家の時から、摂関の春日詣が恒例化した。祭礼には摂関家の中将・少将などが奉幣のために遣わされた。信六詞、実三八詞・三八、高三二七

葛城《かづらき》 大和国。葛城山をさす。大和国と河内国の境。奈良県西部、大阪府との境に位置し、金剛山を主峰とする葛城連山の総称。実一〇七・二八二

交野《かたの》 河内国。大阪府交野市・枚方《かたひら》市一帯の地域。禁裏御料の地。能二九詞・二九

桂《かつら》 山城国。京都市西京区桂。桂川の西岸一帯をいう。元九五詞・九五

桂川《かつらがは》 山城国。大堰川の嵐山付近での称。実二

月輪寺《ぐわつりんじ》 山城国。京都市右京区嵯峨清滝月の輪町、愛宕山東側の大鷲峰山腹にある天台寺院。天応元年(七八一)慶俊僧都の開基と伝わる。本尊は阿弥陀如来。高一二詞

かまくら山《かまくらやま》 京都市。比叡山東塔の蒲(鎌)鞍山。横川の近く。一時期、花山院の住房があった。実六一b

かまと山《かまとやま》 所在地未詳。あるいは筑前国か。高三七四

竈門山《かまどやま》 筑紫国。太宰府市北東、筑紫野市・糟屋《かすや》郡宇美《うみ》町との境にある宝満山。標高八六八・七メートル。高一七八

神奈備の森《かみなびのもり》 大和国。本来は神社のある森の意。固有名詞としては、奈良県生駒郡の三室山、同高市郡明日香村の雷丘、また甘樫などが神南備の山と考えられてきた。高三六二

上の御社《かみのみやしろ》 山城国。京都市北区上賀茂本山町にある上賀茂社(賀茂別雷《わけいかずち》神社)。祭神は賀茂別雷命。天武天皇六年(六七七)創建。↓賀茂《かも》 高四三詞・二五一詞

亀山《かめやま》 山城国。京都市右京区嵯峨。天竜寺の後ろの山。大井川に臨み、嵐山の北に位置する。命一五詞・一五・二〇四

賀茂《かも》 山城国。京都市北区上賀茂本山町にある賀茂別雷神社(上賀茂社)と左京区下鴨泉川の下鴨神社の総称。旧暦四月第二の酉の日には賀茂祭(葵祭)が行われた。元九五詞・九五、実一三

四、高四三詞・三〇一詞

川尻《かはじり》　和泉国。大阪市東淀区市南江口あたりか。淀川から神崎川が分岐する一帯。水上交通の要所であった。実一〇四詞、能三七詞

河原の院《かはらのゐん》　山城国。京都市下京区本塩竈町付近。六条坊門南、万里小路東。源融が創建した邸宅。塩竈浦の風景を模して庭園を造り塩焼きを楽しんだことで知られる。後に曾孫の安法法師が住持し、歌人・文人たちの雅行の拠点となった。能三四詞

閑院《かんゐん》　山城国。京都市中京区古城町付近。二条南、西洞院西町。もと藤原冬嗣邸で、兼通、朝光、公季らが伝領。東宮時代の花山院が一時居所とした。高一三詞

紀伊《きい》　旧国名。和歌山県と三重県南西部。実二五六詞

象潟《きさかた》　出羽国。秋田県にかほ市象潟町。鳥海山の北西麓、日本海に通じる潟湖で。島々が点在していた。文化元年（一八〇四）の地震で湖底が隆起して陸地となった。能一三・一四詞・二四

北野《きたの》　山城国。京都市上京区馬喰町の北野神社。天暦元年（九四七）草創。怨霊となった菅原道真を祀る。高四四詞・四四

木の丸殿《きのまろどの》　筑前国。福岡県朝倉市朝倉町にあった斉明天皇の行宮。→朝倉《あさくら》　実二六、高一八七詞・一八七、能八二

吉備の中山《きびのなかやま》　備中国。岡山市吉備津の吉備津神社の裏の山かという。『古今集』神遊びの歌に「真金ふく吉備の中山帯にせる細谷川の音のさやけさ」と歌われる。高三九八

京《きやう》　山城国。平安京。京都市。信五〇、能三五詞・一三三詞・二三七詞・二五一詞

京極《きやうごく》　山城国。平安京の東と西の両端を南北に走る大路。また、この大路沿いの内側にある邸宅地。東京極大路沿いの方に貴族の邸が多かった。元三五詞・六四詞・一五三詞・一六六詞

清滝河《きよたきがは》　山城国。京都市北区の小野郷の北東の栈敷ヶ岳の山中に発して、愛宕山の麓を流れて桂川に注ぐ。急流で知られる。能九七

清見が関《きよみがせき》　駿河国。静岡市清水区興津にあった古関。『枕草子』に「関は…清見が関」とある。清見が関は、そこから三保の崎へかけて海岸が広がり、北東に富士山を眺める絶景の地であった。能八八

清水《きよみづ》　山城国。京都市東山区清水にある清水寺。山号は音羽山。延暦年間（七八二―八〇六）創建と伝わる。本尊は十一面観音像。本堂から清閑寺道へ下ったところに音羽の滝があり、滝殿があった。『枕草子』や『小右記』などに、しばしば清水寺を参詣したことが記されており、当時から観音信仰の地として知られていた。元九七詞・九七、実二六六詞、命一九二詞・二七二詞

きりはら　信濃国。長野県松本市。駒迎の際に朝廷に献上する馬を飼育する牧があり、「桐原の駒」で知られる。高四

熊野《くまの》　紀伊国。新宮（和歌山県新宮市）、本宮（田辺市）、那智神社（那智勝浦町）の熊野三山が修験道また熊野信仰の霊地とされ、貴顕の参詣が相次いだ。吉野・高野と並ぶ古代からの聖地。実一六六詞、命二二詞・八一詞・二九〇詞、能五八a詞

熊野川《くまのがは》　紀伊国。奈良県吉野郡の大峰山脈に源を発し、奈良・和歌山・三重の県境を流れ、熊野灘に注ぐ長流。能五八a詞・五八b

熊野の浦《くまのうら》　紀伊国。三重県南東部、熊野灘に面する海岸。命九一

久米路の橋・久米の岩橋《くめぢのはし・くめのいはばし》　大和国。奈良県葛城山地の伝説上の岩橋。役行者が、葛城の一言主神に金峯山と葛城山の間に橋を架けさせようとしたが、醜さを恥じた神が昼は仕事をせず、橋は未完のまま中絶したという。実一〇七・二四九・二八二・三三五

雲の都《くものみやこ》　海上にある仙郷の都。高二六一

倉橋山《くらはしやま》　大和国。奈良県桜井市倉橋付近の山だが、具体的には諸説ある。「暗し」を掛けて詠まれることが多い。実一八九詞・一八九

鞍馬・鞍馬の山《くらま・くらまのやま》　山城国。京都市左京区鞍馬本町。鞍馬寺がある。「暗し」を連想させる。『枕草子』「近うて遠きもの」の段に「鞍馬のつづらをりといふ道」とある。命二四詞・二四・二五・四〇詞・四〇・二二四・二二四詞

くりこま山《くりこまやま》　山城国。京都府宇治市大久保町・広野町あたり。元一一三

栗原の郡《くりはらのこほり》　宮城県北部。能一一一詞

黒戸《くろど》　清涼殿の北東側の部屋。実二九六

小一条殿《こいちでうどの》　山城国。藤原済時の邸宅。二条北、東洞院西、室町東、近衛南に位置する。道七五詞、実八・八三詞・(八四詞)・九四詞・一九四詞・二〇六詞・二八三詞

粉河《こかは》　紀伊国。粉河寺。和歌山県紀の川市粉河にある。宝亀元年(七七〇)大伴孔子古の創建という。本尊は千手千眼観世音菩薩。正暦二年(九九一)花山院が、正暦末以前に藤原実方が、長保二年(一〇〇〇)には藤原斉信が、寛仁元年(一〇一七)には藤原教通が参詣した。永承三年(一〇四八)に藤原頼通が参詣してから摂関家の尊崇するところとなり、累代の摂関が相次いで詣でた。実二五六詞、高一〇七詞

弘徽殿《こきでん》　後宮の七殿五舎の一つ。清涼殿に近い後宮の中心的建物。実九九詞

九重《ここのへ》　内裏。中国の王朝の門が九つ重なっていたことからいう。↓内《うち》　実四一・九六・一七六・二六三、高一二・六九・八四・二三九・二八四、命一一一

こし・こし路《こし・こしぢ》　越。北陸地方、また北陸道の古称。元三七、実九九b

高麗《こま》　朝鮮半島の古称。命一四二

狛野の院《こまののゐん》　山城国。元良親王の別荘。相楽郡狛(京都府木津川市山城町)にあった。元六七詞・一三八詞・一四〇詞

昆陽・児屋《こや》　摂津国。兵庫県伊丹市。旧、児屋郷。天平五年(七三三)行基が開基した昆陽寺、行基が造ったと伝わる昆陽池がある。能八五詞・小序・一三四

衣の関《ころものせき》　陸奥国。岩手県西磐井郡平泉町もしくは奥州市衣川に、蝦夷対策として置かれた関所の一つ。『能因歌枕』に「関をよまば、逢坂の関、白河の関、衣の関、不破の関」と書かれる。実一八五a・一九一・三三六

さ　行

西院《さいゐん》　淳和院の別称。京都市右京区西大路四条の北辺、西院東淳和院町および西淳和院町。能一三八詞

西勝寺《さいしようじ》　所在地未詳。陸奥、尾張、越中国に見える。尾張の西勝寺は愛知県刈谷市にある。能一〇四詞

嵯峨・嵯峨野・嵯峨の院《さが・さがの・さがのゐん》　山城国。京都市右京区嵯峨。北嵯峨の山麓、小倉山、大井川、太秦に囲まれた広い範囲をさす。貴族の狩場・逍遥の地。嵯峨天皇の離宮があり、平安中期には秋の草花や虫の名所となる。『枕草子』に「野は、嵯峨野、さらなり」とある。元一三一詞・一三一・命三一詞

相模《さがみ》　旧国名。神奈川県の大部分。能八八詞

桜井の里《さくらゐのさと》　山城・摂津・伊代とも。実二一〇詞・二一〇

佐保川《さほがは》　大和国。春日山に発し、初瀬川と合流して大和川に注ぐ。高三六六

佐保山《さほやま》　大和国。奈良市北部、佐保川の北側にある丘陵。京都府との境。紅葉の名所。高三一六

更級《さらしな》　信濃国。長野県千曲《ちくま》市のあたり。姨捨山《おばすてやま》伝説や田毎《たごと》の月などで有名。能四・二三

塩釜の浦《しほがまのうら》　陸奥国（陸前）。宮城県塩竈市および東方に開ける塩竈湾一帯の呼称。源融が河原院に塩釜の風景を模した庭園を造ったことは『伊勢物語』八一段で有名。「陸奥はいづくはあれど塩釜の浦こぐ舟の綱手かなしも」（古今・東歌）で知られた。『能因歌枕』陸奥国に見える。能一〇九詞・一〇九・一一〇詞・一四詞・一四

志賀《しが》　近江国。滋賀県大津市。元九八詞

しかすがの渡り《しかすがのわたり》　三河国。愛知県豊川市小坂井町。豊川の河口にあった渡し場。東海道の難所であった。『万葉集』より詠まれた。『枕草子』に「わたりは　しかすがのわたり」とある。能九〇詞・九〇

志賀の山越《しがのやまごえ》　都の北白川（京都市左京区北白川）から志賀山を越えて近江（滋賀県大津市）に至る山道。山中越え、白川越えともいう。元一四二詞・一四二

敷津《しきつ》　摂津国。大阪市住之江区北島・南加賀屋付近か。早く『万葉集』に「住吉すみのえの敷津の浦のなのりその名は告のりてしを逢はなくもあやし」（巻十二・作者未詳）と歌われる。実七詞・七

信濃の御坂《しなののみさか》　信濃国。長野県下伊那郡神坂。神坂峠。能八九詞

信夫の郡《しのぶのこほり》　陸奥国。福島市。能一〇六詞

志摩の国《しまのくに》　旧国名。三重県東部、志摩半島。命八一詞・八三詞

下野《しもつけ》　旧国名。栃木県。能四三

下の御社《しものみやしろ》　山城国。京都市左京区。賀茂御祖《みおや》神社。下鴨神社とも。賀茂建角身命《かもたけつぬみのみこと》と玉依媛命《たまよりひめのみこと》を祀る。↓賀茂《かも》　高四二詞

承香殿《じやうきやうでん》　平安京内裏の殿舎の一つ。内裏中央、仁寿殿の北、常寧殿の南にあった。女御などが居住。しょうこうでん。そきょうでん。元一〇七詞、実九六詞、高八七詞

白河《しらかは》　山城国。京都市左京区。京都の東北部、鴨川より東、東山との間の地域。藤原摂関家の白河殿など、貴族の別荘があった。実三詞・九詞・九・七八詞・一七七詞・二二二詞・二二二、能七九詞

白河の関《しらかはのせき》　福島県白河市。陸奥国への重要な入口にあたるため関所が置かれていた。『能因歌枕』に「関をよまば、逢坂の関、白河の関、衣の関、不破の関」とあり、陸奥国の最初に「白河の関」とある。実一七七、能一〇一詞・一〇一

末の松山《すゑのまつやま》　所在地未詳。宮城県多賀城市宝国寺の裏山のあたりと伝えられるが、定かではない。『古今集』「君をおきてあだし心をわが持たば末の松山波も越えなむ」（東歌・陸奥歌）によって「末の松山を波が越す」と詠まれるようになった。元一四・一三・一四〇・一五七・一五八、能一〇八詞・一〇八・一四三詞・一四三

杉むらの森《すぎむらのもり》　所在地未詳。『歌枕名寄』「東山道一」に「杉森又言杉村森八雲御抄守部入之…」とあり、「霜ふれどさかへこそませ君が代にあふさか山の関の杉もり」を挙げる。実二二三詞・二二三

須磨《すま》　摂津国。神戸市須磨。播磨との国境で、須磨の関があった。『源氏物語』で光源氏が謫居した地として有名。海人の関連で「塩焼衣」が詠まれる。月の名所。信九〇、高一七九詞・二二六詞・二二六

住の江《すみのえ》　摂津国。大阪市住吉区付近の海岸。「波」「松」などが詠まれる。能一五・八六

住吉《すみよし》　摂津国。大阪市住之江区の一帯。摂津国一宮の住吉大社がある。筒男三神と神功皇后を祀る。「波」「松」「忘れ草」などが景物。「住み良し」との掛詞でも詠まれる。高一三五詞・一三五、能一五詞・三一・六一詞

住吉《すみよし》　筑前国。福岡県博多区。筑前国一宮。高一八三詞・一八三

清涼殿《せいりやうでん》　平安京内裏宮殿の一つ。紫宸殿の西、校書殿の北にある。天皇常任の御殿。実一七詞、高六二詞・八七詞

関《せき》　↓逢坂の関《あふさかのせき》

関川《せきかは》　↓関の清水《せきのしみづ》

関の清水《せきのしみづ》　逢坂の関にあった清水。↓逢坂《あふさか》　元一三三・一三四、高一三一・一三二・一三三・一三四

瀬田の橋《せたのはし》　近江国。滋賀県大津市唐橋町。琵琶湖から南流する瀬田川にかかる橋。「瀬田の長橋」とも。古代から交通・軍事上の要衝であった。高一三六詞・一三六

瀬田の橋本《せたのはしもと》　近江国。滋賀県大津市瀬田付近。瀬田川の東岸沿い、瀬田橋の東、神領までの中間。瀬田橋の橋詰めにあることからの地名。高一三五詞

摂州《せつしう》　摂津国。大阪府の北西部と兵庫県の南東部。難波国。津国とも。能一三九詞

宣耀殿《せんえうでん》　平安京の内裏十七殿の一つ。麗景殿の北、貞観殿の東にあたる七間四面の殿舎で、女御などの曹司。実一七五詞・一八三詞・二一四詞

禅林寺《ぜんりんじ》　山城国。京都市左京区永観堂町。仁寿三年（八五三）、空海の弟子真紹が藤原関雄の山荘を購入して創建した。清和天皇から禅林寺の号を受ける。無量寿院、永観堂とも。命二三四詞

袖の浦《そでのうら》　出羽国。山形県酒田市宮野浦。最上川が日本海に注ぐ河口一帯。実二三八

そのはら　信濃国。長野県下伊那郡阿智村。『能因歌枕』信濃国に見える。実一七八・二七〇

染川《そめかは》　筑前国。福岡県太宰府市。太宰府天満宮付近を流れ、御笠川に合流する。「染め」を掛けて詠まれる。高一八六詞・一八六

た　行

高砂《たかさご》　播磨国。兵庫県高砂市・同県加古川市付近、加古川の河口あたり。「高砂の尾上」と詠まれることが多い。能一三五詞・一三五

滝口の陣《たきぐちのぢん》　清涼殿の東北、弘徽殿の南、承香殿の西に連なり、清涼殿の東面軒下に引く御溝水の流れ落ちる所にある、内裏警護の武士の詰所。高一七詞

武隈の松《たけくまのまつ》　陸奥国。宮城県岩沼市。竹駒神社付近の松かというが所在地未詳。『能因歌枕』陸奥国に見える。実二七九b、能一〇七詞・一〇七・一四一詞・一四一

太宰府《だざいふ》　福岡県太宰府市。律令制下、西海道を総監し、また対外的・軍事的機能の一端を担うべく設置された地方官庁。高一五五詞・一八二詞

立田の山《たつたのやま》　大和国。奈良県生駒郡斑鳩町・平郡あたりの山の総称。『万葉集』に「雁がねの来鳴きしなへに韓衣からころも竜田の山はもみちそめたり」（巻十・作者未詳）などが詠まれた。『能因歌枕』大和国に見え、「山をよまば…たつたやまなどよむべし」とある。紅葉の名所。高三二五・三五三、能一九六

玉坂《たまさか》　摂津国。大阪府池田市石橋あたり。元一六九詞・一六九、信一四

玉の井《たまのゐ》　山城国。京都府綴喜郡井手町。井出の玉水。『枕草子』に「井は、ほりかねの井。たまの井」とある。信一〇五詞・一〇五

丹波《たんば》　旧国名。京都府中部と兵庫県東部。信奥

ちかの浦《ちかのうら》　陸奥国の千賀の浦。宮城県塩竈市、松島湾の南西部の浜辺。塩竈湾一帯。『古今六帖』「しほがま」には「陸奥のちかの塩竈」とある。あるいは肥前国の血鹿の浦か。信八九、高四〇一

筑前《ちくぜん》　旧国名。福岡県北部。太宰府が置かれた。能八一詞・八六詞・一九七詞

長楽寺《ちやうらくじ》　山城国。京都市東山区円山町長楽寺

山の中腹にある。延暦二四年（八〇五）桓武天皇の勅命により、伝教大師を開基として創建したと伝わる。本尊は観世音菩薩。能二五詞

筑紫《つくし》　筑前・筑後の総称。あるいは九州全体をさす。大陸文化との接点として古くから栄えた。筑前国御笠郡に太宰府が置かれた。「尽くし」との掛詞で多く詠まれる。高一五一詞・一五七詞・一七八詞・一八三詞・一八七詞・二五三詞

筑波嶺・筑波山《つくばね・つくばやま》　常陸国。茨城県のつくば市・桜川市・石岡市にまたがる山。男体山（標高八〇〇メートル）と女体山（標高八七六メートル）の二峰から成る。『万葉集』には「筑波嶺を外よそのみ見つつありかねて雪消ゆきげの道をなづみ来けるかも」（巻三・丹比国人）の歌など、多くの歌が詠まれる。『能因歌枕』常陸国に見え、「数多をば　つくばねといふ」とある。命三三五、能一〇五詞・一〇五・一六八

筑摩江の沼《つくまえのぬま》　滋賀県坂田郡米原市、琵琶湖の東東端の入江。「三稜草」を詠む。信一七

対馬《つしま》　旧国名。長崎県対馬。能三二詞・三六詞

津の国《つのくに》　摂津国。大阪府北部と兵庫県東部。難波・住吉・生田・児屋などの地名と共に詠まれることが多い。元一〇七・一六九詞、実一六六詞・二七〇、高一七八・一七九詞・二二九、命三三三、能三二詞・三二・三五詞・四八詞・八三詞・八三・一〇三詞・一三〇詞・一三四詞・一五五詞・一七〇詞・一七九詞

亭子院《ていじゐん》　山城国。宇多上皇平安京の左京、七条坊門小路の南、油小路の東にあった邸宅。七条坊門南、西洞院西に二町にわたっていたとする説もある。宇多天皇退位（寛平九年（八九七）七月）後から、出家（昌泰二年（八九九）一〇月）までの居所。元三五詞

豊島《てしま》　摂津国東部の猪名川左岸に位置した郡。大阪府東部。元一六九

東国《とうごく》　能一二三詞

とうてう野の牧《とうてうのむまき》　所在地未詳。和歌山、三重県あたりの海浜の地か。能五九

十市の里《とをちのさと》　大和国。奈良県橿原市十市町。実二五七

遠江《とほたふみ》　旧国名。静岡県西部。信五二詞、能一三九詞

外川《とかは》　山形県最上郡戸沢村。最上川の岸には戸川神社（仙人堂）が立つ。能一一八詞

常盤の杜《ときはのもり》　山城国。京都市右京区常盤。常磐木（常緑樹）の茂る森や山という、普通名詞としてもいう。嵯峨天皇の皇子左大臣源常《ときわ》の山荘があったことによる。能一七三詞・一七三

土佐《とさ》　旧国名。高知県。能一七二詞

戸無瀬《となせ》　山城国。京都市西京区付近を流れる大堰川の瀬。「戸無瀬の滝」もしばしば歌われた。高三四八

とぶひの森《とぶひのもり》　大和国。奈良市春日野町。春日野のうち、春日山の裾野付近。元九三

豊浦《とよら》　長門国。豊浦郡。山口県下関市。能一〇〇

鳥辺寺・鳥辺山《とりべでら・とりべやま》　山城国。京都市東山区。「鳥辺野」は清水寺から泉涌寺に至る東山山麓の一帯、「鳥辺山」はその東方にある山をいう。蓮台野（北区）や化野（右京区）と共に葬送の地。「鳥辺山谷に煙の燃え立たばはかなく見えし我と知らなん」（拾遺・哀傷・読人不知）。元九六詞・九六

な　行

中河《なかがは》　山城国。京都市上京区。今出川下流、賀茂川に入るまでをいう。京極川のこと。実一八三詞・一八三

長門《ながと》　旧国名。山口県の西北部。能一〇〇詞・一〇〇

長浜《ながはま》　豊前国。企救郡。福岡県北九州市小倉北区長浜町付近。高一九八詞・一九八

長柄・長柄の橋《ながら・ながらのはし》　摂津国。大阪市北区。

長柄の橋は淀川に架けられた橋。『能因歌枕』摂津国に見える。実四六詞・四六、能一六詞・一六・一九九・二三七

勿来の関《なこそのせき》　陸奥国。福島県いわき市勿来町。関は五世紀初めに創設され、もと菊多剗《きくたせき》といった。白河の関・念珠《ねず》の関とともに奥州三関の一。「な来そ」を掛けて詠まれる。実三九・三四四・三四五

名取川《なとりがは》　陸奥国。宮城県東部を東西に流れる。仙台市太白区秋保町の二口峠に発し、名取市閖上《ゆりあげ》で仙台湾に注ぐ。『能因歌枕』陸奥国に見える。元五二、能一二六

難波・難波江・難波の浦《なには・なにはえ・なにはのうら》　摂津国。大阪市の上町台地を中心に、淀川河口のあたりまでの地域。淀川河口には難波津と呼ばれる良港が発達し、古代以来交通の要衝であった。天王寺や住吉参詣などの通路にもあたる。『能因歌枕』に「葦をば難波に詠むべし」とあるように、葦の名所。「難波江」「難波の浦」は大阪湾一帯。元一五・一二〇、実四六詞、高三八九、命三三、能三三・三六・四六・四八・六二詞・六二・八三・一三九・一五五詞・一五五・一七〇・一七四・一九九・二三八次

難波堀江《なにはほりえ》　摂津国。大阪市淀川河口付近より東方に開削された水路。葦が生い茂る低湿地。「葦」の名所。能三一

ならしの岡《ならしのをか》　大和国。所在未詳だが、奈良県の一部かともいう。早く『万葉集』で大伴田村大嬢が「故郷の奈良思の岡のほととぎす言告げやりしいかに告げきや」（巻八）と詠む。『夫木抄』巻二一・岡に「ならしのをか、奈良岡、大和又摂津」とする。摂津とするのは『曾禰好忠集』の「住吉のならしの岡の玉作り数ならぬ身は秋ぞかなしき」の歌にもとづくか。実一六

鳴尾《なるを》　摂津国。武庫郡。兵庫県西宮市の武庫川の右岸に位置し、武庫の海に面した景勝の地。高三八詞・三八

鳴滝《なるたき》　山城国。京都市右京区鳴滝。『蜻蛉日記』に鳴滝籠もりの記述が見える。高三六八

鳴ると《なると》　阿波国。徳島県鳴門市。鳴門海峡の急流と逆巻く渦潮で知られる。実二四一a

なはの滝《なはのたき》　所在地未詳。あるいは那智の滝か。那智の滝は和歌山県東牟婁郡那智勝浦町の那智川中流にかかる滝。命八二詞

南宮《なんぐう》　南宮神社。美濃国一宮。岐阜県不破郡垂井町宮代。能一七七詞

西川《にしかは》　山城国。京都西郊の大堰川。信九七、実三五

錦の浦《にしきのうら》　志摩国。英虞《あご》郡。三重県度会郡大紀町錦の海岸。命八三詞・八三

西の京《にしのきやう》　平安京の朱雀大路より西側の地。低湿地が多く東の京よりさびれていた。能二五一詞

仁和寺《にんわじ》　山城国。京都市右京区御室。真言宗御室派の総本山。光孝天皇の勅願によって宇多法皇が創建し、出家後に居所とした。円融院御願寺の円融寺がある。実三六詞・二九四詞

野田の玉川《のだのたまがは》　陸奥国。宮城県塩竈市大日向《おおひなた》から多賀城市街を通り、砂押川に注ぐ。能因の「夕されば汐風こして陸奥の野田の玉川千鳥鳴くなり」（能因集、新古今集・冬）により歌枕として定着した。能一四九詞・一四九

は　行

博多・博多津《はかた・はかたづ》　筑前国。筑紫郡。福岡県福岡市博多湾岸一帯。太宰府の外港として要衝。「博多津」は博多湾の入り江。元四一、高一五五詞・二〇一詞

筥潟の磯《はこがたのいそ》　伊予国。愛媛県今治市波止浜港のある湾が古く筥潟湾と呼ばれた。陸奥国とする説もある。実二二四・二二五

箱崎《はこざき》　筑前国。福岡県福岡市東区箱崎。那珂郡に鎮座する同国一宮、箱崎宮。箱崎八幡宮と

も。応神天皇を主祭神として、神功皇后、玉依姫命を祀る。高一七八

はこその山《はこそのやま》　所在地未詳。『能因歌枕』上野国と越後国に「は、その山」が見える。能一一二詞・一一三

長谷寺《はせでら》　大和国。奈良県桜井市初瀬。本尊の十一面観世音菩薩。現世利益を祈願する多くの人たちが参詣した。平安時代は花の名所となった。能一三詞

八十島《はそしま》　出羽国。秋田県にかほ市象潟町。由利郡にあった象潟のこと。『能因歌枕』、『和歌初学抄』は出羽国に「八十嶋」とあり、後の『五代集歌枕』、『歌枕名寄』は象潟とする。能一一三詞

初瀬《はっせ》　大和国。奈良県桜井市初瀬。また、その地にある長谷寺をさす。→長谷寺《はせでら》　信八六、実二三五詞・二五七詞

はばかりの関《はばかりのせき》　陸奥国。宮城県柴田郡か。「憚る」意を掛けて詠まれる。実二一八・二七六

浜名の橋《はまなのはし》　遠江国。静岡県湖西市新居町。浜名湖から太平洋に注ぐ浜名川に掛かる橋。『能因歌枕』遠江国に見える。能一三九・一五八詞・一五八・一八四詞・一八四

はまの小田《はまのをだ》　筑後国下妻郡水田郷小田か。福岡県筑後市下妻。高一九六詞

速見の里《はやみのさと》　所在地未詳。『夫木抄』『歌枕名寄』等は筑前・筑後とするが、豊後国の郡名に「速見」がある。大分県日出町《ひじまち》。太宰府に通じる官道の要衝であった。『高遠集』の「速見の里」はここを指すか。実一〇一、高一八九詞・一八九

播磨《はりま》　旧国名。兵庫県の南西部。実二〇一詞

播磨潟《はりまかた》　播磨国。兵庫県に面する瀬戸内海東部海域。明石市以西の海。実一八八、高一二二詞・一二二

般若寺《はんにやじ》　山城国。京都右京区鳴滝般若寺町にあった寺。高九詞

比叡山《ひえいざん》　山城国と近江国の境の山。京都市と大津市の境に南北に連なる。天台宗山門派の総本山延暦寺がある。平安京の鬼門に当たり、王城鎮護として尊崇される。信八二詞、実二九

日暮石《ひぐれいし》　所在地未詳。九州の地と思われる。高一九三詞・一九三

備州《びしう》　備前国・備中国・備後国の総称。能二三三詞

美州《びしう》　美濃国。岐阜県南部。能一八七詞

常陸の国《ひたちのくに》　旧国名。茨城県の大部分。能一〇五詞

備中国《びっちうのくに》　旧国名。岡山県西部。山陽道の一国。高二三〇詞、能二二四詞・二四一詞

ひつの浦《ひつのうら》　所在地未詳。命八六詞・八六

広沢《ひろさは》　山城国。京都市右京区嵯峨。遍照寺があり、その近くに広沢の池がある。命一三三詞

備後《びんご》　旧国名。広島県東部。信奥

吹上の浜《ふきあげのはま》　紀伊国。和歌山市の紀ノ川口の湊から雑賀《さいか》の西浜に至る海岸。実二五六

福浦《ふくら》　播磨国。赤穂郡。岡山県備前市福浦。高二三〇詞・二三〇

吹飯の浦《ふけひのうら》　和泉国。大阪府泉南郡岬町深日《ふけ》の海岸。早く『万葉集』に「時つ風吹飯の浜に出で居つつ贖あかふ命は妹いもがためこそ」（巻十二・作者未詳）と歌われる。能二〇一

富士・富士の高嶺・富士の山《ふじのやま・ふじのたかね・ふじのやま》　駿河国と甲斐国。静岡県と山梨県にまたがる火山。標高三七七六メートルで日本の最高峰。『万葉集』以来多く歌に詠まれる活火山。『能因歌枕』駿河国に見える。元三六、能二三

伏見の里《ふしみのさと》　山城国。京都市伏見区、稲荷大社の鎮座する稲荷山から、深草・桃山あたり一帯の地。実六五b

伏見の里《ふしみのさと》　大和国。奈良市菅原。菅原の伏見。『能因歌枕』に「里を詠まば、信夫の里、伏見の里、生田の里などよむべし」とある。能

一三詞・一三
ふたあらの山《ふたあらのやま》　下野国。栃木県日光市の男体山の別称。二荒山。能四三
二上山《ふたかみやま》　越中国。富山県高岡市と氷見市の間にある山。標高二七四メートル。二上丘陵の主峰。能一九五
二見の浦《ふたみのうら》　伊勢国。伊勢市二見町今一色から立石崎に至る海岸。実二三
二見の浦《ふたみのうら》　播磨国。明石市二見町の海岸。高三三詞・一三三
布留・ふるの社《ふる・ふるのやしろ》　大和国。奈良県天理市布留町にある石上神社。実九五・二二五
法住寺《ほふじゆじ》　山城国。京都市東山区。藤原為光が永祚元年（九八九）に創建。信五八詞
法輪《ほふりん》　山城国。京都市西京区嵐山。真言宗五智教団の寺。和銅六年（七一三）、元明天皇の勅願で、行基創建。貞観一二年（八七〇）葛井《かどい》寺を改めて法輪寺とする。本尊虚空蔵菩薩。平安中期以降、霊験所として知られ、貴族の参詣も多かった。命一〇詞・一四詞・一六詞・三一詞・六八a詞・一二詞・一二三詞・二〇七詞・二一三詞・二七七詞
堀河の院《ほりかはのゐん》　中京区御池通堀川。平安京左京三条二坊九町から十町にかけてあった藤原基経邸。藤原兼通によって改修され、円融天皇の時初めての里内裏となった。実一〇詞

ま　行

籬の島《まがきのしま》　陸奥国。宮城県塩竈市。松島湾の島。『枕草子』「島は」の段に見える。また『能因歌枕』陸奥国に見える。能一四五詞・一四五
松島《まつしま》　陸奥国。宮城県松島町、松島湾一帯。湾には大小二六〇余の島々が散在する。実一六三詞
松尾山《まつのをやま》　山城国。京都市西京区嵐山宮町にある松尾大社背後の山。命三詞・三
松山《まつやま》　→末の松山《すゑのまつやま》
三笠の山《みかさのやま》　大和国。奈良市の東、春日山の西峰。標高二八三メートル。『万葉集』に「春日なる三笠の山に月の船出づみやびをの飲む盃に影に見えつつ」（巻七・作者未詳）など多く詠まれる。信六・七、実二七七、命七三
三河《みかは》　旧国名。愛知県東部。実六三b・一〇二詞、能八九詞
三島《みしま》　三島江。摂津国。大阪府摂津市・高槻市・茨木市の淀川沿いの地。実一〇六
美豆《みづ》　山城国。京都府久世郡久御山町の北西部から京都市伏見区の南西部にかけての地。朝廷の牧場があった。高三二、命三五a
御手洗川《みたらしがは》　山城国。京都市北区上賀茂神社の社殿の背を回って楼門の南に至る川。『能因歌枕』山城国に見える。高四三、能二五六
陸奥《みちのく》　広く陸奥国をさしていう。実一八五a、高一一〇詞、能一〇二・一二五・一四九
陸奥国《みちのくに》　旧国名。「道の奥」の約。福島県・宮城県・岩手県・青森県。出羽国を含めて東北全域をさすこともある。早く『万葉集』から詠まれ、平安時代に都人の関心が集まり、数多くの新たな歌枕が生まれた。実一九〇詞・一九二詞・二〇詞・二一八詞・二二九詞・三一二詞・二七九詞・二七九b・三四三詞・一〇一詞・一〇四詞・一〇六詞・一一七詞・二〇九・二一〇詞
三江の浦《みつえのうら》　所在地未詳。能一四〇詞・一四〇・一四八詞・一四八
みとし川《みとしがは》　所在地未詳。実二一七詞・二一七
水無瀬川《みなせがは》　山城国または摂津国。大阪府三島郡島本町の水無瀬を流れて淀川に注ぐ川。『能因歌枕』山城国に「みなせ河」とある。能五六詞・五六
美濃《みの》　旧国名。岐阜県南部。実一三〇詞、能一七四詞・一七七詞
美濃の小山《みののをやま》　美濃国、南宮山か。南宮山は

岐阜県大垣市、不破郡垂井町、関ケ原町、養老郡養老町にまたがる。標高四一九メートル。実二一九

みのぶ浜《みのぶはま》　筑前国。福岡県福岡市。『和名類聚抄』に筑前国宗像郡十四郷の一つに「美乃布」とあり、ここの浜か。高二〇四詞・二〇四

宮城野《みやぎの》　陸奥国。宮城県仙台市宮城野区。早く『古今集』に詠まれ、萩や露が景物とされる。陸奥国。『能因歌枕』に「野をよまば、嵯峨野、交野、宮城野、春日野など詠むべし」と見える。能一三〇詞・一三〇・一三一・一四二詞・一四二・一七九詞・一七九

都《みやこ》　京の都。元七八、信五二・八二、実二八・七五・一三六・二二〇・二二一・二二九・二三三・三四三、高一七八・二二六・二三四・二三五・二三九・二三六・三七一・三七九、命三八詞・三八・一二八・二二五・三〇〇、能二五・二六・二七・五〇・一〇九詞・一一五・一七〇・二三六・二三七・二三八・二四四・二五一

み吉野の山《みよしののやま》　→吉野山《よしのやま》

三輪の山《みわのやま》　大和国。奈良県桜井市三輪。標高四六七メートル。大神《おおみわ》神社の神体とされる。三輪社・三輪山は早く『万葉集』から詠まれる。実一五一、命一三一

武蔵野《むさしの》　武蔵国。東京都・埼玉県・神奈川県を含む野。『万葉集』に詠まれる。「紫草」が景物。信五〇・奥、実一六九、命三二四

室の八島《むろのやしま》　下野国。栃木県栃木市惣社町。実九〇・九一

最上川《もがみがは》　出羽国。山形・福岡県境の東山地に発し、山形県を流れて日本海に注ぐ川。「最上川のぼればくだる稲舟のいなにはあらずこの月ばかり」(古今・東歌)。元二一四

甕《もたひ》　所在地未詳だが、備中国浅口郡に甕の浦がある。岡山県倉敷市の玉島港。高二八詞・二八

唐土《もろこし》　古代中国のこと。元三〇b、実一六八、命二四二

や・ら行

八橋《やつはし》　三河国。愛知県知立市。「三河の国、八橋といふ所」とある在原業平の東下り(古今集、伊勢物語・九段)で有名。実六三b

八幡《やはた》　山城国。京都府八幡《やわた》市の石清水八幡宮。命一〇六詞

やひろ浜《やひろはま》　所在地未詳。瀬戸内の海岸か。『夫木抄』『歌枕名寄』等が「豊前国」とするのは、『高遠集』二一九番前後の歌群を太宰府赴任の西下と誤解したことによるか。高二九詞・二一九

山井の水《やまゐのみづ》　石清水を指す。実五二・五八b・九四

山田の里《やまだのさと》　所在地未詳。山城国とすると、精華町の木津川支流山田川の中下流域の山田郷か。高五二詞・五二、能一九

やまなしをか　山梨県笛吹市春日居町鎮目。山梨岡神社がある。能四二

山の井《やまのゐ》　山城国。藤原永頼の居所。三条坊門北、京極西(拾介抄)。元八八詞・一一五詞・一一六

ゆふ崎《ゆふざき》　備中国。浅口郡。倉敷市玉島港。高二二七詞・二二七

夢前川《ゆめさきがは》　播磨国。飾磨郡。兵庫県姫路市。雪彦山の三辻が丘を水源に南流し、夢前町から姫路市街を経て播磨灘に注ぐ川。高二三三詞・二三三

吉野川《よしのがは》　大和国。大台ヶ原に発し、奈良・和歌山の二県を流れて紀伊水道に注ぐ紀之川の、奈良県内の部分の呼び名。『万葉集』をはじめ、多く歌われている。元一九

吉野山《よしのやま》　大和国。奈良県吉野郡の吉野山・水分山・高城山・青根が峰など広範囲の山岳地帯の総称。元九二・一四八、高三三六

与州・予州《よしう》　伊予国。愛媛県。能二二九詞・二三八次・二四二詞

淀河《よどがは》　山城国。滋賀県の琵琶湖に発し、京都府から大阪府へ流れ、大阪湾にそそぐ川。上流

を瀬田川、宇治市あたりからを宇治川と呼び、桂川・木津川の合流点の淀付近から下流を淀川という。一九三

淀野《よどの》　山城国。京都市伏見区淀。木津川と宇治川の合流点付近。あやめ草や真菰の自生地として知られた。高三四二、能一六三

竜門《りうもん》　大和国。奈良県吉野郡の竜門岳にあった竜門寺。能一四詞

霊山《りやうぜん》　山城国。京都市東山区清閑寺霊山町。東山三十六峰の一峰、霊山の中腹にあった。現在の正法寺の前身。能三九詞

麗景殿《れいけいでん》　内裏にある後宮七殿の一つ。高九一詞

初句索引

一、本巻に収めた元良親王集・藤原道信朝臣集・実方中将集・大弐高遠集・道命阿闍梨集・能因集の六集に載る初句索引である。略号はそれぞれ左のごとくである。

元＝元良親王集　信＝藤原道信朝臣集　実＝実方中将集　高＝大弐高遠集　命＝道命阿闍梨集　能＝能因集

二、初句は歴史的仮名遣いによる平仮名とし、五十音順に配列した。助動詞「ん」「らん」は「む」「らむ」に、「うめ」は「むめ」に統一した。

三、初句を同じくする場合は二句を、二句をも同じくする場合は三句を、三句をも同じくする場合は四句をも示した。

あ　行

さ　行

た　行

な　行

は　行

ま　行

や　行

わ　行

和歌文学大系《わかぶんがくたいけい》 55《ごじゅうご》

中古歌仙集《ちゅうこかせんしゅう》(二)《に》

令和七年二月十日 初版発行

著者 久保木寿子《くぼきとしこ》
佐藤雅代《さとうまさよ》
髙重久美《たかしげくみ》

発行者 株式会社明治書院
代表者 三樹 蘭

印刷者 亜細亜印刷株式会社
代表者 藤森英夫

製本者 亜細亜印刷株式会社
代表者 藤森英夫

発行所 株式会社 明治書院
〒一六九―〇〇七二
東京都新宿区大久保一―一―七
電話 〇三―五二九二―〇一一七
振替 〇〇一三〇―七―四九九一

ISBN 978-4-625-42447-2
装丁 内田 欽